# 相濡以沫不能，不若相忘

任重 林一芙 著

海峡出版发行集团 | 福建教育出版社

## 图书在版编目（CIP）数据

若不能相濡以沫/任重，林一芙著. —福州：福建教育出版社，2020.1（2020.2重印）
ISBN 978-7-5334-8652-5

Ⅰ.①若… Ⅱ.①任… ②林… Ⅲ.①长篇小说—中国—当代 Ⅳ.①I247.5

中国版本图书馆 CIP 数据核字（2019）第 262522 号

Ruo Buneng Xiangruyimo

**若不能相濡以沫**

任重 林一芙 著

| | | |
|---|---|---|
| 出版发行 | 福建教育出版社 | |
| | （福州市梦山路 27 号　邮编：350025　网址：www.fep.com.cn | |
| | 编辑部电话：0591—83779650 | |
| | 发行部电话：0591—83721876　87115073　010—62027445） | |
| 出 版 人 | 江金辉 | |
| 印　　刷 | 福建东南彩色印刷有限公司 | |
| | （福州市金山工业区　邮编：350002） | |
| 开　　本 | 710 毫米×1000 毫米　1/16 | |
| 印　　张 | 27.25 | |
| 字　　数 | 403 千字 | |
| 插　　页 | 1 | |
| 版　　次 | 2020 年 1 月第 1 版　2020 年 2 月第 2 次印刷 | |
| 书　　号 | ISBN 978-7-5334-8652-5 | |
| 定　　价 | 68.00 元 | |

如发现本书印装质量问题，请向本社出版科（电话：0591—83726019）调换。

# 目 录

第一章　狼人杀 ………………………… 1
第二章　我们的爱和爱情 ………………… 21
第三章　美女要来了 ……………………… 48
第四章　一车的尴尬 ……………………… 70
第五章　浪漫与旅程 ……………………… 91
第六章　大话西游 ………………………… 114
第七章　孤独的战士 ……………………… 128
第八章　一夜成名 ………………………… 148
第九章　永远的自闭症 …………………… 169
第十章　一见钟情 ………………………… 189
第十一章　爱情的丰碑 …………………… 207
第十二章　伏特加的酒话 ………………… 225
第十三章　传说中的立陶宛 ……………… 241
第十四章　不速之客 ……………………… 260
第十五章　重生的民族 …………………… 276
第十六章　安乐死 ………………………… 296

第十七章　警局里的女巫 …………… 312

第十八章　第 246 个人 …………… 328

第十九章　"离婚典礼" …………… 343

第二十章　花田重逢 …………… 369

第二十一章　杨过与小龙女 …………… 384

第二十二章　巴黎的见证 …………… 398

第二十三章　不一样的我们 …………… 408

彩蛋 …………… 424

后记 …………… 430

# 第一章 狼人杀

散散碎碎的几片云挂在天际。天穹上闷盖着的月光,冷不丁散出几抹光影,直插入远处层叠的霓虹广告牌。

快节奏的城市,即便到了周末也没有一点要慢下来的意思。现在已经是北京时间晚上九点,苏达还堵在南三环。车行进的时间被无限拉长,这也使得刚刚在婚礼现场发生的窘况愈加清晰地浮现在苏达脑海里。

香槟塔摆上后,按婚礼惯例,司仪要给新人做些简单的提问。

"新郎有什么吸引你的地方,使你愿意嫁给他呢?"

一般情况下,哪怕词汇量再缺乏的新娘,都会面带羞怯地从词语库里挑出点放诸四海而皆准的褒义词,譬如帅气、有才华、顾家或是有安全感。但面前这位高海拔的新娘只笑不答,紧盯着台下的苏达,眼神里透着些秘而不宣的暧昧意味。

在此起彼伏的起哄声里,苏达度过了人生迄今为止最安静的30秒,他生平第一次听到自己的心脏在怦怦乱跳。

新人的沉默让新手司仪有些措手不及,好在苏达为团队亲撰的《婚礼应急手册》面面俱到,小伙子早已学透了,处变不惊地用老招儿圆了场:"老话说得好,此时无声胜有声,爱你在心口难开,看来新郎官在新娘眼里是完美无缺的,已经不需要用言语来形容了……"

仪式刚结束,苏达像个慌忙的逃兵,来不及换下西装,提上行李就要冲出酒店。但有条玄学定理叫"墨菲定律":当你越不希望什么事情发生的时候，什么事情就一定会发生。出门时，苏达迎面撞到了敬酒的新人，新娘全然无视他无处安放的眼神，甜美热情地向新郎介绍着："我大学同学苏达，也是我们今天的婚礼策划。"

几年前，这个女孩也是用这样甜美的声音说着："苏达，你是个好人，但爱情不是好人和好人在一起就可以成就的。如果我继续和你在一起，等待我的就是一眼就能望得到头的平庸生活，我看不到未来在哪里……"

前方路口转绿灯，后车的喇叭声让苏达如梦初醒。车载广播里，淳厚的男声在低声唱着"假如我年少有为不自卑……"。苏达瞥了一眼后视镜里的自己：小眼、塌鼻、高颧骨，经营着一家勉强糊口的婚庆公司，哪有半份不自卑的资本。苏达把音量按钮一旋到底，狠狠地拽了一把领带，猛地一踩油门，换了个方向。

车子穿过一条分岔路，进了条深巷。路边种了一排法国梧桐，车行过，便有未扫的落叶从地上掠起。在苏达心里，这条深巷仿佛一条通往母体的脐带，越向前越有安全感，越将城市的五光十色抛诸脑后。深巷尽头，是一栋随处可见的普通公寓，苏达坐电梯直上了 21 层。

来自手机的光把公寓 21 楼的小房间照得乍暗还明，大鹏刚倒了杯水回来，手机屏幕上就显示已经多了五条回复。

"我可算帮你把一局'男人杀'凑齐了。"大鹏把刚倒的水杯放在苏达面前。

苏达听着这"l""n"不分的福建腔，忍不住玩了下谐音梗："早知道是'男人杀'我就不来了，等'女人杀'时我再来。"

"谁不知道你，真是凭着本事单身，就算有'女人杀'，还不是'万花丛中过，片叶不沾身'？"大鹏反呛他。

"是我苏达不想沾吗？我是凭着这张脸，踏踏实实地躲过那些花啊、草啊，连叶梗子都没沾上过……"

知交这么多年，大鹏早已习惯了苏达的贫嘴，没搭理他，转身看向手机上的新消息。

屏幕上显示，聊天组的名字叫做"华山论剑狼人杀小组"。这名字有点老土，像上世纪的邵氏武侠剧，打斗还自带慢动作的那种，但大鹏就是喜欢。

大鹏是这家狼人杀桌游吧的服务员，同时还兼顾着一个武侠微信公众号，在推文里自号"神雕大侠"，据他自述这是因为自己喜欢杨过逍遥人生的派头——当然不是因为杨过身边的女人数量仅次于韦小宝。

上一次大鹏和苏达吵架，也是因为某个电视剧版本的《神雕侠侣》里，小龙女找了个略丰腴的演员来扮演。苏达觉得她不符合原著里小龙女的邈远高洁，偏偏大鹏觉得她"有味道"。苏达也不知道这是什么味道，是昨晚炸鸡腿的味儿还是新出炉的烤冷面味儿。

屋里只有一盏小灯开着，从外面看起来并不像个营业场所。比起营业场所，苏达觉得这里更像一家夜间开放的疲惫灵魂收容院。

"咋不开灯，在外边瞅着老以为你不营业。"苏达一放松下来，就一字一字地往外飙东北话，"我来了这么多趟，就从没见到过你们老板，你一个服务员，搁那抠个什么劲儿？"

"没人就省点电呗，等人来了再开。"大鹏没伸手开灯，继续把柜子上的卡牌按顺序摆好。苏达嘴上揶揄，却早就习惯了大鹏的"惯抠"本色。这个90后男孩和其他同龄人不太一样，看上去拥有与年龄相仿的健硕阳光，却特喜欢和人聊起自己小时候在福建乡下长大的经历。光是那句"苦缸子里泡大才知甜"，苏达就不知道听过了多少遍。

"话说，你今天不用跑场了？"大鹏随口问。

苏达大学毕业后就跟着婚庆公司跑场做婚礼策划，靠着脑子里那些不靠谱的点子，竟然自立门户，一人吃饱全家不饿，过得还算凑合。

不过自立门户免不了"既当爹又当妈"，有时候婚礼现场缺个司机，也要由他这个婚礼策划兼任。他一下车，远远就听人感慨："哎，你还别说，这阵仗还挺大的，连司机都是穿西装来的。"

别人都觉得他是个"臭写文案的"，赚的是花花世界里的虚荣钱，只有他固执地觉得自己赚的是这份仪式感。

门口突然响起了由远及近的高跟鞋声，一个戴着黑色宽檐帽的女人推开了玻璃门。推门的那只手做了极细致的贴片美甲，携了一只鲜红的 Hermès（爱马仕）手提包。

女人的帽檐低得看不见脸，从苏达身边走过时自带一阵浓香的小风。这阵香不是甜蜜的莓果味，也不是清新的小铃兰香，而是一种略微熏人、醉人却又拒人于千里之外的阴冷气味，闻起来比她的年纪要老得多。

"嗨……"苏达正准备打招呼，那女人径直穿过走廊，走到小屋最里面的位子坐下来，没有一点要搭理他的意思。苏达只好将打招呼的手讪讪地收回来。屋里仅开了一盏顶灯，直射在那女人脸上，她整个人陷在阴影里，一半明一半暗，就像苏达在婚礼策划时遇到的某些特挑剔的黑脸客户。

苏达用手肘捅了捅大鹏："喂，这黑面神是你在群里约来玩狼人杀的？"

大鹏抬手看了看表："这时候来，大概是了。"

这时，苏达和大鹏发现了一个在门口晃了半晌的生面孔，背影看上去已经不年轻了，略略有些佝偻。

大鹏是个热心肠，冲着门口高喊："阿姨，公共厕所右边拐！"

但老阿姨没如大鹏所料的往右拐，倒是推门进了房间："绿洲公寓21层的华山论剑狼人杀小组是这儿没错吧？"

这下轮到苏达和大鹏面面相觑，苏达像是被馒头噎着似的给大鹏做了个口型："你确定这老阿姨懂规则？"大鹏用更夸张的唇语回了一句："不知道。"倒是老阿姨一点也不认生，直接就在苏达身边坐下了："这里没开灯呐，我最中意这样的氛围，从心理学上来说，有时候环境对人的心情可以产生正向反应……"

大鹏最听不得这左耳穿右耳的唠叨，啪的一声把开关按开，整间屋子都亮堂起来。

苏达这下才看清楚，身边的老阿姨戴着鲜红色的眼镜，穿着大绿色的中国风垮裤，耳朵上明晃晃地戴着两只不规则的木耳环，像是从哪棵歪脖子树上刚凿下来的。她看上去50岁左右，身材保持得不错。在灯光下，苏达能清楚地看到她卡在鼻翼边的浮粉正随着脸上的表情簌簌下落，但脸上每一根皱纹都体面地挺立着，好似骄傲的士兵。

苏达一面掩嘴一面冲大鹏低语："你从哪儿找了这么个灭绝师太？师太都来了，那我的芷若妹妹呢？"

大鹏耸了耸肩，话音未启，大门就再一次被推开。未见其人，先入其腿，这条腿白皙修长，苏达的眼睛都要看直了。

苏达在电影学院读书时，见过不少惊艳绝伦的女孩，可这么白净细长的大腿还是头回见。顺着这条腿往上看，是一张五官并不浓艳大气的脸，眼睛、鼻子、嘴都往小了长，但却又浓缩得很协调，那种泛着初恋气味的青涩感，还真的挺像汉水送别时递予丝帕来擦泪的周芷若。

这一趟狼人杀来值了，苏达暗想。他给大鹏使个眼色，让他把旁边的位置让出来，大鹏识趣地把屁股挪开。

"随便坐。"苏达嘴上说着随便，手自觉往旁边的位置做了个"please"的手势。这"周芷若"倒也不客气，一屁股坐在空位上，往椅背上一靠，整个人松散下来，一点儿没有拿捏的矜持，甚至还扯着嗓子高喊了一声"谢谢啦！"一张江南女孩儿的脸，行事却像个大刀阔斧的东北爷们儿，有趣！

陆续有人推门进屋，到了大鹏约定的时间，整局狼人杀的座位基本已经坐齐了，只有黑面女旁边空出一个位置。苏达不是一个容易犯怵的人，却莫名地不敢正眼看她，只敢偷摸着瞄上几眼。

黑面女的隔壁座位上面放着她的 Hermès，很显然是要给谁占位。她早把黑宽檐帽脱了下来，脸上一丝不苟的妆容就跟她的贴片指甲一样。从进门那刻开始，她就像进入了一个只有她自己的结界里，即便是苏达这类爱听市井八卦的人，都无法对她产生搭话的欲望。

按照以往的惯例，既然组了个新局，总要让大家自我介绍活络一下气氛。

"我先来介绍吧，"苏达还没来得及反应，身边的"周芷若"已经起身发言了，"我叫宋一潇，宋庆龄的宋，一二三四的一，潇洒小姐的潇，26 岁，身高 170 厘米，三围……"听到"三围"两个字，刚才还在各自忙碌的众人目光都唰的一下转向她，她倒是大方，爽朗一笑后继续接话，"不好意思各位，平时试镜总这么介绍着,都成职业习惯了。我是个演员。平时拍戏的时候大家都叫我小宋,你们也这样叫我就行。我觉得人吧,活在这世上,名字充其量就是个代号。你姓赵钱孙李、周吴郑王、欧阳上官,和叫阿猫阿狗,也没什么两样。"

这一套自我介绍的前半段,苏达倒也熟悉。刚出校门的时候,他也曾这样一间一间地在筹备宾馆里敲房间门送简历,被人当成货架上的倭瓜挑来拣去。遇上脾气好的副导演还会跟你搭两句戏,让你转个身子来看看;遇到脾气不好的,看都不看一眼,就把简历往旁边的一堆简历里一丢,冷冰冰地撂下一句"回去等通知"。

选择做婚庆行业后,苏达的日子顿时畅快了许多。这女孩能撑到现在,在苏达看来也够有本事。

不过这后半段倒挺有意思,他好久没看到这么有"精神头儿"的姑娘了,说话快得跟放炮似的,眼珠子转得咕噜噜的。

第一个上来的就是这么劲爆的职业。但凡俗人一个,总有几分不死不灭的八卦魂,这么有爆点的职业,就免不得将自我介绍环节加码成了记者会。

有个玩家试探地问了一句:"听说新四小花里有一位正和曾经的四小花闹得挺僵的?"

宋一潇想都没想就回:"嗯,定位撞上了。那个曾经的四小花,按年龄都该称'老花'了吧,35岁以前在'傻白甜'市场上所向披靡,热衷赚快钱,随便瞪眼演戏都攒足荷包,现在轻轻松松被年轻的小花顶上了,怎么能不记恨?她这是不能认清市场的规律,观众们能接受一个没演技的少女,但没办法接受一个没演技的大妈。自己拒绝成长,现在新人换旧人,也算合情合理啊!"

这玩家只是蜻蜓点水一问,没想到有这样大胆的回答,其他玩家也不再试探,问题纷至沓来。

有玩家问:"那个婚姻观察节目里的a男和b女是不是真的戏假情真?"

宋一潇没好气地"哼"了一声,厌恶都写在脸上:"新节目总得要造势,这都是老招数了。没人去创新节目,总在里里外外地抄来搬去。节目不扎实,那就只能在宣传上乱下工夫，博点眼球。再说了，节目组提供资源，多给荧幕情侣剪几个镜头，活脱脱地'win-win'（双方获利，双赢）双赢啊！"

其实真相是什么，宋一潇也不是太清楚。她不过就是一个查无此人的小演员，大家熟悉的那个所谓娱乐圈，是她踮起脚也够不到的新世界，不过大家来这就是图个乐，她也跟着信口胡诌几句。

面对各种奇怪的问题，宋一潇有求必应。这样轻松的氛围直到一个长发男子提问时戛然而止。

长发男和宋一潇差不多时间到，一来就坐在宋一潇的斜对角。奇怪的是，他落座后也不找人说话，只是下意识地瞄向宋一潇，眼神有些暧昧。

自从出了电影学院的门，苏达好久没有在人群中看到这么好看的男孩：一张棱角分明的脸，配上斜飞入鬓的眉尾、滚动的柔软唇珠，完全符合现在"小鲜肉"的标准。

他留着高中女生的黑色齐肩直发，却不像高中女生似的梳理工整，而是精心抹上了发油，显得锃光明亮。这世界对好看的人总是温柔一些，给他们提供各式各样的选择，就连发型也是。如果苏达换成这个造型，就是戴了假发的矮秃子，在长发男头上就是莱茵河畔的文艺青年。

"这脑袋，苍蝇站着都滑脚。"苏达心想。与其说他对发型不满意，不如说这是他对帅小子处处留情的艳羡。但他也好奇，如果长发男想要认识宋一潇，为什么不亲自上去搭一句话？他的外貌应该能给他极大的自信，相信自己有所向披靡的异性吸引力才对。

长发男的提问听起来有些莫名其妙："这个圈子里的女孩是不是总爱傍'金主'，有了'金主'，什么戏都不缺？"

见宋一潇不理，他又锲而不舍地补了一句："不是听说圈里好多女演员，演技没多少，就靠着背后的一桶金上位？"长发男手足并用地暗示着。

宋一潇在极力克制，但脸上还是不由得露出了一丝愠色："我不明白你为什么要在潜规则前加一个定语，专讲女演员。但凡女性在某种领域获得成就，就是你这样的人在背后嚼舌根，企图用权色交易去抹煞她的努力，将她们的成功贴上标签，要么靠手段，要么靠身体……"

苏达在心里暗赞了一声，有气性。在这一行，他亲眼目睹过女孩们的不容易。亚洲盛行少女文化，人们永远愿意在荧屏上看到新生的饱满脸蛋儿。一拨一拨新的少女在背后虎视眈眈地准备着"革故鼎新"，即便是处于盛花期的女演员都必须为飞逝的青春而自危。

他不知道这种歧视女性的局面在什么时候能有一点点的改变，但绝对不是今天——因为宋一潇发言后，刚才还乱哄哄的局一下子安静下来。从一些人的眼神里，苏达读到的是同一句话——"这姑娘有病吧，一点小事也上纲上线"。

"人为财死，鸟为食亡。别人只给你千儿八百的时候，你当然能忍得住。我不信投资人给你砸个百八十万，你还能这样硬着脖子。"长发男小声嘀咕了一句，恰巧被苏达听见了。

苏达从不自诩自己是个理想主义者，但他总觉得这话说不通。"有钱能使鬼推磨"确实是大道理，但做人也要有点浅薄的信仰，若能养一身膘，自己能轻松推磨，倒也不需要百鬼夜行。

这人发型油就算了，人也挺油的。

有了宋一潇的尴尬开场，大鹏只好硬着头皮出来主持大局，让自来熟阿姨接着做自我介绍。

老阿姨一说话，鼻翼附近的浮粉掉得更厉害，但胜在中气十足，带着颇具有年代感的抑扬顿挫。大家仿佛是一群被教导主任叫来训话的学生，不自觉地挺起腰板。

其实这倒也正常，因为这老阿姨自称是附近医学院里的李晴帆教授，教了几十年的书。某天在上课时，她听说有几个学生旷课，一时气不过，下了课直奔宿舍找学生，发现几个人正围成一桌在玩一个叫"狼人杀"的玩意儿。她抱着"有什么好玩"的念头和学生玩了一局，可这不试还好，这一试，轻轻松松大杀四方。学生出坑了，老师沦陷了。

终于轮到苏达了，他上一秒刚粗略地介绍了自己的名字和职业，下一秒就从口袋里掏出了印着二维码的名片："有兄弟朋友要结婚的，大姑大姨要结婚的，都可以扫一扫联系我，包您满意。"

名片都递到面前了，就算用不上，大家也都习惯性地接了下来。只有递到了黑面女面前时，对方没有伸手的意思。苏达的手在半空悬着，气氛瞬间尴尬到了极点。好在苏达也习惯了死皮赖脸地拉客户，直接递给了下一家。

发名片时，为了不沉闷，苏达也随口耍了点嘴皮子，对着外行人一顿"海夸"："你们看到周杰伦的婚礼没？人家坐的是旋转木马。我们公司能帮你把整个游乐场搬到婚礼现场，还能在室外人工降雪……"

"换一个话题吧，谈婚礼挺无聊的。"黑面女发话了。

这世界上还有不喜欢婚礼的女性？苏达花了一秒时间反省了自己的少见多怪。

"我没来迟吧？"

苏达正介绍着，门外忽然走进了一个西装男。讲真的，若不是他进门前的这句问话，在场的人真怀疑他走错了地方。

这个男人的西装熨烫平整，甚至连边角都不打皱，一看就是那种拥有明亮高层办公室的人，日常的生活是在开阔的办公室里转悠总裁椅玩儿，以及站在办公室的落地大窗前看夕阳。他出现在这个逼狭的小房间里，违和得就像一个在大排档里端上来的极品澳洲双头鲍。

眼尖的苏达看到黑面女把 Hermès 从椅子上拿下来，就随口抖了个机灵："你当然来迟了，没看到只剩下一个位子吗？那就是你女朋友给你留的。"

"不是女朋……"黑面女嘴里蹦出几个字，趁在场的人还没来得及听清之前，又把话咽了下去。

西装男对桌游吧里的矮凳很不适应，但他意不在椅，换了几个姿势后仍硌着，却迫不及待转向黑面女："亲爱的，我……"

黑面女好像并未因为这句亲昵的称呼面露悦色，西装男慌张得像个做错事的孩子，将刚才的高音一下子降了八度，换成了标准的男低音："我真的是晚上有个电话会议，挺忙的，但你说想来玩，我就算再忙也得赶来，你就别生气……"

黑面女明显无视他释出的善意，将身体拧向另一个方向，西装男赶忙换了一个更诚恳的认错方法："不不不，你应该的，你应该生气。我来晚了，你当然有资格生气……"

这话换别人说，大概可以理解成平凡情侣间的秀恩爱操作，但从西装男嘴里说出，更像是极尽能事施展出的谄媚和讨好。

苏达能得出这个结论，是因为黑面女转的方向正好对着他，她脸上并没有小女孩撒娇得逞的小愉悦，而是透露着一种真实的冷感。

苏达对大鹏使了个眼色，在心里暗笑：大庭广众之下尚且如此，要是回自己家关上门，西装男还不得自己掌嘴几个耳光，路边摊口水小说里的"病娇总裁刁蛮妻"都不敢这样写。

这时大鹏无意间做了助攻，他不小心碰了下杯子，水滴溅落在黑面女桌前，令她嫌恶地挪了挪身子。就连这么微小的举动，也被西装男第一时间捕捉到，他拿了张纸巾抹干桌上的水渍，顺手把水杯往大鹏的方向推了推。一切都做得这么悄无声息，这大抵就是成熟男女之间的情感交战，像老僧过招，气定神闲。

苏达悄摸对大鹏说："真是一物降一物，信不信他们肯定是一对儿。男追女，隔座山，这男的正屁颠儿屁颠儿爬着呢！"

按自我介绍的顺序，下一位就是西装男了。苏达正等着验证自己的结论，但还没等西装男说话，黑面女先声夺人抢白了他。

"没什么好介绍的，时间不早了，大家都是来玩桌游的，直接开局吧。"

大鹏一看时间确实不早，索性也遂了黑面女的愿，直接发牌开局。

狼人杀的游戏，简单来说就是一群人在抽取身份牌后，被分成预言家、女巫、猎人、平民和狼人。狼人是游戏中的反派，需要隐藏身份，在"夜晚""杀死"其他人。预言家、女巫、猎人则各自具备特殊技能，他们和平民一起归为好人身份，需要共同找出狼人，在"白天""处决"他们。正邪两支队伍对垒，存活者为胜。

苏达抽到牌的一瞬间有些兴奋，因为他抽到了狼人杀游戏里最重要的身份牌——预言家。预言家的特殊技能是"每天晚上"可查验一个玩家的身份，验证他是好人或是狼人。这个角色可以利用自己的能力带领大家找出狼人，相当于游戏中的救世主。

人人都想做救世主，哪怕是在游戏里实现一次都令人兴奋，苏达也不例外。他认真环视一下四周，想要选定第一个"晚上"查验的对象：西装男和黑面女都是压住一半牌面，翻至刚刚能看到的角度就重新掩上，两人动作如出一辙，脸上没有任何表情的变化。身边的宋一潇翻牌声极大，混杂着渐渐紧张的呼吸声。她没心没肺地拿着牌在眼前反复晃，如果苏达不是个守规矩的人，只需换个角度，就能将牌一览无余；在她对角位置的长发男随意看了一眼牌，似乎意不在此。

正当苏达四处偷瞄时，突然感到李晴帆教授在看着他。教授的眼神有点古怪，盯得苏达有些发怵。他好久没被人这么盯过了，加上心虚，不经意地挑了一下眉。看到这一幕，教授满意地转过头，嘴角露出些许不为人所察觉的笑意。

"黑夜"，全体闭眼，苏达终于等到了那一句专门为他而设的话："预言家，今天晚上你要验谁的身份？"

他思忖再三，终于选定要查验长发男的身份，一来是他翻牌时心不在焉的情绪令人怀疑，二来他刚刚出言不逊，加上油腻腻的头发，看着实在生厌。大鹏给了他一个拇指向上的姿势——示意长发男拿到的是好人牌。

虽然第一轮没能够查验出狼人，但苏达还是信心百倍地闭上眼。反正还有下一轮，有大把时间让他这个预言家大显身手，hold 住全场。

"天亮了"，再睁眼，苏达被告知自己已经被狼人"杀死"了。

苏达气得当场就想骂娘了。他难得拿到一次救世主的身份，竟然在什么事情都没做的第一轮就被杀了。这狼人的准确率未免也太高了？

法官大鹏给了苏达留下一句遗言的机会。

"大家务必信我，我是预言家，我昨天查验的是他，"苏达指着长发男，"我给他发一瓶金水。"

"金水"在狼人杀术语里意为预言家查验过的好人，但与此同时，苏达忍不住哀号:"谁是女巫啊,我就长得那么不合您眼缘吗?被首杀了都不救我?"

"可不。所以说要常来玩狼人杀,一个游戏能帮你更清楚地认清自己。"大鹏毫不客气地插了一句浑话,全场哄笑着进入了第一轮发言。

发言顺位进行,宋一潇是1号。她一手转着笔,一手斜靠在椅子上,嗓门又尖又高:"预言家走的时候那话说得挺诚恳,所以我就信他是个预言家,也信他发的金水。我是第一个发言,没什么可分析的。我拿到的是一个神职牌,大家投我就是诬陷好人,吃力不讨好。"

说最后几句时,宋一潇配合着极快的手部动作,仿佛不这样就不足以表达她所有的情绪,连隔壁的苏达都感觉到了座椅的摇晃。

演员做久了,总有个坏习惯,喜欢把内心戏、潜台词讲出来。这个小毛病在宋一潇身上更是无限放大,以前在学校里演大戏,剧本上就一句"二妮回家发现四下无人",宋一潇就偏要在台上左右探头,还顺嘴配上一句"奇怪了,怎么没人呢"。别人讲逻辑,宋一潇讲情绪。跟着感觉走,这是她的强项,也是她的弱处。

接下来就是李晴帆教授的发言。她不急着说话,先是慢悠悠地呷摸了一口茶。"我是一个平民……"说到这里,她顿了一顿,看了一眼各位的反应,才接着往下说,"……及平民以上身份。"重音放在尾句,隐隐有一种要强调的意思。

李教授的分析毫无亮点,就像老太太的裹脚布又臭又长,还差点唠过了规定的时间。但她的语速忽快忽慢,尤其是谈到"女巫""预言家""猎人"三个词时,会稍微暂停后再继续。

李教授嘴上说着自己是平民,但座上的各位不知道受了什么语言暗示,都笃信她是一个隐藏的神职。

轮到西装男了,此时的他脱去西服外套,露出熨烫一新的衬衫,和刚刚低声下气的样子完全不同。

他先是主动分析了情况:"我们姑且认为刚刚走的预言家是真的,现在还有两个神职,女巫如果今天晚上使用了解药,可以跳出来告诉大家,顺便保护一个好人。猎人一定要隐藏好自己，否则所有的神都被杀，狼人就胜利了。"

对于每一个针对他的质疑，他采用以退为进、以守为攻的兵法："至于那些怀疑，我不在意。我是个平民，你们投我也好，狼人杀我也好，都是无所谓的。只要能保证猎人的安全。"

话说到这儿，苏达基本能确定拿到好人牌的是西装男了，他表达连贯，语气缓和坚定，置自己生死于度外。每句话都呈现出一种"在找狼人"的平民逻辑，足以让苏达确信，西装男是和他站在同一条战线上的。

在游戏里被杀死的苏达已经可以光明正大地查看每个人的身份了。他忍不住去验证自己的看法，但这一验证他惊了：这一局，宋一潇是猎人，黑面女是女巫，而游戏中的狼人——居然是公认神职的李教授和"比好人更像好人"的西装男。

苏达瞬间明白了，西装男提示女巫公开结果，不是为了保护好人，而是为了套出女巫，好在下一轮准确无误地将她"杀"死。

就像一部电视剧，在已知结局的分崩离析后，再去看故事开头，总能对人物命运的走势有一番不同见解。知道了身份之后再看游戏，苏达像是开启了上帝视角。

西装男依然口若悬河地分析着。他"轻踩"了几个前置位发言者，甚至踩了一下狼同伴李教授作为挡箭牌。之后，终于转向了终极目标——向宋一潇发起了攻势。

"在前置位发言里，我不看好的还有1号。试想一下，说自己是神职的人为什么说不出昨天晚上做过什么，预言家会说查验过谁，女巫会说昨晚为什么没有用解药，而猎人，如我所说，这时候就不该跳出来。这时候说自己是具备特殊身份，要么是一个平民伪装神职挡刀，要么是一只准备悍跳的狼。"

"猎人应该隐藏好自己"这个逻辑是西装男提出的，他用自己提出的道理去证明自己的理论。在大家还没反应过来之前，就将其上升为了真理。

"这招用得太高明。"苏达暗赞。现场几乎所有的人都相信了西装男拿到的是游戏中的好人牌。如果不是已知身份，苏达到现在也依然会坚信西装男就是拿到好人牌的人之一。

这样一个人站在你面前，你只会有一种感觉：他拥有足够成熟的欲望和控制力，他的生活仿佛很难脱轨，即便是脱了轨，他也能将它硬生生掰回来，似乎一切都在他的控制之内。

果然，之后的长发男马上就跟票了："反正预言家已经坐实了我的好人身份，不需要我自证了。我同意上一位的分析，宋一潇是狼人。"

他显然和宋一潇有着某种关系，脱口而出她的名字。但违反规则的行为马上引起了黑面女的不满："桌上那么大的号码牌你看不见吗？"

长发男没想到自己会突然被一个陌生女人呛，只得悻悻地改了口："1号是狼人。"

狼人杀的发言顺序从前到后，前置位发言人不能反驳后置位发言人的问题。身为演员，宋一潇的七情六欲比其他人更格外夸张地写在脸上。

她向长发男的位置砸了一个抱枕，扯着嗓子喊："这个局你不推我出去不痛快是不是？"随后便被黑面女瞪了一眼："麻烦遵守一下规则，后置位发言的时候，前置位不要插话。"

上帝视角的苏达好像突然理解了宋一潇这么多年依然不红的缘由——以这咋咋呼呼的劲儿，演个好人都要被误解成反派。在这种没人说实话的游戏中，说大实话的一个，反倒要遭人怀疑。

终于轮到了最后一个发言的黑面女，她不归票，反而提出了另外一个设想："我倒不认为第一夜被杀的就是预言家。他很可能是狼人自杀，想要从女巫那里骗解药，结果失败了。临走时，他想要保住他的狼人同伴，所以才发了个金水。"

"你们的想法都是建立在'第一夜被杀的是预言家'这个大前提下，"黑面女接着说，"我觉得还有别的可能，不要这么快下定论。要我说，这一轮发言里有太多人划水了，我建议大家在划水的人里面投一个，比如1号的发言，一点内容都没有。我不喜欢敷衍的态度，不尊重游戏干脆不要玩。"

听了黑面女的分析，洞悉一切的苏达在心里感慨，事与事之间都是单线思维也挺好的，想太多有时反而扰乱思绪。

不出意外，宋一潇被众人投票"处决"了。"死"之前，她翻牌亮出了自己的猎人身份。

在游戏里，猎人有一个特殊的技能。当猎人被狼人"杀死"或者被投票处决时，可以选择"开枪打死"一个人，当然，如果他不能确定谁是狼人，也可以选择不"杀"人。

宋一潇往周围瞄了一圈，突然将眼神长久地停留在6号黑面女的脸上。

苏达心里暗叫"不好"。虽然他才和宋一潇认识了不到十分钟，已经认定她是不爱按常理出牌的姑娘。

"要是人人都循规蹈矩，就不好玩了。我不能确定谁是狼人，只能凭自己的感觉，在刚才怀疑我的人里面挑一个……"这姑娘玩起游戏都像是酒劲儿上头，只思考了几秒，便迅速地做出了决定，"我带走6号。"

苏达差点背过气去——自己身为预言家，第一个"晚上"就让狼人不明不白地杀了。现在第一个"早上"，猎人被投票"处决"，临走时还"开枪"带走了女巫。

这个游戏的规则是，如果所有有特殊能力的人都死了，就算是狼人获胜。当大鹏宣布"游戏结束，狼人获胜"时，除了已知身份的苏达，其他玩家都是一脸懵，不敢相信一场能够持续若干小时的游戏竟然在短短几分钟内就结束了。

西装男和李晴帆教授握手庆祝狼人的胜利。西装男毫不吝啬地夸奖："您怎么就能猜到预言家的身份？"

老阿姨神秘一笑："你信不信这世界上真有种玄学，能让人在一分钟内看穿别人的心？"

一局狼人杀结束，大家不可避免地开始复盘游戏，场面瞬间乱成一团。

复盘游戏远比游戏更考验逻辑，因为人总是习惯性地逃避自己的错误，将错误的根源推卸到他人身上。

开始有人质问宋一潇为何在不确定谁是狼人的情况下随便"开枪杀人"。当然，也有人开始质疑：为什么女巫在第一轮无法确定任何人身份的情况下，拥有解药却不救人。

在狼人杀的游戏设定里，女巫会在狼人杀人后睁眼，并被告知当晚死亡的人是谁。她拥有两瓶药水，一瓶是毒药，一瓶是解药。解药可以救人，毒药可以杀人。

第一个"早上"，大家被告知预言家苏达死了。那么，黑面女一定没有使用她的解药，倘若她使用了解药，预言家就能存活，或许可以带领好人阵营获得胜利。

黑面女并不直视大家，轻描淡写地解释着："万一他是狼人自杀骗解药怎么办？当一件事有错的可能时，我绝对不会让它发生。"

她的语气太不屑，以至于质疑的人根本就忽略了她的解释。但苏达觉得好奇，这个女孩从一进来就带给人一种秘密加身的感觉，你很难挑选一个准确的形容词来形容她身上的气质，无论是忧郁还是惆怅。这个女孩稳稳地护住一张内心底牌，你不知道它翻过来是什么，但你唯一能确定的是——它不会是一张好牌。

预言家首轮被杀，女巫不救预言家，猎人随心所欲带走女巫，狼人的逻辑又过于强大。一桌"怪人"，玩了个"怪局"。

"复盘游戏的时候，你一句话都没说。拿到预言家牌，第一轮就被杀，就一点都不生气吗？"趁着休息，宋一潇去柜台边拿橙汁，也顺手倒了一杯放到苏达面前。

苏达侧着脑袋皱了下眉头，继续转着手里的牌："不至于生气，只是一场游戏嘛。大鹏不都说了吗，主要原因还是我不受人待见呗！"

"你够佛系啊！"

宋一潇这话倒是说对了，苏达没什么优点，就是在情感上挺佛的。但这尊"佛"啊，也是通过前几段恋爱渡劫来的。

今天婚礼上的新娘就是苏达大学时代的初恋，分手那天她说过的话，苏达到现在还记得一清二楚："苏达，我承认你是我历任男朋友中最体贴温柔的一个，和你在一起很开心。但是越开心我越提醒自己，不能把未来交在一个两手空空的人手里，要早点离开你，免得自己沦陷。你把所有的仪式感都给了工作，留给生活的全都是一眼望到头的平淡。如果选择了你，我完全可以预见，迎接我的会是没有一点波澜的平庸人生，那不是我想要的。从爱情到婚姻是要权衡各方面条件的，你总给我画大饼，说你那个婚庆公司未来会有好的发展，不要说我了，就连你自己也不信吧？还有你的身高……哪有女生接吻时需要先弯腰的？我还得眯眼找一找你的嘴在哪。我们一起出门时，我像牵了个孩子不说，我明明没有嫌贫爱富，全大街的人都以为我傍了个大款……"

在数落完苏达的各项指标后，女孩最后说了一句话，让苏达至今都记忆犹新："我做学生的时候连考试都拼命拿优＋，公司 KPI 是 3.75，总不能在寻找伴侣上降级吧？"

回忆到这里，苏达大口猛灌了一口橙汁。

"你的学校也在白马路？"苏达只能换了个新话题问宋一潇。

"是啊，我 11 级的。不过你怎么猜到的？"

"这一带有开设表演专业的只有那一所嘛！我也是那儿的，12 级的，当年听我妈推荐读了个录音专业，看来我还得叫你声师姐。"

宋一潇假意生气地扔了本杂志过去："你再冲我喊一声姐试试。"结果杂志砸到了大鹏，宋一潇一下红了脸，吐着舌头偷笑了一下。

"宋一潇是你本名吗？"苏达好奇。

宋一潇本来侧靠在另一侧上，一听这话题来了兴致，挪了挪身体靠到苏达那一侧的扶手上。两个人之间的距离突然拉近，苏达甚至都能恍惚闻到女人身上特有的体香。

"改的。我原来的名字是我妈找师爷算的，说命里缺火要四个火。结果可好，在剧组里就没一个人念对这个字。等演员表出来，我妈蹲点兴高采烈去看，你猜演员表写什么？"

宋一潇还没公布答案，自己先笑到前仰后合，苏达一头雾水也只能迎合着笑几声。"演员表……"她笑得差点喘不上来气，"演员表里写了个宋四火。"

"后来想着在这行做嘛，总要有个好记的名字。不过改了也没什么用，在剧组里，该叫你小宋还叫你小宋，你也不是个腕儿，谁有空闲记你的名字。"

"有可能没改名更好，现在不仅名字里没火，还给我浇了一盆水。火不了……"宋一潇忍不住自嘲。苏达正想安慰点什么，新的一局就开始了。

一晚上连开了好几局，几乎局局险胜的都是西装男所在的阵营，他总能轻易令大家倒戈到自己的方队里。唯有一局，西装男所在的阵营输了，那局他和李晴帆教授被分在不同的阵营，而李教授在第一轮就识破了他的预言家身份，将他逐出局外。好人阵营群龙无首，只能败下阵。

而这个李晴帆教授仿佛真是应了她的玄学，像拥有一双透视眼，谁说的是真话，谁说的是假话，她一眼就看得出。玩到最后一局，谁都看出了这个老阿姨的不一般，直接给她送了个新名号"李半仙"。老阿姨倒也一点不客气，笑纳了。

结束局前大家自由走动，苏达终于找到个机会，和西装男迎面碰上。

"你玩得很厉害。"苏达由衷地赞赏。

"过奖。我不常玩，这就和搓麻将一样，新手通常运势好。"西装男给了一个标准中年男人会给的、谦逊得体的回答。

"我叫苏达，你呢？"苏达想要找一个不那么官方的开场方式，可惜失败了。

"赵程。"西装男将名片递上，苏达远远就看到上面显眼的烫金公司 logo。外行的人可能不太了解这家公司的含金量，但苏达心里清楚，这家公司曾经制作出风靡一时的电视剧，还是第一家将古装电视剧版权卖到国外的公司。大四那年的校招，他曾看到这家公司的简报，用人要求高得令人咋舌。他好像突然明白了赵程那让人产生压力的控制欲来源于哪里。

不过这家公司现在也早已是日薄西山的颓势，如今正值电视剧市场的寒冬，没有新媒体助力，光想靠版权输出营生，蹲在家里啃老本，自然会在自由的市场竞争里被淘汰出局。

就在说话的间隙，黑衣女推门出去。苏达正好背对着玻璃门，没看到她对着赵程做了一个示意出门的手势。

"失陪一下。"赵程匆忙跟了出去。

隔着玻璃窗，隐约可以听到赵程和黑衣女交谈的声音。

"在公众场合，你还是像工作时那样叫我。我们之间是什么关系，我们自己清楚就行。"

"这一枚戒指……"黑衣女从手中的 Hermès 包袋里艰难地掏出一个小盒子，"你自己收好。"

赵程正要辩解什么，手机屏幕突然亮起来，显示出的来电联络人叫做"小宝"。

赵程抬头看了黑面女一眼。

"接吧。"她说完，转身把玻璃门推开，留下赵程一个人站在走廊上。

面对电话听筒的赵程，不再像刚才狼人杀局上那么自信，他捏了点嗓子，尽量压低着声音："小宝，爸爸下一周就回去，给你带了最新的指尖陀螺，爸爸还不会玩，你教一下爸爸怎么玩。"

电话那头的童声听上去兴奋得过了头，撇下听筒，兴奋地跑动大喊："妈妈，爸爸说下周来陪我玩指尖陀螺！！"

赵程刚想回应点什么，就被屋内乍起的电吉他音乐打断。屋里弹电吉他的人也是刚刚狼人杀的玩家之一。可如果不是这声突如其来的吉他声，像赵程这样的高智商玩家，玩了一个晚上的游戏都不会注意到这个人。

大鹏说这人叫李超，就是在大街上喊一声"李超"就有几百个人回头的"李超"。职业嘛，说好听点是玩音乐的，说难听点就是音乐游民。反正闲来无事，他三天两头来这里玩狼人杀，哪里缺人就补哪里，玩得不算糟糕，也不算好，人如其名般没什么存在感。

大家都在房间一侧进行着结束前的狂欢，聊天或是交换微信，电吉他更像是渲染气氛的背景音乐。大家的掌声是为今晚的狂欢而来，而并非是为了创作音乐的人。

苏达帮大鹏收拾散落的卡牌，偶尔瞥一眼李超，这是个有些谢顶的中年男人，茂盛的头发中间少了一块，马上就要出现"地中海"的趋势。但这个男人明明用的是电吉他，却有着沙哑温柔的嗓音。

大鹏在洗手池洗杯子，不无遗憾地感慨："超儿也算是生不逢时，总说自己的梦想是在湖边弹木吉他，但现在的商业演出谁要听木吉他？快奔四了，他也怕在年轻人里显老，平时商演的时候都戴着一顶长到腰的红色假发，甩起来就和海里的红藻似的……"

苏达脑补了一下那张脸戴上红色假发的样子，只觉得分外滑稽。

这一整个晚上，苏达都有些意犹未尽。

"今天晚上的局，挺不一样的，来的都是高手。"

大鹏没回应苏达的感慨，洗杯子的手突然停住了："早知道刚才那女演员回答问题的时候，我也该去问一个。"

苏达笑他："看上人家了？春心动了？"

大鹏摇摇头："前几天不是看新闻说《神雕侠侣》又要重拍吗？早知道我问问她，新版的《神雕侠侣》里，小龙女是胖的还是瘦的。"

苏达："……"

其实苏达调笑大鹏春心萌动时，自个儿心虚得不行。

真正春心动了的是他。这夜有太多他忘不了的人和事，神神叨叨的医学院老阿姨、看过去像是第三者的黑面女和赵程、奔四的斑秃电吉他手、油腻市侩的长发男……

苏达发觉自己在选择性地想忘掉些什么，他假装自己一点儿也不想念"芷若妹妹"，哦不，说起来应该是"芷若姐姐"。

苏达的鼻子里还荡着她留下的香水味，他精神上想要去嗅，脑子却在拼命地阻挠。他脑海里浮现出今天那位新娘，也是他的初恋，曾在分手时说过的话——"和你在一起很开心。但是越开心我越提醒自己，不能把未来交在一个两手空空的人手里。"

苏达心里好像有个小人，一个在说"苏达上啊，别怂"，一个在说"漂亮女孩哪有你的份"，苏达还没来得及细想，后者上前，啪啪两巴掌打倒了前者。

狼人杀奇妙夜过后，苏达心里又多了一个求而不得的代名词，叫宋一潇。他感到了许久未曾经历过的心绪大乱。

# 第二章　我们的爱和爱情

狼人杀结束那一夜，苏达半夜醒来，又喝了半宿酒，却连一个关于"芷若妹妹"的梦都没有。这成了他心上的遗憾——那双大长腿太值得想念了，没有梦到都是一种可惜。

苏达嘴上挺怂的，身体却很诚实。狼人杀之后，他总找各种借口拎上啤酒去找大鹏喝两盅，一进门就用眼神雷达四周扫射。

他不止一次想问一下宋一潇的近况，只苦于找不到开场白。但有什么事情能难倒"点子王"呢？写了无数场婚礼开场白的苏达，终于给自己找到了一个合适的开场。

喝酒的时候，他凑近大鹏耳语："喂，你上次想问的那个问题问了吗？"

"哪个问题？"

"新版《神雕侠侣》的小龙女是胖是瘦啊！"

苏达努力将口吻掩饰得十分平常，好让大鹏觉得他只不过是在讨论一个昨天刚刚擦身而过的美女。

"没啊。那个女演员有一周没来了。"大鹏正闲着无聊，把手里的一盒卡牌像玩多米诺骨牌似的推倒又重垒。

苏达的失望都写在脸上。大鹏背对他，却好像背后长了眼："亲兄弟不说暗话，你不如直接问我宋一潇来了没，什么时候来。都过去一周了还挂心上呢？"

苏达将手上刚喝完的空杯递给大鹏，示意他加点柠檬汁。

"讲真的，你要是女孩，面对有趣的高晓松和无趣的吴彦祖，你会选谁？"

大鹏边倒柠檬汁，边回话："别给自己贴金了，人家姑娘就不能选一个有趣的吴彦祖吗？再说了你也不够高晓松有趣啊！"

但大鹏看得出苏达这次是真动心了，刻意地转了话锋。

"你知道《倚天屠龙记》里有个宋青书吧。本来小日子过得挺滋润，他爸还给他留了个掌门之位，偏偏中了情盅，愿为周姑娘做云备胎，叛师门、弑亲、弃大义。这一通鞍前马后的操作，通通斗不过女神一句'我中意'，最终被张三丰一掌毙命。多惨啊！脏腑皆碎，立时气绝啊……"

苏达接过满杯的柠檬汁，心不在焉地饮上一大口，原来稀稀松松的五官被酸得拧成一团。

"呸，你这买的是超市折价货吧？"

"是吗？"大鹏拿起杯子嘬摸了几口，怼了苏达的话，"自己心里酸，就别怪柠檬。"

日子忙不迭地过去，对于苏达来说，想念宋一潇已经成为一件寻常事。

苏达寄望自己可以在某一个梦中见到一潇，但他的梦总是做得不太顺利，就比如这周六一大早，他明明不需要早起，但还是被夺命连环 call 从热腾腾的梦境里拽起来。苏达正想冲电话那端发火，却听见负责人急赤白脸地求助："苏总，伴郎和伴娘打起来了，这情况《婚礼应急手册》里也没写怎么处理啊！"

那婚礼是苏达一手打造的，新娘是个大龄剩女，伴娘团也老大不小了。新娘一来就单刀直入地点名要求打造"荷兰风车婚礼"，让当时的苏达好一阵头疼。

苏达赶紧把自己从未完的梦境里生拽出来，火急火燎赶到现场。负责人谈了谈情况，简单概括就是"激素失调的大龄未嫁女碰上了后天性失智男青年"。

本来嘛，按迎亲惯例，伴娘要藏婚鞋，让新郎和伴郎来找。一般伴娘都是将鞋随处藏藏，意在图个喜庆，没想到今天的伴娘把高跟鞋藏进了墙上的充气球里，伴郎团愣是找了三个小时没有找到。

这原本也没什么，但伴郎团的一个愣头青小伙子突然不乐意了，和伴娘对呛起来，场面突然剑拔弩张。

一问才知道，伴娘和新娘是闺蜜，伴郎和新郎是哥们儿。伴郎和伴娘原本是一对，双方穿针引线撮合了新郎和新娘。四个人还曾经畅想过未来一起办婚礼，共同设计了"荷兰风车婚礼"。谁曾想一对修成正果，另一对却无疾而终。

"那现在两个人呢？"苏达打量了一下现场，一切都平静得像什么都未发生过。

"我们准备开车去酒店彩排，他们去卫生间换衣服了，左手男厕右手女厕，只有这样才能把他们隔开，换耳根子暂时清静。"负责人无奈。

正说着，伴郎伴娘两个人几乎同一时间从厕所出来，在厕所门口的洗手池打了个照面。

伴娘换上了伴娘服，脖子上明晃晃地荡着一条锆石项链。

"呦呵，"伴郎斜瞄了伴娘一眼，先开腔了，"来别人的婚礼还戴这么条便宜货？"

"你以为我是故意选今天戴吗？忘了摘而已，我现在就扯下来还你……"伴娘伸手把项链拽下来，链子在蛮力之下断成两半，"就冲你当年花几十块在路边摊上给我买的这个破项链，就证明我当年跟你分手没瞎。"

"你手上的镯子也是我送的，那你把那镯子也脱了？"

伴娘憋出一声冷笑，立刻反唇相讥："别给脸不要脸，你先把你皮鞋脱了，你这皮鞋还是我庆祝涨工资，攒了钱到香港给你买的，怎么说也比你的破链子破镯子值钱。"

伴郎也是个犟脾气，二话没说，蹬了两下腿就把鞋子甩开老远，打赤脚站在厕所门口。

"就这么双破鞋，你要我就送给你！！！"

"破鞋"这个词一说出来，言者无心，听者有意。场面一下子变得无法收拾。

苏达赶紧做和事佬，捡了鞋劝伴郎穿上："伴郎光脚实在不像话，你要是不愿意，出门后我们买一双新的。"

伴郎不碰苏达手上的鞋，反而意味深长地将苏达全身打量了一遍，有了主意："你！把鞋脱下来给我穿。"

"我的鞋码小……"苏达话还没说完，瞥了一眼正在气头上的伴郎，立马怂了，乖乖将鞋脱下，自己跐拉着伴郎的鞋。

"哪里小了？一点都不小！"伴郎狠狠拽了一下鞋跟，脚噌地一下钻进鞋里，把整个鞋都撑得失了形。这双鞋子怎么说也值好几百大洋，苏达本来就抠，现在他的心呐，差点被揉成一团。

休息室外只有一张长凳，伴郎伴娘两个人气呼呼地一人坐一头，暂时宣布休战。

新娘刚补好妆出来，不明战况地问苏达："他俩又吵架了？"

苏达挠挠头："算是吧，也可以说是……交换了一轮礼物？"

新郎在旁边搭腔："早知道他们水火不容，就不该让他俩来……"

"不来能行吗？没有他们两个，也没有我们呀，漏了谁似乎也不对。"新娘戳了戳新郎的手臂，些许遗憾地说，"你知不知道刚分手那阵我姐们儿对我哭呢，她这人平时大大咧咧的，那是我第一次见她哭。"

"我兄弟也不是没心的呀，刚分手那段时间，每晚喝酒喝完了就撒酒疯，抱着我们兄弟几个唱《单身情歌》，他说再也没有人会像她一样，什么都不计较地陪在自己身边。"新郎替兄弟辩解着。

那边的两人又莫名开启了争端。新娘无奈地叹了口气，突然冒出了疑问："所以他们当初是为什么分手的？"

新郎托腮思考了一会儿："对呀，他们当时为什么分手……"

苏达："……"

他好像突然明白了这样一对爱人不分场合的气急败坏。在分手之后还潜意识带着当年的信物，或许就是他们无法自知的心意。而今天，在这样一个曾经幻想过的婚礼现场，一切记忆复苏，却找不到宣泄的豁口。

苏达突然有了一个大胆的想法，或许两个人都有复合的意愿，却不好意思说出口呢？他决定试一试，玩了个心眼，临时给新手司仪写了一段词。

婚礼正式开始了，新娘新郎和伴郎伴娘一起上了台。几人站成一排，倒也合衬。

司仪按照苏达新写的词把话筒递给伴郎，伴郎规规矩矩地送出了祝福。

"要对新郎和新娘说什么？"

"早生贵子。"

司仪狡黠一笑，开始反问伴娘。

"要对伴郎和伴娘说什么？"司仪按苏达写的，悄悄将"新郎新娘"改成了"伴郎伴娘"。

伴娘果然出于惯性回答出早已备好的祝福语："百年好合。"

台下宾客哄堂大笑，伴娘这才发现自己入了主持人的圈套，气得脸涨红，却半天都说不出话来，一点都没有刚才剑拔弩张的样子，倒像是被戳破心事的中学小女生。

苏达仔细地观察着伴郎，伴郎竭力忍住自己的笑意，神情没有一丝不自如，反而带着某种期待。

很快到了接捧花环节，新手司仪公布了苏达设计的新环节：接到新娘捧花的人，无论是谁，只要他喜欢的人在现场，就要当场告白。

这个劲爆的新规刺激了大家的神经，所有人都在关注着"告白捧花"到底花落谁家。尽管带着猎奇心理，但真正有心要接捧花的人并不多，伴郎在要不要伸出手的犹豫之间，捧花已经落到了他手里。

"你想要告白的人在现场吗？"司仪问了第一遍，伴郎没有回答。

"现场有你想要告白的人吗？"司仪换了个语序问了第二遍，仍是鸦雀无声。

司仪正打算问第三遍，伴郎突然单膝跪到了伴娘面前。

"给我一个机会，我们……重新开始。"

苏达见那女孩脸上先露出了抑制不住的笑意，然后嘴角开始慢慢抽动，躲进男孩的怀抱里隐藏眼泪——这也是苏达想象中的结果。

天上仿佛射下一道追光打在拥抱的恋人身上。苏达感受了一下脚上不合脚的鞋，觉得这双皮鞋也到了该回去的时候了。

　　自从毕业后成为司仪，一步一步走到今天成为金牌婚礼策划，能让苏达感受到婚礼质感的时刻其实不多。而这个突如其来的"告白捧花"创意让苏达获得了作为婚礼策划久违的满足感。他暗下了一个决定，要将"告白捧花"设计成"苏达式婚礼"的固定环节。

　　三周后，北京暴雨。苏达却在这时冷不丁接到了大鹏的电话。
　　"宋一潇今天报名了狼人杀。别怪兄弟说晚了，她已经三个星期没来了。哥第一时间给你留了个名额，来不来全看你。"
　　听到这话的苏达似乎不如大鹏想象中的惊喜，他说自己带了几瓶好酒，已经在冒雨去桌游吧的路上。
　　大鹏觉得自己是合格的僚机，对苏达的话有一万个不信："这么巧？难不成你们两个是心有灵犀，缘分未断？"
　　电话那端的苏达沉默了一会儿，突然正儿八经地回了一句："或许吧，真的是缘分未断。"
　　话音刚落，苏达前脚就迈进了桌游吧的大门。大鹏正准备上去打招呼，却发现后面紧接着迈入了一条素白的大长腿——那是宋一潇。
　　"电梯上碰见的？"大鹏觉得这巧合值得玩味，用结实的胸肌撞了一下苏达，差点把苏达那小鸡仔身板弹出去。苏达的表情不置可否，大鹏也懒得追问。
　　刚进门，苏达就听到了木吉他声。但今天的超儿和三周前见到的那个斑秃中年男人不太一样，他戴上了传说中的那顶红色假发，远远看过去就像一只燃烧的火鸟。
　　"演出刚回来啊？"苏达随口一问，想要套个近乎。
　　"刚回来……但没演。"超儿肯定了后半句，否认了前半句，将手里的吉他换了一个低沉的和弦。
　　苏达本来只是客套一问，听到这样一回答，只能硬着头皮唠下去："咋就没演了呢？"

"几周前就定下来，今天要给一家新开业的商场唱歌，场子在燕郊，先得坐地铁到终点站，再转当地的小包车。因为时间早说好了，同时间的小活儿我就没接了。现在因为下个雨什么都没了，我去找活动方，人家说'你都没唱，我们凭什么付钱'，一句话也没给我解释，一分演出费也没给，给了点车马费就打发我走了。"

"啥？"虽然事情不是发生在苏达身上，但强烈的共情力让他比超儿更愤慨，"这意思就是说咱耽误的时间就不值钱了吗？"

"能给你报个车马费都算有良心了。离家这么久，我回回都能安慰自己，那些大腕谁还不是这么苦熬过来的。但要熬到什么时候才是头啊？本来想接完这个活儿，给吉他换个弦，再请哥几个喝顿酒，现在全泡汤了，最活该就是这场雨……"超儿信手拨弦，吉他竟被他奏得像鼓点，大起大落。

"要我说最活该的还是人！"知道内情的大鹏在一旁插话，"合同呢？咱拿着合同，白纸黑字地告他们！"

"这年头合同顶个屁用！哪个合同上不是写着遭遇不可抗力，解释权归甲方。人家就这一个态度，爱咋咋地。你告嘛，又告不起，打官司、请律师的钱都不是小数目。不告嘛，就乖乖吃哑巴亏。"苏达开婚礼策划公司，对中间的门门道道甚是清楚。

超儿的吉他声戛然而止，尾随的是他低沉的回应："……我没签合同，对方不让。"

"这种活儿你为什么要接？"苏达激动起来，他不理解这年头人在江湖飘，居然还有自个儿对着枪口往上撞的。

"你知道我为什么接这个活吗？不是因为别的，就是因为对方说，唱完流行金曲，我可以带几首自己创作的歌。活动定人的时候，他们对我挺满意的。可是当我提出签合同，对方就不高兴了，说我不懂珍惜机会，二话没说让我回去等通知，意思就是黄了呗。我从面试的房间一出来，外面楼道里挤满了等机会的年轻小伙子，唱得好不好另说，至少皮相都个顶个的好……我咬咬牙又折了回去……"

"他们不要我，还有千千万万个我在后面等着。我要是选择签合同，这个机会我可能就再也得不到了。他们有选择，我没有，我凭什么和人家杠？"

超儿努力平静着自己的情绪，尽量心平气和地讲完这段话。听着这一切的苏达，又回想起了他在大学时试镜的经历，他庆幸自己拥有家里的支持，得以自主创业跳出了火坑。

网络上特别流行一句话，说小孩子才做选择，大人全都要。可事实是，成年人都在假装自己有选择。条条大路通罗马的道理人人都会说，但命运却总喜欢逼人到狭处，要想绝处逢生，只能走眼下的泥泞偏道。

"苏达，你说那些人是不是有病，不给钱就算了，还要说'等你混成大明星，再来管我要出场费'的话，就是明摆着要赖这笔账。"大鹏也跟着搭腔抱不平。

"话虽然不中听，但也是实话。"超儿的眼眶略微发红，不想让人看见，只能将头埋进手臂里，像躲进沙砾里的鸵鸟。

"我在福建老家的时候，夏天总是落大雨。落雨的时候，有人到荷塘里采莲子，老人都说芯苦的莲子最甜。苦日子过完了，甜就自然来了。"大鹏安慰道。

苏达没想到自己无意挑起的话题，突然有了一个悲伤的转向，他赶紧卖力圆场："他们这么说，你也别这么想，你有挺多歌都不错的，比如……"

说到这里，苏达突然语塞了，"李超"这个名字在他的歌单里确实查无此人。

眼看着客套话就快要谈崩，柜台前突然窜出来一人。苏达还没来得及看清她，对方就吧唧一下在苏达脸上留了一个法式贴面吻。

"嗨，我的苏达，我们好久不见。"

苏达定下神一看，居然是李晴帆教授。虽然这个贴面礼来得有些突然，但苏达在心里庆幸它的出现缓解了他和超儿之间的尴尬。

一旁的宋一潇倒是和李教授很投缘，两个人第二次见面，又是拥抱又是吻，像是忘年交的老相识。

据大鹏说，李教授总觉得和学生玩狼人杀没意思。象牙塔里的小孩子无论多么聪明，总是少了社会人的情绪面具，所以无论前后逻辑有多么严丝合缝,总是能从表情里看到破绽。所以她这段时间几乎天天光顾桌游吧,几周没见,已经和大鹏发展出了深刻的革命友谊。

"你叫我晴帆姆妈就好的啦,来这里就是轻松,随便坐。"李晴帆像个主人一般张罗起来,自己大大方方地坐了主位,唠起了嗑。

"侬晓得伐,学校今天说素质教育,明天讲合格率不够,搞论文的时间远比备课的时间长,我们做老师的,难的咧……"

"这不,快要结课了,要出试卷。学校要求合格率不能低于上一年,我们做老师的,脑筋不动在'传道授业'上,却要天天想着怎么搞出一份让学生合格的卷子。你说好笑不啦?大学生可不比那小学生、中学生,你别指望他们能在知识的海洋里主动遨游,全都是原地不动的、往回游的,还有差点溺水的。出个合格率高的卷子,比做科研还难。只能趁休息时来这儿躲一躲……"

李教授还是像第一次见面那般喋喋不休,说快了还夹着几句枪子儿似的上海话。窗外的雨声凶猛起来,需要打足十二分的精神,才能听清李教授的话。苏达有些走神,开了瓶酒,给每个人都倒上。这时,桌游吧的大门被再一次推开。

苏达一眼就认出来,来的人是有过一面之缘的赵程。因为西服和上次见面那件一模一样,只是换了一个颜色。都说 Facebook 创始人扎克伯格的衣柜里只有两件衣服,看来,精英阶层的穿衣法则国内外通行。

在室内的苏达他们没注意到,外头的雨已经渐大起来,赵程的两侧肩膀都浸了水,衣服也起了褶,头发的一角还在湿漉漉地向下滴水。苏达看着那身失了形的名牌西装,打心眼里心疼。

"稀客稀客,"大鹏迎上去,给赵程递了条毛巾,"你这是没带伞?"

赵程这才发现自己的全身已经湿透了,接过毛巾轻轻印去身上的雨水,姿态儒雅又干脆。"我早上在公司,没带伞,在群里看到今天活动的报名,就开车赶来了。"

大鹏开着门等候了一会儿,才意识到赵程身后没有其他人跟随。

"上次和你一起来的那个……"大鹏本来想用"冷漠"形容她,但感觉不太礼貌，就换了个委婉的说法，"……那个安静的女生在你之前报名了。你们没有一起来吗？"

赵程听后愣了一秒，好像没想到有人会戳破他们之间的关系："她不知道我要过来。我是在群里看见她报名了，才跟着报名的。"

"你们俩不是一起报名来的？我以为你们早就是一对了呢。"宋一潇的嘴，快得拦也拦不住，这大雨赋予了她许多不切实际的文艺灵感，"你们这多像爱情电影里的情节啊，一个男人形单影只地走入大雷雨里，只为了给女人制造一个惊喜……"

苏达学着陈佩斯在小品里的口气，取笑着赵程："看不出你这个浓眉大眼的赵程，也是个二十四孝男朋友。"

天边响起了几声闷雷，听起来像是被人掩住了嘴的咆哮，瞬间打灭了宋一潇所有的文艺幻想。

时间差不多了，超儿放下了吉他，大鹏已经准备好了狼人杀卡牌。

赵程一直在拨打着电话，但电话那端始终是忙音。反倒是大鹏的手机亮了，屏幕上跳出一条短信。这"短信"是真短，一眼就能看完——"有事无法前往，抱歉"。

短信来自于一个陌生号码，但这语言之精炼，加上字里行间透露着的"多说一个字都麻烦"的语气，一猜便知是之前见过的黑面女。赵程一看号码，果然是她。

"全部人都准备好了，等你女朋友一个人，她说不来就不来了，一句招呼都不打。"在桌游吧做了这么多年大家长，对于突然被放鸽子，大鹏把所有的火气都撒在了赵程身上。

赵程站起来，两手合十，向大家做了一个抱歉的姿势："对不起各位，我想这件事也不能全怪她。我们俩闹了一点小矛盾，今天我在没有事先告诉她的情况下，就鲁莽地报名来了。她不来，可能是不愿意见到我。为了表达歉意，各位今天的所有费用都由我来承担。"

大鹏一听这话，心里有一阵无名火噌地烧上来："不怪她，难道怪我吗？

我们约的人数正好组一局'男人杀',现在少一个要怎么玩?我不管你们小两口发生什么事,既然报名了就要来。大家都是冒着暴雨来的,她浪费一个小时,我们几个人……对了,我们现在几个人?"

所有人都被大鹏突如其来的愤怒吓到失语,只有苏达小声搭话:"六个……"

"我们六个人就是浪费六个小时!给钱就很了不起吗,时间罪人你懂吗?"

苏达还是第一次见大鹏发这么大火,他心里清楚大鹏并不是在和赵程置气,只是他几乎将所有的精力都放在这家桌游吧的经营上,出了这样不愉快的事,他不知道如何向顾客解释。

"不是怪你,也不怪她,该怪我。我们之间的问题,一时半会儿是说不清楚的。"赵程被雨打湿的头发软塌塌地盖在头皮上,身上的西服在淋雨过后不再直挺,这使他完全失去了初次见面时总裁范儿的精致,整个人更显狼狈。

看到赵程像个软包子似的袒护女朋友,苏达忍不住发话了:"要我说,你这女朋友的任性也稍微过了点吧。男人要硬气一点,否则就要被骑到头上了。"

对面的宋一潇马上瞪了他一眼,苏达赶紧做了一个将嘴巴像拉链一样关上的动作。

"算了吧,人家或许是有急事。"超儿第一个上前做了和事佬。


雨点敲窗,21 层的小房间里持续冷战。

大鹏持续在微信群里招人填补黑面女的空缺,可是雨太大了,没人愿意冒着暴雨来玩几局狼人杀。

眼看开不了局了,李教授张罗着要离开:"我得先走了,家里还有个需要照顾的囡囡,把她寄在别人那儿我不太放心。"

大家心存疑惑,李教授看上去已经年近半百,要是结婚早,应该已经要照顾孙辈了,怎么还有个需要照顾的女儿?但这毕竟是别人的家事,几人也不好发问,只是礼节性地劝了李教授几句,担心她遭遇危险,建议雨停了之后再回。

但李教授归心似箭。一把年纪的老阿姨犟起来，五个年轻人都拦不住她，只能和她道别。

散云突然多了，雨点也开始大起来，一颗颗砸在窗户上，闪电让屋里的白墙忽明忽暗。这变幻的快速节奏，让刚才的吵架看上去极合时宜。

李教授一走，局也彻底散了。谁去谁留总要做个打算。超儿重新拿起吉他，他是不打算走了，反正对他来说，在这样的暴雨天回逼狭的郊区自建出租屋，倒不如留在桌游吧自在。

宋一潇也蛮不在意，来都来了，她可没打算走。这个女孩好像没有疲倦下来的时候，像一个不需要任何能量就能开动的永动机，是个违背科学的存在。她的想法更简单："凡事都要往好了想，既然玩不了狼人杀，我们换个其他游戏呗！"

宋一潇的建议让这场风波暂时停歇下来。可是能玩什么呢？

苏达一拍脑袋，倒是真有主意。大家抽牌比大小，谁抽到的牌面最小，谁就要接受惩罚。惩罚有两种，抽到"真心话"的人必须讲一个关于自己的隐私，说到大家满意为止；抽到"大冒险"就必须做一个大家公认的冒险事。

才说到游戏规则，赵程从卫生间里出来，小心翼翼整理头发，头发已经细心吹好，重新挺翘起来。

"不好意思，我今天原本是为我女朋友来的。既然她不准备来，我就先回去了。今天大家有吃的、玩的，把账记在我头上，我改天来结。"

眼见人越来越少，苏达觉得没意思，他试图劝赵程留下："你不是没带伞吗？这会儿出门，到停车场又是一身水的，不如玩几局再走？"

"苏达把牌分好了，留下来玩几局！"宋一潇也帮手挽留。

赵程尴尬地笑了："我哪能玩得了这么孩子气的游戏了？还是你们年轻人玩。"

这游戏确实幼稚了些，和西装领带的中年人格格不入，大伙儿也不强求了。就在赵程准备出门的一刹那，玻璃门被推开了，门口站着浑身湿漉漉的李教授。

"您不是回去了吗？"众人愕然。

李教授喝了口递来的热饮，又接过了赵程递来的毛巾，一边打寒战一边碎碎念道："来北京这么多年，还从没见过这么大的雨，密得像个帘，再大的伞都不管用。这小区门口有棵梧桐树被雷劈中了，横挡在门口，人都走不出去，更别说车了。看来我们要等物业的人明天把它搬走才能出去了。"

既然大家都出不去，索性就将刚停止的游戏再度开启。宋一潇一直在积极响应着苏达的建议，她给全场发了第一轮牌。发到赵程面前的时候，他将牌递回宋一潇："我就在这儿坐一下，游戏你们玩就好了。"

大鹏还有些为刚才的事置气，不乐意了："摆什么谱啊，发到你面前了就接着呗！"

虽然苏达知道，大鹏的气来得快去得也快，但这话直来直去，确实让人不太痛快。他赶紧用玩笑的语气劝着赵程："你光坐在这儿，我们玩真心话，什么秘密都被你听了，那可不公平！"

赵程也知道这是苏达在给他台阶下，不好再推辞，但苏达见他为难，破例多添了一条游戏规则。

"虽然你不能选择不玩，不过我们也不欺负你。你不是说我们这游戏太孩子气吗，那我给你个成年人的选择……"苏达将一小杯红酒满上，推到赵程面前，"你要是愿意大冒险就大冒险，愿意真心话就真心话，要是实在都不愿意，就把这酒喝了。"

苏达说完瞄了一眼大鹏，大鹏依然面露不悦，闷头往桌边的大杯子里倒了一满杯酒，然后一脸阴沉地走到赵程身边。

苏达心想"坏了"，以为大鹏还要为难赵程。没想到，下一秒大鹏拍了拍赵程的肩："这大杯子是给我们喝的，小杯的才是你的。"

两人火速地一笑泯恩仇了。

看到赵程极力维护着自己的私生活，宋一潇忍不住调侃了一句："难怪有个名人说，中年人都是书，都怕人翻。翻了这页是牛鬼蛇神，翻了那页是残花败柳。"

苏达从没听过这话，顿时觉得宋一潇的形象高大了一些，忙问："哪个名人说过这么有深度的话？"

"我宋一潇啊！"

大家虽是抱着狼人杀的目的前来，但此刻雷雨漫天，也只能接受这个听上去并不有趣的新游戏。

第一轮发牌结束，大家依次打开手中的牌。

苏达的牌面是最小的"3"，赵程抽到了"A"。这下大家犯难了，按照扑克的规矩，A 是大于 3 的，可是从数字上来说，3 又是大于 A 的，说哪个最大都有道理。

"惩罚！惩罚！"宋一潇试图起哄活跃气氛，寥寥无几的敷衍回应让她自觉没趣。两人倒是都不推辞，赵程二话没说，仰起头就喝下了一杯酒。苏达则选择了"真心话"。

看到苏达选择了"真心话"惩罚时，大鹏撇了撇嘴："你苏达还能有什么我不知道的事？这么多年交情，你屁股上有几颗痣我都知道。"

"我敢担保，我等会儿要说的事会让你大吃一惊。"苏达爽快地将一杯酒落肚，做神秘状，先吊了吊大家的胃口。

停顿了一会儿，他才慢腾腾地吐出四个字："我——结——婚——了——"

果然，第一个被惊起的是大鹏。他连珠炮似的发问："你结婚了？什么时候？和谁家的姑娘？"

"确切来说，是我接受了一个女孩的求婚。"苏达将衬衣的领子往上拢了拢，顺便端正了一下脊梁骨。

大鹏把手伸到苏达的额头上："苏达，你不是在发烧吧？还是你昨天酒喝多了还没醒？你一没权二没钱三没长相，哪有女孩能向你求婚？"

"就知道你不信，还非得我拿出点真家伙。"苏达贱兮兮地一笑，把两册红本本往桌子上一摊，白纸黑字红钢戳一个不漏。

"前几天洗裤子，在裤兜里发现了 6 块钱，路过民政局正好发女朋友，就随手领了两本。就这么简单。"一说到正事，苏达又开始嘴贫。

苏达用手挡住了另一半的照片，红底证件照更突显他干瘪的五官。酒是越酿越醇，但这照片却是越看越觉得丑。

"你小子也太不把我当兄弟了，结婚连请帖都没派？"大鹏不满。

"我只说我结婚了，没说我要摆酒派帖啊！"

"我还不知道你？你这穷小子付过的份子钱都不想讨回来？"

苏达若有所思："说的有道理，我也得给自己策划个婚礼，到时候你们在场的见者有份，都得送大红包来。"

全场都一团哄笑。这恭喜的酒最是免不了，大家举杯共饮，早把刚才的争执抛诸脑后。大鹏还是难以置信，作势要翻开红本本的另外一侧，被眼尖的苏达拦下了。

宋一潇在一旁帮腔："大鹏，这你可犯规了，一次只讲一个真心话，你要翻开就是第二个真心话了。既然玩了游戏就得守规则，能不能知道苏达的结婚对象，就看你下一局能不能赢他。"

大鹏想不明白，这宋一潇怎么就站到了苏达那边，只好自己给自己加油，涨一涨大家的士气："我们齐心协力，第二局以翻开苏达的结婚证为目的！"

第二局出牌，在各位翻牌的短暂沉默之后，宋一潇突然大喊"我中了"。

伴随着宋一潇尖叫而来的，还有大鹏的哀号。他想要翻苏达红本本另一侧的愿望破灭了。但大家仍然兴致未减，各自斟满了酒，满怀期待地等着宋一潇讲娱乐圈的惊天趣闻。

"我呢……"宋一潇抿了抿嘴唇，环顾下四周，欲言又止。对于她来说，风风火火的人生极少有这沉默的时刻。

沉默持续了一会儿，她拿起一瓶酒猛地往嘴里灌了半瓶，孤注一掷般喊出一句话："……我向别人求婚了。"

在大家还没来得及反应过来的时候，她已经刷地拉起了苏达的手，露出两只手无名指上一模一样的戒指。

"所以这个结婚证上是……"大鹏难以置信地翻开红本本的另外一侧，里面赫然显现出宋一潇的头像。照片里两个正襟危坐的人儿，就像是美女与野兽的中国版海报。

比起苏达结婚这件事情，苏达的结婚对象是宋一潇这件事显然更让人惊讶。大家的眼睛都掉到了下巴颏，连一向沉默的超儿都忍不住惊叹："苏达你行啊，你什么时候搞定的？"

"你刚刚听见没？是求婚啊，人家向我求的婚。"苏达的两小眼笑成缝，像西瓜上捅了两个气孔。但即便透过那气孔，都能感受到苏达的得意劲儿。

李教授有老花眼，拿着两个红本本从近到远、从远到近地看了一遍，像个家长似的给苏达下了命令："你这孩子厉害啊，最会吊起人的胃口。你再不说说过程，今天就把你灌趴下。"

暴雨和酒精共同作祟，再加上这两个无缝连接上的真心话，现场的气氛达到了一个从未有过的高潮。

苏达清了清嗓子准备讲这个离奇故事。他觉得自己大概是有一点醉了，否则怎么说出的每一句话都不像是真实发生过的，吐出来的每一个字都像是飘在空中的。

"不是我吹，我的'苏达式婚礼'在业内可是赫赫有名。最特别的就是中间有个环节，叫做'告白捧花'。婚礼上接到捧花的人，无论是谁，只要他爱的人在婚礼现场，就要单膝下跪向对方表白……

"上周六，我去给自己策划的婚礼盯场，大老远就看见一女孩长得挺眼熟，凑近了一看，还真是她宋一潇。我当时这心里就不行了。别人是小鹿乱撞，我这心里是万千只老鹿在漫山遍野地撒欢，差点没把我这心撞出点好歹……"

苏达这类将讲话作为特长的人，是忍不住要在饭后谈资里添油加醋的。

"太拖沓了，我来说吧。"宋一潇听不下去，干脆自己主动接过话。

"上周六一个做司仪的朋友拉肚子，大清早耗在马桶上给我打电话，让我帮她主持一场户外婚礼。这不，一到现场就遇见苏达。我之前从没见过这么奇怪的婚礼。新人是动物园的饲养员，说要办动物园主题婚礼，现场请了几个群众演员又扮狗熊，又扮海豚，又扮猩猩。演员不够，只能用自己人凑，他可倒聪明，躺在树荫下扮树懒，半天一动不动。我当时就想，和这个人在一起，应该挺有趣的。"

从两个人的叙述中拼拼凑凑，众人大概理解了这整个"求婚"的由来。

宋一潇常跑这样的婚礼场子，觉得婚礼串词都是老一套，但那天的"苏达式婚礼"倒给她累得够呛。什么拿《动物世界》的台词做串词、给饲养员夫妇的动物配音做祝福短视频……各种稀奇古怪的流程，她之前见都没见过。终于到了婚礼尾声，可以扔捧花了，还要宣读一大段关于"告白捧花"的规则。

宣布完扔捧花的流程，趁现场的单身女孩们蜂拥上台的间隙，宋一潇终于可以喘口气。她刚在台侧站定，突然有人递上一瓶矿泉水。她一看，递水的人正是穿着树懒服的苏达。

"趴那儿睡醒了？"宋一潇接过水，顺便把苏达被风吹掉的树懒帽重新盖回他头上，"别说，你扮树懒还挺像的。"

苏达的眼睛被帽檐遮着，露出一张笑得咧出牙的嘴："不愧是专业女演员啊，其实我演之前是做过深度研究的，包括刚才我趴在那儿，脑电波都在和树懒星球沟通。你知不知道一只成年树懒看到人类时在想什么？"

"想什么？"

"它想，每一只树懒的生活方式都一样，每只每天都要足睡十七八个小时。为什么人类的生活方式就这么不同呢？有的人类这么闲，为求偶繁衍这些自然界最常见的事整这么多花花肠子。有的人类却这么忙，连喝口水的时间都没有。"

"噗！"宋一潇笑出声来，"看不出你这人长得平淡无奇，倒还挺好玩的。"

"喂……你这是夸我呢，还是贬我呢？"

矿泉水被阳光晒得有些膨胀，宋一潇拧了半天也没拧开，苏达想要搭手帮忙，却被拒绝了。宋一潇将一只腿支在舞台架上，将矿泉水瓶斜靠着找到支撑点，大力一拧。突然，瓶盖被压力弹出去，水溅了她一身。苏达赶紧抽出纸巾，两人手忙脚乱地擦着。但即便是这么慌乱的时刻，苏达仍不忘反击："我也看不出你长这么漂亮，倒也挺倔的……"

两个人太入神地处理残局，完全没注意"告白捧花"已经扔了出去。刚刚还刮着西南风的天，突然变了一股诡异的风向，将捧花往台侧吹。

苏达示意宋一潇脸上还有水，她擦了几下没擦到，苏达就顺手帮她抹掉。这一刻，苏达觉得宋一潇很近，他的鼻子又嗅到了那种熟悉的香味。正在这时，捧花突然掉下，正中两人的怀中。

众人的目光同时转向了两人，目睹这一幕后齐刷刷地定格了两秒，然后爆起了热闹的起哄声。

"求婚！求婚！"

"我们不是情侣，刚刚就……水……后来……"苏达特无助地挠了挠脑袋，他一紧张就要挠脑袋，这会儿脑袋抠出洞也想不到该如何解释。

眼看越解释越麻烦，苏达索性将捧花递给宋一潇："这花留给你吧！我倒是想告白，都找不到对象。"

宋一潇白了他一眼："给我干什么？你没对象，我也没啊！"

苏达差点噎住，心一动，但转念一想又扁嘴道："不可能！追你的人都排满几条街了吧？"

此时的起哄声更加一浪高过一浪，来宾们都以为这是小情侣有商有量，更加大了起哄的阵仗。

"娶她！娶她！""嫁给他！嫁给他！"

苏达不时偷瞄一下宋一潇。她望着呼喊的人潮不知道在想些什么，又转过头，盯着苏达手上的捧花看了好一会儿，苏达赶紧背过身，假装自己看风景，呼呼作响的风流动在两人之间。

"你不信，我就证明给你看！"宋一潇突然伸手夺过了捧花，"反正咱俩也算认识，你这个人也还算不错，咱就接了这捧花怎么样？"

"什么？"风太大，苏达没听清具体的内容，或许他听到了，却对听到的每个字都充满怀疑，只是木讷地点了下头。还没等他反应过来，宋一潇就已经啪的一声单膝跪在了他面前。

"接下来的事你们都能猜到。择日不如撞日，我们连黄历都没看第二天就去民政局领证了。回来才发现黄历上写着不宜婚嫁。哎，管它呢！"宋一潇跷着二郎腿，大大咧咧地说道。

赵程隐约觉得有什么地方不对："那你们只见过第二次就结婚了？你了解他吗？"

宋一潇丝毫不掩饰："不了解啊，可是不了解就不能结婚吗？我爷爷和奶奶当初就是通过媒人介绍，两个人在结婚前都没见过，爷爷一揭盖头，才知道奶奶长什么样，后来不也相爱到白头了。婚姻不就是找一个好的合作伙伴，成为一辈子的利益共同体吗？"

"你好像还比这小子大点？"李教授指着苏达问，又对着宋一潇竖起了大拇指，"不错嘛，姐弟恋，时兴着呢！"

苏达点头，宋一潇却把头晃得像拨浪鼓。理论上来说，宋一潇是苏达的师姐，比他大一岁，可她不服气。

"我是年尾生的，他是年头生的，横竖就差几个月，这也能算啊？我奶奶比爷爷大三岁，还不是照样被爷爷宠着、惯着一辈子。两个人结婚，肯定有人大有人小，总不可能都在同年同月同日生的人里找对象吧！这世界上多的是男大女小的婚姻，怎么都没人说'哎呀，我谈了个兄妹恋啊''欢迎参加我的异性恋婚礼啊'。所以我觉得吧，什么姐弟恋、父女恋、同性恋……这些词都不应该存在，只要结了婚，爱人就是我们之间唯一的身份。"

"可是世界上能做合作伙伴的男人那么多，你到底看上了他什么？"大鹏借着醉意，问了句不太恰当的话。

其实苏达何尝不好奇这个答案，这也是他一早就想要问却始终问不出口的。没想到宋一潇思考了许久，给出了一个平凡得不能再平凡的答案——"他人好"。

在苏达做婚礼策划的这些年里，他从无数新娘嘴里听过无数关于结婚的理由：因为他有钱，因为他有型，因为他有责任感，从来没有人是因为——他人好。

没有爱，没有吸引，没有诱惑。

对于苏达来说，"你人很好"一直是他被拒绝的理由，很难想象到了宋一潇嘴里，这居然是一段婚姻的开端。

苏达一照镜子是歪瓜裂枣，一掏口袋是两手空空。连他自己都想不明白，为什么宋一潇选择的是自己。

宋一潇接着说："我们现在决定旅行结婚，不准备办婚礼，所以在座的各位也不用多给我们准备份子钱了。"

苏达终于找到机会插上话："那可不能这样说，本来要给的份子钱没让给，就是替在座各位省钱了。给你们省下的这份子钱，就当我送给各位孩子或是未来孩子的见面礼了。"

大家都被这强盗逻辑弄得笑成一团，好像所有人都在很短的时间内，接受了宋一潇和苏达既成夫妻的事实。

"那你们打算去哪里旅行结婚？"超儿问。

一潇扁了扁嘴，表示暂时还没想好。只有苏达一点儿不改贫嘴本性："我们打算在墙上挂张世界地图，闲下来的时候玩个飞镖，飞镖扎到哪我们就去哪。"

"总之，嫁鸡随鸡，嫁狗随狗，我嫁了你苏达，一切都听你的。"宋一潇一手揽过苏达，她身上的香味夹杂着酒味从近处袭来，那瞬间的感觉令苏达觉得陌生。她仿佛在揽一个兄弟，还无时无刻不拍拍肩告诉他：兄弟包我身上。

但当苏达的注意力从宋一潇的手慢慢滑到她的脸、她的唇角、她的鼻梢、她闪闪烁烁的眼睛，所有的问题又都像迎刃而解了一样。

去他的这些问题！去他的这些感觉！苏达在心里说。

趁着宋一潇去上洗手间，大鹏凑到苏达身边，他已经醉得有点颠来倒去，没轻没重地甩给了苏达一拳头："喂，你小子可以啊。宋一潇是不是得了什么绝症，医生告诉她可以用童男冲喜？要不然就是有神仙给她托梦，说明天地球就要灭绝了，只会剩下你苏达一个男人？否则人家一个白富美怎么就选了你。"

"你这酒量能不喝了吗？"苏达好不容易把大鹏扶正，他也不知道半醉的大鹏能不能听见自己的话，但他清楚此刻自己说的是真心话，"说实话，宋一潇拿着捧花向我单膝下跪的时候，我脑子根本来不及考虑，像是停止了转动。

但脑子能够恢复正常转动的时候，我也问过自己这样的问题。"

"那思考结果呢？"

苏达手上的杯子空了，他四处找酒，终于找到一瓶已开封的，给自己满上："思考的结果就是……我只要一看着她，我就强迫着自己的大脑不要转动，不要去想这些无谓的问题。"

大鹏伸出了大拇指："你这招掩耳盗铃用得出神入化啊！"

之后的几轮，赵程撞了大运，连续抽到了几次最小牌面。他酒量确实一般，虽然酒劲不上脸，口齿也还清晰，但他系好的领带歪到了脑后，衬衫也有半拉子滑出了西裤，完全失去了刚来时的体面形象，要换作平时，这样的事在他身上是万万不可能发生的。只是大家也都喝了个半醉，没人注意到这一幕的反差。

新一轮的抽牌开始了。戏剧性的是，最开始那一幕又重演了：赵程抽到了"A"，只是这次拿最小数字的不是苏达，而是大鹏。

大家都撺掇赵程接受一次"真心话"的惩罚，甚至提出了"说一次真心话免三次酒"的条件，但赵程就是闭口不谈，哪怕已经醉得有些眼神涣散，仍将脖子一横，又落肚了大满杯。

赵程完成了喝酒惩罚，剩下的就是大鹏的惩罚了。他和赵程不同，酒量还行却极容易上脸，醉起来直说胡话，一觉醒来半句都不记得。

和前几轮的"真心话"不同，大鹏选择了"大冒险"。做这个选择时，大鹏显然想起了谁，本来就不太灵光的普通话更加磕巴，一点也不像之前的他，一脸娇羞的模样，像个初涉爱海的二八少女。

"我的大冒险计划，是……"大鹏一脚踩上了桌子，"我——要——自驾去——法国——"

苏达赶紧把大鹏从桌上拽下来："你这醉得有点没边了，你一个自驾都没有去过四环外的人，还想着自驾去法国。"

大鹏挣脱了苏达的手："我没醉，我女朋友叫艾索，是个法国人。她是我的公众号读者，我们在微信群里认识，已经相处半年了。昨天她告诉我，只要我去法国向她告白，她就答应我的求婚。"

现在这年头还会有人信网恋，何况还是跨国的网恋？赵程虽然已经醉得有些发懵，还是劝大鹏慎重考虑："你要不要想一想自己是不是被人骗了？"

"现在互联网上骗子多，说自己是法国的、日本的、德国的都有。"同样的担心还来自于李教授，在学校这么些年，那些利用网络骗感情的招数，她早已经见多了。

"你不吃中国菜吃洋菜啊？还吃的是盘看不见、摸不着的洋菜？"苏达嘴上调侃着，但他比谁都担心。这个大鹏虽然嘴贱了点，脑子却总是少根筋的。他深信自己沉迷的武侠世界，认为世人都讲仁义礼智信，哪一天被人骗了，可能还在帮人数钱。

大鹏一听这话就不乐意了，顾不上时差，硬说要和艾索视频聊天，自证清白。最后谁也劝不住这个酒疯子，只能一起围到手机屏幕前，像是挖到了金矿的淘金者。

视频连接音响了许久，屏幕上终于出现了一个正向众人热情 say hi 的女孩。那女孩的肤色介于黄种人和白种人之间，甚至更接近亚洲人，但轮廓欧化、眼窝深陷，一双淡褐色的瞳仁透着别样的灵动可爱。

"喂，那个艾……"苏达迫不及待地打招呼，却连对方的名字都忘了。

"艾索。"站在身边的超儿接过话。

"对，艾索，你要是被人绑架了就眨眨眼……"苏达刚想开个玩笑，被大鹏一把夺过手机，将摄像头转了一个方向，正对着赵程。赵程看着视频里的年轻女孩，尴尬地冲镜头摆了摆手。

"喂，就这个人，"苏达把大鹏的脸直接扭向手机屏幕，屏幕里立即出现了一个扭曲的醉汉脸，"你看上了他什么？"

苏达是在说笑，但视频那边的黑发女孩却认真思考了起来，许久过后，她说出了一段不算太标准的中文："我喜欢他踏实，稳重。他给我讲过的一个故事，关于一个英雄的断臂者，他有一个大雕的坐骑，这个故事和我爸爸讲的一样，但他比爸爸讲得更好。"

苏达一脸坏笑地调侃大鹏："大雕和断臂者的故事？说得这么玄乎，不就是《神雕侠侣》。好你个大鹏，敢情你都是靠大雕拿下小姑娘的？"

大鹏已经酒劲上头，满面通红地指着苏达："你们偏不信我！我就要去法国，我告诉你苏达，有一天我要你亲眼见证。我叫艾索站在你眼前，让你叫她声大嫂。"

苏达赶紧掐断了视频。看着大鹏气急败坏的样子，他倒觉得有点可爱。大鹏总是有一种超然物外的轻松感，这是他学不到的。像他们这样打拼的外乡人，总是活得紧巴巴的。而大鹏守着这个赚钱不多的小桌游吧，却总是能将自己内心的小世界保管得很妥帖。

苏达假意哄他："去去去，我们明天就启程去法国，去见你的艾索……"

听到这句话，宋一潇却突然来了兴致："喂……不如我们就把蜜月旅行定在法国，一路从北京自驾过去，见一见这个神秘的艾索。"

她平日里就风风火火，每日都像是醉了的状态，所以此刻到底是不是酒精起作用谁也不清楚。总之在这种环境下，大家都默认别人醉了，也默认自己醉了。

大家也不知道狂饮了多久，常年混迹于酒桌、酒量超佳的超儿伸手看了一眼表，时间不早了，大家决定最后玩一局。

宋一潇的自嗨还没有停止，这在微醉的苏达看来更是可爱："我们数一、二、三，全场一起翻牌！"

最快翻牌的也是宋一潇，她翻出了最小的数字"3"后，仰天长啸："我输了！"

但酒精在每个大脑里起着不同的作用，大家翻牌的速度快慢不一，等到赵程将最后一张牌翻出来，局势才清楚起来——赵程又拿到了一个"A"。

宋一潇抽到"3"后已自认是输家，大家都在期待她的"真心话"，甚至都没有注意到赵程拿了一个"A"。但赵程突然喉头一动，吐出了几个字："我想……"

全场喝到半醉时都活跃起来，只有赵程，看上去像是一点都没有醉的样子。他的自持不允许他有半点失态，唯一能证明他醉了的，就是这句话："我想……A确实是最小的，这回该轮到我说真心话了吧！"

没人拦着赵程，大家都看着这个刚刚死活不愿意说"真心话"的中年男人。

"我和吴雨晴……"赵程微微松口吐了几个字，又咽回去。苏达虽然有些醉，却敏感地意识到赵程并非不想说，而是这段关系他并不知道从何说起。

这就到了苏达发挥职业技能的时候了，他问过无数对新婚恋人的相识相知相恋，帮他们制订独家的婚礼，新人说头他已知尾。

"你们是在什么时候，什么地方认识的？"苏达开始循循善诱，就像面对平日前来做策划的情侣。

赵程只略略思考就开了口，他和她的故事，每一天都像烙铁一样刻在他心里。

"我之前结过一次婚。我进入现在的公司时，正是电视剧市场最繁华的时候，我在工位边铺了一张床，几乎一周有六天都在那里睡，回家的频率还不如去公司楼下的便利店频繁。我太久不回家睡，枕头都生灰了，只有我太太一个人独守空房……"

"你们是因为这个原因分开的吗？"苏达看着眼前的这个男人，他好像一瞬间失去了身上的金光罩，变成了俗世里随便一个为情所困的男人。

"我们能不能不谈这个话题？总之我在和前妻协议离婚的那一年里，遇到了吴雨晴。那时整个电视行业已经在走下坡路了，同行都出走去做新媒体，我却因为婚姻的缘故，在那个关键的节点里举步不前。就在事业一天天下滑的时候，我因为一个项目和互联网公司有了些接触。她是对方公司的总裁秘书，年纪轻轻，做事的能力倒很强。

"那时我还改不了传统媒体居功自傲的坏毛病，觉得自己是行业标杆，却不知道风水轮流转，早已经是我们这种媒体老人在求他们新媒体的时候了。后来我才知道，很多事都是雨晴明里暗里地帮我撮合，才有机会促成了合作。论智商同情商，她都远在我之上。"

赵程低下头，刚刚撑在桌上的双手，突然就抱紧了头。

"我们一开始的相处就像世界上的任何一对情侣，但她真的人如其名，一会儿雨一会儿晴，总之是一个很矛盾的人。这七年里我不止一次地承诺想给她一个家，哪怕我们不要孩子都没有关系。但她从来没有正面表态过。

"一个月前我又一次向她求婚了，我自问这段感情里我已经做尽了所有，比我在前一段婚姻里做得好多了。谁知她自那时起就开始忽冷忽热地对我，在公司里把我当隐形人，更绝口不提我们之间的关系。在同居的公寓里，她有时显得炽热可爱，有时又无来由地和我冷战。都说女人的心情是孩子脸，说变天就变天，但她连个天气预报都不给我。"

赵程抬眼，直勾勾地盯着苏达，眼睛里的血丝密布成网。

"所以我在群里看到她报名了今天的狼人杀，放下工作就赶了过来。我想，或许在这么多人的场合上我们可以心平气和地坐下来谈一谈。可是如你们所见……她已经不是第一次逃避结婚这个话题了，每次她逃避，我都要问自己，我到底是不是真的了解她，如果了解，为什么每一次逃避，我都找不到原因？"

外人分辨不出赵程醉没醉，因为他的每一句话依然逻辑清晰。但是倘若他没醉，这个疑惑也埋在他心里太久太久了，他太希望有人为他解惑。

苏达不知道如何安慰，只能下意识地把酒杯往赵程的杯子上靠了靠，这是属于男人的治愈方法。

"干杯！"赵程一饮而尽。

夹杂在暴雨中的闪电似乎没有要停下来的意思，一道白光划过，整个房间像白昼一样闪亮。

人到中年的赵程活明白了，生活再怎么样也得倚仗苦中作乐，乐都只是一道闪电，而苦是一整个夜。

"小姑娘啊，你刚刚说先结婚后恋爱。可是结婚这一步多难走啊。"赵程向宋一潇感慨着，他到目前为止的人生里，还甚少向这么小的姑娘讨要人生建议。

宋一潇一脸醉意地将头靠在苏达肩上，一手往苏达嘴里灌酒："我们是先结婚后恋爱，要是蜜月旅行回来我发现自己还没爱上他，那到时候我们可能就会有个新的红本本。"

赵程听得笑了："还是年轻好啊！苏达，这样的傻姑娘可不好找，你得待她如珠如宝。"

"听到了没有？人家说我不好找，说要你好好待我。"宋一潇是典型的给一根杆子就顺杆爬，又往苏达嘴里灌了一杯酒，苏达只能挤出了一个比哭还难看的笑。

赵程记起自己已经好久没有经历这样的甜蜜画面，他努力在记忆中寻找一点儿类似的温存，却是无果。

"我突然想到了！"宋一潇从苏达的肩上弹起来，因为速度太快，苏达还差点打了个趔趄。她郑重其事地向赵程建议："你要是真想追回女朋友，不如带她和我们一起去法国吧！你想啊，从我们这里自驾到法国得要几十天，女人都是纸老虎，到时候你就沿路哄她，一路糖衣炮弹，哄满一路，我就不信她不回来。"

"对！咱们就连夜逃出北京！"大鹏刚刚到卫生间里吐了一轮，憋红着脸，站在卫生间的门框边，"我来北京这么多年，每天看的都是冷冰冰的钢筋水泥，来玩桌游的人也没几个是开心的。你不知道我有多想老家的水稻田、泥塘子，那里的天都是翠蓝色的，每一个山头都可以随意奔跑。那才是生活！"

大鹏一说完，举着个酒瓶子就往嘴里灌，被超儿劝住了。他搂着超儿继续说："咱为什么要活得这么苦？国外不都流行间隔年，我们活了二十几年三十几年了，现在也间隔间隔！不算晚！"

超儿干脆不劝酒了，也举了瓶酒和大鹏对饮："苦呵……在北京是真的苦，咱得走出去，走出去就不苦了……"

大概是酒劲上来了，苏达觉得大鹏说的简直是能裱上墙的至理名言。他环视着这狭小的21层，这偌大的城市不欢迎他，他每天特努力地活，被无数个甲方骂得屁滚尿流，却也活不出个人样。他觉得委屈，他觉得激愤，他觉得有一种东西从他内心深处喷薄而出。

苏达不分青红皂白地给每个人斟满了酒，然后自己手脚并用地爬上了桌："北京这地盘小，咱活得憋屈。不是有个名人说过吗？塞外风光无限好。咱就是要出去干一番大事业！啥巴黎啊、德国啊、俄罗斯，都是咱北京的后花园！

今天我就和大家摔杯为盟，不到巴黎不罢休！"

说完，他用力将酒杯往地下一砸，只听咣当一声，碎片布满了一地，接着又拿起宋一潇面前的酒杯，依样画葫芦地往地上一砸。

这两声响之后，四周又咣当咣当地响了好几声，陆续有其他的杯子落地。几分钟后，一切终于归于平静。

窗外依然是瓢泼大雨，但闪电和雷声停了，屋里显得更加昏暗和沉默，只剩下来回碰杯的声响。

房间里传出了北岛《波兰来客》的朗诵声："那时我们有梦。关于文学，关于爱情，关于穿越世界的旅行，如今我们深夜饮酒，杯子碰到一起，都是梦破碎的声音……"

几个半醉的、烂醉的、迷醉的男男女女，就这样被困在一个暴雨天的空中小屋里，在沉默中无数次地举杯。他们还不知道，酒醒后等待他们的是什么。

# 第三章　美女要来了

那夜苏达睡得很好。他做了一场梦，梦里下了场暴雨，和窗外下得一样大。但奇怪的是，梦里的排水系统完全崩溃，每一滴雨都落在地面上蜿蜒汇成了海——或许不是海，海没有那么宽，也没有那么深。

苏达和宋一潇坐在一条大船上，两人顺着水流随处淌，淌过了新疆，淌过了俄罗斯，淌到了巴黎，世界变成了巨型的流质。

他们在某座陡峭的山峰上等待日出，而天一直没有亮。苏达突然感觉到一阵暖风，哈痒痒般钻进他的耳朵里。那是宋一潇在他耳边说话。

"苏达，我想……我想……和你一起去世界尽头。"

她生猛地扑上来，面带红晕地献上一个吻，在苏达的脸上留下鲜红的唇印："你是我一辈子的坐骑，我要来盖一个戳。"

没想到，这么香艳的画面反而把苏达这个怂蛋吓醒了，在梦里他把头摇得像拨浪鼓："宋一潇你可别吓我，我拿什么钱去世界尽头，抢银行啊？"

眼见梦里的宋一潇就要发飙，苏达差点没吓得跪下。此时梦境里一道白光闪过，现实中的苏达一激灵从沙发上转醒。他一睁眼发现自己睡在沙发上，脚边坐着宋一潇。一见苏达醒来，宋一潇马上用手边的纸筒冲他后脑勺来了一击："苏达你还知道醒啊？"

宋一潇打开手上的纸筒，苏达这才看清楚，那是一张世界地图。

"你起晚了，我和大鹏都规划好了，我们就从这条路出发。"宋一潇在地图上比划着，上面已经不知道涂涂改改了几次，布满了各种苏达看不懂的符号，"先趁着晨光行走在巴黎歌剧院，再借着夜色漫步塞纳河畔。有一句法语叫 Cest La Vie，意思是 this is life（这才是生活该有的样子），这样的生活才够罗曼蒂克啊！我还打算去《天使爱美丽》里的咖啡馆，上表演课的时候老师给我放过……"

宋一潇的表演欲一下被勾起，捏了捏嗓子，学起了《天使爱美丽》里的译制腔："如果注定孤独，那么我愿意去爱整个世界。"

苏达完全没有认真在听什么河啊谷啊、什么天使啊魔鬼啊，他摸着自己的后脑勺，冷不丁想起梦里吴侬软语的枕边人。梦想和现实差太远了，苏达还在努力适应这位和梦里完全不同的野蛮女友。

"苏达，你在听没有？"看到苏达分神，宋一潇用力拍了一下苏达的大腿。

但这一拍，把苏达的脑子拍清醒了。他依稀记得昨日的醉话，还有那场"摔杯为盟"的旅行。

房间里阳光普照，仿佛昨天的暴雨从来没有下过。

苏达赶紧拿出手机，各种 App 推送逐条蹦出通知栏：《五年一遇的北京大雨造成交通瘫痪，还请各位市民注意》《暴雨致路面积水严重，请行人小心慢行》《人民子弟兵清理马路淤泥，路人齐点赞》……

他打开天气预报软件再一次核实：昨晚的确有过一场暴雨。

苏达再环视一下四周，桌上杯碟狼藉，横七竖八地躺着各色玻璃酒瓶。离苏达最近的地上散落着一堆玻璃碎片——他清楚记得，那是自己昨天晚上摔的。

"……啥巴黎啊、德国啊、俄罗斯，都是咱北京的后花园！"昨晚他自己说过的大话，亦真亦假，逐渐在脑海里清晰起来。

他还想起自己昨天晚上念的那首北岛的酸诗："如今我们深夜饮酒，杯子碰到一起，都是梦破碎的声音。"这哪里是梦碎的声音，要是真自驾去法国，那都是钱掉在地上的声音，光是误工小半年就要损失掉不少钱！

而且，一大帮人去"蜜月旅行"像话吗？他和宋一潇的二人世界都还没正式开始呢。

这下苏达的心态彻底崩了，他想重回梦里去，至少在梦里顺流而下到巴黎能省点油钱，还能度过二人世界。

宋一潇还在继续她的话题，苏达小心翼翼打足了腹稿，找了个空当开口。

"你看哈，来来回回这么多人，乌泱乌泱的。咱这是蜜月旅行，不是小学生春游对吧？这么多人在一起，把情调都给整扒没了。咱听话，咱这回先两个人去去巴厘岛、去去东京，等上一两年，我的婚庆公司也做得红火了，咱再考虑自驾去法国。"

宋一潇的嘴马上噘起来了："苏达，你存心不让我去是不是？还是说你攒的钱都舍不得给媳妇儿花？"

"有有有，怎么可能是钱的事儿。"苏达举白旗投降。

眼看着宋一潇不可能放弃她的巴黎自驾计划，那就从最亲的人下手。苏达把大鹏拉到另一边，摆出一副为兄弟深谋远虑的样子："你这家小桌游吧，自己有股份吧？一年流水能有多少？你这一去小半年，回来喝西北风啊？"

"我昨晚就跟老板说了这事，他说会找一个新人来接管。"大鹏一脸单纯地傻笑着。苏达没料到这个神出鬼没的老板，关键时候来得还挺快。

"大鹏，你听我说啊，"苏达假意绷起脸，语气严肃，"哥是在为你着想，一路上又要油钱又要住宿，就算我们这么多人平摊，也是一笔不小的开销，你哪有钱啊？旅行一回来就欠一屁股债，你拿什么娶人家一个外国小姑娘。"

"对哦……"大鹏皱了一下眉头，苏达暗喜，没想到大鹏紧接着挑了一下眉，"我刚和弟媳妇谈好了，她付我的一半路费。去巴黎的路这么长，她总需要个人卖苦力什么的。你想一想，当弟媳妇在香榭丽舍大街疯狂扫货的时候，是不是需要有人扛点东西？当你们花前月下的时候是不是需要有人帮你盯梢？"

苏达还没来得及说话，大鹏就得了便宜卖乖地往沙发方向喊："是不？姐……"

宋一潇隔着玄关大声应和，大鹏对着苏达一脸坏笑："听见没，你媳妇儿应声了。"

"好你个大鹏……"苏达这下真是明白了"败家媳妇"的含义，但又舍不得骂，只能怪大鹏，"有奶就是妈，有钱就是姐。"

大鹏得意地跑开了，留下苏达一个人郁闷着。他只是喝了顿酒，不仅连蜜月旅行都从两人变多人，还暗搓搓地被人拱上了金主的位置。人都说酒能消愁，这怎么不仅"增愁"还误事啊！

赵程穿戴整齐从卫生间里出来，昨夜刚踩过泥水的皮鞋被擦得一尘不染，和满地散落的杯碟形成了鲜明的对比。他拿起放在桌上的金表，熟练地戴上，表带发出咔哒的咬合声。

看到这一幕，苏达突然起了主意。眼前不就有个溜不掉的大金主？

"赵老板要走啊，"苏达迎上去，"不和我们多聊聊旅行的事吗？"

赵程没有想到苏达会迎过来，习惯性地给了一个商务假笑，和昨晚酒后红着面口吐真言的赵老板判若两人。

"那都是醉话，不提了。你们年轻人喜欢自驾，我们这个年纪已经玩不来了。何况雨晴平时不太喜欢和太多人接触，这次就这么算了吧。"赵程伸手，和苏达礼节性地一握，"预祝你们玩得开心！"

苏达看出来，他竭力保持体面，假装不记得昨天的醉酒丑态。

宋一潇发现了好玩的景点，在屋里喊苏达的名字。苏达分神答了一句，赵程已经整好西装，准备离开了。

"你知道为啥女孩不跟你？你看你平时上午在北京，下午噌地一下就飞巴黎了，人家女孩多没安全感。为什么以前的老人家能够先结婚后恋爱、培养出感情来，还不就是物质匮乏、生活简单，成天日对夜对？你要是能慢慢带着她，木桩子都会被打动。"

赵程对着镜子收拾衣领，对苏达的话毫无反应。

"你知不知道木心有一首诗叫《从前慢》。'从前的日色变得慢，车马邮件都慢，一生只够爱一个人。'你知道我为什么能吸引到一潇吗？就是因为我——慢——你和吴雨晴现在就是太快了。"苏达继续游说。

任凭苏达搬出了大作家，赵程还是无动于衷："我想我还是足够了解雨晴的，她不是你想象中的那种女性，更不能跟宋一潇做比较。有的人天生钟情快生活，不是把生活慢下来就能满足的。"

眼见赵程就要走，苏达把身体一横，挡在赵程面前："我做了婚礼策划这么多年，对感情这件事看得可是太透了。如果新娘是个小姑娘，啥也不太懂，那你就要带她看世间繁华，什么高大上的，什么镜花水月的，使劲给她造。但如果遇上你女朋友这样阅历多，脑子转速快的，什么大场面都见过的，咱就要费脑筋了，要和她聊，聊得越幼稚越好，聊她小时候喜欢什么漫画人物、聊她有什么未达成的心愿，把她心里的小女孩勾出来。"

赵程停下了正推开门的手，似乎对这个观点有点兴趣。

苏达接着说："我们之前有一个女客户。跨国公司女高管，已经有了几个月身孕，还穿着高跟鞋跑前跑后，对我们给的婚礼方案全都不满意。后来我们就跟她老公聊，他说岳父在妻子小时候得了癌症，在病床前说瞎话哄她，说要带她去一次游乐场，结果病情急转直下，还来不及实现这个愿望就……挂了。"

苏达这种鬼滑头，明明是悲惨事，到了他嘴里都变得似乎没那么悲伤了。

"后来我们设计了一个游乐场婚礼，把新娘新郎的童年照片用电脑合成。婚礼那天，新郎陪着新娘坐小火车到会场，摩天轮转到顶点时，LED 屏亮起，显示出一系列照片。照片里，有一个小男孩陪着一个孤独的小女孩，从父亲离开那一年一直到了现在，最后屏幕定格在他们的结婚照上，下面附上文字'父亲，游乐场我带她去了，之后的人生我陪她走'……"

赵程听得入神了，不禁问："那你说雨晴的游乐场在哪里？"

"我怎么知道，这得你一路上慢慢找。"苏达拍拍赵程的肩头，给了他一个"兄弟帮你"的眼神，"怕什么呢？反正大家都是人生失败小组成员。有缺钱的，有缺爱的，有两者都缺的，谁也不至于看不起谁，我们一路都罩着你。"

苏达毕竟是靠嘴吃饭的，这一套说辞下来，赵程犹豫了。

"去吧，年轻人是该趁着好时光出门闯一下。我这岁数了不也准备出去闯一闯吗？"李教授一手端着托盘，一手将饮料递给苏达和赵程，她昨晚没带化妆品来，用的是宋一潇的，色号不对，整个脑袋都像是重新涂色后安在脖子上的。

苏达吓得饮料都没接："您说您也去？"

李教授可没觉得有什么不妥，一副理所应当的口气："当然，昨天摔杯为盟的时候，我可在现场。"

蜜月旅行还要带着这么个阿姨上路，那还不是天天被念紧箍咒？苏达赶紧劝说。

"李教授，我是这样想的哈，咱安安分分地在学校教书不是挺好的吗？辞职环游世界，这都是年轻人干的事。"

"不用辞职啊，咱们学校马上就要放暑假了。"李教授感到莫名其妙。

苏达不死心："您这么大年纪了，要是摔个脖子摔个腿的，我们可担待不了。"

"小伙子，话不要说得太满哦！"李教授撸起袖子，露出漂亮的手臂曲线，给他展示了两下肌肉，"要说体能，我可比你好得多。我坚持健身，还有马甲线呢。"

这马甲线全靠练，在年轻女孩身上都是个稀罕物，何况这么个年近半百的中年人。宋一潇的眼睛都要直了，紧盯着李教授起伏的腹部曲线，忍不住夸了句："好厉害……"

她话音未落，便被苏达瞪了一眼，只好悻悻地吐了个舌头，从李教授的托盘上拿了杯饮料就走。

"老倭瓜自然有老倭瓜的用途，"李教授提出建议，"我可以全权负责制订旅行计划和路线。"

"我和宋一潇就可以制订路线。"

"你们考虑好费用了吗？你们算过租一辆房车的价格吗？这些我都可以付。"

"我们有赵老板在，不用担心钱的问题。"

对于李教授的提议，苏达是兵来将挡，水来土掩。李教授也不慌，一副势在必得的模样。

"但你们只有一个东西没备着。"李教授使出了杀手锏，"你们要自驾去那么远的地方，人生地不熟，十里八村见不到一个医院，旅途那么长，要是谁有点伤了、病了，你说怎么办才好？"

刚才还在兴奋讨论的年轻人瞬间都停下了嘴。人在兴奋点上的时候，脑子里灌的尽是些好事，哪能想到病痛这一层。虽然这个阿姨奇装异服，看上去有些不靠谱，但好歹是个医学院的老教授，路上带着她有益无害。

苏达心里服输了，但嘴上还不肯认，赵程给他解了围："既然这样，大家都别操心了，就按昨天约定的一起去吧。这几天我去落实一下房车的问题，干脆订一个宽敞一点的车子。"

六个人分配了工作，赵程负责交通工具，宋一潇负责后勤，李教授负责医疗工作，其余三个人分路段制订旅行计划。

大家四散分开，苏达也准备收拾收拾回他的"狗窝"，却被宋一潇一把挽住："走吧！"

苏达一头雾水："去哪？"

"当然是回你家啊，你什么时候见过夫妻俩在同一个城市里分地方住啊。"宋一潇白了他一眼。

"你要去苏达家？"正拾掇屋子的大鹏觉得难以置信，忍不住插话，"苏达家哪有你落脚的地方啊？一张床一张桌，一堆十年没洗的烂衣服。别说你了，一只苍蝇立足都困难。"

苏达确实有些难为情。他是个万年单身汉，这突如其来的婚姻打断了他的单身生活，他还没来得及把宋一潇规划进他未来的生活里。他现在租的那间房是合租房里最小的一间，旁边稍大的房里住着一对小夫妻，每天晚上都排山倒海的，你要是运气好还能听到现场直播。客厅的公共洗衣机里还能捞出臭袜子、口袋里掉出来的零钱，甚至单只的鞋。墙角更是物种丰富，老鼠、蟑螂应有尽有。

"我现在住的那地儿吧，还真没法多待一个人，我一个人都够呛。等我下个月换间大点的房间，拾掇拾掇等你？"苏达搔着脑袋，怪不好意思的。

"下个月？敢情咱俩婚后还得先分居一个月？"宋一潇不乐意，"不如先住我家吧!"

"不……不了吧。"苏达心里已经揣测起宋一潇的闺房模样,但身为一个东北男人,他仍觉得"婚后住女方家"像是小白脸才做的事。

"走吧,老爷们磨磨唧唧的,"宋一潇这个北京大妞可没顾忌,她走到电梯门前,按了下楼键,"再不走,电梯门可要关了。"

宋一潇带着苏达驾车进了一栋老旧小区,小区外墙虽然有些斑驳,但胜在地段不错。

"我暂时还没有用到父母的钱,租金都是我的积蓄。未来你要是搬过来,房租可以一起付。"宋一潇一路走一路介绍着。

小区里没有电梯,苏达只得跟着摸黑上了楼,他的心随着钥匙咔嚓的开门声激动起来。

大门一开,扑面而来的是一阵好闻的小苍兰香。和卖场热销的浓烈女香不同,这是年轻女孩特有的清爽、明朗的香气。

但灯啪的一开,眼前的景象却和清爽香气形成了巨大的反差:大厅不是家装惯用的暖色调,而是由饱和度极高的红和黑撞色而成,电视墙则是由破碎的酒瓶拼接而成,充满了后现代的风格。电视柜上摆放着一尊黑色的抽象雕塑,苏达看了半晌也读不懂其中的含义,你可以说它是一副扭曲的人体,也可以说它是糊在墙上的烂泥。屋子的结构是两室一厅,房间的门上挂着大幅的电影海报,还有宋一潇自己的写真。照片里的她披着轻软的薄纱,露出完整的侧面线条。从胸部到腰窝,放大数倍后,每一段都撩动着苏达的神经。老式阳台摆着绣球花,花瓣上带着小水珠,看样子是早上换的。

苏达见过无数在外淑女打扮,家里却乱成一通的女孩。像宋一潇这么大刺刺的性格,居然能有耐心侍弄好花草,令苏达又有种"不识庐山真面目"的惊叹。

"这里的装修是我自己设计的,怎么样,不错吧?"宋一潇得意地介绍。

"你不是说这是租来的房子吗?"苏达看着这一屋子陈设,合算下来要花不少钱。

"房子是租来的，生活不是。人就活这一辈子，要是连居住的空间都没有自己的味道，那多无趣啊！"宋一潇边说边甩掉了脚上的球鞋进了屋。

宋一潇带苏达参观了客卧、卫生间，最后到了主卧。这是苏达第一次这么近距离看女人的房间，感觉自己像个变态偷窥佬。但他突然回过神来——这不是普通女人的房间，是他妻子的。四舍五入，这也算是他的房间。

这么一想，苏达完全放松下来。主卧的床是软榻榻米的，和苏达合租房里的硬板床一比，简直舒服到了天上。自己以前过的都是什么日子啊！想到这，苏达一屁股坐在了主卧的床上。

宋一潇如临大敌，冲着苏达的屁股就来了一脚："睡客房去！"

苏达被这一脚踢得脑袋发懵："喂，哪有新婚夫妇，一个睡主卧，一个睡客房的。"

宋一潇可没时间管他，忙着用手抚平床单、拍灰："说好了先结婚后恋爱，哪有人一恋爱就上床的。我们先做完美的异性舍友，尽情恋爱，到时间了，一切自然会水到渠成。"

苏达说什么也不愿挪开屁股，被下了逐客令，硬生生推出了房间。

苏达一脸可怜巴巴地看着宋一潇："那咱晚上睡觉开视频，你可得把它搁床边。"宋一潇一噘嘴："那得看你的表现！"

整好了客卧的床上用品，天已经暗了下来。两人在客厅面对面坐着，相顾无言，只听时钟在咔嗒咔嗒地走针。

"咱叫个外卖吧，"宋一潇率先打破了沉默，"你想吃点什么？"

"想吃我老婆做的菜……"苏达想撒点娇，哪知道宋一潇一点也不领情，直接掰着手指讲起了她烧厨房的历史。

"去年朋友送了阳澄湖大闸蟹，我按网上的教程蒸好了，该放的葱、姜、蒜一个没落下，结果那朋友吃完直接就急性胃肠炎发作，进医院挂点滴了。还有一次，我朋友刚刚装完假牙到我们家吃海参，我觉得我做得挺好，就是硬了点，结果她一口下去，发现假牙少了一半，跟着咽进了肚子。

"上次想试试做爆炒田螺，我先下了点油，想学大厨翻炒一下，结果油滴到灶台上直接就冒火了，把厨房的墙熏得乌漆嘛黑，还是物业帮我扑灭的。后来听朋友说日本的电饭煲特好用，我也托人买了一个，第一次用没把我气死，那些米皮是皮、芯是芯，谁也碰不到谁……"

别人做饭要钱，她宋一潇做饭要命啊。而且不仅要别人的命，也要自己的命。

"你就没什么拿手菜？"苏达一问出口就后悔了，别说拿手菜，按宋一潇的描述，她能做出一道毒不死人的菜就已经不错了。

"也有的，"宋一潇托着腮帮子认真思考，"西红柿炒鸡蛋，肉末炒鸡蛋，辣椒炒鸡蛋，黄瓜炒鸡蛋……"

苏达赶紧叫她打住："看来是指望不上你了，这种关键时候还得靠我。"

"你会做菜？"宋一潇表示怀疑。

苏达轻蔑一笑，一切尽在掌握之中："何止会？南来北往的，天上飞的，地下走的，全都在我苏大厨的菜单里。"

苏达说的大话多了，可唯独这句不是。他从小就跟着奶奶在东北大灶前长大，做菜可是娘胎里带来的本事。成年后南北菜系胡吃海喝，但凡遇到一道好吃的菜，别人想要打包，他却总想去和厨师讨教讨教。

"想吃啥？红烧肉吃吗？毛氏红烧肉还是上海红烧肉？"在宋一潇面前，苏达才不会错过这个展现个人技艺的好时候。

宋一潇倒也一点不客气，想到冰箱里有排骨，就随口刁难苏达，说想吃糖醋排骨。

"得令，宋大人，您就坐在这沙发上玩几局游戏，且看我苏大厨的手艺。"

还没说完，只见苏达已经穿起粉色碎花围裙，作了个揖往厨房奔去，活像一个捏兰花指的太监，逗得宋一潇疯狂大笑。


菜上桌，宋一潇一看，还真不赖。一个简单的排骨几种做法：排骨炖汤是典型的南方做法，清淡适口；糖醋排骨火候正好，肉面上呲呲地泛油光；小炒肉外焦里嫩，辣度适宜，后劲儿是正宗的麻。

没想到苏达这"矮穷矬"，竟有这样的隐藏技能。宋一潇像是发现了新宇宙，赞不绝口。

"你别可劲儿夸我，"苏达的警惕性倒不错，"别以为我不知道，你不就想用夸来麻痹我，让我以后好心甘情愿地天天做饭吗？"

"看你今天表现好，我就奖励你晚上和我开着视频睡吧！"宋一潇像奖赏似的摸了摸苏达的头，又向糖醋排骨下了一筷子。

两人面对面吃着聊着，第一次独处的尴尬倒是被这菜香冲淡了。

突然，宋一潇端着的碗停了下来，直盯着苏达的脸看。苏达吃得正欢，被这么一盯也有些慌张，下意识伸手摸了摸自己的脸，确认了既没有菜叶也没饭粒。

相对无言了一会儿，宋一潇蹦出了个没头没脑的问题："你今年是25吗？"

这一问，可把苏达问懵了，疑惑地答道："是啊！怎么……"还没等苏达说完，宋一潇就上手提拉了一下苏达的面皮，还捎带着捻了一把，把他捻得差点龇牙。

"你该不会是骗我的吧？你真的不是35岁？"

"没啊……"苏达虽然有点小聪明，可不至于到说谎的地步。

宋一潇若有所思："你这脸啊，是该保养保养了。等会儿给你亮亮我的'秘密武器'！"她放下筷子，噔噔噔地跑回卧室，出来时手上拿着一个巴掌大的化妆品盒。苏达不看还好，一看连吃饭的心情都没了——罐子里全是恶心的绿泥，黏糊糊的，像是什么大型生物的呕吐物。

"我先放这儿，等吃完饭给你做一个巨补水的滋润面膜，"宋一潇说得眉飞色舞，"你现在结婚了，可不能像单身汉那样糙！"

整餐饭苏达都没心思吃，他无处安放的眼神时不时落在桌上那坨绿油油的泥状物上。那玩意儿光是摆在桌上就已经足够让人恶心了，难以想象等会儿还要糊脸。

刚放下筷子，苏达就主动向宋一潇请缨去洗碗。宋一潇赖在座位上玩手机，心不在焉地回了个"好"，苏达像获得了大赦，逃也似的溜到厨房，心想终于躲过了那坨恶心的绿泥。

没想到，跑得了和尚跑不了庙，苏达前脚刚进厨房，宋一潇后脚就跟来了。

苏达这辈子都没想到，自己从生下来到现在粗糙了二十几年，从来没有在这张脸上有过什么花销，还嘲笑敷面膜的男人娘们唧唧，现在刚结婚就要成为一个"娘们唧唧"的男人了。女人爱美，他理解。但当女人爱上男人，把"美学基因"强加于另一半，而他恰巧就是这个逃脱不了的另一半时，还是忍不住暗暗叫惨。

眼看面膜勺逐渐靠近，苏达挤眉弄眼，每条面部神经都在表达着抗拒。宋一潇才不管这些，她像拎小鸡仔似的捏着苏达的脸皮："我以前在剧组，那些工作人员都是求着我做呢！"说得像是苏达占了大便宜。

"那你找他们做去，我可没有那么讲究……"

"这不是讲究，这叫尊重。你要是不关注自己的脸，十年八年看不出区别。等过了二三十年，我才不想身边站着一个糟老头子！"

宋一潇本来就不是那类讲道理的姑娘，这会儿更加不由分说："你别推三阻四的，反正你今天做也得做，不做也得做！"说完，吧唧一下，绿泥上脸了。

苏达也不再挣扎，任凭宋一潇在脸上蹂躏。但他转念一想，多少单身男人还在夜半无人的被窝里期待红袖添香、温香软玉。而自己敷着面膜，说明有佳人在旁，这个待遇是多少人羡慕不来的。这样想来，他又有些洋洋得意。

晚饭后，两人聊起即将出发的旅行。

"喂，你刚刚还说这么多人去没情调，怎么转眼就同意了？"宋一潇埋怨。

"小姐姐，你谈过恋爱吗？是你自己说要先结婚后恋爱的，谁恋爱的时候是两个人睡遍全球酒店的？恋爱就是要看星星，看月亮，从诗词歌赋聊到人生哲学。到时候他们都是你娘家人，都帮你观察我呢，这才像自由恋爱。"

"我发现你这个人歪理挺多的……"宋一潇佯装生气，却发现脸上绷不住笑意，索性把脑袋往苏达肩上一靠，"……但居然还挺能说服我的。"

苏达的肩膀痹了一下。在和宋一潇的关系里，他第一次收获了热恋的感觉，尽管这种感觉没有开头、没有过程，好像是凭空冒出来的。

此刻，赵程也刚忙完工作的交接。宿醉刚醒又整整工作了一天，他拖着疲惫的身体回公寓。上楼前，他打包了点粥，想在宿醉之后吃点清气的食物。

赵程今天看了无数次手机，但吴雨晴一整天也没有联系他，更没有向他解释为什么爽约了昨天的狼人杀。他知道，当这个女人想在他生活中消失的时候，从来都不会发出一点点的预警。

一次旅行真的能解决问题吗？赵程不知道。他走到自己的公寓楼下，仰头看着这栋外表已经被风侵雨蚀过的公寓。记得七八年前，这还是附近最高价的新贵楼盘，开盘当天引发了全城媒体的关注。那也正是电视行业高速发展的好时候，他捞下了第一桶金，还不满30岁，一脸意气风发地站在镜头里，对着记者侃侃而谈："其实房子不仅是身份的象征，一个好的楼盘应该帮助业主在社区里搭建有效的人脉资源……"

这么多年过去了，业主委员会里的当年新贵们早已纷纷把房子脱手，买了新城的豪宅。只有他还待在这个旧公寓里，每一块剥脱的墙皮都在提醒着他"过往风流俱往矣"的事实。

他失神地走向门边，开门一瞬才发现，公寓里灯火通明，拖鞋已经摆在脚边。

吴雨晴从餐厅里一路小跑着到门口："你回来了。工作还顺利吗？"

她像往常一样把赵程脱下来的外套挂好，然后又伸手准备摘取领带。赵程只觉得眼前的这个女人有点陌生，下意识地躲了一下，但吴雨晴的双手马上环抱过来，那种闻了七年、再熟悉不过的香气钻进了赵程的鼻子里。

"我做了你最喜欢吃的油焖大虾，还有咖喱烧牛腩。"她趁机贴在他耳边轻声说，一切柔情又缱绻。

解开领带的瞬间，他们四目相对，仿佛真的是一日未见如隔三秋的爱人。

"亲爱的，我想你了。"吴雨晴在赵程脸上留了个吻。吻罢，她像个没事人一样，哼着小曲儿，自顾自地摆弄起桌上的烛台。对于吴雨晴，赵程见多了她雷厉风行的一面，越是这样阴晴不定的温柔，越叫他害怕和不解。

粉烛一对，火舌映在白墙上微微晃动。

"我昨天去了狼人杀。"赵程实在不忍心破坏氛围，可是要他假装不知道，更困难。

吴雨晴像是没有听见，依然殷勤地往赵程碗里夹菜："吃菜！"

对于这一切，赵程并不觉得意外。每一次他们之间有什么矛盾，雨晴总是用同样的招数。以前他总是心软，被牵着鼻子走，但这一次，他告诉自己，一定要问个明白。

"听他们说，你昨天原本也会去？"尽管给自己坚定了决心，但赵程还是显得小心翼翼，"你是在躲我吗？"

"昨天有工作在忙，加上雨有点大，就不去了。"雨晴没有直接回答。

"你一点都不想知道我们谈论了什么吗？"

"这是你自己的隐私，我没有权利过问吧。"

雨晴的云淡风轻就像块海绵，让赵程的刀枪找不到入口。

"我在桌游吧待了一个晚上……"赵程终于沉不住气了。雨晴的筷子明显地抖了一下，但她停了一下又继续若无其事地吃。

"我们打算自驾去法国，最少要两个月，可能要三个月。我今天已经把工作交接好了，现在市场不好，估计下一个季度的项目也不多，我走得也安心些。你今年的年假加起来，是不是能有一个月？来陪我走半程好不好？"

赵程能够感觉到，雨晴咀嚼的速度越来越快，她明明是在意的，为什么每次都要扮成不在意的样子？

雨晴终于开口了："如果我不陪你去的话，我们之间的关系就算结束了是吗？"

赵程没想到她会问得如此直白，他艰难地从牙缝里挤出了一点声音，听起来像是不置可否的"嗯"。其实他也不知道自己是怎么想的，如果有可能，他真的很想穿越到两年之后，看看那时候的自己是不是还和她在一起。

雨晴把烛台上多余的蜡油倒了，又将吃了一半的鱼翻了面，她的心好像都在这样的琐事上。两人静默了许久后，雨晴打破了沉默："我知道了。"

赵程听不出她的态度，也不知道这是应允，还是拒绝。

"亲爱的，其实你不用什么事情都做得尽善尽美，我希望我的另一半能够坦诚。我有什么做得不对的地方，你都可以告诉我……"赵程正沉浸于自我剖白，手机响了。赵程掐掉，电话再响，赵程忍不住瞄了一眼，屏幕上是那个熟悉的联系人"小宝"。他望向雨晴，想要在她的眼神里寻求"接或不接"的意见，但雨晴就好像没有听到一样。

他尴尬地接起电话，不料电话那头却响起了焦急的女声："刘老师刚给我打电话，说小宝在教室里发烧晕倒，抽了两下，白眼一翻就谁也不理了……"

赵程感觉到自己的心跳在加速，但桌面上的粉烛时刻提醒他压低声音，于是他捂住嘴，把头尽可能低下回复："烧了几天了？"

"昨晚洗完澡就烧起来了，早上我本来没让她去上芭蕾舞课，她硬是要去，说是下周就要考级了，可能在去的路上吹了点风。我也是刚刚接到老师的电话，不知道什么情况，你公寓离她的学校近一点，你先过去看一看……"女声越讲越不镇定，声音里渐带哭腔。

"有你这样照顾孩子的吗？孩子发烧你还让她去上课？你为了成绩不要命了？"赵程压低嗓子冲电话吼，但他立刻意识到此举的不合时宜，抬头用眼神寻找着雨晴，还好，她正好离桌去餐厅。

"你有什么资格怪我！这七年你照顾过她吗？你只懂得说我……"这些话，在离婚的七年里，赵程已经不知道听了多少遍。

"好好好，你先别急，我马上就过去了。"赵程挂断了电话，拿起西装就准备出门。

"说什么呢？"雨晴从餐厅走进来，拿着一双洗净的大汤勺，像是为什么大菜准备的。

"没有，公司突然还有点事。我得赶去处理下。"

赵程习惯性地回答着，没注意到雨晴脸上的表情已经有了些许变化。

"那我要是说，锅里还炖着新菜色，你有没有时间留下来吃完？"

赵程大脑飞速转动着寻找托辞，只听雨晴轻笑着："逗你呢，我可不想要做个破坏父女关系的坏女人。"

"你还说我不够坦诚，你也从来没有对我坦诚过啊。"吴雨晴盖灭了桌上的蜡烛，打算结束这段并不算太愉快的晚餐，"我去洗碗了。"

厨房里的炖盅上，炖着赵程最爱的咖喱牛腩，火候已经正好了。

这夜，宋一潇和大鹏微信聊着行程，好像完全忘了客卧里还有苏达这个丈夫。

苏达不知道为什么宋一潇坚信爱情是可以培养的，何况还有横亘在他心里挥之不去的问题：宋一潇为什么选择他？就算是先结婚后恋爱，宋一潇附近高大帅气的人也不少，为什么她偏偏选中了自己？

睡在宋一潇家的客房，苏达越想越慌。想到烦了，他只能强迫自己入睡，但一入睡就会做和宋一潇一起旅行的梦，梦到一半就卡带醒来。

他对宋一潇的了解，可能和赵程、超儿差不了多少。他不知道宋一潇小时候是胖是瘦，不知道她喜欢玫瑰还是百合，甚至不知道她爱吃面食还是米饭。所以他不知道，宋一潇会怎么回应梦里的某句话，或者，她会怎么应对梦里的某种情况。

正当他辗转着重新入梦时，耳边传来宋一潇的呓语。视频通话里的她穿着肉粉色的吊带睡衣，裹着纯白被单。看她沉沉睡去，苏达认认真真看着屏幕里的新媳妇，看得出了神。他如痴如醉看得久了，慢慢地探身靠近手机，隔着屏幕偷吻了一口，把枕头往自己头上一闷——算了，得妻如此，偷笑还来不及呢，还想别的干吗。他心里告诉自己，这一生就轰轰烈烈地爱她了。

翌日，宋一潇一早醒来，伸了个懒腰碰到了床边的手机。她瞄了一眼手机，才发现苏达那边是个静止的画面，看上去是对准了一张信笔涂鸦的 Q 版漫画。苏达画下了她裹着棉被的睡态，下面写着"老婆大人，早安"。

宋一潇被逗得笑起来，但她意识到哪里不对，一摸眼角，却有一行略微干涸的泪迹。她清楚地知道它是为何而来，那是一个永远不准备让苏达知道的秘密。

筹备的日子一天天过去，正赶上超儿的隔断间被查，房东勒令他七日内搬走。想着离出发的时间不久了，超儿干脆拎着他那寥寥家当，住进了桌游吧。

　　大鹏拉了个微信群，方便沟通行程。大家在群里讨论后，准备用 SUV 加上拖挂房车作为出行工具。但这样一算，就多出了几个位子，李教授多要了一个位子，说会再带一个同行人，但车内其他座位就要白白浪费。

　　"超儿你看微信群了吗？"大鹏端着手机，像个傻子似的咧嘴狂笑，"苏达说我们多出来的位子太浪费，不如利用网络招一个会多国语言的翻译，到时候实时翻译，多拉风。"

　　超儿自诩是"食色性也"的艺术家，在别的事情上挺沉默的，只要谈到女人就滔滔不绝："最好招个女孩，还得要是单身的。他们一对对一双双的，就连你身边都有一个远方的艾索，我总不能一路和吉他谈心吧！再说了，对于男性来说，最好的艺术创作灵感需要不同的异性来激发。"

　　"再找个女孩我的劳动量可要加倍，条件要附加上一条，让她把我剩下的一半旅费也承担了，"大鹏一边回应，一边看着"华山论剑"聊天群里新上传的陈玉莲版小龙女剧照，补了一句，"……除非她能长得像陈玉莲。"

　　超儿用鼻孔呲了一声，大鹏马上不服输地回嘴："我好歹有了个艾索，你看看你这么大年纪了，还是个孤家寡人。过几年都谢顶了，哪还有女孩看得上你？"

　　"我现在写的这首歌，就是关于单身的。歌词里有一句'我们生来是为了找寻彼岸，不是为了倚靠，而是为了在远处观望'，大意就是说，并不是每一段感情，都要奔着爱情终点去的。我们要允许，这世界上有人生来是为了享受途中美好而存在。"

　　超儿放下手里的吉他，拿起手边一张写满歌词的纸，大鹏不屑："扯淡吧你！要是你只为了什么'享受途中美好'而存在，为什么还要找一个女的来做伴？"

　　"我只是享受爱情的过程更重于结果。人需要同性的了解，也需要异性的了解。其实男人需要的情感寄托并不少于女性，但是不是需要婚姻，就要另当别论。"

　　"怎么能另当别论呢？你爸妈要是有这点'另当别论'的思想，哪来的你呢?"大鹏没办法理解,"在我老家,结婚生子后的人才能进祠堂,代表着人生的完整。现在倒没有这么严格了,但不以婚姻为目的的爱情,在我看来就是耍流氓。"

"爱太难定义了,昨天存在过而今天消失的东西称作爱吗?在爱情殆尽时勇敢分手,和不爱的人共度此生,哪一种算是负责任呢?他们明明都有道理,为什么世人不赞扬前者,却拥护后者呢?"超儿继续抱起吉他,试了几个新的和弦,"你好歹算是个90后,爱情观怎么跟公园里替孩子相亲的大爷大妈一样。"

大鹏气得不想回嘴,心想,你这个秃脑袋的80后才是"为老不尊"呢!

苏达还真的说到做到,当天就上网发了报名帖。帖子名叫《你和终身难忘的巴黎房车之旅,仅差一次点击》,是不折不扣的标题党。

刚开始苏达只限定了报名者的性别,以至于帖子刚发出去的前三天,邮箱里堆满了五花八门的报名邮件,让负责筛选的大鹏和超儿苦不堪言。苏达觉得,这可能是门槛太低导致的,于是拜托赵程改了第二稿:

首先,仅限单身女性应征。除中文和英文以外,需要掌握至少一门沿途国家的语言,以便在旅途中进行交流。如有海外就读经历也请写明。

其次,沿途食材匮乏,必须有上佳的厨艺。全队南北方人均有,需掌握全国各地的烹调手段和固定菜色。

最后,应征者需要在邮件中附上一张本人的照片。如发现有照片冒用,取消旅行席位。

最后一条是超儿提的。除了照片以外,他还提了身高、三维、肤白貌美等不切实际的要求,全部被苏达驳回。

而前两个条件是赵程按雨晴的标准改的,但这标准实在太高,新帖子一发出,立马无人问津,石沉大海了。

一周后,大家在桌游吧碰头,分别汇报自己的准备进度。

"我先来！我是这次旅行的后勤负责人，"宋一潇打开了手机淘宝，展示了一系列的订单，从薯片、坚果、汽水到布丁，尽是些透着孩子气的食物。

她突然像想到什么似的拿出纸笔："房车上是不是有冰箱，那我还要买点冰淇淋带上。我记一下……"

苏达不禁问道："合着你的后勤就是买零食啊？"

"不是啊，还有，最重要的，铛铛铛铛——"宋一潇给苏达展示了几页新订单，看缩略图是一溜儿方方正正的图片。

"这方块是啥？压缩饼干？"苏达问。

宋一潇翻了个白眼，把手机里的缩略图放大摆在苏达面前："面膜啊！这一路上风吹雨淋的，我可不想回来就变成老姑婆。"

一谈起要带的美容用品，宋一潇就如数家珍：这个美容仪在日本卖上万块，刚出了一个红蓝光闪的激光头；那个蒸脸仪是明星代言的，能把蒸馏水打成纳米小颗粒；洁面仪是食品级硅胶材质，能够深入皮肤毛孔，配合纯植物配方的精油使用……

这些在苏达听起来，通通都是交智商税的玩意儿。苏达以前很好奇，是什么样的蠢女孩才会信电视广告上这些夸大的宣传语，结果千想万想也没想到，这蠢女孩是他老婆。苏达想着想着，笑声更敞亮了。

"别笑，我也给你带了一份，够贴心了吧！"宋一潇有力地还击了苏达的偷笑，这下苏达笑不出来了。

李教授把准备好的医务箱带来了，看样子挺齐全的，足有五个之多。

"我看看啊，"大鹏随手打开了一个，"这个是主治……主治儿童发烧？我们谁带了儿童吗？"

李教授一把抢过来："这叫有备无患，万一你们之中有谁在旅途中不小心擦枪走火，那可不就有儿童了。"

"还有这个呢，"苏达正看另一个药箱，也有了同样的疑惑，"主要疗效是……抗抑郁？你看我们谁像是会抑郁的样子？"

"你看宋一潇，她每天傻乐，嘴巴都咧到耳根了，哪轮得上抑郁。"苏达大力捏了一下宋一潇的脸，被她反手打了一巴掌，但他现在越来越享受逗她的乐趣了。

苏达嘴上调侃，心里却有了点怀疑：李教授不是医学院的大教授吗？怎么连这些药的基本用途都弄不清楚？

赵程的准备工作是用PPT的形式展示的。

"我们有两辆越野车，一辆由我驾驶，一辆交给苏达，另外我们租用了一辆拖挂式B型房车。就是图上这辆。"

PPT上显示出一张清晰的内饰图：开阔的天窗、皮面的卡座、美式的慵懒沙发，地上铺着胡桃木色的拼木，主卧有张舒适的大床，走廊里则是两张上下铺的单人床。

大家都准备着接受一次艰辛苦旅，却没想到房车环境堪比五星级酒店。最兴奋的要数宋一潇，她的大脑已经飞速转动，勾勒出了一幅田园爱情大片儿，连厕所里的大理石花纹都有了属于自己的故事。

"这已经是我能订到的最大的拖挂式房车了，共有六个床位。把前车座位放平还能再提供两个床位，一共能睡下八个人，我还准备了随行帐篷，如果有需要可以使用，不过房车有雨棚和拓展空间，不必担心空间的问题。"

"所有的问题都已经解决了，但是我还想说一件事……"赵程突然面露难色，有些欲语还休。

什么事是赵程这号人物都解决不了的？看他表情逐渐严肃，大家的心都悬到了嗓子眼。"上次我和吴雨晴说了要自驾去法国的事，她一直没表态，但是……"

赵程说话慢条斯理，一个大喘气把大家紧张坏了，生怕他在这个节骨眼放弃旅行计划。

"但是！我没想到，她昨天告诉我，她辞职了！她想和我一起走完全程！这个PPT就是她做的！房车也是她找来的！"赵程的脸上散发着无法言语的兴奋，像一个觊觎了礼物许久，终于意外得到的小孩。

大家的心落地了。宋一潇满口说着恭喜，但她同时不解："你一个大老板这么哄着她，你单身，她未嫁，你俩情投意合，她有什么可拧巴的？"

赵程只顾着接受大家的祝福，顾不上回复宋一潇的话。但他越是小心谨慎，宋一潇就越好奇。那个吴雨晴哪来的神通，能把一个久经风浪的中年人驯得像温顺的小猫咪？

"邮箱里还没有人报名吗？"平静下来之后，赵程问。

"自从改过标准之后都没有人报名，收到的全是推荐理财产品的、招代理的、办信用卡的垃圾邮件，"苏达说着打开了邮箱，上面显示有一条新邮件，"你看，又来了一条，让我看看是哪一家的银行。"

但苏达猜错了。打开新邮件，首先映入眼帘的是一篇中英文双语自述信。看来单身女伴有戏了！超儿眼前一亮。

不精通英文的苏达直接拉到尾端的中文版，一字一顿地念出其中的内容。

"女，熟练掌握中文、俄文、德文和英文，大学就读于德文专业，曾经在俄罗斯留学多年。曾经徒步走过大半个中国，能处理旅途中遇到的各类问题。会烧一手人人称赞的中国菜，东南西北各地菜色均有，俄罗斯菜也会一些……"

"真有这样的人？"大鹏觉得难以置信，"她叫什么名字？"苏达摊手表示不知道。

大鹏一边说着"你不认识字啊"，一边看向屏幕。他也愣住了，发件人署名是一串长长的俄文。

居然真的有女性能符合这么苛刻的条件，该不会是个恐龙吧？大家起了兴趣，围在一起等待照片的加载。

网速略慢，照片在眼前缓缓铺开，一个女性的面庞一点一点展现在两个人面前：先是光洁饱满的额头，然后是带着柔软鬓发的美人尖，再是两颗饱含笑意黑葡萄似的圆眼……

看到这双令人遐想的眼睛，超儿从一开始的漫不经心到现在只恨网速太慢。再缓冲一阵子，丰润的两颊，微尖的杏仁下巴一一呈现在两人眼前。照片上的那个女孩，像旧日历里的画报女郎，古书上说的芙蓉面杏仁眼也不过如此。

"陈……玉莲啊。"大鹏激动地点着屏幕，拍着超儿的肩，"超儿，我那一半的路费也不要了，就选她了！"

苏达一贯喜欢清瘦的女孩，但这张照片颠覆了他的审美，让他彻底理解了什么叫环肥燕瘦。

"你超儿挺有福气的啊，这么绝色的姑娘都被你撞到了。"苏达酸成了一颗柠檬。

空气中散发的荷尔蒙快要满溢出来。苏达庆幸这时候宋一潇正把玩她的碟片，没看到他这一下垂涎欲滴的表情。

桌游吧的日历上，超儿郑重其事地用红笔圈出了出发日期，一想到自己要和"陈玉莲"共度漫漫长夜，他就创作灵感井喷，一连写了好几支口水歌。大家对旅行的期待并没有被繁复的准备工作消磨，反而因为"陈玉莲"的突然到来，又增加了几分。

风将日历吹翻了几页。看着几页后的陌生月份，所有人都清楚这期间将会发生无数事情——至于能发生什么样的事，每个人都在好奇着。

## 第四章　一车的尴尬

终于等到了出发那一天，本来天气预报要下小雨，但天气意外的还不错。

苏达的车后备箱里全都是宋一潇准备的零食、碟片和桌游，还有足以开美容店的成套美容仪和面膜，一件日常用品都没有。他笃定要是有一天宋一潇一个人被放逐到无人岛上，就她带的这点东西，足够死上八百回了。

同车的大鹏正在和艾索视频："上一次给你讲了郭靖的故事，在我们中国人看来，郭靖这叫大智若愚。从字面上来理解，就是说有大智慧的人看起来反而像个傻子。中国的武侠故事里，同样有英雄主义，但却和你们的外国片里的完全不同。中国人觉得，武学钻研到最后，未必是聪明颖悟的人能学到最高境界。要达到最高的境界，先要做到两句中国古训。第一是天行健，君子以自强不息，就是说人要像个傻子一样，日复一日地刻苦用功。第二是地势坤，君子以厚德载物，就是说人要有宽广的胸襟，不要去计较一些不重要的得失。这样才能称为侠之大者，为万民所称颂……"

艾索听得一知半解，拿笔记下了这两句古训："我知道了，这就是父亲说的'傻人有傻福'。我以前不明白为什么中国有这样的说法，认识你之后我明白了，你挺像郭靖的。很努力，很包容。"

"我像郭靖吗？"大鹏一脸惊喜，苏达从来都说他是个傻大个，这还是他生平第一次被人这样赞赏。苏达在一边听得差点没笑出声来，相爱的人说的话，总是这么滑稽。

正在这时，大鹏的聊天界面上显示，他的置顶微信群来了一条新微信。同在后座的超儿立马凑上去："赵程说他们两个已经到了集合的地方，问我们还有多久。"

苏达抬腕看了眼表:"还有十多分钟呢,他俩这时间观念也太强了。"

其实苏达看得出,因为要迎接"陈玉莲"的到来,超儿也有些自乱阵脚,平常沉默不语的他第一次主动假他人之名催起了苏达。超儿总说自己年轻时叱咤酒场,"人行江湖,佳人相伴",身边的异性来来往往,从无定数。可到了现在这个年纪,大家从没看过他身边有什么所谓的"佳人""美人",只把这些旧料当笑谈。

这边大鹏已经在和艾索告别:"亲爱的,我们就要出发了,等着我……"两人隔着屏幕打了个啵儿。

"恶心!"副驾座的宋一潇假装被肉麻到,猛地一颤。想到自己和宋一潇同居这么久,不仅同房不同床,甚至都没被吻过,苏达的心就像是被人搔了两下,有点痒。

到了约定的地点,赵程早已在等候,身后停着他的 SUV,拖挂着一辆豪华的房车。房车旁斜靠着一个黑衣的女人,穿着立体剪裁的连衣裙,戴着墨镜和长耳链。这么一比,苏达一行人松垮垮的运动服完全摆不上台面。

"你好,我是……"苏达正准备自我介绍。

"不用介绍了,旅行前的计划是我做的,每个人的信息我都很清楚。"旅行的轻松氛围,让吴雨晴看上去并不像第一次见面时那样"黑面",但她脸上的墨镜始终没有摘下,语言里隐约的威慑力尚未消减。

她一来就开门见山:"赵程应该告诉过你们,我们中间将有一个人需要睡帐篷,还有两个人需要睡在车里。"

"那简单,我和超儿、大鹏几个男的,轮流睡。"苏达随口回答,大鹏和超儿表示应允。

"不行,这么多人在一起,秩序感很重要。我们每三天更换一次床位,由所有人投票表决。"吴雨晴望向大家,"关于我的建议,有没有不同意的人,不同意就举手。"

苏达看到这个架势也不敢吱声,全场默许了这个提议。吴雨晴很满意:"很好,没有举手就是都不反对,那我们就按照这个来执行。"

宋一潇才没闲功夫管大家在讨论什么呢，她兴奋地打开每一个柜门，打量每一个卡座，雨棚要展开瞧瞧，中控按钮也要挨个旋开，每个角落都要探一个究竟。

苏达趁宋一潇不在身边，挨到赵程身边。他和赵程并肩走了一段后，自然而然地聊起了男人话题："喂，你这未来老婆是天秤座的吧？横竖黑白拎得也太门儿清了！"

"嘘……"一句话差点把赵程的小命都吓没了，"你连老婆两个字都不要在她面前提，如果被她听到我在外面这样和别人说，回去指不定要闹多久……"

正聊着，两人撞上了迎面而来的大鹏。

"看到李教授了吗？她明明在微信群里说马上就要到了。"大鹏作为微信群里的"一群之主"，恪尽职守地关注着每个人的动态。

"这不在那儿吗？"眼尖的苏达马上看到远处有一大一小两个黑点，正扛着大包小包往这挪近，"不过她身边那个小女孩是谁？她的学生吗？"

大鹏看着此情此景，突然想到《倚天屠龙记》中的一段，不由脱口而出："说时迟那时快，张无忌吃了一惊，转过头来，只见金花婆婆扶着那相貌美丽的小姑娘，颤巍巍地站在数丈之外……"

就在他们闲谈间，"站在数丈之外的金花婆婆"紧赶慢赶地到了他们面前，苏达他们忙上前接行李。

李教授带来的少女穿着一件哥特风的黑外套，不顾炎热的天气，将自己遮得严严实实。她低着头，两颊能看到零星的小雀斑，身板细薄，看上去刚刚成年。

"介绍一下，"李教授的气还没喘匀，说话有些断续，"李林青，木子李，双木林……"

苏达忙接下少女手上的行李，哪知那少女根本不正眼看他，也不松开手里的行李，令苏达颇为尴尬。

直到少女抬起头，苏达才终于注意到她浓重的眼妆：上下眼皮呈烟熏状，眼尾不自然地上挑着。从打扮上来看，她像个青春期的叛逆坏女孩，可眼神又不像一个充满敌意的孩子，反而蒙着一层难以形容的阴雾。

"嗨。"苏达又伸出手，这次终于顺利接下了行李。少女的嘴动了一下，却只是舔了一下嘴唇，并不道谢。

"喂喂喂……"时刻盯着微信群动态的大鹏，向大家做着实时汇报，"那个掌握四国语言的'陈玉莲'说她马上就要到了！"

"激动什么？你不是有艾索了吗？'陈玉莲'可是留给咱超儿的。"苏达把手顺势往超儿肩上一拷。

"女神懂吗？只可远观，不可亵玩。就算武林中名门正派真君子，见到美人也会感慨三声。"

"我看你不像名门正派真君子，倒像是色胆包天'尹志平'……"

两个人正唇舌交战着，忽地听见敲门声。一开门，门外站着一个老太太，肩上拷着一个红蓝编织袋，袋上用白字标着"贺××建工集团成立1988"的字样。

这老太太第一眼看上去还挺慈眉善目的，但就是不懂礼貌，门一开就往里探头，四周张望感慨着："这个房车还真不错啊！"

"是不错，但……你是谁呀？"苏达将身子挡在门口。

老太太往衣领里掏了掏，居然熟练地掏出一部挂脖"老人机"，字体巨大，上面显示着一个微信聊天页面，用户头像就是邮件里的那张照片。

超儿愣了一秒钟反应过来，指着微信头像问："她今天是来不了，让您过来帮着说一声吗？"

老太太把手机里的用户头像放到最大，然后将手机往自己的老脸旁一搁，随后狡黠地一笑："这照片难道和我不像吗？"

苏达和大鹏面面相觑，发挥了难得的默契："不——像——"

"所以您是？"宋一潇刚结束了在房车里的翻箱倒柜，路过门口，正巧看到了这匪夷所思的一幕。

老太太慈爱地一笑，露出了镶金边的假牙，指着头像念出了那个谁也看不懂的俄文名字。她解释道："这是我的俄文名字，翻译成中文就是'狄安娜'，在俄语里是月亮和狩猎女神的意思。"

房车的圆桌前，所有人脸色凝重，沉默地围坐着。桌上放着一部手机，屏幕上显示着那张酷似陈玉莲的高清大图。

比起童话里的帅哥变野兽、王子变青蛙，更可怕的，是邮件里的美少女变成老太太。

老太太先开口了："那什么……诸位……这照片可是货真价实的。您看这个鼻子、这个眼睛、这个樱桃小嘴儿，是不是都跟我挺像的？"

"还樱桃小嘴呢？您也不照下镜子……"大鹏嘀咕。

"您拿闺女的照片诓我们？"超儿又将照片仔细地和老太太对比了一遍，得出结论。

"小伙子年纪轻轻，怎么这么缺眼力见儿。"老太太嘟囔着站起来，把手机重新拿回手上，"这千真万确是我的照片，重新上了色的。您瞧瞧，我还真没骗您。就是吧……"老太太有点不好意思，支吾着补充了一句，"就是这年份久了点儿……"

老太太非要把手机塞回超儿手上，让他看看清楚。在场的人看着超儿面对"老版陈玉莲"时的尴尬表情，想笑又不敢笑。

"你们的招聘帖上只说要本人的照片，可没说是什么时候的照片，我可不算是撒谎。"老太太一口假牙，但口才可不落人后，"还有，邮件上的每一句都是真的，我大学时学的是德语专业，年轻时曾经去俄国留过学，至于英文，是我后面在老年大学里学的，虽然不太灵光，但也够用……"

老太太说话的口气谦和客气，但超儿还是觉得心里有个结："那你也犯不着拿个年轻时的照片蒙我们呀，去巴黎那么长的路，风餐露宿的，您这身子骨能受得了吗？"要是没有期待还好，现在可是希望越大，失望越大，他心中的陈玉莲就这样毁于一旦了。现在眼前的这位不要说做灵魂伴侣，两人的代沟都不能称作"沟"，简直就是科罗拉多大峡谷。

老太太赶紧摇头："不用去巴黎，我就搭个便车到俄罗斯找我老伴。车费多少我照付，你们只要送我一程就好了。"

说到这，老太太竟还不自觉地露出了少女的娇羞态："年轻时我和我先生是沿着这一路搞对象的,那路上的一草一木啊,都是我们看着长大的……那些年中国内忧外患,哪里是今天的样子。我们留学生都懂'师夷长技以制夷'的道理,人穷志短是要受欺负的,所以我和我先生就响应号召回来搞建设。后来呢,祖国强大了,要恢复和各个国家的邦交。为了中俄友谊,他就又回到了俄罗斯。"

"刚开始没有电话,我先生只能给我写信。他给我抄了一首歌——《革命人永远是年轻》。革命人永远是年轻,他好比大松树冬夏常青,他不怕风吹雨打,他不怕天寒地冻,他不摇也不动,永远挺立在山巅……"老太太说着便唱起来。

"行行行,您可打住啰。"苏达赶紧将她唬停下。

"真是个顽固的老革命……"大鹏小声说,苏达给了他一个"总结得好"的眼神,这种老掉牙的爱情故事,哪个年轻人会喜欢听?

众人之中,唯独宋一潇格外地兴奋:"真浪漫啊,就好像电影一样,两个人为了心中的信仰天各一方,然后宁愿远赴千山万水,只为和心上人团聚。"她正浪漫地幻想着,眼神却突然黯淡了起来,"我要是也有这样一个愿意为他奋不顾身,而他又懂得珍惜我的人该多好啊……"

听到宋一潇应和,老太太像是找到了突破口,把目光投向了在场的两个女生:"你看你们俩小姑娘多好看,细眉鹅蛋脸,大眼睛忽闪忽闪的,就是啊,都太瘦了一点。阿姨南北方菜都会做,还带了点俄罗斯风味的红肠,等我路上做点好吃的,保准把你们一个二个都喂得白白胖胖……"

吴雨晴给老太太倒了杯水:"那这样吧,我给您买张机票,您就可以舒舒服服地到俄罗斯了,到时候再让您老伴到机场接你,如果他腿脚不便,我就再帮您叫一个地陪,送您到您老伴那儿。"

苏达倒没想到这个黑面女,倒还有善解人意的时候。果然是老板身边的贴身秘书,事事都做得周全。

"好闺女,谢谢你的好意。"老太太接下杯子,喝了口水,"我倒不是买不起一张机票,只是我们那时候没有飞机,都是坐火车到边境线再换境外的班车。现在那条火车线路早就停运了,而你们走的这条线路,刚好是我和我先生当年坐火车出境的线路。我来报名其实就是想找回一下当年的感觉。再说了，我确实符合你们的要求，你们要是愿意带上我，我就万幸了。"

"这……"众人也有些动摇了。失了个养眼的美女，多了个需要照顾的老人，大家心里还是有点不是滋味。

"你也知道我们不是不让，"赵程发话了，他将拒绝说得委婉许多，"主要是万一你在路上出事，我怕我们几个……"

"这个我早就想好了，"老太太就在等这句话，她在随身的编织袋里翻找了一轮，终于将一张薄薄的纸呈在大家面前，"这是我的保证书，已经找机构做过公证了。上面白纸黑字写着，无论我在旅途中遭遇什么事情，都与同行的旅伴无关，由我个人负责。"

苏达突然想到一个刁难的借口："刚才咱不是说，谁睡帐篷由大家投票决定吗？老太太，我们事先说好，这里的床不够，您要是想留下来，就必须全程睡帐篷。"

大鹏举手表示同意，其他人也想要老太太知难而退，犹豫后都先后举起了手。但老太太反而一副大喜过望的表情："没问题啊，我最喜欢睡帐篷了！"

话已至此，大家好像再想不出什么理由拒绝。得，本来心心念念期待的"陈玉莲"变成了一个"老革命"。现在该拿她怎么办呢？

"哐当！"

房车内的局势正有些微妙，车尾的行李放置处却传来了重物落地的声音。众人来不及细想，火速前往车尾，眼前的一幕把所有人都惊呆了：李教授带来的少女站在行李堆前，面前的地上放着敞开的吉他包，而她的手上正抱着超儿常用的那把吉他。刚才重物落地的声音，显然就是出自这把吉他。

少女拿吉他的姿势不太标准，总是在吉他上机械地弹奏着同一个音，似乎这个音对她来说有什么特殊的含义。

"你爸妈没有管教过你吗？"大鹏人未到声先出，"长这么大了，怎么还未经允许乱拿别人的东西？"

少女个子偏小，抱着超儿的吉他略显吃力，偷拿吉他被发现让她面露愧疲神色，却仍倔强地盯着吉他，没有要放手的意思。

"你把吉他还给哥哥，我们就当没看见了。"大鹏虽然平日脾气火爆，但对待一个小女孩，还是耐下性子好言相劝着。少女不说话，只是摇摇头，她的眼睛里升腾出一种难以名状的悲伤。

"对不起，对不起……"李教授连声道歉，又像是哄孩子一般试图推开少女，"阿青听话，你去那边玩！"

少女不理睬，大鹏见状，索性伸手去夺。少女突然意识到有人在夺她心爱之物，被激怒似的死死抱住手中的吉他，和大鹏僵持。吉他因争夺不时发出杂乱无章的声响。

看到大鹏居然抢不过一个小女孩，苏达还以为他怜香惜玉，于是上前帮忙。可刚搭上手，他就感觉少女小小的身体里挣扎出一股无名的力量，死死钉在地上。她抬眼望向苏达，眼里阴雾蒙蒙，竟还有一滴悬而未下的泪。

抢夺间，只听到吉他发出刺耳的嘣的一声——弦彻底断了。

这一切都发生得太快，众人愣在原地，不知道怎么向超儿交代。

等到超儿从厕所出来时，吉他已经不成样子，表面被划出了几道脱漆处，断了的弦悬在半空。厕所外的嘈杂声他都依稀听到了，但眼前这一幕还是超出了他的想象。

李教授慌忙迎上去连声道歉，并从口袋里掏出一把散钞塞到超儿手上，交代如果不够自己再添。超儿没接过钱，此刻的他对少女的举动更感兴趣。他自诩对女性的心理状态了如指掌，本以为少女偷拿吉他只是青春期的反叛，可她明显面带愧色，又不像是在故意搞破坏。

超儿走到少女面前，问道："你不是故意的对不对？"她低低地垂泪，然后内疚地抬眼，点了一下头。

从少女的眼神中，超儿能读到，她并不想破坏这个吉他，反倒无比珍爱它，甚至珍爱到想要占有它的程度。这种对乐器珍而重之的眼神，作为音乐人的超儿最能看出来，但这种占有欲到底来源于何处呢？他无比好奇。

对着这么小的女孩，超儿只能强行把气压下去，叹了口气道："我带了新的弦，你要不要和我一起去换？"

少女继续点头，眼里泪光点点，唯独那层冷淡的阴云依然没有消退。

"这个人是谁带来的？之前做旅行计划时，赵程怎么没有对我提起过？"吴雨晴质问大家，"都已经是成年人了，怎么还像个不懂事的小孩一样。"

"刚刚我还没来得及告诉你们，"李教授面露尴尬的神色，"林青是个有自闭倾向的孩子，从小就不会说话。她已经在我这里看病两三年了，病情却没太大进展。最近我在研究一个新的旅行疗法，想试一试会不会有一些效果。"

看大家有些面露难色，李教授赶紧解释："她不是疯子，只是不会说话，平时生活自理都没问题。她能听懂我们说话，平时也很懂事，刚才的事情是个意外……"

苏达突然意识到了哪里不对："你不是说你是医学院教授吗？"

"对啊，但我在医学院里教的是心理学……"李教授觉得理亏，声音比刚才低了许多。

"那你说你能负责一路上的医疗是骗我们的？"众人这才意识到大家被李教授骗得团团转。

"但是……"吴雨晴还想说点什么，却被赵程打断了："算了，来都来了……"

吴雨晴没说话，带着一脸低气压转身进了主卧，赵程像只哈巴狗似的跟在后边。再看房车的一角，超儿正在换弦调音，少女在他身边站着，怔怔地望着吉他。外行人对换弦产生好奇本来是再正常不过的事，但少女眼里没有丝毫情绪，就像一潭死水。

小小年纪就患上这种恶疾，和外界完全割裂开来——苏达顿时对她产生了爱怜之情，觉得此时再说些什么拒绝的话就显得太不近人情了。

总之，一切等先上路再说。苏达心想。

宋一潇正把刚开包的薯片放到苏达面前，仿佛心情完全没有受这一系列的事件影响。苏达顺势把手搭在宋一潇肩上："莫名其妙多了一个碍手碍脚的老太太，又多了个阴冷沉默的女孩，我看这一路上咱们得忙得够呛。"

"你不觉得这样的旅行才有意思吗？"宋一潇毫不在意，甚至还有些兴奋。

苏达想起自己还从没问过宋一潇之前的人生，都说男人和女人来自不同的星球，他也不知道宋一潇的那颗星球叫什么名字。它就像一个陌生的小宇宙，即将在旅途中一点一点地被开启。一想到这里，什么老太太、什么疯少女好像都不重要了，一种窥探秘密的兴奋感像电流一样流遍了苏达全身。

"等等，"宋一潇突然打断了苏达的思绪，她比了一个"嘘"的手势，示意他听主卧里传出的声音。

主卧里有人故意压低了声音争吵。苏达没有什么听墙角的经验，听到的都是断断续续的对白。

"赵程，你拎拎清楚……到底是电话里的那个家重要，还是辞职陪你来旅行的我更重要？我的整个人都是你的，而我呢，永远只享有你的二分之一，不，从来没有二分之一，你前妻分走了一分，小宝分走了一分，我最多得到三分之一，你有想过这对我公平吗？"

"原来老夫老妻是这样吵架的……"一贯八卦的宋一潇听得神采飞扬，顺便还评论了一番，"爱情还真是复杂。"

"你以为每个人都像你啊！接个捧花就能把自己卖了。"

苏达正偷笑，宋一潇趁机把咬了一半的薯片塞进苏达嘴里："我乐意！"

这一遭，苏达突然有了一种热恋的感觉。再转念一想，自己已经结婚了，居然才真正感受到热恋，真是一件人间奇闻。

赵程从屋里出来，正撞上在听墙角的宋一潇和苏达。三人六眼相对，分外尴尬。尤其是宋一潇，还差点因为靠得太近，被门缝夹到手指。

和赵程独处的时候，苏达有一搭没一搭地聊了起来："怎么又吵了？"

苏达不知道他为什么用"又"字。这是他第一次听到赵程和吴雨晴争吵，可他在心里已经默认他们此前争吵过了无数次。

赵程露出了中年男人的无奈苦笑："刚才在整理房间时，我接到前妻的电话，她说我女儿肺炎高烧后刚刚出院，病情还不稳定，整天嚷着想见爸爸，要和我视频聊天。我也没办法拒绝，就出了房车和孩子聊了一阵。走之前我还特意跟雨晴说，让她先不要收拾等我回来，一回来看见她已经把能收拾的都收拾完了，还怪我把什么事情都推给她。

"她如果不喜欢收拾，完全可以等着我回来。她自己硬要一个人收拾，就是为了来和我吵这一架，故意要我知道她有多么的不容易。情侣之间吵架是为了解决问题，而她和我吵架就好像是想人为制造问题，你说这是为什么？"

经过上次真心话酒局之后，赵程聊起这些事已经不再那么拘谨。何况苏达脑子聪明，嘴巴也紧，是个适合倾诉的朋友。

"但是说实话，我真的没想到她会辞职陪我。在这个阶段，我们大概都很需要一个答案，关于是不是该继续走下去的答案。所以依你看，她选择辞职陪我，是不是就是想要和我一起走下去？"赵程期待地看着苏达，希望他能给自己一点信心。

在这个问题上，苏达不敢好为人师："我不知道。你说男人和男人，喝完酒都差不多。女人和女人那是真不一样，和你女朋友比起来，我那位可心大着呢。"

赵程摇摇头，表示不认可苏达的话："那是因为你们刚认识。恋爱是需要时间的，只有时间长了你才能摸到她的命门，或许和你想象里的完全不一样。"

苏达扁扁嘴："有那么难吗？她可是宋一潇，一张嘴通到脑的宋一潇。"

经过刚才的风波，人算是齐了。苏达主动把老革命、李教授和少女接上了自己的车，让超儿和大鹏换坐赵程的车。毕竟拖挂式房车无动力系统，万一出了什么问题，三个男性推车总是好一点。

上高速前还需要通过一段在闹市区里的路，拖挂着房车的 SUV 占尽了周围好奇的目光。

北京常住人口谁没见过夜里满街跑的网红名车和各色跑车，谁没见过各路达官贵人的巨型房车，但拖挂式房车，许多人还真是头一次见。这么大的厢体，拖在一部车后边，像两节小火车似的。

"后面那个车自己能走吗？"

"这么大的车，转弯改道怎么办？"

"这车怎么像移动的小房子，能住人吗？"

"这车挂得住吗？会不会中途挂不住，溜走了？"

带着这个大家伙在闹市区里穿行，赵程被堵得走走停停，只要他一停下，就会听到有路人在议论。相对来说，苏达的车可开得爽了，早就一骑绝尘而去，在人群中自由穿行。

车行至一家超市前，苏达索性向宋一潇建议去超市里多买一点肉。毕竟她在后备箱里准备的那点小肉丁，还不够全部人吃上几顿。宋一潇欣然应允，让苏达留在车上陪李教授和林青，自己和老革命一起下车购物。

见识了这个地狱厨娘的本色，苏达放心不下。

"真的不用我陪？"

"当然！"宋一潇已经跳下了车，指了指身边的老革命，自信地挑眉，"你也不看看我的军师是谁！"

按老革命的说法，她这些年走南闯北，熟悉各地菜系。这样一想，苏达立刻放心许多，但他还是交代了些挑选食材的秘诀，宋一潇眨巴着眼睛，像是在听天书。

"算了，你们看着买吧！"苏达的食材教学宣告放弃，"时间有限，15分钟，速战速决！"

刚走出几百米，宋一潇像是记起了什么似的，返回车里。

"既然你一个人在车里，那你别忘了一件事，"宋一潇在包里摸索，苏达突然有了一种不祥的预感。

果然，宋一潇掏出了一片面膜："听我的话，抓紧时间敷一下，老车都需要维修门面，你本来就是一张皱皮脸，25岁长得像35，之后还要每天坐在驾驶座被日头暴晒，这面膜补水又滋养，用完后你的脸就像重回18岁。"

苏达吓得脸煞白，那黏腻如泥浆一般的感觉又袭上心头，未敷先腻。

"我皮肤挺紧巴的，最大问题是丑，面膜一撕，总不能换张脸皮吧……"说时迟那时快，还没等苏达辩解完，宋一潇迅速撕开包装袋，往苏达脸上一糊。苏达想撕下面膜，宋一潇马上抛来一个凶神恶煞的眼神："你敢！"

苏达只能乖乖束手就擒，嘴里却止不住地抱怨："宋一潇啊，你这人晚上还挺可爱的，白天简直就是魔鬼！"

去超市的路上，老革命像是想说什么，总跟宋一潇保持着前后脚的距离，一会儿迎上来，一会儿又像害羞似的退几步。

宋一潇注意到了，问："有什么事吗？"

老革命贴在她耳边小声问："姑娘，你给男朋友敷的是什么，赶明儿也给我敷一敷。这不，快要见到老伴了，我也想重回18岁的风华绝代。"

宋一潇不禁哑然失笑，心想：那是面膜不是神药，您这把年纪了，再敷也回不了18岁了。

老革命看到宋一潇的反应，以为她是不相信自己曾有过"风华绝代"，得意地解释着："姑娘你别小瞧我！别看我现在是粗糙的树皮脸，我在俄国的时候也是一朵嫩花骨朵儿。那时我和我先生刚结婚，是媒人介绍的，不太熟悉，我只知道他是个家世不错的小伙子。结果有一天，他坐在窗台上，一边看着我一边唱了一首俄国的民歌。那首歌叫《纺织姑娘》，原文是'她年轻又美丽，褐色的眼睛，金黄色的辫子垂在肩上'，他把歌词改成了'黑亮亮的辫子'……"

老革命打着拍子，旁若无人地唱了一段年轻时的情歌，接着回忆："他唱完一遍中文还要唱一遍俄文，就在窗台边目不转睛地看着我。"

宋一潇听得一脸神往，原来除了一见钟情的爱情，先结婚后恋爱也有这样白头偕老的先例。而且老革命这么大年纪了，眼中还散发着那种少女的光，她坚信这是拜爱情所赐。宋一潇当即决定，她要在房车里开一个美容院，让老革命漂漂亮亮地去见她的老伴。一想到久别重逢的画面，宋一潇比老革命还要激动。

进入超市的宋一潇像个无头苍蝇似的乱撞，见到东西就想往购物车扔。眼见宋一潇要把一盒碎肉放进购物车里，老革命连忙出手阻拦。

"一看你这闺女就没做过菜，这部分最硬了，你要买这个……"她顺手拿起旁边的一盒肉，"这个便宜又好吃。"

要说这老革命确实有两把刷子，宋一潇索性不挑了，直接跟在后面学习，免得添乱。两人碰到师傅在切生牛肉，老革命用手轻轻一捏，露出嫌弃的表情："哎呀呀，你这什么牛啊？吃饲料长大的吧，山野里跑的可不是这样的。"

她又捏了捏旁边的一块："这个还不错，就这个肩头上的给我留两块。"宋一潇跟着捏，完全没觉察出有什么不同。

"您老人家可真是嘴刁啊！这可是牛身上最好的一块！"切牛的老屠夫忍不住回应了一句。

"那可不，以前我先生在俄国，就爱用牛肉配啤酒，我们都直接向农场主买。"老革命又开始忆旧了。

转眼间购物车就装满了，老革命一脸骄傲地看向宋一潇："15 分钟，你看，一点没耽误。"

赵程和苏达的车在上高速前汇合，一起上了路，渐至暮色初现。两车在微信群里通话，准备在附近的郊区村落里安营扎寨。

众人原以为开出了城，附近都是无人的郊野，比城市更方便停车。哪知道北京附近就连这样的荒野都不缺人烟，高速边更有不少民宅。大家好不容易才深入村里，找到一片空地，将车停了下来。

车行在路上时，大家都只当是在北京城郊，没有一点兴奋感。下了车，见到了陌生的郊野，那种逃离城市的兴奋感才扑面而来。众人这才意识到，巴黎之行已经正式拉开帷幕了。

刚停下车时，天还蒙蒙亮。等众人手忙脚乱地将房车拾掇好，拉出雨棚，摆好烧烤架，暮色已然四合。虽然已经远离市区，但往远处一看，还有星星点点的灯火。

湖边的苇草在晚风吹拂下发出窸窸窣窣的声音，天穹之下有点点落萤，草丛中有不明生物发出清脆的鸣叫声。野花比家花更肆无忌惮地发出香味，哪怕香气低微，但胜在"花"多势众，茫茫一片熏得四处飘香。这一切对于久居城市的人来说都太稀罕了。

"七月芙蓉生翠水，明霞拂脸新妆媚。"苏达朗朗诵起。他和大鹏刚合力搭好了帐篷，又点起了气灯，倚靠着自己的完美成品，看着眼前的风景，突然诗兴大发。面前的野湖里虽然没有荷花,但无奈苏达能记得的七月的诗词只有这一首。

大鹏又忍不住要提起他的福建老家。小时候的夏夜,他拿一把蒲扇坐在大榕树下乘凉,那榕树的枝桠不受控制地疯长着。那时候,他觉得榕树很大,可是前几年他回乡,才发现榕树原来很小。或许树原来就是那样的小,只是自己长大了。

"二位爷,还在感叹生活呢?干活啊!尤其是大鹏,你拿了我一半旅费,不能光拿钱不干活啊!"宋一潇刚把烧烤架的炭火点上,现在正拿着烧烤叉串肉,顺手拿了一把串好的肉,让大鹏、苏达来烤。老革命将上午买好的肉在盘里码起来,用自制的调味料腌好。李教授带着林青准备沙拉和小食。关键的时候,女将们顶了半边天。

赵程和雨晴把房车里的小桌搬到户外,铺上一次性桌布,给每个人摆上了碗盘。但大家迟迟不想上桌,都围在烤炉旁,等烤串出炉。

凡是冠上"第一"之名的,都令人备感期待。何况这第一夜,食材充足,设备齐全,是个极好的开局。

大鹏一直在试图连线艾索,但对方都是忙音。

"或许你每天视频里看到的艾索,都是个贴人皮面具的丑女。见你真的要来,吓得躲起来了。"

苏达尽情嘲笑着这个黏人的中国男友。当然玩笑归玩笑,见到兄弟心神不宁,劝慰也是要有的:"中国比法国快 7 个小时。现在就是法国时间下午 1 点多,人家是资本主义国家,这会儿正是她被资本家剥削的时间,当然不能和你长聊。你不如拍个视频,等会儿传给她。"大鹏这才安下神,放心地吃起了烤肉。

赵程拿出了珍藏多年的酒,给每人斟上了一杯。

"赵总,咱今天开了多少公里?"苏达问。

"不到 500 公里吧!"赵程看了一眼手机导航,确认了数据,"480 多公里。"

"居然才这么点啊，那我们猴年马月才能开到巴黎啊！"这数据比苏达想的少多了，他忍不住哀号。路漫漫其修远兮，何况苏达还要沿途恋爱呢！他脑瓜子一转，想了个办法，"不行，我们的车得轮换着开，现场有驾照的都举个手。"

超儿、大鹏、宋一潇都举手了。苏达一手压下宋一潇高举的手臂："就你不行！"

"怎么就不行了？"宋一潇不服。

"说不行就是不行，就你那三脚猫的功夫还想要开高速？"其实苏达根本没见过宋一潇开车，他是猜的。但他觉得自己猜得对，更重要的是，万一宋一潇和他轮流开车，就又多了一倍时间不能分神、不能全身心恋爱，这太难受了。他指着超儿和大鹏："就你俩，跟我和赵程轮换着开。大鹏你收了一潇一半旅费，把她那份也给包了。"

"干杯！"赵程举起酒杯敬大家，一副领导带话儿的姿势，"庆祝我们顺利开启的第一夜！"

酒杯纷纷迎上来。此刻大家虽然不过是开到了一个郊野游的地方，但一想到这是一条神圣之路的第一步，就觉得一切都恍恍惚惚，像是在梦里。

苏达的做梦感尤为严重，因为他不仅拥有了旅行，身边还有了妻子陪伴。他的运气一直挺烂的，就连"开盖再来一瓶"都没中过，这一阵的好运气，让他害怕有朝一日老天会前来清算，把不小心派来的好运全都收回去。

大家马上发现，碰杯时只有八个酒杯，老革命还在灶台前忙碌着。她操持着众人的吃喝，就好像一个大家庭里中流砥柱的长辈。大家完全忘记了早上的不愉快，争着招呼老革命上桌。

老革命上座前，先将一盘新菜摆上桌："正宗俄罗斯大红肠，我特地在家弄好带来的！大家尝尝！"

宋一潇抢先下了筷子，刚品了品，还来不及下咽，就接连夹了几片，把腮帮子塞得鼓出来。因为嘴里塞得太满，她的夸奖有些含混不清："好久没有吃到这么多汁的肉肠了！"

女演员的感染力太强，大家纷纷跟着下筷子，连老饕苏达也赞不绝口，缠着老革命要秘方。

"腌的时间还是短了，要是再有长一点的时间入味就更好了。"老革命被众人的夸奖搞得有些不好意思。

"您这是将功补过了，"大鹏开玩笑说，"牺牲超儿一个，成就我们一群人。"

老革命不解这句话的含义，大鹏就把超儿网上招聘的全程一五一十地告诉她，老革命一拍胸脯，慈爱地看着超儿："等阿姨回去好好帮你相一个姑娘。阿姨的眼光可好了，当年我也是一眼就相中了我先生。你们现在的年轻人都说要自由恋爱，一个个谈起相亲就色变，但爱就是爱，形式怎样又有什么关系……"

超儿笑了笑，继续玩他手边的木鼓。讲真的，他其实不太相信世界上有什么海誓山盟的爱情故事。年轻时，那些因他的才气聚集在身边的异性，到了适婚年龄纷纷转身，嫁给了一群他平日里看不上的、大腹便便但有车有房的金主。婚姻的本质是什么呢？还不是车、房、票子和美貌的等价交换吗？不如现在这样，远离婚姻的拘束，逍遥、自在、快活，行囊里不必有衣服和食物，一切现买现用，只要带上乐器傍身就好。

这时，他突然感受到了一种炙热的目光。循着目光望去，林青正一动不动地注视着他上下弹动的鼓面。

第一夜酒酣肉香，大家在超儿的手鼓声里摇晃着脑袋、彻夜狂欢，宋一潇还表演了她舞蹈专业的神功——把腿咔嚓一声架到脑袋上，引得大家像看耍猴似的哈哈大笑，高喊着"再来一个"。尽管这里离北京只有不到8个小时的车程，大家却都像是给自己打了麻醉剂，假装已经远离了俗世喧嚣。

所有人疯完了，累完了，都像没有灵魂似的瘫在座位上。

"时间不早了，我们是不是要讨论一下今天晚上谁睡在哪里？"吴雨晴提出。

房车上有榻榻米的双人床，朴素简单的上下铺，SUV上有可以横躺的床位，房车雨棚下还放着一顶帐篷。这些地方都可供人睡觉，唯一的差别是舒适程度递减。

"很简单嘛！男的轮流睡车和帐篷，女的睡在房车上。毕竟女的比较需要保护，男的睡在外面可以及时照应。"大鹏一边横持着手机一边发话，他一夜都忙着用手机拍视频，准备发给艾索汇报。

"我觉得不需要，"大鹏的话引起了宋一潇的不适，"现在都 21 世纪了，我们的观念里不应该再有'女性就是受保护者'的概念，这本身就是一种歧视。"

"我这不是歧视，是实事求是。要是来几个彪形大汉或者野兽，你们女的挡得住吗？"大鹏辩解。

"如果来了野兽，你要和它赤手空拳搏斗吗？"宋一潇发问。大鹏不解，宋一潇从一侧口袋里掏出多用瑞士军刀，又从另一个口袋里掏出防狼喷雾。

"我承认一个事实，就是从概率学上来说，女性的体能不如男性。即便我们探讨女权，也不可能回避这一点。只是男性在靠体型取胜时，女性作为天生的弱小者，可以在社会演化中学会善用工具。女性完全可以靠自我保护的意识和自身体型娇小的优势，不迷信体力、两败俱伤，反而巧妙逃脱。就好像今天，我带了武器，而你没有，我就未必会比你弱小。"

"那这样吧，"一边是兄弟，一边是老婆，为了避免站队，苏达赶紧提出另一个建议，"我提一个没有争议的意见。大家按年龄来排序，老革命和李教授睡比较柔软的主卧双人床。"

没想到这个苏达认为不会有异议的建议，马上得到了李教授的反对："我不需要特殊照顾。我平日每天都健身，体脂率比你们在座的大部分年轻人都好，你们不用因为年龄对我产生刻板印象。"

老革命也表示不必了，接过李教授的话解释道："我理解，你们都是一帮好孩子。生活中我也总遇到一些好孩子，在公交车上给我让座、扶我过马路……我当然知道他们是好心，可他们这样做，一方面让我觉得很愧疚，总觉得麻烦到他们，耽误了他们的时间。另一方面也让我觉得自己是真的老了，什么都需要被人照顾，没有价值。我现在老了，动作是没有年轻人敏捷了，但我更愿意和大家同吃同住，给大家做几顿饭，让大家尝尝我的手艺。如果我需要帮助，会向大家提出来，你们不需要主动迁就我。"

"那这样吧，我们用回最公平的方法，"吴雨晴说，"按照今天大家付出的劳动量来决定选床的先后顺序。"

"那你说谁的付出比较多呢？我今天去超市买了食材，还准备了一车的后勤物品，我觉得我很努力了。那你定了前期计划，拾掇好房车，也很辛苦。在没有事先提出标准的情况下，每个人都觉得自己的付出是最多的。而且大家做的是不同的事情，没有统一的评判标准，你不能说收拾房间就比买食材更可贵。就好像传统的理念里，我们总觉得一个家庭里外出赚钱的人付出得更多，但全职妈妈全天 24 小时无休也很辛苦，谁去定义哪一个人的付出更多一些呢？"宋一潇反驳，李教授点头表示赞同。

大家陷入了沉默，一件简单的事情突然因为大家的谦让变得复杂起来。

"我先说一下我的提议，大家看看有没有道理，"赵程首先打破了沉默，"我们先提出各自的需求，然后再结合整体的情况进行调整，既尊重每个人的个性需求，又符合集体主义，这样行不行？"

这个建议很靠谱，大家决定按照赵程说的，先阐述各自的喜好，然后再统一调整。

"我无所谓，反正睡哪里对我来说都一样。"超儿两耳不闻窗外事，一心只记挂着他的新歌词。

"并不是对你来说睡哪里都一样，人在面临选择的时候，心中都会有自己的最佳选项。只是因为道德、责任、义务、性价比这些外界条件，我们放弃了自己的最佳选项。"吴雨晴还是一如既往地维护着内心的秩序感。

"我谈一下我的想法哈！"大鹏插话，"我觉得吧，主卧双人床总得是对夫妻来睡吧。要是兄弟同床，那画风是不是也挺毁三观的……"

大鹏一说，大家都笑起来，尤其是单身的超儿笑得十分起劲，大家一致认为要由两对情侣中的一对来睡主卧的双人床。

宋一潇突然想起什么，偷偷地挪到苏达身边咬耳朵："早上赵程和他女朋友刚吵过。这次旅行开始前，我们不是说要帮他撮合吗？不如我们今晚就把双人床让给他，床头打架床尾和嘛！"

苏达觉得建议好,但一时间想不到怎么个"让"法,只能唐突地举手提议:"宋一潇不睡主卧,她说她背疼睡不了榻榻米,就得睡外面那硬床,我只好跟着她一起受苦呗!"

宋一潇狠狠地瞪了苏达,小声说:"你可真有办法,损人不利己。你今天说我背疼,我明天让你全身都疼。"

这下,双人床终于确定好了。超儿看了一眼正在拨弄手鼓的林青,小声向大家建议。

"虽然我不知道自闭症是什么感觉,但今天林青第一次见到这么多陌生人,应该没有什么安全感,我们总不能让她一个人睡车或者帐篷吧。要不就让她和李教授睡房车的上下铺吧,这样也有个熟人可以照顾她。"

这个意见得到了全员的赞成。大家都只在报纸或是电影上看到过自闭症,根本不知道如何对待一个自闭症的患者。

这时,苏达像是突然想到了什么,把宋一潇拉到房车的偏侧。

"一潇,我可能不能和你一起睡在房车上了。总要留一个上下铺给老革命,不可能叫她一个老太太去睡车、睡帐篷吧?"

"第一天就要分开来呀!"宋一潇拽着苏达的手臂,有点儿舍不得。

"你想想,人家老革命还给你带了红肠,给你烤了肉。"苏达试图说点笑话,让宋一潇开心点。

"我理解,可是这一下就要分开三天……"宋一潇蹭到苏达怀里。苏达觉得这一幕像极了电视上难舍难分的浪漫镜头,唯独给浪漫减分的地方,是女主角比男主角高。

"我还是按早上的投票去睡帐篷吧!"老革命笑容可掬地迎面走来。苏达以为宋一潇的撒娇被听见了,假意捂住她的嘴:"你看,乱说话被人家听见了吧。"

众人赶紧来向老革命道歉,说早上的投票只是一时气急败坏的无心之说。

"不不不,我知道你们都是好孩子,不是这样的。"老革命见误会了,赶紧解释,"还记得当年我和我先生抱着建设农村的雄心壮志,到乡村里学习。村干部带我们下乡,我们就在田埂边搭一个这样的小棚睡下。睡到半夜睁开眼，夜空挂着一轮圆月，每一个山头都落了星光……"

老革命回忆时完全投入其中，就好像重回了那些星光漫天的夜晚："我还想睡一次帐篷，回忆一下当年睡在棚里的心情。"

"可帐篷潮湿，还容易受寒，我们都放心不下。"赵程试图劝阻老革命，"要么我去睡帐篷，您来和雨晴睡。"

老革命哈哈大笑起来："要说在城市里我一把老骨头，玩手机、玩电脑是比不过你们小年轻的，但到了这野外，你们跟我比还是嫩着点呢。我和你们差不多大的时候，和我先生在棚里住，那时候的天比现在还冻呢，更没有什么睡袋。他怕我冷，就把石头烧热后埋进土里，用土的厚度来调节温度，然后在上面用麦秆给我铺了一个床，自己就睡在冷铺上，你们的睡袋可能都不及我那麦秆床暖呢！那时候他还拿行军壶装热水给我暖脚底板。第二天早上起来，那壶水全都被他喝了……"

见老革命这么坚持，大家也没再阻拦，大家分头回到自己的房间。超儿和大鹏帮老革命铺好防潮垫，展开睡袋，也准备回到各自的车上去。超儿一揽大鹏的脖子："咱们这三天，真是天为被，地为枕，好不自在。"

却见大鹏正乐滋滋地看着手机屏幕，没有半点理睬他的意思。超儿把脑袋凑过去："看什么呢？"

"刚才你们争论的片段，我拍成短视频了。现在发到网上了，等艾索空闲下来的时候就能看了。"

"这种琐碎的小事有什么好拍的！"

"我只拍了前半段，取名叫《谁最终睡了帐篷》，让她猜猜最后我睡到哪里。"

"我觉得，她会猜你睡双人床。"

"为什么？"

"暗示着留一半铺位给她啰！"

"你这个超儿，自己身边没有暖床的人，也别拉我下水……"

两个人斗着嘴，却不约而同地停了下来。他们一抬头，发现郊外的月色格外浓艳，和北京的月光浑然不同。

# 第五章　浪漫与旅程

　　房车的上下铺床挺软的，以至于宋一潇从床上起来的时候，朦胧中还以为自己在家里，她伸了个懒腰，才发现碰到了床栏。

　　她又想起了昨晚的噩梦，梦里有个人背向她坐着，即便在触不到的梦里，轮廓依旧清晰。她熟悉他每一块肌肉的凸起和走向，自然也熟悉他的声音——"宋一潇，其实你有没有想过，或许你根本就不适合结婚。你总在谈遥不可及的电影梦，从来没有准备为家庭付出。你还喜欢谈解放女性，难道这个世界对女性还不够好吗？一个女人，她一出生不需要任何奋斗，就可以换得进入婚姻市场的入场券。她活得再差，再不济，趁着年轻嫁人就好，而一个没有房子、没有车子的男人，有谁会愿意陪伴他终老呢？"

　　当宋一潇在梦里反驳"这全都是借口"时，那个男人就像失语一般缄默，然后渐行渐远。

　　直到被栏杆的冰冷叫醒，宋一潇直挺挺地躺在上铺，看着近在眼前的天花板才意识到——这不叫梦，叫回忆。

　　"老婆大人！敢不敢来试一次运气早餐？"

　　宋一潇被近在咫尺的声音吓了一跳，循声而望，发现是苏达站在下铺床沿，扒着床栏嬉皮笑脸。宋一潇调整了一下心情，挤出了与平时无异的笑脸。

　　苏达将两条签子伸到她面前："我手上有两根木棍，抽到短的，你会吃到'苏达的芥末傻蛋'，抽到长的，你会吃到'苏达的笑脸聪明蛋'。"

　　这苏达又搞什么名堂？宋一潇配合地随手抽了签子，幸好，长头的，或许今天运气还不错。

苏达拿着短签子揭露这游戏的玄妙:"我今天一早就起来,听见老革命在厨房里铿铿锵锵,就奔厨房学了一招红肠溏心蛋,还用番茄酱画了一个独一无二的笑脸……"说完,一副痛心疾首的模样接话,"没想到最终还是你吃了这笑脸聪明蛋,我只能吃芥末傻蛋。"

苏达的谐星表情让宋一潇从噩梦中彻底醒来,笑个不停。这个其貌不扬的臭小子,哄起人来,还真挺有一套的。

一潇从上铺爬下,顺便同对床正在整理床铺的林青和李教授打了个招呼。路过主卧房间的时候,大门敞开着,宋一潇八卦体质作祟,忍不住往里瞄上一眼。目所能及的台面上收拾得一点杂物都没有,看不出昨晚生活过的痕迹。床单被拉得出奇平整,被子被叠成了豆腐块状。最令她惊讶的是整个房间里密布着收纳用具。它们摆放规整,甚至有些过于严苛,连收纳箱之间的边角都要分毫不差地堆叠在一起。她回想起雨晴带来的那个大行李箱,对这个收纳怪人的杰作表示佩服。

宋一潇睡眼惺忪地转身折回,却看到赵程迎面走到主卧。她这才想到自己正穿着睡衣,睡了一夜炸毛的头发也还未打理,一时不知道该不该打招呼。眼看赵程越走越近,她只能硬着头皮招呼一句:"赵总,起这么早啊!"

赵程显然被宋一潇的不讲究吓到,一时不知道如何回应,只能表示这么多年早已习惯早上5点起床,看看早报,规划一下这一天的工作。

宋一潇看了一下表,现在是早上9点,对她来说不算一个太晚的起床时间。她在心里暗自感慨,谁说时间对人来说是公平的?每个人一年都是365天,一天都是24小时,可同样是9点,对有些人来说是一天的开始,对有些人来说已经是开始忙碌的第4个小时了。

一潇走到餐厅的时候,吴雨晴已经晨跑归来,还将房车能看到的台面都擦了一遍。"我们到底几点出发,现在已经是9点,要想睡的话不如在车上睡好了。"雨晴指着手表提醒众人。

宋一潇心想,都说上帝会挑相似的两个人做恋人,真是不欺我啊!虽说早起的鸟儿有虫吃,但跟一群早起鸟在一起,自己这一路可够受了。

苏达的"聪明蛋"上桌了，蛋上用番茄酱画着一张七歪八扭的笑脸，眼睛呈一条缝，脑门上有吹起的三根毛，脸上有两坨胭脂。苏达把盘子斜放在脸旁，半眯着眼模仿，觉得还不太像，干脆拿了两坨番茄酱抹在高突的颧骨上，再次把宋一潇逗得不行。

"清晨的第一笑，get！"苏达说道。

但这时一潇躲闪的角度正好能看到苏达的口袋，口袋露着半拉竹签子，一共三根。一潇一下子就意识到了，自己抽到的那条不过是中等长短，可无论她抽什么，苏达都会拿出更短的一条，让她成为最后赢家。

大鹏起得更晚，吃早饭时随手套了一件T恤，露出黝黑又硬实的手臂肌肉，只扒了几口饭就全身心地投入社交媒体。

他自认是"手机深度用户"，一睁眼就必须对着手机才有安全感。作为一个公众号主，他除了维持公众号的正常更新、回复后台的信息以外，还要维护几个千人粉丝群。现在的粉丝口味特别刁，随手按个关注就以为自己是皇帝，一点厚此薄彼都经不得。再说了，他现在连爱情都在手机里了，更不能随便放手。

正浏览着页面，大鹏突然惊叫起来，把宋一潇吓了一跳。

"一潇，你帮我看看，我是不是看错了？"大鹏将手机停在了一个视频页面，宋一潇不知道他在干什么，只能跟着他看向点击量一栏的数字，挨个算着数位，"个、十、百、千、万、十万……我没数错吧，50万？！"

宋一潇一头雾水，拿过手机一看，页面上是一条名为《谁最终睡了帐篷》的视频，封面就是昨夜几个人的对话画面。

"昨天……昨天……我录了一段我们讨论谁睡帐篷的视频放到网络上，本来是想要给艾索看的，结果忘了选择仅本人可见，谁能想到，它居然成了今天的热门视频，光是在这一家网站上阅读量就已经50万了，大家都在弹幕里猜昨晚到底是谁睡了帐篷！"

大鹏本来就不标准的普通话，因为过度兴奋显得有些结巴，将全部人的注意力吸引了过来。大家围坐在餐桌四周，让大鹏把视频重新播放一遍。

这视频不到 10 分钟，画面因为昨晚微弱的灯光颗粒化严重。但说来也奇怪，昨天大家在争吵的时候明明不觉得这件事情有多好笑，看视频时却不时爆发出笑声。

只有赵程感觉自己笑不出。他比所有人都清楚，"50 万"这个数字对他造成了多大的冲击。主攻电视剧市场这么多年，他已经越来越难听到这么"漂亮"的点击率数字了。现在人手一部手机，在电视机上观看节目的人数连续数年下滑。电视作为一种传统的资讯娱乐终端，早已失去了早年间的霸主地位。

因为早几年卖命地工作，他年纪轻轻就坐上了电视人的第一把交椅，但那又怎么样呢？那些在电视行业混得不如他的同事，纷纷出走，开始转型新媒体，一个两个做得风生水起。而他抱着颗啃老本的心，在这个夕阳行业里苟延残喘着，维系着表面上的体面。人们尊称他一声"老师"，尊称他一声"赵总"，他也拿来骗自己。

作为一个见证了巅峰时代的电视人，赵程总嫌弃那些网络信息太冗杂，觉得网络上那些花花肠子都是年轻人的世界。但连年下跌的报表，又在不停提示他固步自封的后果。这条不到 10 分钟的视频，怎么看都不该具有火爆的价值，可事实摆在眼前，它就是一夜之间拥有了 50 万的点击量。

在这个新老交替的时代，总有人和他说起哪个网络红人又有了数以千万计的点击量，他不过是随便一听，觉得那都是发生在另一个世界的事，自己不熟悉规则，更不该擅自闯入。可今天不同，这个"50 万"就这样猝不及防地出现在他身边——而且来自一个没有太多阅历经验、也没有任何专业器材的年轻人。赵程突然感觉自己被时代的洪流挟裹着，由不得他不低头跟着走，可他同时觉得，另一个世界好像也并没有想象中那么远，自己也有一只手可以摸到边界。

要是在平时，赵程对短视频的态度是不屑的。可今天他却忍不住反复观看这个粗糙的视频。视频没有任何镜头美感可言，甚至因为过度抖动，出现了几秒马赛克画面。可即便这样，都不妨碍网友在视频弹幕里各抒己见。

宋一潇的几次反驳时，有弹幕叫嚣着"那个叫什么潇的，也太事儿了吧，老是误解别人的好意""这姑娘看上去挺眼熟,是不是当过什么节目嘉宾啊,咱人肉她"。

看到李教授关于年龄的表述,很多年轻人刷弹幕表示支持。有人说自己老了也要像她一样做个有腹肌的女人;也有人说自己明明是个 90 后,却也因为被 00 后称作老人哭笑不得。弹幕里也有人正能量地表示,要接受自己的年龄,不让它成为牵绊,而是要成为经验。

等到老革命发言时,弹幕几乎被刷爆,完全遮住了原来的画面。有一条弹幕提到自己的奶奶:"每次吃年夜饭时,奶奶都要自己动手,我们都主张下馆子,可她就是不去,偏要围着灶台转。后来我们才意识到,这可能是她觉得唯一能为我们做的事,如果我们不让她做,她才感觉自己是一个拖累。"光是这条弹幕就被将近 5000 个人点赞。

"赵程,你看这一条……"大鹏看着某条弹幕傻笑起来,特意按了暂停键,提醒赵程看,"尤其是前半句。"

弹幕上写着:"拍视频的男生长挺帅的,看上去像彭于晏,而且这一口 hf 不分的塑料普通话,很反差萌。"

虽然不认识彭于晏,但从语意上理解,赵程觉得他大概是个年轻人中流行的帅哥。这前半句还勉强能理解,后半句却有点难懂,他问大鹏:"什么叫很反差,萌?"

这个奇异的断句,差点让大鹏将刚喝下的水喷出来:"大哥,这是一个词。萌是可爱的意思,'反差萌'就是说一个人做出了和性格不一样的事情,却显得很可爱。"

大鹏这厢正美滋滋地乐着,突然又暂停了页面,指出另外一条视频弹幕给赵程看。在吴雨晴提出意见的那一段,有一条加了粉色爱心的弹幕飘过——"我不管!这个小姐姐我承包啦!"

赵程彻底被整懵了,他向大鹏求教:"这里的承包是不是有什么别的含义?还有,网友怎么知道是妹妹还是姐姐?"

这一番连锁提问让大鹏意识到,保养得宜的赵程让他忽略了年龄差。他试着用自己的理解,给赵程科普了下这些"只可意会不可言传"的网络用语。

"'承包'是网友表示喜欢的一种话术，大概就是我圈定你的意思，是饭圈的常用语。至于小姐姐嘛，现在可以统称各个年龄段的女生。至于这个词是怎么流行起来的，我也不知道，大概就是叫大姐显老、叫小姐又有不可描述的含义，大家折中了一下，加个叠字就舒服多了。"

听着大鹏这番解释，赵程似懂非懂，只觉得现在的年轻人还挺有创造力的，发明了这么多稀奇古怪的新词。

"现在的流行语隔代都不一样了，我们 90 后已经被拍死在岸上了，现在的流行语都是由 00 后创造的了，"大鹏科普上瘾了，"让你猜一个 00 后的流行语，你知道什么叫 xswl 吗？"

赵程习惯性地去想 x 开头的英文缩写，眼看就要跑偏，大鹏及时给了一个提示："不是英文，是一个词语的中文拼写。"

赵程打着腹稿拼写了许久，试探地猜了一个："洗漱……完……了？"

虽然大鹏早已估到赵程会猜错，可这个匪夷所思的答案还是让大鹏忍不住笑出声来。他公布了正确答案："是笑死我了！"

赵程脑内的问号更多了："那什么时候用这词呢？"

"比如在你感到高兴的时候，就可以给别人发这 4 个字母，不需要辛苦打字。这就叫 00 后暗语，你这种不玩网络的人根本就看不懂。"

赵程瞬间觉得开启了一个新宇宙。电视行业每况愈下，很少能留下年轻人。就算偶尔有留下的孩子，也都算是他的后辈。在他们面前，赵程多少要端些老总的架子，这是他第一次和年轻人有这么亲密的接触，他迫不及待地要把这种感觉分享给雨晴。

赵程把视频播放给雨晴看，不时评论一下弹幕做铺垫。当那条带爱心的弹幕飘过时，他刻意瞄了一眼雨晴的表情。

雨晴在分神，并没有太注意一晃而过的弹幕，这表情被赵程误读成了不解。他有些得意，自说自话地解读起来："你看这句话多有趣，承包你，这就是我圈中你、选定你的意思，就是说你这个人被我选中了。"

赵程自己不觉得，雨晴却被这突如其来的告白噎住了，她感觉自己已经很久没有听到这样的话了。

在她的印象里,这个男人喜欢用这样的方式表达爱:逛街的时候他爱说"你想买什么就去买吧",看电视的时候他爱说"随便你看哪部电影都行",去餐厅点菜时他总说"菜单给你,喜欢的先选了"……

成熟男人在上一段爱里学到了包容,弥补了不成熟的缺陷,在遇到下一段爱情时,已经是一个完美的多面手。当然不是说包容不好,只是跳过共同成长的阶段,两人不经历恋人而直接成为了亲人。这么多年,雨晴似乎也习惯了这样的状态。她早已不指望听甜言蜜语,她强迫自己忘记被爱、被追求的感觉。但此刻她假装认真看视频,却感觉到一种心照不宣的宁静在两人间流动。

"是不是真的?别是你一知半解的,随便说来哄我。"四目相对的时候,雨晴享受着这个尴尬的甜蜜。

"以后我都不说我爱你了,我说我承包你,未来还要承包你很多年……"赵程放低了声音,生怕几个年轻人听见,但言语间不像个在商海浮沉多年的成年人,倒像是涉世未深的任性大男孩。

"不要玩这一套了!"雨晴有些娇嗔地推开赵程,"该出去开车了!"

出门前,赵程照旧吻了雨晴一下。每天出门前的一个吻,一句"我爱你",是他们之间的惯例,但更多时候只是为了满足爱人之间的某种仪式感。唯独今天的吻格外真切,赵程甚至品了一下雨晴换的新唇膏,是熟透的樱桃味。

旅行的开端似乎不错,在钢筋铁骨里磨钝了的感性神经,就好像在温室里被定型的松枝,在大自然里尽情舒展开来。

国内路段的行程是超儿定的,之后连续几天在高速上驾车,日出而行,日落而息,大家都有些倦了。

车上,艾索正和大鹏视频。她用略生硬的中文提出了自己的困惑:"大鹏,为什么我一路上看到的都是柏油马路呢?你不是告诉我,中国的大西北有很多很美的地方吗?为什么我都没有看见?"

在连续四天的高速行驶之后，窗外的风景已经和第一天的完全不同，不再是装修考究的农村小墅，开始有各类毛坯房、烂尾楼以及成片的空地。

"对哦，下一站到底还有多远？"艾索的问题也正是宋一潇想问的，这一路的蛮荒地让她一点都没有西部大片里的冒险感觉。

"我来看看啊。"超儿边说边展开一张偌大的地图，却被大鹏一把夺过来："你现在还用地图这么原始的东西吗？枉你嘲笑我像相亲广场的大妈，你自己才像原始人。"

"哪怕我的行为停留在上个世纪，但爱情观仍是现代人，而你是像现代人的原始人。"超儿还对那天和大鹏的对话耿耿于怀。

"再开一天就可以到甘肃了，这是我们在国内的第一个休息点，我安排大家去酒泉卫星发射中心。"图上有寥寥几个站点，超儿指着其中一个说道。

"酒泉？新闻联播里那个发射火箭的地方？去那里干吗啊？好不容易休息一天，我们不应该进城去吃喝玩乐一下，吃一些甘肃这边的特色美食吗？"大鹏第一个提出抗议，他正查着甘肃的美食，那大分量的食物对于身为南方人的大鹏来说颇为刺激。

"那地方有什么好看的，我都没有衣服可以搭。"宋一潇也觉得有些扫兴，她特意准备了一条招摇的大红色裙子，准备站在西北的戈壁滩和大漠上，迎风拍一张。

"我看你最好还是去买一套宇航服，站在火箭面前，假装自己是天上的仙女，"苏达一边开车一边开怼，"只不过是脸先着地的那种。"

没想到宋一潇也不客气，伸手就拧了一下苏达的大腿。

"行车不规范，亲人两行泪啊！"苏达差点被拧得跳起来，大喊着抗议。

宋一潇的小打小闹让苏达分了神，等他一醒过神来，发现赵程的车已经没影了。

苏达脑子里突然回想起刚才的那个岔口。"糟了，"他一拍脑袋，"我们是不是走错道了？"

宋一潇若有所思："难怪我刚才看见好大一个蓝色路牌，嘉峪关的牌子指着我们旁边那条路，这条路好像是通向……"

苏达简直不敢相信自己的耳朵,他本来就因为开错路一肚子火,正不知道冲谁发火,没想到宋一潇自己撞上枪口来了。

"你看见了?那你刚刚不跟我说一声,等到开错了才说?"

"我以为你开的时候肯定看到了。你握着方向盘,当然是你来看!"

"但是你看见也应该说一声吧?!"

苏达其实不是在和宋一潇置气。在陌生的车道上,一个小小的失误就可能预示着多开上百公里,甚至在晚上之前都没有办法集合。一想到连累了同行的朋友,苏达的自责感就像火苗一样噌地窜了出来。

但宋一潇不甘示弱,她觉得这个突如其来的指责完全是无理取闹:"开错了就怪我。错都已经错了,现在还分什么你错我错,开回头就是了。"

苏达不想停车,只能用手重重地捶了一下方向盘。后座超儿和大鹏本来在研究甘肃美食,完全没有注意到开错方向的问题,经过宋一潇这么一吵,苏达这么一捶,两个人回过神来。大鹏迅速抽出手机,开始寻找最近的高速路线。

"一潇,你赶紧联系一下赵程,问一下他们现在在哪里,让他们给我们发一个定位。"苏达叮嘱完一潇,开始按照大鹏的导航往前开。

因为错过了路口,按导航上指示,苏达还需要再向前开数十公里,掉头驶回原来的地方。眼见天色渐晚,苏达担心自己来不及和赵程集合,心里愈加烦躁,马力也越开越足。

大鹏已经关掉了和艾索的视频,集中精力帮苏达看路,每经过一个路口前都比导航还要早提醒。这让苏达更觉得丢脸,自己一介老司机还要因为这样的失误被朋友照顾着。

就在这时,苏达听到了撕零食包装袋的声音。那咔嚓咔嚓的咬薯片声就好像打钻机一样响在他的耳旁。

一潇刚打开一包零食,点开旅行攻略软件,优哉游哉地向下滑动着页面,研究在酒泉该穿什么颜色的衣服。

"你能不能别看了?我不是让你和赵程联系吗?"

"对啊,我联系过了,他们都知道了。"宋一潇头都没抬,继续浏览她的网页。此时她终于刷到一个满意的造型——一位旅行博主穿着民族风连衣裙站在戈壁滩上，像一个骄傲的波西米亚女郎。

"喂，苏达，你看这套裙子好不好看？也不知道酒泉附近有没有好看的衣服店可以买到类似的款，如果没有，我也可以再改一下，去那边的村子里借一点剪刀、针线什么的……"宋一潇自顾自地聊着，放松得好像自己根本不是在一辆开错了方向的车上。

天开始黑下来，苏达知道这时候自己不该发火，他强压下自己的埋怨和怒气，又向宋一潇重复了一遍："你问问赵程现在到哪了，别让他们开太远。房车在他们那儿，如果我们来不及集合，今晚可能就要露宿街头了。"

"我刚才已经给赵程发过了，"宋一潇完全没有听出苏达言语中的焦虑，依然在研究她的波西米亚女郎，随口接话，"实在没办法集合的话，我们就开进城找个地方住呗，总不至于露宿街头吧！"

眼见旁边有一个停车区，苏达突然一言不发地停下了车。刹车之凶猛，终于让宋一潇注意到，一向爱说笑的苏达已经许久没开玩笑了。不仅如此，还带着一种她从未见过的低气压。

"吃吗？"宋一潇只觉得苏达是长时间开车烦躁，想把手头的薯片递过去哄他，没料到却被苏达一手推开。尽管只是轻轻一推，薯片还是雪片般簌簌掉落车内。

"你干什么嘛！开错了车有什么好生气的？一件芝麻大的小事……"这轻轻一推，让宋一潇感受到了不一样的气氛。她不知道苏达那张老好人脸，为什么突然变成了一张无理取闹的小孩脸。在她看来，开错方向，根本不是一件值得生气的事。

"小事？那是因为你都没有在做，所以才觉得这是小事。"

"我只是觉得我们是出来旅行的，旅行当然会遇到一点意外。就算我们不和赵程集合，又能怎么样呢，大不了就是开到市区里多住一个晚上而已。"

"你知不知道我不是因为开错了方向生气，而是你对于这件事情的态度。为什么明明可以解决的问题，你不去解决？明明可以避免的尴尬，你不去避免？"

"但一直把这件事情挂在心上，还不如就一路上轻轻松松地吃吃薯片，看看攻略，让事情顺其自然，反正最坏的结果我们也能承担啊……"

"我们为什么一定要等一件事情到了最差的结果呢？"

两个人各执一词，却像是鸡同鸭讲，根本不在一个频道。大鹏和苏达认识这么长时间，从没看见他发这么大脾气。在他眼里，苏达就算遇到天大的烦心事都能当笑话一样讲出来。可这会儿他看明白了，苏达是个老好人，可他骨子里是个东北大老爷们，而宋一潇也是个不服气的北京大妞。别的情侣是鸡蛋碰石头，顶多碎一个。这一对就是石头对石头，非得各自磕得头破血流才算完。

大鹏一时也不知道该帮谁，只能和超儿两头都不得罪地劝和："没事没事，我们都有在联系赵程，肯定不会开过的……"

耗在停车区也不是办法，大鹏的话算是给了前座两人一个台阶下。发动机声又重新响起了，车里无人言语，一片静默。

突然，苏达又听到了开薯片包装袋的声音。

"吃吗？"宋一潇忽略过苏达，将开包的薯片直接递到后座两个人面前，大鹏和超儿知趣地拒绝了。

宋一潇抱着薯片袋，照旧吃着薯片浏览网页，咀嚼声的音量比刚才更大。安静的车厢里只回荡着咔嚓咔嚓的声音，像是故意在跟苏达下战书。

苏达最担心的事没有发生，大家还是赶在夜幕降临前顺利集合。按照超儿的行程安排，明天大家即将迎来旅途的第一站——东风航天城。但对于这个第一站，大家完全没有想象中的兴奋感。

"我就不该把国内行程的安排交给超儿，第一站就把我们齐齐安排到一个鸟不拉屎的地方，看一个破铁架子。"苏达抱怨。

入夜后凉下来。赵程从车里拿了件西装给雨晴披上。苏达也忍不住用目光搜寻了一下宋一潇，她完全无视苏达，和李教授在远处聊得正欢，丝毫没有解除冷战的意思。

"其实我们是不是可以兵分两路，如果不想去发射中心，明天也可以去附近的其他地方？"雨晴委婉地提出建议。

其实她动了点小心思，赵程几天前的那句"承包你"让她重新有了一点热恋的感觉，这回正好趁热打铁，享受一下二人的旅途。

但她没想到，赵程首当其冲拒绝了这个提议："其实我觉得看看也挺好的，算是一个科普教育。"

"科普教育？我们这儿哪里有需要教育的孩子？你看她那烟熏妆化着，像是个能被教育的孩子吗？"苏达以为赵程指的是李林青，只有雨晴听出了话中有话。她干笑了几声，像是故意笑给赵程看的："你不懂，有些孩子，人不在这儿，影子在这儿。"

"第一站可能要让你失望了，"大鹏正在和艾索视频聊天，"我们明天要去的地方没什么风景，叫什么东风城，就是中国发射载人航空飞船的地方……"

"不知天高地厚的小犊子！"老革命正在往桌上端菜，听到这不以为意的口气，忍不住教训了一下这群年轻人。

"你们以为东风是一个城市名字？其实它根本就是一场战争的名字，一场看不见的、没有硝烟的战争。这个东风航天城，曾经是最不适合人类居住的地区之一。新中国最困难的时候，有一群掌握尖端技术的年轻人，怀着让这个国家更强大的理想，放弃了城里的舒适生活，在没有任何信息的情况下，服从国家安排来这片茫茫戈壁。

"那时候这里还不是城市，地图上只有一个关于它的代号，叫作 10 号。就在这个地图上都不存在的地方，这些人为了不能说的秘密，奉献了自己的一生，甚至硬生生地在这个西北戈壁上建起了一座城市，有自己的发电厂、银行、火车站、汽车站、邮局、超市……东风航天城这个名字，就是用这个基地的电台代号'东风'命名的。"

"一个地图上不存在的城市？"艾索被老革命的描述吸引了，"中国发射载人航天飞船的那一天，我爸爸一直守在电视前，他说自己身在异国，遗憾没有办法亲眼见证。你一定要记着拍视频，让我带给爸爸看一看。"

心爱的人儿这么一说，大鹏立马叛变："超儿的规划不错，咱明天就去那！"

苏达一下子变得孤立无援了。他下意识地将目光转到宋一潇的方向，他相信如果此刻宋一潇在身边，大概率会支持他。

宋一潇吃着刚端上来的烤串，突然觉得酱料味道有些不同，像是苏达最爱做的糖醋排骨。

她一转身，苏达不知什么时候已经坐在她身后。

"喂……我特意给你做的……"苏达不想表现得像一个小肚鸡肠的男人，可扭捏的表情出卖了他，"味道怎么样？"

宋一潇早风卷残云地吃完了一整盘，却嘴硬着："也就一般般吧。"

苏达显得有些失望，突然，他起身拿了一个玻璃酒壶，放在距离一潇两米多远的地方。

"你这是做什么？"宋一潇不解。

"敢不敢玩个游戏，我们试试把这些吃完的烤串签投到酒壶里，投中的那个人就可以要求对方做一件事？"

"有什么不敢！"宋一潇立刻拿起盘里的签子，向酒壶的方向投掷，可惜并没有投中。苏达接着投，也一样没投中。僻静的西北大地上，两个人在月光的注视下，孩子一般地玩着这幼稚的游戏。

"我投中了！"三轮过后，苏达的竹签入壶了。一潇脸上写满失望，自暴自弃地准备认领惩罚。

"我想要求你……"宋一潇拉长耳朵听苏达的要求，"明天早起继续吃我做的早餐。"

宋一潇被逗乐了，这算是哪门子要求？苏达低着头，他在《婚礼应急手册》里写的都是些"假把式"，这会儿他想说点真心话："无论我们未来吵得有多凶，我都会早起给你做早饭。但下次我们再吵架时，你要是还吃薯片，也要分给我一片。"

"难怪别人都说男人是女人的终身饭票，"宋一潇伸出大拇指在苏达脑门上做了个盖戳的动作，"你这么快就抓住了我的胃，下一秒就该抓住我的心了！"

苏达呵呵一乐，两个人这就算是冰释前嫌了。

房车停靠的位置和航天城的距离不算远，但省道加国道的搭配让车速无法提高，为了在下午之前到达航天城，大家不得不一大清早就开始赶路。

"还有多远啊？"雨晴刚小憩醒来，将睡皱的衣衫拉平。她往窗外探去，车已经行至一个丁字路口，标牌显示右拐是额济纳旗，而直行就是航天城。

目光所及之处已经没有了绿色，一眼望去都是茫茫戈壁。戈壁公路不像城市那样蜿蜒曲折，而是条条笔直向上，仿佛能直通天穹。公路两侧偶有孤零零的电线杆闪过，就是车在穿行的唯一证据。"你已进入军事禁地"几个大字映入眼帘，凸显着这个地方的与众不同。

车里早已睡得七歪八扭，还时不时有鼾声相伴。"我和你说说话吧，开这种长路最容易困了。"雨晴的考虑周到，可一开口，却不知道要和赵程说什么。以前他们谈工作、谈电影音乐会、谈未来的规划，这些城市话题好像都不太适合这茫茫戈壁。

那谈什么呢？谈情感吗？一个成熟的人，似乎不应该去计较对方的过去和对方的家庭，这是大龄男女相处默认的游戏规则，她和赵程从未想过破戒。

不知道是不是因为军事禁地附近的信号干扰，广播里发出了嘈杂的咿呀声，过了一会儿彻底变成了杂音。赵程赶紧把广播关了，原以为车内会剩下一片宁静，却听到耳边的风声呼呼作响，还伴着公路上不时驶过的大型货车发出的砰砰声。

老革命本就浅眠，这一番折腾后再无睡意。她向车外望去，发现茫茫戈壁里出现了两个越来越近的小白点。老革命戴上了老花镜细看，发现那两个小白点竟是火箭发射塔。

"那就是发射塔了！"雨晴、赵程顺着老革命指的方向看去，心里也不由得生出一种敬畏。这两个在毫无生机的戈壁里矗立的小白点，竟然就是中国探索宇宙的起点。

赵程一手握着方向盘，一手将手机塞到雨晴手上："快！帮我把这一幕拍下来。"

　　雨晴感到诧异。赵程一向不是爱拍照的人，就连二人旅行都是雨晴提出要自拍。但她还是照做了，她极少询问赵程做一件事情的原因。

　　赵程腾出一只手发微信，雨晴正想轻声提醒他注意安全，却忍不住瞥向手机屏幕。他将照片发给了一个微信联络人，备注还是那个熟悉的名字——小宝。

　　据赵程说，他和前妻离婚后，几乎都是为了女儿才联络，所以干脆把前妻的备注名都改成了"小宝"。但雨晴在页面里看到，上一条聊天记录是语音通话，时间在昨天凌晨，共计 2 个小时 30 分钟。就算照片是发给孩子的，这一通电话，总不可能是打给孩子的。

　　雨晴在心里盘算了一下，因为今天要早起赶路，两个人同床共枕的时间不多于 6 个小时。这 6 个小时里，她把自己妥妥贴贴、里里外外全交付给身边这个男人。但这 6 个小时里，有 2 个小时 30 分钟，他在夜里起身去和另一个女人讲电话。

　　讲什么呢？雨晴不想问也不想知道，她坚信那是一个未被打开的潘多拉盒子。


　　沿路行驶了十几公里后，两辆车终于抵达了航天城的入口。航天城在甘肃和内蒙古的交界处，早上在甘肃时还是阴雨绵绵，此刻在内蒙古已经是艳阳高照。

　　入口一侧是因公进入的检查区，另一侧是游客接待中心。这里并不通任何公共交通，除了自驾游和跟团游，无法自行前往，就连购买通行证的程序也相当严谨，必须持有本人身份证才可以。

　　"我还以为这是个免费景点呢，居然还要收一百多块钱……"苏达掏钱时略有些心疼，揉到票面都起皱。

　　"你怎么这么抠？这票多难得啊！"宋一潇正在完成入园前的仪式感，她刚将通行证的照片，编辑成一条微博发出去。苏达偷看到宋一潇的微博昵称，拿自己的微博账号点击了悄悄关注。

宋一潇的微博头像是一张修得不成样的写真图片，眼睛比现实中的大些，下巴更尖一些，怎么看怎么都不是她。微博认证上自夸地写着"知名女演员"，粉丝 61 万。但最新的一条微博，评论 1，点赞 2。

这是哪家公司买的僵尸粉，也太不敬业了吧?！苏达觉得太惨了，准备顺手点个赞。他打开第一条微博，微博下唯一的评论是一句提问"你在哪里?"评论者的头像是一颗闪亮的方钻，苏达总觉得在哪里见过，可一时半会儿又说不出来。

航天城的布局像军营般横平竖直，除了一些不对外开放的区域外，与正常的城镇无异。进入航天城，第一个参观的景点自然就是发射塔了。发射塔前，有条铁轨直通总装中心，塔下有士兵值守的岗亭。

大鹏在给艾索录制短视频，赵程凑上前，想学习一下这些新玩意儿。

"这叫固定器，和猫头鹰脑袋的构造一样，无论手机怎样晃动，都可以拍出平稳的画面。"

"还有这个手机 LED 环形灯，有白光、黄光和强弱档等各种选择，协助手机完成白平衡。"

大鹏将拍手机短视频的设备向赵程展示了一遍。其实在电视行业这么久，不会做诗也会吟，这些物件赵程都熟悉。但他平日见的都是大设备，第一次见到用在手机上的迷你版。

"我们开始了哈!"大鹏按下了"录制"按钮，将镜头对准了两人，"大家看看我背后，这铁架子就是'花'射台，火箭就是在这里'花'射的……"

听着大鹏不标准的普通话，再看着镜头里的自己，赵程觉得有些别扭。

"发射。f-a，发，不是 h-u-a，花。"苏达又在给大鹏的普通话挑刺。

"这不一模一样一样吗? f-a，花。"大鹏表情严肃地重复了一遍错误读音，苏达败下阵。

发射塔下有铁栅栏隔离，众人只能徒步参观。即便做好了心理准备，但当这样庞大的建筑物展现在眼前时，众人还是感受到了一种无法用语言表达的震撼力。

"看电视时觉得它挺小的，今天一见才知道有这么大！"苏达忍不住称奇。

发射塔下还有一个水泥池，发射前会注满水。而发射过后，池里的水基本都会蒸发——这个画面谁都在电视上见过，但今天真实地站在这片土地上，面对这个深达几十米的大池，才更直观地感受到每一次发射都是一次多浩大的工程。

人们习惯用数据作为度量衡，以为这样就可以完美地衡量一切事物。比如火箭有多大这件事，教科书会用冷冰冰的数据告诉你。但只有自己设身处地地去感知，才能知道这个"大"到底有多大。数据和感知不是完全等同的，所以才会有"觉知此事要躬行"的说法，这大概就是旅行的意义所在。

"你知道我为什么要来这儿吗？"下午的阳光越发刺眼，超儿用手挡着眼睛，抬头望向发射台，"我小时候的理想是做一个太空人，能在外太空漂浮，坐着飞船自由穿梭，无拘无束……"

"你这是在大家的旅途里夹带私货啊，照你这么说，我必须得安排一天，大家都去冰棍厂。我小时候就想做冰棍厂的老板，专门生产东北大板，能一溜儿一溜儿吃，绝不一条一条吃。吃完数数留下的棍儿，看谁剩得多。"苏达随口调侃了几句，却像是想到了什么似的，表情认真起来，"不过我还真有个靠谱的理想，上中学的时候……"

"梦想追隔壁班的班花吧？"刚被苏达纠正了普通话的大鹏，此刻见缝插针地怼回去。

"我说的是真的……"苏达那俩小眼睛居然放光了，"上中学的时候，我特想要做明星。"

走在苏达身后的宋一潇翻了个白眼："这算哪门子靠谱的梦想？"

"没唬你。那时候我们中学组织了个演出，让我演个瘸子，我抢了男女主角所有的戏，演完下面观众都在哗哗鼓掌，要是赵本山来学校都没这么生猛。"

宋一潇听不下去了，她是学表演的，整个年段都没有见到过这样五短身材、眯缝眼的谐星学生。苏达早就猜到宋一潇会不相信，接着补充了细节。

"我还真为这个理想努力过，艺考的时候不是要上补习班吗？我一进去，

'老师好'没说完，就被撵出来了。那老师私下和我妈说，这孩子交多少钱我都不教，教他是害他。我妈就问，多学一门本事，怎么还是害他呢？老师就答了一句话——本事学到了，用不上，更苦，心苦。后来我读了录音专业，贼心不死，妄想要做第二个王宝强，跟着人去跑组试镜。我一进宾馆，副导演眼睛就亮了，坐下来和我促膝长谈'你长这样，是不是生活遇上什么难处了，咋就这么想不开来做演员了'。他倒是好心，给我安排了个日本鬼子进村的角色。可是每个组都需要俊男靓女，但不是每个组都需要鬼子进村。我这才知道那老师说得对，我要是指望着吃这碗饭，早晚要饿死。"

苏达之前从未和人谈起这一段有些难以启齿的经历，但面对着眼前这个庞大的、已经实现的人类"大梦"，他想起自己没能实现的"小梦"，心中不自觉地泛起了点酸楚。

他给自己做了个总结："……所以呐，有些理想是有瓶颈的，不适合就是不适合。客观条件摆在那，那些盘正条顺的早就赢在起跑线上，你急、你慌、你忙，撞破了头也就这样了。"

等苏达绘声绘色讲完自己的理想，众人已经循着观光路线，来到离发射塔 15 分钟路程的地方。这里有一幢两层小楼，叫问天阁，是宇航员的检查室。这些年来，载人航天飞船出征时宇航员从这里出发。这 15 分钟的路程，对于每一位宇航员来说，都是漫长而又充满期待的。

每个人的一生中都有这样的 15 分钟，这是最接近理想的时候，可结果却各异，有些成了宝贵的纪念，有些却成为横亘在心里的刺。

雨晴试图缓解一下有些沉重的氛围，她开解苏达："有门槛也是可以去突破的，只是理想是个概率问题，在做梦之前要先考虑一下概率，如果你选择了一个低成功率的理想，就该做好高概率失败的准备。一个萝卜一个坑，一个理想配一个人，做演员对于好看的人来说可能是个高性价比理想，对你来说就是个低性价比理想，放弃也是一种聪明。"

霎时间，苏达都不知道这是安慰还是夹枪带棒地损他丑，不过想想这话从吴雨晴嘴里说出，他就觉得合理了——毕竟她说出来的话很少有让人身心舒畅的。

看着苏达，赵程就好像看到了 10 多年前的自己。那时候他也是满口电视理想，埋头工作，从不奢求自己有这么长的假期。可谁能想到这么多年过去了，一个行业从顶峰到衰落之快，半点由不得人。工作量日异缩减，假期足了，理想却被现实按在地上摩擦。但赵程也不明白自己在坚持什么，他还想要在这个行业里继续尝试，总觉得行至狭处会有条生路。

"我倒不觉得性价比低就应该放弃，要是一个人能够承担起后果、找好后路，他完全可以为了一个只有百万分之一概率的梦想付出努力。就算最终不能实现梦想，也或许能在通往梦想的路上，找到另一条偏道，比如你现在从事婚庆行业就挺好的。"赵程搂了搂苏达的肩膀，恍惚间，却觉得好像搂着 10 多年前的自己。他很清楚，在外人看来，奔四的自己早已失去了谈梦想的资格。可他心里那个 24 岁、怀揣着雄心壮志走出校门的小伙子，一直在对 37 岁的自己说"我相信还有路走的"。

梦想的话题，像一个爆发的连锁反应，引起了全场的共鸣。大家都以为一个人年龄越大，越不会记得那些未来得及实现的琐事，但它似乎就像童年时丢在野地里的一颗龙眼核，当你以为它消失时，其实它偷偷扎根了。

"我小时候看《还珠格格》，我妈给我买了香妃的小帽子，还带两个小毛球。我在草坪上转圈，转到晕了也没有等到蝴蝶，被我妈笑了半天。她告诉我世上没有人能够浑身香气吸引蝴蝶，我问她为什么电视上的人就行。我妈说那是因为别人在演戏。从那时候起我就觉得，未来我也要演戏。"在别人看来，宋一潇算是实现了梦想的人生赢家了，可她也有自己的夙愿未了。

"现在做了演员，总接到一些傻白甜的剧本。有时候看到其他地方的影视剧里，女性作为一个独立的形象出现，她有自己独特的生活轨迹，有足以谋生的工作、秉烛夜谈的知己老友，爱情不过是可选项，不是必填项。从那时起，我有了个新的梦想，想拍出一部电影告诉女性，你可以独当一面，去选择自己想要的生活。"

"不过……"宋一潇叹了口气，"这世界上最俗的是钱，但再不俗的梦想，也得要靠钱堆起来。"这是苏达第一次听宋一潇谈论她的梦想，只觉得像小女孩的天方夜谭。

超儿依然直视着发射塔，它的顶端被阳光笼罩着，反射出一点刺眼的光。太空人的梦想对于他来说已是过去式，现在他的头上是悬在半空中的音乐理想。

"你说，人要是没有梦想，是不是能活得轻松些？小时候我想做太空人，在宇宙里无拘无束的。结果活了三十多年，不要说宇宙，光是在一个小小的北京，能做到无拘无束都是做梦。我曾经以为背上吉他就可以做浪迹天涯的吉普赛人，到头来还是被压得喘不过气来。"

"谁不是呢！"众人响应着。老革命和李教授慢悠悠地跟在后面，看着眼前这群感慨着梦想难圆的小伙子、小姑娘，即便其中年岁最长的赵程，在她们看来仍是早晨八九点钟的太阳。

成年人之间，谈梦想是一个太沉重的话题，大家你一言我一语，不知不觉就到了下一个地点——东风航天城内的展览馆。

在这个展览馆里，展示着 10 号基地曾经发射过的所有火箭。看着这些模型，众人不禁想问，那些载人航天飞船的宇航员，在这一堆危险燃料推动下向着一个未知的宇宙进发，他们感受到的恐惧多一些，还是期待多一些呢？

馆内还有一个 1∶1 的天宫空间站展示模型，令超儿兴奋不已："这天宫空间站比想象中的要大多了，以前我以为只是个小小的舱体，没想到快有半个集装箱房那么大了。"

吴雨晴注意到展板上的一行文字，讲述的是航天城的发展与历史，她轻轻念出声来，引得其他人都往展板前聚拢。

"1958 年创建的中心；1970 年 4 月 24 日，中国的第一颗人造地球卫星在这里升起；1975 年 11 月 26 日，第一颗返回式人造地球卫星在这里升空；1980 年 5 月 18 日，第一枚远程弹道导弹在这里飞向太平洋预定领空；1981 年 9 月 20 日，第一次用一枚火箭将三颗卫星送上太空……"

"看到了吧，"老革命不知什么时候从后面踱步而来，"这每一步都是一代人的努力，就这样一步一步走到了今天。"

老革命扫视了一眼这些儿孙辈的同行人，她本来就爱给大家讲故事，这会儿就更是收不住话匣子。

"我虽是个老婆子，但耳朵可不背，刚才你们谈的理想，我都听到了。不过要我说，你们那都不算理想，理想是要去做的，不是停留在想的。我和我先生年轻时的理想，就是要建设一个崭新的中国，人人衣食无忧，有尊严地活着。在我们那个年代，大好的年龄不传宗接代，不去做个料理家的好媳妇，在老人家看来，就是数典忘祖。但我俩认真想过，即便最终一无所获也不后悔。"

老革命摩挲着馆内墙上挂满的勋章，这些勋章记载着整个航天城从建设之初至今的所有重大事件。她将手指停留在最后一枚勋章上，这是授予墨子号量子卫星成功通信的。

"闺女，"老革命向雨晴走近，将摸过勋章的温厚大手放在雨晴的手上，"你刚刚说，要计较理想的性价比，可有时候不到最后，又怎么知道性价比呢？我年轻那会儿，中国太疲弱，我们都觉得自己不可能看到她盛世繁荣的那一天。但我们都觉得没关系，只要我们尽力去做，我们的下一代、下下一代或许就能够等到这一天……所以，总有些理想值得抛弃性价比去追逐吧？"

一旁的林青突然捂住耳朵，别扭地甩开李教授的手，转身跑开，这让李教授多少有些尴尬。这个叛逆的 19 岁少女难以捉摸，似乎极其抗拒"理想"这个话题。

老革命从贴身口袋里取出一个信封，从中抖抖嗦嗦地掏出了一张黑白照片。看得出来照片有些年份，边角泛黄，却被细致平整地保存着。

"我先生去俄罗斯那么多年，只给我寄过一次照片。你们看，这照片上裸着半身在俄罗斯冰窟里工作的就是他。我很长一段时间都不知道他在干什么，只知道他在执任务，他说那里有保密规定，有时候不能及时回信，还让我别在信里直呼他的名字，要喊他的工号'1129'。但每次把信寄出去、久久没收到回信时，我就特别想他。有一天实在想得不行了，我就拿了一条旧手帕，在上面绣了'1129'四个大字，随身带着。后来手帕破了，我就再绣，每次想他时绣上几笔，也就不想了。后来就有同事问我那数字是什么意思，我一想，这可不能说啊，就骗他们这是我的生日。结果啊，我原本是孟春生的，人人都在 11 月给我过生辰……"

照片里，年轻帅气的男孩有些害羞地裸着上身，不自然地咧着嘴对着镜头，大家边传阅边笑。

"他不常说情话，每次说情话还都是关于这些冰啊、雪啊的。那次他在信上说，等北京下雪的时候，让我一定要出门看看，说那都是他捎来问候我的。后来有一次他寄信时，就真的用记录数据的废纸剪了许多雪花状的纸片，我把信抽出来，那些纸片就随风飘起来，你知道吗？那时候是北京的春天，我们是胡同里唯一飘雪的人家……

"说起这雪花还有些典故。那时候咱们缺粮，每个人的粮食都是凭票领的。盐就更是金贵，都是限额的。没盐吃，我整个脚从脚踝肿到了脚脖子，走路都难。哪想到，有天他慌慌张张地跑来塞给我一小把票，我一数，里面几张盐票，几张油票，还有一张棉花票。我问他哪来这么多粮食，他说是自家姊妹多，匀出来的。后来我见他总穿一双长筒毛袜，趁他睡着偷偷地脱来看，才发现他的脚脖子也肿得老大。我硬是要问个明白，才知道原来给我的粮票都是他攒下来的。那时候北京城里飘雪，我们就齐齐坐在墙根儿，眼巴巴望着雪落下来，心想，那要都是盐该多好。不过他也算是有招儿，去杂货店里干活，换别人不要的盐袋子，用盐袋子泡水煮点小粥，总算是捱了下去。"

老革命说，自己刚刚去俄国念书的时候，一点俄文都不识，揣着一本《俄汉字典》就去了。为了学习俄语，当地有经验的俄文老师让她拿着看图识字的儿童读物背单词，每天要背 100 多个单词。还要阅读《联共党史》的课本，第一天先读一小段，第二天读一大段，可是常常记不住。

"俄国的课堂有一个习俗叫'习明纳尔'，就是在课前针对老师指定的阅读书目，由学生发表自己的意见。老师可点名发言，学生也可以自己请求发言。这种学习方式对我们来说是很痛苦的，俄国同学可以很快读完规定的读物，可我和我先生读一周也未必能啃下来。为了在习明纳尔上发言，我俩等半夜熄灯后就到路灯下接着啃书本。那时候我们最爱看俄国的电视剧《春天的 17 个瞬间》，剧里的知识青年伊萨耶夫为了祖国改名换姓为施季里茨，却始终坚守理想，是我们心里的英雄。熬不下去的时候，我先生就在路灯下给我模仿剧里的片段。伊萨耶夫牺牲了爱情和婚姻，只能在一家咖啡馆中隔着无数桌子与妻子遥遥相望，两人最后一次四目相对，然后假装陌路地离开。他握着拳头重复着结尾的台词'今天，3 月 24 日，和平还没有最后到来，因此，马克西姆·马克西莫维奇·伊萨耶夫仍然返回柏林，继续战斗！'

"当时的俄语考试都采取口试的办法。大家抽考试题，准备几分钟后，老师围绕着考题提问，当场给分。我先生成绩比我好些，但他往往一夜不睡觉，赶着第一批进去考。你知道为什么吗？"

众人摇头，老革命沉浸在回忆里般不自觉地露出笑意。

"因为这样可以先知道老师提问的方向，如何答才能得到高分，考完告诉我。有一次口试，我太紧张了，到考场时抱着课本迟迟不敢放下，这时候，课本里突然飘出一张人型剪纸，那是从《大众电影》上剪下的伊萨耶夫演员的简介。我捡起来一看，原来是我先生夹进我书里的，他在剪纸背后给我写了一段俄文歌词，我一读，是《春天的 17 个瞬间》的插曲——望天边，家乡在彼岸。水天间，沉沉一条线。家乡啊，令我梦魂牵，多盼望驾起长风归帆，有朝一日回到你身边……我突然就有了力量。"

伴着老革命的老故事，大家走出航天城。西北的夜正准备拉开帷幕，天穹与大地连成一体，被一条若隐若现的地平线分割着。

宋一潇像是突然发现了新大陆，急慌慌地指给苏达看：在城区里停着一辆摩托车，车牌上写着"东风"二字。没想到这个仅有几千人的戈壁城市，竟然拥有自己独特的车牌。

宋一潇拍下这一幕，发了条微博。苏达第一时间打开看，宋一潇在微博里写道："这个城市叫东风城，在我眼里，它就是梦想国。我们在这里谈论了梦想，也知道一个关于'1129'的爱情故事。"

苏达正准备发条匿名评论，一刷新，却发现已经有一条评论——依然来自那个熟悉的钻石头像，评论里写着"我去找你好吗？"

# 第六章　大话西游

路上的这些日子里，一切都好像步入了正轨。

大家逐渐习惯了彼此特别的作息：雨晴每天要出门晨跑；李教授雷打不动地饭前健身；超儿喜欢背着他的吉他出去卖唱，在清吧表演兼看各地美女，再用赚来的钱买酒喝。不过他找到了个正经活儿——教林青弹琴。说是教，其实也是逼上梁山。从林青第一次偷拿超儿的吉他开始，她就像个小尾巴似的跟在超儿身后。见她好奇，超儿就偶尔弹上一段让她模仿，没想到小姑娘虽然不会说话，但学得似模似样。超儿想，有个人帮着卖唱时提提音箱、翻翻琴谱倒也挺好，便默许了这个跟班小徒弟。

离第一次投票选床位已经过去了近 10 天。每一次重新选择床位，苏达都想要争取睡主卧，可宋一潇坚持要睡上下铺，而且理由千奇百怪，这次是背疼，下次是腿疼，再下次是主卧的灯太亮不利于睡眠，要不然就是上铺睡惯了不想睡矮床。

主卧就这样铁打不动地留给了赵程和雨晴。苏达每次路过时都忍不住关注一下里头的动静，偶尔看到昏暗的灯光里投射出两个缠绵的人影，苏达的心就跟耗子挠似的。他甚至有了一些不切实际的幻想，觉得其中一个剪影是自己，而另一个是宋一潇。他开始怀疑，第一次投票时，宋一潇不是谦让，而是根本就没有想过和他睡同一张床。

这天，苏达又隔着主卧的门，瞄到些山雨欲来之前的准备动作，正在心里感慨着自己血气方刚却无处施展时，耳旁突然鬼鬼祟祟地飘来一句话。

"怎么，结婚这么久，宋一潇还是不肯和你一起睡？"

苏达差点没被飘来的声音吓出个好歹，转头却看到李教授一脸坏笑。他再怎么难堪，嘴上也要打肿脸充胖子："谁睡主卧不都是投票出来的吗？咱搞得起民主选举，就要百分百尊重结果。"

李教授将苏达的窘境置之不理，自顾自地分析起来："从心理学的角度上来说，在男权社会结构下，雄性生物拥有狩猎的本能，他的荷尔蒙和生理结构决定了产生性欲的本质是征服。而女人则不同，她们对性的渴望，多数是与爱同步的。"

被李教授戳破心事的苏达有些尴尬，但他确实已经被这个问题困扰许久，此刻竟有一种松了一口气的感觉，反而庆幸戳破这个秘密的是李教授，而不是别人。

"你们做心理医生，应该都有职业操守。我问了你，你可别告诉别人。"苏达将李教授拽到一边。此刻他觉得有些难以启齿。但若不问，他怕这件事情憋在心里久了，会像长年堆积的火山，不知道什么时候爆发出来："你说宋一潇到底爱不爱我？"

"你们拥抱过吗？"

"抱过，隔着T恤、牛仔裤，骨头硌着骨头，像抱个兄弟。"苏达用力回想，试图还原拥抱的每一个细节。

"那还有什么亲密举动吗？"苏达艰难地思考了一会儿，决绝地摇头。大鹏很喜欢提张无忌的乾坤大挪移之术，在他面前，宋一潇就好像掌握了这样一门深不可测的武学精要，就连稍微亲密的触碰，都能轻松自然地避过。

"女人的爱是建立在阅历之上的。有的女人习惯一见钟情，一个点就能触发她的'爱觉器官'。有的女人热爱细水长流，习惯自然的相处方式，你必须先嵌入她的生活，再不断缩小圈子，直至这个圈子里只剩下你们两个人。有的女人习惯了爱而不自知，在爱海里跌扑数次，翻腾巨浪，几度分合才能最终找到真爱。"

李教授在分析时格外自信，一双吊梢眼瞪着苏达，有几分不容置疑的架势。但这些分析好像没有直接解决苏达的问题，听得他云里雾里。

苏达不好过，他嫉妒着的赵程，日子也没好过到哪里去。

有了之前的"50万事件"，大鹏不再加密视频，保持一日一更新的速度，将旅途中的每一站都拍成主题 vlog（视频博客）。但是瞎猫碰上死耗子的"50万"却再也没有出现过。后续视频都阅读量低迷，有些视频甚至只有艾索一个浏览者。大鹏没什么成为网红的野心，也享受这种甜蜜的互动，每次发布视频时干脆在描述里直接"艾特"了艾索。可是那个过眼云烟般的50万，却让年近40的赵程钻进了牛角尖。

大鹏是如假包换的90后。这代人在成长过程中目睹了太多造星运动，从早期 QQ 空间上的非主流偶像，到后来的天仙妹妹、芙蓉姐姐，再到各类锥子脸网红，早已习惯了这种一夜爆红又一夜熄灭的自然规律。

生于20世纪80年代初的赵程，童年里跟着一拨70后大街小巷地跑，目睹过文化大繁荣。即便无数人告诉他，他这套东西早就老了、过时了，他表面上被劝降，心里却总有个锐器顶着。表面上看着锃光瓦亮，底下却是个钻子，死命地往外头顶着。从骨子里来说，他不相信自己会这么快被快餐时代蚕食殆尽。

那几夜赵程和雨晴同床共眠，却忍不住大半夜拿起手机，刷各种各样的短视频网站，研究各种排行榜上的视频，男性频道，女性频道，情感频道，美食频道……他突然发现原来世界上有这么多人，随便拿手机一拍，就可以轻轻松松地获得好几百万的关注。他心里头有无数个问号，其中最大的一个问号是：如果这么简单的视频都能有百万的流量，那创造出它的人为什么不能是自己呢？

外行人看的是热闹，内行人看的是门道。要弄明白这个"门道"，最先要咨询的肯定是"重度互联网使用者"大鹏。

赵程从来没有向小辈请教过问题，在电视行业的老观念里，讲究的是"传帮带"那一套。他是长辈，理所应当给小辈传道授业，哪轮得到小辈来给他传道授业。可这会儿赵程也能认清现状，在短视频这种新行业里，他赵程才是个小辈。与其将自己的尊严放到社会上，光天化日地让其他的小辈按在地上摩擦，还不如在旅途里做个好学生。

停下歇息的间隙，赵程就向大鹏询问关于手机剪辑视频，还有各种手机摄影器材的问题。一问价格，赵程就知道这东西能普及的原因了——最贵的器材不过千儿八百，任何消费水平的人都能够负担得起。

不过人在途中，重新购置设备有些麻烦，大鹏慷慨地把设备全部借给了赵程。有这么多年的行业经验做底，赵程上手得很快。没过几天，他匆匆忙忙地来问大鹏："我也注册了新账号，发出去的视频怎么都只有八九万的阅读量？"

这下轮到大鹏吃惊了，玩了这么多年网络，他深知互联网上的初学者能有这样的阅读量算是绝佳了。再一看视频内容，从剪辑到打光都十分专业，令他暗叹这个赵程还真是有两把刷子。

于是大鹏顺嘴夸道："你还别不满意，你这新账号一个粉丝都没有，就能有八万阅读量。要是以你的视频水准发在我这有几万粉丝的账号上，分分钟就能上百万了！"

说者无心，听者有意，赵程心里突然升腾起了一个庞大的"短视频计划"。

车靠路边停下时，西北的天混沌一片，已是夜幕降临时。赵程终于找到机会，倚在车门上和大鹏有一搭没一搭地聊起来："有了一个 50 万点击量的视频，你怎么不趁着这个势头把账号做大？"

"做大？"大鹏刚刚结束和艾索视频聊天，向她展示完"落霞与孤鹜齐飞"的西北奇景，就被赵程突如其来的问话搞得摸不着头脑，反问道，"为什么要做大？我又不想做网红。"

一听这个愣头青没半点创业意识，赵程循循善诱："我们先吸引流量，然后用雪球效应让它们越滚越大，未来你就可以投资开发一个短视频的软件投放市场，自己给自己引流，产生种子用户。有了用户后，软件除了拥有技术价值，还拥有了用户价值。我们就可以各处发散合作，使它成为一个真正的创业项目。"

大鹏被赵程的一套一套词儿唬愣了。赵程接着分析："我觉得光是旅行记录，提不起别人的兴趣，我们要用产品经理的思路去包装一个 IP 产品，做到有人设、有特色。剪辑的内容必须有主题，还需要把背景音乐加上。"

"还有一点，"赵程特地强调，"你的南方口音，听起来费劲。要想给视频增加传播度，我们还得加个有特色的字幕。"

大鹏一听，脑袋摇成了拨浪鼓。他觉得赵程的创业计划不切实际："别逗了，音乐都有版权问题，哪能随便给你用？从理论上来说，如果没从作者那边要到使用权，就算是侵权使用，我们做内容的，总要有点版权意识吧。"

大鹏从 QQ 号只有 6 位数时就开始上网，围观了各种内容、版权上的骂战，如今心有余悸。

"这倒是个问题。"赵程陷入了沉思。正当他努力捋清脑海中的圈内关系、试图找到一个可靠的帮手时，地平线上走来了两个人。

赵程一拍脑袋，乐了，向大鹏指了指他们："我们的背景音乐不就在走来的路上吗？"

大鹏循着赵程所指的方向看去，刚刚从市区卖唱归来的超儿正歪歪扭扭地走近。天气燥热，他脱得只剩一件丁字背心，脸色被酒气熏得有些微红，左手提溜着一瓶伏特加。林青提溜着卖唱的装备晃晃悠悠地走在他身后。即便在这大汗淋漓的天气里，她仍穿着黑色的长袖衫，脸上的汗水不断沁出，粗长的黑眼线在阳光照射下有些泛油晕开。可她似乎不知冷热，脸上依然是和前几日无异的木然表情。

赵程也不知道，这个不会说话的病孩子怎么能跟一个年近 40 的不靠谱大叔这么投缘，日日听他弹乏味的吉他。

超儿吊儿郎当地在远处走着，突然像想到什么似的兴奋起来："灵感！灵感来了！"

相隔百米，赵程都能听到超儿惊喜的呐喊声。他将手中的酒瓶往林青手里塞："我想到你刚刚按的那几个音阶可以做一首什么样的曲子了！你帮哥哥拿着酒，我这就弹给你听！"

林青来不及反应，手里就被塞了瓶酒。但就这个小小的动作，让赵程看到了小姑娘的细心——林青没有将酒瓶提在手上而是倚靠身体抱着，生怕不小心弄碎了它。

超儿将背后的木吉他重新挂回胸前，调音的手微微有些震颤。他已经不记得，上一次有这样的灵感是多久以前的事了。在桌游吧里，大鹏听过超儿的许多歌，但此刻，超儿深吸了一口气，开始弹奏一首大鹏从来没有听过的曲子。

之所以连音乐白痴大鹏都能分辨出来这是首新曲，是因为超儿以前弹唱时，按弦总是很重，偶尔还伴有嘶吼的气音。但今天这首歌，节奏明快，曲调舒缓，像是一对年轻的恋人在缓缓低语，而他们的脚下，是一片刚被春雨淋过的土地。

或许是乐曲的节奏让超儿越弹越放松，他开始随音乐自由摆动。霞光万丈的地平线上，大叔与少女共舞，轮廓仿佛镀上了一层金光，看上去合二为一，无比和谐。

大鹏转头看了一眼赵程，发觉赵程也投来了一个会意的眼神。他赶忙拿起手机，将这一幕录成了新一期的 vlog。

赵程没花多少工夫就向超儿要来了这首新歌的使用权。一方面是因为超儿的版权本来也不值钱，另一方面是因为超儿说这首歌不完全是他的功劳，有一半的创意要归功于林青。

"你别看那孩子不说话，但学起琴来比正常孩子还要快，每次教她的新和弦，她第二天就能连贯地弹出来。"超儿感慨。

那天他们在戈壁旁的一个小镇里卖唱，他像往常一样弹奏了抖音流行组曲。尽管他不太喜欢这些曲子，觉得过于聒噪，但从以往的经验来看，这些曲子在三线小城里传唱度最高。但镇上的人不多，就算是网络上脍炙人口的音乐也无法引人驻足。

超儿越弹越丧气，最后干脆把吉他盒放在脚边，玩起了非洲鼓，却没想到耳边传来断断续续的吉他声，重复着同一个节奏。他循声望去，发现是林青在吉他上按着他昨天刚教的和弦。而且林青还能举一反三，顺带弹出了几个相似的和弦。就是那些新和弦给了他灵感，让他在回来的路上灵光乍现，写出了这首曲子。

"这么说，林青是你的缪斯了！"赵程半开玩笑地说。

超儿听完，没心没肺地笑起来："我怎么可能只将一个女人当作缪斯，我的缪斯来自天南地北。"

当晚，大鹏就将剪辑后的视频发给了赵程。谁曾想，赵程在这件事上不是一星半点的较劲，他的"短视频计划"几乎打乱了房车里逐渐有序的生活规律。

他嫌弃音质不够清晰，让超儿重新补录了样带；又觉得视频要有多机位展示，重新补拍了部分镜头，把林青折磨得够呛，连带李教授都被牵扯其中；他在厕所里想着视频的技术问题，一待就忘了时间，大家忍无可忍之下，只好轮流敲门。

那几天，老革命辛苦准备好晚餐，赵程只扒了两口就钻进房间里。看着剩菜剩饭，老太太有些不高兴，在席间嘟囔了一句："吃得这么着急忙慌的，搅得大家吃饭都没好心情。"

"短视频本来就是用来记录生活的嘛，何必花这么大阵仗？"有人马上响应着发起了牢骚。这些话大家都只敢背着赵程说，可雨晴都看在眼里、听在心里，只能说几句好听话安抚大家的情绪。

"你是他女朋友，甩脸给你看很正常，爱人之间总得分担点苦恼。但甩脸子给我们看做什么？"宋一潇一时口快地回了一句。

雨晴苦笑，她心知宋一潇这句话大错特错。自赵程尝试"短视频计划"后，她每天晚上都会例行询问一下项目的进展，但赵程永远留给她一张职业性的笑脸，告诉她"一切顺利""没有问题"。

"他肯定遇到什么难事了，只是不想让大家知道，理解一下吧。"雨晴看似在安抚大家，其实是想开解自己。

视频终于精修完成，赵程还连夜设计出一款文艺风的手写字幕，和乐曲风格甚为搭配。

赵程信心满满地上传至主页"试水"，随后的一日只要有片刻休息，都忍不住要打开软件看一下新作品的点击量。但说来奇怪，从清早等到暮色降临，视频的点击量依然为 0。他尝试重新上传，情况却没有好转。

棋差一着，赵程一改早睡的习惯，钻进大鹏睡的车里研究起来，两人都对这个突如其来的问题百思不解。

"是不是我们行进中的 IP 地址一直变化，被软件列为可疑账号，限制了流量？"尝试各种手段未果后，大鹏产生了新的解决思路。

赵程一想，的确存在这样的可能性。"你能解决这个问题吗？"他问大鹏。

大鹏摇摇头，表示如果想要解决这个问题，需要对方网站配合，自己暂时没有直接联系到网站的办法。赵程飞速在脑海的人际网里搜索。突然，他想到了一个人，一切问题似乎都迎刃而解了。

从大鹏的车里回到主卧时，雨晴已经换上了缎面睡裙。床上被拾掇得整整齐齐，床边点上了撩人的熏香。

她轻柔地挂住赵程脖子，想尽可能表现得善解人意些："我看你又去大鹏那儿了，有什么烦心事吗？"

雨晴好奇赵程对新睡裙的反应，这个法式风格她从未在家尝试过，是专为这次旅途准备的。她伸手就要解开赵程的第一颗衬衫扣子，却被推开了。

"我哪能有什么事情，"赵程搂住雨晴的腰，不走心地回应了一句，"你能陪在我身边，就已经足够了……对了，今天晚上你先睡，不用等我，有个客户电话我得回一下。"

随着赵程的脚步声渐行渐远，雨晴终于无法自持，狠狠将枕头摔在床上。

房车外，赵程在一块空地上来回踱步许久，终于鼓起勇气拨出了电话。

"嗨……"第一次不是因为女儿的事情拨通那个署名为"小宝"的电话号码，赵程不知道要以什么话题作为开头，倒是电话那头先开了腔。

"你不用太担心，小宝的肺炎差不多好了，阿生请假了一周照顾她。"

"那就好……"听到阿生这个名字，赵程不知道如何表态才能显得自己好像心无芥蒂，"看来你当初坚持选择他是对的。"

"阿生现在每天准时回来。我们娘俩遇到什么问题他都及时解决，不会隔三差五都找不到人。"

听到电话那端的话意有所指，赵程苦笑。

"我现在也改变了，不像以前那么……"他顿了一下，"那么不近人情。"

"所以呀，有的时候我真的有点嫉妒你现在的另一半，我就好像你从幼稚到成熟路上的垫脚石。"分开后，赵程从未和前妻复盘过这段狼狈的感情，现在反倒是对方更为坦然，"我现在怎么称呼她，是妻子吗？还是女朋友？"

"还是女朋友。她今晚也来问我关于视频的问题，可我想，她不熟悉这个领域，就别让她烦心了。这家公司是你的老东家，找个途径不难吧？"

"你是真的变了，懂得体恤枕边人的心思。我记得那时候你每次回家都阴着脸讲遇到的难事，给客户看的是开开心心的面孔，给我看的都是疲惫苦楚，永远把在外面扎到的刺，拿回家里来扎我。"

女人的确是男人的教师，这一点赵程完全承认。和前妻在一起的时候，他没有给足她安全感。如今事业稳定，不用每天拼杀在职场第一线，连他自己都没意识到，这种补偿心态在雨晴身上起了作用。

赵程还想要道歉，电话那头反而豁达地为他解了围："都过去了这么久，不用彼此抱歉了。说吧，有什么我可以帮到你的？"

那一夜赵程讲了很久的电话，抽了三支烟。他们聊的话题里有八成内容关于短视频，可仅仅那两成旧情已足以让赵程两手发颤。等他回到主卧时，天边已泛起了鱼肚白。雨晴正在酣睡，他看着她熟睡的脸，忍不住吻了下去。

这一吻让赵程突然意识到，这个女人已经在自己枕边从 23 岁的小女孩，长成了 30 岁的大龄未婚女性。前妻和他结婚的时候是 28 岁，那时候他觉得自己还年轻，没有太强的结婚欲望，是前妻说服了他，她说女人将近 30 岁的时候会有"30 焦虑"，有一阵子就特别想要结婚。可是雨晴是个特例，她从来没有提过这样的需求和愿望。

赵程起身去卫生间，雨晴不喜欢烟味，他准备去冲个凉，散散那些烟味。随着赵程蹑手蹑脚的关门声，床上的雨晴睁开了眼睛，她在鼻前扇了扇，试图驱赶那些恼人的烟味。

西北的公路总带给人一种不切实的感受。比如，车子在疾驰时，一侧是一马平川的关隘，另一侧却是连绵不绝的山峰。又比如，早上还微风拂面、空气清透，到了下午，历经暴晒风吹的空气就夹杂着各类颗粒，不分青红皂白地甩你一脸。

窗外黄沙迷人眼，赵程忽觉得眼前路过的一片剥脱的黄土墙十分熟悉，这本来不过是一片残砖断瓦，此刻却令他感慨万千。

"你知不知道我们刚刚路过的地方，就是当年拍摄《大话西游》的地方？"赵程努力掩盖自己内心的感慨，假装随口一问。

被赵程一提醒，眼前的黄沙、黄土被电影赋予了特殊的记忆，变成了一个旧识的老友。众人的话题迅速转变成电影内外的八卦，聊得热火朝天。

"喂，你们知不知道《大话西游》拍摄时，有人拍到星爷骑着单车去片场，后座还驮着个女孩，那照片拍得真神，只拍到后座的女孩环抱着星爷，却没拍到女孩的脸。这么多年来江湖上有各种传闻，不过大多数都认为后座的女孩是朱茵。"大鹏随口抛出一个八卦，顺道感慨，"《大话西游》里，朱茵的紫霞和星爷的至尊宝原本是天生一对，最后却俩俩相忘，这多少有点'剧情照进现实'的意味……"

超儿看了看大鹏搜索出来的照片，尽管男孩真诚的笑意能透过时光穿越而来，但照片的残角、老式单车、有年代感的沥青马路、背景的老旧陈设……这一切无一不在提醒着看客，就算这故事再美再好，也已经是上个世纪的事了。

"你自己都说是江湖传闻了，不过就是后人看着照片揣想出来的故事呗！要我说，那些观众就是生活太平淡，总喜欢将自己的臆想安在公众人物身上。只是坐了一回车后座，又能说明什么呢？我的摩托车后座上还不知道坐过多少女孩呢！"超儿反驳道。

一直目视前方、默默不语的赵程却突然开口："我觉得不是因为观众生活太平淡，而是因为戏里的爱情太真实，让我们一不小心就代入了。两个原本相爱的人，却被现实冲散，就像两条相交线，在唯一的交点之后，就在人生道路上渐行渐远。曾经亲密到幻想要共度一生的人，后来却连再次见面的理由都没有——这样的戏码,在生活中太常见了。我们都有错过的人,都能感同身受,所以《大话西游》显得如此珍贵。"

与其说是谈电影,倒不如说赵程是在谈自己。前妻给他下了离婚通牒后,他整日借酒浇愁,耳机里循环的就是电影的主题曲。前奏一起,那一句"从前现在过去了再不来"就狠狠戳中了心事。

他曾经不明白,为什么自己辛辛苦苦在外拼事业,换来的却是前妻下的离婚通牒。他也真的以为从此会永失所爱。可雨晴的出现,证明了那个"飘散在白云之外的人"并不是举足轻重的存在,她会随着白云永远飘走,而新的白云会飘来,每一天都有这样的更替。

"从前现在过去了再不来……"车里突然响起了歌声,赵程好奇是谁同他这样心有灵犀,转头发现是后座的超儿用手机放出音乐。两个同龄人在狭小的车厢里,伴着音乐,四目相对,那些对既往时光的追忆尽在眼底。

超儿这一代的音乐人是看着香港乐坛没落的。他还是个少年时,街头巷尾每家音像店都放着粤语歌,路过的小年轻们要是不能唱几句蹩脚的粤语就不能算是"时髦"。男孩们扯烂衣服、戴上蛤蟆镜假装自己是古惑仔,迈开腿就走出六亲不认的步伐,为此没少讨父辈们的打。

那时候的天比现在蓝,年轻人都向往着香港的灯红酒绿,也真诚地相信自己会有远大的未来。如今,那时沿街奔跑的年轻人早已老去,那个极好的港味时代被岁月的年轮层层碾过。

《大话西游》的结局中说,"你看那个人,好像一条狗"。曾经大闹天宫的猴王变成了人间的狗,收起了曾经的脾气,不再同命运做着无力抗争,只顾为生计奔波。这世间哪有双全的办法,大家只能被时代推着向前,能顾头不能顾尾。

超儿和赵程在歌里回顾着中年人的无力感时,旁边突然传来了老革命不合时宜的笑声。

"我先生带我看过这个电影,他还唱过这支歌给我表白嘞!"

"我们年轻人才看《大话西游》，难道您这岁数的人也看？"超儿觉得老革命一定是耳朵不好使，将这首歌听岔成了某支革命歌曲。

"怎么就兴你们唱，不兴我老太太唱，"老革命不满，"这歌不就是那什么……苦海，泛起爱恨。在世间，难逃避命运。相亲，竟不可接近，或我应该相信是缘分……"

老革命嗷了一嗓子，可把大家惊吓到了——是惊吓，不是惊喜。虽然唱的是《一生所爱》，但抑扬顿挫的普通话，让整首歌顿失原来的味道。

超儿忍不住嘲笑："您这算哪门子《一生所爱》。用普通话唱这歌，不觉别扭吗？"

"谁说别扭？我先生这样唱了可多年呢！"一谈起老伴，老革命就不允许别人说半个不好，"还记得那时候，我先生被外派去俄国，我去探望他。俄国的冬天冻得不行，我们躲在屋子里喝伏特加取暖。实在闷得不行了，我俩就上街找了家租碟的店。店里没什么中文电影，只在货架的角落里看到一部叫什么什么西游的，那时我们想这肯定讲的是师徒四人取西经的故事，就租下来了，却没想到是个剧情片。你们都说那个片儿搞笑，但是我觉得吧，还挺有哲理的。"

"那你还记不记得，电影里紫霞说'我的意中人是个盖世大英雄，有一天他会踏着七彩云霞来娶我'……"雨晴跟随着老革命回忆起电影里的台词。

"我是不是那个盖世大英雄？"赵程接着雨晴的话，半开玩笑地问。

"你知不知道这句台词后面跟着的是什么？"雨晴没有正面回答这个问题，压低声音继续说道，"最后紫霞说，我猜中了开头，却猜不中这结局……"

这当然不是在说赵程。在这件事上两个人完全公平。听到这首歌，赵程想到的是前妻，雨晴想到的也是另一个人。

17岁的吴雨晴还是个鼻梁上架着厚厚眼镜片的女孩，丢在人群里丝毫不起眼，只有邻居家男孩偶尔会夸她："其实你长得很好看，如果能把镜框脱下就更好看了。"

于是女孩信以为真地脱下镜框，到眼镜店买了第一副隐形眼镜。她不会戴，对着镜子摆弄了半天。女孩就这样带着通红的双眼去男孩家复习功课。其实她的成绩远比男孩好得多，与其说是复习不如说是辅导。

第一次戴隐形眼镜太令人难受了，女孩的眼睛不停地流着泪。复习到一半，男孩就坐不住了，提出一起看电影。在男孩家的台式老电脑上，两个人对着一方小小的屏幕看完了《大话西游》，女孩的眼泪掉个不停，男孩以为她是感动，其实只是隐形眼镜刺激的。

电影结束黑屏时，房间里突然漆黑一片，借着窗外的一点路灯光，男孩看着"哭泣"的女孩，轻轻吻了她一下。

"我们一起好好读书，将来一起去英国留学，然后定居在那儿，生一个漂亮的小孩。"女孩幻想着。

可是男孩叹气："可是你那么优秀，怎么考都是年级第一，我怎么也赶不上了……"

本来这只是男孩女孩之间的玩笑话，谁知道几年后成了真。那时候，女孩在英国念书，突然收到男孩发来的短信："你不用再等我了，我不会再复读了。你不用再逼我，我也不用再为配不上你患得患失。未来你做你的精英，我就做我的平凡人。"

当晚，女孩在英国的小宿舍里再一次打开许久未看的《大话西游》反复重播。看到第 3 遍时，在至尊宝拥吻紫霞的瞬间，伴着再度响起的《一生所爱》，她终于按捺不住自己的心情，即刻收拾行囊飞往香港。

旺角街头，男孩为了保护身边人，将她拽到街角隐蔽处摊牌："我知道你够坚强，能接受这一切。但是她不可以，她和我一样是一个会恐惧、没有安全感的普通人。"

"我是在这里打零工的时候遇到她的，我考了这么多年都没能考上英国的学校，她也在会考里落榜了。如果说和她在一起同和你在一起有什么区别的话，那就是我们一起打工、一起租小房子就觉得很幸福，但如果把那样的生活给你，你会嫌我不够上进，没办法给你更好的生活。和你相处的时候，你可能觉得我给你的还不够多，但其实我已经用尽全力了……我们本质上是不同的人，你注定是要越飞越远的，而我能力有限，你让我再往高飞，我会累。"

之所以说老歌独具韵味，正是因为每个时代、每个人对它都有不同的体会。

就像张学友曾经唱过的那首《她来听我的演唱会》，即便是同一个人，在不同阶段听到同一首歌都会有不同的感触。这歌声和影像让面前的黄沙具有了特殊的意义。

只有大鹏他脸上依然是轻松的神情。他正在和艾索视频聊天，谈起这首歌的典故。

"等我到了巴黎，也要把这首歌送给你，它叫《一生所爱》，是中国一部著名电影的插曲。这部电影的男主角说过一句很经典的话……"大鹏对着镜头模仿着周星驰的声音，"曾经有一份真挚的爱情摆在我面前，我没有珍惜，直到失去的时候我才后悔莫及，人世间最痛苦的事莫过于此。如果上天能够给我一个再来一次的机会，我会对那个女孩说我爱你！如果要我给这三个字加上一个期限，我希望是——一万年！"

艾索最近一直在为和大鹏的见面努力学习中文，她拿着纸笔记下了这段文字，边记边提出了疑问："那男主角为什么不早一点说呢？"

大鹏顺势表白："因为他不像我们这样勇敢。我想要去巴黎，就是为了和你说这三个字。"

就像苏达说的，大鹏总能保持轻松的状态，哪怕别人再嘲笑他的理想化，他都不改对"天长地久"的期待。

同一首歌给不同的人不同的记忆，有人悲有人喜，但这首歌对于他们，都是某个时期留下的特别纪念。哪怕你十年前听一首歌笑得前仰后合，也可能在十年后听着同一首歌却陷入沉默，从一首歌里，你便知道时光、生活给了你什么。

望着眼前的滚滚黄沙，超儿信手写下了歌词：宫殿再华贵，不及面前黄沙。黄沙里埋下的记忆，人来人往的声浪，都是旅行中的风景。

## 第七章　孤独的战士

国内的行程就这样无惊无喜地进行着，大家循着导航开过了一个又一个休息站，但今天下午的路有点奇怪，导航指导大家循着一条直路往下开，进入了一条残损的山道。没开多久，又进入了一个两面夹山的村道——说是村道似乎也不太对，因为周围荒无人烟，只有几座无人居住的防风棚。

但车厢里却满布着兴奋的气息，因为大家马上要迎来第二个休息日了。

"我们现在是奔关口方向去吧，听说那附近有个号称全新疆最美的湖。"超儿和大鹏正仔细研究地图。

"还记得我和我老伴路过那湖时，它还是个小堰塞湖，现在不知道是大了还是小了。"老革命又开始怀想当年。

宋一潇还是心心念念要在大西北穿一回红裙子，这让苏达又发动了嘴炮功力："到时候你站湖边，红裙一穿，就是世界第十一大未解之谜，威尼斯红衣水怪……"

宋一潇正要回呛苏达，就感受到了一阵凶猛的刹车。等她回过神，只见前车拖着房车被卡在两山之间的拐弯处，进退不得。众人赶紧下车，环顾四周，前后寂寂，似乎是一条单行岔道。

"这条路太窄，我们干脆换一条路吧？"宋一潇觉得这是小事一桩，自信地打开手机软件查路线。可她突然脸色转白，将手机高频率晃动，四周改变着方位，"奇怪，这里怎么一点信号都没有？"

大家纷纷拿出自己的手机查看。果然，所有运营商都没有信号。众人这才意识到，车载导航也早已丢失信号，所以才一直指引众人向前走。现代人总在盲目地相信人工智能，却忽略了再厉害的人工智能也有先决条件。

拖挂式房车无动力，厢体大，路又窄，用 SUV 直接拖行过弯道有危险。但赵程担心前后有车驶来，当务之急就是要把房车推过弯道。本以为三个男子汉推一辆房车轻而易举，没想到屡次尝试，厢体却纹丝不动。

"现在怎么办？"赵程搔了搔头。

"大家一起上呗，其他人可能力气小些，但人多力量大嘛。"在雨晴的召唤下，剩下几位女士也通通挽起袖子上阵，众人喊着"船夫号子"，终于一点一点地把车推过了弯道。

眼见天色渐暗，已经到了需要安营扎寨的时间，可车子就停在这前不着村后不着店的地方，前路漫漫，不知要往何处走。

宋一潇跑到邻近的山包上寻找信号，雨晴尝试启动了车上备用的联络设备。这要是在有信号的地方，不过触屏轻轻一点的事，可现在没了信号，众人第一次感受到了大自然的不可抗力。

宋一潇尝试了多个高地，无果。她忍不住感慨："以前我们都以为这些电子产品是万能的，谁能想到它们也有失效的一天……"

"是啊，我们都太迷信现代科技了。"苏达响应着她的感慨。

雨晴提出建议，让超儿带林青、老革命原地留守，她和赵程、一潇和苏达、大鹏和李教授组成三组人马前往不同方向寻路，每组带一部不受信号影响的指针手表，约定好在同一时间集合。

三组人欣然同意，对完表正准备走，老革命却气喘吁吁地跟了上来。

"慢着！慢着！"老革命急得直跳脚，"亏你们还是读书人，一点住在山里的经验都没有！这荒山野岭又不像城市里有横平竖直的路，咱既没有交通工具也没有对讲机，你们以为想出就出、想回就回啊？"

年轻人们面面相觑，还真没想到这个问题。那怎么办呢？众人犯难。老革命四周看了一圈，目光落在了车上，马上想出了办法："我让超儿每隔五分钟长按一次车喇叭，你们听到喇叭声就能知道车的大概方位，凭着声音应该能够找回来。"

"姜还是老的辣"的道理，这会儿众人彻底明白了。

山路离奇，宋一潇感觉自己走了许久，可身边还是连片的荒地。她大学时去山区支教过，沾沾自喜地以为自己见识过国内最荒凉的地方。那些地方人烟虽少，但也有人烧柴火做饭，逢年过节会有路过的货郎带来一些生活必需品，甚至还能收看几个频道的有线电视。但这个误入的山地改变了她对"荒凉"二字的理解。

"国内怎么还会有这么荒芜的地方？"宋一潇说着一拍手臂，翻开手掌却看见一摊新鲜的血渍，还有一只大花蚊子的尸体。这可把土生土长的北京大妞吓得惊声尖叫，她还从没有看到过这么大尺寸的蚊子。

苏达往手指上啐了一口口水，伸手就要往宋一潇的手臂上抹。

"苏达你干什么！"宋一潇发出了比刚才发现蚊子更大的尖叫声，"你就这么抠吗？用口水消毒！"

眼见山里的蚊虫越来越多，苏达边走边脱下了衬衫上衣。

"你要干什么？在这里脱衣非要被这些虫子咬死不得！"宋一潇试图帮苏达扣上上衣纽扣。

苏达摆了摆手："我苏达什么都没有，就是爹妈赐给我这一身的皮糙肉厚，不像你们大京城里的小姑娘，个个身娇肉贵的。"

他把脱下来的衬衫披在了宋一潇身上："你又爱干净，碰不得这些口水啊，这山里的虫子不像咱们城市里，要是带了病菌，让你在路上生病怎么办？到时候你又要哭天抢地喊难受了。"

宋一潇刚觉得感动，一股男性特有的汗味扑面而来，把好不容易培养起的感动氛围全打散了。

"今天走的路多，有点汗味你就别嫌弃了，"苏达光着膀子走在前头，时不时回头看一潇有没有跟上，他还是和之前一样嘴硬，"你要是在路上生病了，我可没闲空照顾你。"

两人顺着车喇叭声回到房车时，其余两队人马也已归来，大家都一样空手而归，身上也都被不知名的蚊蚁咬出红肿的包块。

"你们这是少见多怪了，在我老家还有两个手指粗的小强，会飞的毒蛾子……"听着宋一潇绘声绘色描述着路遇的大花蚊子，身为福建人的大鹏，忍不住展示了自己在这方面的见多识广。

"闭嘴！"宋一潇正在给苏达被咬伤的上半身上药，一声呵斥粗暴制止了大鹏的描述，她的脑子里已经浮现出恶心的画面。

尽管李教授的药箱里有防蚊蚁的药，但那是用来对付城市里花拳绣腿的小虫小蚁的。这野生环境里成长起来的蚊蚁百毒不侵，加上平日鲜有人到访，突然来了这么多人，虫子都铆足劲地咬，药水毫无用处。幸好老革命在附近的山包里摘了些草药，捣烂了给大家敷上，红肿才稍退了些。

老革命感慨："你们这帮年轻人啊，少了手机、少了网络就好像活不下去似的，是应该多出来旅行旅行，看看生活该是什么样子。想当年，我和我先生没有这些东西不也过得好好的。我们在下乡的棚子里睡着，蚊子臭虫乱飞，后来他怕我被咬得难受，就向村支书学了一招，摘来这些驱蚊草，编了个竹笼子兜上，送我戴着。大夏天可以一睡到天亮……"

"完了完了，到了我和艾索的聊天时间了，她一定以为我放她鸽子了……"老革命的忆苦思甜还未完，就被大鹏的一声哀号打断了。

看到大鹏贼心不死地四处寻找着信号，苏达忍不住对身边的赵程调侃："有的人没了信号就没了工作，像大鹏这样，没了信号就没了女朋友。你看现代人对科技有多依赖！"

这话点醒了赵程，他意识到，今天几次刷新视频点击量却没变化，现在看来，或许是信号问题。

正当大家一筹莫展时，一束强烈的手电筒光射来。

"谁在那里？"雨晴勉强睁开眼，只见声音和光源都来自不远处一个穿着迷彩服的女人。

众人像看到救星，也不管对方是谁，手舞足蹈地打起招呼。女人没循着路人踩出的平路走，而是手脚并用地踩着一堆乱石爬上了路面。显然，她是个熟悉地形的当地人，这样的山路对她来说不难对付。

来人的袖口和裤角都紧紧扎起，脸上包裹着防蚊帽，全身遮盖得严丝合缝，虽个头娇小，但语气却十分警惕："同志您好，请出示一下您的证件。"

大伙虽然不解，却也乖乖拿出了各自的身份证件。多话的宋一潇还见缝插针地把众人迷路的前因后果详述了一遍。

"原来是这样啊，难怪刚才我听到一直有人在附近按车喇叭，这才下来看一看……"包裹严实的女人将证件细细核对了一遍，脱下了防蚊帽。帽下是一张西北妇女特有的黝黑面庞。脸上晒斑密布，两颊微红，眼角的纹路比老革命还要深一些。

"这条山路早就弃用了，离你们要去的关口还有一段距离。"女人为刚才不太礼貌的举动做了解释，"你们现在站的地方已经接近中国和哈萨克斯坦边界，再加上你们莫名其妙地鸣喇叭，我才要查看证件确定你们不是临界人员。"

"你能带我们去一个有信号的地方吗，我们想要导航一下去关口的路。"雨晴试探地问。

"信号？我们这一带还没有信号呢……"女人诚实地作答。

"那你们平时出门怎么办？"宋一潇觉得有些不可思议。

女人忍不住笑出声来，一口大白牙在夜色中格外抢眼："这条20多公里的国境线，我每年要来回几千次，还怕记不得路吗？"

没有信号，关口又离得远，众人一下子也手足无措。女人看到夜色降临，豪爽地邀约："看这天怕是要落雨。就算不落雨，山里天黑了也不好走。不妨去我家住一晚，等白天让老杨带你们去关口。"

众人连连道谢，跟着女人下了山。

"幸好遇见了你，"一路上，宋一潇难掩一脸的兴奋，"刚才我们在附近找了很久都没有人。"

女人一听笑起来，笑声高亢，一听就是久居山中的人："你们当然找不到人了，这里方圆20多公里就我们一户。在遇上你们之前，我已经有半年没见过老杨以外的人了。"

"半年没见过陌生人？"宋一潇觉得这件事情超出了她的想象，但她还有很多疑惑，"谁是老杨？你们为什么不搬去其他地方住？"

"我们可搬不了。老杨是我丈夫，他 18 岁就来这儿守哨了，这地方我们守了 30 年了，一天都走不了。"

女人指了指远处的山说："你看到没？那就是阿尔泰山，别看它现在乖咧，这阵子正赶上雪化，指不定哪一天就把堤坝冲毁了，把界河冲改道了，按国际惯例，咱的土地就归人家了。老杨总说，咱留在这，就是为了不让自己的土地归别人。国家叫咱守，咱就得守好啰！"

能让国家放心地将一片土地交给他，这个人到底有多了不起？宋一潇脑海里浮现出了一个施瓦辛格似的型男，在危难之时从天而降，露出健美结实的肌肉。

未开垦的土路难行，众人走得跟跟跄跄，终于在女人的带领下，来到一栋白色平房。房前插着一根旗杆，杆上挂着一面有些老旧的五星红旗。

"老杨！有客人来！多备些菜！"女人朝着屋内喊了几声。这么长时间的山居生活，让女人的嗓门颇具穿透力。

一个西北汉子从门边探出身子，看到突然造访的众人，局促地搓了几下手。宋一潇大失所望，他长得一点都不像拥军画报里一脸正气的军人，个子略微有些矮，乍一看，绝不会觉得这个人和"保家卫国"之类的大主题有什么关联。

进屋后，大家都被屋子的简单陈设震惊到了：屋里正中央悬挂着一个篓子，里面堆着些耐久的菜。偏房里摆着一张双人木板床，上面铺设了好看的碎花床单，尽管洗得有些发白却干净平整。屋里仅有两件家具，一个立柜、一个床头柜。床头柜上放着一部崭新的电话机。

女人从门后拿出几把小马扎，示意大家坐下。她确实像许久未同人说话了，难得遇到一群人，话匣子一打开就再也收不上。

"这部电话机是两年前装上的，可方便了！之前咱们这没信号，只有一部手摇电话可以用，秋天大风刮断线路，就只能让老杨骑十几公里的自行车去团部报信。更难的是冬天大雪封路的时候，老杨踩雪出门，十几公里路要走上好久。我在家里等着心焦，一怕他路上出什么事，二怕他消息没传到，耽误了大事。总之，嫁给了这么个人，就像嫁给了这条边防线。要是边防线不安稳，我们俩谁也睡不踏实……"女人得意地向大家介绍起屋里唯一的电器。

"就是，他们这些小年轻们都不知道过去的苦日子，每天就知道抱着一部手机，这儿点点那儿点点……"这艰苦的环境让老革命怀想起了之前的生活，"我年轻那时候，哪有什么电视啊手机啊，我和我先生唯一的乐趣就是听收音机。那时候收音机还是个高档货，和手表、自行车、缝纫机一起叫'三转一响'。我们那时候都是穷学生，穷得叮当响，哪能买得起？但他学的是物理，识得做这些东西，我们一起去从旧货市场淘了一部坏掉的日产老收音机，拆了它的核心零件，修修补补，居然真的造出了一个简易的收音机。"

"我俩每到周末就绕着老北京城根儿跑，到处试台。春天时我们就去城郊的油菜花田里，爬上小坡试信号。夏天就去河边，他麻溜上树，我在树下吹凉风。自制的收音机不像那些商店里卖的只能听固定的频道，常常串线到其他波段，所以我们每一次打开收音机都充满着未知。有时候是英文的电台在播报世界的新闻，有时候是一首听不懂的外国歌曲，有时候是有人用家用的发射器产生的特殊频段。我们两个就依偎在一起，在同一时间听着同一个只有我们知道的频段，那种喜悦是只属于我们两个人的。"

"后来他就给我做了这个。"老革命说着打开了随身的布包，掏出一个四四方方的小金属盒子。这个小盒子显然常常被人摩挲，已经有些凸凹的痕迹，周身遍布着锈点，好像用手一摸就会沾上老金属的味道。

"刚开始在俄国留学的时候，我的俄语不好，听不懂当地收音机里的节目。人生地不熟，语言又不通，我们除了学习就是学习，没有任何娱乐的时间。有一天放学的时候，他突然约我出来，递给我这个他自己做的小收音机，叮嘱我晚上七点准时打开听。我满肚子怀疑，可还是照做了。到了晚上七点，它突然发出了滋啦滋啦的响声，我好紧张，生怕像电影里那样听到什么敌台的警报。但紧接着，小盒子里就传出了他的声音。原来他自己做了一个发射器，生成了只有这个收音机才能听到的频率。"

老革命边回忆边笑，一桌人轮流传看着小收音机。尽管现在它看起来已十分陈旧，但在老革命的故事里，它是那么的鲜活。它曾倾听过爱人间的小争执，更承载了爱人情到浓时的低语。

晚餐挺丰富的，两大盘青菜，一锅清粥，配上一盘跑山鸡肉。据老杨媳妇介绍，菜色好是因为众人时运佳，正赶上天气转暖时来，庄稼地里能种些菜，否则就只有冻土豆、冻萝卜吃。

"这一天过的……终于可以坐下来吃顿热饭了！"苏达第一时间上桌，眼珠子已经快掉到了菜里，恨不得马上就动筷子。

就在苏达垂涎欲滴的时候，门外响起了就餐号角声，随着老杨一声铿锵有力的"全体都有！稍——息——"，坐在苏达身边的老杨媳妇噌地站了起来。她这一站，让板凳头重脚轻，直接给苏达摔了一个结结实实的屁股墩。

众人原本不知所措，手忙脚乱地跟着站起来。但苏达的这一摔把原本严肃的氛围摔没了，人群哄笑起来，然而老杨丝毫不受影响，郑重其事地继续着口令："立——正——"滑稽氛围又降到了冰点，大家的笑被活生生地憋了回去。

"就两个人还搞什么上下级关系，直接开吃就得了呗！"超儿撇撇嘴，小声抱怨，他对夫妻之间还要遵循官阶差距颇有微词。

"就是嘛，来吃个饭，还整得和军训似的，再好的菜吃起来也不香了。"宋一潇小声应和。

宋一潇的话唤起了大鹏的回忆，他回想起学生时代的惨痛经历："被你这么一说，这还真挺像军训的。我一直觉得军训的规则都太不是人了，你说把被子叠成豆腐块状有什么意义？被子不就是用来睡的？就算你今天叠出花了，明天睡醒不还是乱糟糟的？还有什么大半夜到操场集合，军号一吹几秒钟就要到现场……能做到这些的不可能是人，只能是神。"

苏达听出了大鹏的暗讽。刚摔了个屁股墩的他揉揉屁股，做了个总结："唉，这就是教条主义、照本宣科，不会想着变通。"

几个90后、一个热爱自由的80后，和老杨坐同一桌，中间却像是隔了一道迈不过的思想鸿沟。

既然受到了这样的盛情款待，大伙儿也不好意思白吃白喝。赵程摸黑回车里揣了几瓶好酒，又从车上带了点食物，想要送给老杨夫妇表示感谢。没想到老杨一看反而怒了："俺们军人有原则，不拿群众一针一线！"

"没有人会看见的，我们又不会说出去。"苏达好意劝说。

不劝还好，这一劝，老杨更急了："你这说的什么话！没人看见，俺也是军人！军人就得做军人的事！"

"你们喝，我不喝！"老杨正襟危坐，较劲似的往自己的酒杯里倒了一杯白开水，顺便还叮嘱旁桌的媳妇，"秀芳，你是军属，你也别动。"

别看老杨平时沉默，这会儿的嗓门比长官还大，犟起来谁也拗不过。还是赵程打了圆场："这酒先放到墙根，我们自己人喝。"

老杨这才消下气，站起来啪的给大家鞠了个躬，敬了个军礼："那请便！俺这里只有些清粥小菜，待客不周，大家吃好！喝好！玩好！！"

苏达觉得挺逗的，做久了军人，老杨逐字逐句都像放炮仗，结尾都自带感叹号。不过他也觉得老杨是在他们这群外人面前瞎比划，穷讲究。又不是真的行军作战，每天这样条条框框地活着有什么意义？

宋一潇正翻着桌上的《边情日志》，扉页上写着一行小字"守住了界河，就守住了国土"，之后每页的记录内容大同小异，观察河水、检查河堤、巡边护林……

"听你老婆说，你18岁就来这里守哨了？"年纪大一些的赵程比起这群年轻人，更能和老杨聊得来。他端起酒杯，和老杨倒满凉白开的酒杯碰了碰，感谢对方的收留。

"可不是嘛，俺总对秀芳说，俺和这个地方有缘。"老杨大着嗓门，像是把赵程当成长官似的报告，"俺18岁当兵时，这里的雪山融化把界河改了道，老子可花了10多天的时间才把这儿抢修好，保住了这块地！后来部队说要在这里建哨所，俺想这地方不能再丢了，就申请留了下来。"

《边情日志》才翻上几页，宋一潇就有些烦了。一想到这样日复一日的枯燥日子，有人一过就是30年，1万多天，她更觉得难以想象。

"不瞒你说，刚开始每天看河水、看林子、种点庄稼、赶点牲畜还挺有趣的。但日子久了，才发现这鬼地方真不是人住的，一年有 140 多天刮 6 级以上的大风，冬天最冷时零下 40 多摄氏度，最要命的是每天都只能自己跟自己说话，差一点就要抑郁了……"突然另一桌传来了敞亮的笑声，秀芳正和李教授聊着同龄人的逗趣话题。老杨听着这豪放的笑声，眼神突然温柔了下来："幸亏后来秀芳来了，有人和俺唠嗑。俺倒是舒服了，但她不容易。你们城里来的小娃可能都不信，咱这里蚊虫多到能活活咬死鸡鸭。秀芳跟俺这么多年，人家姑娘夏天都穿裙子，她衣柜里一条裙子都没有。之前在县城看到一条红裙子挺好看，俺想给她买，她说反正买了也穿不上，不浪费这钱，硬是给拦下来了……"

"尽谈些没用的，穿不上有啥好买！"秀芳的耳朵灵得很，大嗓门远远传过来。宋一潇若有所思，向秀芳借了剪刀和红线，离开了哨所一会儿。

这顿饭让宋一潇看到了乏味的爱情，而雨晴却看到了不一样的东西。她坐的角度正好能透过窗子看到门外的五星红旗。酒泉那儿的五星红旗被屏幕反复转播，被千千万万人看见，可是这里的五星红旗寂寞得不为人知。但就算这么寂寞，秀芳还能和老杨在一起，说到底，应该是有着相同的生活追求吧。

雨晴心上突然浮现出了那个她爱了七年却无功而返的人。前段时间赵程尝试向她求婚的时候说："我们熬过了七年之痒，就代表着永远。"他不知道，自从和前任分手之后，雨晴就再也不信这样的话了。《霸王别姬》里有句话："说的是一辈子，差一年，一个月，一天，一个时辰，都不是一辈子。"——才短短七年，怎么能说是一辈子？

饭局行至一半，天上开始砸下豆大的雨点。老杨要去值夜班，披上迷彩外套就跨进夜幕里。饭局早早散了，走山路的疲惫让一行人早早睡下。

次日清晨，苏达先是被持续不断的军号声吵醒，想翻身补个眠，又听到一阵刺耳的喇叭声。这荒山野岭，哪来的喇叭声？他顾不上换睡裤，穿着大花裤衩就走出房车。

坡路上正停着四辆东风卡车，雨点砸在车厢的铁皮上发出清脆的声响。数十个身着军装的人聚集在车前，正将车上的物资一箱箱地扛进小白屋。仔细一看，他们的军装和老杨的还有些不同，胸前佩着飘带，肩章上配六角花儿。

正当苏达试图让睡意蒙眬的大脑清醒地理解眼前发生的一切时，宋一潇从卡车边一脸丧气地走来，后面跟着雨晴。苏达完全忘记自己只穿了一条花裤衩，大摇大摆地迎上去。

宋一潇嘟着嘴，一脸的愁云惨雾："他们是来这里慰问的文工团，我刚才看他们没伞遮，就把我们多出的备用伞带给他们……"

"被拒绝了？"苏达越来越觉得宋一潇可爱了，她看上去挺容易生气的，实际上和这个世界心无芥蒂，上一秒钟可能还气得嘟嘟囔囔，下一秒就能想到和解的方法。随着这一路上对一潇的了解越来越深入，苏达觉得自己捡到宝了。

见一潇丧着脸不回话，雨晴帮忙解释："他们说不能自己打伞，让战友淋雨，问了好几个人都是这么说。"

苏达一看，来的至少有二十号人。他感叹道："这老杨是真人不露相啊，这么多人专门来为他俩演出，怎么也是个师长级别的待遇……"

说曹操，曹操就到，老杨已整装在门口迎接了。他的军装熨烫过，比昨天平整许多，像要接见什么大人物。见到老杨来，领头的一位中年女团长喊了一声"全体集合"，分散在各处的绿军装们迅速聚拢到了一起，自然地形成了队形。

"报数！""1、2、3、4……"横队从右至左依次以短促洪亮的声音转头报数，整队的脚步声在山谷里回荡，速度之快出乎苏达的意料。只见排尾的小个子喊出了22的数字，接着发声汇报："满伍！"

苏达一行人站在山谷的一侧，撑着五彩斑斓的伞，而士兵们在山的另一端形成了一条绿色的直线。放眼望去，一座茫茫空山里，唯有这一行绿，一团彩，遥相呼应着。

老团长用标准的跑步姿势来到老杨对面，啪的一下立正，敬了一个军礼：

"新疆军区政治处文工团前来输送物资。虽然你们身处边陲，但祖国不会忘记你们。即便哨所面朝国外，但你们要永远记得，你们背后站着全体中国人！"

绿军装们开始有节奏地鼓掌，又在同一个时刻停止掌声，这种仪式感让在场的几个年轻人嗤之以鼻。

"我以为这个世界上最形式化的仪式就是我们的婚礼，没想到这部队的一套更了不得。"苏达忍不住评价。

山地上方突然响起的军号声打断了团长和老杨的物资交接仪式，老杨一下就听出这是正在值班的秀芳发出的讯号——界河有了新汛情。他顾不得许多，赶紧出发。团长也随即发号施令："跟上！"一队人马整齐地向界河奔去。

界河早已不是昨晚的安静模样，雪山融水挟裹着泥沙倾泻而下，还夹杂着上游的枯枝。正巧上游冲下了一棵枯树扎在堤坝上，为了保护堤坝，老杨只得划着自制的皮筏去挪开它。但风大水急，皮筏在洪水里直打圈。

"回来！回来！"苏达听到了一阵焦急的喊声，还没来得及确定声音的主人，就见一个娇小的黑影不管不顾地踩进洪流里，解开岸边的救生绳索抛了出去。

苏达稍稍回过神来，惊异地发现那娇小的黑影居然是林青！

他有些懵，一个普通人面对从未见过的险情，都会有本能的恐惧，何况是一个涉世未深的少女。他想不到什么理由能解释林青不符常理的反应，如果是个血气方刚的少年，苏达还可以理解为爱逞英雄，可这在林青身上是不可能发生的。

林青哪里是洪水猛兽的对手，这用力的一抛加上洪水的推力差点将她撂倒，幸亏那位文工团团长冲在最前面，在离林青最近的地方伸手拽了一把，才使她免于被卷入水中。

在团长的发号施令下，文工团的年轻人手拉手连成一座"人桥"，迅速地完成了绳索的传递，让险情转危为安。

老杨脱险了，秀芳松了一口气。她担心城里的孩子耐不住，提出带林青到值班室洗个热水澡，并嘱咐雨晴去拿几件干衣服。

"今天可是要谢谢你，"厕所的门半隔着，秀芳将泡着热水的毛巾拧至半干,递给林青,"不过下次再遇到这种事,你也要顾着自己的安全,天塌下来有我们这些军人顶着……"

林青脸上的烟熏妆已经全被水冲化了,混杂着泥沙沾满脸颊。此刻的她更像一个普普通通的大学女生。她安静地擦洗着,神情肃然,像是在思考什么问题。随后,一件怪事发生了——她那一路上从没说过话的嘴微微颤抖,缓缓地吐出一句话:

"可是如果老杨伯伯走了,这个世界上就再也没有你爱的人了。留在这个没有朋友的地方,你不害怕吗?"

这一幕要是被自驾团的众人看到可能分分钟要尖叫,可秀芳是个陌生人,自然不会想太多,只当这是个普通小女孩的好奇问话。她一面将炉上新烧的水倒进盆里,一面随口回应着:"我倒是真有害怕的时候。那时候我刚嫁给你老杨伯伯,有一次也是发大水,他被水冲出去四五公里,我就在河岸追了四五公里,一路跑一路哭,直到他被一棵歪脖树挂住,大难不死。那时候我抱着你老杨伯伯哭得可狠,心里想,我终于不用做寡妇了。可今天我一滴眼泪没流,你知道为什么吗?"

林青摇摇头,秀芳无比感慨地接着说:"老杨总说自己没出息,干不了什么大事,这辈子最大的愿望就是守好这条边防线。正因为我爱他,我得把眼泪擦了,不能让他担心。万一他撂下担子,我就接着,就算一个人,我也能把这关给他守住啰!"

秀芳打了个比方:"人活得要像棵树。你知道咱们这儿的树为什么再贫瘠都一样能长大吗?因为它有根。它长不下去的时候呀,就摸摸自己的根。人也一样,要活得有根,日子过不下去的时候,就摸摸自己的根。我和你老杨伯伯这辈子就铆足劲做一件事——守边防线,这就是我们的根。就算有时他不在身边,我一个人看着边防线,也觉得他在身边似的。"

厕所那边闻言沉默了,隔了一会儿又传来林青的声音。

"秀芳阿姨,你真勇敢。我小时候就很害怕一个人生活,就算是晚上一个人上厕所都觉得害怕。那时候我有一个很好的朋友,我怕黑的时候,她会先拉开灯等我。对了,她有一对很可爱的小虎牙,每次冲我笑的时候就会露出来。不过，后来我上了大学，她就越来越隐形了，最近就快要消失不见了。

"我现在每天都会在梦里看到她。确切地说，我也不知道这是不是梦。昨天晚上，我梦见她站在门口的旗杆下，可我怎么喊她，她都不理我。在梦里，她再没有露出过那对虎牙。"

刚烧开的水发出咕噜噜的气泡声，空气中有些氤氲，这些话秀芳听得模模糊糊，只觉得林青似乎在谈一个老朋友。

"嗨，那有什么奇怪，"秀芳的手忙得停不下来，"人家都说大城市里人来人往好不热闹，其实哪里不一样呢？就算是我们这样的穷乡僻壤也有来来往往的客人，就好像今天来的文工团。他们每年都来一拨新人，在这里住上几天就匆匆忙忙走了。咱谁也不认识谁，这辈子或许也只有这一面之缘，可是每年他们唱的歌、跳的舞，我和你老杨伯伯都记着，这不就够了吗？有时候我们还会把来往的人和发生的事手抄到工作记事里，一旦忘了，就重新拿出来看看。每看一次，就好像那人又活生生地站在咱眼前。"

林青的冲洗到了最后一步，她将盆里的水照头浇下去。

真的可以像秀芳阿姨说的这样，用回忆作为武器，去坦然面对离别的痛苦吗？她心里有疑，这盆水也浇不透。

林青从厕所里出来，正赶上雨晴拿来干衣服。当她拿下浴巾的瞬间，雨晴愣住了——这个刚成年的孩子，手腕、锁骨、背脊、腹部……全身上下都布满了不明形状的文身。

雨晴还来不及问，李教授已经夺门而入，看到林青毫发无损，边带她出门，边劈头盖脸地教训："你这孩子，人家是不想死，你是不想活，命都不要了？"不知道是不是一时恍惚，雨晴觉得李教授的语气虽然不近人情，眼里却是泪光点点。

雨晴帮着收拾炉子，顺便向秀芳提了一嘴："进门前我听见有人和你说话，还以为这屋里有人呢！"

"哦，还不就是刚刚那个小孩。"秀芳觉得这个问题很奇怪。

"不可能，"雨晴笑着否定了秀芳的回答，"你大概是听错了，那孩子根本就不会说话。"

"怎么可能是我听错了？她还和我对话来着呢……"秀芳的表情极其确定，她边说边把剩余的炭归置到屋后，留下雨晴满腹狐疑地站在原地。

秀芳的这句话仿佛一个引子，炸开了雨晴太多的疑问：如果林青会说话，为什么一路上都缄默无言？同行的李教授明明是个医生，为什么对这件事只字未提？林青身上大片的文身又是怎么来的？

不过雨晴的个性一向是"多一事不如少一事"，她相信每个人都拥有自己的秘密，也总有他们选择保守秘密的原因。她转身离开小屋，准备把这些疑惑都烂在肚子里。

尽管大雨给装台工作造成了困难，但文工团仍干得热火朝天，四辆军车屁股对屁股，迅速在这个荒凉的山头搭起了一个舞台框架。

好在天公作美，演出开场的时候，淅淅沥沥下了一天的雨，奇迹般地停了。在山地的正中央，四辆东风卡车拼成的舞台铺上了红地毯，挂上了颜色各异的气球、彩带。这个寂寂无人的边陲角落，即将迎来一年里最热闹的时刻。

灯光就位，22位表演者轮番上场，奉献了小品、杂技、独唱、合唱、新疆舞等一系列节目。这些节目实在不比手机上来得丰富，可在这个没有信号的地方，众人却看得津津有味。

但无论表演多精彩，观众席都只有寥寥的掌声。这画面在苏达等人看来十分诡异——台前台侧挤满了人，而宽敞的观众席只坐着两位观众。

下了一天的雨，湿滑的舞台对表演多少产生了点影响。影响最严重的要算是表演杂技软功的小姑娘，因为许多表演动作需要紧贴台面，一个节目下来，浑身已湿透。苏达感慨，换了演出服之后，才发现这群"绿军装"也是同龄人，有些甚至和林青差不多大。大家都把林青当小孩看，但文工团的孩子穿着军装踏入洪水时，大家却觉得理所当然。

"大概这就是军人吧，脱下军装可能是爱臭美的小女孩、爱打游戏的小男孩，但穿上这一身军装就只有军人一个标签。如果没有那些绝对服从的纪律，怎么能让人民群众安心呢？"经过早上的洪水事件，大鹏对这一帮"绣花枕头"的印象也有了改观。

演出完毕,灯光一盏一盏地熄了,最后只有一盏伶仃的小灯照着即将拆去的舞台。

老团长对着舞台敬了一个军礼,后面的士兵也一个一个举起了右手,齐刷刷地响起擦裤缝声。众人这才发现,老团长的眼眶通红,像是用尽力气般嘶吼着:"新疆军区政治处文工团慰问演出,圆满结束!"

文工团里有人开始伸手抹了一下眼角。老团长呵斥:"什么是军人?血可以流,眼泪不能掉!只要你今晚还穿着军装,就是个军人。军人就要有军人的样子!最后的收尾,我们也要收得漂亮!"

最后的收尾?众人都呆住了。刚刚的演出还犹在眼前,每个表演者都面带微笑、毫不懈怠,怎么一瞬间就变成"最后的收尾"了?

"虽然这次演出后,我们文工团就要正式解散了。但我们绝不能懈怠,要服务人民,站好最后一班岗!"老团长重申了一遍。听着她颤抖而坚定的声音,队伍里没有人再伸手去抹泪。

"你看这群孩子还这么小,部队就是他们的家啊。这下家都没了,孩子们上哪儿去?"老革命叹了一声,同样从军旅时代走过来,她是真心疼这群娃娃兵。

可这群娃娃兵比围观的众人更快平复好了心情,继续以行军般的速度拆着舞台。先是幕布落了,再是灯架拆了,然后是红地毯被卷起……灯火辉煌的舞台就这样一点一点地完成了它最后的谢幕。借助微弱的灯光,苏达看到每个人脸上都有泪痕,他们把最后的一次笑留给了这里,也把最后的一滴泪留给了这里。

"全体都有!"老团长的声音在夜风里控制不住地轻颤,"解——散——"

那夜,众人都没有睡好。天刚蒙蒙亮,苏达一行人带着行李准备上路时,文工团已经在旗杆前列队了。

"那咱得跟在军车后边下山了?"尽管早起困顿,苏达还是忍不住开了个玩笑,"没想到有一天咱能享受军车开路的待遇。"

宋一潇将行李箱里的红裙子叠好放在小白屋的桌上。这条裙子本来就是为美丽的大西北而准备的，她这一路没机会穿，现在送给秀芳，也算是完成了裙子的使命。刚开始秀芳坚持拒收，但宋一潇耍了点小心眼，她用借来的针线将裙子改小了，推说自己买小了穿不下，如果秀芳不收就只能浪费了。秀芳看了看，那裙子真的比宋一潇的身材小了一个码，只能再三道谢地收下了。

苏达一看，这不就是和自己心有灵犀吗？他得意地向众人炫耀："我昨天想咱也不能白吃白喝，偷偷拿了几瓶酒搁在墙根了……"

话还没有说完，小白屋前突然响起一声高亢嘹亮而绵长的军号，像是在对远山的倾诉。众人忙出门看，只见天边挂了一个圆盘似的红太阳，旗杆上的国旗正缓缓升起。

旗杆简陋，仅有一条粗麻绳连接着旗子，需要一人拖一人拽才能控制升降。老杨和秀芳一人一侧，高声清唱着国歌。

"起来！不愿做奴隶的人们！！"老杨唱得十分卖力，好像要把所有积攒的力量喊出来，和这漫天黄沙斗一斗。也是，这么多年，他何尝不是扎根在这里，和天斗、和恶劣的季节斗、和人的寂寞斗。

随着匀速升起的国旗，文工团在一旁列队唱和着国歌，生怕打搅到了这仅有二人的升旗仪式。

国歌完毕，便是整编的时间。

"报数！""1！""2！"

虽然只有两个人，但老杨眼睛里闪烁着坚定的光芒，他的腿脚早就不像年轻人那般利索了，但高挺着的胸脯仍和年轻时一样。

"集合完毕。感谢党和人民对我们的关心！这个哨所虽然只有两个人，但我们誓死保护哨所！坚决不辜负祖国和人民的希望！敬礼！"

老杨敬军礼的手微微颤抖，他看着眼前这些即将退伍的战友，想记住他们每一个人的脸。明天，他们就将重新上路，去书写自己的新故事。世界永远在向前，只有此刻，时间是静止的。

团长噙着泪花回了一个军礼，两个在一天前素未谋面的军人，带着军人之间的惺惺相惜，完成了今生第一次也是最后一次的告别。

有人说中国军人死心眼。他们确实死心眼，每个人都像螺丝钉似的站在自己的岗位上，即使再微小，也坚持到最后一刻。

分别的时刻总是要来，自驾团一行人准备驾车离开。文工团员们坐在军车的车斗上，再一次叠好演出服。不久之后，这些演出服就将结束它们的使命，熟悉的战友也要各奔东西。

"走咯！"团长就像一次平常的演出结束一样，但空气中流动着些心照不宣的离情别绪。

一列军车和两辆小车依序起步，缓缓驶离这个寂寞的哨所。深山中除了引擎发动的声音，再也听不到其他的响声。

突然，山间传来了一阵信天游似的歌声："送战友，踏征程，默默无语两眼泪，耳边响起驼铃声……"

自驾团的众人隔着车窗向外望，只见已经有一段距离的山头上，老杨和秀芳正保持着敬礼的姿态并排站着，看去就像两座屹立不倒的丰碑，他们高唱着军歌，声音在空旷的山头回荡。

"路漫漫，雾茫茫，革命生涯常分手，一样分别两样情……"老杨的调子起高了，与其说是唱歌，不如说是"喊嗓子"。歌声在半空中形成了回声，高亢得淋漓尽致。

前面的军车纷纷停了下来，文工队的众人在车斗上站起身。

老团长还想保持着最后一份体面，下令："走！"可车子发动不了了，就连开车的司机都望着窗外的这一幕眼泛泪光。

老团长看着一车的士兵，这些像她的孩子一样的亲人，每个人都抿着嘴角，强忍着眼泪，像是谨记着自己的话：咱当兵的人，只许流血，不许流泪。听着孩子们努力抑制的哽咽声，她终于忍不住轻声说道："哭吧！但记住，咱们当过兵的人，这辈子只能哭这一次。"

车上的女孩们开始互相搂抱安慰，也有男孩扯着嘶哑的嗓门唱和，歌者由老杨和秀芳两个人，变成三个人，四个人……最后变成了几十人嘶吼着的大合唱。

自驾团众人也将车停下。超儿打开车门，望向远方的两个小黑点和背后长长的军车队伍，不由跟着吼上了几句，却见有人将连接好设备的吉他递到他面前。他抬头一看，递吉他的是这一路跟着的小徒弟林青。小姑娘依旧保持着一贯的沉默，但从她停不下的抽噎里，超儿隐隐觉得她心里什么都清楚。

在超儿的伴奏声和文工团众人的歌声里，老杨的歌声仍能被轻易分辨出来。他唱的哪里是歌啊？分明是把歌声当成了声嘶力竭的呼号。

宋一潇感动得热泪盈眶，靠在苏达的肩头。苏达正想嘲笑她的感性，却觉得自己心头好像也被什么东西撞着，直冲向喉咙。那是什么呢？苏达自己都疑惑。

"战友啊战友，亲爱的弟兄，当心夜半北风寒，一路多保重……"

听到老杨唱到这一句，苏达终于明白了，这"弟兄"二字里藏着多少只有军人才懂的情谊。他曾以为只有一起上刀山下火海才有资格称兄道弟，可也有一种兄弟，没有性别年龄之分，他们素不相识，只因为同穿一身绿军装。

就在前一刻，苏达还觉得，不过只认识了一天，何必这么隆重地践行。可这一刻他懂了，这是两个老军人之间的惺惺相惜。团长在最后一轮演出后就要脱下这身陪伴多年的军装，而老杨要继续孤独地驻扎在这个荒山哨所，两个军人在这一面之缘后，将要迎来长达一生的离别，老杨是把这满腔不舍全都唱进了歌里。

苏达突然觉得有什么东西落下来烫了脸颊，伸手一摸，是两行热泪。

"以前我觉得军人离我特远，每个人都板板正正的，像流水线里加工出来的机器。可这次我见了老杨才知道，军人原来这么普通寻常。"苏达突然听到大鹏在感慨，他转过头，只见大鹏正录着视频向艾索解说着这一路的感受，一个大个子抹着眼泪，哭得像个小姑娘。

窗外的歌声如旧，强烈的离别愁绪随着歌声一点点地渗入每个人心里。在山顶高歌的老杨和两天前他们初见的老杨是那么不同，他吼得震天响，似乎要把整个心窝子都掏出来。

"以前我一直误解中国军人，觉得他们只知道叠豆腐块和踢正步。可这一刻我好像终于知道什么叫军人的凝聚力，穿上这身军装就好像有一种使命感，可以让一个普通人不再害怕孤独，也不再拥有恐惧。脱下军装，他们依然是一个个会为离别伤感的普通人……"大鹏对着视频那端的艾索说，同时也为自己以往的误解感到愧疚。

"傻孩子说傻话，军人才不怕被人误解，只要世上有一个战友在，他就不算孤独啊！"老革命凝视着窗外，从苏达的角度看，这个一向开朗的老太太浊黄的眼睛里此刻盈满了泪水，"你们这些年轻人，不知道歌里的'战友'两字有多重的含义。在战场上，那是并肩作战，是生死与共。下了战场，那就是互相理解和支撑。这看似是一次普普通通的告别，其实是军人之间最深刻的祝福。老团长会带着这份祝福离开她心爱的军营，而老杨也会被它支撑着度过漫长的守山时光。一切尽在歌中，又哪里是我们这些外人可以理解的……"林青没有表情地看着窗外，但那不是冷漠无情，因为苏达看见她的喉头不停地上下吞咽，手也紧紧地扣着李教授的手臂。

此刻山间的歌声仍未减弱，越来越多声音汇集在一起，组成最后一句震天动地的歌声。

"当心夜半北风寒，一路多保重，待到春风传佳讯，我们再相逢……"

四下茫茫，"孤独、离别、解散"这些听起来略带悲伤的词汇，此刻却显出了平静又震撼人心的力量。它们随着这一次不会再有重逢的离别，深深地刻在了自驾团众人的心里。

超儿拿出自己的旅途歌单，写下了新歌的一段：有人和寂寞交手，有人四处游走。人生这条相交线，交汇点后就是离别。但哪怕只一次，让我为你尽情唱。

旅行的意义在哪里呢？这群出发不久的人暂时未知。但他们知道，当自己再次看到中国地图、望着最西北端时，永远会记得，有两个人为了地图上一个忽略不计的小点付出了自己的一生。还有一群人，站好了他们的最后一班岗。

歌声中，四辆卡车带着两辆 SUV，在愈来愈烈的朝阳中渐行渐远，阳光已铺满了大地。

# 第八章　一夜成名

在老杨和秀芳给的指引下，车很快开到了关口，马上就要进入哈萨克斯坦境内。

说到出境，最兴奋的要数大鹏了，一方面是他之前没出过国，护照本空空如也。另一方面是——到了中国境外，有了成熟的房车营地，他终于不用倒马桶了。

要说这一路上，最憋屈的便是大鹏了。经过一段时间的适应和协商，盥洗设备都被雨晴贴上了严格的使用时间表。老人和孩子，即老革命、李教授和林青三人最先使用。习惯早睡早起的赵程、雨晴紧接着使用，之后四个夜猫子轮流使用。

四个夜猫子里，超儿、苏达都是北方汉子，几日一洗倒还有太平日子过，就是苦坏了大鹏这个365天都需要洗澡的南方人。在房车里洗澡，即使有水有电，有驻车燃油加热器，空间还是小，水压还是低。雨晴又是个略微洁癖的人，一洗就是大半个小时，众人隔三差五就能听见大鹏在厕所外哐哐敲门。

房车的污水直接排进黑水箱，就是厕所污水箱。水箱有容积限制，要定期外接排污管道。但国内房车营地并不完善，很多时候缺少直排系统。还能怎么办呢？只能找个公用卫生间，大家轮流倒水箱呗！

生活在城市里的大伙儿哪经历过这样的事，好不容易全体奔小康，住上楼房、用上抽水马桶，一转眼又"回到解放前"，像住回了平房，常常要出去倒马桶。

刚开始，雨晴实在无法面对这么肮脏的活儿，但这又和她遵循规则的性格相违，所以干脆不用房车内的厕所，每次都等到休息站停车时才使用公用卫生间。可人有三急，谁能长期忍耐住。后来还是赵程帮雨晴揽下了这活儿，解决了后顾之忧，被众人戏称是"为爱倒马桶"。

本来苏达要成为"为爱倒马桶"的第二人，但胜在宋一潇有贴身苦力大鹏承担这个脏活。只是苏达变本加厉，还让大鹏把自己的那一份也包了。这样一来，除了完全不听管教的林青，一行八人轮流倒马桶，其中三天都是大鹏，黑水箱上都差点要写上"大鹏特供"了。爱教训人的老革命看不下去了，直夸大鹏是个懂事孩子，骂苏达"好逸恶劳"。

可苏达有自己的一套歪理："从管理学理论来说，付给工资却没让劳动者尽其所能，是对劳动者的不尊重。你想啊，如果每个人都因为避免劳动者辛苦就不让他劳动，这个职业就会彻底消失。到时候单个劳动力的成本下降，工资就越来越低。所以现在让大鹏干活是为了促进劳动力循环……"

听着苏达的这一套"资本家剥削理论"，大鹏只能边冲洗马桶的球阀，边头也不抬地拆穿他："还不就是抠的吗？"

有苏达这个"老抠"在，大鹏这一路的路费赚起来可不太轻松。临到关口，他一想到自己终于能告别倒马桶，连脚步都轻快起来。

苏达这边的出境手续办得挺顺利，就是在例行检查打开后备箱时有些惊讶。

后备箱里整整齐齐地码着几箱压缩饼干和压缩午餐肉，苏达拿起来一看，每盒上都写着"××军需食品科研实验基地"，其中一个罐头上还附着字迹潦草的纸条——"咱这小地方没什么可送的，就拿些干粮给你们备着，兴许能用上。谢谢你们留下的酒，祝旅途顺利。"

苏达恍然大悟，忍不住感慨了一声："这老杨呐，还是改不了他军人的脾气……我以为自己好心给他送了几瓶酒，结果人家还了我们一车的干粮……"

"抱歉，赵先生，您这边申请的 ATA 单证只能用于两辆 SUV，拖挂式房车的手续有问题，必须补齐手续才能出境。"办出境手续的另一个窗口，海关人员礼貌客气地将无效的证件递回赵程手里。

"不可能的，办证的时候代理公司说，这个规格的房车出境是没有问题的。"赵程将办好手续的证明递给雨晴保管，自己皱了皱眉头，将手上的失效手续摊开放在办理台上。

"但是我这边看到您的证件确实是不符合规定的，建议您把手续补齐再来。"海关人员再一次翻看了手续，确定无法放行后，耐心解释着。

"再来？大姐，你开什么玩笑？"尽管对方说的是客套话，苏达仍觉得这个提议简直是看热闹不嫌事大，"我们开了一周多才开来，你现在要我们再开一周多开回去？"

"我们在哈萨克斯坦的房车营地都已经订好了，您能通融一下让我们过去吗？"硬的不行就来软的，超儿拿出口甜舌滑的功夫，对海关姑娘软磨硬泡。

"别去为难人家姑娘，她们也是按规矩办事，要是每个人都没有规矩，那可不就乱套了，"老革命安抚着眼前急躁的年轻人，转身对办手续的工作人员问道，"姑娘，请问我们还要补办什么手续？"

工作人员拿了一张白纸，在上面写了需要补的证件和办理地点，虽然解释得透彻，但全部都需要异地办理，一时半会儿根本没有办法完成。

"早知道就让我们来办了。"李教授今天穿了一件特累赘的棉麻民族风，热得一直在用手掌单手扇风。她一边高频率地擦着汗，一边在旁边絮絮叨叨："年轻人就是这样，顾头不顾尾，和我那帮学生一样……"

宋一潇本来就因为这事烦得不行，现在听李教授唠叨更烦，叽叽的小嘴忍不住还了回去："您当初什么也没做，现在倒在这儿骂人了，您不是成天分析这个人的心理、分析那个人的心理，这一切不该早在您的意料之内吗？您有能力倒是早接过去做啊？"

"消消气，你热不热？"苏达那个五官浓缩的小脑袋又恰到好处地挤到了宋一潇身边，宋一潇正沉浸在对李教授的不满情绪中，没时间搭理苏达。

苏达依旧厚脸皮地往宋一潇身边凑，像个太监似的伸出他那小爪，给宋一潇扇风，继续发问："那你渴不渴？"

"不渴，"念及苏达一片殷勤，宋一潇终于没好气地回了一句，"气都气干了。"

"不不不！你一定渴了！你一定猜不到你亲爱、可爱、敬爱的老公给你带来了啥。"苏达带着一脸憨笑，挑了挑小眉毛。

宋一潇这才注意到苏达的双手背在身后，像是藏着什么东西。宋一潇的脑海里浮现出了电影画面：女孩在独自等待，眼前突然出现了一杯热咖啡，顺着杯子向上看去，只见一个有着弯弯笑眼的俊朗少年……

虽然不知道他这丑葫芦里卖的什么药，但宋一潇竟然也有了一种充满期待的惊喜感。

"噔噔噔噔！"随着苏达自制的音效，背后的宝物闪亮登场，宋一潇一看，差点没气得背过气去——苏达掏出的是一个矿泉水瓶子，超市摆在货柜最前面常年打折一块钱一瓶的那种，标签还被撕掉了，像是马上就要进垃圾收购站的、裸露的塑料瓶子。

苏达拧开了瓶盖就往宋一潇嘴里怼。"这什么呀？苦死了！"宋一潇喝了一口，苦得睁不开眼。

"这可是我苏达家传的降温祛暑汤，滋阴补肾解毒消暑，价廉物美。我今天出门看了一眼天气预报，怕老婆大人热着了，特意给你带的。这些原料市面上可买不到，都是我精挑细选装成小袋从家里带来的。人家大鹏问我秘方，我都没说呢！"苏达信心满满，觉得宋一潇一定被他感动坏了。

宋一潇看着苏达拙劣的撩妹技巧，只能发挥女演员的自我修养，在他面前表演了一遍"当男朋友送你钻戒的时候"的偶像剧情。突然宋一潇想起了什么，终于找到机会将话题从凉茶上岔开："对了，说到大鹏，他去哪了？怎么没见到他？"

众人这才发现，从被告知手续出问题开始，就再也没有见到大鹏了。

"嗨！"大鹏边从远处走来，边挥手示意。全员都在，大家放下心来，继续讨论关于房车的出境问题。

"我刚刚打电话给我的几个朋友，他们都说，这个问题必须要回到北京才能解决，或者先在附近住下来，等他们问清楚还有什么其他的办法将房车托运出去。"赵程眉头紧锁，准备接着打下一通电话。

身边的雨晴也叹了一口气："我这边得到的答复也一样。"

大鹏仔细地打量了一圈每个人紧巴巴的脸，扑哧一声笑出来："原来还在担心这事，我早就搞定啦！"

众人还以为大鹏在说笑，因为这一路上大鹏不过是一个苦哈哈赚旅费的打工仔，管事儿从来没他的份。即便他看上去性子冲动，但大家在这么长时间的相处里都清楚，他只是嘴损，实际上是个佛系青年。

大鹏像是谈着一桩小事似的顺口解释："也没什么难的，我就是找了一家海关附近的货运公司，他们经常运输货物出入境。我们两辆前车可以先入境，就近逛一逛，买买东西，等下午公司的人过来做担保，我们直接提车就好了。"

众人的心里还有所怀疑，但大鹏不是超儿那样不靠谱的人，这话又说得信誓旦旦，眼下没有其他办法的众人只能相信他。

苏达总觉得有什么地方不对，可是又找不出问题所在。他跟在大鹏身后慢腾腾地挪了几步，突然反应到奇怪的地方在哪，赶紧快步追上大鹏。

"喂？你一个福建人，这里可是大西北。一个在西北角，一个在东南方，八竿子打不着，你怎么会认识这里的货运公司？"

大鹏傻笑着，下意识地用手摸了摸鼻子。苏达以前看过一部心理学的书，说男人鼻子下有海绵体，一摸就说明他说谎了。大鹏也确实给了一个特无力的解释："我就是正好有这么个亲戚……"

"要多熟的亲戚才能给你做这样的担保？"苏达怀疑地追问。

"你问那么多干什么？我做事情你还不放心啊！"

大鹏像是已经打好了腹稿，连福建腔的普通话都因为刻意准备，变得无比标准。苏达只遗憾李教授不在身边，否则就可以好好分析分析大鹏是不是在撒谎。

两辆 SUV 雄赳赳气昂昂地开进了哈萨克斯坦。这个神秘的中亚国家，是世界上最大的内陆国，丝绸之路上的驿站，也是自驾团走出国门的第一站。

众人满怀期待想要感受中亚城市美丽原始的自然景观和质朴淳厚的民族

风情，可是出境后的景致，却让大家有些失望——这里的公路和国内的并无二致，窗边的景色除了戈壁就是大片大片的荒地。

车子开了许久才缓缓驶入一个附近的小镇，大家决定先在此休息，等待提车。

车刚刚停稳在小镇比较繁华的中心商业街，沿街铺面的五光十色马上吸引了宋一潇，她迅速在街角买了一个冰淇淋。

"夏天还是吃冰淇淋最舒服，"宋一潇将冰淇淋举得老高，一脸渴望地向苏达垂询，"我们下一顿去吃别什巴尔马克怎么样？"

别什巴尔马克是哈萨克斯坦的国菜，至于这个复杂的名字则是音译，意为"五个指头"，意味着这道菜需要用手抓着来吃。做法是将大块的去骨羊肉或马肉熬成汤，然后在鲜美的汤中加入手擀面片或者土豆，面片筋道有嚼劲，汤头鲜味无穷。这可是宋一潇一直期待品尝的。

听着这番议论，苏达的心都在滴血。这些话在他耳朵里，无异于白花花的银子流失的声音。尤其是刚才在入境时用人民币兑换了戈坚，汇率比平时高了许多，他更觉得钱要用在刀刃上。

"别点太多，点太多了也吃不完。"苏达委婉地劝着宋一潇。

"怕什么嘛？不是有大鹏嘛，吃不完还可以让他帮忙吃啊！而且也是你说的，既然花钱雇佣他就要物尽其用。"宋一潇一点也没把苏达的话当一回事。

苏达没想到宋一潇反将了他一军，噎得一口气差点没咽下去："我这话可不是这样用的……"

"我的意思不是说不能花钱，是说该花的钱要花，不该花的咱可以省着，"苏达努力给自己打圆场，"你们女人花钱都是在交智商税。就好像这冰淇淋，你花钱买来了，吃完了就成天嚷嚷着要减肥，不是花钱买罪受是什么？再说这个连锁品牌的冰淇淋在北京就能吃到，几十块钱一个，又没有特色，何必跑这么大老远来这里用贵几倍的价格买，太不值得。"

"区别就是在北京的时候我不想吃，但此时此刻我想吃，"宋一潇是真的有些生气了，她没想到这个已经是她丈夫的男人，和她有着完全不一样的生活观念，"钱花得值不值得不是一个客观的事情，我觉得值得它就是值得的。"

其实宋一潇提出要吃"国菜"的要求确实有些强人所难了，这些天沿途的花费已经大大超出了苏达的预期。

但看着宋一潇雀跃的神情，苏达实在不想让她刚出国门就有遗憾。抱着能省则省的念头，他注册了几个穷游类 App，搜索"别什巴尔马克"，想看看有没有可用的优惠券。这时，他突然看到一个 App 在进行活动——为一家新开的店铺设计广告语，每日最佳者可以获得一张千元代金券。这下苏达来劲儿了，这可不就是为自己量身定做的活动吗？

一上午苏达都没说话，抓耳挠腮地写着广告语。宋一潇见他一直埋头在手机里写着什么，有些好奇，凑上去问："你在干什么？"

但她才刚靠近在侧面瞄了一眼，苏达就非常警惕地将手机遮住了。

"没……没什么啊！"苏达有点心虚。

抱着志在必得的心情，苏达编了一上午的广告语。想到第 101 条的时候，身为"点子王"的他终于也撑不住了。苏达捅了捅身边的大鹏寻求帮助，却没想到大鹏正和赵程研究着如何使用租来的境外 Wi-Fi。苏达又用力捅了一捅大鹏的手，大鹏敷衍地回了一句："是是是……"

突然大鹏的手机像是中了病毒一般，发出了接连不断的提示音。

"喂，你的艾索三天没见就这么想你？"苏达刚想调侃几句，耳边又有一阵相同的提示音疯狂地响起——来自赵程的手机。两部手机在连接上 Wi-Fi 的那一刻，同时涌入了无数的提示信息，速度太快，以至于一时间根本看不清楚内容。过了一会儿，提示信息涌入速度慢了，后台上显示出了数据"收到信息 1.1 万条"。

赵程这才明白，他给前妻打电话的次日，视频的问题就已经解决了，但他在哨所没信号，在关口又忙于解决房车的问题，现在终于有空连接上境外Wi-Fi 打开软件，才发现上次上传的短视频已经被推上了热门专栏。

赵程觉得自己理应打个电话表示一下对前妻的感谢，既然两人早已从夫妻退作朋友，以朋友身份来说，她就没有必须要帮自己的道理。他准备将手机切换到拨打页面时四周望了一眼，见雨晴正往他的方向走来，又将手机切换到其他页面。

"你看，微博热门上也有啊！"宋一潇刚刚连上 Wi-Fi，迫不及待地打开自己的微博，首页给她推送了一条今日的热门——"自驾横跨欧亚大陆，逃出城市去看星星，这个流浪歌手唱出了我们所有人的心声"。

宋一潇一直没有关注大鹏和赵程的作品，这一次终于认认真真地看了一遍。这一看，宋一潇知道了这个视频红起来的原因。

在大鹏的剪辑里，画面从钢筋城市的北京一转，到了路上的绿野、星辰，隔着屏幕仿佛能听到蝉鸣和蛙声，然后镜头瞄准了广袤的戈壁滩，眼界从逼仄到开阔，仿佛在城市里被榨干无数遍的灵魂，终于在这一刻释放。

这时正好音乐的高潮响起"这荒野上赤脚走了廿十载，孤身的人背囊无一物"。镜头清晰地拍出了超儿这个已近不惑之年的老男人眼角的皱纹，那一绺红发在风中直挺挺地立着，是他对岁月的无声宣战。而画面的右下角，是林青年轻的侧脸和颤动的睫毛。这是时光最好的比照。

而赵程的老媒体人作风，也让视频画面比一般的短视频更精美，转场也更专业。他在视频简介里尽述了自驾去巴黎的始末，最后一句话格外动人，"身为人生棋盘的弃子，带着最后一壶烈酒上路，横跨亚欧大陆，不究来路，亦不思归途。我们企图穿越自己的人生困惑和迷茫，至于尽头是什么，邀请你和我们一起见证。"

将视频标题输入微博搜索框，数以千计的微博大 V 转发了这个内容，下面聚集着网友们密密麻麻的评论。

"画面太震撼了，跟着你们的视频，好像我自己就走在旅行的路上。"

"我也是行囊空空、身无长物，也躲在这个城市里无处可去，真羡慕你们有一帮热血的朋友一起上路。"

"这个歌手我不认识，但就冲这首歌，我会去找他的其他歌来听。"

……

宋一潇逐条逐条念着评论，欣喜得好像自己也一夜成名似的："评论里还有人建议我们做直播，直播自驾去巴黎的整个过程……"

大鹏的收件箱已经被私信挤爆了，他和赵程正从各类粉丝的"表白信息"里筛出一些有用的内容，向大家征求意见。

"有音乐软件联系我们，问我们愿不愿意将版权卖给他们。"

"有做天使投资的公司，来问我们需不需要资金注入。"

"还有品牌想要在我们的下一个视频里做植入……"

翻到一条评论，大鹏像是看到新鲜段子一样发出鹅叫般的大笑。身边的赵程被这突如其来的笑声吓得一激灵，拿过大鹏的手机一看，严肃如赵程也忍不住笑出声来。

"什么事这么好笑？"宋一潇忍不住好奇。

"有人发来私信说想要合作，你猜他们品牌是做什么的……"大鹏笑到弯不起腰，"是洗发水！！他们说看上了超儿飘逸的红头发……"

超儿今早没戴红色假发，快谢顶的脑袋上飘着几缕倔强的头发，和视频里判若两人。说实话，他看视频的时候不觉得是在看自己，反而像是在看另外一个人。红头发就像是一个符号，将这个沉默的文艺中年与现在的世界连接在一起，脱了这顶红头发，他又回到自己的世界里。

众人都被这个天大的好消息弄得像打了鸡血，赵程尤甚。

这么多年来，雨晴从来没见他兴奋得像今天这样——他涨红了脸，像个手舞足蹈的大孩子般拿出手机，不停将视频的链接转发出去，连远房亲戚、旧同事都没有放过。以前他就算卖出了一部电视剧的版权，收视率飙高，成为全民话题，也不过是在朋友圈里发一个公文式的汇报。

但雨晴的第六感突然提醒她，或许那夜的烟味才是这一切的来源。赵程一直告诉她，自己和"小宝"联络，纯粹就是为了女儿。她不敢猜想，是什么样的话题，让他和前妻瞒着自己津津有味地讲了一夜。

雨晴还没来得及多想，宋一潇的手就已经挽了过来："我们现在马上去吃别什巴尔马克！"说完还不忘耀武扬威般地瞥了苏达一眼。

原来，短视频收到了丰厚的打赏，赵程和大鹏准备将它们拿出来作为中午的餐补，犒劳全体尝一尝难得的"国菜"。

这顿午饭，苏达吃得索然无味。他看着宋一潇得偿所愿的样子，只觉得满心遗憾——他努力过了，可最后帮她实现愿望的却不是自己。那股子自卑劲头突然又浮上他心头，他看着手机里的 101 条广告语，只觉得自己像个笑话。

一行人在小镇里闲逛，看见什么买什么，没过一会儿就大包小包、成果丰盛。到了约定的提车时间，大家一起回关口附近等待提车。

"喂，你这次到底靠不靠谱啊？"在关口等了半晌也没见到前来接应的人，苏达不免对大鹏的办事能力有些怀疑。在他看来，大鹏不过是个北京的打工小弟、宋一潇的"雇佣兵"，哪有这么通天的本领，能解决连赵程都解决不了的问题。

大鹏紧锁眉头联络着微信，忽然一抬头，咧嘴笑了："这不就来了吗？"

远处还真有一辆小车拖着他们的房车逐渐靠近。来人从车上下来，给大家做了个简短的自我介绍，说是大鹏家的亲戚，在附近开着一家海运公司，十分熟悉这条线路。

大鹏像是怕他多嘴一样将他带到车旁，和他说了一堆谁也听不懂的家乡话。福建方言自带密码锁，大家完全听不懂他们沟通了什么。

托运房车的价格昂贵，担保更是需要极大的信任。苏达本来就有怀疑，现在更是好奇，直勾勾地盯着来人。

"你也觉得奇怪对不对？"苏达又被突然出现在身后的李教授吓了一跳。经过大半天的舟车劳顿，她那身棉麻衫已经被勾了好几处线，脸上的粉更是扑簌簌地往下掉："我很好奇这人和大鹏是什么关系，从身体语言上看，他总是站在大鹏的侧边，并且做出了一种保护者的姿势，说话时会不由自主地点头，展示出恭敬的姿态，更像上下级之间的关系。"

"我和大鹏认识这么久，看这抠抠唆唆的小样儿也不可能是什么上层人士啊！"苏达小声嘟囔着，可心头的疑云久久未散。


取到房车后，大家恢复了队形。车子沿着公路向着阿拉木图飞奔而去。

在哈萨克斯坦，英语常常派不上用场。本来大家以为一路上要照顾的老革命，反而凭借一口流利的俄语成了自驾团的支柱，真是应了她最早说的那句话"等上了路，还不知道谁照顾谁呢"。

穿过大片的戈壁，众人眼前慢慢开始有了些生机，四周的景象也开始有了剧烈的变化。哈萨克斯坦多样化的地形像画卷一般展开在众人眼前。远处有高耸的雪山，即便天气已转热，但山上的积雪仍然未化，远远看去就像戴蕾丝花边帽的少女。在城市里久居的众人哪里看到过这么雄壮的景象，纷纷拿出相机隔着车窗拍照留念。

老革命不慌不忙地拿出随身的包裹，从里面抽出了一张彩色相片。坐在旁边的超儿瞄了一眼，立刻被照片上的画面惊呆了——一个全裸的女郎背对照片站着，露出丰腴的身体曲线。她张开双臂，仿佛是想要环抱面前白雪皑皑的高山，构图就像经典的文艺大片。

"哇……"超儿愣了半天才挤出一句话，"老革命，您老人家……这么大年纪还随身带着小黄卡？"

老革命也被他问得一愣，再一想才知道超儿误解她拿了宾馆门缝常塞入的小卡片，气得用厚重的大手掌拍了一下他的脑袋："刚来时我说你这个小伙子眼神不好，现在看还真是不好。你好好看清楚，这是年轻时候的我，照片是后来重新补色的。"

老革命的这一顿揍，把正在和艾索视频聊天的大鹏和坐在副驾座的宋一潇都吸引了来。众人看着照片上凹凸有致的腰肢、丰满的蜜桃臀，再看看面前这个大腹便便的老人家，怎么都对不上号。

大家瞠目结舌之际，宋一潇首先发出了惊呼："天哪，您年轻的时候这么开放吗？！"

"开放？不不不……"老革命有点腼腆地笑了，眯起了眼，像是在回味那一天的情景，"我们那个年代，男女之间处对象连拉拉小手都会害羞，结婚还需要组织批准。我和我先生虽然身处开放的外国，但骨子里还有着中国人的传统内敛。还记得那天，我们被派去俄罗斯附近做考察，正好路过一座无名的雪山。白雪茫茫的路上，我和他一前一后地走着，天气很好，山尖被阳光照得晶莹剔透。我远远看着，突然有了一种无比神圣的感觉。这让我想起了俄国小说中的一段话——爱情就像圣洁的冰雪覆盖上年轻的胴体。我看着身边的他,不知道哪来的冲动,想要褪了衣衫,把爱情留在这最圣洁的一刻……"

众人都听得入神了,没想到这位有点教条、总在教训年轻人的老太太有这么"拉风"的前尘往事。要不是有照片为证,大伙儿根本不敢相信。

视频那一端,艾索露出了好奇的眼神。她一脸震惊地听着这个在她眼里"不属于中国"的故事,可它又确确实实发生在中国,还发生在所有人都觉得情感缺失、闭塞死板的年代里。

老革命继续讲述着,仿佛这是一件昨天刚刚发生的事:"我知道这件事在当时的中国人看来可能太轻浮了,但雪山好像化解了所有杂念,让一切变得简单纯粹。我不敢看他,自己快步走到雪山下方,扒去了外套扔进雪里,天上飘着的小雪顷刻间就把我的外套盖住了。我脱得很慢,但奇怪的是我一点儿也不觉得冷,只觉得皮肤上掠过一阵阵清凉的风。褪下全部衣服后,我听到背后传来轻轻的踩雪声,咯吱——咯吱——我能感觉到有人正慢慢地靠近。与其说那脚步踩在地上,不如说是一步一步踩到了我心上。随着那脚步声的靠近,风声一点一点地消失了,他怦怦的心跳声却越来越强烈,他近了,他近了!我不止能听到他的心跳,还能听到自己的心跳。很多西洋爱情片里的画面在我脑海里逐渐清晰,我开始揣测他到底是先触到我的手、我的背还是别的什么地方。可过了一会儿,咯吱咯吱的踩雪声停了。我听到背后有微弱的响动便偷瞄了一眼,发现他把军大衣脱下叠好,放在了雪地上。我羞极了,又气又悔,以为他误解我轻浮放荡,却听见他在背后轻声说道'我把衣服放在后面,如果你觉得冷,可以披上'。踩雪声又响起了,可这回,踩雪声却渐行渐远。我正疑惑着,远处突然传来咔嚓的快门声,我转过身,只见他正举着当时最时兴的海鸥牌相机对我笑,眼神害羞但却真诚炙热。我心里有个声音开始不断重复地告诉我'就是他了'。"

宋一潇几乎要听得入迷了,她从未在别人嘴里听到过这么绵长隽永的爱情故事,看过的文艺电影里,也没有一个关于爱情的情节能如此有画面感。

这也颠覆了艾索在各种媒体上读到的、关于中国人不解风情的看法。她第一次意识到媒体给某一类人贴上标签是多么荒唐的一件事。

"有人说，当一个人离开这个世界时，脑子里会像走马灯般浮现出这一生最珍视最重要的画面。真要是到了那天，我相信脑子里就会像碟片一样重新播放那一天。"老革命看向远山，"我深深地记得那一刻，我的面前是带雪的群山，我的身后是我一生中的最爱。衣服一件一件地从我身上褪下，一件一件被埋进雪里，就好像我们的故事一样。"

"我想古人应该是和我们一样害怕死亡，所以才会创造出'最后一次走马灯'这样的传闻。成百上千年过去，人们没法在医疗上攻克这个难题，只能靠着故事来战胜死亡。所以我情愿相信这个传闻，这么多年来，我一直在等待那一天的到来，那时我在病榻上再重新把最珍贵的纪念日过一遍……"

老革命眼里泪光点点，仿佛已经看到了那一天的情景。没人注意到，一路上对老革命的故事全无兴趣的林青，此刻眼底也流露出难以名状的悲伤。

雪山反射的日光逐渐敛了下来，众人把房车驻扎在雪山下。经过中午的西餐洗礼，苏达决定和老革命一起包饺子，慰问一下自己的中国胃。

"一潇呢？"苏达正将调好的猪肉馅端出来，看见一潇不在，随口问了问。

"哦，她到车里去脱衣服了，"李教授回答道，"她说自己也要拍一张像老革命这样的照片，把最美好的身体留在最美的一刻。"

"什么？"苏达听了，脑子轰的一下炸了，"那怎么行？她可是我老婆！老革命最多只给她老公看，可我们这里有这么一大群人！"

虽然苏达自认不迂腐，但身为一个标准的东北男人，有些观念在他的脑海里早已经埋下了根：自己的老婆，哪能轮得上别人排队看！这会儿，他说什么也要把宋一潇拦下来。

"喂，看好戏去啊……"大鹏故意要闹一闹苏达，给赵程使了个眼色。赵程有些扭捏，觉得像占了便宜，大鹏引经据典地规劝，"古人都说了，食色，性也。我们一众凡人哪有那么多条条框框。"

"艺术就是视野的角度问题，看低了是生活，看高了就是艺术。你好歹也是做文化的人，就当看一场行为艺术呗？"超儿秒懂大鹏的用意，前来助攻。受不住超儿和大鹏两方夹击，赵程也随大流地去凑了个热闹。

"你们……"看着几个人故意扬长而去的背影,苏达放下肉馅,抽出一根擀面杖就准备追过去。李教授跟在苏达后面发表马后炮的分析:"按照黄道星座的理论,一潇是火象星座,喜欢凭借直觉做事,感情用事,随性自由,做事冲动不听人劝。而你是个土象星座,掌控欲强,总在现实的角度思考问题,你们在一起是谁也改变不了谁的……"

"哎,这群年轻人……"老革命看着他们离去的背影无限感慨,转身独自一人准备晚餐,却又忍不住唠叨了几句,"不过也好,趁年轻和朋友们留下点珍贵的记忆。未来因为工作原因、生活原因,朋友都疏远了。到了我这把年纪,和朋友见上一面都不知道是不是最后一面……"

"你也见过朋友的最后一面吗?"

老革命突然听见房车方向传来一声清脆干净的女声,可在自驾团待了这么久,她从来没有听到过这个声音。她以为自己耳背了,回过身去,却又听到那声音说了一句话。

"最后一面时她和你说了些什么?"

老革命这才循声望去,看到林青站在半开的房车门旁。她下意识地擦了擦自己的老花镜,以为看错了,但眼前人确实是林青。老革命惊讶道:"好闺女,原来你会说话?"

"我只是不想说话,并不是不会说话,"林青的嘴在动,但脸上依旧没有表情,"但这个秘密我只告诉您。"

老革命像老顽童似的做了个捂紧嘴巴的动作,片刻后放开,还像之前一样和蔼地对她笑着:"我可以帮你保守这个秘密,但你要告诉我,为什么你一路上都不说话。"

"我不想说话,是因为我不想交朋友。"林青咬着嘴唇回答。

"为什么?"

"朋友是世界上最可怕的东西。和朋友在一起的时光很快乐,全世界就好像只有我们两个人。可总有一天,世界上唯一和你有着同样记忆的人,会一句话也不说地把你们共同的记忆都带走,只留下你一个人孤零零地保守着那些记忆。"

老革命见惯大风大浪，对一个小姑娘能问出这样的问题也并不觉得奇怪。她放慢擀面的速度，给眼前的女孩讲了个陈年故事。

"你刚刚不是问我，我见朋友的最后一面说了什么吗？我最好的朋友在前年病逝了，我们打小就认识，她住巷头，我住巷尾，她喊我姐姐，我喊她妹妹。有一次见面时，我们谈了她在外地奋斗的儿子，谈了老家拆迁的巷子，甚至还谈到她家阳台上新开了一朵杜鹃花。这些内容听起来再寻常不过是不是？"老革命叹了一口气，"可那却是我们见过的最后一面了……"

林青帮着剁饺子馅，随着故事的进行，她剁馅的声音渐渐重了起来。一阵剁馅声里，她轻说着："其实先死掉的那个人比较幸福吧？她带走的全都是快乐的记忆，而活下来的人却要承担所有的痛苦。要是能选择，我宁愿做前者……"

老革命有些惊讶，怎么也没想到这话出自一个小女孩之口。她夸张地"呸呸呸"了几声，止住林青的话："我这一把老骨头，还天天盼着看明天的太阳，你这小闺女怎么盼着'死'呢？"见林青不回话，老革命真的像奶奶一样，将枯木般干瘪的手放在林青正在擀面的手上，"但是啊孩子，这并不是什么可怕的事，只要你把每一次见面都当成最后一次，用力地拥抱过，用力地告别过，那就足够了。"

林青仍然低着头，老革命听到了她低微的哽咽声："可是我没有，我来不及和她说再见……"老革命本想追问，却看到小姑娘的眼泪一颗一颗掉在刚擀好的面皮上，她不好再多问，伸手拍了拍小姑娘的背。一老一少，在笃笃的擀面杖声里沉默着。

面擀得差不多了，老革命让林青回房去，并向她保证："放心吧，秘密我会给你守住的。"

林青走了几步，临到房车面前时，转过身来对老革命轻声说了一句："你刚刚说的那个走马灯的传说我很喜欢，我好希望有一天能够见到她。可是我才19岁，离那天还有好久好久……"

"喂喂，宋一潇换好了……"房车的另一侧发生了一阵小骚动，因为紧闭的房车门突然开了一条缝。

"哪儿呢?"超儿试图挤到大鹏身后,奈何大鹏太高遮了视线,超儿一把将他的脑袋压了下来。随着行程进行,这个有点沉默的文艺大叔逐渐活泼起来。

结果,房车门嘎吱一声,走出了替宋一潇换衣服的雨晴。尽管扫兴,但大家估摸着宋一潇也快出现了,齐刷刷列队等着看好戏。其实大家哪是想看宋一潇,根本就是想看苏达的出糗。他刚才那么激动,这会儿一定气得要命。

房车门又开了,但这次只露出了一条细缝,通过这门缝,众人看到一块花浴巾,浴巾里露出两个完美的半球弧线。

"没想到宋一潇看上去挺干瘪的,实际上这么有料……"大伙儿没想到宋一潇真这么豁得出去,此刻反而有点不敢亲眼目睹这香艳画面。

车门的缝隙逐渐增大,夹缝里伸出一条半掩着浴巾的手臂。突然浴巾滑下,露出一整条完整的手臂。

正当大家还在期待着接下来的大尺度画面时,大鹏觉察到了一丝不对劲:"这手臂好像短了点、粗了点?"

话音未落,门口又伸出一条大腿。但这并不是幻想中细嫩纤细的大长腿,而是一条覆盖着粗腿毛的萝卜短腿。大伙儿这才意识到自己被戏弄了。

"苏达这小子蒙咱们呢!"被骗的三人一窝蜂地涌进房车,将穿着半拉子底裤裹着浴巾的苏达从房车里拖了出来。

"你小子可真能啊!"超儿看到浴巾下的两瓣光腚时乐得不行,原来这就是刚才他们看到的那两个"丰满的半球"。

"这不是出卖色相,博兄弟们一乐嘛!"苏达把花浴巾裹得越发紧实。但在场的几位兄弟怎么能放过他。在苏达激烈的挣扎中,大家把他身上的浴巾连拖带拽地薅了下来。

"别、别、别……"苏达的话还在嘴边,就穿着条底裤被"受骗三人组"四脚朝天地扛起来,赵程本来不想动手,但气氛太好,让他忍不住像重回学生时代一样加入了年轻人的行列。

大家将苏达横扛着在雪地上走。衣着整齐的宋一潇,此时正从房车下来,看见苏达的窘态乐得直拍手，一点儿也没有要上前帮忙的样子。她突然想到了个歪点子，跟雨晴耳语了几句，两个人一起冲上前去，挠起了苏达的胳肢窝和脚底板。

"我认……我认……我认栽了……"苏达被折腾得上气不接下气，像旧时涂脂抹粉的鸨母一样赔笑脸，"各位大爷，可饶了我，大不了……大不了我给大爷们跳个舞……"

大鹏给超儿使了个眼色，两人一齐放手，将苏达横躺着摔在地上。苏达倒是说话算话，顾不上摔成两半的屁股墩，一个人哼着印度歌，表演起了印度舞，短脖子一伸一缩，像是老鼠出洞。

"不够，再性感点。"一向严谨的赵程竟然也加入了嘲笑苏达的行列里。只见苏达将堆满脂肪的肚腩肉高频率地甩动起来，众人笑作一团。

旁边发出了咔嚓一声响，只见老革命拿着一架老式的胶卷相机拍下了这一幕。

这和几十年前的那一天多像啊！雪山依然如长不大的少女般屹立在那，但雪山前早已是新人换旧人。没有人永远年轻，但这个世界上总是有年轻的人。

看着这一幕，老革命突然莫名其妙地感慨了一句："老伴呐，我熬完了这几十年，总算等到这一代的年轻人都成了中流砥柱。离见到你的日子不远了吧？"

所有人都在笑着，李教授站在远处搂了一下林青的肩膀，林青毫无表情的面庞似乎与远处的喧闹嬉笑处于两个世界。

"你什么时候才能笑呢……"李教授依然保持着搂抱林青的动作，却被林青不满意地甩开了。

大闹一顿之后，晚上的饺子宴大伙吃得更香了，异国他乡的饺子味总是特别香醇，折腾了一天的中国胃终于在此刻得到了慰藉。

晚饭后，又到了投票选床位的时间。

"先说主卧，毫无疑问还是赵程和雨晴……"

主持的大鹏还没说完，雨晴就特别平静地插话："我和赵程占着主卧这么长时间了，我觉得对一潇和苏达不太公平，也是时候换一换了。我不介意和赵程分开睡。"

她刚说完，宋一潇就表达了自己的想法："可是一路上我都没有睡过帐篷，这一周我想试试睡帐篷的感觉。"她转头问苏达："你会同意的吧？"

两个女人的话，让现场的两个男人有些懵圈。雨晴的表现看似谦虚的礼让，但赵程知道，这通常是冷战的前兆，可是至于冷战为什么开始，他像之前的无数次冷战一样一头雾水——雨晴也不需要他明白，照做就可以。

苏达的心简直在滴血，尽管这一周多以来，他连宋一潇的手都很少碰到，但好歹每天早上睡醒，站在下铺往上看，还能看到那张熟悉的睡颜，还能幻想她是躺在自己身边安然睡去，现在连这个机会也没有了。可有什么办法呢，自己的老婆只能自己宠着，他咬紧牙关回了一句："当——然——没问题。"

就这样，主卧依然归雨晴和赵程。宋一潇则去睡帐篷，苏达为了离一潇更近一点，决定睡在车里。

四个人各怀心事，不欢而散。

洗漱完毕，赵程终于抽空到车外给前妻打了个电话表达了感谢。回到房里，他看到雨晴一个人在梳妆台前坐着，正往腿上涂抹润肤乳，保养得宜的细长小腿十分吸引人。这次赵程终于注意到了雨晴的新睡衣，法式睡裙紧紧包裹在她的身体上，衬托出姣好的曲线，和她以往黑白分明的穿衣风格完全不同。

赵程一手横揽过雨晴的脖子，又将头靠近她的肩膀："亲爱的，你今天这一身真的很美……"

可他怎么也没想到，雨晴别扭地将头拧到一侧，用手掩住了赵程准备亲吻的嘴："去洗干净，有烟味。"

赵程觉得疑惑，今晚他根本没有抽烟，哪来的烟味？可是雨晴不由分说地把他推出门。等他再回到主卧时，雨晴早已经睡熟，那么大一张床，她却贴着外侧边缘，有意避开他，在中间留出了偌大的空隙。

睡帐篷的宋一潇到了凌晨都没睡，她一直看着苏达那辆 SUV 里的灯光，那盏灯到了凌晨依然没有熄灭。

苏达去睡的时候对她说："你安心睡觉吧，我车里的灯会一直为你亮着，你要是起夜害怕，就顺着我的灯光走。"

其实上路这么久，她也不知道，这个愿意牺牲睡眠质量为自己点灯的男人，在自己心里占据着什么样的位置。她一直在回味今天在房车里那段不为人知的争执，那是她和苏达结婚以来的第一次吵架。

傍晚在雪山时，宋一潇开玩笑说要拍裸照，前脚刚进房车，后脚苏达就跟来了。他气势汹汹、夺门而入，看见一潇还没脱衣服，小眼睛里冒出点窃喜，随即用开玩笑掩盖自己的慌张："我就说你闹着玩的吧，他们还不信……"

这句话让宋一潇一愣，曾几何时，有一个她真真正正爱过的人也对她说过这句话："宋一潇，你要拍女权电影这件事是闹着玩的吧？谁会给你投资？那么多正经电影你不去拍，去做这种吃饱了撑着的事！"

其实，宋一潇本来只是想让雨晴帮她拍一张普通照片做纪念，拍裸照什么的只是她信口胡诌的。但苏达这么一闹，北京大妞的倔脾气也上来——你不让做，我就偏要！

她当即把外套脱下和苏达宣战："谁说我闹着玩的？我今天要把这张照片拍下来。"

"大庭广众之下脱衣服，总归是有点不正经吧……"苏达解释着中国男性的传统观念。

这句话将宋一潇拉回了曾经的噩梦里，那个男人也曾对她说过同样的话："宋一潇，你到现在还不明白吗？我说了这么多，只是想告诉你，我需要的是一个适合结婚的女人，而你不合适……"

宋一潇不知道自己这个时候是在和谁生气，是眼前的这个人，还是心里的那个人。只知道自己毫无逻辑、连珠炮似的臭骂着苏达："为什么没有人说男人在夏天光膀子就是不正经，而女人只要裙子稍微短一点，化妆稍微浓一点，哪怕她从来没有作奸犯科，也有人会指着她说'她是个婊子'。我就是要拍这张照片让全世界知道，女人有理由欣赏自己的身体，值得羞耻的不是女性，是认知错位的人。"

"所以你今天就是打定了主意，要脱光站在所有人面前？在我们东北，没有女人可以嫁人后还赤身裸体的……"

苏达的话还没有说完，宋一潇就将T恤衫也脱了，露出一件花边文胸："东北男人会打人就了不起啊？我是皇城根下长大的，还没有天王老子敢拦着老娘做事！"

两人就这样怪异地僵持着，房车的一角站着仅穿文胸的女孩，另一角是怒发冲冠的男孩，窗外是层叠的雪山。

宋一潇觉得今天的情景就像是旧事重演，而且挑的还是她人生里最不愿意回想起的那一段。

宋一潇甚至已经猜出了自己的下一句台词——"早知道你是这样的人，我当初就不会选择和你在一起。"

宋一潇的这句话已经到了嘴边，正在挑选时机爆发，却听到背后传来苏达的声音。

"既然你那么想拍，就拍一张吧！我不想你老了以后，和我在一起，想到这一天会觉得后悔。"

回忆的旧剧情里没有这句话，宋一潇有些诧异地转头看苏达，只见他尴尬地挠挠头，居然笑了："可能是我太冲动。你只知道你向我求婚而我答应了，却不知道在那之前我就很喜欢你，好几次托大鹏去了解你的联系方式，可这傻小子连僚机都做不好，问啥啥不知道……"

宋一潇被苏达的一通抱怨逗笑了，但苏达所说的"他在求婚之前就喜欢上了她"这件事，她今天是第一次听说。

"你笑了我就当做没事咯！"苏达用手捏了捏宋一潇的下巴，有些惭愧地承认，"我说这些不是要你感动，但是我想我喜欢你，所以我应该尊重你对吧？"

苏达的手机突然亮起来，通知消息里跳出一条："您的留言已入选，您将获得千元美食红包，祝您一路顺心！"

他看着亮起的屏幕，叹了一口气，将手机递给宋一潇："我知道你什么都有了。你出生皇城根下，拿着一张我们挤破头才能拿到的北京户口，在北京有自己的房子。老天爷还给了你挺好看的脸和身材，让你有资格挑选自己喜欢的事业……所以你当然不稀罕我这个穷光蛋。我写了101条广告语，只为请你吃顿饭……"看着那101条广告语，宋一潇觉得有些惭愧，她完全不知道苏达背地里因为她随口提起的一句话付出了这么多努力。

"虽然有时候我不能理解你那些随心所欲的念头，可只要你觉得开心，我都会尊重你的决定。人家不都说了，女人和男人来自不同星球。我的星球就是土了吧唧、坑坑洼洼的，偶然到了你的星球，我觉得很美、很精致，让我有种想要留下来的念头，可你能不能给我这个新移民一点适应的时间？不过哈，如果你要拍照片的话……"苏达又恢复了他的调皮劲，试图给自己转移话题，"西方的石膏像都是丰腴的女神，你这个要胸没胸、要屁股没屁股的，需不需要垫点啥？"

苏达随手操起桌上的水果递过去："这桃子怎么样？够不够？需不需要我帮忙买个西瓜？？"

"去你的！"宋一潇接过桃，往苏达怀里一扔，正中他的手。

宋一潇不再犟，所以就有了后面苏达裸体的一幕。这个北京大妞，是典型的吃软不吃硬。

借着满天星光，宋一潇打开微博。最新上传的雪山图片下有两条评论，其中一条的头像是一个Q版漫画，宋一潇一看就认出来，这是苏达第一天在她家过夜时候画的。

而另一条来自那个回忆的剧情里的男主角。他依然用那枚两个人都很熟悉的钻石戒指做头像，评论着："我们在一起的那些日子，很开心快乐不是吗？"

她心里浮现出那些浪漫时光，却又忍不住看了看远处苏达为她开着的灯。灯光正和哈萨克斯坦的满天星光交相辉映，虽然微茫却很有力量。

# 第九章　永远的自闭症

房车里的早晨，一切如常。

"这款面膜我可没用过，先在你脸上试试会不会过敏……"宋一潇一早又做起了她的美容 spa。

这一路上可让苏达长见识了，现在他终于知道，原来女人的世界里不仅有面膜还有眼膜、腿膜、颈膜……

不仅是苏达的丑脸蛋子，连他本来就短的脖子，宋一潇也恨不得要拔出来敷。这样一来，宋一潇越来越发现她从人堆里挑出的老公是多没进化完全的人类——面膜对他的大脸盘子来说太小，颈膜对他的脖子来说又太长。

苏达躺在沙发上，对于宋一潇的"面膜请求"，已经不再挣扎了。

他完全不知道敷面膜的乐趣在哪里，刚开始他以为宋一潇带了几片面膜，到后面发现是几盒，之后终于有一天，他打开车子的后备箱时，才发现原来是好几箱。但就像他在雪山下说的那样，哪怕宋一潇心里有一个"他暂时不能理解的星球"，他也在努力踏入。

以苏达的人生哲学来说，"面对人生的不可抗力，与其反抗不如接受"，宋一潇就是他人生里最大的不可抗力。

"哇！你们的房车真是漂亮啊，简直和视频里的一模一样！"

美容 spa 大会正开到一半，门外响起了陌生女人的声音，紧接着一个穿着吊带背心、皮肤晒得黝黑油亮的陌生女孩走进了房车。看着她轻车熟路的样子，大家面面相觑，不知该从哪里开始问起。

"屋里的摆设也很有艺术气息呀！"美女随意靠在雨晴码好的收纳箱上。不料箱子竟是移动的，雨晴的"小心"二字还没说出口，最上面的箱子就被挤掉在地上。

"Sorry 啊……"美女慌乱地捡起地上的收纳箱，紧随其后的超儿赶忙帮着收拾。超儿平日来吃早餐并不戴假发，今天却特意将假发打理整齐，一看就知道事有蹊跷。

苏达和大鹏将超儿拉到一边问："你把人带来的？"

超儿本来就不太爱说话，被这么抓着一问更是紧张，说话有些大舌头，一件事情颠来倒去也讲不明白。两人反复询问又整理一番后才理清了来龙去脉。

昨天众人驻扎在一个城镇边，超儿带着林青像往常那样上街卖唱。围观的人群来了又散，却有一个女孩一直驻足在不远的地方享受着音乐。她戴着墨镜、染着金发，一时间难以分辨是本地人还是外地人。

异国他乡的街头，知己难逢的喜悦让超儿弹唱得更加卖力。为了入乡随俗，他挑选的都是一些流行的英文曲目。

现在林青早已对布置和收拾卖唱器材得心应手，两人成了不错的拍档。见时间不早，二人开始准备收摊。

"Hi，我可以点一首歌吗？"正在收拾排线的超儿突然听到身后传来熟悉的中国话。转身一看，是刚才那个驻足许久的女孩。她脱下了墨镜，露出了一张典型的黄种人面庞。

"你说歌名吧，看看我会不会唱。"遇到同乡本就难得，加上女孩等了半天，超儿也没理由拒绝，把拔掉的排线重新插上。

"这歌还没有名字，但你一定会唱……"女孩给了个意外的答复。

既然是没有名字的歌，怎么确定就会唱呢？超儿虽然存疑，但还是让女孩哼上几句。女孩思忖一下，清了清嗓子："这荒野上赤脚走了廿十载，孤身的人背囊无一物……"

"什么！"超儿愣住了，虽然他早就知道这首歌在国内网站上爆火，可那时一行人已经走出国门，在外国街头依然是无名之辈，粉丝再多也不过是网络上一个跳动的数字。那些无形的数字，今天突然变成了一个活生生的人站在眼前，让超儿有一种很奇异的感觉。

"不行吗？"女孩担心地望着超儿，失望之情溢于言表。

"不是不行……只是我还从来没有在大庭广众下唱过这首歌，"超儿匆忙解释，其实他比女孩还要紧张，但他不愿让女孩失望，"我……试试吧！"

在异国他乡的街头，一个满头红发的中国男人唱着格格不入的中文歌，而唯一的听众大力地鼓着掌。世间难得一知己，大概就是这个况味。

唱到兴起之处，女孩主动挽起超儿的手，模仿着视频画面双双起舞。音乐是世界的通用语言，来来往往的本地人并不知道他们在唱什么，却也能感受到歌里的自由与浪漫，欢乐地加入了两人的行列。

女孩尤其兴奋，站在人群的第一排喊着超儿的名字："李超！李超！"当地人不明，以为这是中文里什么提升士气的词语，也跟着一起叫"cao！cao！"这读音听起来倒像中国的一句脏话，加上浩大的声势，竟然有了点打群架的架势。

超儿将歌唱了一遍又一遍，直到层层包围的人群逐渐散去，天色转暗。

超儿重新收拾排线，告别女孩准备回房车。可没走几步，就听到后面响起了窸窸窣窣的脚步声。

超儿回头，看到电话亭后露出几绺黄头发。见到被发现，女孩有些不好意思地从电话亭后走出来，问道："我可以去看看你们视频里的房车吗，几个人一起住应该很有趣吧？"

超儿没想到女孩会提出这样的不情之请，连忙以房车里人数太多，带她回去影响众人为理由拒绝了。

可是女孩怎么会错过这样绝佳的机会，对着超儿纠缠不放："我一直都在follow你的行程、追看你的短视频，拜托你！我已经在这里等了一整天了，我真的、真的、真的很想看一看偶像住过的房间，哪怕只看一眼都行！"

女孩激动得满脸通红，一脸追星少女见到偶像的表情："我也是国内的旅拍达人，看完视频后特别崇拜你，所以追随你到了哈萨克斯坦，可是没想到真的能够见到你。我特别为你感到不平，那么多人唱口水歌都能够爆红，你这么有才华应该更受人瞩目才对……"

女孩一顿彩虹屁拍下来，超儿都要不知南北了。在他这将近40年的人生里，还没有其他女孩给过他这样的鼓励。

不过细想一下，刚开始唱歌的几年还是有的。那几年他在不入流的地下酒吧唱歌，女朋友在一家培训机构教小朋友弹钢琴，下课了就煲汤送到酒吧里，然后坐在台下做超儿最忠实的听众，直到凌晨才不得已回出租屋里昏昏沉沉睡下。那些日子，两个人琴瑟和鸣，倒有些笑傲江湖的意思。

可渐渐地，女朋友越来越频繁地谈到了未来。

"我倒是愿意有情饮水饱，可是万一我们有了孩子怎么办呢？我们现在交租押1付3都还要讲价，就连学区房的一个厕所都买不起。做父母的都想把最好的给孩子，但我们的孩子一出生就注定站在一条远落后于别人的起跑线上。我们做父母的这么不努力，未来怎么有脸让孩子努力……"

"为什么要想那么长远？我们现在在一起不是很开心吗？我们不是还有未完成的音乐梦想吗？"超儿觉得很困惑，在他眼里爱情仅仅是爱情而已。

尽管不理解，超儿也努力尝试做一个靠谱的普通人。他曾经尝试和兄弟们跟票投资酒吧，但天生不是做生意的料子，几年积蓄全赔进去了不算，还欠了一屁股债。

他想再去地下酒吧唱歌，可那里几经整顿，新人换旧人，他的老风格已经不受年轻人的欢迎。圈子里那些发达了的兄弟都在酒局上议论他，说他"人是有才，却是无财"。

女朋友犹豫了很久，留下一封信走了，信上压着他们一起生活了4年的出租屋钥匙。

后来超儿也试着交往过各种类型的女生，大部分都在最后选择了宁可在宝马车里哭，也不愿意和他一起坐着破摩托没心没肺地笑。他曾经到过一位前任的婚礼现场，前任搂着一个"扔到人群里激不起一个水花"的老实男人笑着。他记得那女孩喜欢和他聊西贝流士的《库莱尔沃》，但那男人五音不全，连五线谱都认不全，令超儿觉得难以置信。

超儿太怕女孩谈未来了，为了逃避这件事，一旦女孩谈起未来，他就像个懦夫一样逃出感情战局。他也知道这是懦弱，干脆挂了一个名号，说自己"不定性"，成为处处留情的渣男总比成为一事无成的懦夫好听一点。

女孩见超儿愣了许久，以为他不相信自己的粉丝身份，于是打开了自己手机上的视频 App："我没骗你，你看我每天都给你的视频点赞、转发、评论三连击，每天都在你们的话题版面签到，还是平台默认的功勋粉丝……"

超儿有些飘飘然了，他这一路就是为了找寻一个能理解他、又不需要考虑未来的 soulmate（灵魂伴侣），尽管和他在一起的女孩们最后都会因为宝马车离去，但现在一起在异国他乡的广阔大地上飙一飙破摩托倒也不错。

角落里，超儿对着苏达回忆着，那边大厅已经响起了阵阵笑声——女孩游刃有余，已经和众人打成一片。

"你就是帐篷投票视频里的漂亮姐姐吧？弹幕里好多人夸你好看！"雨晴被女孩夸得有些不好意思，作为一个重度收纳狂，她觉得刚才被推倒收纳箱好像也没有太大关系。

把雨晴的毛撸顺之后，女孩把夸奖的炮火对准了宋一潇。

"帐篷投票视频一播出好多人骂你，但我觉得你特别有想法，会替我们所有女性发声。我觉得我们女性就是要有反抗精神……"女孩的表述铿锵有力，正中一潇的下怀。

"你也这样觉得？"宋一潇像是找到了同类，对这个"侵入者"的敌意已经消失殆尽。女孩认真地点头，对一潇竖起拇指："你要是自己开一个频道，一定能比现在更火！"

就连路过的李教授，女孩也不放过。她真诚地夸奖着："不是我不尊重啊，我对着你都叫不出阿姨两个字，看你这个体型和皮肤，最多只有 30 岁。"

……

女孩夸得特别诚恳，言之有物，基本可以写一本花式夸人的教科书了。

事实证明，人们总是对真诚的夸奖毫无抵抗力，在这点上童叟无异，性别无异。

赵程倒是耐夸，没在女孩的"嘴甜攻势"里败下阵来，但他第一次见到活生生的粉丝，不免要拉着人家问问自媒体的发展建议。

"你们现在的播放量没办法持续走高，关键是没找到一个持续发展的模式。你们的低产出状况不符合现在的自媒体生态，虽然单纯看每个视频都很精美，但每一个短视频的发布日期都隔了好几天，丧失了那种隔着屏幕的陪伴感和同步感……"

女孩还真是个"老粉"，像电影拉片似的逐个点开视频给赵程分析。

分析完一阵后，她总结出自己的建议："你们不妨尝试一下直播和短视频结合的模式。用短视频营造高级感，直播满足陪伴感，两者相辅相成……"

女孩说得头头是道，还顺势给赵程普及了些新知识，例如"怎么打榜""如何增加权重"，搞得赵程只有点头的份儿。

经过这一站，众人可算是明白为什么有那么多人挤破头想要做明星——人生第一次拥有粉丝的体验还真不赖嘛！

众人一路谈笑风生地把女孩送到了市区，女孩下车时再三表示会继续关注账号的发展，双方挥手告别后各自上路。

车子转眼间就到达了阿拉木图，被日光笼罩的阿拉木图，遍地都是扁平化的苏联式灰色格调建筑，透露着一种朴素的安宁。出国门后的前半段行程由大鹏设计，众人在远离市区的房车营地驻扎下，准备稍后去游览著名的哈萨克斯坦中央博物馆。

阿拉木图是古丝绸之路的必经之所，《汉书》里记载的古伊犁地区就位于此地。当时的哈萨克族是游牧民族，一队由俄罗斯鄂木斯克出发的西伯利亚哥萨克军队在天山山脚地区建立了一个城堡，取名 Zailiysky，它就是这座城市的前身。尽管在 1997 年，阿斯塔纳已经取代阿拉木图成为哈萨克斯坦首都，但迄今为止阿拉木图仍然是哈萨克斯坦的商业、社会和文化中心。而中央博物馆是阿拉木图最好的博物馆，它展示了哈萨克斯坦的历史，包括首府迁移至阿斯塔纳的过程，展示的物件从青铜时代的葬礼用品到现代化的电气设备都有，还包括了各个时代的手工艺品。

博物馆一楼设有纪念品店，售货员是一位哈萨克青年。老革命相中了柜台里的明信片，与青年用俄语讨价还价，不时发出笑声。

宋一潇好奇交谈的内容，老革命便翻译给她听："我问小伙子哪一张明信片最能代表他们的祖国，他骄傲地告诉我——'每一张'。"

比起中国的博物馆，这里要小得多，展品数量和质量也不算高，但每一件展品都蕴藏着这个民族的形成过程和被统治的历史。

"你看那个毡房，好精致啊！"大鹏刚刚走上二楼，面前出现了一栋装饰华丽的毡房，他忍不住发出赞叹。这一栋模拟的毡房里，陈设着18世纪的乐器和颇具民族特色的服饰，精致程度令人称奇。

而顶楼的展厅展示了哈萨克民族的形成、沙俄的统治、苏联时期的哈萨克斯坦以及近代的科学成就，这所有的一切，都向人们倾诉着一个民族是如何一步一步地走到今天。

"难怪网络上的攻略把这里称为Top1景点。要了解一个国家，真的先要来它的博物馆啊！"大鹏感慨着。

走出博物馆，不远处就是纪念广场，此时已经到了午餐时间，大家决定先吃午饭再去看纪念广场上的地标建筑——独立纪念碑。

大鹏将午餐定在了附近一家经济实惠的小西餐厅里，尽管餐厅条件不佳，宋一潇还是精心地将食物摆好，换了几个角度后，拍了一张欧式风格的餐品照，细心地加了滤镜后发上微博。和她不一样，苏达的胃已经不时提醒他走出了国门的事实。面对这一桌油炸得失去"本味"的食物，苏达感慨着："真想念锅包肉、水煮鱼、土豆烧牛腩啊，我的中国胃啊……"

"可不是嘛！中国人的食物里都有自己的文化，你看，咱中国人为什么用筷子，这筷身长七寸六分，代表人有七情六欲。上面方，下面圆，代表天圆地方。而我们手持方的一端，控制圆的那一端，就叫持方行圆。这既是太极的精髓，也是我们中国人为人处世的准则。"大鹏展示着他在中华文明方面优渥的知识量。当年高考前,他躲在被窝里看武侠小说,被父母拎着耳朵骂,连他也不知道这些被称为糟粕的书籍,却加深了他对中华文明的理解。

"谁说不是呢?都说经济是基础,但文化才是脉络。任何文化能够独立成分支,都是件了不起的事。能在世界舞台上获得一点文化发言权,将自己的文化发扬光大,都是一个民族、一个国家应该骄傲的事。"哈萨克斯坦中央博物馆的展品让李教授对文化传承有了更深入的思考,她已经暗自准备着要将这次博物馆的经历告诉之后的每一届学生。

"我上次在新加坡游玩的时候,看到他们有一个牌匾,上面写着'追远'。当地的人向我们解释,那是告诫后人要永远记得自己从哪里来,不能忘了源头。每个人都要知道自己的来处,才能知道归途,更坚定地往下走。"雨晴谈起自己出差时的一些见闻,而宋一潇忙着发微博,没有参与众人的讨论。她在那条刚发出的微博下又看到了那个熟悉的方钻头像,评论着:"我一直关注你的旅行。"

赵程也没有参与大伙的聊天,他一直思考着今早那位粉丝的建议,焦急地刷着评论,想看看是否还有其他网友提出有关直播的建议。

突然,他发现有人留下了一条评论,评论里还附带着一个视频链接。该网友留言:"你看歌曲 MV 里那个小女孩,和这个视频里的是不是同一个人?"

视频封面里的女孩正站在一个舞台上向各个方位的人鞠躬,无论从哪一个角度看都特别像林青。唯一有区别的是,视频里的女孩有着一头黑色的直发,脸上略带笑意,露出一副乖乖女的模样。

赵程有点吃惊,他点开视频,发现那是一场国际钢琴比赛的记录。女孩一坐上钢琴台就像变了一个人,甩着长发,自信洋溢,手部动作极为流畅,随着手指下落的轻重,音符有了强弱之分,就算是赵程这种并不精通乐理的外行人,也能听出其中不仅有技巧,还有饱满的感情。

看到这一幕,赵程确信网友认错了人。两个人虽然有着相似的脸,但他所认识的林青,每一天都低着头,他怎么也想不到这样的动作会出现在林青身上。

正当赵程准备关掉视频的时候,镜头转到了观众席,在一晃而过的特写镜头里，赵程看到了一张熟悉的脸——比现在年轻许多的李教授，她带着一脸喜悦和骄傲，正在为台上的表演者鼓掌。

"还在看什么呢，我们都出发了！"赵程还想要接着往下看，却被雨晴的召唤打断了。他抬头一看，身边的座位早已无人，众人都在向大门走去。他只好顺手点了"收藏视频"的按键，跟随大家一起出门。

从饭店出来，走不到200米就是纪念广场的中心位置，这里伫立着著名的独立纪念碑。石柱顶端是一座金色武士雕像复制品。金色武士站在一只有翅膀的雪雕上面，筑基四周是一个哈萨克家庭的雕像，背面是一面半圆形墙壁，上面刻有浅浮雕的青铜雕塑。

"这些雕塑描绘的是哈萨克斯坦的历史，从左向右依次是从金色武士时期到纳扎尔巴耶夫时代的场景……"早已做好攻略的大鹏向大家解说。

众人正在认真听讲解，队伍最后却传来了李教授撕心裂肺的尖叫："阿青呢？"众人这才发现，一直在队伍最后的林青早已没了踪影。

大家都紧张起来，毕竟在这个语言完全不通的异国，一个不会说话的孩子如果迷了路，可能寻求不到任何帮助。众人匆匆折返饭店，一路也没看到林青。

"我刚刚听大鹏讲解分了神，才几分钟的时间，她会跑到哪里去了？"李教授已经紧张地失了神，苏达握着她的手，只感到了一手冰凉的汗。

"19岁了，已经是个成年人了，怎么还这么不懂事？！"雨晴低声埋怨了一句。

"有啥要骂的，咱回来骂得她狗血淋头都成，现在先找孩子要紧。"苏达觉得自己能体会李教授此刻的心情，他将原本准备给一潇的解暑茶递给李教授，"教授你喝口茶，努力深呼吸几次……"

李教授照做了。待她情绪有所缓和后，苏达接着问："你带着林青的证件吧？我让超儿陪你去找这里的警局，剩下我们几个分头帮你找。放心吧，我们的团队不会少一个人的，几个人来就有几个人回。"

宋一潇默默旁观着苏达所做的事，这一幕让她有了一种莫名的放心感。尽管她和苏达在一起这么久，从来都只分享快乐，还没共担过痛苦，但苏达对于一个外人的痛苦尚可以体谅，或许未来也有能力同自己共担风雨。

　　李教授走后，众人决定分头寻找。

　　"大家不需要太过着急，这个孩子其实会说话，也有一定的沟通能力。"老革命思忖再三，考虑到形势紧急，还是把这个秘密说了出来。

　　"林青会说话？可李教授不是说她因为自闭症从来都不说话吗？"大家都觉得老革命是不是老糊涂了，或者是因为旅途疲惫出现了幻觉。

　　"是的，我也听到过她说话。"听到老革命的话，雨晴觉得自己也不需要再避讳，就将那天在哨所的事情和盘托出。

　　"可是李教授是她的心理医生，为什么要瞒我们呢？"宋一潇觉得这一切都超出了她的想象。

　　见到话题开始向着另一个方向发展，苏达赶紧阻止大家继续讨论："无论怎么样，咱们现在先分头找，把孩子找到再说。谁找到了，就在微信群上说一声。"

　　众人四下分开，过了一会，微信群里突然有了消息。苏达一看，是赵程发的——"找到孩子了"。留言后面附着一张照片，照片上是一家正在办开业活动的餐厅，大厅正中央放着一架钢琴。

　　等苏达和宋一潇赶到图片上的地点时，只见刚刚寻人的诸位都已经到达，而林青正表情漠然地站在钢琴边。苏达想问一下情况，可就在这时，李教授不顾门口店员的阻拦冲进商店里。

　　"你个死孩子，你去哪儿了！"李教授的拳头像雨点一样砸在林青身上，但在场的人都能感觉到，每一个下落的拳头都是绵软无力的，"你知道你让我多担心你。"

　　"你知不知道教授有多紧张你，你要是真的走丢了，她到时候怎么回去向你的爸爸妈妈交代？！"宋一潇立刻帮着李教授教训林青，但林青摆出一副死猪不怕开水烫的样子，任凭她们俩怎么推搡都毫无反应，只是直勾勾地盯着钢琴。

赵程突然想起午餐时看到的那个视频，他立刻打开，将进度条拉至视频的后半段。

后半段的内容没什么特别，全是那女孩的钢琴演奏，只是视频下面滚动着一段英文的选手介绍引起了赵程的注意：天才钢琴演奏家，5岁开始学习钢琴，经过中国虎妈的训练，荣获国际青少年钢琴比赛冠军、柴科夫斯基国际青年音乐家音银奖，是中国钢琴界的新生力量。

出现中国虎妈这句宣传词的时候，镜头正打在台下的李教授脸上。而选手的署名，是Qing Lin。

这个行程是赵程设计的，他不能够允许自驾团里有这样一个不知来路的潜在危险。他努力长舒一口气让自己平复情绪，用平静的口吻质问李教授："或许我们早已经认识林青的爸爸妈妈不是吗？"

大伙看着赵程，不知道他在说什么。赵程拿出手机，当着大家的面将视频重新播放了一遍，众人都被视频的内容惊掉了下巴。

"也就是说……李林青原来叫林青，"不可思议的事实摆在眼前，宋一潇试图理清自己的思路，"改成姓李，是因为跟了晴帆教授的姓，而教授就是那个中国虎妈？"

李教授不是林青的心理医生吗？？众人知道不该在节骨眼上问这个问题，可是李教授身上背着太多秘密了，让不知情的众人觉得毛骨悚然。

"在哨所的时候，我还见过这个女孩全身布满了文身。"雨晴也说出了隐藏许久的秘密，此刻她更确信那些文身背后隐藏着一个不为人知的秘密，而且这个秘密，已经到了不得不揭开的地步。

"事到如今，你还想瞒我们吗？"赵程逼问。但李教授闭口不谈，她的眼眶通红，花了妆的脸庞只剩下疲惫。

一伙人僵持不下的时候，苏达矮小的身板突然从宋一潇背后走出来。宋一潇以为他要去质问李教授，没想到他却拉住林青的手："走吧，你不是想要玩超儿哥哥的吉他，我带你回房车上去玩。"

他一边牵着林青出门，一边转过头来，给众人比了个"ok"的手势。宋一潇有些感动，也伸手给他回了一个"ok"手势。

在路边的咖啡厅，李教授勉强控制住了自己的情绪，停止住了抽噎。

"确实如你们所料，我一路都在欺骗你们。我是阿青的母亲。她的亲生父亲姓林，她现在的姓氏是在我和他父亲离婚之后改的。"

"可是你为什么要瞒我们呢？"宋一潇不解。

"我只是……"李教授的脸上失去了往日骄傲的神采，她垂下了眼帘，"我……只是不想让你们知道，我是一个连自己的女儿都医不好的心理学教授。"

"我曾经是一个非常成功的母亲，林青从 5 岁就开始学钢琴，她自己很喜欢，也出乎意料的有天赋。林青 7 岁时，她的钢琴老师就说小庙里容不下这尊大菩萨，将我们引荐给上海最好的钢琴老师，那时候她还只有 7 岁，还爱玩洋娃娃和过家家，可那老师一看到她弹琴就拍着大腿感慨，说这是数年难遇的天才。"

李教授提起往事时，脸上充满了为人父母的骄傲神采，直至话锋一转："也就是在那个时候，她认识了春晓……"

在李教授的回忆里，那个叫春晓的女孩长着两颗可爱的小虎牙，皮肤总是晒成健康的小麦色。她不像名字那样文静纤细，反倒是音乐学院附中里最叛逆的孩子，没少让父母和老师担心。可安静腼腆的林青总是屁颠屁颠地跟在她身后，还常常一起练习四手联弹。

林青的天赋让她迅速在同门中脱颖而出，成为老师的半关门弟子。这也引来了其他同学的嫉妒，他们孤立她，造谣她的奖"都是买来的"。

林青本来就胆小，每次都像个软包子似的回家掉眼泪。可李教授觉得这只不过是同学玩闹的小事一桩，每次看到女儿哭着回家，都觉得她小题大做。

"你自己努力就好了，管同学们说什么。他们就是因为天赋没你高、能力也没你强才会嫉妒你！"李教授每次都这样回应。

林青很听妈妈的话，只管闷头努力，可她的步步退让反而给了小霸王们得寸进尺的机会。一天，林青又被那群孩子逼到了教室的墙角，他们让她承认自己的奖都是买来的，能上音乐学院附中都是教授妈妈搞的关系。

其他方面林青能妥协，可她真的太爱钢琴了，任凭别人怎么威逼利诱都不肯承认。

"别以为我不知道，你的奖就是买来的！妈妈是教授了不起啊！"带头的女孩推着她的肩膀，撕扯着她的头发。

"我看见她妈妈私下给老师塞红包，才被选去比赛的！""她干的那些龌龊事我也看到了！"

各种莫名传言不绝于耳。

林青被吓得蜷在角落里。她用身体护住自己的两只手，准备迎接雨点般落下的拳头。可奇怪的是，这次那群孩子的拳头没像往常一样即刻落下来。她战战兢兢地抬头，才发现春晓就像从天而降的英雄一般，挡在了她前面。

春晓自带大姐大的气质，拳头使得比男孩子都好："你们通通给我撤回去！谁要是再敢欺负她我决不轻饶！"

那些狐假虎威的女孩瞬间四下跑开，给春晓辟出了一条路。春晓把林青从墙角扶起，粲然一笑，露出两颗小虎牙。

带头的女孩子见情况不好，为保面子，还是打肿脸充胖子："你别以为这样做我就会怕，我妈告诉我的肯定没错！"

春晓走向那女孩，趁对方还没反应过来，就拽起她的耳朵大笑起来："那你妈有没有说过大废物只会生下小废物？"

那女孩的耳根被扭得通红，努力挣扎开，哭奔出教室，临走时还留下一句话："我这就去告诉老师！"

刚刚还气焰嚣张的其他女孩们大气也不敢出，春晓揉了揉淤青的拳头，揽了林青的肩，吹着口哨大步流星地走出了教室。

女孩果然恶人先告状，老师不分青红皂白，以一句"苍蝇不叮无缝的蛋"下了定论，罚春晓扫一个星期的教室。考虑到林青有李教授这么一个高压的母亲，春晓没再辩解前因后果，独自扛下了惩罚。

放学的午后，阳光洒在音乐教室的走廊上，被罚的春晓一个人哼着小曲。看见林青来，她略微挪动了一下酸麻的腰，若无其事笑了笑："我本来就不是什么好孩子，多罚一次少罚一次根本无所谓。"

看到春晓淤青的拳头，林青这个小怂包又忍不住掉下眼泪。

"我真的没关系，不过你也要学会勇敢，自己保护自己。"春晓伸手帮她抹掉眼泪，"我也喜欢钢琴，可惜天赋不如你，上天既然给了你这双弹钢琴的手，你就要好好保护她，不要让别人弄伤了。"

可林青依然止不住地哭。春晓最看不得这一幕，扔了一把扫帚过去："喂！你别杵那儿光哭不做事啊！要是真想道歉，先帮我把你脚下那块地扫干净。"

林青接过扫帚，破涕为笑。夕阳的余晖正好落下，笼罩着老教室里的旧钢琴，两个女孩打闹的身影被夕阳拉得老长。

春晓突然心血来潮，将手上的扫帚当作话筒，顺溜地爬上了讲台桌："下面有请柴科夫斯基国际青年音乐家音金奖得主春晓……"

见林青在下面呆站着，她伸手："上来啊！"

向来遵守校规的林青，这会儿不知道哪来了勇气，竟然也跟着爬上了讲台。

"下面有请柴科夫斯基国际青年音乐家音金奖得主林青……"林青将手合成喇叭状，向着台下喊，她感受到了一种前所未有的轻松。

两个女孩站在讲台上大声笑着，好像偌大的教室全都是她们的舞台。笑完闹完，两个女孩盘腿坐到走廊上。

"真正的好朋友是不会相互嫉妒的，我想保护你的梦想，因为那不仅是你的梦想，也是我的梦想。等有一天我们都成为大人了，我希望你可以演奏出自己最满意的曲子，那个时候我一定在台下看着你！"春晓非常郑重地向林青交代着。

"那我们拉钩……"

阳光停留在小小少女的指尖，稚嫩的声音回荡在走廊里，老教室记录着两个孩子要成为伟大钢琴家的梦想。


回忆这一段的时候，李教授的脸上带着和煦的笑意。大家同行这么久，从没见到李教授这么温柔的笑。

但李教授的笑容很快凝住了："林青的天赋甚至超出了我最初的想象，她和春晓的水平很快就不在一个层次上，老师一直建议给林青换一个四手联弹的伙伴。我家林青是个听话的孩子，从出生以来从来没有反抗过我的决定，只有那一次她把自己锁在房间里，坚决反对。"

和全天下信奉"近朱者赤，近墨者黑"的父母一样，李教授开始一意孤行地给林青物色更好的伙伴和老师。但老教室成为了两个女孩的秘密基地，下课后她们依然在一起练习四手联弹，说着少女的心事，辗转就到了大学。

两个女孩都如愿上了全国最好的音乐学院。一入大学，本来就叛逆的春晓更加放飞自我，她迷上了朋克，常穿一套黑色卫衣搭配哥特风的烟熏妆，一下课就去学校里的朋克乐队尝试各种风格的音乐。而林青始终在古典音乐方向努力，她的天赋早已经崭露头角，作为最优秀的毕业生在开学典礼上讲话。但神奇的是，即便性格和专业方向都大相径庭，两个女孩却依然能互相扶持着。

刚入学的时候，有位年轻老师并不相信林青的才华，有意要在全校同学面前刁难她，在一次学校大赛中给了她三个音调进行即兴创作，没想到她不仅当着全校同学的面完成了，完成度还非常高。

也就是那次比赛让林青一战成名，在钢琴界声名鹊起，还被学校推荐去参加国际钢琴比赛，也就是赵程视频里看到的那一幕。

"后来女儿跟我说，那天她一个人站在台上有些害怕，是因为春晓带着乐队的那群朋友在台下一直大喊加油，她才鼓起勇气反抗不讲理的老师。"李教授回忆着，"那时，音乐界名人都点评她是未来可期的钢琴天才，许多专业人士都在等待着她长大……"

"那林青是怎么变成现在这个样子的？"听到这里，宋一潇终于忍不住插话。

"因为一次车祸。"李教授的表情越来越沉重，"这车祸改变了我们娘俩的一生。"

见女儿前途可期，李教授辞去了在上海大学里的稳定工作，将原本的事业全盘打乱，陪着女儿来到北京，在北京一所籍籍无名的学校里挂了一个闲职。林青的父亲则留在上海工作养活母女俩。

这样近乎疯狂的家庭付出让林青充满了压力，她在钢琴上的功利心越来越强，渐失了纯粹的钢琴梦。

"大一下半学期，学校推荐林青参加国际钢琴比赛四手联弹，春晓自然是她最默契的伙伴。那段时间，她们每天都练到深夜。"

李教授回忆这一段的时候充满了自责，她觉得如果不是她的高压政策，或许女儿不会有这么强的得失心。

就在那时，春晓恋爱了。十七八岁的姑娘正是怀春的时候，哪还记得什么伟大梦想，每天都沉湎于情到浓时的快乐。本来她和林青像两个有缺口的拼图，拼到一起就成为了整个圆。可如今拼图找到了真正的另外一半，这让林青感到了前所未有的失落感和背叛感。

改变人生的那一日来得猝不及防。那日午后她们相约练琴，到了将近晚饭时间，春晓都还没有来。

林青焦急之下给春晓拨了好几个电话，但电话那端始终忙音。过了一会儿，春晓的电话回了过来："嗨！林青，什么事吗？"

电话那头的声音很嘈杂，显然是在哪一个大型的购物中心。毫无疑问，春晓忘了两个人之间的约定。

"你现在在哪里？"想到曾经的伙伴为了新生活抛弃了自己，林青竭力控制住自己的情绪。

电话那端的声音愈发高亢："我和男朋友一起呢，我们现在在三里屯，你要不要过来玩……"之后就是一阵嬉笑玩闹的声响。

林青怒火中烧，将听筒放在钢琴上，带着怒气重重敲响每一个音符，将四手联弹的前奏弹了一遍。然后质问春晓："你不记得我们约好了下午一起弹琴吗？你现在这个表现，我们怎么去国际上拿大奖？"

"我……"电话那头的春晓也慌了，她没想到自己的无心之失，居然惹得朋友如此愤怒。

林清说不清自己积攒了多少的愤怒，那一刻彻底爆发出来："你一直说成为伟大的钢琴家是我们俩共同的梦想，可你放弃了这个梦想！"

春晓在电话里连连道歉，并保证会用最快的速度赶到。林青将春晓的失约都归咎于她的男朋友，在挂断电话前赌气地说了一句："你不用来了！从今往后都不用来了！"

谁能想到，这句话竟然一语成谶。

林青再见到春晓，是在医院的抢救室里。

医生通过最近的一通来电联系到了林青，等她赶到抢救室时，被告知春晓已经被送入三楼的手术室。

林青顾不得许多，马上奔去手术室，电梯迟迟没来，她徒步跑上了三楼，来不及将气喘匀，就看到走廊的另一头正推入手术室的病床。

春晓浑身是血地躺在病床上，身上插着各种管子，她好像远远见到了林青，于是勉强地挤出一个笑容，露出两枚小虎牙，就像许多年前为她挡住欺凌而弄伤手时一样。

被推进去的前一秒，林青看到春晓挣扎着想爬起来，嘴唇轻轻颤抖像是想说些什么，身边一个身穿卫衣、用帽子遮盖住整个脸的男孩俯身倾听。林青觉得奇怪，从她的角度可以看到，男孩比春晓的男友矮了许多。

林青第一次觉得医院的走廊这么长，怎么也跑不到尽头。等她追到走廊尽头，手术室大门正缓缓关上。

"你这样会影响到我们抢救的……"扒在门边的林青被护士和保安强行带离了手术室，在关门的瞬间，她又朝着春晓看了一眼，春晓还是微笑着，眼神却已经涣散——那是林青最后一次看到春晓的虎牙。

随着合上的大门，笑容也永远停驻了。后来，有身穿警服的人来到现场，将那个穿黑色卫衣的男孩带离了手术室门口。空旷的长廊上，只留下了林青一个人。再后来发生的事，在林青的记忆里没有画面，只有声音：急救室内外混乱的脚步声，机器停止的滴滴声，春晓父母的哭喊声……

等李教授赶到医院时，病床上的人已经蒙上了白布，机器全部卸下放在一边，发出不规律的低鸣声。

"晓啊，这医院里冷，咱不待这儿，咱们回家啊，回家妈给你做你最喜欢的板栗烧鸭……"春晓的母亲因为过度悲伤几乎失了智，可她的召唤再也唤醒不了女儿。

她先是喋喋不休地低语，最后发出了撕心裂肺的哭喊："晓啊，你起来和妈妈说句话。你昨天还在和妈妈说，这几天要和阿青一起练琴，今天为什么躺在这里……"

19岁的林青，站在两个悲伤的父母中间，手足无措。

李教授想先把女儿带出抢救室，却被春晓妈妈突然拉住："阿青，你能告诉阿姨发生什么事了吗？你和我们家晓不是好朋友吗？她不是找你练琴吗？你来帮阿姨一把，你叫叫她，我们家晓最爱钢琴了，说不定你喊她起来练琴，她就醒来了呢？"

"阿姨……"林青还来不及辩解，便被麻木地推到病床前。在看到春晓毫无血色的脸的那一刻，愧疚感席卷了她的全身。

春晓父亲还稍有理智，让林青尽快走，嘴里忙不迭地重复着："这都是命啊……"

"后来，春晓妈妈从女儿的男朋友那里知道了整件事的来龙去脉，拒绝让我们参加告别式。但出殡那天，阿青还是偷偷去了。等我赶到的时候，告别式已经到最后的阶段……"李教授回忆着。

那时，悲伤的春晓父母几乎已经是口不择言。

"我们家晓就是为了赶着练琴才闯了红灯，你是天才没错，可我女儿不是，何必催得那么急？"

"如果不是因为你的骄傲、你的好胜，我女儿怎么会走？"

林青站在一旁像是一具空壳，灵魂跟不上身体，飘飘然地悬在半空，任凭李教授怎么喊她的名字也毫无回应。

"其实那孩子一家都是好心人，说出那些话不过是被悲伤冲昏了头脑。他们都是看着林青长大的，根本舍不得怪罪她。只是怕见到她触景生情，才拒绝了我们去告别式的请求。"

"我们两家从孩子小时候一直玩到现在,我还是决定拿出一部分的积蓄作为赔偿,但林青爸爸在这件事情上和我产生了分歧,他觉得既然在法律层面上我们没有责任,就不应该再去蹚这趟浑水。在这件事上他的冷漠让我心寒。我忍受不了他的自私,于是带女儿离开了这个家,将她的名字从林青改为了李林青。"

这件事过去几个月后,一天早上李教授起床,发现女儿正站在窗边,手中拿着一把剪刀,地上铺满了剪掉的碎发。

"她留起了和春晓一样的短发,穿上黑色的衣服,画了黑色的烟熏妆。我叫她的名字,她也毫无反应。直到我试探地喊了一声'春晓',她才转身来笑着回应我'妈妈,我在呢'。起初我以为这些反应都是一过性的,只要度过应激期就没事了。可有一天,我们一起上街置办新家具,一辆轿车驶过,突然有个小孩冲入了驾驶盲区,看到这一幕,林青就像疯了一样挣脱我的手,冲到车前把小孩拦下了,幸好司机反应及时才没有酿成惨痛的后果。我吓得赶紧搂住她,却没想到她眼里没流露出劫后余生的庆幸,反而有一种未得偿所愿的遗憾。后来这种情况越演越烈,每次走到高处时,她都要问我'妈妈,跳下去是不是就没有感觉,也就没有痛苦了?'她的话开始越来越少,最初是不主动和我说话,到后来,就连我问她话也不回答。为了解她,我趁她睡觉时打开了电脑,浏览器开启的那一刻我就惊呆了,搜索记录里全都是'哪一种死法比较舒服''死亡到底有多痛苦'……"

说到这里,李教授终于忍不住掩面而泣,再不能说出一个字。

众人将李教授送回房车,林青已经在苏达的安抚下睡着了。李教授坐在床边,像平时那样抚摸着林青熟睡的脸蛋,可是这一幕,在其他人眼里已经有了不同的感受。

宋一潇给不在现场的苏达复述了一遍林青的故事。

"其实你觉不觉得,一个人的历史也像一个城市的历史,历史需要博物馆去记住,人就比较不幸,光凭记忆就足够存放所有的历史。"苏达听完感慨着。

"如果人的记忆都像 windows 系统一样多好，只要右键单击回收站，所有坏的记忆就可以一瞬间清空，只保留那些甜蜜的部分。"宋一潇托着腮帮子，露出了少有的沉重表情。

"可是我们就是由好的记忆和坏的记忆一起组成的，快乐是一半的我们，痛苦是一半的我们，合并在一起才是最真实的我们，否则我们就只是地球上的一个符号。"苏达宽慰着宋一潇，见她还是愁眉不展的苦恼样子，忍不住将她搂进怀里，"你不用担心，我愿意陪你去经历那些痛苦的时刻，我们的记忆里会拥有同样的痛苦，也会拥有同样的快乐。"

听着年轻人情到浓时的承诺，雨晴只觉得羡慕。老一辈的人总说共担风雨，可是这七年来，赵程从来没有在她面前说过任何工作上的不愉快。他们约定好在家不谈公事，但这好像成为了一种牵绊，他们之间像是人在异乡的子女对待父母一样，只报喜不报忧。

人的压力一定有一个释放的途径，那赵程的压力释放给了谁？

想到这里，雨晴才发现刚刚还坐在这里的赵程，位置上空空如也。她起身在房车里绕了一圈，没见到赵程，于是走出房车。

哈萨克斯坦的夏夜，月朗星稀。但雨晴无暇看那些月光，目光四周搜索着。果然，不远处的月光下来回踱步着一个黑影，他似乎有什么烦心事，正大声地讲着电话，脚下落着几个烟蒂。

"一定又是小宝……"雨晴压抑住喷薄的怒气，转身走进了主卧。桌上放着宋一潇早上给的面膜，她望了望镜子里自己的脸，感觉每一条皱纹都因为一路的风吹日晒深了一点。她用蛮力扯开面膜，像是在和赵程电话那头的人较劲。

哈萨克斯坦的月光皎洁如雪，令人想起一首民间童谣"月光光，照地堂，虾仔你乖乖睡落床……"，但今夜的哈萨克斯坦，无人入眠。

# 第十章  一见钟情

路行得越远,大家越发现每个人都有一些独属于自己的心事,而每个成年人最大的特征,就是学会妥善地保管自己的情感,不对别人的故事发表无谓的评论。大家都默契地假装忘记了李林青的故事继续旅途,但经历了哈萨克斯坦的一夜,自负的李教授和面无表情的林青都已经不那么令人生厌。

按照大鹏的规划,接下来几天的行程本应直接进入俄罗斯,可是超儿执意要开往乌克兰后再转进俄罗斯:"你知不知道乌克兰是个神奇的国家,传说在那里谁都可能拥有自己的 one day stand。"

"什么叫 one day stand,待上一夜?"大鹏的蹩脚英语,让他只能从字面上理解这个高深的英文词组。

超儿看着眼前这个长相现代阳光但性格却莫名保守的南方男孩,颇有深意地说了一句:"总之,你去那感受一下就知道了。"

有时候想想人生真是玄妙,尽管你知道会到达某一个地方,但因为命运从不予人先知,你始终还会好奇那里将发生什么样的故事。自从对乌克兰有所期待之后,一行人都觉得时间像坐上马车般迅速向前奔去。

房车在哈萨克斯坦的下一站被拦下了,理由是禁止大型的房车入境。大家一筹莫展的时候,大鹏又提出解决方法,让大家将房车停在哈萨克斯坦境内,由那位神奇的亲戚负责将房车带回中国。当大家提出要公摊昂贵的提车费用时,大鹏只是随性地笑了一下,说钱都是亲戚付的,让众人不必介怀。

"这亲戚是上辈子欠你钱还是咋地,怎么会一而再再而三地帮你付钱?"

认识大鹏这么久，苏达对这个从未听说过的亲戚深表怀疑。不过事实摆在眼前，管它黑猫白猫，能抓老鼠就是好猫。

　　众人依依不舍地告别了陪伴半个多月的房车，将一些必备物资放到后备箱里，踏上了前往乌克兰的道路。失去了房车固然有不便之处，但少了累赘，小车反而能在乡村小路畅行无阻。这一点，入境乌克兰之后，大家有了更深的体会。

　　乌克兰少有高速公路，大部分的路况接近国内双向两车道的省道、乡道，路面还坑坑洼洼。但行车速度又比国内快得多，一旦你慢下来，后面就会压一溜儿车，负责驾驶的苏达和赵程必须一直控制着自己时不时冒出来的中国思维。

　　"要是我们把房车带到这儿，就是一群人下来齐齐推车了。"每当开至小路时，赵程总要感慨。以前在国内不觉得，现在他到了国外，才发现少了依赖也意味着少了负担。真是应了那句中国的老话，塞翁失马，焉知非福。

　　越是接近乌克兰，诸位男士越是兴奋。这种兴奋主要来源于乌克兰的另一个头衔——全世界最多美女的国度。

　　SUV一驶入市区，众人不禁感叹，这头衔太写实了！一路上，映入眼帘的全是精致明艳的少女。她们五官立体、棱角分明、凹凸有致，尤其是时值夏天，她们都穿着高跟凉鞋，显得更加高挑纤细。

　　没了房车，众人每到一个地方，便要先解决住宿的问题。赵程安排女士在停车场看管行李，几个男士上街找旅社。但停车场位置偏僻，在网络上搜索最近的旅社还隔着几千米远，大家下车走了许久，好不容易找到一家路边的旅社，却已经客满。

　　几个人打算在路边的咖啡厅休息一会儿再做打算。短视频已经有几天没有更新了，赵程觉得，是时候趁着这个空当录一支新的MV短视频了。

　　超儿刚在卫生间里换好了录视频的火红假发，推门而出时，撞到了一个端着餐盘的乌克兰女孩，顿时酒水飞溅。超儿没多想，眼疾手快，挡在了女孩身前。

"Oh, your hair is so cool!"从背后传来女孩的声音。超儿回头,只见女孩正盯着他的假发笑。

细看这女孩的容貌,超儿心里大喊了一声"天哪"。自己少不更事时在地下酒吧阅女无数,但眼前这位简直是极品的美人儿,兼有亚洲女性的亲和甜美与西方雕塑般的黄金分割体态,就像自己梦里出现的人。

超儿找了个靠窗的位置坐下,抱着吉他开始弹唱。这首歌是在《大话西游》拍摄地那一站写下的"宫殿再华贵,不及面前黄沙。黄沙里埋下的记忆,人来人往的声浪,都是旅行中的风景……"

全场都安静下来,虽然语言不通,但和缓的节奏里透出的那份深邃的质感,随着音乐流入人们心里。

赵程录够了素材,超儿准备将吉他收起。突然有位乌克兰大叔随着音乐呼和了几声,唱起了老家的小调,超儿跟着音乐随手伴奏。大叔唱完,给超儿比了一个"good"的手势,感谢他的配合。

一个红头发的黄种人在乌克兰的咖啡厅里伴奏,气氛顿时变得热烈起来。

乌克兰女孩纵情跳起民族舞蹈,超儿根本没听过本地的音乐,却靠着自己的理解伴奏起来。异国的音乐和舞蹈融为一体,咖啡厅里的人轻敲起桌面,配合着鼓点。

不过,超儿他们还有任务在身,只能匆匆告别,继续寻找住宿。可超儿发现刚刚在卫生间门口碰到的那个美女正盯着他看,两人目光交汇时,女孩还顺势给他抛了个媚眼。

超儿是典型的"有贼心没贼胆",也就打一打"one day stand"的嘴炮,尽管内心渴望在美女遍地的国度来一场艳遇,可是这一幕当真上演,却不自觉地怂了起来。他企图转过头回避美女的目光。没想到金发碧眼的美人儿看到他的娇羞模样,竟嫣然一笑,径直朝他走来。

随着乌克兰美女一步一步走近,超儿感觉到头皮一点一点地酥了,这不就是自己梦里和灵魂伴侣相遇的浪漫场景么?随着大美人走近,两颗荡漾的半球在胸前上下起伏,身上散发出浓重的大马士革玫瑰香,超儿感觉自己真正理解了一个中国成语，叫"温香软玉"。

旁座的苏达这才发现一位美女向自己这桌走来，但当他看到目标是超儿的时候，简直不敢相信——这活生生的艳遇竟然略过了他这个 25 岁的年轻人，发生在一个 40 岁的男人身上！

就在美女和超儿的距离已经减少到以厘米来计算的时候，美女突然拿出了手机，展示上面的微信页面——她在示意超儿加她为微信好友。

"这乌克兰女人美是美，就是这眼光不咋地呀！"苏达忍不住对大鹏耳语了一句，同时拿起咖啡杯和大鹏碰了碰，作为艳遇输家之间的互相安慰。

"经过了老革命那一劫，超儿的春天可算是真的要来了！！"大鹏也觉得神奇，要说苏达是输在了身高、体型，那自己又高又帅又有肌肉，怎么说也比超儿的啤酒肚要好太多，就连同桌赵程也被眼前这一幕惊得说不出话来。

美女对超儿眨着褐色的眼睛，随意地甩了甩一头金发，那是一张标准的乌克兰美女面庞。但是美女一开口，却让大家惊掉了下巴，那是一句不太标准的中文："你们好……"

居然是个会说中国话的乌克兰美女?！众人还来不及惊讶，更惊讶的事情发生了，美人不顾其他几人的目光，在大庭广众下牵起了超儿的手："我爱读中国的古诗，而你的歌就像古诗一样，很美丽。我想要学你的歌，你可以教我吗？"

超儿看着眼前从天而降的灵魂伴侣，露出难以置信的眼神。大家目送他跟着女孩离开，临出门前还给了他一个"兄弟你懂的"的表情。

正当众人感慨超儿是撞了什么狗屎运时，却见他又回来了，欣喜地对大伙儿说："艾美丽帮我们找了附近的旅社，我们可以把行李搬过去了。"

"呦呵！这么一小会儿时间，人家不仅帮你找了住宿，还连名字都告诉你了？既然她叫艾美丽，你就告诉她你叫艾帅，和她是天生一对！"苏达越扯越远，和大鹏交换了一下眼色，"看来那乌克兰女孩是铁了心要跟你走了，连姓甚名谁都报过来了，下一步就要跟着你回中国填户口本了。"

玩笑是这么开，但那个叫艾美丽的乌克兰姑娘还真的把他们带到了一间附近的旅社，不仅价格实惠，关键是环境还不赖。

艾美丽热情活泼，尽管中文不太熟练，还是热衷于和每个人交谈："我的中国名字叫艾美丽，自学中文已经三年了，我的名字是学习小组的老师给我取的……"

一下子见到这么多中国人，艾美丽兴奋地帮忙跑上跑下。旅馆的房间在4楼，没有电梯，艾美丽还帮女生们搬了一部分行李。据艾美丽说，自己平日里很少有机会遇到中国人，只能通过社交软件和中国人交谈，提高语言的熟练度。他们还有一个自学中文学习班，大家会定期见面练习。

"那你学中文，是为了未来到中国学习或者工作吗？需要我帮你引荐吗？"宋一潇可不是一时兴起说空话，她在演艺圈的时候也遇到很多为了模特梦想来中国奋斗的乌克兰女孩，倒还真能帮得上忙。

"不不不！"没想到艾美丽却忙不迭地摇头，用磕磕巴巴的中文解释着，"我是因为喜欢中国的文化，所以学习中文。"

"仅仅是因为喜欢？"跟在宋一潇后搬运行李的苏达觉得不能理解。中文是世界上最难学的语言之一，怎么会有人仅仅因为喜欢就花费大量时间去学习？

"是的，我喜欢。"艾美丽很笃定地回答，褐色的大眼睛里像是有飘落的星星，"我刚刚在App上和中文小组朋友说，我遇到了中国人，大家都很羡慕。"

艾美丽一脸骄傲，她将所有的情绪都表现在脸上。尽管有时词序不够恰当，但众人都被她的兴奋之情所感染，气氛一下子愉快了许多。

"大家晚安，好好休息。我要先回去了，明天我来给大家当导游。"虽然艾美丽说得不太流利，但大家都明白她的意思，几番道谢后将她送出了门。

艾美丽一离开，超儿的艳遇就成为了自驾团的大话题。苏达将全程绘声绘色地描述了一遍，加上大鹏的添油加醋，整个故事呈现得比亲眼目睹更加精彩。

现场众女性不时发出心照不宣的怪笑，这神奇的艳遇也冲淡了前几天的苦闷。就连一向严肃的赵程都忍不住补刀："都说乌克兰遍地是美女，可谁能想到我们之中最先有艳遇的是超儿呢？我和苏达、大鹏都只能干羡慕啊……"

老革命可不同意这个说法："这哪里是艳遇，这啊，叫一见钟情……"

马上有人嗤之以鼻："这都什么时代了，谈个恋爱和吃顿快餐一样，哪有什么一见钟情。"

老革命觉得自己该给这些年轻人上一课："当然有一见钟情，是现在的生活节奏把你们的感觉都磨钝了。想当年呐，媒人介绍我和我先生认识的时候，我还同家里人闹别扭，那时候我们先进青年流行自由恋爱，觉得父母包办婚姻都是封建余孽。还记得那天下着雨，媒人带着他上门拜访。我们那儿的习俗，姑娘家结婚前是不能见到男方的。我偷偷躲在花厅的屏风后，想看看'来的是什么妖魔鬼怪'，哪想到衣服上的绣带被缠住了，怎么拽也拽不动，我一使劲，绣带连着衣服发出了撕拉的声音，吓得我往外撞，却感觉撞进了一个人怀里。"

众人还是第一次听老革命和"1129"的初见故事，各个都铆足了精神。

"那是我这一生看过的最好的画面。他穿着简单布衫，撑着一把老旧的油纸伞，怀里抱着波列伏依写的《真正的人》的中文手抄本。你们这些小年轻可能不知道，在五十年代，波列伏依是多么响当当的名字。他笔下的英雄密烈西叶夫地，空战负重伤后，在荒山野岭森林沼泽爬行了18个昼夜终于生还。即便被截去双脚，他也没有气馁，为了报效祖国，通过艰苦的训练重返蓝天，继续保卫祖国。他是当时中国所有青年人的榜样。而站在我眼前的这个男人，腰杆挺拔，眼睛里有着飞扬的神采，就像故事里从天而降的英雄密烈西叶夫地……"

老革命像是要将一见钟情的每个细节都回忆出来，她半眯着眼睛，神情就像是初见心上人般小鹿乱撞："我小时候上的都是新式学堂，根本就瞧不起那些所谓'繁文缛节'的小淑女。可那一刹那，我突然觉得好难为情，紧紧捏住裂开的裙角，害怕被他看到。可我又不知道哪来的勇气想要和他搭话。'我听学堂的朋友说，这本《真正的人》很好看。'我这样对他说。他像是找到知音一般，热情地将书递给我，'同学，这书是很好看的，我可以借给你'。

可他哪里知道，这本书我已经看了无数遍了。"

大伙都听痴了，没想到蒙上岁月微尘的故事竟这般动人。

"然后呢？你有没有把书还给他？"宋一潇迫不及待地想听下文，老革命缓缓道来。

从那以后，女青年常常向男孩借书。那年代买书不容易，男孩有时也会自己做手抄本，送来的书上字迹娟清秀丽、干干净净。两个人读着进步读物齐头并进，谈及国家的未来都胸怀抱负。可男孩始终蒙在鼓里，不知道当天媒人上门的那家姑娘是谁。

有次，进步女青年终于忍不住，在还书时夹了一张小签子，上面抄了一句张九龄的诗"思君如满月，夜夜减清辉"。哪想到，男孩看了签子后，许久没有再来。

女青年急了，催着父母去问，可是那个年代，哪有女孩子主动找男方下聘的道理。

倒是没过几天，男孩托人送信来。信中说：你我拥有同样的革命理想，奈何我家事难断，为不负卿，当断则断。

女青年这才明白，男孩不知道那天媒人提亲的就是自己家。

"我一辈子没碰过什么好运。大概是全部好运都攒起来，换了和他的一见钟情吧！"回想起这段往事，老革命的脸上露出了少女般的神采，她拍了拍超儿的肩膀，"你可要珍惜这缘分，别辜负了上天的美意。"

天色渐晚，大家回到各自的房间。雨晴自从进屋之后就坐在床边没有再说过话，要知道，以前她没有洗漱完毕是绝对不会坐在床上的，就连被单有了褶皱也要迅速拉平。

但赵程丝毫没有注意到雨晴的异样，他正在整理自己的行李箱。这么多年相处下来，他知道雨晴不喜欢杂乱的环境，想要尽力将环境维护好。

坐在床边的雨晴突然压低声音，似笑非笑地吐出一句话："刚刚你说羡慕超儿有艳遇，其实你也大可以去追求你的艳遇，别人不来'艳遇'你，你可以先去'艳遇'别人。"

赵程正背对着雨晴,看不清她的表情,只觉得这是在撒娇吃醋。

"我哪里需要艳遇,我每天在家都是艳遇。"赵程回应完,还自认为这次圆得挺好。

"我不是在跟你开玩笑,我是说真的。"雨晴冷笑一声,不以为意地玩弄着指甲,"如果你喜欢玩就出去玩。我们都不是小孩子了,还用得着介意这样的事吗?我觉得这样各玩各挺好的,反正你也没有玩够,我也没玩够。"

"你这么说是什么意思?"赵程这才听出雨晴话里有话,他根本不知道这一阵莫名的脾气是打哪来的。

"我没什么意思,怕你玩得不尽兴而已。"雨晴夹枪带棒地回了一句。

赵程用余光瞄了一眼雨晴,她缄默不语,索性拽了床被子躺下来。

赵程觉得自己的忍耐到了极限,不仅是因为这不冷不热的语气,还因为频繁发生的无理冷战让他失去了原有的耐心。他干脆将手里的行李一股脑地全推到桌上,直接向雨晴摊牌:"吴雨晴,大半夜的,你发什么疯?"

雨晴没有要坐起来的意思,只是不紧不慢地躺着转了个身,面向赵程:"用得着这么大声吗?你也知道我是什么意思。是啊,你有没有艳遇无所谓,反正大晚上还能有人打电话诉衷肠。我呢,你不回来我能找谁?"

赵程一听就知道雨晴在指谁,但他绝对没想到,两人迄今为止相处了七年,她还在对自己相处不到四年的前妻心存芥蒂。

"我可以清清楚楚地告诉你,我和她谈的都是工作,没有一点点私人感情。我最近做了直播,几次直播下来的点击量都很低,所以我问她有什么解决办法,这样你满意了吧?"

"我不想知道你们谈的是什么,我只知道你一有事就去找她聊,而不是找我聊。我们之间,永远在聊那些不痛不痒的话题。"

"你这个逻辑太不可思议了!我就是因为爱你才不愿意让你担心。在这个问题上,你给不了任何帮助,我为什么要给你添堵呢?你去问任何一个男人,他都会给你这样的答复。"

赵程认定了雨晴是在没事找事。他眼里的雨晴,在七年前认识时已经有了超越同龄女孩的成熟聪明，七年后怎么反倒越来越像一个无理取闹的小女孩？

"那你试试看去问任何一个女人，如果你的另一半对你只报喜不报忧，她会怎么想？这证明你在内心里默认我不能帮你解决问题，这比我是不是真的能够帮你解决问题更糟糕。就算我不能解决问题，你也应该将问题如实地告诉我。你不能指望我永远和你一起分享快乐的、顺利的、平安的事，那些痛苦的、挫折的经历，我们也要一起分担。我是你的女朋友，我不能永远从别人嘴里听到你的苦恼……"

赵程正想找机会反驳，却发现手机的摄影灯正在闪烁。他来不及细想，顺势就把按键掐灭。面对雨晴的阴晴不定，他还是选择像以往一样的冷处理。

就在两人寂寂无话时，赵程的电话突然发出急促的铃声。赵程看到联络人是"小宝"，想起这场纷争因她而起，便掐断电话。没想到铃声接二连三，令赵程烦不胜烦，索性将电话接起。

结果前妻的声音急切地从电话那端响起："赵程，你看看你自己的账号里直播了什么？！"

赵程赶紧打开账号一看，整个大脑轰的一声炸开——原来刚才他将行李推到桌上的时候，不小心触到了手机直播按钮。他刚才和雨晴吵架的一幕已经一五一十地直播了出去。

赵程心里大喊不好。他试图将直播记录删除，却无法删除。刚刚有起色的短视频事业就这样被自己毁了，赵程后悔不已。

"完了，完了……"赵程的喉头急促地上下攒动，突然有一刻再难控制自己的情绪，将怒火发泄到雨晴身上，"你要我诉苦是不是？我现在就诉苦给你听。我们刚才所有的争吵都已经直播出去了，我辛辛苦苦一路经营的短视频事业就这样结束了！你告诉我你现在可以帮我什么？"

雨晴怔住了，她从来没有见到赵程冲自己发过这么大的火。

雨晴突然意识到，即便过了七年这么长的时间，两个人表达爱的方式依然完全不同。这个在她面前一向只有欢喜没有哀愁的男人，认为将成熟体面留给了爱人是表达爱的方式。而自己却希望，自己和另一半都能够充分暴露身上的伤口，交换彼此的痛苦。所以这七年的意义到底是什么？如果大家都无法理解对方的爱，那这份爱还需要存在吗？

乌克兰的小旅社里，赵程第一次没有整理行李，任由生活用品铺天盖地地堆叠在行李箱上。

"我去洗澡，让我们都冷静冷静。"赵程甩下一句话就离开，留下雨晴一个人躺在小旅社并不舒适的床上，两人一夜无话。

第二天早上，两人就像平日冷战一样，连上洗手间都要避开对方的时间。

两个早起的人在大厅里等待众人。空旷的大厅长桌，两人各坐一角。此刻的赵程心绪乱成一团，他不知道怎么向大鹏解释昨天的错误直播，毕竟那是他们两个人共同的账号。

"喂，赵程！"大鹏从旅馆楼上下来，满脸红光，似乎遇到了什么大喜事。

难道他还不知道昨天直播失误的事？赵程正想坦白，却被大鹏拍了一下肩膀："昨天那个吵架的直播歪打正着，咱们的粉丝翻了将近一倍！"

赵程简直不敢相信自己的耳朵，他赶紧点开软件。果然，那条直播记录成了所有直播里点击量最高的一条，而且每一次刷新，点击量还在成倍上涨。

评论区里，饮食男女们唇枪舌剑。

有女网友走心地留言道：

"这场直播简直就像是有人在窥视我和我男朋友的生活。他总觉得很多问题无关紧要，千方百计瞒我。但他根本不知道女人的第六感有多强烈，每天看他回来装笑脸，我就觉得是不是自己做得不够好，才让他宁可把烦恼告诉同事也不告诉我。"

"我每次听到老公跟婆婆在打电话，说一些我没有听过的生活烦恼，也会像这个女生一样生气，觉得你为什么宁可告诉自己的妈妈也不告诉我？这视频让我换了一个角度想问题，觉得这或许不是坏事。"

也有男网友从中得到启发：

"其实我们男人都是单细胞生物，根本没想那么多。有时候只是嫌说出来多花口舌，还要累及他人。看了这个直播，发现自己有时候确实不够顾及另一半的想法。"

"完全是我的心声！！可能我有些大男子主义吧，觉得男人遇到事情的时候就应该大包大揽，不该让女人操心，这才能叫作爱，现在看来是我对爱的理解太狭隘了……"

形形色色的讨论将评论区占满了，大家都表示这样的直播很有生活气息，还能唤起一些思考，期待他们继续进行情侣旅行直播。

更有理智的网友像智者一般做了总结："男人和女人来自不同的星球。女人总是喜欢分享情绪，但男人却更关心理性。就算平日相安无事的情侣，在旅途中激发出的冲突都相当真实。"

"雨晴，昨天有几百万人看了你们吵架的直播！"大鹏完全没有领会雨晴和赵程之间微妙的变化，兴奋地将成果展示给她。

但此刻的雨晴看着直播评论，觉得这一切难以置信。她本来想冷处理这件事，给双方时间平静一下心情，再决定这段感情的去留，可直播的红火却让局势发生了一个大逆转。

"你们应该学那些经常营业的'荧幕 cp'，积攒自己固定的粉丝群，反正你们本身就是男女朋友，组 cp 再好不过了。"大鹏又发表了自己的想法。

"什么是组 cp？"赵程不明所以。大鹏给他指点："cp 就是 couple，情侣的意思。'荧幕 cp'就是指一些人通过某种传媒介质，打造出观众心中固定的、向往的情侣形象。"

大鹏进一步聊起了自己的"骚操作"："现在这个直播正在热度上，你们可以开个微博，记录两个人共同旅行的过程，然后发一些'虐狗'的照片，到时候就会有很多粉丝被你们的故事感动，追随你们……"

"虐什么狗？"赵程还是对大鹏语言中夹杂的一些网络新词不太能理解。

大鹏大笑起来，指着旁边的超儿："就虐他这样的单身狗啊！况且现在的'荧幕 cp'都是 90 后、00 后，像你们这样年纪的还挺少。趁这个细分标签还没有佼佼者，我们可以马上抢占。"

大鹏的建议满足了之前粉丝所说的"陪伴感"和"同步感"，赵程听得似懂非懂，但他好像除了跟着这个趋势，没有其他的退路可以走了。赵程不想放弃，传统媒体的衰落让他受了太多委屈，好不容易一脚迈进了自媒体世界，他太想赢了。

过了一会儿，艾美丽果然如约而至，她自告奋勇要做一日导游，带大家去当地最有名的基辅独立广场。

大概是在前几站见过了太多类似的广场、教堂和西洋建筑，基辅的景色倒没有给众人太多的震撼。况且，作为首都的基辅未免有些过于冷清。因为人口密度低的缘故，大街上、饭店里都是一派静悄悄的景象。

可众人完全不觉得这个地方沉闷，尽管这片土地曾差一点被战火夷为平地，但热情感性的乌克兰人并不把痛苦镌刻在每一栋建筑上。这里的许多建筑都像积木玩具搭成的一般，五彩斑斓且饱和度极高，充满着童话的氛围。

在基辅，无论是街边还是市集都有许多卖花的小贩，就算是衣着朴素的乌克兰老人也会捎带一束回去点缀屋子。路过的公共场所里，电影院、剧场、书店占了很大的比例。休闲中的人们很少低头玩手机，他们都在与身边人交谈或是安静地阅读。独立广场上，随处可见各色的街头艺术家，他们或是放声高歌，或是自由舞蹈，或在现场作画，尽管是在为生计操劳，但没有一个人露出愁眉苦脸的表情，你能从他们脸上感受到发自内心的快乐。

"Honey，我猜你需要一朵鲜艳的玫瑰花。"

超儿正望着艺术家们愣神的时候，艾美丽向小贩买了一朵花，插在了他的外套口袋上。

"就像我的名字，很美丽。"艾美丽欣赏着自己的杰作，毫不吝啬地赞叹着，丝毫没有顾虑到超儿逐渐涨红的脸庞，还有旁边苏达、大鹏看好戏的表情。

大鹏突然受到了启发，撺掇赵程也向小贩买了一朵玫瑰。大鹏想，如果在乌克兰的大街上直播赵程拿玫瑰向雨晴单膝下跪，画面宏大漂亮，结合了景与情，应该能受到粉丝欢迎。

说实话，以往每一次冷战都是雨晴主动和解，但这一次赵程难得先投去了求和的眼神，他没办法任由自己做起来的短视频事业，刚有起色就中断了。

雨晴默许了赵程的送花提议，让大鹏拍了几分钟的直播。

"不错啊，拿花的时候要是再靠近一点就好了。"直播后大鹏一个人观看着记录，锱铢必较地细究视频。他还没意识到赵程和雨晴有了些与往日不同的气氛，一路上他们总是冷战又和好，似乎已经成了一种惯性。

雨晴一个人把玩着玫瑰，赵程凑过去刚想说几句话，就被雨晴先打断了。

"镜头已经关了，不用表演了。男人送给女人的玫瑰，只有第一支是珍贵的。可惜我遇见你的时候，你的第一支玫瑰已经送给别人了。"雨晴将玫瑰一折，丢向旁边的垃圾箱。

晚餐时间，艾美丽约了中文小组的朋友，想邀约所有人同行。大家都默契识趣地拒绝了，让超儿单枪匹马赴约。

"超儿可好，红袖添香！美人相伴！"看着超儿离去的背影，苏达仰天长叹，他勾了一下大鹏的肩，"咱现在也去乌克兰大街上遛遛，看看能不能抓着乌克兰的尾巴，来一场轰轰烈烈的艳遇。"

哥俩准备出门时，正撞上老革命和李教授上街买回了些食物，打算在旅社大厅里做一顿丰盛的大餐。

赵程本意想留在旅社和大家一起，毕竟他对艳遇这样的事情并没有太大兴趣。但凡雨晴给赵程一个挽留的眼神，他都会决定留下来，可雨晴丝毫没有挽留的意思，反而不在意地叮嘱了一句："你去吧，玩儿得开心点。"

赵程只得硬着头皮和苏达、大鹏一起出门。

街角的酒廊里，赵程、苏达和大鹏等了半晌，也没有美人前来艳遇，只好自行小酌几杯。酒酣之余，几人猜想超儿现在在干什么。

"八成在和艾美丽舞池贴面热舞。"大鹏边说着，脑子里边涌出了唐僧闯进盘丝洞的画面，自己先笑了起来。

"也有可能是艾美丽向他表白，就像当初宋一潇向我求婚一样……"苏达一脸八卦地展开联想，脑补着其中细节。

"我们为超儿的名草有主干杯!""干杯!"

突然,酒廊的大门被推开了。一脸狼狈的超儿直奔桌边,一言不发地闷坐下来,抄起苏达面前的酒来了个一口闷。

"喂喂喂,"苏达心疼他花了 100 格里纳买的鸡尾酒,"我还一口都没喝呢,这酒钱你要付啊!"

大鹏从没有见到这么低气压的超儿,不知道他受了什么刺激,连忙询问:"你不是和艾美丽约会去了吗?"

"你们都觉得那是约会,不是我一个人的错觉对不对??"几杯酒下肚,把自己灌得半醉,超儿才有勇气一股脑儿地把自己遭遇的荒唐事一五一十地招了。

晚餐后他和艾美丽来到一家灯光昏暗的 PUB,借着朦胧的灯光,超儿看向这个对自己一见钟情的女孩,俯身想要亲吻她,没想到艾美丽却一脸愕然地阻止了他。

这下换超儿懵了,不知道艾美丽的葫芦里卖的是什么药。艾美丽显然也被超儿的误解弄得有些尴尬,经过她磕磕绊绊的中文解释,超儿才明白,原来艾美丽向超儿要微信,纯粹只是因为她听到超儿唱好听的中文歌、说流利的中文,而她自学中文多年,想要一个中国朋友一起聊天,提升中文水平。在她的认知里,超儿是一个"很重要的中国朋友",却不是一个"很重要的中国男朋友"。

超儿还想继续表白,但艾美丽眨了眨美丽的褐色眼睛,向超儿提了几个问题。

"你知道乌克兰有多少个地区吗?"

"你知道西里尔文字母有多少个吗?"

"你知道我们乌克兰订婚有什么规矩吗?"

超儿一个都回答不出,艾美丽叹了口气,继续说道:"我们拥有完全不相同的灵魂,怎么可能在一起呢?"

"可是你并不讨厌我对不对?只要我们不讨厌对方,感情是可以一步一步培养的。"超儿还是不死心,想要劝服艾美丽和他一起去往下一站。以前超儿都是被物质基础挡在门外的,这是他第一次被"灵魂"阻挡在门外。

"爱情是从心灵发出来的光束。对于我们乌克兰人而言,感觉是排在第一位的。如果没有感觉,我不可能和你建立爱情的。"艾美丽用不流畅的中文表达着自己的观点,只是这些想法在超儿看来,实在是过于感性。

艾美丽继续解释:"因为学中文的缘故,我研究过你们中国的文化,但你可能不了解我们乌克兰的文化,我们并不认为感情是一种可以培养的东西。我们乌克兰女孩有时把自己的毕业典礼看得比婚礼还重要,你知道这是为什么吗?因为毕业典礼只有一次,但婚礼可以有很多次。我们认为只要感觉停止,婚姻就应该停止。"

超儿自认是个感性派,却也被艾美丽的这套理论噎得说不出话来。

"你发现没有,这好像就是乌克兰人的天性,今朝有酒今朝醉。就好像艾美丽一样,就算她没有赚很多钱,也会因为单纯地喜欢中国文化,愿意花时间去学中文,也愿意给陌生人买一朵花,请陌生人吃一顿饭。而我们却习惯在过程中寻找目的,太吝啬为自己的感性买单了。"听完超儿的"假艳遇"经历,苏达感慨着。

之前从未出过国门的大鹏也表示认可:"不走出来,你都不知道人和人之间有这么大的差距,一个民族会有这么强烈的民族个性。即便他们学着说我们的语言,可是他们却和我们有着截然不同的想法,这是语言所无法跨越的。"

超儿本以为说出自己的"假艳遇"经历,会招来兄弟们的嘲笑,却没想到经过短短几天的乌克兰驻足,这里的风土人情让大家都能理解这场"假艳遇"。

"其实乌克兰的经济不算太好,但你随处可见大街上的人在悠闲地喝咖啡、吃点心、看演出。而我们好像已经习惯了快节奏的生活状态,刹不住车了。我们称它为高效率,可是高效率真的好吗?"赵程若有所思,他想起自己在北京的时候,已经好久没有好好地吃一顿下午茶了。

"其实不止国内国外,每一代人对待生活和爱情的观念都不一样。我小时候在农村,三叔公就总说,新媳妇进门为什么叫'新娘',那就是因为在老一辈中国人的眼里，娶妻为新娘，就是娶了个新的娘，照顾另一半的衣食住行。你不能说传统的观念就完全是错的，它有自己产生的基础。个人的经历和所处的时代空间都是变化的土壤，即便是同一颗种子，也会在开花结果后呈现不同的样子。"大鹏接话。

本来男人的酒局都是在聊叱咤风云的大事，鲜少聊到感情的话题，但超儿的"假艳遇"竟然让大家打开了话匣子。

"其实有的时候我就觉得吧，我和宋一潇不是一类人，比如说她喜欢吃西餐，我喜欢吃中餐。但我想她选择我，那么我们一定有什么相似的地方，只是我没有察觉而已。"

苏达又点了一杯酒，比刚刚的度数来得烈一些，他一直在寻找自己和宋一潇在一起的合理性，尽管这么久了他还是没能碰宋一潇一下，但他总相信宋一潇有选择自己的理由。

正刷着直播账号的大鹏突然看着屏幕嘿嘿傻笑："我正好看到一条被赞到首位的留言，也在讨论这个话题，讲得还挺有道理的。"说罢，他把手机横放在桌上，其余三人也凑过来看。

故事说，悟空周游凡间，遇到一件百思不得其解的问题，上西天寻如来。如来见他一改之前的顽劣本性诚心求教，便问道："猴头，有什么问题你且道来！"

悟空迷惘，问如来："你能给我讲讲什么是爱情、什么是婚姻吗？"

如来并不解答，只是交代悟空立刻去王母娘娘的蟠桃园摘一个蟠桃回来，条件是不可以走回头路，只能摘一个。

悟空去了很久才回，空手而归。如来就问了："猴头，你怎么空手而归呢？"

悟空垂头说："你让我摘一个我就去了。我看见一个好的，便摘了。再往前走呢，又看见一个更好的，我又摘了。我发现蟠桃园里的蟠桃各式各样，有大的、有甜的。到最后挑来挑去，我都挑花了眼了。当我快走出蟠桃园时，我发现，我挑过的蟠桃都已经扔了，再往前我又不想摘了，因为它们都没有之前的好。于是我就空手回来了。"

如来一笑说道:"猴头啊!这便是爱情。"

悟空又问:"那何为婚姻?"如来让他再去王母的蟠桃园摘一个蟠桃回来,条件是不可以回头,不可以走回头路,只能摘一个。

悟空去了,半晌过后便回来了,拿了一个不大的蟠桃。如来就问他:"你这回怎么就挑了这么一个回来呀?"

悟空说:"我吸取了上回的经验,看见一个蛮喜欢的就摘了,旁的我也没有看,低头便出来了。"

如来笑道:"好猴头,这便是婚姻啊!"

虽然这不过是个借悟空之名写下的寓言,但四人却各有感慨。

"要想从爱情到婚姻,首先要知道适可而止,珍惜眼前人。你有了大桃子,发现它不够甜,就会想要甜桃子;有了甜桃子,你嫌它颜色不够饱满,又会想要红桃子;有了红桃子,你有一天突然发现它太小了,还不够塞牙缝,又会怀念起头一遭遇到的大桃子,那生活还要不要过了?所以我从来不相信一见钟情,只希望找到那颗最对的蟠桃,其他的我都一概不理。"大鹏在寓言里总结着自己的爱情誓言。其实大鹏的憨劲让他不像悟空,更像是八戒。可谁又能说,聪明人的爱情就一定顺遂呢?

"如果我是悟空,我选择一辈子不走出蟠桃园,那样我就永远拥有整个蟠桃园的桃子。如果非要拣选一个出来,我就先仗着弼马温的身份流连蟠桃园,吃遍各种味道的桃子。倘若曾经拥有过,即便最后拿到手上的那个既酸又小也无所谓。"超儿谈着自己截然不同的观点。

"所以呀,就算我们同为中国人,在感情上都会有不同观点,何况一个外国人。爱情观没有对错,适合自己的就是最好的,最怕的就是你左顾右盼,既不享受过程,又嫌弃结果。"

对于赵程的这番总结,大家都表示认同。正在这时,苏达和大鹏的电话铃声同时响起,看到联系人名字,两人不约而同地离开了嘈杂的小酒廊到门外接听。

苏达先接完电话回来,一脸坏笑地向诸位告了假:"不好意思啊,俺娘子的夺命连环 call 来了。恕我不能奉陪，就先回去了。"

正在苏达准备离席时，大鹏也接完电话回来了，他一拍脑袋："要不是艾索给我发来视频邀请，我差点都忘了我们约好要视频聊天了。"

"那咱们就一起回旅馆吧，这样也有个照应。"作为唯一一个没有被召回的非单身人士，赵程也起身整理衣服。

"真是羡慕你啊，老夫老妻多自由！"苏达满脸羡慕，在他看来，七年的感情给夫妻双方强烈的信任感，才能保持彼此自由的状态。

其实赵程才是有苦说不出。他听从大鹏的建议帮从来不用社交网站的雨晴开通了微博账号，刚才他一直在看最新的那条微博，照片上两人四目相对，在基辅独立广场上手持鲜花。评论里都在羡慕他们云游四海的爱情，但赵程忘不了在镜头背后被雨晴折掉的鲜花。

相处七年以来，这个女人好像时不时都会摆出这样不在意的姿势，如果说前妻和他相处时的缺点是太过于患得患失，那雨晴就是有些过分大气了。

赵程看了一下空空如也的来电记录，无奈地回应了苏达："等你到我这个年龄你就知道，一个女人不在意你的时候才会给你自由……"

赵程觉得身边这群年轻人都还是第一次踏入蟠桃园，仍处于挑挑拣拣的阶段。而自己就像第二次进入蟠桃园的悟空，已经清楚了什么样的蟠桃最适合自己，即便看到更漂亮的桃子，也很难再动心了。

可是蟠桃却很在意，自己并不是最鲜美多汁的那一颗。其实哪有挑与被挑的蟠桃园！好的婚姻需要两个人互相心疼、互相鼓励；好的爱人能在你春风得意时不骄不躁陪伴左右，也能在你跌落谷底时温言勉励。

人世间的爱，是一种本能，没有谁对谁错。谁也无法抗拒"心疼"与"陪伴"的魅力。爱一个人最好的模样，就是有人懂得你的付出，你爱得心甘情愿。

# 第十一章　爱情的丰碑

"最后一盘菜新鲜出炉了！"老革命晃晃悠悠地从厨房里端出菜汤。林青早已吃完回房，只剩下四个女人围炉夜话。聚餐办在一潇房间里，屋子里没有炉子，大家围着一张双人大床，这样算起来应该叫作"围床夜话"。

为了摆放新菜品，宋一潇把身旁苏达铺的小睡袋掀开。

"你们结婚这么久还是分开睡？"看到睡袋有明显的使用痕迹，雨晴有些惊讶。

"是啊，本来我们在前几站都是订双床房。哪知道这家旅馆的双床房都订满了，只有这个大床房了。"宋一潇完全曲解了雨晴的意思，还觉得这件事挺正常。

新菜上桌，品相看过去不咋的，一眼望过去全是白菜帮子。

"别小看这道素菜汤，它可是俄罗斯的名菜。要将洋葱、胡萝卜切块，再放上胡椒粉、盐炒熟，然后拿另一个锅，放上一锅水，煮上大麦、土豆块、卷心菜还有香叶。最后将它们合二为一。"

老革命看大家面露失望之色，忙进行了介绍："以前我和我先生在俄罗斯，那的天气特别干燥，我们常喝这道汤来除燥，还是他教我在汤里加荨麻呢！我先生常说自己就是这么个普通的食物，很家常，很简单，可是在这个天气里吃起来却有说不出的舒服，而且无论平日餐桌还是隆重的典礼都适合。"

宋一潇着急动手，被老革命一筷子打下来："还不能吃，缺了点东西！"

老革命掏出一袋酸黄瓜，放汤里搅了搅，又拌了小半瓶酸奶进去。她手不停嘴也不停，碎碎念道："我们在俄罗斯念书时，他欢喜酸，总在汤里加酸黄瓜，而我喜欢甜，总在汤里加点糖。可不知道从哪天开始，我也习惯在汤里加上酸黄瓜。那时我们还开玩笑，说这样加糖又加酸黄瓜，算是我们独家的爱情秘方。"

宋一潇面露艳羡神情："这大概就是大家说的，爱情会让味觉趋同。"

说罢，她的眼神黯淡下来："可我还是爱吃西餐，苏达还是爱吃大油大盐的家常菜。而且我们还有很多地方都不一样，他喜欢看那些刺激的商业片，我喜欢文艺片。他买东西的原则是能用就行，一点都不讲究美感……"

"你们这么多不同，你怎么在人群里第一眼就选中了他？"雨晴看到这个平日里叽叽喳喳的妹妹一脸丧气样，忍不住拿她打趣。

宋一潇尝了一口汤，比了个"good"的手势，这才继续回答雨晴的问题。

"今年我不是 26 岁了吗？春节时去串亲戚，大家就以过来人的名义给我灌输什么'25 岁定律'。就是说，25 岁以下的女生是潜力股，年年看涨；25 岁以上的女生就是贬值货币，一年更比一年低。他们总说那些条件好的北京土著被多少多少丫头片子盯着呢，让我赶紧盯紧点。我说我一个人过得挺好，他们偏不信，在他们看来，就算我未来离了婚也要先结一次婚。于是就发动各路人马给我介绍各种不靠谱的对象，其中还有个 31 岁的二婚北京土著……"

宋一潇提到二婚的时候，特意看了一眼雨晴的表情，见她没有在意才接着往下说："介绍的亲戚说什么大 4 大 6 都犯冲，大 5 岁刚好，二婚正好会疼人。结果约出来一看，好嘛！脑袋上头发都没剩几根了！"

在场的几个女人笑成一团，大家不自觉地停下了手中的碗筷。

宋一潇解释起了向苏达求婚的原因，"那段时间我就觉得，世界上的好男人是不是已经绝种了？后来第一次在桌游吧遇到苏达，他第一轮第一局就被教授你'KO'了，雨晴姐也没救他，这事要换我肯定气得要命，但他还挺淡定的。当时我就觉得，嘿！这人还挺有意思的！后来在婚礼上，那么多围观的工作人员里只有他给我递了水。再后来我就发现这人还挺逗的，大概就是东北人的乐观天赋吧，他一开口我就能笑得不行。我就喜欢他那个憨劲儿，一看就是个不拈花惹草的主儿，老实、本分、脚踏实地……对了，还有会做一手好菜！"

"你要是喜欢吃，怎么不去找个厨子？"雨晴调侃道，"再说了，老实、本分、脚踏实地？这在电视剧里可都是男二号的标配，怎么就成了你的男主角了？"

宋一潇不服，还想给苏达多补充点优点，可她穷极了努力，也没能再多想出一条，只好岔开话题："你发现没有，中国爸妈的脑回路就是很奇怪，读大学的时候不让谈恋爱，一毕业又指望抱孙子。"

"谁说不是呢？"李教授感同身受，"我和前夫就是家人介绍认识的，后来有了林青。如果不是发生了车祸，他一直是老一辈人常说的老实人，我从来没有发现这个男人自私和残忍的一面。"

"车祸的时候，我和林青都坚持要去灵堂拜祭，可她爸爸却说多一事不如少一事，并且阻止我提出赔偿。后来他在我们的要求下丧着脸一起去了灵堂，但他看着别人家父母痛苦完全无动于衷。一般人哪怕陪伴自己多年的小猫小狗离开了也会觉得难过，但他在这件事情上表现出来的冷漠，就像一个局外人一样。如果没有发生这件事，我们可能还会保持着淡如水的婚姻，可既然事情发生了，我没办法当做没看见。我和他离婚，不是说他做错了什么，而是我们俩本质上是不一样的人，我没办法和一个毫无共情能力的人在一起。

"我离婚的时候已经 40 多岁了，四周全都是泼我冷水的人。他们说，你现在这个年纪上哪找一个这样好的丈夫？还学着年轻人搞什么性格不合？可是人有多少层皮，需要一层一层剥开才能看到心里，有的人到 80 岁才看清，他们也应该有权利在 80 岁离开。"

没想到两个相差 20 来岁的女人，居然面临过同样的人生困境。其实不只是她们，全社会的女性都面临着相同的困境。总有人对女人说"你到年龄了""你要降低标准了""你不应该做那些冒险的事"。只要还有人说出这样的话，宋一潇就准备把拍女权电影的梦想一直坚持下去。

"我觉得你做得对。你们知不知道有一句美国谚语，叫'we loved with a love that was more than love'。婚姻不仅代表着感情的延续，更代表着你把自己的人生与梦想都和另一个人绑定了。"

年轻人们都诧异老革命怎么突然说出这么有哲理的话，她一路上大部分时间都在谈爱情，很少谈未来和梦想。

"我婆婆是个老实巴交的农民，面朝黄土背朝天，她经历过了那个混乱的年代，总觉得最幸福的生活就是平平顺顺地度过一生。在遇到我之前，我先生也的的确确是这么想的。我们一起到国外留学，学的都是最前沿的科技，踌躇满志要为国家做贡献，毕业后就一起回到了故乡。我被分配在一所大学里做老师，心想教书育人也不错。我们很快迎来了第一个孩子，满心期待他的到来，准备迎接安定的生活。可那时候我等到了人生中最重要的一次机会，我的申请通过了，国家有意把我派到西北参与建设，我也特相信自己能在那片广阔天地里大有作为。"

"所以倒不是你跟着他去西北，而是他跟着你？"雨晴被这个转折惊到了，一路上听到那些关于去西北的故事，大家都以为老革命一定是夫唱妇随才辗转到了西北。

老革命脸上露出了温柔的神情，将那天晚上的记忆一点一滴娓娓道来："对，我还记得那天晚上他正用口琴吹着《莫斯科郊外的晚上》，我们就那样对坐着，空气像静止了一样。我还在想早上我们单位的王姐——一个在教师行业干了几十年的老同事劝我的话。她说西北那地方的风沙大，随便走走就一嘴沙，可我心里清楚，当初远赴国外学技术，不是为了今天能坐在这里纳凉。我太希望能够在自己的行业里做出点成绩，把知识落实到实处，这一点我先生也很清楚。

"沉默了一会儿以后，我先生问了我一句'你知道我的梦想是什么吗'，我一连猜了好几个，譬如让婆婆搬来和我们同住、研究最新的技术、拥有一双可爱的儿女……他都摇头否认了，然后他非常认真地看着我的眼睛，说出了一句让我毕生难忘的话……"

在这个故事的节骨眼上，老革命喝了口水润嗓子，把在场三人的胃口都吊了起来。大家不由得注目聆听，画面就好像静止了一般。

"我先生对我说，'我的梦想，就是你的梦想能够实现。'"

其实大家已经听多了老革命讲另一半的故事，但奇怪的是每一次听都不厌烦，因为每一个故事都有个童话般的结尾，足够让大家打起精神。

"说实话，我们虽然都在俄国读大学，但他学的是物理，我学的是化学，所以他并不能理解我梦想的具体内容是什么，但他记得我经常提起要把这些技术带回来，只知道我应该去实现我的梦想，否则我的人生会因此留有遗憾。但这也给我带来了另一个遗憾，基层工作的强度大，加上西北的医疗条件简陋，我们的孩子最终没有保住。记得我当时直挺挺地躺在乡镇医院的床上，看着白墙上的树影，他从门口走进来，什么也没问，只是静静地握着我的手。"

夏夜的乌克兰，小旅店的桌子上飘来一阵阵中餐香味，在一桌子的残羹剩饭里，唯有那碗白菜汤还满满当当、颜色艳丽。

宋一潇突然想到了雪山下的苏达，那时候他说过如出一辙的话——"尽管自己不喜欢不理解，但因为爱你，尊重你的梦想，不想要你回望人生时感到遗憾"。而生活中的苏达也确实身体力行地实践着他的承诺，做着一手拿手东北菜的他为宋一潇学了一路西餐，甚至强忍着睡意陪她看那些不喜欢的文艺片。

看着老革命充满沟壑的脸上露出被宠爱的笑容，宋一潇觉得她一定很幸福，也油然而生了一种幸福感，预感自己会和老革命一样幸运，因为苏达和老革命口中的"他"一样懂得理解和尊重。

"后来我先生也去俄罗斯实现他的理想。他走的那天是八月初八，我们遗憾看不到八月十五的圆月，就在那半轮月下约定，等我们各自实现了理想，要相约共看圆月，他还要给我唱独家的《一生所爱》。"

老革命边回忆边拿出了布包里的小收音机，时隔这么多年，它已经有些锈了，静静地躺在老革命的手掌心。

都说闺蜜之间的话题离不开爱情，可没想到这几个年龄完全不同的女人在一起，也没法逃脱这个"都市女子聊天定律"。

"你说说赵程啊？你们认识七年一定有许多故事吧？"宋一潇可不能允许雨晴像个记忆貔貅似的"只进不出"，准备顺着风向套点八卦。在宋一潇看来，雨晴和她就是个反差型，她肚子里什么都藏不住，而雨晴每说一句话都要在嘴里嚼上三遍再往外吐。

雨晴笑了笑，体贴地为每个人添了饭，但大家都能看出她在竭力逃避这个话题。

"你和赵程还真是像呢，都不爱说话，什么事情都藏着掖着。"宋一潇嘟嘴抱怨了一声，不过她一向是嘴快过脑，说过便忘，端起饭碗就往嘴里扒饭。

"我猜不是这样的，"李教授又露出了一副了然于胸的表情，"我已经观察了很久，别人可能觉得你们直播的那些视频很亲密，但在我看来，相处七年的人是不应该刻意留出某些距离的。还记得乌克兰广场上送花的那一幕吗？直播时你没有用整个手心包裹着花，而是用小指轻轻捏着。花上没有刺，是你的心里有刺。"

果然什么都逃不过李教授的眼睛，雨晴心知，自己心里真的有一根刺。

"喂喂喂！"宋一潇半开玩笑地拿只筷子敲着碗，"我们可不是让你在这里听秘密的，姐妹之间还是要遵守等价交换的原则……"

"我不是不想说，是不知道要怎么说。我们之间的感情好像就是平平淡淡地开始，然后平平淡淡地度过了七年，没什么好说的。我们年纪都不小了，选择范围本来就不广，做选择不完全靠感觉，更重要的是合适。"在对待感情上，雨晴完全不像做其他事情般得心应手，"我时常在想，本质上我们俩是不公平的。他就像一个已经学完九年义务教育的、却在毕业考上得了低分的学生，现在从头来上一年级。失败的婚姻能教会一个人太多东西，他已经体验过爱情的高潮，顺理成章地进入淡漠的'去浪漫阶段'。可我是一个真正的一年级学生，像揠苗助长一样被带入这种不正常的恋爱状态，被迫去适应一些不属于我的感情规则。"

"不论多大年龄，经历过婚姻的人和没有经历过的人，还是有着很大差别的。"宋一潇若有所思。

擅长分析的李教授沉默了一会儿，突然发问："那你大可以找一个同龄的、公平的人，可是这七年的时间，你为什么不去尝试？"

被问到这个问题，雨晴的眼神突然闪躲了一下，她开始强装镇定，试图用沉默进行掩饰。

但伪装下的惊恐没有瞒过李教授的眼睛,她搜寻着脑海里的知识,表现出了一个心理学教授过硬的功底:"其实是不是曾经有一个人,让你也有过一段如同经历婚姻的感觉,所以你才会在一开始选择赵程。是它让你和赵程有了现在这样看似平等的状态,并且将这段关系维系了七年。"

雨晴的眼神一直在游弋,李教授猜想她一定有些不想让别人知道的事情。但以雨晴守口如瓶的性格,自己似乎一时半会儿也问不出答案。

于是,李教授不再追问,只是简单地为雨晴提出一个猜想:"或许你一直以为是赵程选择了你、需要你。但爱情有时候是个障眼法,你不知道自己已经在内心里选择了他,或者说,你需要他。"

"谁敢说心理学教授说的话没有道理。"雨晴假装不经意一笑,像是怕露了马脚似的,匆匆去洗碗。

看着雨晴离去的背影,宋一潇有些感慨:"你说这女人的爱情和婚姻怎么就这么难呢?"

"我早上看账号时,注意到一个粉丝留言的评论,还挺多人点赞的。"李教授也看到了大鹏所说的那个悟空和蟠桃的留言,她凭着自己的记忆复述了故事。但显然,李教授的故事中多了许多脑补的细节。

"……悟空第一次到蟠桃园,肯定觉得这园子很新奇。他先在临近的树梢上看到一颗鲜亮的大桃子,那时他想,如果自己摘了这颗桃,之后就不能再摘了,后面可能会有更好的呢。于是他接着走了一段路,又看到一颗鲜亮的桃子,比上一颗略小一点。悟空看了看前面的长路,觉得人生还有无限可能。他想,'要是摘它,还不如摘第一颗呢!'就这样犹豫了一路,终于有一天他发现前面已经是出口了,只能随手采下一颗出口附近又小又干瘪的桃子……"

"那第一颗、第二颗被错过的蟠桃岂不是太可怜了?它明明比最后被选中的那一颗好得多……"宋一潇的关注点与众不同。

李教授叹了口气:"所以啊,'有没有被人摘下'并不能证明这颗桃子本身的好与坏。干瘪的桃子出现在恰当的时机也可能被有缘人摘下,无需妄自菲薄。而那颗被错过的桃子也是很好的,错就错在它出现在悟空的前半段路上。不过不要紧，会有很多采桃人从四面八方涌进来，它今天出现在某个人的前半场，或许明天就会出现在某个人的后半场。"

"你们这些小闺女不用怕，无论多笨的猴头，最后总会学聪明的。"老革命眯缝着眼，看着宋一潇慢悠悠地说道，"等成为了过来人，你们就会知道任何路途都分成前半程和后半程，人们能做的就是在走前一半路时悉心观察，对'什么样的桃子才算好桃子'心里有数，在后半程只要看到和前半程差不多的桃子就采下来，选定后不再左顾右盼，即便有更好的桃子也认定了手中的那个。如此就能拿到一个最称心如意的，一路小跑到终点。"

"这个故事鄙视女性。难道女人就只有被挑来挑去的份吗？"宋一潇愤愤地说。

雨晴听着，她刚把锅碗瓢盆搬上盥洗台，就赶上赵程一行人从酒廊里回来。

"老婆大人！"苏达很夸张地飞奔到宋一潇怀里，宋一潇居然不再躲闪。她已经逐渐习惯这个怀抱的温度，甚至感到了些舒服适宜。

大鹏马上连上了旅馆的 Wi-Fi，镜头那边的艾索剪了一个清爽的短发，看见镜头里掠过的赵程，便尖叫着要见一见这对"直播 cp"："我一直有在看你们的短视频，Oh my god！Aaron Zhao 和他女朋友太幸福了！两个人可以一起手牵手看世界！"

Aaron Zhao 是赵程的英文名，也是他直播账号的名字。面对镜头，雨晴已经开始习惯和赵程表演一对亲密爱人，她下意识地往赵程身上靠一靠。只是她忍不住告诉自己，这不过是一种虚假的表演，自己对赵程没有过多的依赖。她认为这种感觉是有基础的，因为一直以来，她和赵程都拥有自己独立的世界，无论在情感上还是在事业上。两个人都单枪匹马地在各自的世界里厮杀，从来没有共享过彼此的人生。

"在洗碗啊！"赵程跟雨晴到厨房，戴上手套想一起洗。谁料雨晴闻言将碗都放下，摘下手套，独自回了房间，留下赵程一个人。

刚结束视频聊天的大鹏经过门口，直播了这么多天，傻子也能发现冷战的端倪。

"你们这是怎么了？吵架了？"大鹏见赵程表情不置可否，就知道十有八九是真的。他不知道怎么安慰，就顺口调侃了一句："你可要哄好雨晴，她可是你唯一的女主角！"

大鹏本意说的是镜头上，但在赵程看来，这个唯一的女主角囊括了镜头和生活。

车终于驶出了基辅，往俄罗斯方向奔去。

"终于要到了！"一路上讲了无数爱情故事的老革命一脸兴奋，眼睛里盛满期待。尽管路上的风景比起若干年前变化了许多，可一想到要去见的人，风景如何都不重要了。

大家都等着一起见证老革命和她先生的重聚。"到时候我们一定要录个短视频，留给老革命作纪念。"大鹏打算着。

翌日就要入俄罗斯国境了。晚上，宋一潇听到门口的酒店走廊上有来回的踱步声，开门一看，竟然是老革命。一看到宋一潇，她有些犹豫地提出了请求："好闺女，这里就你的眼光最好。你能不能给我挑挑，明儿穿哪件衣服好看？"

宋一潇也是爱管事儿的人，自然爽快答应。一进房间，她就感受到了一种少女要见初恋情人时的慌张，地板、床铺上全都铺着衣服，旁边摆着从老板那里借来的挂烫机。这些衣服里除了一些平时穿的老年款，还有几件大红大绿的的确良连衣裙。

这也太夸张了吧，宋一潇心想，一个老太太怎么穿这样花里胡哨的连衣裙。

老革命拿出一条绿格纹的连衣裙，只见前片看上去是件连衣裙，后片则拼接了另外一种颜色，明显是加长加宽了。

老革命特满意地将连衣裙挂起来，给一潇介绍着："这条裙子我特别记得。《大话西游》是哪一年播的，这条裙子就是什么时候买的。那时我去俄罗斯探望他，我们一起在集市里看中了这条裙子。我看了看标价挺贵，摆手说不要，眼珠子却跟着它转，把我先生给看笑了，硬要买给我。我俩在俄罗斯从来没有砍过价，那是我们第一次拉下面子，好容易劝说老板降价卖给了我俩，一翻开价签才发现它是 made in China（中国制造）……"

说是让宋一潇参谋参谋，但哪有女人对自己穿什么没有主意？老革命很快选定了一件大红色的小马褂，满怀期待地问一潇："好看吗？"

那料子早已不是当下时兴的，布料硬挺粗糙，像是古早年间的老物件，但色彩依然是明艳的。宋一潇不愿打扰老革命的好心情，只得点头应和。

"就是它了，老伴肯定喜欢看我穿。"老革命将小马褂乐滋滋地抱在手中，边边角角小心翼翼地熨烫了一遍。临走时她还求了宋一潇一件事——明天来给她化妆。

第二天早上，当大家来到大厅集合时，老革命已经在那等候了。

她穿着昨晚选定的红马褂，脸上的妆容显得有些滑稽。其实宋一潇已经很卖力了，奈何她平时都只给自己或是同龄人化妆，老革命这一脸褶子连粉底液都涂不匀。

"这还真是老黄瓜刷绿漆，还长了一身红花！"苏达打趣道。

车行在路上，老革命一直向窗外看着，谁也不知道她在看些什么。离她最近的雨晴却发现一直看着窗外的老革命眼里泛起泪花。老革命打开了生锈的收音机，还将自己和老伴各自的照片贴在一起，反复摩挲着。

车子驶入了俄罗斯，在一个边陲公路休息站里暂作休整。

"孩子们，既然已经到了俄罗斯，送君千里终有一别，这段时间多谢你们照顾着。"众人正在叽叽喳喳地聊着俄罗斯的旅行计划，老革命突然向大家辞行。

苏达潜意识里认为老革命是怕麻烦大家，赶忙出言阻止："没事，送佛送到西，哪能半途把一尊大佛撒下？何况这段时间我们还要感谢你才对。让我苏达敬佩厨艺的人可不多，你算一个。"

"一路上都在听您和叔叔的故事，也让我们见一见他……"宋一潇也帮腔。

"大家放心，我认得路。而且那儿的路又小又偏，车子不方便开进去。"老革命像是预料到大家的阻拦，早已想好借口。

"既然又小又偏，我们更要去了，否则你一个人多不安全。"赵程也觉得不差这一时半会儿，总得把人安全送到才行。

对于这个刚上车就惹众怒，却一路越相处越可爱的老太太，大家都很不舍。

"你看孩子们都把你送到这儿了，再多一程也不嫌多。"连李教授都加入了劝告的行列。但哪怕大家你一言我一语，老革命依然固执地摆手拒绝。她从布包里拿出一个五彩斑斓的俄罗斯套娃。

"大家陪了我这么久，我也没什么礼物可以回报。我出发的时候就告诉自己，人家孩子不愿意帮你是道理，愿意帮你是缘分。万一缘分到了，走的时候也得送点礼，留下个念想。我年轻时在俄国最喜欢拿颜料画套娃，这次出发前就特地带了一组俄罗斯套娃的素胚子，一路按着你们的样子画下来，你们瞧瞧像还是不像？要是不像，可别取笑我。"老革命给大家深深鞠了一躬，粉底抹得不匀的脸上带着温和感恩的笑，"现在画也画完了，我也是时候走了。大家后会有期！"

俄罗斯套娃被交到了赵程手里，大家看老革命是吃了秤砣铁了心，劝也劝不住，只好目送老革命走到了最近的大路上。

赵程看了看手里的套娃，最外层的那个套娃长着一副一本正经的模样，两个小手紧紧握在前方，脖子上挂着一条领带，倒是真挺像自己的。在大伙儿的瞩目下，他接着将套娃一层一层打开。和传统的套娃不同，这一组套娃每一个都有属于自己的小表情。

苏达很快找到了自己的套娃。那是个灰溜溜的小三毛，眼睛小得几乎看不到，咧着一张大嘴。他罩着的那个比他小一号的套娃有着大眼睛长睫毛，穿着一套精致的大红裙子，头发上有漂亮的俄罗斯挂饰，一看就是宋一潇。

"别说，缘分真是冥冥之中注定的，这些套娃还真像我们。"李教授忍不住感慨，她手上的套娃穿着带有民族风情的衣服，戴着夸张的大耳环，颧骨上涂着两坨张扬的腮红。

林青也找到了属于自己的套娃：最小的那个套娃穿着一身绿衣，闭着眼睛，好像在想什么心事。它藏在最里面，被所有人一起保护着。

大伙儿揣着自己的那只套娃，感慨有些人的相遇或许就是注定的，对老革命的不舍又增添了几分。

"老革命要去的地方不是挺偏的吗？这里还是郊区，治安也不知道好不好，她一个人走挺危险的。"雨晴略有些担心。

苏达眼珠子一转，提出了个损招："既然老革命怕麻烦我们，不如我们就偷偷跟着，确保她安全到达后再走，反正我们也不差这一点时间。"

"我同意！"宋一潇立刻举双手支持。其实她心里早就痒痒了，她太想见到那个老革命一路聊着的老伴了。听了一路的爱情故事，关于"1129"，关于雪山，关于草棚，关于苏联老哥，关于放在手掌心里的收音机……这些故事早已经在宋一潇脑海里成为了碎片的剪影，她好想见到它们在生活中真实的投射。

虽然大家略觉得不妥，但没有人提出反对意见。远处的老革命已经叫到了一辆出租车，众人来不及多想，尾随跟上。

老革命去的地方果真挺偏远，但好在附近不时有些遮挡物，没让众人蹩脚的跟踪被发现。

车停在了一座石制拱门前，层叠的围墙密不透风。众人不懂俄语，也不知道拱门上写的是什么，可这里阴森森的，怎么也不像是一个有人居住的地方。

众人透过车窗向外看，只见老革命在门口稍微停顿了片刻，慎重地从行李袋里拿出了小镜子，煞有介事地整理刘海，又拿出水杯倒了点水在手心，抹好发型，快步走进大门。

"等等，"赵程叫住了准备下车的各位，"我现在开一个直播，你们想想，他们20多年没见了，到时候的场面一定动人，我们邀请网友们一起来见证。"

超儿也从后备箱里拿出吉他，他早就把《一生所爱》的旋律烂熟于心了，这会儿正好应景，能派上用场。

众人迈着碎步小心跟上，赵程和雨晴走在最后，低声向直播里的网友介绍着老革命的背景。

"一路上，你们也跟着我们的账号，听过许多关于老革命和她爱人的故事，今天我们就一起来见证老革命和爱人的多年重逢……"

正说着，大家听到不远处传来一阵脚步声。"你们看！老革命在那儿！"大家顺着宋一潇的手望去，只见老革命穿着那身显眼的红马褂，立在一行石碑前。

"你们看这些是什么？"宋一潇指着其中一块石碑，石碑上的数字好像是生卒年份。

不懂俄语的众人这才意识到，它们不是普通的石碑，而是墓碑。

众人正惊讶老革命的葫芦里卖的什么药，就见她抚摸过每一块路过的墓碑，像是问候熟识的老朋友，最终停在了一块墓碑前。

"这一路翻山越岭，可算是见到你了，我的伊萨耶夫。"老革命抽出条手绢，擦了擦蒙尘的石碑，轻柔地与墓碑对语着，"你总是让我等等，等你学完新技术回来，结果不是我等你，反而变成你等我。你一个人在这里等了20多年，累了吧？没办法，这几年有好多年轻人来我们单位，要培养他们接班啊……"

她从布包里拿出一张旧报纸，小心翼翼地铺在地上，然后席地而坐，开始像平时一样絮叨。如果没看到老革命对面的墓碑，大概只觉得她是在和一个陈年老友唠嗑。

"我们结婚时说咱们门不当、户不对的李婶，她的小儿子前几年结婚了。呵！找了一个手脚勤快的农村姑娘，他妈气得直跳脚。可人家是自由恋爱，说什么也不分开，好甜的喏！我告诉那小子，可别信他妈妈那一套……"

老革命越说越激动，说到有趣处更是笑得前仰后合，像是要把这么多年的好玩事一股脑儿全都说上一遍。

"你那个战友王城明回国后就住在我们后面的单位宿舍，前几年退休了。我和他媳妇在一起跳广场舞，她说老王最近有些老糊涂。你猜怎么着？他把家里刚买的电视机拆了，说是要教孙子修电路。还记得当年，他可是个电路设计的好手，有次我夸了他，你还吃醋呢……"

"还有还有！"老革命突然起身，对着墓碑转了小半圈，像是在展示着身上的红马褂，"我把它也穿来了，之前你在信上说想看我穿上它是什么样子，这不，我穿来给你看看。"

她抚着石碑，仿佛斯人犹在："这身红的确良的料子，当时我喜欢得紧，压在柜子下不肯用，你就说等你回来，让我拿它做身连衣裙，穿上在村口等你。现在我老了，成了个老不死的肥孃孃，料子不够做连衣裙，喏……只够做了这身小马褂。"

众人好像突然明白了这一路上听的爱情故事的分量，也明白了老革命为什么要一遍一遍重复那些老掉牙的故事——那不仅仅是与子偕老的誓言盟约，更是天上人间的生死重逢啊！

赵程默默地看了一眼直播，直播的人数已经破了当前的纪录。评论里有人在问："这是演的吗？在我们老家，要是有人去世，他们家人都得围着哭。如果人丁不够旺，还要雇人来哭，谁家哭得越狠就表示这家老人越有威望。可她怎么一滴眼泪都没掉，尽说这些不着边际的话？"

赵程突然想起很多年前看过《泰坦尼克号》的结局：罗丝垂垂老矣，镜头扫过她热热闹闹的一生。其实，这么多年来，老伴大概已经成为了老革命生活的隐形力量，让她用"我过得很好"代替了"我很想你"。

他狠了狠心，掐断了直播。他知道，此刻除了老革命，在场的所有人都无法体会这一份在风雨飘摇中等待了二十多年的心情。

老革命还像刚才那样说笑着，笑着笑着，一抬眼，却已经红了眼眶。

其实，二十多年过去了，她攒了好多好玩的事情想对他说，就算说上个十天十夜也不是问题。但唯独有一句怨言，她千里迢迢而来，就是为了能够亲口告诉他。

"你走那天是八月初八，你说，等明年月亮快圆的时候你就该回来了，到时候你要像从前那样给我唱歌……可是啊，我等啊等，等到了今天，月亮再也没圆过……"

老革命努力吸了吸鼻子，一行老泪却不争气地从眼角滑下来。这一句怨，在她心里埋了二十多年，今天终于得以见天日。她抖抖索索地站起身来，将自己的身子贴在墓碑上，好像墓碑也有温度，也有怦怦的心跳。

谁也没想到这个一路说笑的老太太，竟有这样的前尘往事。苏达打着手势示意大家离开，谁料发出的窸窣声引起了老革命的注意，她循声望去，看到了这几张内疚的、熟悉的面庞。

众人原以为老革命会责怪，纷纷低下头准备挨批，可经过这么久的相处，老革命哪能不明白大家的心思？

"你们是怕我在路上出什么事，特意跟着我吧？谢谢了……"老革命冲大家挤出了一个笑脸，将目光转回墓碑，"我没事……只是很想他。"

老革命站起身来，对着墓碑介绍："我来这一趟不容易，可多亏了这些孩子们。"一行人不敢怠慢，在石碑前站成了一排。

"这是苏达，咱们自驾团里鬼点子最多的人，我这一路常常想你，大半夜里睡不着，可这小伙子第二天总能把我逗得乐呵呵。有时候我想，大概是你怕我难过，才把他派来给我。旁边这个是他媳妇一潇，小姑娘就和当年的我一样，千挑万选不中意，遇到喜欢的人就自己送上门了。你在天上看见，可得保佑他们白头偕老，别像我们一样。"

"叔叔好……"两人的声音有些发颤，他们没想到这时隔二十多年的重逢竟然是在这样的情境下发生的。

"这是赵程和雨晴。这一路上多亏了他俩关照，我才能毫发无损地来见你。这是超儿，这是大鹏……"老革命依次将众人在墓碑前介绍了一遍。

"我的包袱呢？"老革命回身找，摸了半天却找不到。

谁也没注意到老革命放在一边的布包，只有林青一声不响地递了过去。老革命看着她，叹了口气："小姑娘，你不爱说话，我却觉得你心里什么都门儿清。"

包袱一打开，是几瓶红星二锅头。老革命在面前的墓碑下倒了一盅。

"你就好这一口，"她说着又往其他几座石碑前倒了些许，"估摸着这几位都是你的朋友，这二十多年来，多谢他们陪着你，也都来喝几口暖暖身子。"

老革命又从布包里掏出几张报纸，示意大家也铺好坐下，然后将那些一路隐瞒的陈年旧事娓娓道来。

"那时候他给我写信让我把这身红的确良做成裙子，说这是俄罗斯当下最时兴的料子。可我知道他想说什么，我们结婚那一阵子，他说咱们要听党的话，婚丧嫁娶不宜大操大办，所以连嫁衣都没有做。生活条件提高了，他看到红色料子就想重新给我置办一件，弥补遗憾。"老革命抚着身上的红马褂说道。

"后来他单位就传来消息，让他开着军车去考察学习。不远处的一块巨石被车队影响开始松动，向他战友的方向砸去。那个战友腿上有伤，所以我先生顾不得其他，眼疾手快地把别人推开，自己却再也没能回来。我也是傻，人家都把公函交到我手里了，我也玩命地不信，站在村头一直等到了夜里。别人家的灯一盏一盏亮了，只有我们家的灯始终是暗着的。

"可是我想，咱家这灯不能永远都暗着呀，咱得想办法让它亮起来。人家说，世界上只有一种死亡，那就是被遗忘，只要他能被记得，就会永远话在在世界上。所以我每天写日记，一点一滴追忆我们在一起的每一个时刻。我见到每个人都要讲一遍我们的故事，每想起他一次，他就又活过来一次。"

大家听老革命讲了一路的爱情故事，今天终于听到了大结局，可惜这大结局并不圆满。

"我和我先生看《大话西游》的那个年代，大家都说它是糟粕。我也看不懂，只觉得太悲伤。可我先生很喜欢它的主题歌，时不时就哼上几句，我总取笑他唱的是鸟语，我一句也听不懂。后来，我先生就上音像店重新把片子租来，抄出了普通话歌词唱给我听。他是个北方人，加上在军校那阵子军歌唱多了，唱什么都像是《青藏高原》，我总嘲笑他唱起来没有原版的情意绵绵，可是现在想想，幸亏有这些不一样，才能让我每次唱起时都想到他。"

老革命缓缓打起拍子，唱起这首只属于她的国语版《一生所爱》："从前现在过去了再不来，红红落叶长埋尘土内。开始终结总是没变改，天边的你漂泊白云外……"

直译的国语歌词不太通顺，加上老革命嘶哑的声音，怎么听都有些好笑。可大家都明白，这哪里是一首歌啊，分明是爱人留给她独一无二的礼物。

苏达瞥见宋一潇一直掉眼泪，悄悄地递上了纸巾。而赵程看向身边的雨晴。这整整七年来，他很少看见她这样泫然欲泣的神情。尽管还在冷战，他却忍不住伸手轻轻拍着她的背。

一旁的超儿拿着吉他，弹奏着这一首《一生所爱》，只是他未曾想到，自己会面对这首再熟悉不过的歌，哭得像个受尽委屈的孩子。他的脑海里涌入了这一路上老革命的片段：假扮陈玉莲是为了求大家同行，一路辛苦下厨只为证明自己有价值不被请下车，一路讲老伴的故事缓解日渐深重的思念……

没有什么句子比"一生所爱隐约，在白云外"更能概括老革命的这辈子。这一路上她做出的所有努力，只不过是为了见爱人一面，哪怕这次见面是这么的短暂，哪怕爱人已和自己天人永隔。

"苦海翻起爱恨，在世间难逃避命运。"

"相亲竟不可接近，或我应该相信是缘分……"

另外一个细小清脆的声音突然跟着老革命哼唱了起来，那个声音清脆动听，却很陌生。这歌声的主人林青已经轻轻走到墓碑旁，将小手叠放在了老革命满是沟壑的手上。

所爱隔山海，隐约不可触，被徐徐挡在白云之外。当一个人心里有人的时候，她可以假装和大家一起忙碌，她可以假装自己已经忘记，她可以热气腾腾地过着自己的热闹人生，可到闲下来的时候，她抬头看天，连白云的形状，都像极了那个曾经爱过的人。

爱的一半是相见欢，一半是离别苦，这一老一少应该最懂。

听到林青的歌声，众人怔住了，尤其是李教授。她红着眼眶，露出了从未有过的欣喜，可一摸眼角，却不知道什么时候有了一滴泪。

林青从口袋里掏出一件东西，塞进了老革命手里，正是那个最小的俄罗斯套娃。

"陪你。"林青轻声对老革命说。

"就让这个娃娃陪着你吧，有它陪着我就够了。"老革命从布袋里掏出那个生锈的小收音机。一老一少，一个紧握着俄罗斯套娃，一个摊开手掌露出了锈迹斑斑的小收音机。

突然，像是收到什么信号似的，小收音机发出了吱啦吱啦的声音。在普通人听来，那只不过是一阵收听不到的无线电波，但老革命突然老泪纵横。

她抬起头看向俄罗斯的蓝天。那一瞬间，她仿佛重回到了十六七岁的样子，而远处的云上站着那个年轻的小伙子，手里拿着自制的无线电发射器——尽管在年轻人们看来，沉默的云朵们没有发出一丁点儿的声响。

"谢谢你这二十多年来一直在这里等我，我心中永远的伊萨耶夫。"她回头招手再见。

## 一生所爱
*Love in life time*

从前现在过去了再不来
红红落叶长埋尘土内
开始终结总是没变改
天边的你漂泊白云外

苦海翻起爱恨
在世间难逃避命运
相亲竟不可接近
或我应该相信是缘分

情人别后永远再不来
无言独坐放眼尘世外
鲜花总会凋谢
但会再开
一生所爱隐约
在白云外

苦海翻起爱恨
在世间难逃避命运
相亲竟不可接近
或我应该相信是缘分

# 第十二章 伏特加的酒话

老革命还要继续逗留在俄罗斯——踏足老伴生前走过的路,自驾团众人只能再一次与她不舍地告别。

那场直播的记录被推上了首页,在一水儿感动的评论之中,时不时还是有网友的质疑声。苏达一边翻看评论一边感慨:"其实现在回想起来,老革命这一路和我们相逢相识真的有很多奇怪之处。她一路上都没有和老伴联络过,也没有和老伴拍的上了年纪的照片,但我们怎么就那么相信她呢?"

"之所以我们会相信,或许是因为老革命自己都相信自己所说的是真话,就像林青曾经有一阵子执着地相信自己是春晓一样。从心理学上来说,斯人已逝,回忆成了唯一见证,那些桥段可能是老革命出于想象的杜撰,是一种回避伤害、自我疗伤的手段。"李教授从专业角度解释着,但她忍不住补充了一句,"不过,即便无从考证,我都宁愿相信这是真实发生过的爱情。"

"我觉得不是。"宋一潇一改平日里爱自嗨的个性,严肃地反驳着李教授的话,"这是被记忆美化过、神化过的爱情,就像《大话西游》里演的那个有头无尾的爱情一般,到达高潮之后戛然而止,自然就变成了怀念。它怎么可能是真实存在的感情?"

她突然想起,上学的时候,学校的话剧团排过一个戏,是赖声川工作坊的《暗恋桃花源》。年轻的云之凡搂着江滨柳,说着那句动人的台词,"好像一切都停止了,一切是停止了,这夜晚也停止了,月亮也停止了"。秋千架摇晃不止,微弱的灯影透过帷幕,舞台上的爱情世界一片寂静,咫尺之遥,和喧闹的观众完全割裂开来。舞台给予她所追求的极致浪漫,还原所有不切实际的人间幻梦。

可是，幕布拉下的那一刻，她却感受到了一种前所未有的失落，因为所有的爱情都被默认成了过于夸大的表演。那时的感觉就和她此刻的感受如出一辙。

超儿在车上继续写着歌词。他想到这一路走来，纵有千苦万难，可是在墓碑前，老革命只提起那些快乐的事，他徐徐落笔，写下了这样一段歌词。

"从告别的那刻，我倒数重逢的日子。规划好那一天，要在你面前哭出最大的音量，要你知道我穿山走海的苦、荆棘满途的难。但某一天真正见了你，我掐着手指对你数，烦恼的事里我竟挑不出一件……"

告别了老革命，队伍里没有了俄语翻译，大家到达莫斯科后，折腾了半天才终于找到了一家立牌上写有英文的民宿。

大厅的酒柜上有许多颜色艳丽的酒，就算超儿这样的酒神也认不太全。民宿老板是个留着络腮胡子的典型的俄罗斯汉子，英文还算不错，见到中国人更是热情健谈，大力推荐当地最著名的伏特加。

"我们俄罗斯人的血管中就流淌着伏特加！"老板撸着胡子，露出一脸战斗民族特有的自信神情。

的确，在俄罗斯，伏特加可是闻名遐迩的国酒。它不仅为俄罗斯人驱走了寒冷，还一定程度上影响了俄罗斯的民族特质，造就了俄罗斯人的豪爽和自由的性格。每年冬天都会有很多俄罗斯人醉酒后冻死于街头，但是这都阻挡不了俄罗斯人对伏特加的热爱。

"那老板有没有推荐的伏特加？"赵程询问。

没想到这个看似粗犷的俄罗斯大汉摇了摇头，特细腻地说了一句话："上好的伏特加会给人无穷的勇气和力量，当你有渴求之事时才会出现。"

超儿在大厅里集合了众人，宣布明天的俄罗斯休息日安排。

"天使长大教堂，十二使徒教堂，圣瓦西里大教堂，红场，喀山大教堂，基督救世主大教堂……"超儿把要去的景点名单念了一遍，又是这些老生常谈的教堂、修道院、广场。

倒不是说教堂、广场不好玩，只是前几站有许多类似的景点。尽管每一个著名景点都有它自己的历史典故，但大家拍完游客照回到了住处，仍觉得不尽兴。既然是自驾，总不能总看这些旅行团式的、千人一面的景点吧？

"我不是说你的攻略做得不好，我只是想问哈……就没有一点不一样的景点吗？"宋一潇小心翼翼地打断了超儿的话。这一周来逛的都是同质化的景点，她连微博都懒得更新了。

超儿无奈地摊手："我是参考网络上的旅游攻略制订的，这些都是莫斯科攻略里最推荐、最热门的景点了。"

大家略微有些扫兴。正好大胡子老板路过，看众人面露沮丧，就前来询问是否需要帮助。

听完他们的问题，老板的胡子一翘，表示会意了，没过一会儿就从柜台下拿出一张地图，用红笔圈出一个点，然后叽里咕噜地在"团队外交官"雨晴的耳边低语了几句。

雨晴听罢，指着地图上的红点给大家翻译："刚刚老板告诉我，这里有一条世界闻名的环线称为 Golden Ring（金环），这条环线上有一座神秘的小镇叫苏兹达尔，它被称为上帝守护的城市。那里展现着俄罗斯中世纪的古都风貌，更能体现真正俄罗斯风格的景色……"

"好呀！Golden Ring 这个名字比起那些什么教堂啊广场啊，有吸引力多了！"宋一潇最先举手响应，大家都看得出她对这个神秘的小镇有多少期待。

"但老板说，苏兹达尔离我们这里比较远，也没有火车可以直达，路途比较波折，要先坐火车到附近的站再转汽车。而且地处乡村，火车的班次不多。"雨晴有些遗憾地转述老板的话。

"这样不太好吧，我还带着阿青，这样辗转有些不方便，我们还是按最经典的路线走吧，至少大家都走过，比较安全……"李教授搂着林青，对这条路线颇有微词。

自从离开了墓地，林青就喜欢把老革命送的绿色套娃拿在手里。原来的她活在一个人的世界里，那个世界里只有她最痛苦，但旅行中遇到的老革命让她知道，世界上还有很多人与她拥有同样的痛苦。这种找到同类的感觉让林青的状态稍微好转了一些，但李教授还是怕她病情反复。

"我也觉得中途改行程这件事不太好，原先的攻略里我们将交通和饮食都查好了，但我们对这个神秘小镇一无所知。"赵程本着负责任的态度，拒绝了更改游览地的要求。

"我们对任何事物的了解都是从一无所知开始的，如果什么事情都知道结果，生活就会少很多乐趣。"雨晴其实对这件事并没有太大的期望，纯粹是为了表达冷战期的态度，才故意站到赵程的反面。

大家争执不下时，苏达余光一瞄，看到民宿老板身后的柜子上有个电磁炉火锅，他的中国胃又蠢蠢欲动地犯痒了。他一问老板，才知道这火锅是之前的一个中国旅行团留下的，不知道还能不能用。

苏达给火锅接上电源，锅子立刻发出了嗞嗞的运作声。他满意地召唤大家："大家先停一停，咱晚上吃火锅怎么样？到时候配着点小酒，再来谈行程问题。"

在异国他乡一说起火锅，大家就都来劲了。苏达的意见获得了全票通过。神秘小镇算什么？在满足眼睛前，满足肚子才是王道。

在"中华神锅"的魔力驱使下，一伙人将当地超市里能用来做火锅的食材一锅端，兴高采烈地满载而归。

众人像是回到了大学宿舍，为了一个共同的目标忙得热火朝天，就连林青也在角落里帮忙剥蒜。有什么烦恼是一顿中国火锅不能解决的呢？如果一顿不行，那就两顿。

"我们吃辣锅还是不辣锅？"只有一个锅，赵程抛出了吃火锅的终极难题。

"咱们这群人里没人不能吃辣吧？既然都吃火锅了，不吃辣锅有什么意思？"苏达的话音还未落，大鹏的手弱弱地举了起来。他不好意思地环顾四周，发现举手的只有他一个人。

这是个"一群人服从一个人"还是"一个人服从一群人"的问题，按照少数服从多数的原则，大鹏就应该是自认倒霉的弱势群体。

"还是算了，我们就做不辣锅吧。虽然说少数服从多数，但既然是一个集体，咱们吃辣的可以拿辣酱蘸一蘸，味道一样不差，但要是用辣锅，大鹏今晚可什么也吃不了。"雨晴提出了建议。这一路走来，倒不是说她的秩序感被动摇了，而是她开始慢慢考虑一些秩序感以外的东西。

"不辣就不辣吧！"苏达咬着牙，做出了吃辣人士的最后妥协。

不得不说，也不知道从什么时候开始，这个临时起意的自驾团越来越有大集体的味道，开始会互相帮对方考虑。

大鹏提前发了直播的预告，号称要在俄罗斯做一顿最正宗的中国火锅，配上俄罗斯最好喝的最烈的伏特加。直播下面刷起了好多礼物，都戏称是给他们刷的调料钱。

"谁去买伏特加呢？"大鹏边直播边询问众人。

"我！"现场响起了两个齐刷刷的声音。其中一个来自宋一潇，她刚用围裙擦干手，将手举得老高。还有一个应声来自苏达，他对宋一潇挑了一下眉，两人对视着，享受这难得的小默契。

苏达和宋一潇很快在附近的一家超市里买到了伏特加，顺便添置了一些生活用品，等他们走出超市的时候，正遇上霞光漫天，太阳落在林梢头。

回民宿的路上会经过一个公园。但神奇的是，来时经过这里只觉得这是一个路边的小公园，但现在夕阳给了它与众不同的美感，草地、长椅、闲适的人群，组合成了一幅别样的俄罗斯画卷。

两人正好走累了，找了一张长椅坐下。草地上有父母带着孩子在嬉闹，小姐姐追着弟弟跑，一个不小心就摔在长椅前，宋一潇正想要伸手扶，却见那小姑娘拍了拍屁股上的尘土，又跑了起来。不愧为战斗民族的孩子，面对小挫折还真是游刃有余。

宋一潇打开视频软件看了一眼，赵程和雨晴又在进行直播，两个人正在共同处理一包鸡翅，洗净上面的血水。

"刚认识的时候，我们两家公司在合作一个项目，她是我老板的秘书。我们在一起吃饭总是特别和谐，我发现自己喜欢吃的菜再次吃的时候还在。因为菜是她点的，当时我误会了，以为是她对我别有用心。后来相处久了才知道，那些菜她本来就喜欢。"

赵程已经开始习惯对着镜头说话，他特意用了第三人称，将直播时的对话和平时的对话区别开来。尽管现场只有两个人，但两人都心知肚明镜头那一端连接着多少观众，在直播时稍有不慎就可能打破大家对于"屏幕cp"的期待。

雨晴接过他的话，对着镜头侃侃而谈自己对爱情的看法："其实除非有特别强大的决心，否则感情是没有办法化解客观上的差异的，吃路边摊的人和爱吃大酒店的人在一起也会觉得累。"

"别看他们还在冷战，直播里可是一点都看不出来，"看着屏幕里不断刷屏的"羡慕""好幸福啊""天生一对"等字眼，苏达忍不住嘲笑网友们的单纯，"评论里居然还有好多人说有共鸣……"

此刻的宋一潇却很想反驳。尽管赵程和雨晴有着外人说不清道不明的矛盾，但他们的性格很相似，至少……在外人看来很合衬。

但宋一潇终究没有胆量开口，她害怕自己一旦开启这个话题，就会口不择言地说出下一句——"其实他们看上去比我们般配"。

身旁的苏达和俄罗斯满街的彪形大汉一比，简直像是个霍比特人。老革命的下车，把宋一潇心里的爱情童话打得粉碎，让她开始重新审视自己和苏达先婚后爱的可能性。别人都是隐性的不合适，而他俩站在一起，完全是显性的不合适，就好像网络上大家形容的——一个图财的女人和一个图色的男人在一起。

苏达只觉得今天的宋一潇比往日都沉默，他试图说段子逗她开心，却不怎么奏效。

"苏达啊，其实……"宋一潇不敢看苏达，只是低头发问，苏达觉得诧异，因为宋一潇很少喊自己的全名，"其实……你相信老革命说的那些先结婚后恋爱的故事吗？"

苏达感觉到，宋一潇正缓慢地挣开他们牵在一起的手。他觉得宋一潇只是在为李教授之前的言论多愁善感，柔声劝慰："李教授就是个本本主义，只会拿书上的那些知识来套现实。咱可不是什么理论家，不是有个名人说过吗，实践才能出真知。那些看得见的事情不需要被相信，我们靠眼睛去分辨、去证明就可以。正是有那些无形的、永远不能被证实的东西，才让我们更有机会去相信。"

见宋一潇不说话，苏达重新牵住了宋一潇的手。夕阳像是早已布置好的浪漫情境，让身处其中的人逐渐入戏。这氛围让一切偶像剧的桥段都浮现在苏达眼前，他慢慢将脸凑近宋一潇，试图完成一个美妙的夕阳之吻。

但是苏达脑补的浪漫被宋一潇极其不合时宜的一句话打断了。

"我想去下洗手间。"她突然起身，对嘴已经噘到一半的苏达视而不见。

夜晚，灯火通明的民宿房间里，众人对着一方小小的手机屏幕打着"goodbye"的手势。

"各位老铁，我们今天的俄罗斯火锅直播就到这里。大家平时喜欢吃什么口味的火锅？欢迎给我们留言！"

大鹏刚和网友们做完直播尾声的互动，直播一停，大家的筷子纷纷迫不及待地下锅。大鹏做的福建特色海鲜锅底，香味已然飘到半空中，虽然和常吃的辣锅底不同，但也别有一番风味。

"该垫肚子的也垫够了！咱们开酒！"人群中不知道谁喊了一声。都说伏特加是烈酒，但大家还是遵循着中国酒桌上劝酒的那一套，什么"垫一垫肚子再喝""杯子里养海豚"的说法在这儿仍然适用。

大胡子老板特意帮大家把买来的伏特加放进冰箱冷藏，这是俄罗斯最流行的伏特加喝法。从冰箱里拿出的伏特加，酒杯上形成了一层薄霜，酒水质地也变得比较浓稠，但是不会结冰，倒上三分之一杯一饮而尽，快活过神仙。

几杯烈酒下肚，大家开始聊次日的行程。

超儿借着醉意把吉他拿上了饭桌，边闷头按弦边谈了自己的看法："我持正方一辩意见，支持去神秘小镇。最近我们看到的都是千篇一律的金碧辉煌，太装腔作势了，经典的另一个名字叫老派，那些景点因为过度正确失去了好多美感，而我喜欢靠近真实的、不那么正确的地方。"

从超儿这番话看来，伏尔加的劲头确实挺大的，才几杯酒下肚，他整个人的逻辑都有些七歪八扭，好歹在最后还可以回归正题，把话题圆回来。

"你这从本质上就有错误，凭什么你们就是正方，我们是反方？"苏达不满,"我们可是按原方案走的,全程合法合规,应作为正方。"

为了照顾林青,李教授并没有尝试伏特加。看着这俩年轻人一来一往倒是来了主意:"既然都分出了正反方,你们不如辩论一场,在直播下面放一个投票,谁的票数多就算谁赢。"

超儿举手:"我同意,我们正方有宋一潇这一员大将,量你十个苏达都拿她没招!"

"那咱也不怕啊,我是没胆子赢我老婆,但我这边有赵程,见招拆招,打得你落花流水!"比耍嘴皮子这事儿,苏达怎么可能认输。

在李教授和林青的见证之下,一场毫无规则可言的辩论赛拉开了帷幕。

正方二辩宋一潇先抛出观点:"我举双手双脚赞成神秘小镇之旅。旅行的意义就在于探索未知,如果只是去那些热门景点,不如就在家里看纪录片好咯!人生重在新鲜感,哪怕是冒险失败的明天也比重复的今天来得有意思……"

作为正方二辩,她的理论基础不够扎实,但胜在手舞足蹈、表现力够强。

"对于一个未知的结果,我们必须要能够做出最坏的预判。就像一次赌博,咱也要知道最大的筹码是什么。但现在我们对这个神秘小镇可以说是一无所知,万一我们赶不上回来的火车怎么办?万一那个神秘小镇不安全怎么办?何况老板说那里是乡村地带,容易迷路,万一有人走丢了怎么办?在缺乏备选方案的情况下,临时改行程这事情太冒险了……"反方一辩大鹏属于"学院派",对一潇连续提出几连问,有理有据,呛得她无力回击。

大鹏说完,餐桌上出现了一阵短暂的安静,只听见举杯和落杯的声音。

大家开始有些明白为什么战斗民族最爱伏特加,一旦喝完这酒,无论有底气或是没底气,气势和音量都莫名飙高了三分。

反方二辩赵程缓缓放下酒杯,不紧不慢地发表了观点:"你们还年轻,自然有理由去追逐有新鲜感的人生。可像我们这种过来人,知道一定是最多人走过的路最稳当。按照自然淘汰的原则,那些少有人走的路一定不如多人走的路……"

"给他一个红牌警告，不准倚老卖老！"宋一潇立刻打断了赵程的话，借着渐浓的醉意大声叫嚣起来。

李教授像模像样地拿起桌上大红色的一次性勺子递给赵程，大家哄笑成一团。

"黑哨！妥妥的黑哨！"苏达这个反方三辩没干什么正事，尽在一旁做搅屎棍。

眼见正方要败下阵，雨晴闷头干了一杯酒，前来帮腔："可是在这件事情上，新鲜感和安全感是不打架的。我不觉得年纪是限制选择的理由，年纪带来的经验积累反而能够让我们更好地选择备选方案，我们可以既要新鲜又要安全。"

"可是我们可以尽量完善原方案，让它新鲜一些，不必完全取消它……"混乱中又有了新的声音。

"我方认为对方辩友已经偏离主题……"

"我方认为对方总是扰乱辩论秩序……"

刚刚喝下去的伏特加已经在逐渐发酵，冲上脑袋，与其说是进入了自由辩论的阶段，倒不如说辩论已经脱离了主题本身，变成了一场酒后狂欢。

与其说是酒让人暂时摆脱了对错的束缚，不如说这世界上有很多事情从来没有对错之分。

比如说冒险这件事，你就没办法一概而论。冒险是个不讲究性价比的事儿，意味着要有远高于常人的付出，例如时间成本、经济成本，甚至涉及生命安全。但如果没有极少数人的冒险，这个世界就将永远在相同的轨道上转，不会有新事物产生。

那晚的辩论不知道持续了多长时间，等宋一潇酒醒的时候，只觉得脑子有些发胀。她想拿床头柜上的手机看时间，一伸手，身上披着的外套就滑落下来。

外套是苏达的，他捡外套的同时顺便对着宋一潇露出了讪讪的坏笑："醒了？还不赶紧去准备，再不买票，咱们全部人都得跟着你喝西北风。"

"什么?"宋一潇揉一下太阳穴,顶着一个还未清醒的脑袋,一脸茫然地问,"昨天的辩论什么结果?"

"喏,自己看!"苏达幸灾乐祸地将视频直播记录点开。

直播播到了后半程,原本大鹏在操持的镜头有些摇晃,李教授见状接手了视频。

"其实对错有什么重要呢?"雨晴的逻辑依然强大,甚至还能趁着醉意说服他人,只是说话的语调明显比平时高得多,"反正今天咱也喝了这么多酒,明天也不方便驾了,不如就坐火车,体验一下冒险的感觉!"

"好!我们敢做敢当!我!宋一潇!明天就帮大家买票!"宋一潇晃悠着蛇行到镜头前,在镜头前拍胸脯保证。那时候气势汹汹的她当然不会想到,酒醒后的自己看着回放恨不得往角落里钻。

"还挺可爱的嘛!"苏达居然把视频的进度条又往回拉了一次,重新欣赏视频里疯疯癫癫的宋一潇。

"滚犊子!"宋一潇气得抄起手边的外套砸过去。

按照辩论的结果,宋一潇和超儿这两个随性的人要扛起这一站旅行的大旗,这不免让众人都有些担心。

别说别人不放心,就连宋一潇对自己的办事能力都不太信任。她先向大家宣读了"苏兹达尔小镇一日探险"的计划:"我们先步行到附近的红场,在那里的革命广场地铁站乘坐3号线到达库尔斯克火车站,然后乘火车到达弗拉基米尔,再乘坐汽车到苏兹达尔,也就是那个神秘的小镇。"

苏达在一旁友情提醒:"你确定你的攻略做得够仔细了?这两地之间都是荒无人烟的田野和森林,要是不小心下错站了,咱可是连个问的人都没有!"

"何必做这么冒险的事呢?咱们老老实实地在附近逛几个景点不好吗?前几天新闻还在说,俄罗斯有人迷路走进森林,被黑熊攻击,那画面,别提多血腥了。"李教授又开始唠唠叨叨。

"树枝掉下来还能砸伤人呢!人总要有一点冒险精神吧!"一潇嘴上这样说着,但人对未知事物总是怀有恐惧的,对于能不能策划好这一次的冒险之旅,她自己心里也没底。

但那个神秘小镇有多美呢？她太想知道了。有些答案如果现在不去寻找，可能就会永远地错过。

一行人到达红场时，附近已经有不少匆忙奔波在上班路上的人，当然也有些宿醉的人地为床、天为被，做着醉后的美梦。

宋一潇循着导航将大家带到了一个地铁站，仔细对比了站名之后确定："就是这儿了！"

一走进地铁，就像改换了天地，站内有许多各式各样的雕塑。一潇发现许多过路人依次抚摸雕塑的某些特定部位，比如手榴弹、膝盖，或者是狗鼻子、公鸡头，而他们摸的地方都已经因为常年的磨蹭褪去了颜色。

宋一潇快步跟上，也挨个儿摸了一轮。其他人不明所以，只能机械地依样画葫芦，跟宋一潇做起同样的动作。

苏达正苦于没机会刁难"宋小导"，见缝插针地问："这有什么寓意？"

众人也好奇，齐齐等待宋一潇的答案。没想到宋一潇反而白了苏达一眼："有没有听过一句话，吃酒要看隔壁席。反正这么多人摸，咱跟着摸准没错。这大概就像寺庙里投硬币一样讨个吉利吧，摸一摸咱今天就能一路顺风。"

"如果你们选那些传统的路线，不摸雕像都能一路顺风，可你们偏偏要选这一条逆风的路线，别说雕像了，要是摊上事儿了，就是天王老子来了也帮不了你。"大鹏虽然嘴上调侃着，手还是挺老实地将雕塑全身摸了个遍。

虽然不知道有什么典故，但这也算是神秘之行的好兆头。大家很快就乘坐地铁来到了库尔斯克火车站。但取出纸质票，宋一潇就犯难了。攻略里没有告诉她这车票上的文字几乎全是俄文。现在没有了老革命，谁也看不懂车票上的意思。

好在世界各地的车票项目都相对固定，众人拿着车票半蒙半猜。

"'NO.'应该是表示火车的班次吧？但旁边这两行小字是什么？"宋一潇犯嘀咕。

雨晴看着第一行的俄文短语只觉得有些眼熟，突然她想起来了，退了几步走到大门前，将票和车站名做了个比对，发现两者是一样的，得出结论："这个应该是始发站的站名，按照车票的一般原则，它对应的就是终点站。"

宋一潇会意，指着车票第二行一个叫"Владимир"的俄文词组："这样说的话，这个应该就是我们要去的弗拉基米尔，我们顺着这个俄语找指示牌，就一定能找到月台的方向。"

确定了车票上的"Владимир"就是终点站的俄文名，大家一路找着带有这个词组的指示牌，总算是顺利到了月台入口。入口的大门被分成两侧，Local trains（区间车）和 Long-distance trains（长途车）。

"一个小时的路应该算是短途吧，按照理解我们应该坐前者的通道。"超儿凭借着自己蹩脚的英文自作主张，其他人也觉得是这样。

进了 Local trains，大家兴致勃勃地等待着第一次乘坐俄罗斯火车的体验。可到了车票预定的时间居然没有火车来，众人顿觉疑惑。

雨晴通过手中的翻译器询问了一个当地人，这才知道，Local trains 和 Long-distance trains 虽然都长着火车的样子，但前者相当于当地的公交车，不实行对号入座，人多时甚至要站着。虽然终点站都是弗拉基米尔，但它停靠站多、速度慢，本来只需要一个小时的路程，往往要坐上三至四个小时。

"那我们现在买下一班 Long-distance trains 的票还来得及吗？"赵程忧心。

"之前那班车已经开走了，如果要买下一班，我们就要在车站里等几个小时。我算了一下，如果我们现在直接买下一站的 Local trains，虽然中途耗费的时间长，但到达的时间会更早。"雨晴查阅了列车时刻表后提出建议。

事到如今，众人别无选择，只能踏上了乘坐 Local trains 的漫漫长路。

列车开了四个多小时，大家根本无心看窗外的一排排农舍和一片片田野山林。列车上的人越来越少，窗外的路人也越来越稀疏。到底能不能顺利到达目的地，谁也不清楚。

因为这次的出师不利，反对冒险的人觉得自己的担心不无道理，就连支持冒险的人也开始怀疑起了自己的决定。

"到底什么时候才能到呢？"雨晴忧心忡忡地看向窗外，她本就是为了和赵程较劲才选择了正方意见，现在已经打起了退堂鼓。

列车终于在弗拉基米尔停靠了，大家在车上吃了些面包作为午餐，疲惫感已经到了顶点。

刚走出车站的宋一潇却突然兴奋起来，指着地平线的方向大声嚷嚷："没错了！这个房子就是老板让我们找的弗拉基米尔地标'克里姆林'了！"

"别逗了，克里姆林哪能在这样偏僻的小镇里呢？"苏达刚想取笑，就被眼前的建筑惊到了。宋一潇所指的地方是一座教堂，虽说是教堂，却和前几天在莫斯科见到的富丽堂皇的教堂完全不同，它有着蓝色的洋葱状屋顶，远看就像一个个坐落在田野上的蓝色小蘑菇。这座在田野上的蓝顶教堂，没有任何华丽装饰，可是却透出一种淡雅内敛的美。那些莫斯科的教堂好像准备去参加晚宴浓妆艳抹的女孩，但这蓝顶教堂却像头戴蓝帽的少女，站在稻田中央抱着丰收的麦穗，美而不自知。

大鹏不知道什么时候走到了苏达身后，他不住感叹着："太美了，我还从来没有见过这样的教堂。我记得以前看书，每一处教堂都是金碧辉煌、穹盖顶天，我还以为世界上所有著名的教堂都应该是那样，原来还有像蓝色洋葱一样可爱的教堂。"

"克里姆林在俄语里就是指城堡，所以整个俄罗斯有无数的克里姆林，而我们以前只熟悉唯一的一个。"赵程给苏达刚刚的问题做了一个专业的答疑解惑。

一旁的李教授带着林青坐在车站的椅子上，已过不惑之年的她，听着大家的议论若有所思："走多了路才发现很多东西其实没有固定的模样，如果有些东西在你身边呈现出固定的样子，它们就是在提示你需要走出去看一看。"

不知道这个蓝顶城堡究竟有什么魔力，居然奇迹般地让一路旅途奔波埋怨的人平静了下来。

这不是一条旅客常来的线路，候车的站台也并没有太多人。大家正准备迎接无聊的候车时光，却发现有许多鸽子在他们脚边走来走去。这些饱含生机的小可爱们不时发出咕咕的叫声，似乎在代替小镇的居民给他们热切的欢迎。

超儿找不到其他食物，只能将包里的干粮丢出来。

"这可是我们带的食物，要是全部扔了，我们回程吃什么……"雨晴试图阻拦。但话音未落，就有两只不怕生的小鸽子飞到了雨晴手臂上，两个红宝石般的眼睛镶嵌在白羽之间，贼溜溜地乱转。

超儿把面包撕成小块状递了过去，看雨晴不接，幸灾乐祸地说了一句："人呢，有时候就是要及时行乐，在余生里我们还能吃无数次面包，可是在弗拉基米尔车站喂鸽子的机会可能就这么一次……"

他说完又将手往雨晴面前伸了伸，雨晴心领神会，笑着接过了面包。

传说中，梁朝伟飞到巴黎喂鸽子。众人有一天也能和后辈们骄傲地自夸，自己也是在俄罗斯喂过鸽子的人。

尽管冒险的开始不太顺利，但冒险带来的新鲜感和对未知的好奇让所有人慢慢忘却了这件事。辗转几个小时后，大家终于到了最终的目的地——宁静而古老的神秘小镇苏兹达尔。

在神秘小镇下车的只有他们一群人，沿路也几乎没有碰到其他游客，比起前一天堵车又喧嚣的莫斯科，真有恍如隔世的感觉。

这里和莫斯科太不一样了，如果没有来到这里，大家可能会觉得那些金碧辉煌的大教堂才是俄罗斯的风貌。可来到这里之后，俄罗斯的另一面缓缓展开在众人眼前——街道两旁是高大而笔直的树木，田野间镶嵌着风格各异的小教堂，遍地都有朴素的草垛和落叶，那些野生的鸭子和鹅就悠闲地在草堆旁散步……这一切的一切，让人仿佛走进了文学作品所描述的莫斯科郊外。

此时接近晚餐时间，小镇里的人家开始做饭，面包的香味飘散到镇子里的每一个角落。

雨晴想起自己在英国读硕士的时候，老师给他们念过一首俄国文学之父普希金的诗，叫《致娜塔莎》："在松林微睡的阴影中，阴霾的云雾在弥漫延长……在充满烟气的茅舍里，马上就会射出明亮的火光。"诗里描绘的大概就是眼前的画面。

小镇里的人家不多，教堂也大多已歇业，众人只遇到一个在卖当地特色蜂蜜啤酒的小摊贩。见到镇外的新客，热情的小摊贩不但没有提高价格，还大方地减了价。比起莫斯科的商业社会，这里明显有着更浓的人情味。

偷得浮生半日闲，超儿拿出自己随身携带的 iPad 记录灵感，这里平静的景象已经让他的脑海里浮现出了新的旋律。如果说之前的那首歌充满着疲惫灵魂的撕裂感,这首歌他想要描述一个在路上渐趋平静的灵魂。他自信这首曲子上传后点击率一定能够超越先前的那首。

突然有一只纤细的手指停在了他的 iPad 上,指着一个和弦。超儿这才注意到他将那个和弦写错了,他顺着手指抬头看,点出错误和弦的人居然是林青。

"现在徒弟已经可以教师父了啊!"林青果然是音乐神童,在吉他上进步神速,令超儿叹为观止。

"不过我这里还缺几个和弦,你看有没有机会帮我补上?"超儿把 iPad 递给林青,林青虽然不说话,但心里似乎早有了答案,迅速地将缺位的和弦补上。

李教授特意站在不远处,和林青保持着一段距离。这是一个母亲特有的角度,女儿的每一次进步都能被她看在眼里而不去打扰。

在还未踏上旅途之前,李教授一直希望找到一种一劳永逸的治疗方法,让林青能够早日痊愈,重新投入一个音乐神童应有的职业生涯。但她现在不这么想了,她宁可看到林青现在像一个初学者一样蹒跚地向前走,只要她能在音乐里得到快乐。她想起女儿以前总说,在没接触到钢琴之前的自己最快乐。那现在就当还给她一个被绑架的童年,纵容她做一个什么都不会的笨孩子。

宋一潇半躺在草坪上,得意洋洋地总结着这一次冒险:"你们这些保守派,怎么样?冒险还是值得的吧?"

赵程正和雨晴做着直播,他们挑了一间小教堂作为背景,各自拿着一杯蜂蜜啤酒做出"cheers"的甜蜜动作。

赵程远远地回应宋一潇:"真的是不错啊,蓝顶的教堂很特别,喂鸽子的体验很新鲜。"

一旁的雨晴将手中的酒瓶举起补充道:"酒也好喝。"两人随即又做起了碰杯的动作。

大鹏在即时看着网友评论:"评论里都说,咱这次冒险得要伏特加背锅。这应该就是传说中的酒壮怂人胆吧!"

"Bingo!最美的风景从来只献给最勇敢的人,如果我们昨天晚上就放弃了冒险，今天就不可能站在这里，看到这么美丽的小镇风景。"雨晴对着镜头总结，顺便看了一眼昨晚和自己持反对意见的赵程，突然有了一种打了胜仗的幼稚自豪感。

"其实面对未知的事情谁都会害怕，可是我们不能让这些未知的恐惧捆绑住我们的手脚，否则，总有一天我们会后悔自己没有迈出那一步。"赵程对着直播总结完，靠在雨晴耳边轻声地加了一句："比如，结婚……"

雨晴似乎没有听到，继续对着镜头直播。

一场突如其来的冒险好像到这一刻就落下帷幕了。

苏达想要继续夕阳下未完成的亲吻，试图营造些氛围。他从背后靠近宋一潇，在她耳边耳语："其实呢，如果你想冒险，我可以和你冒险一辈子……"

"快看啊！！"没等苏达将话说完，宋一潇突然兴奋地站起来，苏达的那个吻又尴尬地停在了半空中。

草坪上的众人顺着一潇的指引往对面方向看去，同时看到了摄人心魄的一面——落日正到达小镇的最高处，漫天红霞如血一般飘散，归巢倦鸟掠过天空，如过眼云烟般温柔地飞过。

哪怕是逛了那么多世界级的美景，这一刻众人还是忍不住发出了惊叹声。夕阳铺洒在波克隆那亚山丘上，照见一望无际的农田和四周环绕的果园，克利亚济马河从城中穿过。山丘、河水与夕阳共同构造了一幅完美的俄罗斯乡村画卷。

以前众人看夕阳，是在城市里，在人工制造的高塔上，在天地混为一色的海边，却从来没有置身于这样一幅层次分明的画卷中。这里的日落是原始的，充满着蓬勃的生命力。

这一幕不禁让人想起《小王子》里的一段话。

"小王子住在小行星上，每天，他只要移动几步，就可以多看一次日落。"

"有一天，他看了四十四次日落。"

原来最好的日落永远只属于最勇敢的小王子。而人的一生，究竟可以看几次这样的日落呢？

# 第十三章　传说中的立陶宛

车子离开俄罗斯后，连续穿越了两个鲜有旅行攻略提到的国家——爱沙尼亚和拉脱维亚。

"我先预告一下，明天我们就要去一个叫采西斯的小镇，那是拉脱维亚最美的古老城镇之一，建于 13 世纪，风景如画。小镇被森林公园环抱，有着铺满中世纪风格的鹅卵石小道，还有漆饰鲜艳的瓦屋顶古代民居。我们准备去那里野餐。给你们看，我们今晚在准备野餐的食材……"

大鹏的直播显示有 50 万粉丝在线观看，所以从大概率上说，已经有 50 万天南地北的人知道了他们要去采西斯的消息。

"要是明天路上遇到什么事情就麻烦了！咱带着这么多好吃的，就只能搁马路上了。"主厨苏达正在做明天野餐的大菜——苏式手撕鸡，但手在忙着，嘴也不停，不时在旁边冷不丁地插嘴。

"你可别乌鸦嘴啊，要真被你说中了，咱们可吃不了兜着走！"宋一潇正敷着面膜给苏达打下手，看到大鹏的直播镜头过来，马上把脸背过去，露出自己最好看的 15 度右脸。虽然是个 18 线艺人，偶像包袱还是要捡起来的。

"采西斯的中世纪古堡，是波罗的海各国中保存最完好的。我听说那个小镇里有一座中世纪古堡现在被改成了博物馆，需要手持矿灯才能爬上楼顶探秘……"雨晴说这话的时候，看了一眼赵程。

赵程正在厨房做三明治，温暖的灯光透过天花板上的玻璃大灯落在他的身上。这个男人难得没有穿衬衫，套着一件宽大随性的 T 恤，趿着民宿里准备的拖鞋，身上散发着好闻的男士沐浴乳味。雨晴想起很小的时候，她刚刚做完作业，坐在窗台上看着父亲在灶台前忙碌着，然后家中飘出饭菜香。

这时的赵程多像那时候的父亲，就连侧脸的弧度都像，看了都想从背后环抱他，享受他宽阔的肩膀。雨晴看得呆住了，她冒出了一个从未有过的想法，要是和这个人成立一个家庭也不错吧？

可惜赵程这个榆木脑袋丝毫没有意识到，还觉得雨晴是在镜头前进行角色扮演。他潜意识里觉得，这一场寻常冷战早早结束全归功于直播。

此时镜头给到了在窗边写歌的超儿，赵程喊过去："你好久没有录制新歌短视频了，什么时候才能写出歌啊？"

大家取笑超儿是拖延癌晚期的同时，苏达的手撕鸡新鲜出炉，宋一潇想尝一口被苏达打了手板："你现在就开吃，明天吃什么？"

在这样一片温馨的气氛里，大家一齐向直播镜头说了拜拜。因为这次直播，大家对采西斯这个素未谋面的小镇充满了期待。

晚上，那个赵程站在灯下的瞬间，一直在雨晴的脑海里反复闪现，就好像回到了她觉得最温暖的童年的厨房。

那时候，她嘴馋时就趴在桌沿看着父亲，不过一会儿，父亲就会受不住，将刚炖好的肉塞一块进她嘴里。

"你这个馋猫哟！"父亲用大手刮刮她的鼻子，她咯咯笑。

"千万别让你妈知道，你妈问起，你就说你一整个下午都在写作业，否则她又要怪我成事不足败事有余了。"父亲交代。

她很遵守和爸爸的承诺，从来没有向妈妈透露半句，包括那个阿姨来家里，常常给她塞棒棒糖的事，她也没有说。只不过，母亲还是知道了。

她从小就羡慕那些家庭幸福的孩子。他们知道什么是好的爱情，因此拥有对正确爱情的敏锐直觉，仅凭直觉就能避过很多错误。而她只经历过糟糕的爱情范本，就必须用排除法，一次一次受伤，一次一次把错误的选项排除掉，也不敢确定正在进行的感情是否正确。

第二天一早，一行人准备好了野餐的食物，宋一潇在当地买了特别漂亮的红色格纹野餐垫，准备好了足够的仪式感，登上了从里加去往采西斯的火车。因为有了上次坐火车的经历，大家喜欢上了这种大家庭似的出行方式，旅行的感觉更加浓烈。

大家坐的是上午 10 点多的火车，车上只有语音报站。一个多小时后，火车报站已到达采西斯。出人意料的是，这么一个著名的景点居然没有太多下车的游客。不过一想到这些国家人口不密集，出现这种情况倒也并不奇怪。

下车之后，众人停在了一个荒野小站。

"这里的房子长得不太像啊！"宋一潇正对照着攻略寻找路线，眼前的情景跟网络攻略上的截然不同，地标式的建筑也没有看到。

问过当地人才知道，他们下错站了，这里是采西斯的前一站，发音和采西斯极其相似。

赵程立马登上网站看火车时间表，发现这班车车次很少，下一班还要等 8 个小时，再乘下一趟车基本不可能。

大鹏身上背着一堆野餐的用具，第一时间记挂着他的直播："现在 50 万人都等着我们呢。野餐直播怎么办？"

"那就只能靠最原始的工具了，"苏达指向自己的两条腿，"两个站应该离得不太远吧，我们按照地图上的方向走，说不定能走到。"

刚刚被雨刷洗过的小镇天空澄澈明净，一起下车的那拨行路人早已散开，众人刚才的兴奋心情已经抛到了九霄云外。能怎么样呢，一行人也只能抱着不甘心的情绪，跟着地图向着采西斯的方向走去。

失望是什么？失望就是刚才背在身上的野餐用具里装的都是喜悦，现在全都变成了千斤顶，连脚步都越发沉重。

一路上只有导航仪发出的指示声，就连苏达这么爱讲笑话的人，也不敢触碰这一点即燃的失望气氛。

小镇里，手机导航偶尔会信号缺失，这本来不是什么大事，可是和之前的失望累加，让大家加倍沮丧。

"我们等会儿怎么跟守在直播前的粉丝交代呢？大家等我们这么久，就是为了看采西斯的风景，谁想看我们在山路上来来回回地走呢？"赵程忧心忡忡。他是对粉丝有求必应的人，有时甚至还会亲自回复评论，直播失约一事，对他而言简直就是打脸。

乡村小道上清新的空气和这几天经过的城市的完全不同，远处是大片的草坪，偶尔有小水渠环绕。"半亩方塘一鉴开，天光云影共徘徊"，这样东方的景色描述套用在西方的田园里倒也合适。但众人一直在关注自己和地图上那个叫采西斯的小点之间的距离，觉得一路乡村风景索然无味。

到了晌午时分，按照地图上的路程显示，大家似乎没有办法在午饭前到达采西斯了。但饭总是要吃的，加上总是背着野餐工具行走太辛苦，大家找了一片草坪准备开饭。

众人兴致不足，就连宋一潇也失去了"吃饭的仪式感"，直接将塑料布往地上一铺，红色格纹的餐垫都没拿出来。

"Stop！Stop！"众人才刚刚铺上餐垫，就听见有人边喊边从草坪一侧的小白楼跑出来，神情愤怒地高举双手挥动。待那人走近后，大伙儿才看清，这是一位操着一口标准英伦腔的白人大叔。在拉脱维亚的大部分年轻人都会说英语，却很少见这么标准的英式英语。

来人一通手忙脚乱的解释之后，众人听明白了，大家准备野餐的地方挡住了他们家的路口。

"不好意思，我们不知道这是私人领域，只是我们早上走错了路，现在要找一个地方野餐。"雨晴替大家道了歉。

大叔大概也看出了众人的善意，告诉大家可以去他们家的小庄园一坐。说是庄园，其实也没有那么大，除了连片的草坪以外，真正的主建筑就只有一栋小白楼。

大家跟着大叔靠近小白楼的时候，发现这楼已经有了点年代，白墙略微有些脱色，墙角有青苔丛生的痕迹。院子里撒欢地跑着两条狗，一黑一白，其中那条小黑狗一见到有客人来便热情地迎上去，乖巧地蹭着大家的手。

"啊！它舔我了，它舔我了！"宋一潇被黑狗吸引，一会儿逗它握手，一会儿训它坐下，回头却不见了苏达。她哪知道苏达这么大的人居然怕狗，一见到内有恶犬，完全避之唯恐不及，一躲几丈远。

走到楼内需要经过一条走廊，透过走廊就能看到远处镇子里的美景。夏天的草坪绿油油一片，偶尔有路过的家禽飞鸟理顺毛发，扑扇着翅膀飞去，一派静谧祥和的景象。

"能住在这个地方真是太幸福了！"雨晴忍不住感叹着。生活在这样的小房子里，大概是每个女孩的梦想，每天早上被空气中飘着的面包香气叫醒，披着一件白色的睡衣，行至凉台摘清晨第一朵带露水的花，然后走到厨房里，给爱人一个背后的拥抱。

雨晴觉得很奇怪，她以前从来不会想象这样的画面，但最近这个画面在她的脑海里出现得很频繁，无论是生活中还是梦里。

走廊的尽头摆着一张长椅，一位头发斑白的老人正和护工坐在那晒太阳。

"那是我的母亲，你们现在看到的这些布局、家具、装饰都是她年轻时做的。"大叔不想打扰老人，远远地向大家介绍着。

庄园里没有很强烈的苏联风格，而是充满着英伦风，房子里还有很多老油画和琉璃摆设。

墙壁上挂着一张黑白照片，上面的女孩身背降落伞，穿着白衬衫，搭配骑马裤和长靴，卷曲的头发别在耳后，简单又利落，自信地对着镜头微笑。她的左腿跨在旁边的石壁上，换在保守的人眼里，算是站没站相，可这个姿势显得她鲜活又美丽。

见到众人疑惑的眼神，大叔抢先给大家解惑："这是我母亲年轻的时候……"

"天哪，老太太年轻的时候也太酷了吧！"超儿忍不住拿出相机拍下了这张有年代的照片。

走廊里有很多书架柜子，宋一潇立即在架上的老物件中寻到了宝藏——一系列有年头的时尚杂志，从八九十年代不间断地一直到最新一期。

"天哪，我最爱的 *VOGUE*！"宋一潇看到一本泛黄的书突然激动起来，"这可是 80 年代的 *VOGUE*！"

大叔示意宋一潇可以翻开看，于是大家纷纷凑上来看宋一潇找到的宝贝。众人还是第一次见到 80 年代的《时尚》杂志，那些画着大红唇的复古模特，仿佛将人带回了那个时代。

"我妈妈还有许多这样的宝物，"大叔骄傲地向大家介绍，"许多人都爱听我妈妈讲故事，她可是我们家最受欢迎的人！"

众人对这个貌不惊人的老太太的好奇越来越强烈。

众人跟着大叔到了餐厅，宋一潇重新拿出了她的红色格纹餐布铺好，把准备好的餐食摆上桌。

"不来一杯红茶吗？"老太太在护工的搀扶下，进门和各位客人打招呼。她穿着一件杏色的连衣裙，袖口带刺绣小碎花，浑身散发着一种温和的气质。

老太太说着一口标准的英式英语。不知道为什么，英式英语总是会带给人一种贵气、正式的感觉。比如在美式英语的日常用法里，要不要喝下午茶就是 "Do you want some tea（你喝茶吗）？"而同样一句话让老太太用英式英语说出来就是 "Would you like some tea together（你愿意和我一起喝点下午茶吗）？"

众人欣然应允，老太太让家佣给大家上了暖暖的红茶。作为回报，大家问老太太要不要尝一尝来自中国的手撕鸡。老太太牙口不太好了，却还是饶有兴致好奇地尝了一口，享受地比了个 "good" 的手势。

在红茶和手撕鸡混合的香味里，老太太讲起了自己的故事。

大约 30 年前，她和在英国的丈夫因为感情不和离婚，那时候她的大女儿还在上中学，大叔也不过 10 岁。老朋友在这一带经商，邀请她前来度假散心，她就毅然决然地带着几皮箱行李出发了。

结果一来到这里，她发现自己太喜欢这块世外桃源了。草坪上跑着家禽，五彩尾巴的鸟儿会飞进院子里筑巢，这让她有了一种逃离机械城市的快乐感。于是，她当即决定从当地人手里买下这座小房子，任性地带着家人定居在这里。

"那时候拉脱维亚的政局不稳，没有人知道接下来局势会发生什么变化，大家都觉得我疯了。她们劝我离开这里回英国去，但我真是太喜欢这里了。"

众人听得一脸崇拜，只有老太太觉得自己是在直叙一件简单的事，抿了一口茶，继续回忆。

"我亲手打造了房子里的每一个角落。在英国我看到了好多华丽的大房子，有金碧辉煌的地板和墙面，但就是没有人情味。我想要的就是这么一间小房子，简简单单，能更快地拥抱到爱人、家人。"

老太太顺手拿起了餐桌旁的装饰物，那是一根造型怪异的干瘦树枝，老太太给它加了一个底座，倒像个巧夺天工的艺术品。

"这屋子里的好多陈设都是自然形成的，比如这些树枝装饰都是我从公园、路边捡来的，另外有一些是从对我来说有意义的特殊地方捡来的。建房子的那段日子，我每天都像在玩寻宝游戏，如今它们已经陪伴着这座房子度过了好几十个年头，成为了这个房子的一部分。"

说完她又指着面前一个其貌不扬的小茶几："这张小茶几也是我从路边拿来的，后来有一个来访的客人看见后非常惊讶，说这是他母亲用过的凳子。你看，在自然的状态下，所有一切都在轮回，这就是缘分。"

一旁的大叔也接过母亲的话，他说就算他长大后离开了家，一旦想起这里的每一件家具，就觉得自己是最富有的人——不是有钱的富有，而是那种能勇敢去追求自己喜欢的生活的富有。

老太太拿起桌上的一张照片，那是她的后一任丈夫，他们在这栋房子里相知相识。丈夫在几年前去世时，仍紧紧牵着她的手。

"我特地把房子里的床都设计得很小，就是希望家人能靠得更近一些。房子里没有特别明亮的灯，是因为我希望大家能多花些时间点起蜡烛聊聊天，而不是亮着灯各做各的事。我希望大家都能抽出一些时间回归自我，回归生活最原始的样子。"

尽管年迈，但老太太说起这些时，眼里充满了神采，不是那种历经沧桑的疲惫，更多的是对世界的热爱和好奇。她表述着自己对这座房子的灵感：To return to your true feelings（回归你最真的感觉）。

"我们开设了一个直播账号，有 50 万的线上观众。可不可以将您的故事分享给他们呢?"赵程征求着老太太的意见,他觉得,听老太太讲故事可比起那个还在远方的采西斯动人得多。老太太没想到有朝一日会有50万人听她讲故事,新奇之余也乐呵呵地答应下来。

一个午后就在红茶香中度过,大家干脆不向前行进,就在小屋里听老太太和大叔讲了一个下午的故事。

走出庄园的时候,暮色下的小楼像一颗闪烁着微光的珍珠,大家甚至忘了此行要去的目的地。

众人乘着火车重新回到里加的时候,宋一潇仍在一脸羡慕地回忆着老太太的故事。

"我也希望成为一个这样的老太太,坐在摇椅上和子孙们缓缓讲述着自己旅行的故事。"

"我们现在不就在这么做吗?"苏达同她相视而笑。

或许这就是旅行的意义,就算错过了原来的目标也不用害怕,路边或许就有不经意的风景。但细想一下,人生似乎也是这样,不用为暂时没有达到的目标而觉得痛苦后悔,就像老太太一样,永远满怀好奇,认认真真地活上一遍。

时光会老去,狂欢会沉寂。故事的尾声在哪里并不重要,哪怕我们都要走入共同的结局,也可以选择在中途多看一些风景。

有了在苏兹达尔和采西斯的经历之后,大家都不再惧怕神秘、未知之类的形容词了,信心满满地驶入下一站——传说中的立陶宛。之所以给这个小小的城市冠上传说的头衔,是因为网络上鲜有关于立陶宛的攻略。如果不是因为它在去巴黎的必经之路上,众人这一辈子的旅行计划里,大概都不会出现这样一个小站。

攻略里说,立陶宛的夏天是多雨的。却没想到才刚离开俄罗斯境内,乌云就迅速吞噬了天边仅有的几抹晚霞。立陶宛用一场猝不及防的大雨,欢迎着大家的到来。

车正开在湿滑的山道上,在夜雾中循标识往前走。下过雨的山路格外松软，苏达只觉得车的后轮突然打不动，急忙和宋一潇下车查看。

"车上的人赶紧下来！"随着宋一潇的一声喊，两车人都迅速下车集合在苏达的车边，眼前是无比恐怖的一幕——后轮正碾过一个水坑，在山地边缘空转着，而车子因为不明原因无法再发动。

"要是再塌方得多一些，咱们恐怕就已经滚下去了。"原本坐在苏达车后排的李教授紧紧搂住林青，看着山下的万丈深渊，有些后怕。

这一幕着实将众人吓得够呛，想必是突如其来的大雨将道路边缘的山道浇松，加上赵程的前车开过落了些松土导致的。

立陶宛的大雨丝毫不因为客人的停留有所收敛，豆大的雨点砸在众人的雨衣上。

赵程已经失去了前方的视线，但这么大一支队伍，总需要一个拿主意的人，他凭着余光搜索到大鹏，问了一句："那现在怎么办，咱总得把车推上路才能走啊！"

"好像也没有别的办法了。"大鹏摊摊手，表示眼前好像也只有一条路可走。

这种时候，连一向豁达的苏达都只能苦中作乐地自嘲几句："这推车的情景真是昨日重现，只不过那时候推的是房车，现在推的是 SUV，还额外友情赠送了场湿身的大雨。"几个男生说笑着撸起袖子，将车前后围起来。

雨天的湿滑超出了大家的想象，想要找到着力点都是一个难题。几个男生围着车绕了一圈确定了推车的位置，苏达和大鹏站在车前，超儿站在车侧，赵程站在车后。

"一二三，走！"第一遍用力，车身微微有些摇晃，但大家都感受到了脚无法抓地的困扰。几乎是向前推一步，车的反作用力就往人的方向退一步。

"咱得再试一下，现在天这么黑，再晚山路就更难走了。"赵程有些着急，他换了一个更好受力的位置，把袖子再往上拉了些，雨水迅速占领了他裸露出来的皮肤。

"苏达小心啊，"宋一潇有些担心，结果苏达恶作剧地用手机手电筒照了照自己的脸，露出一个有点瘆人的暗夜狂笑，把宋一潇吓到笑出声。一旁的雨晴则是面无表情地看着这一幕。赵程靠近后车轮，位置看上去比苏达险得多，但雨晴总觉得赵程有分寸，不会将自己置于危险之中。再说，她也不习惯在这种时刻突然地表达关心。

"一二三！走！"第二次用力，车的前部显然移动得更多，但后轮依然没有从悬空状态脱离出来，车子也陷在水坑里无法发动。

夜里的雾气氤氲，大家都清楚再不往前开，土地松软的山地上不一定会发生什么，大家要尽快离开这片不安全的山地，气氛突然变得有些凝重。

宋一潇嘟嘟囔囔地抱怨着："衣服都要湿透了，不知道酒店里有没有晾衣服的地方……"

导航提示如果顺利的话，离酒店还有将近五个小时的车程。宋一潇一算，就算他们一路畅通到达酒店，恐怕也是一夜无眠了。

"现在是担心衣服的时候吗？我们的车能不能发动都还不知道。"苏达觉得宋一潇太不懂事了。他打开了引擎盖，查看了一些觉得会出问题的部件，却发现都运转良好，找不到车子无法开动的原因。

"能查一查附近的抢修电话号码吗？"赵程提出一个解决办法。

"这个我早就想到了，但当时做攻略时就发现这个地方比较偏嘛，几乎没有查到有价值的旅行攻略。"超儿表示无奈。

暴雨的山间，即便是夏天，也透着丝丝凉意。大家各自回车里将厚外套披上，但是只能解决暂时的困境，继续困在山间，所有的困难都是未知的。

尽管在筹划旅行的时候，大家都想到了自驾的困难，可是这一瞬间，大家才知道人在大自然面前是多么的无力。常被中国人挂在嘴边的那句"人定胜天"不是万能的哲理。

雨越来越大，想不出新方法的众人只得再次尝试推车。

"赵程，你那个方向多用点力！"大雨让低头推车的大鹏睁不开眼，他其实根本看不清赵程的方位，只感觉到来自那个方向的力量不够。

大鹏不知道的是，后轮的下陷使赵程的位置很难发力，但他不愿辜负其他人的期待，尽量蓄力着。

"一二三……"再次推动时,口号里的"三"还未说出口,远处围观的女人们就听到松软的石块下落的声音,紧接着是赵程的一声惨叫。

和赵程认识这么久,谁也没听过赵程如此失态的叫喊声——不要说众人了,就连和他相处了七年的雨晴,都没有听过。

"赵程!"雨晴试探地喊了一声,无垠的夜空和群山没有回应,空气中除了回声,就是死一般的寂静。雨晴慌了,这么多年来,她从来没有一刻像现在这样想听到他的回应。

众人的心吊到了嗓子眼,顾不得风大雨急,全往赵程的方向奔去。

雨晴夹杂在混乱的人群里,一边拉起裙角,一边往车尾方向跑,风将雨衣帽掀开,雨点直接砸在她脸上。"赵程!赵程!"她不顾一切地高声喊着,好像多喊几声赵程就会回应一样。

突然,她停住了。一种巨大的恐惧扑面笼罩过来,将她压得完全透不过气。她的脖子像是被人拧住一样,下一秒就要窒息。

就像刚才说的,整整七年她从未听见过赵程发出如此绝望的呼喊声。而在这个松软的断崖边,那一声呼喊会代表什么?她不敢想下去。

她呆立在原地,看着众人掠过她向前跑去,周遭的一切好像都失去了声音,只剩下脑中嗡嗡的轰鸣。

离事故地只有几米的时候,林青突然挣开了李教授的手。

"阿青!你去干什么!"李教授心头浮上不祥的预感,但她身材再健美也是个上了年纪的女性,哪里追得过十几岁的年轻女孩,只能眼睁睁看着林青跑到了最前面。

林青冲到车旁,果然只剩下苏达、大鹏、超儿,不见赵程。三人正在离崖边一段距离的位置喊着赵程的名字。度过了像是几个世纪的若干分钟后,断崖下终于有了回应:"我没事!快把车上的安全绳固定好放下来。"

赵程的声音听起来虽然有些颤抖,但逻辑清晰得似乎已经完全平静下来,连苏达都有些折服这份久经试炼的处变不惊。三人总算略微松了一口气,赶忙按赵程所说手慢脚乱地从车里摸出安全绳,艰难地安装好。

但这会儿，谁把安全绳递下去成了一个大问题。三人看向刚刚塌方的山路一侧，那里已经露出了剥脱的岩石和松土，好像只要轻轻一踩就要陷下去。但站在安全区距离又太远，很难将安全绳抛到正确位置。三个人穿着雨衣站在雨中，谁也看不清彼此的表情。

"总得有人试试看吧……"沉默了一阵后，苏达假装轻松地提出了建议，"公平一点，我们玩手心手背，出局的人去。"

尽管都有恐惧，三个人还是立刻默契地伸出了手。要说上路时，他们只是萍水相逢的陌生人，经过这将近两个月的时间，他们好像变得缺一不可了。

手心手背选出来的"幸运儿"是大鹏。正当他怀着壮士断腕的勇气转身时，竟看到赵程已经顺着安全绳爬上了路面。

"你……你怎么上来了？"大鹏一时有些结巴。

赵程边拍着身上的烂泥，边被这个问题弄得摸不到头脑："不就是顺着你们扔下的绳子爬上来的吗？"

剩下三人还在疑惑，一看到默默拆着安全绳的林青就全都明白了。一定是这孩子趁着大家"手心手背"定人选的时候靠近危险区，把安全绳抛了下去。不过也幸亏去的人是林青，她单薄瘦弱，才能从这松软的土地上全身而退。

"你刚刚就从这里掉下去了吗？这也太危险了！"宋一潇惊呼。跟在一潇身后的李教授也慌忙跑到最前面，把林青紧紧揽在怀里。

远处等候的女性们已经聚集到了这里，赵程不停回应着"没事没事"，却同时用余光扫视着人群。

雨晴不在。

过了一会儿，赵程才看见雨晴缓缓走来。赵程低下头继续清理裤脚的淤泥，隐隐觉得有些失望。他当然不会注意到雨晴喘着粗气，手心全都是冷汗。她有些庆幸这一刻的眼泪无人看见，可是她又有一些希望赵程看见。那样他就会知道自己有多需要他。

整整七年，雨晴这才发现在赵程身边已经成为了一种习惯。她没办法确定对他的爱究竟是理性还是感性的，也没法确定赵程是不是只是她在情感脆弱期的替代品，但她现在唯一能确定的是，刚才那一刻她的害怕是真实的。

她拒绝了那么多次结婚的要求，哪天他真的不在她身边，她的恐惧会像刚才一样。

旅行的困顿疲惫加上被困在山间，全身浇满雨水的烦躁终于一股脑儿的在众人中爆发。

这一站的攻略是超儿做的，大鹏首先向超儿开炮："我不知道你这个导游是怎么做的，所有需要的信息都没有，你只会在街上弹吉他，带女孩回家把生活弄得一团糟。你的爱情观完全不是自由，而是随便，是不负责任。"

"这也怪我？车熄火了和我有什么关系，难道我来立陶宛之前就预测到会下大雨，车会坏在途中？为什么赵程的车经过水坑时没有熄火，就苏达的车熄火了？"超儿辩解着。

宋一潇拽着苏达的耳朵向众人道歉："千错万错都是他苏达的错。本来我们说每半个月要进行一次车辆检查，上次让他去检查，他嫌当地的价格贵就没去。做老抠把自己的命都抠进去，太不可理喻了！"

"我真不知道世界上怎么会有你这么抠的男人，买瓶矿泉水要比价格，出来旅行的门票要团购……"宋一潇紧接着一股脑儿地把前一阵子苏达的抠门事全都捅了出来。

苏达这才知道原来宋一潇对自己有那么多的不满。狗急了还会跳墙，苏达急了也吼人："是你自己向我求婚，又不是我向你求婚！"

"可是结了婚还能离不是吗?！"宋一潇反驳。

两人的关系达到了前所未有的紧张，赵程不愿意看到这样恶化的情况，主动提出换个安全点的位置再将车往前推一推，看看推出水坑后能不能点上火。

"不可以！绝对不可以！"就在赵程提出这个意见时，雨晴突然情绪激动地阻止。那种压迫心脏的恐惧感，她不想再感受一次。"我们不是还有一辆车吗？我们能不能先回到车上去，开到市区再叫人过来帮忙？"

"但雨这么大，开到市区还有四五个小时的车程，回来又是四五个小时，你总不能让其他人在这里等着吧？"赵程耐心解释。

"就是，你说什么呢，我们不是一个集体吗？留下谁在这山里都不公平。"超儿觉得现在不是起内讧的时候。

雨晴却突然铁下心，红着眼眶，一字一句反驳他："你们的车出了事，为什么要我们的人冒险？你们自己没有做检查，现在出事的也是你们的车，我们的车又没有问题。"

众人都懵了，虽然一开始雨晴显得不近人情，但是这一个多月的旅途中，大家互相了解，也知道她不过是一个嘴硬心软的人。可是她这一刻的每一字每一句，都透着令人心寒的不近人意。

"现在车陷在水坑里，多一个人就是多一份力，想到办法总比往返折回要好。"赵程也不理解雨晴为什么突然提出了这么自私的要求。

"我说不可以就是不可以！赵程我们回车里去！"雨晴自顾自地硬拽着赵程往前车的方向走，说着说着竟然有了哽咽声。

"你这说的是什么话？过分了！"赵程终于失去了哄人的耐心，甩开了雨晴的手，这个在他看来向来顾全大局、高情商的女生，在此刻显得无比陌生。

"你不走，那我一个人走。"雨晴的嘴角在颤抖，不顾赵程的阻拦，一个人朝着前车方向跑去。赵程看着雨晴头也不回的背影，想向前追几步，但终究是没有追。

这一切都被李教授看在眼里，她把林青推到赵程身边："你帮我看着孩子，我去帮你看看她。"

雨晴红着眼眶坐进了驾驶座，她全身都在发抖，就连钥匙都插了好几次才插上，李教授赶紧趁着这个空当坐进了副驾座。

"你今天怎么了？"李教授试探地问。

雨晴极力憋住眼泪发动了车，最终却还是熄火，双手用力地捶了一下方向盘，忍不住发出抽噎声。

李教授凭着她的表现猜到了三分:"刚才推车的那一幕,让你害怕了吧?你突然意识到自己是那么需要他,这件事和你原本想象的不一样。"

"我一直以为这几年来靠的是他追求我、他依赖我、他打动我,而我有权选择不结婚,因为我是享受着主动权的人,直到刚刚那一刻我才发现,这七年来我离不开他,所以这段感情里的输家其实是我。"

"感情里哪有什么输家和赢家,谁需要谁多一点也不是错呀……"李教授刚要安慰,话还没说完,雨晴已经忍不住扑到李教授的身上,她放声恸哭,像似要把这七年来的压抑和不解全都一股脑儿地释放出来。

这哭声一声一声都打在李教授心上,恍惚之中,她好像看到了从前的自己——那个比谁都好强努力,比谁都拼搏认真,最后却比谁都头破血流的女人。

确实,雨晴太像她了,都是从小镇里走出的女孩,有着严苛的父母,也有着强大的自律感,从小就是"别人家的孩子"。从学生时代开始就每天都在努力,只为了能配得上更好的未来。自己每日健身保持着体态,十年如一日;只要出门,就一定要化妆,保持自己的体面。但是却先失去了丈夫,然后几乎同时失去了女儿。也无数次问过自己,为什么这么努力,还是要过一塌糊涂的人生?

李教授下意识地紧抱住伏在她身上哭得抽搐不止的雨晴。她知道这个女孩再过一会儿就会抹干眼泪,像一个没事人一样重新投入生活的洪流里。但她暗暗发誓要帮她打开这个结——其实也是帮自己打开心结。

李教授突然听到了敲车窗声,车外站着一个头发蓬松的老人,褐色的头发已经夹杂着些许白发,手里提着一个修理箱。老人从窗口递进一小瓶酒,表示自己的友好来意。

老人显然不会英文,冒着大雨比划着。见到陌生人,雨晴马上恢复了冷静,她立刻抹干眼泪,平复了一下心情,拿出准备好的翻译器。

老人明显没有见过这么先进的设备,眼神里有些困惑,但还是按照雨晴的示意对着翻译器重复了刚才的问话。

然后翻译器响起了生硬的中文——你们遇上什么麻烦了吗？我或许可以帮你们。

雨晴和李教授大喜过望，拿着翻译器，带着老人找到了苏达的车。此刻，众人依然围在车边一筹莫展。

老人提了一盒工具箱，伸出手时露出一手的老茧，一看就是擅长修理活儿的当地人。

众人像是看到了希望，用翻译器讲述了遇到的难题。老人家还未听完就打开引擎盖细细查看，没过一会儿，老人家打开发动机盖，拔下分缸线，将火花塞拆下来，然后启动了发动机。

他向苏达要来车钥匙，将钥匙保持在启动位置 5 秒后松开，等上 10 秒钟后再启动发动机 5 秒钟，如此往复 3 次。正当大家对这一番操作一脸狐疑时，启动声响起了。

众人欢呼庆祝，老人家也极兴奋，伸出长着茧的大手热情地与大家击掌。

突然老人示意需要雨晴的翻译器，他说完一句话后，翻译器里缓缓响起了一字一顿的声音："这里离市区很远，你们可以到我家休息。"

困顿了一天的众人感觉十分惊喜，雨晴用翻译器道了一句谢谢，其他人迅速从翻译器那里掌握了这个表达，抢着用俄语表示了感谢。

老人坐上副驾座，给大家指引方向。山下果然有一个小镇，之所以在网络上找住宿时没有找到，是因为这个小镇人口太少，甚至连旅馆都没有。

身为好奇宝宝的宋一潇霸占了翻译器，直接和老大爷聊了起来。车内响起了此起彼伏的人机对话声。

一潇问："你怎么大晚上到山上来？"

老人答："我住在山脚下，看到对面山上有车的灯光一直停在半山腰，以为是镇里的人遇到麻烦，所以就来看一看。"

宋一潇问："那怎么不让你的孩子们来？你一个老人家半夜上山有点危险。"

老人答："我的孩子早就不在这儿住了，他们都到城市里去了，在那里定了居，只有我还守在这个小镇上。"

行驶的过程中借着车灯大家看到路旁有许多小房子，可是房里都没有灯光，一路上只有寥寥几间屋里点着孤灯。

宋一潇问："这个地方怎么都没有人啊？显得太安静了。"

老人笑着说了一长溜的话，机器一字一顿地翻译："这个小镇在我童年的时候还是挺繁华的，这些年，年轻人都往外跑，镇子里已经没有什么年轻人了，只留下我们这些老人……"

车子在寂寞的小镇里行驶着，没过一会儿就到了一座简单的两层小楼，小楼前有一大片院子，植物都打理得整整齐齐，旁边停着一台除草机。因为地方太大，大家的车就随便地停在了院子边。

房里的摆设还像二三十年前的一样，有些家具因为年久失修，已经蒙上了些灰尘。

"这是你的儿子和女儿吗？"宋一潇在进门的茶几上看到了一张有些泛黄的全家福，它裱在一个木相框中，显眼的位置说明老人有多重视它。

老人端着托盘从厨房里出来，上面是几杯温酒，他心满意足地看着大家将其瓜分，接过宋一潇手里的相框，带着些骄傲向众人讲起了他的儿女。

众人一边看着大爷的表情，一边听着翻译器缓缓地讲述着，虽然偶尔也有翻译不到位的情况，但基本不影响理解。

大爷的女儿从小就是小镇里最惹人注目的孩子，在参加学校舞会的时候永远都是人群中的明星，成绩也永远不让他烦恼。中学时被临近城市的寄宿学校以全额奖学金录取，后来考上了维尔纽斯卡普苏斯大学，那是东欧最古老的高等学府之一。毕业后择得良婿，双双定居国外，每逢重要节日都会回来看老人家。大爷说起她的时候，眼里满是骄傲。

可是说起儿子时，大爷刚才骄傲的神情突然消失了。

在老人家的记忆里，这个儿子从来不让他省心，小时候就是个不学无术的主儿，比他的姐姐要差得多。

16岁的时候，儿子提出要去城市里发展，可老爷子觉得儿子没有一技之长，就算去大城市也是徒劳，不如就在小镇里学着做个小工匠。

那时候的老爷子正在壮年期，说出来的都是些绝情的话，他跟儿子说要是他敢迈出这个小镇半步，就再也不是自己的儿子。没想到第二天，儿子就一意孤行，头也不回地打包了行李去了城市。

现在看来，儿子当时的决定是对的，这个小镇已经越来越老，机会也越来越少，年轻人都外出谋生，留在小镇的人不知道外面已经变成了什么样。老大爷仍然不会用手机，只是通过信件和儿子交流。从信里，他知道儿子现在已经在城市里站稳了脚跟。可父子俩心有芥蒂，很少交流。

"哦，对了！刚才你们不是说下一站是维尔纽斯市区吗？"老大爷一拍大腿，突然眼睛亮起来，"我儿子就住在维尔纽斯市区……"

说完，老大爷像是突然想起什么似的，起身去了厨房，出来时手里拿着两个大玻璃罐子。他将其中一罐放在赵程面前，交代"这是自己做的鸡肝酱，送你们尝尝"，又找来个小提袋将另一罐装好。

"我的儿子就住在市中心，如果你们顺路的话，可不可以帮我把这瓶鸡肝酱带给他？他呀，小时候就喜欢我做的鸡肝酱。虽说维尔纽斯什么都能买到，但这鸡肝酱啊，还是我们自家做得好……"老大爷絮絮叨叨着，突然意识到这请求有些冒昧，赶紧把话题截住，"当然……当然如果你们的行程不太方便，那就不用了，等哪天镇上的人去城里，我再托他们带去……"

刚刚路上遇险，幸亏老人搭救，大家正愁这雪中送炭之恩无以为报，这举手之劳当然是不能拒绝了。

大爷又打开抽屉，里面码着整整齐齐的信件。他拿出最靠前的一封放入袋子："这封信，你们也顺便帮我带给他吧！"他佯装不在意地咂摸小酒，可谈到儿子的时候，眼睛里全是思念。

"没想到全世界都有这样的故事，你说有时候人生的抉择就是这样，留在小城市没有出息，可是留在大城市就没办法照顾家庭。"说这话的时候，雨晴看向赵程。这些话，可能别人不一定会懂，但她相信赵程一定懂。大多数人，出生于平凡，安于平凡也终于平凡。可她和赵程都是剩下的另一小撮人，他们的前半生都在忙于同样一件事，被野心拉扯着，企图用超越常人的自律去跨越阶级。

"这世界上遍地是爱,最缺的是理解。"自从今天在山路上经历了那窒息的几分钟,她越发坚信这一点。但她所望向的赵程,此刻却是面无表情,似乎还沉浸在山路的险局中。

那天夜里,苏达睡得并不安稳,他脑海里时不时会蹦出宋一潇在山路上说的那些话。

"事事都要讲求性价比,你太不可理喻了!"

"我真不知道世界上怎么会有你这么抠的男人!"

"可是结了婚还能离不是吗?!"

他被这些对话惹得焦躁不已,再看床上安睡的宋一潇,似乎完全没有将自己说出的抱怨放在心上。虽然之后宋一潇抱歉说那是一时情急的口不择言,可那些说出来的话就像钉在墙上的钉子,就算摘掉也在苏达心里留下了痕迹。

人在危急关头,说出来的都不会是假话。苏达觉得自己也不是傻子,那些话里累积的不满,让他彻底知道自己在宋一潇眼里的形象是多么的不堪。难道宋一潇每天好声好言哄着他的那些情话全都是逢场作戏吗?

他又一次打开宋一潇的微博,想看看她到底在想些什么。最新的一条是神秘小镇苏兹达尔的原野风光,那个方钻头像评论着:"你现在已经到俄罗斯了吧,那你的下一站去哪里?"

可没想到,宋一潇居然破天荒地给这条评论回了留言:"我们的下一站是立陶宛。"苏达再一次点开那个熟悉的头像,原来空空如也的主页上多了一条文字微博,那条微博只有三个字——"再出发"。

# 第十四章　不速之客

经过一晚的休整，众人在老人殷切的目光中带着信和鸡肝酱上路了。

随着车子越来越接近首都，风光也渐渐不同起来，有热闹的街市广场，也有沿途嬉戏的孩子。城市不像小镇那样暮气沉沉，虽然同属一个国家，却呈现出两种不同的面貌，一种是垂垂老矣，另一种是朝气蓬勃。

开到市区的时候已是暮色降临，众人按照老大爷写下的地址，一路问到了一座公寓。

"我们这样贸然去敲别人的门，会不会不太好？"众人站在公寓门口，犹豫不决，就连身为社交达人的宋一潇也觉得这做法有些冒失。

此时正好有位男青年骑单车掠过众人，他扎着头巾，打扮入时。见到有外国人站在公寓门前，热情地用英文询问大家是否需要帮助。

男青年的英文带有浓烈的口音，但远比不识一句英文的小镇人好得多，至少让雨晴可以直接交流，不需要完全凭借翻译器。

于是雨晴将地址展示给了男青年。他表现得十分惊诧，快速组织了一番语言后，用带口音的英文问："是谁把我的地址给了你们？"

问得多不如问得巧，众人解释完来意，顺利进入男青年的家里。

这是一座城市里典型的小公寓，和世界上的任何一处的公寓并无二致。房间和小镇里的装饰完全不同，地上铺着优雅别致的鱼骨木拼接地板，壁纸采用清新素雅的色彩，充满了细腻的纹理感。家具采用温暖的材质，墙上挂着充满艺术感的装饰画。更妙的是，房间里有一扇落地窗，城区的古典街景透过窗户展现出来，与室内的清新装饰形成了巨大反差。一切都在彰显着男主人的审美品位。

"父亲也真是的，总是这样不考虑别人的想法……不好意思，耽误你们的行程了，你们把东西放在桌上就好了。"男青年边说边拿出当地年轻人爱喝的冷饮，请大家一起品尝，热情好客和父亲如出一辙。

男青年打开父亲的包裹，从中拿出鸡肝酱。刚打开瓶盖，一阵浓重的内脏腥味飘出，男青年赶紧又把盖子合上。

"这老头，以为我还是孩子吗？"他摇了摇头。

雨晴坐得近，第一时间闻到了鸡肝酱的腥味。虽然她想尽量表现得尊重些，却还是控制不住条件放射地扇了扇鼻子。这一幕正巧被男青年看到了。

"小镇上做的鸡肝酱就是这么腥。以前还小，没见过世面，就觉得自家做的鸡肝酱是最美味的。后来到了这大城市，什么好吃的都有。那时候，有一次到朋友家，品尝到了高档的鸡肝酱，我才知道原来世界上还有完全没腥味的鸡肝酱……"男青年说到自己都笑起来，"只有我爸还一直以为我喜欢吃。"

男青年正准备把玻璃瓶放回，随手将袋子一抖，便飘出一张薄薄的信纸。

"这是什么？"男青年疑惑。

"哦！这是你爸写给你的信……"宋一潇含着半口冷饮，含混不清地回答。

"真是个麻烦的人啊，在小镇待久了连手机也不会用，还写这样老掉牙的信。"男青年一边缓慢地打开信，一边用英文不住地吐槽，"还不都是那些一模一样的内容，问我在城市里的生活怎么样，问我什么时候回到小镇去……"

刚刚展开信纸时，年轻人还能和大家调笑几句，可越往下读，众人见到男青年的表情越严肃，一改刚才的轻松。

读罢，男青年小心翼翼地按照父亲的折痕，将信整齐地叠起来，重新塞入袋子，又把那瓶刚刚盖上的鸡肝酱重新打开。

李教授注意到了这一幕，以她的职业敏感来说，男青年在打开信时随意一摊的动作和现在小心翼翼的叠信动作之间，一定发生了些什么。

"信上说的内容似乎对你很重要？"李教授问。

男青年抚摸着折得整整齐齐的信纸，百感交集地望向大家，犹豫了许久，断断续续说出一句话："I don't believe that he said……he said sorry to me in the letter...（我没想到在信中他对我说了抱歉……）"

男青年拿着信的手有点发抖，他怕大家没有听到，又更加郑重地重复了一遍"he said sorry to me"。他显然竭力想控制自己的情绪，眼眶却憋得通红，很快便有了泪花。

"He said sorry to me！He said sorry to me！"小伙子双手掩面，在客厅里来回踱步，重复着这句简单的话。

赵程上前试图安慰这位年轻的小伙子，小伙子抽噎一阵后，断断续续和众人讲起了信中的内容。

和任何寻常的家信一样，父亲说了小镇里的近况，又担心首都的天气变化，还问了问孩子的个人生活。只是在信的最后，父亲感慨小镇越来越小，好像一潭死水，只有出去的人，没有进来的人。老人们都晒着太阳等待着老去，年轻人被迫背起行囊。

"现在想想，我当初想让你留在小镇的决定是错误的。年轻时的我并没有勇气离开小镇，我怕外面的世界太大，自己没有办法适应。幸亏我的儿子是一个有勇气的人，他靠自己收获了幸福的生活。如果再回到十年前，我会帮你收拾包裹。但如今，我似乎只能和你说一声对不起。"老人在信的最后这样写道。

以前，父亲称他是"没用的人"，而如今，父亲称他是"勇敢的人"。

"这信也没有什么特别之处啊。"走出小公寓，宋一潇才提出了一直的疑问，她只觉得这是普通家信，不懂男青年怎么会有过激的反应。

"那是你不懂。"一直沉默的大鹏却突然发话了，"我太能理解他的想法了。你们也知道我家在南方农村，爸妈都做点小生意。但我确实没告诉过你们，我有两个优秀的哥哥。他们小时候就展现出了很好的商业天赋。还记得我大哥上小学时，夏天就会买一片西瓜去学校，然后把一片厚西瓜切成无数小片卖给口渴的同学，用赚来的钱再买更大的西瓜。

"我从一出生开始就被父母和两个哥哥比较，我说话比我的哥哥们慢，他们觉得失望；我学会走路的时间也比我的哥哥们久，他们也觉得失望。小的时候，我们家的墙上贴的都是哥哥们的奖状，每次有亲戚朋友来，父母都向他们介绍哥哥们，我这个小儿子就像是透明的。

"还记得有一次学期末，我终于好不容易拿了一个'劳动小尖兵'的奖状，兴冲冲地带回家给我妈看，我以为那面墙上终于也能贴上我的奖状了，可我永远也忘不了我妈接过奖状时看笑话的表情，她笑我'这是哪里来的安慰奖'。在我爸妈眼里只有哥哥的心算奖、珠算奖、三好学生奖才是正经的奖项，他们不知道那张奖状是我帮同学做了半个月的值日生才换来的。"

苏达还是第一次听大鹏讲自己的家庭，众人原本只知道他是一个从南方小镇来北京漂泊的人，却不知道这个抉择背后有这样的故事。

"我有多少进步，他们看不到，他们永远在把我和一个高不可攀的标杆做比较。我一出生就在追赶两个哥哥的路上，可资质愚钝的我怎么也赶不上，所以很长一段时间我都觉得自己是家族的笑柄。上初中的时候我看《射雕英雄传》，里面的郭靖也是从小资质驽钝，甚至连师父都差点放弃他，可是却在最后成为了武林高手。从那时候起我就开始疯狂迷恋武侠小说，因为在生活中我永远不能成为赢家，无论我做得多好，都有两个哥哥凌驾于我之上，只有代入故事里的英雄才能让我感受到快乐。

"所以之后我在微信群遇到艾索，别人都说你一个喜欢中国文化的人，怎么会和一个外国女孩恋爱。可我觉得自己就是喜欢她自然而然流露出的开朗自信，她说小时候父亲常给她讲武侠故事，后来她自己去图书馆借书来研究，还涉猎了各类关于中国文化的书。母亲虽然是法国人，对中国文化全无了解，但对女儿的兴趣很支持，甚至还带她来中国旅行，让她见识真正的中国。有些父母总是觉得用语言鞭策子女才是教育的最好方法，这或许是一条捷径，可是用爱能达到的目标，为什么一定要用一种残酷的方式来达到呢？"

没想到这个看上去憨厚敦实的大男孩，竟然有着这么细腻的心思。

"所以呀，很多时候，父母在等着儿女说感谢，而儿女都在等着父母说抱歉……"超儿拿出后备箱里的酒递给大鹏，"等咱们回到住处，再来喝一杯。"

大鹏苦笑了一下，默许了这个兄弟之间的建议。听完整段对话的李教授脸色凝重，心里暗自有了打算。

第二天，车子将离开立陶宛首都维尔纽斯。

林青早早起床，可是大家似乎都不急着出发，就像在等什么人似的。但就这么一会儿的耽误，让大伙儿在出门时正赶上维尔纽斯的上班高峰期，被堵在邻近市中心的地方动弹不得。

导航上显示接下来的路线是"一路红"，苏达却好像没有平时开车的急躁，一边抖脚一边哼着小曲。

"你这回怎么不敲方向盘了？"超儿调侃。

"这里是首都嘛，又有机场直达，再想想北京节假日的堵车，真是小巫见大巫。"苏达说道。看来尽管已经远离了北京的交通，但他的斯德哥尔摩症候群后遗症倒是还没痊愈。

正当大家被堵得动弹不得时，众人听见一阵敲车窗的声音。苏达拉下车窗，看见车外站着一个戴着眼镜的害羞小男生，穿着一身简单的运动服，背着一个大旅行包。看到大家都将眼光投向他，更是紧张得低下头，攥紧了拳头，像是有什么难以启齿的话。

看眼镜男孩半天不说话，苏达抢先发问："有什么事吗？"

小伙子腼腆地低下头，磕磕巴巴地回应："你们能听得懂中文吧？"众人点头，小伙子指着前方的一个岔路口："你们可以不用堵在这个地方，向前开一些，就有条小路可以避开拥堵的路段。"

眼镜男孩说自己是当地的华人，正准备出门去邻近的城市，就在门口看到了这几个在用中文交流的人，又见他们堵在半路上，就来帮忙指路。但他支支吾吾半天没能准确表达意思，眼看前车就要开了，大家干脆叫他上车指导。

小伙子看上去的确对这个城市十分熟悉，带着众人七拐八拐地由一条小道穿越了拥堵的路段。他虽然害羞但还是有问必答，苏达一路上和他攀谈，问他接下来要去哪里。

"去边境关口。"眼镜男孩详述了一下行程，居然和大家的行程奇迹般地吻合。

"那我们同路啊！你要不要和我们同行？"宋一潇积极主动地邀请眼镜男孩，还没等对方同意，就自顾自通过视讯聊天询问了另一辆车上的赵程，"赵程，怎么样？让他坐我们的车行不行？"

原本大家都料定赵程这样的保守派不会对不速之客有什么好感，却见他皱着眉头思考了一会儿，大概是考虑到对方也帮过自己，答应了同乘一部车的请求。

但男孩看上去并没有表现出该有的兴奋。他表情复杂，似乎对是否同意这个邀请还有所犹豫。

到了地点后，眼镜男孩不顾苏达的挽留，执意下车。争执之际，后座的车窗突然被拉下，李教授出人意料地探出头。

"小伙子，大千世界里这么多人，能遇到都是缘分，能同行一程是一程吧！"

听了长辈的话，眼镜男孩像吃了颗定心丸，乖乖应承下来，趁所有人都没注意，轻声对李教授说了一声"谢谢"。

"不用谢啊，傻孩子。"李教授微笑地看着眼前这个胆怯的男孩，似乎与他格外投缘。

眼镜男孩被安排在苏达这辆车的后座，坐在林青和李教授身边，这个因为老革命下车而空缺已久的座位终于有了新人。

眼镜男孩好像不太适应坐在女生旁边，表情中有些扭捏，但还是向林青伸出了手表示友好："Hi..."

林青意料之内的不予理睬，他只好悻悻地把手收回来。

眼镜男孩性格温和，凡事都抢着做，一天相处下来，他好像已然成为自驾团里的一员。但男孩很少说话，被苏达戏称是"自驾团里的两只沉默的羔羊"。还有一只是谁？当然是指林青。

"阿青，妈妈给你钱，你去那边的站台给大家买点饮料。"在休息站时，李教授给林青塞了些散钞，让她到加油站边的小卖部里买点饮料犒劳大家。

李教授在这个旅行中完全是个特殊化的人物，她不仅不用承担任何的任务，还因为带着林青，被大家轮番照顾着。要是在以前遇到这种情况，众人肯定摆手说不用，可这一次的情况有些古怪。

宋一潇暗暗戳一下身边的眼镜男孩，吓得对方一激灵蹦起来："她一个女孩子怎么拿得动？你赶紧去帮一下她！"

"就是啊，这么大的男孩怎么这么没有眼力见儿？"苏达也在旁边添油加醋，男孩本来就害羞，现在更不好意思了，赶紧三步并两步地追过去。

回来时，只见男孩哼哧哼哧地抱着两打饮料，林青倒是双手空空。苏达啪的一声拉开饮料拉环，顺便不忘给男孩打了一个"good"的手势："干得好！"

眼镜男孩不像在国外长大的华人般阳光自信，更像是一个薄脸皮的中国小男生，被夸后反而羞红了脸摆手说"没有"。

看到林青过来，眼镜男孩主动将饮料递上献殷勤。但林青对陌生人有所戒备，并没有接过男孩的饮料。

"等过一阵熟悉熟悉就好了。"苏达搂着赵程的肩，"你看我们刚上路的时候也不熟，现在都已经能勾肩搭背称兄弟了……"

赵程试图挣脱，发现挣不开，只得认命地同苏达相视一笑，画面看上去还真有那么点兄弟基情。眼镜男孩讪讪地点了一下头。

两天后的夜晚，车子逐渐靠近立陶宛的边境关口，下一站波兰近在眼前。众人都对这个在文学作品里看到的瑰丽国度充满了想象，只有一个人没有——随着车子逐渐靠近关口，眼镜男孩完全没有露出应有的幸福神情，甚至还时常一脸忧心忡忡。

眼镜男孩和众人同住在酒店。他避开人群，找到了正在聊驾驶路线的苏达和赵程。男孩终于讲出了他憋在心头已久的话:"我现在不打算去关口了……"

"喂!小老弟,这怎么可以?想去的地方就要坚持,怎么能在半路就放弃了?"苏达突然没头没脑地冒了这样一句话。

"我……我真的不能去关口了……你就放我回去吧……"男孩像是有什么难言之隐,一直重复着。

赵程像是被这种求助的目光盯怕了,反劝苏达:"算了吧,他要是不想去,咱就在这里送他下车吧。"

男孩逃也似的回屋。在他的房间里,所有的行李已经收拾得整整齐齐,看得出对离开蓄谋已久。

苏达望着男孩的背影,不禁埋怨赵程:"你怎么能让他在这个时候下车呢?那我们之前的努力不就白费了吗!"

赵程反而一脸轻松,靠在苏达耳边说了点什么。苏达伸出了个大拇指直夸"高"!

随着旅行的深入,这两个人之间的秘密越来越多,对话也越来越让人听不懂。

第二天一早,众人按照原计划出发,男孩已经早早等在酒店大厅,身边放着打包好了的行李。看到这一幕,赵程给众人使了个眼色。

一群人在酒店附近享用了散伙饭,给眼镜男孩送行,但饭店里没散伙酒,大家觉得不太尽兴。

"阿青啊,妈妈把钱给你。你再去给我们买几瓶酒来,就在我们昨天走过来的那个十字路口。"李教授嘱咐着。

林青拿着钱准备出门时,苏达拍了拍旁边正在走神的眼镜男孩:"还不赶紧去,仗着自己快要走了,连最后一个忙也不肯帮啊?"

这两天,众人总爱撮合他和林青做事,眼镜男孩也已习惯了。他笑了笑跟出门,表情中有一种不可言状的无奈。

和林青一起外出买酒的路上,一向害羞的眼镜男孩出人意料地问了她许多问题，譬如最近心情如何，平时在学校学习怎么样，有什么要好的朋友。

林清只是木讷地点头。直到眼镜男孩问道："你有什么要好的朋友？"林青点了点头，随后又摇了摇头。

两个人就这样沉默地并行着走到了餐厅门口，但奇怪的是，原本的座位上已经换了一拨人，服务员告诉他们，前一桌客人早就已经走了。

两人大惊之下赶回酒店，发现房间早已被退，去前台查询反而被告之："您的行李已经被他们带走了，不过他们留了一张便条和一串车钥匙给您。"

便条是从一本小本子里撕下来的，上面的字迹歪歪扭扭，一看就是临时写下的——"车钥匙留给你，我们在关口等你会合。"

便条最下面还画了个笑脸，写了"加油"。上下字迹不同，显然来自不同的人。

林青觉得这一切都太不可思议了，全团的人丢下自己，就连母亲也丢下自己吗？

眼镜男孩看着钥匙和便条并不觉得太奇怪，反而沉默了一阵。

"我们去停车场吧……"在思考许久之后，眼镜男孩终于下定决心自己开车追随。

两人拿着钥匙一前一后地到达了停车场，在离停车位几步远时，一直走在前面的眼镜男孩突然停住了脚步，看着他面前的这辆车。

林青随之停下脚步，但男孩就像根柱子一样杵在离车不远的地方，一动不动。她觉得有些奇怪，只见男孩喉结上下窜动，不停地吞咽着口水，额上密布着汗珠，似乎有些不太舒服。

男孩也注意到林青在盯着他，他勉强笑了笑，双脚却像灌了铅一样迈不动。

林青在高考后的暑假考下驾驶证，时隔多年还没正式上过路。可她现在连死都不怕，还怕什么呢？见眼镜男愣在车边丝毫没有要上车的意思，她等不及，伸手将钥匙拿来，抢先一步坐上驾驶座。

林青啪啪两下子插进钥匙，车子发出了发动机声。她一抬眼，却发现眼镜男孩仍站在原地，脸色憋得铁青，直到林青将车灯打了双闪才回过神，缓缓坐上了副驾座。

刚关上车门，眼镜男孩便解释："其实我……我很久没有开车了……大概有两年了……"

林青看他总是一副缩手缩脚的样子，倒也不觉得奇怪，只是轻轻嗯了一声。

车在人流相对密集的市区里开了一阵子，便转入了空旷的出境公路上。

趁着等红灯的时间，眼镜男孩突然开口："你想知道为什么我有两年没开车了吗？"

林青不想搭理这个话题，但男孩却自顾自地继续回忆。

"你知道吗？我小时候最喜欢的就是小汽车。别的男孩都在泥潭里滚，拿着玩具枪'砰砰砰'，只有我喜欢用乐高架公路，然后用小积木当小汽车在公路上盘旋，嘴里还模仿着汽车的引擎声。后来上了小学，我们男孩看《四驱兄弟》，流行玩拼装车，我每次都拼得最好，同学都叫我'小车王'……"

林青不知道对方为什么要和自己说这些，只觉得从坐上车那刻开始，身边人的一举一动都变得有些蹊跷。

"长大后，我就经常缠着父亲教我开车。每次在副驾座上看着握方向盘的父亲，我都羡慕得不行，多希望坐在那个位置上的人是我。18岁的第一天我就迫不及待地报了驾考。拿到驾照那天，我开着父亲的车在环路上从天亮开到了天黑，那种在天地间自由奔驰的感觉太爽了！'我未来要努力赚钱买自己的车，要参加赛车训练成为职业的赛车手！'那天，我对自己这样说。

"可这一切美梦都在我18岁那年停止了。有一天，我开着父亲的车，经过一所学校附近的十字路口。红灯转绿时，我踩了油门，哪想到突然有一个女孩子慌忙从斑马线上窜了出来，想趁着黄灯转红的最后一秒越过斑马线。我猛踩刹车，可还是来不及了。女孩被撞得直直弹向挡风玻璃，我瞬间就看到面前的玻璃上糊了一张鲜血淋漓的脸……"

林青像是意识到了什么，暗暗攥紧了拳头。但不到最后一刻，她不想承认这个最坏的可能性。眼镜男孩喉头动了动,紧张地咽了咽口水,沉默了半晌才接着说。

"我下车的时候,后座的爸爸一直让我不要看向女孩,可是我还是忍不住看了一眼。那女孩长得很瘦弱,唯一完好的大腿上有一排刺青。我们送女孩去医院的时候,她还能和我们说话,她长着一对小虎牙,说话时气息微弱,就像是交代遗言一样……"

听到"虎牙"二字,林青以一种难以置信的眼神看着眼镜男孩,她没想到,自己心中面目可憎的杀人犯居然是这样安静文弱的男孩子。

"我在抢救室门口等了很久,直到医院联系到了她的朋友我才悄悄走了,那天我穿着一套黑色的卫衣……"

"够了!够了!"林青捂住耳朵,发出了平生以来最大的咆哮声,"你这个混蛋杀人犯!!"

黑色卫衣的描述证实了林青的想象,就像钥匙转动了最后一圈,将林青所有的记忆串联。

"你这个混蛋!如果那天你没有开车,春晓就不会死!"林青失控地一手扯住男孩的衣领,"春晓是为了我,才忙着赶黄灯,为什么你就不能停一停等等她?"

林青只剩下一只手握着方向盘,车在公路上左右打滑。但男孩非但不阻止,反而抿着嘴唇,任凭林青推搡打骂。

"你一定不知道你杀了一个多优秀的人,她有朋友有家人,还有很美好的未来。她将来会成为世界上最棒的钢琴大师,会有疼爱她的丈夫,还会生一男一女两个可爱的小孩,然后会成为一个钢琴老师,培养很多和她一样优秀的孩子……是你把这一切毁灭了!你根本不知道她对身边人有多重要,只知道用卫衣遮羞从医院逃跑……"林青几近崩溃,直冲男孩吼道。

"不!不是这样的!"听到这段话,眼镜男突然激动起来,用力甩开林青扯衣领的手,"我也想问,为什么撞到人的是我?明明我遵守交规、小心翼翼,为什么还会遇上这样的事?你只看到我在走廊上逃走,却不知道我是被警察带走的。那是我长这么大，第一次进警局，录口供的时候，爸爸没办法陪在我身边，我独自一人坐在冰凉的椅上，周围的人都在感叹那个死去的女孩是多么年轻、多么前程似锦，然后用看杀人犯的眼神看我。那时候，我活着的每天都是煎熬，只要有人看我，我就觉得他在说'看！那个杀人犯！'……"

林青嘴角泛起一抹冷笑："你会愧疚？呸！这两年里，每当我被这件事折磨到睡不着觉时，我就告诉自己一定要找到你，然后亲口质问你，凭什么我在受苦，而你——一个真正的杀人犯，却能像踩死一只蚂蚁一样，轻松快乐地活着？"

"我轻松快乐？你太高估我了！那次事故之后的很长一段时间，我只要一闭上眼睛，眼前就浮现出那张全是鲜血的脸。有时，她的手会穿过挡风玻璃，掐着我的脖子，让我无法呼吸。更可怕的是，夜深人静时，那个女孩就好像伏在我耳边说话。她不停问我，为什么她的话我都没有替她转达，声音越来越尖锐，就好像牙齿在磨金属的声音。我爸爸把出事的车低价卖了，可是我一坐上买来的新车、摸到方向盘，那张血糊糊的脸好像就出现在挡风玻璃上。我曾经那么热爱车，可现在，不仅我的赛车梦破灭了，每天还要克服极大的恐惧才能站到车水马龙的大街上……"

"骗人！你根本连她的葬礼都没去参加！"听完眼镜男孩的卖惨，林青更觉得他在狡辩。

"我去了！"没等林青说完，眼镜男孩就抢话，"那天我就站在礼堂外，犹豫了很久，最终还是没勇气进去，只是买了三根香，插到了她的祭坛。给她烧纸钱的时候，送葬的队伍回来了，我一眼就看到了她的照片，照片上的她笑得很可爱，一对小虎牙甜甜的。我感觉我的背上就像背着一座大山，我欠她的青春永远还不上了……"

林青突然疯了一样地扭过方向盘，暴力地将它扭向一个方向打死，一时间，车子在无人的山道上一路蛇行，剐蹭在沿途的路障上。

"你是杀人犯，我也是。那我们一起去见她……"

林青这一路说出的话甚至比她旅行至今说的话还要多，此刻她胡乱控制着方向盘，像是抱着必死的决心。

眼镜男孩像是猜测到了结果一样，丝毫不反抗。他满眼泪水，眼神平静得像是在赎罪。

空无一人的车道上，车子剐蹭了无数个障碍物。眼镜男孩完全放弃抵抗，紧闭双眼只感觉车越来越快，又听得林青一声大叫"啊——"片刻过后，他感觉到车子突然一个刹车，停下了，他要不是有安全带拽着，脸早就撞上挡风玻璃了。他睁开眼诧异地望向林青，只见她满脸是泪，颤抖着双唇喘着粗气。

就这样对望了一会儿，林青突然打开车门，绕到副驾座那侧的车门前。她狠狠地打开车门，试图将眼镜男孩拽下车。男孩毫无准备，被拽得向外一倒，眼镜砸在地上，镜片碎成了蜘蛛网状。

"你给我下来！下来！"

眼镜男孩被半推半拽地拉下车，不知道林青到底要做什么。她打开了驾驶座的门，命令道："你上去！"

那一刻，所有血肉模糊的回忆都涌上了眼镜男孩的脑海，越靠近车门，他越恐惧地向后退，嘴里喃喃自语："不！不！你放过我……我……不行……"

"你不是也要去见她吗？你连车都不敢开，还敢说去见她？"林青边嘲讽，边加大了拖拽的力量。

深入骨髓的恐惧剥夺了眼镜男孩的力气，他没来得及做太多挣扎，就被林青推入了驾驶座。"砰！"随着关上车门的巨大响声，眼前的方向盘、挡风玻璃、狭小的车舱，裹挟着回忆扑面而来。

"不可以，我做不到……"男孩面色铁青，犹如被捆绑在座位上的僵尸，全身僵直。

"你说的那些愧疚全都是骗人的，你就是为你的孬种找借口，你连见她的勇气都没有！"

"我不……我不是……"眼镜男大声反驳。

林青此时已经陷入一种不管不顾的崩溃中,她抓住男孩的双手,强行放在方向盘上:"我们不是要一起去见她吗?想见她,你就踩下油门啊!"

"是啊,反正都准备要走了,怕什么呢?"

看着自己握方向盘的手,男孩闭上眼睛,将脚踩上了踏板。

一踩到踏板,那种熟悉的感觉全部回来了:从前父亲教他开车的兴奋,被同学起哄作"小车王"的骄傲,成为赛车手的梦想……一切的一切通通一股脑儿地涌入男孩的脑海。

两行热泪从男孩眼里淌出,他缓缓吐出一口气,车子慢腾腾地开动了。刚起步时,车子发出底盘擦地的响声,在山路歪歪扭扭地开成蛇形。男孩猛吸一口气,踩下了油门,车子直飚了出去。

车窗里灌进来的风,不断将他脸上的泪吹干,但又有新的泪不停涌出来。

"对不起!"眼镜男孩突然听到身边的林青低语,他诧异地转头看,林青脸上早已被泪水占满。

"你知道我为什么要让你来开车吗?我原本以为我不害怕甚至渴望去死,可是刚才真的面对死亡,我却下不了手。我说你是孬种是懦夫,其实我才是……"林青掩面而泣。

车速缓缓降至正常水平,林青这才发现眼镜男孩的驾车技艺真的如他所说,匀速且平稳。

"你已经很勇敢了,"眼镜男孩一丝不苟地握着方向盘,"这两年来我用远远躲开来逃避痛苦,而你却选择和这些回忆共处。面对比逃避更需要勇气吧?"

车子安全地停在了路边,两个泪流满面的人并排坐着,气氛逐渐平静下来。

眼镜男孩低声啜泣着,回忆着之后的故事:"那场交通事故被判定死者全责,保险理赔后我几乎没有损失,可我从未饶恕过我自己。你说我是杀人犯,我也是这样告诉自己的,所以这两年我都过得非常痛苦。刚才你转动方向盘的时候,我在想,惩罚的一天终于来了。当你放松方向盘的那一刻,我感觉到的不是庆幸而是轻松，谢谢你放过我……"

他将头垂在方向盘上，几乎泣不成声。

"你问我为什么不等她，可我也想问为什么，我想问为什么她碰上的那个人偏偏是我。明明我遵纪守法地开车，为什么却让我看到最血腥的一幕。你知道吗？很长时间我在夜里都不敢关灯，因为天只要一暗下来，她撞在车玻璃上的那张脸就反复浮现在我的脑海里……"

此时的林青稍微恢复了一些理智，其实她一直以来都有一个问题。今天，她觉得自己可以得到答案了。

她满脸泪水地扯出一个勉强的笑，问眼镜男孩："我们从没想过要做坏人，为什么被上天惩罚的是我们？"

眼镜男孩惨然一笑，回答了她的问题："因为我们是人啊！会爱，会惭愧。可是又太软弱，没办法面对。"

林青想到，车祸后的第一个春节，她像往年一样带着礼物去春晓父母家里。原来总是笑脸相迎的叔叔阿姨，拒绝与她见面，还将礼物全部抛诸门外。所有人都在用不同的态度告诉她，你之所以会生病，是因为你犯了错。如果那天你不让春晓陪你一起练习，这之后的一切都不会发生。

现在终于有人告诉她，那些不是错，而是因爱到极致而生的愧疚。在刚刚那一刻之前，她恨极了身边这个男孩，想要将他置于死地。可最终决定放手，也是出于爱的本能。

眼镜男孩接下来的叙述，帮林青扣上了故事里最无人知晓的一环。

"因为恐惧驾驶，我上下班都只能坐地铁。有天我在地铁上接到了一个来自拉脱维亚的电话，打电话的人叫苏达，他说，有位母亲想要和我谈一谈。一听到电话那头的人提起了陈年旧案，我挂断了电话，可是过了一会儿电话又响了，来电的人自称赵程，说的也是同样的话题。每挂断一个，又会有另一个人打电话来，就这样来来回回一共六个电话，每个人的号码都不同。我不堪其扰，最终还是接听了那位母亲的电话。此时此刻才能出现在你面前……"

林青有些诧异，马上联想到这些天来大家异常的反应，心内了然。

眼镜男孩沉默了一会儿，他有一件最重要的事要告诉林青："你的母亲说，你一直觉得，你的朋友对你说的最后一句话是在表达对你的责怪和恨意。我想告诉你她说了什么。"

林青瞪大了眼睛，这么多年来她太想知道这个答案了。只要是任何关于春晓的未知的事，哪怕是骂自己的、责备自己的，都一样是春晓最后留给她的东西。

眼镜男孩的嘴角抽动着，强迫自己回忆起了那残酷的一幕："我走到那女孩身边的时候，她的意识已经有些模糊了。我不知道将死之人是不是都有预感，那女孩好像也知道似的。她强撑着一口气，虽然声音断断续续，但我大概都能听懂。只有给你留下的那一句，我不是很明白。"

眼镜男孩倒抽了一口气，缓缓吐出："她说，我的朋友来了，你替我转告她一句'我永远在她身边，只要她转过头，就能看到我的虎牙'。"

眼镜男孩又重复了一遍这句话，疑惑地看着林青。这句话在他的梦里回荡了无数次，但他始终不知道是什么意思。

但林青听懂了春晓的言外之意：春晓每次笑时嘴角都咧得很开，露出一对小虎牙。这笑从童年一直陪伴林青到了大学，是春晓最常用来鼓励林青的方法。

林青稍稍平复的哽咽又剧烈了起来。她怎么也没有想到，春晓留给她的最后一句话，竟然不是责怪而是安慰。

一旁的眼镜男孩也像卸下一块石头般长舒了一口气，他看向窗外，觉得立陶宛的天空前所未有的晴朗，蓝得那么不真实。他对着这片天空，在心里暗暗地说："虽然晚了两年，但你托付我做的事，我帮你完成了。"

以后，不会再做那样满是鲜血的梦了吧！他想。

# 第十五章　重生的民族

一辆 SUV 驶入出境的关口。

"别看你看上去老老实实的,像个正人君子似的,骗人的技术也不差嘛!"正在开车的苏达趁着红绿灯时间,用肘子撞了一下赵程,"看来是那些直播把你的本事都练出来了!"

赵程摊手,一脸无辜:"还不都是和你们学的……"

赵程还未说完,正在开车的苏达突然猛地刹住了车。

赵程顺着苏达的视线向窗外看去,车外停着他们的另一辆 SUV,眼镜男孩和林青正并排站在车前。

"雨过天晴了!"赵程拍拍苏达的肩膀,十分自信地说道。

苏达有所怀疑,他觉得两个人还十分拘谨,站得能隔好几个拳头远,更要命的是,离这么远都能看到男孩的眼镜片已经碎得稀烂,一看就是中途摔在了地上。

看见苏达还在疑惑,赵程大笑:"你看林青的姿态比前一天见到时舒展了很多,双手随意地扶着车门。我们会本能地在反感的事物面前保持正襟危坐,是因为我们会潜意识想要抽空逃离那里,而肢体上的放松就是对身边人有所信任的表现。我这是向李教授学的,微表情。"

其实不只是林青,就连赵程都和刚离开北京时不一样了,刚出发时的他哪里会这么肆无忌惮地在公众场合笑出声来,也不会露出现在这样有些傲娇的表情。

"我把她安全送到了。"眼镜男孩扶了扶破碎的眼镜，低声告诉车内的两人，同时害羞地透过镜片看了一眼林青。

"你小子不是又在马路上飙车吧，怎么比我们快这么多？"苏达开玩笑。

"不不不！"男孩当真了，紧张地否认着，"我提早一周来了这里，这条路线我已经来回走了很多次了，当然要比你们熟悉得多。"

赵程没有再和男孩搭话，而是转身问林青："怎么样？现在可以上车了吧？"

一群人在制订这个计划的时候就已经决定好，无论林青是否能够接受肇事的男孩，大家都不在她面前提任何有关的话题，解铃还需系铃人，他们的问题都需要自己解决。

林青缄默不言地点了点头。至于他们之间发生了什么，苏达赵程两人默契地不再过问。

苏达接过了男孩递来的车钥匙。男孩像是鼓足勇气一般，向苏达鞠了一躬，弯腰90度。

"我买了后天回国的机票，没有办法和你们所有人道谢，麻烦你再替我转达。"然后他持续进行了九次弯腰90度。

苏达没有阻止他，他知道或许这样做能让男孩心里舒服一点，他拍拍男孩的肩膀："你该谢谢你自己的勇气，不是每个人都能够诚实面对自己的过失。你愿意接起电话，愿意马上答应从中国飞到这个遥远的城市，还提前在这条路上来来回回熟悉了几十趟，这都是常人做不到的事。"

男孩抬起头来看苏达，透过碎成片的眼镜，苏达看到他的眼里堆满了泪花。男孩转身离去，林青突然从车上窜下来，"喂！"她喊住他，男孩也转头看着林青。所有人都看着他们四目相对，可能现在说什么都是多余的……"我叫董一鸣。"他慢慢吐出自己的名字。林青似笑非笑地看着他，慢慢点了一下头，男孩再次转身离去，留给大家一个瘦削而又坚定的背影。

其他人坐着巴士到达，在边境小镇的旅社里集合，大家如约没有提及眼镜男孩的离去。

明天大家就要正式驶入波兰了，他们在波兰要去的第一个城市是华沙。在这座饱受战火摧残的城市里，所有的一切都是在战后重建的，被外界称作"重生的城市"。

"吃！今天可是李教授下厨，不多见呀，谁能想到她除了那些酸理论以外，还做得一手蛮不错的菜。"宋一潇大大咧咧地将菜摆上桌，见李教授没从厨房跟来，赶紧悄悄向众人低语，"我刚尝了一口，不是很好吃，但这是李教授对大家的一番感谢，再难吃也要装着好吃，懂？"

讲真话，李教授的厨艺虽然比不上苏达和老革命那般好，但也不算太差，借着点酒意，大家吃得挺开心。

宋一潇的方向突然发出了一声金属落地的响声，她不小心碰落了左边的勺子，勺子里的汤溅了一手。她一边弯腰捡勺子，一边向餐桌上伸手要纸巾。果然很快就有人将纸巾递了过来。

"谢谢啊！"宋一潇随口道谢，顺势接过纸巾，并没有注意到递纸巾的人是谁。但她敏锐地感觉到身边刚才闹哄哄的人群突然暂停了几秒，一抬头，发现给她递纸巾的人竟是林青。

在座的大家都有些含而不露的惊喜，虽然林青的脸上依然没有什么笑容，可是拿纸巾的手却直伸着没有落下。这是她自旅行以来，第一次主动响应大家。

不过大家没有让这个沉默持续太久，尤其是经验丰富的苏达马上重新和大家热聊起来，餐桌上很快又恢复了刚才其乐融融的氛围。只有李教授在一旁红了眼眶——那个能帮她摆碗筷、给她递餐巾纸的女儿似乎已经一步一步在走回来的路上了，作为一个心理医生，她坚信这一点。

晚上，宋一潇将李教授的那一桌菜发上了微博，附言："在重生的城市，经历重生的故事。"

等林青洗漱完上床，李教授已经睡着了，床头的安眠药瓶打开着，林青顺手将它关上。

旅途之中李教授常有失眠的时候。别人都以为那些抗抑郁症的药是为女儿准备的，其实那些药里也有一部分是她自己的，她时时刻刻平衡着自己，不至于往深渊里滑。

从车祸到现在两年了，林青再也没有喊过她妈妈。她常常一闭上眼，就是那个叱咤钢琴界的女儿正在自信地弹奏，可下一幕就是女儿站在舞台上，当着所有观众的面，面目狰狞地指责她"我从来没有想要做钢琴神童，一切都是你逼我的"。每当这时，她都会从噩梦里惊醒，拿起床边的安眠药吃上几颗。

林青自然不知道这些，她像往常一样准备睡下，却突感枕头有些硌，她掀开枕头想要调换一下位置，却看到枕头下面有一个信封。

林青反复翻看着信封，确认这个笔迹是她所熟悉的。虽然已经猜到写信的人，但拿出信纸的那一刻，林青的手仍旧有些抖，她无法猜到这封突如其来的长信里是什么样的内容。

她不敢看，可是又忍不住想看。于是想了个两全的办法，用手遮住了下面的内容，仅仅露出第一段。但目光刚刚扫完第一段，她就紧紧捂住了自己的嘴巴，不让抽噎声影响身边人。

她松开了另外一只手，一行一行地往下读：

我亲爱的女儿，自从搬到北京之后，妈妈就很少写信给你。

还记得在去北京之前，你问我，妈妈我们为什么要去北京，我说那是为了你的前程。其实妈妈说谎了。时隔这么多年，我扪心自问，或许有一半是为了你的前程，可还有一半是为了妈妈的面子。这一点，是当时的我没有意识到的。谢谢你已经看穿了妈妈的谎言，却没有戳破，还是乖巧地陪着我到了北京。

我知道你很不喜欢北京的一切，天气、食物、老师、同学……我想让你勇敢，想要改变你的胆怯退缩，但我选择了一个现在看来最失败的方法，就是假装冷漠地将你独自抛向问题。因为妈妈的妈妈是这样教育我的，而我熬过来了，就潜意识地认为这个方法是对的。我写过那么多关于儿童心理调适的文章，却一意孤行地用旧观念教育你，实在是又偷懒又愚笨的做法。

你一直觉得爸爸妈妈分开是因为车祸赔偿的问题，所以总在自责自己打碎了这个完美的家庭。其实我一直没有向你坦白，在那之前我和爸爸的婚姻已经出现了很大的问题。金玉其外、败絮其中是成年人的常态，只是我太爱体面，才假装自己是看不到问题的瞎子。

妈妈曾经觉得上天太捉弄人，作为一个专业的心理学教授，我居然治不好自己的女儿。直到前几天给立陶宛父子送完信，听了大鹏的经历，我才发现，或许孩子是需要父母为做错的事情道歉的。

妈妈不奢求你能原谅，如果有怨，如果有恨，都冲着妈妈来吧，因为错误的人本就该承担这些，只希望你不要再用妈妈的错误惩罚自己……

林青看着此时难得酣睡的李教授，两年前她站在观众席里，眼里全部都是骄傲的光芒。而如今，不过两年时间，她眼里只剩下被生活折磨的疲惫。

所有人都知道，那个钢琴神童李林青有一个自负的母亲，可是抛却"神童母亲"的名号，她也不过是一个被生活折磨得疲惫不堪的女人。这世界上从来不缺少好心办坏事的母亲。可妈妈们也都是第一次做妈妈，有太多做得不周到的地方，除了让孩子多多包涵，又能做什么呢？

信纸上明显有干掉的泪痕，而林青的眼泪滴到信纸上和那些干涸的泪痕融为一体。两年来，她第一次对着李教授轻轻耳语："妈妈，我原谅你了。"

入境波兰后，大家马不停蹄地往华沙方向行驶，偶尔停在休息站成了唯一的闲暇时光。

"Hello，我们现在在通往华沙的路上，这个地方……"雨晴和赵程在休息站也不忘做直播，每当这种时候主持人大鹏都彻底沦为一个人肉自拍杆。

直播结束，雨晴随即拍照发微博。这个专门为了增加互动而设计的微博，居然也已经更新了将近200条。

以前雨晴总是觉得赵程和她的感情之间缺乏一种仪式感，现在看这200多条的内容，每一条都像是一粒米，丰富了情感的谷仓。虽然只有短短的几十日，却浓缩了他们七年里一步一步走过来的所有感情。

"今天早上我一睁开眼就看见阿青坐在床尾。她见我醒了，倒了杯水送到我面前。你们知不知道，她已经整整两年没有这样关心过我了！"趁着林青去了洗手间，李教授兴奋地向众人汇报女儿的进步。

"真的？"宋一潇看上去比李教授还要兴奋，"那看来我们的计划还是有效的！"

"倒杯水你就满意啦？"苏达打心眼里替教授高兴，但还是忍不住贫上几句，"你这目标也太低了！我们都还指望着林青重新变回音乐神童，带我们这群人见见世面呢！"说罢，他和赵程交换了个眼神，一切尽在不言中。

"不止这些！还有……"李教授从口袋里掏出一张便签，"我在杯子下看到了这张字条……"

宋一潇抢先一步接过便签条，上面有四个娟秀的小字——我原谅你。众人小心翼翼地传阅着，像捧着一件只有他们才知道价值的珍宝。

等大家结束休息、重新准备回到车上时，却发现车前站着一个理着寸头、戴着墨镜的黄皮肤男青年，他脚边放着一个大号的行李箱，好像已等候众人多时了。

放眼望去，路上都是外国人，这么一个黄皮肤的男孩太引人注目了。但引人注目的不只是他的黄皮肤，赵程觉得就算把这个男孩丢到黄种人堆里，他依然会是脱颖而出的那一个。

规规矩矩的寸头非但没有减灭男青年的颜值，反而更突显他五官的漂亮。中国大街上行走的多是像大鹏这样的男孩，顶多用顺眼或是阳光来形容，但这个男孩散发着的帅气，把他扔到任何一部美女如云的电视剧里都不显突兀。

寸头男见到众人来，不慌不忙地脱下墨镜，一开口就是标准的中文询问："方便载我一程吗？这条路是去往华沙的必经之路，想必你们也要经过……"

寸头男见全员到齐，居然还清点了一下人数："我想你们两辆车应该还有几个空位，反正都要走，多我一个人也没问题吧？"

众人有些诧异，他们还是第一次遇见这样进行道德绑架的顺风客，犹豫着是否让他上车。

寸头男见众人迟疑，大方表示如果能送他到华沙，就算自付车费也没问题，言语中有种"必上不可"的霸道。

"既然愿意付车费，去华沙的车那么多，为什么偏偏要上这一辆呢？"苏达还没来得及将这个问题问出口，就听见宋一潇向众人建议，"就让他上车吧，反正路线也一样……"

这下苏达不好再问，他把提出异议的希望寄托于其他人。但余下的人对这个举止优雅得体的帅哥第一印象都不错，加上对方又是在异乡的中国人，举手之劳理所应当。苏达只得开了后备箱，协助寸头男将行李搬上车。

寸头男带了一个手提包和一个大行李箱，他将自己的手提包放进后备箱后，拍了拍双手，示意自己的任务已完成。"多谢了！"寸头男看了一眼脚边的大箱子，明显是静待苏达动手，苏达气不打一处来，却也只能闷在心里。

"长得帅了不起啊！"苏达边搬着箱子边暗想着。

寸头男轻车熟路地上了苏达的SUV，向副驾座的宋一潇打了个招呼，一向喜欢交朋友的宋一潇却一反常态地没有响应。

"你认识我们？"苏达疑惑。

"当然，我一路上看着你们的直播和短视频，尤其喜欢账号里的那些原创音乐。"寸头男转向超儿，和他攀起了兄弟，"不过，你们最近怎么没有再创作新歌了？"

超儿随口应付了几句，说是还在创作。

"哦，那是我没耳福了！"寸头男夸张地将嘴唇噘成"O"字形，摇头显出十分遗憾的样子，"有时候听音乐也是可以识人的。与其将你的作品概括为某种音乐风格，不如说那是一种重视自我表达的实验音乐……"寸头男一连提了几个音乐流派，超儿一听，这人倒是真有几把刷子，大鹏这种门外汉更是被唬得一愣一愣的。

寸头男还不吝啬地给众人分享了他在艺术网站的收费账号，好几个都已经升级成了"黄金会员"。

超儿和大鹏马上被收藏夹里包罗万象的内容吸引了。"你究竟是做什么的，这么博学？"大鹏忍不住问。

"就是闲时玩一玩艺术而已，"寸头男云淡风轻地说着，像是提起一件随处可见的小事,"如果你们也喜欢,我还可以给你们分享多一些……"

有艺术气质的男人总是能第一时间吸引众人的目光。虽然他的那些艺术理论听起来有些过于阳春白雪,但谁又能拒绝一个帅气又文艺的男人介绍艺术呢?半小时过去,整个车厢已然变成了寸头男的单人秀场。

"我准备休息一会儿。后面可以少说两句吗?"宋一潇突然冷语道,寸头男赶忙识趣闭了嘴。

苏达窃笑,庆幸宋一潇及时出手。不知道为什么,从这个男人上车开始,他就一直有种莫名的不适感。

车在一个加油站前停了下来。快到晌午,日头毒辣,晒得人像脱了一层皮。

苏达打开背包,里面有一大一小两壶"苏式"凉茶。他得意于自己的先知先觉,出门前特意泡了壶茶,这会儿马上就能派上用场。

"喂……"苏达磨磨蹭蹭地坐到一潇身边,把那一小壶凉茶递过去,"天气热,老婆大人要不要补点水?"他一面旋开壶盖,一面不忘自夸,"这可是我特意为你准备的'老婆茶',和别人的都不一样,里面加了玫瑰花和枸杞子,补气又养血……"

苏达话还没说完,就看到宋一潇扬起手边一瓶喝了大半的草莓汽水。他正诧异着,背后就传来呼和声,"大家辛苦了!"

他转头一看,发现寸头男趁他去车上准备凉茶之际,已经从加油站旁的小卖部里抱来一箱汽水,正发给众人。这既大方又识时务的举动,让众人好感倍增。

在此起彼伏的"谢谢"声中,寸头男走向苏达,递去一罐汽水。苏达一时愣住,没来得及接,寸头男就当着宋一潇的面拍了拍苏达的肩膀,补了一句:"不要紧,拿吧!账都记在我头上,咱们喝开心就好!"

这话在别人听来没什么,在苏达听来却有些阴阳怪气,说得就像他买不起似的。苏达仰头一咕噜喝完,不满地瞄了一眼瓶上的价签,好家伙,一瓶折合人民币要30块,换作他还真是有些消受不起。

"给我们买的都是普通汽水，偏偏给宋一潇准备了草莓味的……"

苏达忽听背后传来一句话，转头看见李教授不知道什么时候已经挪到了他身边，露出一脸八卦的表情："你说这事奇不奇怪？"

"这有什么！也许人家随手看到就买了呗！"苏达试图装出一副无所谓的样子，打个混混避过去。

"你刚刚不在，我可是看着呢！那小子从小卖部出来时抱着一箱汽水，手上特地又多拿了一瓶草莓汽水……"李教授颇有深意地看了一眼苏达，见这老实孩子还没反应过来，叹了口气，"你这小子，平时看着也不笨，该精明的时候怎么就一点都不精明呢？"

李教授的话被不远处的喧闹声打断了，赵程和雨晴做出举罐感谢的动作，而寸头男也马上举起手上的汽水罐隔空响应。

车子很快驶入了华沙，众人住进了预订好的酒店里。终于可以摆脱那个吸引全场目光的寸头男了，苏达松了一口气。

谁曾想，晚上苏达一行人正在大堂集合时，又听到了那个熟悉的声音。

"Surprise！"阴魂不散的寸头男换了一套便西装，是跳脱的条纹款式，下摆部分采用特殊剪裁，颇有设计感。此刻，他换上了一副十分文艺的金框眼镜，更像个文艺青年。

寸头男依次拥抱了众人，苏达想着要躲开，却被抱了一个结实，让他浑身都不舒服。更过分的是，抱过苏达后，寸头男径直走向宋一潇，同时展开双臂优雅地征询："我有这个荣幸吗？"

宋一潇默不作声，任由寸头男拥抱。苏达的敏感神经告诉他，这几天的宋一潇有些异样，似乎不像往常那样活泼爱唠嗑。大概是旅途过半开始觉得有些辛苦了吧，苏达暗自盘算，要抽时间到附近找找中国超市，买点配料做一碗她喜欢的糖醋排骨。

既然有缘遇到，大家干脆一起到了沿街的酒廊喝酒。

刚一落座，寸头男就经验老到地招来服务生。他完全不用借助菜单，自行口述了几款酒。赵程一听，还真是个懂酒之人，点的酒虽然不全是价格不菲，但都具有可圈可点的独特口感。

"你们不用和我抢，这一顿酒钱我来付，就当是这一路的车马费。"寸头男一如既往的大气。只有赵程知道，这顿酒的价值远远高出了一日的交通费用。

小酒廊的装潢很有老城风情，透过酒廊的玻璃外窗可以看到美丽的维斯瓦河静静地流过，两岸碧草如茵，河畔静静地伫立着华沙城徽图案上的美人鱼青铜雕像。

"Warsaw（华沙）是 Poland（波兰）最大的城市，它在第二次世界大战中遭到严重破坏，几乎被夷为平地，全城 85% 以上的建筑被毁，当时的 Warsaw 一片焦土，处处是残垣断壁。许多人都感慨，Warsaw will never be rebuilt in the next 100 years...（华沙在 100 年里都不会重建起来……）"寸头男尽情向大家展示着他的知识储备，说话间夹杂的优雅英音更衬托出高雅的绅士气质。

"The man absolutely right.（这年轻人说得一点也没有错。）"

突然，一个年老的声音打断了寸头男的高谈阔论。说话的大叔看上去 50 来岁，推着一部满载酒瓶的手推车，头发花白却很精神，经过附近的服务生介绍，大家才明白，大叔是这家酒廊的老板。刚刚他在后厨看到酒单，便好奇这位懂酒的客人，又听说是几张外国面孔，便要马上出来见一见，亲自端酒上桌。

酒廊老板娓娓道来城市的历史，他在这维斯瓦河畔经营多年，已经给无数南来北往的游客讲过这个故事："当时许多人都不相信华沙还能重建起来，因为那时的华沙随处都可见到战争留下的断壁残垣，整座城里没有一株绿色植物。可是我们华沙人按原样重建了城市，现在兴建的新市区甚至超过了以往的规模。城市里几乎看不到一片裸露的土地，还有大片的草坪覆盖，再也不用受沙尘的侵袭……"

谈起华沙的故事，大叔的自豪感陡升，细数着这座重生城市的种种优点。

酒过三巡，大家和大叔聊到了接下来在波兰的旅行计划。

"对了，我觉得有件事情你们可能会有兴趣……"酒吧老板拿出一个白色的信封递给赵程，大家凑过来看见信封上有一个"wedding（婚礼）"的字样，"我妹妹的女儿明天结婚，如果你们有空，欢迎来参加观礼。"

和中国的婚礼邀请函不同，波兰的邀请函和信封都是白色的，代表了婚姻的洁白无瑕，上面附着婚礼的地址和联系电话。

中国的老话总说一个人这辈子有三个决定性的时刻，第一次是你投胎到原生家庭，第二次是参加高考这样决定性的考试，第三次也是最后一次重生的机会，便是婚姻。这三个重要时刻，除了第一次是无法自己选择的，剩下的两次机会都可能是一次重生。

能在这个重生的城市里，目睹一次关于重生的仪式，真是可遇而不可求的机会，大家自然是准备全员前往。

晚上苏达百无聊赖地刷一下微博，自从离开立陶宛后，宋一潇没有再发任何图片，这让他失去了刷微博的乐趣。

可是当他再次打开宋一潇的微博，却发现在那一条重生的城市微博之下，刷了十多条留言。那些留言都来自那个钻石头像，而留言几乎全部都是数字，第1条是7010，然后数字从几千到几百递减，而倒数第2条数字已经降为0。

那个熟悉的头像留下的最后一句评论是——"现在是重生的时候了"。苏达不明白，什么"重生"要从7010数到0呢？

翌日清晨，酒店门口早早有了喧哗声。

"我们现在就要出发去参加传统的波兰婚礼！我有的时候也在想未来我们会办什么样的婚礼呢。欢迎你们给我们留言最想看到的婚礼形式，说不定到时候我和Aaron会采纳大家的意见！"

雨晴将头靠在赵程肩膀上，这一刻她是真的有在描摹未来婚礼的样子。赵程在立陶宛遇险后，她觉得自己已经想清楚了，哪怕将自己包装得再强悍，对赵程的需要早就已经刻在了骨子里。七年过去了，她自问已经没办法再去习惯一个人空荡荡的床了。

"那我们出发吧！"雨晴和赵程做完了直播预告，号召大家集合上车。

"等等！"后车传来了苏达焦急的声音，他三步并两步地从楼梯上冲下来，"宋一潇没有和你们在一起吗？"

　　眼前的苏达穿着一套不太合体的西装，这是找酒廊老板临时借的。昨晚一潇帮他将袖口别上去了一大截，但巨大的肩宽落差还是让苏达像一个穿着姚明上衣的霍比特人。他那短脖子上的嫩黄色领结歪向一侧，暗示着刚刚经历的忙乱。

　　苏达调整了一下呼吸，尽量冷静地描述今天早上发生的事："今天早上我起床就没有见到一潇，房间里的被子也没有叠，像是临时出去的，手机也一直占线，我原以为她是去了你们的房间里。"

　　"换完衣服出来，前台告诉我……不，是我们问前台……总之前台说你们要出门了。那一潇呢？她一个女孩子在这个陌生地方能去哪……"苏达急得有些语无伦次。

　　他带着众人进了他和一潇的房间。房间是双床房，但一张床大一些，一张床小一些。大床上还堆着女孩的睡衣，显然是宋一潇的。她的晨起面膜半搭在垃圾桶沿上，被子也散乱地堆在床上。

　　"我摸牙刷刷毛全是湿的，毛巾也有用过的痕迹，她早上应该是洗脸刷牙之后出去的，我看了一下她的衣柜，如果不出意外，她穿的是一条黄色的吊带裙，前天刚刚拿出来熨过，但现在衣柜里却没有，还有冰箱里少了两瓶酒……还有还有什么线索……"此刻的苏达像是一个痕迹学专家，把一早一潇的所有痕迹都摸了一个遍，却始终没法推测出她去了哪里。

　　苏达的目光突然落在了李教授身上："你不是教授吗？你看看这里有没有可以推理的，能知道她在哪里？"

　　李教授一脸愕然："我教的是心理学，又不是读心术……"

　　一行人重新走到酒店门口，试图通过询问工作人员获得一些线索，可一无所获。

　　"她就睡在你旁边的床上，不至于半夜被掳走吧，而且她手机只是占线，应该还带在身上的。或许是早上去什么地方散步，在什么地方没了信号呢？"赵程安慰。

"散步？她平时可是能坐着不站着，能躺着不坐着，怎么可能在这个节骨眼上去散步？而且她虽然平时看过去随随便便、大大咧咧了些，但不会是这种紧要关头掉链子的人……"苏达试图劝说大家帮他一起找，但是华沙这么大，众人也都是初来乍到，能有什么好办法呢？

"要不要去警局报案啊？"雨晴提出了一个建议，众人还没有反应过来，就看到苏达像是突然抓到了什么救命稻草似的，迅速掏出自己的手机。

"报！报！报！！"苏达双手飞快地按着报警号码，慌乱中还将自己的手机拿反了。电话刚刚拨通，苏达又突然把手机塞到了雨晴手上："不行不行，我的英文可能没办法把事情表述清楚，还是你来！你一定要帮我和警察说清楚！"

但这会儿谁都看出来了，苏达吓得魂儿都快没了，他是真的把宋一潇挂在心尖上。

正当雨晴拿着手机准备和警方联络时，从酒店对面的小巷子拐角一前一后走来两个人，两个人手里各提着一瓶喝了大半的啤酒，旁若无人地有说有笑。

当这两个人和苏达他们目光相对时，两拨人的表情都完全凝固了——从对面走来的那两个人不是别人，正是宋一潇和寸头男。

宋一潇也完全没想到会和自己人打个照面，她以为自己此时神不知鬼不觉地溜回酒店就无人发现，却没想到大家为了赶赴婚礼都提早起床了。

苏达完全怔在了原地，他不知道这件事情是怎么在自己的面前发生的，他理不清事情的起因、经过、结果，大脑一片混沌。"宋一潇这是怎么回事？她又不是不知道我们今天下午要去参加人家的婚礼。"超儿的抱怨声钻进了苏达耳朵里，像一把尖锐的刀。

一潇和苏达就这样隔着十多米的距离，像踩到了暂停键般一动不动。倒是寸头男自如得多了，走到苏达面前，拍拍他的肩膀。

"我不知道你们什么时候要走，所以回来得晚了一点。"寸头男似乎不觉这事有什么不妥，顺势把站在背后一言不发的一潇推到了苏达面前。

"你一大早干什么去了？知不知道我有多紧张你？"苏达持着宋一潇的肩，期待她能够说点什么。他甚至告诉自己，无论宋一潇这时候说什么，自己都应该要相信。但宋一潇只是垂着头，给他一片沉寂。

倒是身旁的寸头男绘声绘色地描述起今天早上的情形："苏达啊，真不好意思，我俩正好都起得早了点，就一起在酒店里做了顿三明治早餐。之后隔着窗户看到太阳正要升起来，我和一潇都觉得这种自然的美可遇不可求，就找了个小公园等待日出。这里的日出真的挺好看的，你有空也可以去看……"

"我们差不多要出发了吧？你先回去换个衣服。"赵程催促宋一潇尽快出发。他虽然觉得事出蹊跷，但一想到宋一潇一路上都是热爱浪漫的小女孩，遇上寸头男这么有艺术修养的同龄人，更投缘些也正常。

宋一潇回房时，手机闪烁着未读的提示灯。她打开屏幕，才发现苏达打来了 25 个未接来电，而手机不知道被谁调成了静音。

而此时的苏达正怒火中烧，他多想上去揍寸头男几拳，质问他"凭什么约别人的老婆做早餐、看日出"。可苏达心里也清楚，宋一潇这一路上提过好几次想要看日出，都被他以"起床困难"推掉了，在他看来，太阳每天都会起落，不都是那副黄澄澄的样子吗？有什么必要特意起早去看呢？宋一潇也无数次提出想和他一起做早餐，都被他以"你根本不会做，越掺和越糟糕"为借口拒绝了，可实际上苏达还有一句没说出来的潜台词——"这种累活儿就交给我，你负责吃就好了"。

这么一想，苏达突然有种袭上心头的恐惧：尽管已经相处了数月，但一个突然上车的陌生人似乎都要比自己更适合一潇。

95％以上的波兰人信奉天主教，所以他们的婚礼一般会在教堂里举行。而在波兰有一个传说，一对恋人如果在名称里带有"r"的月份结婚，就会一辈子白头偕老。而波兰语中的 8 月就是带"r"的。

在去往教堂的路上，苏达的心情始终难以平复，他隐约觉得这个打破平静的寸头男很眼熟，好像在什么地方见过，却一时半会儿想不起来。

波兰婚礼分为两大部分，一是教堂观礼，二是婚礼晚宴。前者在教堂举行，后者则是在附近的酒店。

酒店老板坐在第一排，附近还坐了新郎新娘的一些亲戚，而苏达一行人就挑自己喜欢的位置坐下。赵程事先问过，在教堂可以进行摄影，于是他挑了一个能看到全景的角落进行直播。

宣誓整个过程都用波兰语，大家一句也听不懂，但看到新娘在回答牧师的话时的激动，大家都感同身受——这种感觉很神奇，在一个原本是废墟的地方，每一天都有层出不穷的新人、新的东西改变着这个旧的世界，每一天都会有家庭重生，他们结合在一起，共同造就了这个城市的重生。

宣誓仪式完成后，新人走到教堂的门口，众人主动排成一排拥吻新人。赵程代表大家给新人送上了"红包"，波兰的红包和请帖一样都是白色的，信里每个人放入了500兹罗提，还附上了一张写着祝福语的白色贺卡。

婚礼完成后，晚宴就开始了。新婚夫妇到达晚宴现场后，两个像是父母辈的人给他们送上了面包和盐。面包上面写有夫妇的名字，象征夫妻俩永远无需挨穷，而盐则提醒他们要有面对生活的艰辛和解决困难的决心。

在面包和盐的仪式后，新婚夫妻开始了第一轮敬酒。按传统来说，新婚夫妇双方的父亲们会为他们送上两只杯——一杯装有伏特加，另一杯则装着白开水。波兰的传统认为，谁挑选中了酒，谁在婚姻中就占有强势地位。喝过酒水后，新婚夫妻扔掉杯子，杯子碎了就代表好运。

然后大家手拉着手围成一圈，新人站在中间开始跳第一支舞，他们跳完后，大家分别跟新郎新娘跳舞，给予祝福。伴随着餐食还有源源不断的饮品，这样的狂欢要延续到午夜才能结束。

舞会给了寸头男更大的施展魅力的空间。众人发现他不仅年轻英俊，还唱跳样样拿手，很快就成为了舞会的抢手舞伴，和当地女孩打成一片。

午夜即将来临，马上就到了波兰婚礼最传统的时刻：时钟敲醒的瞬间，新娘要脱去头纱，扔向一群未婚的女士。这象征着一个新娘从单身的少女变成一位已婚的少妇。不过现在这个仪式已经慢慢变得娱乐化，新郎也会加入到游戏中，脱下自己的领带，扔向一群未婚的男士。抢到头纱和领带的单身男女，意味着很快就能收获爱情。

寸头男接到了新郎丢出的领带。众人起哄着，祝福他很快能收获如意伴侣，寸头男却颇有深意地说了句："还要看那个女孩答不答应……"

"你这么好的条件，哪有人会不答应！"赵程随口接下场面话，不过，这也不全是场面话，明眼人都能看出来，这位风度翩翩的型男，到哪里都会是女神们心仪的对象。

"就是啊，你论相貌有相貌，论才华有才华，哪个女孩要是不接受你的求婚都是瞎了眼了！"大鹏跟着吹起了彩虹屁。

寸头男认真地看着众人："你们真的这么觉得？"射灯狂闪的狂欢氛围里，大家都喝嗨了，谁也没把寸头男的话当真，随口应和着"当然"。

音乐就在此刻停了下来，准备进入下一曲。寸头男突然从西装口袋里掏出了一枚方钻，单膝跪在了宋一潇面前。这一跪，不仅苏达愣住了，赵程、雨晴、大鹏、超儿……自驾团的众人全部呆若木鸡。

一阵短暂的沉默之后，周围响起了爆发性的掌声和尖叫。当地人不知道各中详情，以为这就是一场普普通通的求婚，加上眼前这一对郎才女貌、男俊女靓，无论谁都会觉得相配。他们兴奋地打开礼炮，将气氛烘托得宛如精心布置的求婚现场。众人包围着宋一潇，将刚刚接到的新娘头纱夹在她头上。

可宋一潇此刻的内心很乱，她的目光四下寻找，终于在不远处找到了苏达。这个本就不高的男孩在人群里蜷得像一棵枯树，面露难以置信的神情，读不出是悲伤、是痛苦，还是绝望。

自驾团的众人一时不知道如何是好，唯有赵程从惊讶中回过神，眼疾手快地按掉了还在闪动的直播按钮。

寸头男拿出一本相册，逐页翻开在宋一潇面前，照片上长发飘飘的帅气男孩正搂着宋一潇做出各种亲密的姿势。

"我把我们之前相处的点点滴滴都带来了。你看！其实你也知道我是最适合你的。我们可以因戏生情，一起看文艺片、一起参观画展、一起出入新开业的高级餐厅，我们那时候有多合衬，你难道忘了吗？"

站在苏达的角度，正好能够看到照片的一角。他的记忆被长发唤醒——眼前的这个寸头男就是他们第一次见面玩狼人杀时遇到的长发男。他倏地被一种强烈的背叛感捆绑：原来这段爱情从一开始就有三个人，而他是唯一被蒙在鼓里的那个。

　　"你曾说过，等我们做完三件事就结婚，一件是一起去一个遥远的城市，一件是一起穿着睡衣做早餐，还有一件是一起看日出。我这次来，就是为了陪你将这些事都完成。来之前，我每天都在给你的微博留言。7010公里是我和你之间的距离，我慢慢地将它缩短到了0。在这个重生的城市里，让我们俩的感情重新开始，这是多有寓意的一件事……"寸头男继续补充。

　　这个男人有多浪漫，宋一潇是知道的。他和宋一潇一样讲究仪式感，可以在情人节时提前半个月准备好空运的玫瑰花，还会将过往的一点一滴制作成电子相册循环播放。他也和宋一潇一样追求美感，从来不会拍摄出苏达那样直男视角的照片，而是永远给你锻造一种高品质生活的假象。他的大手笔永远让女孩觉得自己被捧上了云端，所有女孩遇到了都要败下阵来。

　　嫁给苏达至今，当他展现出缺乏审美、抠门、过于接地气时，宋一潇就格外想念曾经的浪漫爱情，那时的爱情才像小说一般，轰轰烈烈，大杀四方。

　　见宋一潇仍在犹豫，寸头男觉得不可思议，原本他自信地认为，只要自己追来了，宋一潇是没有理由不答应复合请求的。但他马上为宋一潇的犹豫找到了理由："没关系，我可以先回去，等你考虑完、将所有的手续都解决好再来找我。你知道我们现在站的地方叫华沙吧？在波兰语中，华沙念做华尔沙娃，这个名字是为了纪念一对名叫华尔西和沙娃的恋人，他们就是冲破重重阻挠，最终结为夫妻的。我们现在就和他们一样……"

　　当地人重新放起了音乐，新的一轮舞会又重新开始。宋一潇用余光扫了一眼刚才苏达站立的角落，那里空无一人。

　　波兰的婚宴是通宵的，过量的伏特加已经让现场的每一个人或多或少有些错乱。苏达甚至觉得刚才发生的那一幕完全出自自己的幻觉。可他打开手机，赵程的直播账号里还有着当时的回放。他忍不住再次点开。

"果然好看的人最后都会和好看的人在一起，我酸了！！"

"千里迢迢追到波兰求婚，换哪个女孩都会觉得感动吧？"

弹幕里都是清一色的祝福声，有人带头刷起了自己的所在地"杭州人民发来贺电"，后面跟着一溜儿各种不同地点的刷屏。大家都用这种诙谐的网络语言，表达着对这一双金童玉女的祝福。

苏达这才意识到，这一路上宋一潇从未和他一起在镜头前秀过恩爱，甚至连一路追随的网友都没有发现他们的关系。

这时，一条热门评论引起了苏达的注意。有网友上传了一组网络剧截图，其中一幕，是男女主角在湖边热烈地拥吻，男主角将戒指套进女主角手中。镜头给了戒指一个特写，正是寸头男用来求婚的那一枚。再一细看，何止戒指是一样的，就连男女主角都是一样的。

发现这一信息的网友补充了些说明：自己刚刚看直播时，觉得求婚的人有些面熟，似乎在某部不知名的网络剧里见过，一搜，果然是他。剧里，他们俩扮演一对分分合合的恋人，而那颗方钻就是定情的道具。

"天哪，那不就是童话照进现实吗？"网友们评论纷纷。什么"戏里戏外共谱爱曲"的戏码，吃瓜群众们最喜闻乐见。

逃避不是办法，苏达准备回到大厅和宋一潇摊牌。可他刚走到门前，就听见角落里传出宋一潇的声音。

"……我是在剧组实习时认识他的。那时候我只不过是个跟组演员，第一次进拍摄地，老师教的那些东西好像全都不奏效了。让我哭，我哭不出；让我笑，我就光咧嘴。导演气极了，直接把剧本摔在地上，吼道，'这还是学过的呢？大马路上随便拉一个来都比这个强！'午饭时，我一口都吃不下，找了一处没人的地方偷偷抹眼泪，没想到却被人拍了一下肩膀。他看到我在哭，就特夸张地给我递了张纸，笑话我'现在不是哭挺好的，刚才怎么不行'。

"他陪我在那个无人角落里哭足了一个饭点儿，还安慰我，每个人都是这么过来的，交代我可以随时找他帮忙指导。他那时候虽然不是什么重要角色，但在剧里也好歹也是有名有姓。我心想，这样的人怎么有闲心指点我这无名小卒呢？可之后的日子里，他真的处处提点我，还夸我有灵性、进步快，将我推荐去其他剧组……"

"有才、有貌，还能给你事业上的支持，哪个女孩不动心呢？"雨晴感慨，"那你们之后为什么分开？"

"像他这样的人，永远都像花一样被蜜蜂蝴蝶围绕着。相恋一段时间后，我发现，他同时指点着很多女孩，并非只有我一个。最开始我睁一只眼闭一只眼，直到有次我偷偷到拍摄现场，撞见他和另一个女孩拥抱在一起。但他多聪明啊，既不承认也不否认，只说那女孩是朋友，最爱依然是我。我也是傻，当即信了他的话。其实他早就老谋深算，硬是将分手的原因从另有新欢变成了我不够贤惠、我不适合结婚。可分手后一个月，他突然追到桌游吧，也就是你们第一次见到他的时候。那时他的态度180度转弯，说一个月前自己太冲动，要和我复合……"

"这种冷暴力就是为了逼着女方说'分手'，是不负责任的表现啊！"李教授站在女性角度分析。

"不一定啊！有时候人就是这样，连自己都不清楚自己要什么。人在手里有苹果的时候，都会想要吃两口柿子。但真吃到了柿子，被外皮涩到，就会返回去找苹果。"超儿反驳李教授。

"现在争论这些有什么意义呢？"大鹏听到话题越扯越远，出言拽回来，"现在重要的是，宋一潇你选谁？虽然论才华或是外貌，寸头都强一些，可苏达和你领过结婚证了……"

宋一潇垂着头："我不知道……"

苏达独坐在花园里，将一杯伏特加一饮而尽，那杯苦酒刺激着他的胃，让他差点要呕出来。刚才偷听到的话还萦绕在他耳边：虽然论才华或是外貌，寸头都强一些……

何止呢，除了才华、外貌这些硬条件，人家还知道宋一潇喜欢草莓汽水、和她拥有共同回忆的戒指、千里迢迢追她到波兰……而自己，只有这一张结婚证而已。

争取也是要讲条件的，自己又有什么资格去争取呢？

宋一潇走出大厅时，苏达已经等候多时了。

"我……"宋一潇没想到苏达会在这里，她潜意识里觉得应该和苏达解释些什么，却半天只憋出一个字。苏达这才知道，原来宋一潇这么活泼的人，也会有这么忧郁的时刻，他居然对她产生了些莫名的同情。

"宋一潇，我们很久没玩游戏了，这次来玩一个新的吧？"

此时的苏达竟然像个没事人一样露出三分苦笑，连他都怀疑自己是不是真的醉了，否则为什么在这个关头还笑得出来。

他将两个拳头伸到宋一潇面前："我手里现在有一枚硬币，你来猜一下在哪只手里。如果你猜中了，就说明我们还有缘分。如果没猜中，我愿赌服输，放你自由。"

宋一潇犹豫地伸出了手，却在选择的那一刻迟疑了。

"我能不能晚一点再做这个选择？"她的声音很低，几乎是放下身段的央求。

"随便你，"像以前一样，对于宋一潇的要求，苏达一点反驳的能力都没有，"等你什么时候想选择时，再告诉我答案。"

看着宋一潇离去的背影，苏达张开双手，两只手里各有一枚硬币。苏达承认自己准备这个游戏是出于自私，可宋一潇却连这个自私的机会都没给他。

# 第十六章　安乐死

车进入德国边境，车厢里是显而易见的静默。

苏达感觉自己的婚姻就像是一场梦，梦随着游戏结束后，只留下寂静的片段。他的副驾座上坐着宋一潇，一切都和昨天一样，可又好像不一样。

"下一站我们要去德国的柏林墙，相信屏幕前的各位对柏林墙都有一定的了解……"后座大鹏的手机里不断传来直播声，雨晴和赵程结束了冷战，直播里充满着令人艳羡的快乐感。

"在第二次世界大战之后，德国被分割为东德与西德。当时的东德国为了防止人民向西德国流失，基本是一夜之间，在柏林交界处修建了几百公里的柏林墙，彻底隔绝了东西两面。柏林墙的修建，标志着东西德国的冷战开始。当1989年柏林墙被推倒时，大部分的柏林墙被清理，一些拿来修造公路，只剩下小部分的柏林墙被保存起来……"

"把直播关了吧。"一直低头不语的苏达突然闷闷地说，这片刻快乐反而衬托得他更寂寞。大鹏再迟钝也猜到发生了什么，却不知道怎么安慰。

边境的乡道上空无一人，大伙必须要赶在夜幕降临之前到达市区，否则留在郊区多有不便。

可前方的路中央突然窜出来一个人，举手示意车停下。赵程急打方向盘，所幸有惊无险，那车只是从男人身边蹭过。可奇怪的一幕发生了，男人随即捂着胸口跌坐在地上。

难道这是外国的碰瓷专业户？赵程有些慌乱，赶忙停下拉开了车窗。这男人骨瘦如柴，穿着一套不太合衬的西装，脸上的两撇山羊胡虽然有些萎黄干枯，但看得出来是精心捯饬过的。

"你有什么不舒服？需要我们送去医院吗？"赵程尝试着用英文询问，但他也不知道为什么明明没有剐蹭到，对方却捂着胸口。

没想到男人摆了摆手，以示这件事情与赵程无关。胸部的疼痛让他说不出话，只是递过来一张字条。

雨晴接过来一看，字条上是一个德英双语的教堂地址，导航显示就在不远的小镇上。

男人有些艰难地用英文表达着："我需要去这个地方……"

可他看上去情况并不太好，脸色惨白，双唇也失去了血色，透露着一种难以言说的憔悴。他的左手捂着胸口，不停颤动着，让人很容易共情这种疼痛。

"我们还是先送您去医院检查一下吧，要是没事我们也放心一点。"雨晴劝说着。但任凭大家如何建议，那人坚持要去教堂。他用仅有的力气继续摆了一下手，居然露出了一些笑容："我已经疼成习惯了，不过幸好，我很快就要不疼了。"

这一笑似乎将胸口撕扯得更加疼痛了，他下意识地弓起了背。虽然不知道这句"我很快就要不疼了"是什么意思，但众人一刻也不敢耽误，将他扶上了车。

一路上，男人对为什么要来这个偏僻的教堂缄默不语。只是一直闭眼做着祈祷，口中喃喃着"请您饶恕我的罪过"。

究竟是什么罪过，需要这样赎罪？在雨晴的眼神提示下，全车人都提高了警惕。

车行至字条上的地址，眼前是一座破落的小教堂。从霉变的外墙可以判断这栋建筑已经在此伫立了许久，正面的彩色玻璃上画着圣经故事，可惜经年累月已经破损了一角。残阳透过玻璃直射进教堂，让大家更将教堂内的破落看得一清二楚：教堂内的木质坐椅有腐朽的痕迹，发出微微的霉味。正前方的耶稣像却维护得光亮如新，透着一种格格不入的光彩。整个教堂在逐渐变黑的天幕下如同一幢鬼屋。

宋一潇有些害怕，她下意识地想拽着旁边的苏达，却发现苏达刻意避开她走在了队伍的另一侧。

来到教堂的那一刻，男人像是松了一口气，刚才的疼痛仿佛消失殆尽。他轻车熟路地带大家从偏门进入了教堂。路过的修女看到他像是见到了熟识的老朋友般迎了上来，和男人用德文对语了几句后，示意大家跟上。

大家不明所以地跟着，雨晴上前了解情况。

"他们说天色晚了，现在带我们去修女休息的地方，虽然条件简陋一点，让我们不要嫌弃，凑合一个晚上。"她回身告诉大家。

众人跟着修女来到了一间偏房，里面并排放置着两张旧式的大铁床。房间里有一股老旧的锈味，但被单都整整齐齐地叠放着。

睡在异国他乡的教堂里，对众人来说也算是一次特别的体验。

这个偏僻的教堂并不像旅行中看到的那些古迹一般华丽盛大，工作日里更是乏人问津。神父坐在壁炉前，看上去已经很大年纪，胡子花白，见到一行人来也不便起身，就坐着和大家打招呼。

"哦，我的老伙计！"他像面对孩子一样，给了男人一个热情的拥抱。

晚饭时间，壁炉里点上了火。众人围坐在炉边，吃着略油腻的牛排。

"你们可以叫我尤利安。"到了这个教堂里，男人像是有了一种回家的感觉，苍白的脸上开始有了些红润的颜色，他向众人介绍这个教堂和自己的渊源。

"我从小就在这个教堂里祷告，神父是看着我长大的。还记得第一次有心爱的女孩时，我连父母都没有告诉，只告诉了我的神父。

"我的人生中遇到过许许多多人，神父是最能读懂人心的。我在小镇生活的时候，所有人遇到烦心事都会向他告解。就连我在外地工作的时候，只要回小镇看父母，都要向他告解。我们都称他'father'，是他把天父的旨意带给我们。"

一旁的神父慈爱地看着尤利安，就像是父亲一样。尤利安的食欲也比起初好了许多，他大力地切着牛排，刀叉在杯碟上划出响声。

"所以我这次特别选择在这个地方，做最后一次祈祷。"尤利安将一大口牛肉塞入嘴里。

"你之后要搬到其他地方去吗？"雨晴问。

"算是吧，"这一口牛肉下肚，尤利安苍白的脸上多了一些心满意足的红润光彩，像是有着一份特别的期待，"我要搬到一个比较遥远的、远离痛苦地方。"

"以后你搬到其他地方还会继续做祈祷嘛，也不能说是最后一次……"大鹏嘴里塞满食物含混不清地说着。

"不，不，不。你们理解错我的意思了，我马上就要离开这个世界，回到天父的家中。"尤利安非常认真地纠正大鹏的话。

满桌的刀叉声倏地停了下来，饭桌上充斥着死一般的寂静。

尤利安面带微笑，就像是在讲述一件发生在别人身上的事。众人难以置信："你……在开玩笑吧？"教堂里没有酒，要是有，大家真怀疑他是喝高了。

尤利安从公文包里掏出一份英文的合同，上面的落款是一家瑞士的安乐死机构。

"我三个月前就去瑞士把手续办好了。不过，想死的人太多，就把我排到了后天。不过这样也好，因为知道生命的期限在哪里，我用这三个月的时间走了许多我向往已久、以前却因为各种原因没去过的城市。"

大家诧异得说不出话来。眼前这个男人虽然清瘦病态，此刻正活生生地站在这里，可所有人却都能清晰地看到他人生的终点。

"如今回到我出生的地方，也算是回到生命最初的起点。生和死其实就像是一个圆的开头和结尾，它们是紧紧相连的。"尤利安深情地望了一眼这个曾倾听过他无数烦恼的教堂。

坐在对面的老神父长叹了一口气，拿起桌上的老烟斗，徐徐抽上了几口，似乎早已猜到这件事。他再也吃不下饭，起身来回踱步。

没过一会儿，神父用一种低沉的嗓音从喉咙里逼出一句话。

"我没有想到你坚持这个决定。半年前你来找我，说第三次化疗失败了，想要了解安乐死的过程。我曾劝你不要做这样鲁莽的决定，因为天父爱世人，它会在你的每一个危机时刻出现。"

"天父出现了，他要带我回去。"尤利安平淡地说道。

从微微颤抖的手上，可以看出老神父的愤怒，他不能忍受有人在曲解他的信仰，于是讲起了一个关于教皇的故事。

罗马天主教皇约翰·保罗二世1981年曾险遭暗杀，当他被送上救护车时回头对私人助理说："约翰，这不是死亡。"

当然，即便是教皇也无法逃离死亡的魔掌。若干年后当他真正面对死亡的时候，却能像之前遭暗杀那样镇定自若，他放弃了医院的治疗后，甚至还交代私人助理向社会大众报道疾病的进程，说明自己已经准备好面对死亡。

"他让天父替他做出选择，而不是用人为的力量去干涉自然的选择。"神父的眼神略显凝重，"天父之所以让你来，自有他的理由。你想一想，你的儿子才刚结婚，正在等待着父亲的祝福。而你的妻子即将迈入晚年，也期待着和你携手。而你的决定，或许让你得到了解脱，但使爱你的人感到痛苦。"

尤利安面对这个一直像父亲一般教导着他成长的神父，低头沉默了。

"我同意神父的意见，"大鹏突然用磕磕巴巴的英文插话，他推了推身边的雨晴，"你帮我翻译一句话，就说中国人有句老话叫'身体发肤受之父母'。你的家人朋友们还没有放弃你，你怎么能随随便便放弃自己的生命？"

雨晴没有按大鹏所说的翻译，而是换了个缓和的语气询问："其实你有没有想过其他的办法？比如说尝试新的治疗方案。随着科技慢慢进步，说不定哪一天就能够攻克你的疾病呢？"

神父露出赞成的表情，他慈爱地望着这个他看着长大的孩子，眼里流露出无限的父爱，这成为了他不舍尤利安离去的羁绊。

"现代医学已经将我宣判了死刑，现阶段的我无法使用任何特效药。我不知道疼痛什么时候才会停止，它每一天、每一天地蚕食着我的身体，如果这样活着，即使能够拥有无限的寿命，都不过是痛苦的叠加。这样毫无质量的生活对我来说没有一点意义，只能叫做活着，而不是生活。

"医生已经清楚地告诉我，接下去我的人生将会发生什么。不久之后，我的妻子和孩子就会站在病床前，看着病床上被折磨得痛苦不堪的我。那时候摆在他们面前的，将是这个世界上最痛苦的抉择。放弃治疗、背负着弑亲的罪恶感眼睁睁地看我离开这个世界，或者切开我的气管，用一堆冷冰冰的设备暂时留住我的躯壳。"

尤利安将碟子里剩余的牛排一口气吞下后，问众人："如果你们是我的家属，会怎么选择？"

在座的所有人都陷入了沉默，这个决定对任何人来说都太难了。

"无论如何我也要留住他。"角落里突然有一个细嫩的声音回应着。

"明知道是徒劳也要吗？"

"也要。"林青几乎是不假思索地回答，"我会不惜一切地留住他。如果没有钱我会去借，即便倾家荡产也要救。如果让我放弃未来，我就去过一个平凡人的日子，只要他能活过来。"

林青除了在老革命面前唱歌之外，从来没有在众人齐聚时发出过声音。她能说出这么长一段话，众人不可谓不惊讶。可是还没有等大家缓过惊讶的劲儿，尤利安已经继续发问。

"就算要切开他的气管，让他在病床上继续痛苦，也要吗？"

林青不像刚才那样不假思索，壁炉火烧得正旺，发出噼噼剥剥的声响。

"我要。"

林青在沉默了许久后给出了两个字，鼻子渐渐发出低微的抽动声。夜里的空气中回荡着沉默的共振，而这个答案像是在尤利安的意料之中一样。

"家人之所以称为家人，就是因为在任何时候，哪怕被宣告没有希望，都要竭尽一切徒劳的努力去救你，拼了命才算完。就是因为知道家人会做下这样的决定，我才要帮他们走这痛苦的最后一步。

"我想在我走的那一天，看见我爱的每一个人都幸福。我希望我人生的终点，是家人人生一个幸福的起点。"

"可是，我真的好想留住她……"林青终于忍不住发出了哽咽声，用中文喊道，"是我害死她的！是我害死她的！"

这是车祸后在她心里喊了无数次的声音，此刻她终于可以真实地将它喊出来。尤利安听不懂中文,不知道林青发生了什么,但从她之前的表现里,他理解了这种歇斯底里的感受。

尤利安看着林青,就像看着自己的家人一般。他安慰地将她揽进怀里。

"别人都说,是神明在决定死亡,以前的我也以为是如此。其实死亡不是一个决定,它是一件一定会发生的事。虽然从形式上看,是我选择了死亡,可是从出生的那一刻开始,死亡就注定跟随着我。是死亡选择了我……"他认真地看着林青的眼睛,将最后一句话重复了一遍,"是死亡选择了我。"

林青靠着尤利安瘦弱的胸膛,这个虚弱的身体里传来了噗噗的心跳声,像是黎明到来前的晨钟一般。

"死亡是一个固定的程序。这个世界上永远存在一个地方,你不知道它在哪里,但它就是为了带走你而存在的,旁人无须为死亡背负上不必要的责任。"尤利安尽量放慢说话的速度,想让林青听懂每一字每一句。

神父站起身,抽着烟向暗处走去。他的脸上并不是对于信徒背离教义的失望,更多的是眼里藏不住的不舍。

"很抱歉,失陪一下。"尤利安起身跟了过去,两个人的影子投射在教堂高耸的花窗前,一个银发老人和一个中年人对站着,仿佛是某一个圣经故事中的场景。

"尽管这样,我还是觉得生死应该是由自然决定的,人没有权利决定别人的死亡,包括自己。"赵程感慨。

"可是我完全能够理解尤利安的想法,如果真有告别的那一天,我也不愿意把自己最丑、最不体面的一面留在最爱的人的脑海里。我不希望未来某天他们想起我时,第一时间想到的是一个瘦瘦干干、狼狈不堪的形象。我希望无论何时,我爱的人想起我,都觉得我是世界上最漂亮的人。"宋一潇马上提出了反驳的意见。

"我以前写歌的时候有一个很奇怪的念头,我觉得人只要活过了 35 岁就要去死。对于一个艺术家来说,过了最丰富的创作时期就离开这个世界,那么他给这个世界留下的就都是最完美易碎的作品。可是啊,人总是越活越怂的。到了现在这个年纪，我突然觉得自己的力气还没有用尽。所以我也经常在想，如果再给安乐死的人一些时间，他们会不会后悔？"超儿斜靠在椅背上，仰头看着教堂里瑰丽无比的弧顶。"年轻时想要选择盛大的人生，觉得活着平凡就应该去死"，这种痛苦一直伴随着他，而日复一日的旅途多少让他平静了一点。

谁也没想到在这么一个偏僻的小镇里，大家会面对这么深刻的人生议题。

"我刚才想了想，或许我也会选择放弃，"刚刚还在劝男人身体发肤受之父母的大鹏，此时却提出了和刚才截然不同的意见，"我想起以前在福建老家时，村里有些老人得了癌症。你们也知道，癌症治起来就是个无底洞。有些人在外面打拼了好多年，终于奔了小康，却为了给老人治病倾家荡产，就连唯一的小楼房也卖了，租500块钱一间的土房子，辛辛苦苦多少年，一病回到解放前。我要是得了这样的'死症'，不如留点钱给老婆孩子好好生活。"

"不过呢，"大鹏又补充，"如果有买保险，或许我还能撑一撑，等待自然死亡拿到保险金……"

赵程突然打断了众人的对话："你们在谈的都是个人层面，但是人为地决定死亡会产生很多的社会问题。人终究是人，他的判断在很多时候是不精确的，会受到感性的支配和控制。你怎么能确定做出这个决策的人是正确的，而且不会将这个权力滥用呢？"

"是啊！其实把生死的决定权交给某一个人，做决策的人往往是最无奈和痛苦的。"李教授想起了一件往事，有了些不同的感喟。

"有一年，我接诊了一个病人。他来的时候整个人都瘦到脱了形，两边眼圈泛黑塌陷着，却穿着干净的白衬衫，扎着工工整整的领带。他当时的那种状态，乍一看真的像一个活死人。我的职业素养告诉自己要冷静，但那种被极度痛苦折磨的状态依然让我心惊胆战。谁知他一开口就问我'你知道杀人的感觉吗'？"

十多年了，当时那种震撼人心的痛苦，仍然能即时浮现在李教授眼前。

"那人告诉我，他是个医生，年轻时曾被派到地震前线从事医疗工作。当时死伤人数众多，而医疗资源有限，需要留给那些最有希望的人。那位医生所要负责的，是一个最残忍的岗位——他拿着一支粉笔，从正在哀号的人群里穿过，在那些没有抢救意义的人身边画上一个叉。

"刚开始的时候灾民都不明白叉和圈的意义，但时间长了，当地人看到他就像看到了死神一样，他手上的那一根粉笔也变成了死神手中的镰刀。"

在李教授的回忆里，那位患者是资深的中年医生，自认已经看过很多生离死别，练就了强大的心脏。他对自己的专业知识完全自信，能确定画下叉的这些人已经没有任何救助的价值。

听起来，这样将有限的医疗资源留给有希望的人无可厚非，符合资源利用的最大化。

可这个价值，是对于医生而言的。对于他们的家属来说，亲人的价值永远是100%。

震后的灾区哀鸿遍野，遍地都是断肢残腿和避难的同胞。

某一天，医生在灾区看到一位年轻的母亲正抱着孩子，那孩子的两条腿已经血肉模糊。

母亲显然已经哭了很久，两颊满是沾着尘土的黑色泪痕。看到医生胸牌的刹那，她的眼睛突然亮起来，像看到救星一样，跪坐着爬过来哀求。

"孩子他爸已经走了，我求求你，救救我的孩子，我有多少钱都给你，如果还不够的话……"

母亲艰难地从手上摘下一枚戒指："家里塌了，没抢救出什么东西，这只金戒指也给你。"说完，她不由分说地在他脚边磕头，任凭土地上的沙砾将头磕破也不罢休。

可医生蹲下来一看，那孩子伤腿的感染已经到了不可逆的地步，生命体征已经渐趋消失。作为一个医生，他已经能听到生命的倒计时。

他拿出粉笔，准备在孩子身边画叉。刚刚画上一条斜线，母亲突然意识到了即将发生的事意味着什么，她跪向前，硬是用手指抹掉了那条斜线。医生再画，母亲再抹，就这样往复数次。

母亲的手掌被粗糙的沙砾划破，嘴里却还念念有词地恳求着："医生先生，我的孩子没有死，他刚刚还管我叫妈妈，你看他这胸脯还一起一伏的呢……"

医生再三解释，孩子是真的已经救不过来了。

"你没有试过怎么知道救不过来了？"母亲恨恨地说，"你是医生，你不是来救人的吗？怎么是来杀人的？"

医生愣住了，这个孩子在临床上有99.9%的死亡概率，可那0.01%依然存在，没有做最后的急救，谁也不知道那0.01%会不会发生。他在儿科轮转的时候，见过儿童的生命是多么坚韧，一些他以为会被宣判死刑的孩子，奇迹般地在不懈抢救下重获新生。

但他知道自己在画下那个叉的时候，这0.01%就已经变成了0。

"之后，医生就再没有睡过一个安稳的觉。他只要一闭上眼，就能看到那些被他画叉的人，他们张着血盆大嘴，脸上淌着血泪，将他逼到一个死角，围过来质问他为什么要杀了自己。"

"那后来他的病治好了吗？"宋一潇好奇地问。

"在我之前，他已经辗转了国内的很多地方求医问药，可是症状却丝毫没有减轻。我试着帮他合理化自己的行为，可是却无法缓解他的症状。"李教授遗憾地说，"最后他失望地走了，临走前留下一句话——'这个世界上没人有权力做别人的审死官'。"

大家都沉浸在李教授的故事里，迟迟未能抽身，似乎都能感同身受到那位患者的痛苦。桌上也没了动刀叉的声音，众人面前烤好的食物早已冷却。

"我给大家准备的晚餐不合口味吗？"终于有人打破了这份沉重，神父和德国男人走到原先的位置上坐下。不知道两人刚才在角落里交流了些什么，现在他们的表情比起刚才轻松了许多。

尤利安的脸被炉火熏得有些微红，他和教父做了一个击掌的动作："我从来没有怀疑过神的存在，因为你从小就教导我们，神是最善良的，他会理解我的痛苦并宽恕我对吧……"

神父不再执着，他帮尤利安做了最后一次祷告，然后将手搭上了他的肩膀："要记住，无论在哪一个角落，神都会继续爱你。"

说完，神父顿了顿，突然有两行老泪夺眶而出："……我也会继续爱你。"

"不说这些难过的事，我们说点开心的。"尤利安搂了搂老神父的肩膀，他像一个刚成年的孩子，刚刚有了坚实的臂膀，就要告别父亲，背上行囊去远行，告诉父亲"不必远送了"。

他设想起了告别那一天的情景："等到那一天，我要穿着定制的西装，唱着祈祷的歌曲走进病房。我要带上我最喜欢的披头士唱片，还要带上儿子小时候和我一起玩的足球……"

尤利安暗淡的眼里突然亮了起来，告别的场景似乎已经像海市蜃楼一般出现在眼前。

"我要戴着恋爱时妻子送我的第一份礼物。那是一条黑红色的领带，我一直将它放在抽屉的最底层，现在终于可以再戴上它。那一天，她会像婚礼时那样紧紧握着我的手，我相信，那是我这一生中最重要的时刻……"

听着尤利安的描述，雨晴不由自主地牵起了赵程的手。这双手她已经牵了七年，这一刻，她突然有了一辈子牵下去的冲动。

"如果有一天我走了，你也要像这样牵着我的手……"雨晴小声地说。

赵程显然对于雨晴突然的主动还未能适应，只当她有些缺乏安全感："别说傻话，要死也是我先死。"

"我不允许你这么说。"

"我们要尊重客观规律嘛，中国男士的平均寿命比女士短是事实。我比你大了将近 10 岁，按照概率学说，我有 99.9％的几率比你先走。"

雨晴侧身贴在赵程身上，像个泼皮无赖般撒娇着："我不要！"

赵程觉得，在自己的印象中雨晴已经好久没像此刻这样温柔又黏人。他一向搞不明白雨晴忽雨忽晴的规律，此刻更懒得去想她的葫芦里卖的是什么药。

宋一潇偷偷地看了一眼故意坐到她对角线位置的苏达。他正捧着手机玩得不亦乐乎，像是有了新的聊天对象。

前男友风波之后，他完全变了一个样子，再也不像以前那个殷勤的苏达，不再主动和宋一潇搭话，也不再想方设法地给自己找些话题。从前那些相处方式就好像一场梦一样。

宋一潇摸着自己口袋里零星的硬币，想到了苏达的硬币游戏。如果这一刻自己从这个世界上离开，要牵谁的手呢？宋一潇觉得思考这个问题太令人心烦了，或许自己一个人孤零零地离去更好。

宋一潇正投入地想象着，却没注意到在她低下头的瞬间，苏达正透过眼角的余光偷看她。

这时的苏达多庆幸自己的小眼睛聚光又不显眼，不像宋一潇那一双大眼，在看什么都一清二楚。

他上网查过了，中国的离婚证书只能在国内办。现在离旅程结束还有半个月的时间，离婚再快，也应该是半个月后的事情了。他总觉得自己是做婚庆行业的，结婚却没有办过正式的婚礼，确实是亏欠了宋一潇的。

如果宋一潇选择离开，苏达决定送她最后一份礼物——一个豪华的离婚派对。这样无论她将来嫁给谁，都能昂首挺胸地和后一任丈夫提要求："你看我和前夫离婚都是这个规模、这档配置，你和我结婚可不能输！"他刚把这个想法发给大鹏，大鹏回了一句"苏达，你是不是有病啊"之后，就再没理他。

苏达看向大鹏的方向，他端着手机像是在回复艾索的短信，脸上有遮掩不住的笑意。再看另一边，赵程正和雨晴牵着手。苏达心里突然飘过一句不知道从哪里看来的话——"我被快乐的人群挟裹着向前走，那些笑的声浪在空中翻滚，只有我的脸上没有笑容。"他借口上洗手间，暂时离开了。

"我和妻子是在学生时代认识的，那时候她好美，在人群里仿佛会发光一样。我们是在学校的圣诞舞会上定情的，所以，在我和这个世界告别之前，一定要再搂着她共舞一曲……"

尤利安继续描述着他梦想中的告别仪式。谈到"要与妻子共舞"时，他像是想起了什么趣事，爽朗地笑起来。

"说起那次舞会啊，我还做过一件甜蜜的蠢事。从知道有圣诞舞会起，我就暗暗决定要邀她共舞，可心里却忐忑极了，不确定她是不是也喜欢我。圣诞节前的一个傍晚，我踢着石头回家，路遇一个卖首饰的小贩。他叫卖着，说只要买了他手工制成的戒指送给心爱的人，就能获得爱的回应。我那时多傻，几乎掏光了口袋里的钱买了这个……"尤利安在包的夹层里小心地摸索，掏出一枚再普通不过的锆石戒指。

"你看！当初我就是拿着这个劣质品邀请她做我的舞伴的。'可以成为我的舞伴吗？'我问话时都不敢看她，拿着戒指往她手上塞，生怕她拒绝。还好，她接过戒指开心地回答，'尤利安！那也是我期待已久的！'"尤利安似乎在回味着那时的激动，脸上的病容舒缓了许多，"这枚戒指真的保佑我们相守到了最后……"

尤利安摩挲着戒指，突然抬头环视了一圈众人，问道："你们之中有夫妻吗？"

看似老夫老妻的赵程雨晴没有反应，这令尤利安有些惊讶。他们的种种表现都像恩爱夫妻，就连尤利安也误解了。

李教授本想指向宋一潇，可是看见她抿着唇露出一副犹豫的样子，再联系波兰婚礼上发生的事，便选择了沉默。倒是大鹏有意化解矛盾，推了推身边的宋一潇："人家问夫妻呢！这里只有你和苏达是一对，还不举手……"

其实正如李教授所想，宋一潇不是没听见，而是此刻就连她自己也不知道，她和苏达到底还算不算夫妻。但思考一会儿之后，宋一潇还是缓缓地举起手。

"哦？"尤利安疑惑了，眼神扫过在场的几位男士，"这么多位男士，哪位是你的丈夫？"

"就是刚刚出去的那一位。"超儿答道。这两个从一进来就分开而坐也没任何眼神交流的，在外人看来就像毫无关系的陌生人，居然是一对夫妻？尤利安略有些惊讶，不过还是缓缓点头。"把手给我……"他轻声说。宋一潇不明所以地将手伸过去，尤利安把那枚锆石戒指轻轻放在了她的手心。

"死亡教会一个人提前回望人生。我这一生，算得上圆满。童年时代，神父在我身边，如同父亲般倾听我的告解。到了青年时代，有一位美丽的姑娘愿意做我的妻子，与我生育儿女，陪伴我到人生最后一刻……这枚戒指是我们幸福的开端，虽然它并不名贵，却承载了我最深的祝福。我将它送给你，希望你和那个可爱的小个子永远幸福，白头偕老。"

宋一潇有些犹豫，在这会儿听到"和苏达白头偕老"的祝福，她不知道该不该接受。反而是大鹏自作主张地答了个"thank you"，让宋一潇骑虎难下，只能接过戒指。她把戒指随手扔进了包里——在没想清楚是否和苏达继续走下去前，这个戒指还是不戴为妙吧。

晚上，大家分成男女两室睡在修女的休息室里。

女寝里，雨晴和宋一潇同睡一张床，李教授母女俩睡另一张。经历了一天身心的劳顿，大家都有些疲惫了，房间里很快就传出有规律的呼吸声。

一向浅眠的李教授已经在尝试着慢慢戒断安眠药，可就在朦胧睡意刚要袭来的时候，她突然听见女儿趴在耳边轻声说话。

"妈妈，如果可以人为地控制死亡，可能我在车祸的时候就已经死了……"

女儿开口的第一句话就将李教授吓出了一身冷汗。屋里没有窗，连一束微光都没有，黑夜将所有人包裹在内。李教授看不清女儿脸上的表情，她想要伸手去够灯的按钮，摸了半天仍未摸到。

"你不要吓妈妈……"李教授颤抖着回应。

"我不是想和你说这些，妈妈……"女儿的话还在继续，"那个眼镜男孩告诉过我，他之所以愿意来这里，揭开曾经的伤口，告诉我一切的真相，是因为你和哥哥姐姐们持之以恒地给他打电话……"

李教授突然感觉到，一双细软的手臂正慢慢地环抱住她的颈部，她停住了在黑夜中摸索按钮的手。

"妈妈，那一刻，我庆幸我还活着。因为我活着才能听到春晓想对我说的最后一句话，更重要的是，我活着才能知道你一直都在我身边，从来没有放弃过我……"

自从车祸之后，女儿从来没有和她认真谈过这样的话题。李教授激动地紧紧把女儿搂在怀里，用身体尽可能多地触碰着她，生怕下一秒她就溜出自己的怀抱。

"妈妈，活着真好。"

林青在她的臂弯里轻轻重复着。

那夜，李教授激动得迟迟未能入眠，直至身边的女儿发出了一些轻微的鼾声，才小心翼翼地拨开她搂在自己脖子上的手。

夜已深了，她掩饰不住内心的兴奋，想要再四处走走，平复一下心情。她想，自己要离开这黑夜，才能告诉自己，刚刚发生的一切并不是梦。

李教授披了件单衣，推开了门，借着透进来的月色，她看到另一张床上只有宋一潇在睡着，而身边的雨晴不知所踪。

德国乡村的月色真好，都说"明月千里寄相思"，而人生幸事，就是所思之人近在咫尺。

李教授突然感受到了一种前所未有的幸福，她在教堂的偏门前站了许久，试图记住这一轮德国的明月。

就在这时，她听见门内传出神父的声音。

这么晚了，神父还在教堂里吗？她带着疑惑轻轻地将门推开了一条缝。

"我看见你在这里坐很久了，如果有问题，可以试着向我告解。"是神父说英语的声音。

一个高冷的女声回应着："一个没有信仰的人，也可以向你告解吗？"

李教授听出来，那是雨晴的声音。她急切地想知道发生了什么，扭转身体换了一个角度。这个角度让她能更清楚地透过窗户上的影子看见两个人的动作。

神父做了一个"please"的手势，示意雨晴请讲。

雨晴轻笑了一声，淡淡地用中文自语了一句："算了，告诉你也无妨，反正我们明天就离开这里了。"

"其实我不太知道信仰到底是什么？如果说是绝对的信任，那我曾经和所有女孩一样信仰世界上所有美好的感情。

"我一直在等一个对我说'无论发生什么，我永远站在你身边'的人。第一个对我说这句话的人，我叫他父亲，可他在我 12 岁的时候就头也不回地跟着另一个女人走了。还有一个人，我差一点称呼他为丈夫。我把人生里最美好的七年青春给了他，换来的却是他的离弃……"

对着这个明天就要告别的神父，雨晴觉得无需避忌，将个中故事全盘托出。

"你说，如果一个人的信仰崩塌两次，还有机会再重新拥有信仰吗？"梳理完自己的人生经历后，她充满疑惑地问神父。

过了一会儿，她自嘲地给了自己答案："大概是不会了吧。"

李教授蹑手蹑脚地将门关上，离开了。

回房间的路上，她耳边一直回响着刚才雨晴说过的那些故事。

雨晴一直给她一种似曾相识的感觉，她就像年轻时的自己，从小镇里走出来，为了不露怯，假装出盛气凌人的模样。

所以在听说雨晴对婚姻的困惑后，她一直想要帮这个女孩，却时常有一种心有余而力不足的感觉，总觉得有一环没有扣上，而这一环被雨晴深深隐藏着。

今天这一环出现了，所有问题形成了一个闭环，指向了同一个地方。

逃避可耻，但是有用。所以说人都喜欢做鸵鸟，在遇到危险时，把脑袋扎进沙子里，逃避外界的各种声音。

投入感情而受到伤害的人，在日积月累的伤害里，走向另一个反面，在之后的人生里，但凡用情过深时就使劲将自己抽离，有一些风吹草动就积极退避。可这样的人生就会成为一个死循环，越渴求，越爱而不得。

到底要怎么解开这一环呢？李教授沉思着。黑夜中，她感觉到门被轻轻推开，发出呲啦的响声。

那个女孩坐在床边，像很多年前的李教授一样，不哭不闹地静坐了许久，直到天边泛起了鱼肚白。

# 第十七章　警局里的女巫

　　第二天众人离开教堂时晨曦微亮，尤利安也同时离开了教堂，和他们挥手告别，准备踏上人生的最后一段旅途。

　　德国的高速不限速，车在进入柏林的路上飞驰，一路140迈向前，大家都是第一次开得这么爽。

　　不过开快车也考验人的精力，需要多人轮流接力。

　　"我也想试一下，这个感觉应该不赖吧！"宋一潇跃跃欲试。

　　这是宋一潇第一次接手司机的工作，她一坐上驾驶座就像变了一个人，开车猛得就像在高速路上玩漂移，吓得苏达赶紧抓紧了扶手。

　　宋一潇暗笑，还记得刚刚上路的时候，她想要和大家轮换开车，苏达却总担心她出危险，最常说的就是——"开高速累，你一个女孩子怎么行？再说你可是我老婆，咱东北男人是不会让自己的女人吃苦的！"即便一脸疲态，也不让出方向盘，让宋一潇这个暗藏的"高速路扛把子"毫无用武之地。

　　反正都要分开了，再也不需要压抑自己的兴趣，可以尽情冒险。可是回想起那段日子，宋一潇突然觉得有一种难言的冲动涌上心头。这几天她总有一种很奇怪的感觉，觉得生活突然变得很陌生，好像拼图缺了一块。

　　宋一潇飙车的瞬间，也给了苏达巨大的内心冲击。他猛地意识到，自己原以为对宋一潇足够了解，到快要分开，才发现还有这么多未知的领域。

　　不过他转念一想，那么多年前，男主角和女主角当着大家的面交换过爱情的信物、熟知对方喜欢的食物，还设下了三个爱情约定。而他苏达算什么呢？顶多算是取到真经前的九九八十一难之一。

"喂，你们帮我把包拿到后面去，这大家伙太碍事儿了……"宋一潇单手将自己的包递到后座。本意不是递给苏达，但这么几个月下来，苏达早已习惯将宋一潇的事当成自己的事，顺手接了下来。

快速行驶的车突然一阵颠簸，未拿稳的包斜落到地上。苏达眼疾手快，悬空接住，但却有个小物件从包的侧口袋里滚落了。苏达赶紧去找，在椅背下摸到了那个闪闪发亮的小东西。尽管在摸到时心里就有了猜想，可拿出时苏达的心还是一下子凉透了——眼前这枚镶嵌着方钻的戒指，肯定就是网友截图里，一潇和前任的定情信物。本来他以为自己是一个爱情替代品，却没想到原来这么长时间，前任从来没有走出过宋一潇心里。否则她又怎么会小心翼翼地保存着这枚戒指，一路贴身带着？

两个没被选择的钱币还在苏达的口袋里，可他觉得宋一潇的决定呼之欲出。要抽走这两枚硬币吗？苏达自问。

车终于赶在天黑之前驶进了柏林，大家都在为第二天的柏林墙之旅做着准备。

"微博评论里，大家都很期待我们的柏林墙之旅，他们让我们记得去看东边画廊，里面有一幅网红壁画，翻译过来有个很长的名字叫'上帝啊，拯救我，在这死亡之爱中生存'……"雨晴一边翻看着微博的评论，一边对赵程谈着第二天的规划，"壁画上画的是前苏联领导人勃列日涅夫，在1979年亲吻民主战友埃里希·昂纳克的画面，网友们说很多恋人都在壁画下拍定情的合照，他们都在期待我们的合照……"

柏林的住宿定在当地的一家民宿里，一群人围在民宿大厅里吃大锅饭，又有了一种重回房车的感觉。

苏达假装不在意地瞥了一眼宋一潇的手机，页面停留在雨晴的微博上。宋一潇看得入神，眼里流露出小女孩的艳羡。雨晴的微博已经更新到了700多条，她原本以为没有痕迹就度过的七年时光，在旅途里被写成了这份绵长的情书。

但就在这时，宋一潇的手机突然从雨晴的微博界面跳转回了戒指头像的主页上。

从早上宋一潇包里掉落的戒指到现在她浏览的微博，苏达觉得自己不应该再对宋一潇有什么别的幻想。他走到宋一潇面前，掏出一叠准备好的扑克牌："要不然这样吧，硬币游戏作废，我和你玩一个新的游戏。"

宋一潇显然被苏达突然的邀约惊到，不知道他葫芦里卖的是什么药。

苏达将一把剪刀和一叠牌一同递过去："等会儿我会当着你的面洗牌，你可以从中选取一张牌，用剪刀将它拦腰剪断。这叠牌里有一张幸运牌，如果你抽到了，它就会自动复原，象征我们之间的感情也会如此。"

听说苏达要变魔术，客厅里的众人都围了过来。可是宋一潇却有点犹豫，她根本不确定自己到底想不想要抽到这张幸运牌。

见到一潇犹豫着不肯抽牌，苏达将牌放到她手边，靠近她耳边语气平淡地说："来吧，让那一张牌决定我们之间的结果……"

"抽牌！抽牌！"大鹏起了个头，超儿和赵程也跟着起哄。

这么多人看着，宋一潇也只能机械地照着苏达的指示做。她抽出了一张黑桃9，拦腰剪成了两半。苏达把被剪断的扑克牌按原样小心翼翼地放进牌堆里。

"你猜这张牌会不会有复原的机会？"苏达一边洗牌一边问宋一潇。

"我觉得会。"宋一潇没有回答，反而旁边的林青小声地回应了一句。教堂那夜过后，她已渐渐加入了大家的交流。

众人都紧盯着这张牌，铆足了劲想看出魔术的门道。

苏达装腔作势地对着空气抓了两把，然后握着宋一潇的手放在了扑克牌之上。他的手和他的个子一样小巧，可这突如其来的一握，却让宋一潇感受到了一种十足的踏实感。这种踏实感让她想到了很多画面：苏达想方设法在异地做她最爱的糖醋排骨，即便不喜欢吃西餐也依然为了她的口味而改变，为了她不切实际的愿望写了101条广告，尊重支持她的决定……

和苏达相处的日子里有什么感天动地的大事吗？好像也没有。有的只是在潜移默化中养成的小习惯。比如说以前不吃早餐的她，现在也会起来吃苏达准备的早餐。以前花钱大手大脚的她，现在也学抠了些。宋一潇很难说这算不算是一种"过电感"，但它不是那种令人瞬间浑身酥软的雷电，更像是窸窸窣窣的电流。除了苏达，从来没有人给过她这种感觉。

宋一潇正想着，苏达已经在众人的注视下，慢慢展开了那张剪成两半的扑克牌——拦腰剪下的痕迹还在，但它奇迹般地复原成了完整的一张。

虽然已经猜到了这个结果，但真正发生的时候，宋一潇还是觉得惊喜。一向胆大的她有些害羞，明知故问："所以你的意思是……"

一旁看好戏的李教授拍了拍宋一潇的肩："还不懂吗？魔术是破镜重圆，现实也该雨过天晴了！"

在她看来这根本就是哄小女孩的把戏，既然叫魔术，哪有不复原的道理。

"不，我的意思是……"苏达张开另一只手，从袖口里拿出两片剪断的黑桃9，缓缓展示在众人面前。这个峰回路转的剧情让观众们措手不及，宋一潇更是瞪大了眼睛，不知道苏达到底在做什么。

"这个游戏是我自己编写的《婚礼应急手册》里的，专门用来对付那些在婚庆仪式上吵架的小情侣。"苏达不敢看众人，只管低头摆出一副特别痞气的表情。

"其实吧，我把这个游戏编出来，这么多年来只用过一次。那场婚礼，新娘从和我们联络开始就是一副心不在焉的样子，刚开始大家都还以为她是恨嫁。婚礼前几天，新郎和新娘讨论婚车布置用百合还是玫瑰，新娘说要百合，新郎说要玫瑰，吵得不可开交。我们公司的人都惊呆了，因为大家从来没看到一对新人会因为这样的小事吵起来。于是我就给他们变了这个魔术，哄着他们安分地步入了婚姻围城。

"结婚当天，我特别注意了一下，婚车用的是玫瑰。新郎和新娘不时争吵，一会儿是因为手捧花的颜色挑得不够好，一会儿是因为新郎没有及时挡酒。酒席到一半，新人要去敬酒，走到女士亲友那一桌时，有个男孩突然捧着一束百合塞到了新娘手上。酒席散完，我们公司的婚礼管家帮新娘换衣服，说她默默捧着那一束百合花在化妆间里流泪，眼睛哭得像个桃子。"

苏达完全无视周围人的反应，一个人快速地洗着牌，发出了哗哗的响声："后来我们听说，那个捧百合花的男人是她的前男友。我那时候还挺得意的，觉得宁破十座庙，不毁一桩婚，至少我维护住了一个完美的婚姻……"

眼看着宋一潇的脸色越来越青，大鹏和赵程都试图打断苏达的话，可是他就像一个宿醉的疯子，不把话说尽不罢休。

"不过你们猜之后怎么着，两年后那个新娘又来找我们服务。这一次和上一次不同，她笑得简直跟个天仙似的，后面站着婚礼上送她百合花的男人。新娘依然找我们做婚礼，是因为这几年她一想起我这个游戏就觉得滑稽。我不甘心，又在新娘面前变了一次魔术，这次她轻而易举地在我袖子里发现了两张剪断的扑克牌。她特轻蔑地看着我，说哪有什么破镜重圆，被剪断的扑克牌就是被剪断了，有裂痕的婚姻也是一样。"

苏达苦笑了一声："今天是我第二次玩这个游戏，还挺应景的吧……"

啪！话还没有说完，宋一潇一个大耳刮子就落到了苏达脸上。她眼眶憋得通红，觉得自己受到了莫大的侮辱。

"苏达，你太过分了！我已经全部跟他说清楚了，那还能怎么样呢？发生的事情都已经发生过了，我总不能把它完全抹掉吧？"

"对，你已经和他说清楚了，"苏达摸着刚刚被扇了一巴掌的脸，用反讽的语气说着，"你只不过还看他的微博，还戴他的戒指罢了……"

"你这是说的什么奇怪的话？"

"我说的是事实。我现在就好像这个黑桃9，已经被你拦腰剪断了，还有可能复原吗？"

苏达捻着手里被剪断的黑桃9，宋一潇伸手夺过，撕成了碎片，一气之下甩门而去。

围观的众人这才从愣神中醒过来。"赶紧追啊！"雨晴推搡着苏达，苏达却一动不动。雨晴害怕宋一潇落单，给赵程使了个眼色，自己赶紧跟上。

其实苏达也不知道自己为什么要激怒宋一潇。他能给自己的行为唯一的解释就是，如果能让宋一潇再多讨厌自己一点，或许她就可以正视内心的选择，回到那个优秀的前任身边。

华灯初上的德国广场上,到处都是欢乐的人群。孩子们拿着彩色气球嬉戏打闹,甜品店的柜台里缤纷的甜品发出令人垂涎的香气。宋一潇漫无目的地在广场上闲逛,雨晴跟在身后。她全身都散发着生人勿近的气场,就连雨晴也不敢靠得太近,始终保持着一两个拳头的距离。

一个长得像外邦人的男子来到宋一潇面前,恭敬地作了一个揖,还没等宋一潇反应过来,就在她手腕上系了一条红绳,边系边用不熟练的英文表达,这是他们的一种民间风俗。

"你别说,这红色还挺好看的。"宋一潇戴上后,自得其乐地转了转手腕,道谢后径直向前走。

没想到那人却将身体挡在了宋一潇面前。他本来就浓密的眉毛倒吊着,单手摊开在宋一潇面前,用含混不清的英语解释着什么,宋一潇用尽全力也没听明白。

见宋一潇一脸迷茫,对方干脆将对话内容简明扼要成一个词:"Money!"

宋一潇不理,对方又加大音量重复了一遍,还拿出了几张面值挺大的纸币,示意两人拿出相同的面额。

"就这么条小破绳子也要钱?"宋一潇这才意识到自己遇上了讹人的骗子。

雨晴掏出钱包,想要找点零钱息事宁人。但宋一潇还在气头上,哪咽得下这口气。不管对方听不听得懂,气势汹汹地冲着对方蹦出了一连串中文:"别看我们是两个女的就好骗,你这条小绳子能值这么多钱?摆明了就是在讹我们!"

身边一群差不多长相的外邦人围了上来,作势要夺雨晴的钱包。

"我不要了!还你不就是了!"宋一潇胡乱一拽,红绳掉到了地上,争执中不知道谁往红绳上踩了一脚。

这下对方更不依不饶了,非要两个人交钱再走。宋一潇想要挣脱,对方却死死擒住她的胳膊。

"啊!"雨晴的方向传来叫声,似乎是在推搡中被人碰倒。这下宋一潇气不打一处来,迅速将手抽出来,却因为用力太大,啪的一声打在了对方的身上。

四周围起了一圈看热闹的观众，有来拉架的，有来劝的，有纯来看热闹的。大家不知道发生了什么，只知道有人当街闹事。

推搡持续了一会儿，路边停下了一辆警车。卖红绳的男子和同伙们马上围上去，用简单的德语和警察交流着。

"完了，你看他们多熟悉，他们这些地头蛇肯定是一伙的，会不会……"看到真枪实弹的情景，宋一潇有点怂了。刚才和苏达吵架的那个劲儿还没过，可这会儿警察来了，她脑子倒是清醒了起来。

雨晴赶忙上前解释："警察先生，我们是拿着合法的证件到德国来旅行的，是他们先缠上我们的……"

话还没说完，警察示意两人先坐上警车，回到警局再说。

德国的小警局布局倒是简单，入口处有几张联排长凳，办公室里是一个个分隔好的工位。警官交代两人坐在长凳上等着，挨个去做笔录。卖红绳的那帮同伙蹲坐在地上，时不时地瞪她们几眼，让宋一潇觉得心里毛毛的。她像是自我安慰似的，对着雨晴重复着："我们总算是外国人吧？来者是客，他们也不会太为难我们的对吧？"

"要不我打个电话让赵程他们过来？人多也好解决问题。"雨晴拿出包里的手机正准备拨，却被宋一潇按住了。

"不要！我刚和苏达吵架，才不要他看到我这么蠢呢！平时都是他嫌我做事不过脑子，进警局的事要是被他知道了，肯定要嘲笑我半天……"宋一潇自知理亏，声音越来越小。

"冲动也正常啊，年轻就是会冲动，我再年轻一点的时候也有冲动的时候。"

"你也有冲动的时候？"

雨晴点头，宋一潇觉得不可思议。刚刚还低气压的她，一听到八卦又来劲了，用手肘轻轻捅雨晴："喂，反正我们在这里干等着，也没有事情干，不如说来听听啊……"

雨晴自然是摇头拒绝。此时警察正押送一位老妇人坐到旁边的角落里，那老妇人有一双宝蓝色的眼睛，穿着一身奇怪的黑袍，就像中世纪的巫婆。不知道为什么，经过雨晴身边时，老妇人突然目不转睛地盯着她，让她觉得心里发毛。

宋一潇哪里是这么容易打发的主儿啊，她想知道的八卦还没有人能拦得住。几番死缠烂打套不到八卦后，宋一潇干脆佯装生气："你不说的话，我就当刚才你是安慰我了……"

"怕了你了，"雨晴真拿这个妹妹没办法，思索一会儿便开口了，"其实我也曾经为了一个男生，千里迢迢地从英国飞到香港。我们一直很相爱，直到我选择了回北京发展，而他留在香港。我们的爱情就这样被距离、被现实打败了……"

这一套话她说了太多遍，说到她已经完全能脱口而出，连自己都信以为真。

她对赵程也是这样一套说辞。两个30来岁的人在一起，彼此想不问情史都难。这么多年来，她一直在回避谈起真相，每次都用这个老掉牙的故事搪塞过去。

"分开的时候，我们俩都很痛苦。他说自己舍不得我，更舍不得这七年的感情。可有时候现实就是这么残忍。我们俩的最后一次旅行，目的地也是法国。他在爱情桥上挂了一把锁，说即便我们不在一起，这把锁也能天长地久，永远存留着。然后，我们一起去看跨年夜的烟火。他哭着对我说，让我不要放弃，可我最后还是放弃，身不由己……"

这套谎话，雨晴说起来已经不像是编的，完全像是在自己身上真实发生过一遍。她本来就是个计划周详的人，这个画面更是在她脑海里预演了无数遍，精确到每一个细节。

说完这一段，雨晴起身。"我先去趟洗手间……"

路过角落的时候，她特意瞥了一眼，那个蓝眼睛的老妇人已经不见了。

雨晴接了一捧水龙头里的水，狠狠地抹到自己脸上，她试图让自己清醒一点，认清自己说谎的事实。可另一方面，她又觉得自己做得对。努力维护这么多年的骄傲，断不能因为一个男人而丢掉。说起来，主动放手总比被抛弃来得骄傲一些。

雨晴抬头对镜，仔细端详自己沾水的脸。一切都很清晰，脸上有 30 岁应该有的皱纹和浮粉。她沾水把头发捋好，又仔细地将唇色补好，骄傲地抿了一下唇，推开了洗手间的门。

门一推开，她被吓了一跳。门口正站着那个穿黑袍的蓝眼睛妇人，推开门的一刹那和老妇人无意间的四目相对，吓得她赶紧敛起自己的目光，匆匆擦身而过。

可没走多久，雨晴就感到有人在轻拍她的背。她转头，只见蓝眼睛妇人正站在背后，脸上带着诡异的笑。她如同树干一样干枯的手指突然紧紧抓住了雨晴，凑近她，神神叨叨地自报家门："我的姑娘啊，如果我告诉你我是女巫，请你一定要相信我……"

雨晴这才注意到，老妇人随身的提篮里确实有塔罗牌和一些奇奇怪怪的占卜用具。

"你不用看这些，"老妇人像是猜到了雨晴在想什么，"你应该看你自己的背后，你背后背着很重的东西，但你假装自己的脚步很轻。"

雨晴环顾了一下四周，周围人来人往，似乎完全没有人听到她们之间的对话。这让她笃定这个自诩女巫的老妇人，确实是在对自己说话。

"我能看到，你背后有一个很重的灵魂……"老妇人还在喋喋不休，雨晴觉得毛骨悚然，快走几步想要摆脱她。

"别让你背后的那个灵魂困着你……"背后传来了老迈沧桑的声音。

空荡荡的民宿，其他人都早已睡去，偌大的客厅里苏达独自点着一盏小灯。

"怎么还没睡啊……"大鹏起夜，睡眼蒙眬地和苏达打招呼。

"已经过 12 点了，一潇还没回来。"苏达操起桌上的酒瓶，灌了两口，掩饰自己的紧张。

"哟呵，现在想人家，早干吗去了？还不是你自己变个魔术把人家打发走了。"大鹏拉出旁边的矮凳,准备坐下来和他聊聊。一坐下来,他就看到桌面上还摆着新烤出来的三明治,怪声怪气地揶揄苏达:"怕人家回来饿了,还特意给她准备了三明治?"

"顺便的……"

"你什么都是顺便的。特意来桌游吧找她是'顺便',给她做了早饭是'顺便'……人家怎么会懂得珍惜你,像宋一潇这种粗线条,说不定真以为你都是顺便。"

苏达垂下头:"她这个人吧,有时候做事情就是不过脑子。都26岁了,该有的天真烂漫劲也该过了吧?"

"你不能理解也很正常,我告诉你你俩的差别在哪——宋一潇呢,人家长得漂亮,又能说会道的,还是个土生土长、自带北京户口的大妞,人家一路上就这么天真烂漫过来的,你怎么能要求她一夜就改变?"

苏达伸手示意和大鹏碰杯,大鹏没响应,接着讲他的"大理论"。

"你没看过也该听过金庸写的《鹿鼎记》,知道韦小宝有七个老婆。韦小宝为什么能有这么多女人喜欢他,不是因为他帅气,不是因为他出身好,而是因为他尊重每一个老婆的性格。人家是刁蛮公主,结了婚依然做刁蛮公主。人家是江湖侠女,结了婚也依然能行侠仗义。每个人和他在一起,都能成为最真实的自己,你懂吗?你不能因为自己在泥潭子里滚过,就要求别人都过和你一样的生活……"

大鹏说完长篇大论后就回屋睡去了,苏达一抬头,时针正好指到了1点。

这么晚了,宋一潇又会去哪里呢?看着窗外的瓢泼大雨,他再也坐不住了,提起两把雨伞拔腿就走。

时钟已经走到了凌晨2点,一潇和雨晴做完了笔录。

"要是他们把我们当成聚众闹事怎么办?"笔录中警察的一些询问,让宋一潇担心起来。

外面下起了阵雨,显得德国的夜更凉了。

雨晴似乎没听见宋一潇的话,自顾自地打开手机:"太晚了,我们得打个电话回去说一下情况,免得他们担心……"

雨晴使劲按着手机，却发现手机已经没电："糟糕！我刚刚出门的时候太急，也没有带充电宝。赵程知道，我做事一定会事先交代时间，这会儿他该着急了。"

雨晴急着借充电器的画面，让宋一潇瞬间触景生情。她叹了一口气："你就好了，至少还有赵程惦记你，这会儿苏达肯定睡得挺香的，他把话说得那么绝，一点儿余地都没有了……"

"其实你们是不是都觉得我是想要吃着碗里的，想着锅里的？"她自顾自地感慨着，"或许最开始，我确实有一刻被旧情复燃冲昏了头脑。前男友要来的事，我之前就隐约猜到了。他每天都在微博上给我留言，询问我的定位。那时候的我大概真的有一些心软，甚至在潜意识里期待他出现，才会偶尔暴露自己的定位。我们的关系一直由他主导着，从一开始认识他时，他就是我的'老师'，我钦慕他，我依赖他，长久以来都保持着这种'老师与学生''被仰慕者和仰慕者'的关系。向来是他说分手，我低头求和。可这次他放下身段，说自己并不是想要什么结果，只想和我一起完成没实现的三个约定，我也不知道中了什么邪，鬼使神差地就答应了……"

"不是中了什么邪，"雨晴打断了宋一潇的话，"他突然颠覆了你们之间的主次关系，从被动的一方成为主动的一方，这在外人看来可能只是恢复了正常的关系，却让你感觉像是受到了奖赏。"

"是的。我和他完成三个约定后，却觉得这一切好像完全没有想象中的美好。那是一种舌头碰牙齿的感觉，平淡得好像是在和老朋友相处，曾经的悸动感全部都消失了。也许是因为这段时间和苏达的相处让我知道了，自己也可以是被爱的一方，也可以被宠爱、被尊重。"

雨晴疑惑："既然你已经决定放弃前男友，为什么不告诉苏达？"

"知道一个答案是错的，也不能证明另一个答案就是正确的。我嫁给苏达的那一刻确实是冲动了，"宋一潇感慨，"你说爱情怎么不像做考卷那么简单，清楚明白地告诉你，只有一个选项是对的，其余选项是错的。"

"其实是一样的，有的时候现实生活就像你的阅卷老师。有那么一刹那，你就忽然能感觉到，哪个选项旁边被打了勾，哪个选项被打了叉。"

"真的会有那么一刹那吗？"宋一潇极不自信地问。

"真的。"雨晴的回答特别笃定，她想到了这一路上诸多的"那一刹那"——赵程掉下山崖的"那一刹那"，赵程在灯下准备野餐的"那一刹那"，她都能感受到生活正在这个长达七年的选项旁边打钩。想到这里雨晴有些担心，她从来没有在异国他乡半夜未归，现在又完全失联。每次她闹脾气跑出去，赵程都会第一时间给她的朋友打电话，现在人生地不熟，不知道赵程要急成什么样子。可是想到他那份找寻的笨拙，她又觉得甜蜜。

"就算我找到那一刹那也没有用。就像苏达说的，黑桃 9 已经被拦腰剪断，再也不能恢复……"宋一潇叹气。

正充电的手机响起接二连三的通知声。

"开机了！"

雨晴打开未接来电列表，却觉得有些奇怪。25 个未接来电，后面至少 20 个都是来自于苏达，雨晴把来电通知的列表往下拉，拉到最后，才发现来自赵程的零星电话。

不过她转念一想，赵程一定和苏达一起赶来。既然宋一潇不让说，不如自己就加一点难度，不直接给赵程发定位，而是发一条带定位的微博。反正赵程时刻关注着这个微博。

雨晴拍下了警局的窗台，玻璃上落满剔透的雨滴。文案配点什么呢？雨晴想起悬崖上的那个雨夜，就和今天的雨夜一样，注定会成为旅途中甜蜜的记号。她逐字打出了图片的配文——"The same rainy day（一样的雨天）"。

豆大的雨点拍打在警局的窗户上，沿街的铺面都已经熄了灯，只有这里还灯火通明。有些酒后闹事的人被拘入了警局里，空气中弥漫着酒味混杂着些汗味。本来就不大的警局变得更加拥挤，两个娇弱的中国女孩在人群中显得更加无助。

雨晴刷新着微博。此时正是中国的清晨，微博发出后很快陆续有了评论。点赞数上升最快的一条这样写着："Aaron 什么时候出现啊？我还期待你们今天在柏林墙前拍情侣照呢！"雨晴顺手回了一句"会的"。

那个自称女巫的女人正被德国警察带去做笔录，经过时，朝着雨晴的方向意味深长地高声吟诵了一句英文诗句："会有人搬动你的灵魂，让它像羽毛一样变轻……"

说完她盯着雨晴，示意这一句话是说给她听的。

"在外面诈骗还不够吗，到警局里还要接着骗？"警察不耐烦地将她推走。

这时，有人猛地推开了警局的玻璃门，警察以为是醉酒的暴徒，高度戒备地望向大门方向。哪知从雨帘里冲进一个看过去一点杀伤力都没有的小矮子。

警察倒是松了一口气，但宋一潇心里的那股气提了起来——来的人正是苏达。他目光四处搜索，直奔宋一潇的方向："你果然在这里！怎么也不打个电话回来？"

"你知不知道我都急坏了。一个女孩子，出门手机也没带，钱也没带。我说你任性你还不信，就算吵架，也不应该一个人出去，多危险啊？你要是出点什么事，我苏达可就是千古罪人了……"

借着刚才的酒劲，苏达像个操心的老父亲，对宋一潇噼里啪啦地一顿数落，引得身边的外国人纷纷侧目。

"我一直在客厅里等你，到凌晨实在坐不住了才出来。这雨多大啊，一路上人生地不熟，你不怂我还怂呢。我这三脚猫英语找起路来也费劲，绕着民宿找了好几圈都没找到你，干脆叫了辆的士就绕着跑，幸好看到雨晴发了个微博，下面带了定位。文案上写什么'一样的雨天'，我根本没心思寻思什么是'一样的雨天'，一看到地址是警局，吓得心都跳蹦出来了，还以为你遇到什么意外……"

眼前的苏达全身湿透，裤脚不停地向下淌着水，湿透的头发贴着头皮，"丑度"更上升了一倍。

"你饿了吗？"苏达从背包里掏出用锡纸包好的三明治，急慌慌地扯开封口，递到宋一潇面前。宋一潇没接，直盯着苏达不断往下滴水的头发。

"看什么？这发型可不老帅了！你还记不记得我们小时候看的那个广告——看前面的帅哥，清爽帅气！看帅哥的发型，清新有型！"苏达顺手将头发从前往后撸了一把，模仿着古早广告里耍帅的动作。也就是他，这时候还有心情开玩笑。

可宋一潇没有笑，这让苏达多少有些尴尬。他重新把三明治递到一潇面前："这么晚买不到什么好吃的，我用酒店里剩下的食材顺便做的，可能不太好吃，你多少吃一点……"

一潇嘴角抽了抽，像是突然受到了天大的委屈，扯着嗓子哭起来。整个警局的人都回头看发生了什么。

"喂喂喂，你别……"苏达不知道发生了什么，眼神里透着慌乱，"他们要是欺负你，你就告诉我，咱东北老爷们揍人可是一把手……"

宋一潇感觉自己理解了雨晴说的"那一刹那"的含义。这种感觉，就像电闪雷鸣时，依偎进了一床厚棉被里。

"不是！"宋一潇边说边抽噎着，"我在路上遇到……他们就拦着我们……"

一潇语无伦次地诉说着被带来警局的全过程，刚刚她明明还理直气壮，一点儿不觉得委屈，可这会儿对着苏达说出来，她突然就觉得自己有满腹委屈要倾诉。

苏达顺势将宋一潇搂进怀里。以宋一潇的身高来说，平时就算苏达有这想法也没有这可能。幸亏此刻苏达站着，宋一潇坐着，他正好能顺势将宋一潇的脑袋揽到自己胸前，轻轻拍一拍。

"好了好了，没事了……"苏达轻声细语地哄着，"哎哟，你老公不是在这儿吗？"他没想到，就快要分开了，他还能提"老公"这个词。

旁边的外国人都可劲往这儿瞅，让苏达更尴尬，他默默地把宋一潇抱在腰上的手扯下了一只。哪想到宋一潇就像只黏人的小猫一样，又把手搭了上来。

讲真话，在决定离婚之前，这个画面在苏达想象里演练了无数次，可此刻只觉得手足无措。苏达四处张望掩盖尴尬，才注意到旁边还有雨晴。

"嗨！"他用嘴型和雨晴打了一个招呼，雨晴也很礼貌地扯开嘴角，给了苏达一个勉强的微笑。

"那啥……"苏达这才意识到要替赵程找补几句，"那啥……其实赵程刚开始比我还要着急来着，后来他看见我出来了，想着你们俩肯定在一起，就让我一块来接，你看我伞都带了两把……"

"我这就给他打电话，告诉他，我们找到了。"苏达从被宋一潇抱住的身体里勉强抽出一只手来，单手持握手机，拨通了赵程的电话号码。电话刚放在耳边，苏达就听到了熟悉的女声"您所拨打的电话正在通话中……"。苏达没想到是这个尴尬的境况，在雨晴炽热的目光下，只得装作电话已经接通了。

"我们马上就回来了，放心啊，放心……"提示音早已结束，苏达仍假装通话。

那边警方做完了所有人的笔录，两人签名后就可以离开。

"走吧！"雨晴一个人自然地走在最前面，大迈步地离开了警局，苏达哄着宋一潇跟在后面。

快到门口时，苏达让一潇等一等，上前给雨晴递上了伞："雨晴，给你一把伞，程哥叫我带来的。"

此刻的雨晴就像第一次和他见面时的样子，面无表情地接过伞。

伞啪的一声打开，雨晴靠近苏达，低声说了一句："你的手机还挺不一样的，就算在打电话，屏幕还停在锁屏的界面。"

苏达还在发愣，雨晴已经一个人撑着伞踩进了连绵不绝的雨幕里。

"你们没事吧？"一行人回来的时候，赵程已经在门口等待了。

"我想你肯定跟宋一潇在一起，我今晚实在是太多事情要忙，幸亏苏达去接你们了……"赵程对苏达表达完感谢，想顺势接过雨晴手上的包。不知道为什么，他明明待在家里，脸上却也写满了疲惫。

"我当然没事，我会有什么事。"雨晴脱了鞋，径直走进房间里。

"今天实在是太忙，家里出了一点事，不过幸好解决了……"赵程还想解释些什么，却被突如其来的手机铃声打断了，急匆匆地出门接电话。

苏达从浴室里拿了两条毛巾出来，将一条递给宋一潇。等另一条毛巾递到雨晴手上的时候，浴室里已经响起了哗哗的水声。

先拿到毛巾的人先去洗，这再正常不过了。雨晴拎起被水完全溅湿的裙角，竭力控制住自己的洁癖。但她觉得讽刺，在这种时候，给她递毛巾的居然是另外一个人。

等雨晴处理好一切从浴室出来时，赵程进了房间。他步子轻快，神情看上去比刚才轻松了许多。

"你的事情解决了吗？"雨晴边吹头发边问。

"不是太重要的事，现在都没问题了。你也平安回来了，"赵程一脸轻松，"对了，今天我在附近买到一瓶不错的红酒，要么我们打开庆祝一下？"

雨晴用鼻子"嗯"了一声表示应允。趁着赵程去拿红酒，雨晴瞄到了他放在桌上的手机，屏幕还在通话页面。她从来不耻女性做这种偷翻隐私的事，可关于今晚，她有太多想要埋怨的地方。

她最终还是伸出手，点开了手机里的已拨电话列表。最近的七八条，全部来自同一个通讯人——"小宝"。

雨晴突然明白了"家里出了一点事"的含义，抑制住内心所有的愤怒，将手机小心翼翼地放回原处。

"这瓶红酒我在国内找了很久，都没买到，真幸运在德国碰到！"门口响起了赵程的声音，还有嘭的一声开启红酒的声音。

"我不想喝了，我想睡觉。"雨晴躺上床，冲着门外喊。

赵程举着两个高脚杯进来："你是不是气我今天没有及时去接你？我看见苏达带伞过去了，想着你一个人走南闯北这么多年，这点小事还是搞得定的。"

"我知道了，我没有生气，是有点累了。"雨晴把被子拉高，蒙住了半边脸。

"那就不喝了，真是可惜了好酒……"赵程转身回厨房，重新把酒放回去。

雨晴蒙在被子里翻看微博，再看刚刚发的"The same rainy day"，只觉得好像一个自作多情的讽刺。她将手指移到了这条微博的"删除"键上，犹豫了一会儿，还是按了下去。

# 第十八章　第 246 个人

　　苏达睡到了午后才起床，窗外的民宿院子里阳光明媚，和昨晚倾盆大雨的景象完全不同。他准备起身找昨天的外套穿上，却透过窗户，看到昨天的外套正挂在晾衣绳上。苏达挠挠头，竟想不起昨天自己是什么时候将湿透的衣服洗完晒干。反正除了他自己，谁也不会好心来帮忙做这种事。

　　"你醒啦？"宋一潇正抱着一堆晒干的衣服，从院子走进房间。看着上半身只穿着背心的苏达，从刚收下来的衣服里挑了一件，扔到苏达怀里，背过身去。

　　"昨天的衣服我已经帮你洗了……"宋一潇背着身，苏达看不到她的表情，可是能听出来她语气中的一丝慌张，"昨晚我跑出去，是我不对，其实我没想让你担心……"

　　苏达接过衣服，晒好的衣服上有暖暖的阳光味，宋一潇这会儿又是洗衣服，又是收衣服的，难不成是转性了？

　　昨晚雨中的一切，像是把之前的烦恼事都冲散了，两个人还是和睦如初。可苏达知道，有些事从表面上看似乎重归平静，但破碎的东西是永远无法粘合了。

　　苏达穿好衣服准备出门，刚走几步就听到后面有人跟着，他猛地一转身，宋一潇就因为惯性没能刹住车，差一点贴到他身上。

　　"我……"宋一潇总觉得自己想要解释什么，却说不出口，"那个……我就想问问你要去哪里。"

　　和苏达在一起这么久，这是宋一潇第一次脱口而出问这个问题。她已经来不及字斟句酌怎样把这份心意表达得更委婉一些。

但宋一潇没想到，苏达一口回绝了："我自己出去逛一逛，你就不用跟着了。"

"我今天早上也不忙，其实可以和你一起去逛……"

宋一潇正准备再多解释几句，却被超儿从院子里喊进来的插话打断了，"喂，宋一潇，晚上我约了几个柏林的朋友吃饭，其中有一个是柏林这边的华裔投资人，你不是想拍电影吗，要不要过来认识认识？"

宋一潇还在犹豫，苏达揣上手机，头也不回地甩门而去。

看看手里抱着的衣服，宋一潇无奈地叹了一声气。

民宿的房间没有双床的配置，只准备了一张大床。苏达就只能像之前约定的那样，继续做可怜的沙发客。

宋一潇叠完手头的衣服，整整齐齐地码在苏达睡的沙发边，刚走进院子，就看见超儿像往常一样教林青弹吉他。

看到林青已经能够用新学的和弦进行编曲，超儿觉得既欣慰又有些难过，见缝插针地向一潇抱怨："你看，我这真是教会徒弟，饿死师父，林青学得这么快，我快没有什么能教她的了。"

林清沉浸在音乐里，抬头朝着"师父"微微笑了一下。自从离开教堂后，她完全卸了眼妆，看起来就像个清清秀秀的普通女孩。仅仅这短短几个月的相处，她就已经让超儿知道了什么是天赋，这双骨相优美的手虽然柔弱，按到了琴弦上却格外有力量。

"你说人和人之间真是充满了不公平，有时候我看着她就在想，要是我有这种天赋，或许现在就不用这样挣扎……"超儿忍不住感慨。

超儿刚睡醒，还没有戴上红色的假发。这一路风餐露宿，那一点点小秃顶好像显得更宽了，几根倒竖的毛发在午后的风中倔强地摇摆。

"喂，你还担心天赋啊，担心你的头发更好点咯！"一潇开了个玩笑。

一旁的林青也"学坏"了，居然附和着一潇的话："师父，我也想问你，为什么你一直戴着那顶红色的假发？"

"这样显得年轻一点，音乐寿命也会长一点。做音乐的人最怕被人说老了，因为老就代表着创造力不在，老就代表着城府和老派，就意味着要被淘汰。"

林青嘟起了嘴，露出了些小女孩姿态："我不觉得这有什么不好，我弹过勃拉姆斯的 c 小调第一交响曲，这是他四十二岁的时候才写出来的。这个世界上有八岁的莫扎特，一样有勃拉姆斯。"

"可是大家都认识莫扎特，却少有人认识勃拉姆斯。"超儿苦笑。

"勃拉姆斯一生只创作了四首交响曲，但每一首都有勃拉姆斯的标签，那些曲调是只属于他的。"林青反驳。

这一路上林青跟着超儿卖唱过很多地方，也见过超儿很多黯然神伤的时刻。甚至比超儿的老朋友大鹏，还更了解超儿的个性了——他明明喜欢那些 80 年代的民谣，却总是拿脍炙人口的口水歌来卖唱，因为他潜意识里觉得，老民谣的阳春白雪是没有办法被大众赏识的。

林青打开赵程的账号，这一路上超儿不断写出新歌上传到账号上，点击量却寥寥无几，明明依托同一个账号，但点击量还不如赵程和雨晴一次直播的评论数多。

"你一路上写了那么多歌，却只有第一首红了。它红起来有一部分是因为歌曲背后的那些故事，而不是因为歌曲本身的吸引力。你想听一听我的想法吗？"超儿没有回答，低头快速地按着琴弦，试图像只鸵鸟一样躲到音乐里去，可林青却不依不饶："虽然我才学了一段时间的吉他，但在我听来，编曲时的很多节奏都是流行歌里用烂了的。你放弃了你最喜欢的民谣，一直按照口水歌的模式来编曲，可你明明可以创造出更独特的音乐。如果你一直在坚持一件你不喜欢的事情，就算有一天所有人都在为你做出来的东西拍手鼓掌，你也不会觉得开心呀！那时候你只会自责，因为是你自己把流行音乐推到了这一步。"

"没错，这也就是我一直想拍一部女权电影的缘故。"宋一潇拍拍林青的肩，表示完全赞同。

宋一潇随即讲起自己曾经试镜过的一个角色。那部戏是老剧翻拍的。原版电视剧在电视上播出的时候，宋一潇还是个初中生，每天晚上八点半准时打开电视，一定要看到最后一秒片尾曲播完才罢休。剧里的女主角面对各式各样的意外，硬是一步一步把自己从人生的泥沼里拔出来。

初中生宋一潇也有很多苦恼：她的成绩一向不怎么好，尤其面对数学时，脑子简直就是一团糨糊；脸蛋也不是令人惊艳的漂亮，被隔壁班喜欢的男孩拒绝了告白……可是一想起那个元气满满的女主角，她觉得自己必须要像她一样独立勇敢，才配得上最好的结局。

知道自己有可能扮演这个喜爱已久的角色，宋一潇充满了被命运垂青的兴奋感。结果到了试镜现场，副导演转着笔，皱着眉头，拿着笔在剧本上涂画着，说原来的剧本不够有潜力，不够满足现代女性"玛丽苏"的情感需求。应该把高潮改成，女主角遇到各式各样的困难，而男主角就像观音兵般从天而降，给她提供全方位的帮助和保护。

"女观众就是喜欢看男人无条件地爱她嘛，所以你表现得越柔弱越好。"那个副导演振振有词地分析着。

"我当即就走了，道不同不相为谋。就算这部戏能卖出个好价钱又怎么样呢？有一天我走在路上有人对我说，宋一潇你好，我是因为看了你的电视剧，所以放弃为我的梦想努力，就等着天上降下来这么一个男人。那时候我又要用什么样的表情面对她呢？所以我一直觉得观众的欣赏品位变好是从作品变好开始的……"虽然是旧事，可宋一潇一提起来，依然觉得有些生气。

大家的话题不知不觉越跑越远，可超儿心里好像有什么东西突然被触到了。他想起自己每天早上戴上大红假发那一刻，看着镜子，总觉得镜子里的人是一个演员——他在表演一个乐坛浪子，表演自己无法喜欢的生活模式。

或许，自己可以摘掉那顶红色假发，做回真实的自己。可是真实的自己，别人真的会喜欢吗？

苏达散步回来的时候已经到了晚餐时间。他在速食店打包了一个汉堡，刚回民宿把包装纸撕开，就闻到了一股熟悉的酸甜口味。

"我刚刚做的,你尝一尝?"一碗糖醋排骨被宋一潇端到了苏达眼前。

"你做的?"苏达简直难以相信,平日里十指不沾阳春水的宋一潇,这一刻就像变了个人。

"我……"宋一潇觉得有些难以启齿,嗫嚅数次还是接着说了,"你给我做了那么多次糖醋排骨,我也想试一试。可是我逛遍了附近的超市,也没有看见排骨,所以就买了牛排,按照你做糖醋排骨的方法做的,不知道好不好吃。"

早就领略了宋一潇"厨房杀手"的属性,再加上一堆"中不中,洋不洋"的料理,苏达吐槽:"就这玩意儿,我吃完还能活命吗?"

"能,肯定能!"宋一潇不管三七二十一,叉了一块,就将叉子往苏达手上递。到这份上,苏达只能恭敬不如从命。他认真让肉块滑过口腔里的每一个角落,细细咂摸其中的滋味,尔后喉头一动,神情复杂地咽了下去。

"死是死不了,不过你下次晒衣服的时候可以把我挂出去晾了……"苏达发表评论。

"嗯?"

"把我晾干以后,可能会得到一条新鲜的咸鱼。"

宋一潇不明白苏达的意思,也拿起叉子尝了一口。叉子一入口,一股鲜咸的味道将她齁得四处找垃圾桶,最后还是苏达递过去一张纸巾。

"不过精神可嘉,总的来说是实现了从 0 到 0.01 的飞跃,值得鼓励。"苏达倒了一小碗凉水,准备把"糖醋牛排"倒进去。

宋一潇赶紧出手阻拦:"这么难吃,还是扔掉吧……"

"只是味道重了点,清水烫烫再调个味还能吃,牛排还不错,不要浪费了。"

刚说完,苏达看着宋一潇一脸错愕的表情,以为她在嫌自己抠门。要是换以前,苏达可能就打肿脸充胖子,当着一潇的面把牛排全都倒了。可现在,两人的关系早已不复从前,他反倒轻松了起来,该抠就抠着吧!

"我是准备给自己吃。你先坐着,我等会儿给你做新的。牛排我也会做,你要几成熟的……"苏达径直走到冰箱前,看看还有什么食材。

"我不吃了，超儿在附近的地下酒吧约了些音乐圈、电影圈的朋友，想让我去见一见。"

"地下酒吧？"苏达差点没把手上的食材都抖出来，"让你一个年轻女孩去那种地方啊？"

"你在想什么啊？那就是很正规的喝喝小酒聊聊天的地方，赵程、李教授他们都在呢！"宋一潇嘲笑苏达没见识。

"人家说什么你就信什么，拍裸照的也都说自己是为艺术献身。"苏达撇撇嘴，"想想你昨天晚上干的事吧！别好了伤疤忘了疼。我刚刚路过门口的那条黑咕隆咚的巷子，旁边站着几个邋里邋遢的男的，到时候万一遇到什么事，你叫破喉咙都不一定有人来救你。"

"哪有你说的那么可怕，"宋一潇抬手看了看表，"为了给你做这顿糖醋排骨，我都快要迟到了，先走了。"

苏达朝着宋一潇的方向做了一个"bye"的手势，手还没放下，大门就砰地关上了。苏达觉得，自己的心也随着这关门声，平地炸起一声雷。

"苏达，你可是马上就要办离婚典礼的人，这可是紧要关头，咬紧牙关，别怂啊！"他对自己说。

宋一潇一出门就看到了苏达刚刚说的那条小巷。正如苏达所说，巷子周围确实站着很多衣着邋遢的流民。她对外国人有些脸盲，觉得每一个人看上去都像昨天在她手上系红绳的人。

一些浓妆艳抹的女人直接在街上招揽客人，那些流民向她们吹着口哨。今天为了给素未谋面的华裔电影人留个好印象，宋一潇穿了件挺轻薄的上衣。那些人顺便把宋一潇也划归在"那一类女人"中，肆无忌惮地吹着口哨，甚至有人还想要靠近来"询价"。

回忆起昨天被警察盘问的困境，一潇加快了脚步，终于摆脱了那群人，走到空旷的巷子中段。

但突如其来的空旷，让宋一潇得以听到身后传来的嗒嗒脚步声。对方踩得很轻，像是有意为之，宋一潇情不自禁加快速度，背后的脚步声也随之加快；宋一潇放慢速度，身后的脚步声也放缓了。

一潇不敢回身，只能从墙上的侧影看到一个黑影，她环顾四周，再往前还要走一段路才能到达巷子口。看着前面的三岔路口，她有了主意。

黑影行至三岔路口，突然发现跟踪对象不见了，正四处张望，突然，一只高跟鞋从墙的另一侧大力地砸在他脑门上。下手之重，让他瞬间眼冒金星。

"啊……"一声熟悉的惨叫响起，躲在墙后的宋一潇在奋力一击后缓缓睁开眼睛。她将黑影估计得比较高，手上有了一点落空感。

她怎么也没想到，眼前的人正是苏达。她手里提着的高跟鞋悬在半空："你不是说要在家里睡觉吗？怎么在这里？"

苏达极不自然地搓着手，脑子里盘算着，怎么找到一个恰当的借口。这个借口很快让他找到了："是超儿叫我过去的，怎么说我也算是半个艺术圈里的人，我也想知道柏林的婚礼是什么样子的，毕竟之后我还要策划大鹏的巴黎婚礼，多看看总有些帮助……"

宋一潇轻微地点了一下头，表示理解。

两个人就这样沉默着，一人占据巷子的一角。走了许久。眼看深巷就快要到头了，有些隐约的微光透过来。

有些话再不说，外面的灯火辉煌很快就要打破小巷此刻的宁静了。

"叫破喉咙也不一定有人来救我？"宋一潇歪着脑袋故意做思考状，"我今天总算知道这个扭扭捏捏的'破喉咙'是谁了。"

苏达并不回应，男人的自尊心让他完全不肯放下面子，说哪怕一句挽留的话。

宋一潇试图去够苏达的手，却被苏达躲开了。她有点沮丧，看来苏达的心意已决。要是当初自己能够抽到硬币，现在的结局会不会不一样？

到达地下酒廊的时候，苏达远远看到其他人已经坐定了。因为不知道他要来，剩下的几个空位隔了很远。

苏达识趣地和宋一潇保持了一段距离，并不准备和她同坐。没料到原本坐在赵程身边的雨晴突然站起来，腾出两个联排的位置给苏达和宋一潇，自己则换到了另一边的位置。此时的赵程正沉浸在聊天中，对雨晴换个位子的事随口应允着。这一幕虽不经意，却被旁边的李教授看在眼里。

自来熟的一潇凳子还没坐稳，就等不及要插话了："你们在讨论什么？"

"在讨论我和雨晴早上的柏林墙直播，"赵程答，"这次的点击量似乎差了一点。"

大半天没看微博，一潇和苏达竟然没有发现账号里多了柏林墙的直播。于是，一行人干脆将直播回顾放在桌子中央一同欣赏。

酒吧的背景音乐让视频的声音听起来不太清晰，直播中，两个人来到了柏林墙下，找到了那面经典的"亲吻之墙"。赵程提出要满足网友的提议，在这个地方仿拍一张亲吻的照片。雨晴脸上挂着格式化的微笑，轻轻地推开他："不要了，这么多人排队等着要拍呢！"

坐在宋一潇身旁的一个人突然插话："这里正是适合设置高潮的地方，男女主角应该表现得再亲密一些，观众才会喜欢。如果设备允许，还应该用航拍镜头扫过排队的人群……"

过了一会儿，直播里的雨晴经不住赵程的软磨硬泡，摆出姿势，准备拍一张柏林墙前热吻的照片。

宋一潇身旁的那个人又插话了："其实女主角在这个地方不够投入，头扭到另一侧的动作显得这个情况非常的敷衍……"

旁边另一个女孩似乎意识到这番言论有些不妥，温柔地替他圆场："李老师习惯用拉片的方式来看这些画面，所以语气挑剔了些。"

什么李老师，这样没礼貌地对别人指手画脚？宋一潇忍不住瞪了说话的男人一眼。眼见有些不愉快要发生，超儿赶紧介绍："一潇，这就是我说的华裔导演 Lee。"他停了停，继续介绍导演身边那个说话温和的女子："这位是他的御用编剧，才女 Suzy，也是这里孔子学院的老师。"

"我可不是什么才女，要说到才华，你刚才弹的曲子才真正能称为才华。"那女孩轻柔地回应着，不骄不躁。

明明导演才是主角，超儿却在介绍旁边的 Suzy 时，用了大量详细的修辞。宋一潇的八卦心又起，总觉得超儿今天的眼神莫名柔情似水。

"你也看出来点意思了吧？"李教授不知道什么时候凑到宋一潇身边，看着超儿的方向露出一脸姨母笑，"用我们上海话说'嗲了伐得了'！"

"但有一点你们做对了，其实别看柏林墙是政治的产物，它也很适合拍摄爱情的主题。我就曾经想过要拍摄一部关于柏林墙的爱情电影，还亲自去采访过主角的原型。"

Lee 一谈起他的电影项目，简直是滔滔不绝。

柏林墙倒塌 25 周年的时候，德国组织了一系列的纪念活动，当时 Lee 参加了一场叫做"灯光边界"的创意秀。主办方用发光的气球灯按照当初柏林墙的样子拼出了一条长达 15 公里的长墙，这条灯光墙纵横蜿蜒，航拍起来就像柏林中心的一条触目惊心的历史伤疤。而当天晚上，这些气球灯就会被放飞，将柏林重新还原成一个没有墙的城市。

在那场活动上，Lee 碰到了两家人，他们是一起来这里看气球灯放飞的。

这两家人的组成很奇怪，两对老夫妻带着四个孩子，一问才知道，其中一家的老太太和另一家的老头子曾经是一对恋人。

柏林墙建起时，女方在东德的家中，而男方在西德工作。柏林墙一夜之间将一对爱侣分离，可一堵墙怎么能挡得住年轻恋人炽热的爱火呢？被思念煎熬着的年轻恋人连夜做出了一个勇敢的决定，趁着晨光熹微时，女孩从东西德交界的一栋楼上跳下来，而男人找来几个伙伴，张开被单在窗下等着她。

跳下那扇窗户，就是西德的领土，分隔多年的恋人就能够重新拥抱。可是只要稍有不慎，她就可能跌出被单，摔死在当下。

当时很多人选择这种方式翻越柏林墙，可是死伤者远多于成功逃亡的人，甚至曾经有一对夫妻携着孩子一起跳楼，最终只有孩子被接住，而夫妻二人却因为摔伤内脏和脊椎永远离开了人世。

"1961 至 1989 年的 28 年间，大约有 5000 人尝试翻越柏林墙。截至 2009 年的统计，死亡人数在 136 至 245 人之间，还有很多人以不为人知的方式暗度陈仓，确切数目不得而知。他们用自己的生命，造就了人类历史上的一个传说。"Lee 摇晃着手中的酒杯，轻轻抿了一口，感慨道，"历史书上说，柏林墙被视为德国分裂的象征和冷战的重要标志性建筑。可高墙内外，数以万计小人物的故事，或许才是柏林墙最真切可感的意义。"

"这样坚贞不渝的爱情，怎么到最后也会破裂呢？"大鹏正在将这个故事复述给微信那头的艾索，可他理解不了这个结局。

Lee 是个典型的"abc"，很轻松地谈论着这个话题："这不就是爱情本身吗，爱情如果沦为'非要某一个人'的责任感那就太无趣了……"

Suzy 倒是尽职尽责地做好一个助手的本分，帮着 Lee 补充："后来他们如愿在西德结婚，有了自己的孩子。几年过后，两个人发现共同语言越来越少，到最后无话可说，索性就分居了。可是他们依然是至亲的人。放飞气球的那一天，我看见他们在和自己的孩子聊当年的故事，回想过去那一刹那的惊天动地，他们都依然觉得这段爱情是美好的，并没有因为结局而后悔。"

"不过呢，我们没有准备拍这个结局，"Suzy 有些遗憾地说，"我们想让男女主角最后幸福地在柏林白头到老。然后在电影尾声打出一行黑底白字的一幕，问观众，就算爱情会变，你是否愿意做那第 246 个人？"

回想起这一段故事，Lee 取笑 Suzy："我当时问她，要是她是观众，会怎么回答这个问题。没想到她很认真地告诉我，她愿意为自己珍视的东西去冒险，哪怕付出自己的生命。"

"我也会做出一样的选择，"超儿显得前所未有的积极，高度赞同 Suzy 的意见，"我愿意做这第 246 个人。"

"一个向来自诩不相信爱情的人，今天居然发表了关于爱情的言论。"李教授哑哑嘴，心照不宣地和宋一潇互递了个眼色。

"其实我说的不只是狭隘的爱，"Suzy 说起话来软绵绵的，却有一种柔软的坚定，"人是为了爱而活的，这爱是广义的多样的，有许多不同的化身。热爱也是其中一种，就像我在这里的孔子学院教中文一样。"

Suzy 解释着她来到德国的孔子学院做老师的初衷："到了德国之后我才发现，原来这里的人对中国有那么多的误解，我想，语言是解决矛盾最好的办法，这是我想做的事。"

宋一潇看着超儿的反应，这个中年男人今天酒喝得有点多，此刻正是上头的时候。超儿附和着："真好啊，为热爱而献身的人。很多年前我也是这样的人……"

"你现在依然是啊！我进门时，你弹奏的那首歌很好听，我在门外听了很久。我能听出来，那是热爱的声音……"Suzy 回应道。

今天早上听了林青的话之后，超儿改变了平日里的流行歌风格，换用熟悉的民谣风重新填写了旧曲子来弹奏，没想到，知音不在天边，却近在眼前。

酒吧正值乐手换岗的时候，超儿拿起吉他走到了空无一人的台上，弹起了刚刚 Suzy 进门时提到的民谣。其实这个旋律在他心中萦绕了很久，但他总觉得一定只有流行音乐才会被喜欢，所以他把这个旋律藏在心头。

"宫殿再华贵，不及面前黄沙。黄沙里埋下的记忆，人来人往的声浪，都是旅行中的风景……"

这首歌词是当时为了老革命的故事写的，衬托此刻的柏林爱情故事，倒是很应景。

"失陪一下。"Suzy 跟着超儿离开了座位，静静地坐在第一排。一曲结束，她端着高脚杯迎上去。超儿一品就品出来，竟然是他最爱的 Opus One。

一入口，超儿感受到了醇厚而有质感的味道，集中突出的果香，混杂着黑醋栗和李子香。他随口一猜："1999 年？"

"对啊，很普通的年份，很平常的一款酒。"

"是很普通可也是一个很经典的年份。那一年风调雨顺，最普通的酒也做到了极致。它很普通，可是很幸运能遇到欣赏它的人。"酒劲上了头，超儿突然不知道自己说出的这句话，到底是用来形容酒还是用来形容人。

两人轻轻碰杯，越聊越是投契。Suzy 提到自己次日会带孔子学院的小朋友参加一场中文比赛。

"你可以来看看，或许会有新的音乐灵感……"Suzy 邀请超儿同往，"我常常在思考，语言到底是什么？在成年人看来，这是谋生工具或是能力的附加值，但在小朋友看来，不过就是世界上的声音多了一种音调和节奏而已。"

而桌台那边还在讨论"第246个人"的故事,大鹏和宋一潇都站在了感性的这一边,认为"为爱冒险"是一件值得的事。

"可我觉得这个选择不值得,"雨晴提出了反对意见,"就像这个故事的结局一样,就算电影改变了结局,我们也不能回避现实,那就是谁也不能保证爱情到最后不变质。从利益最大化的角度来看,我们投入得越少,才越能保证自己能在爱情里全身而退。"

赵程表示赞同,他认为自己和雨晴之所以能走到现在,就是因为大家在爱情方面有着相同的共识:大家都现实一点,各自扮演好属于自己的角色,爱情就长久一点。

"哦,是吗?"许久没有出声的李教授,突然参与了年轻人的讨论,她旗帜鲜明地反驳了雨晴的观点,"我可不这么觉得,我觉得爱情可以影响一个人,一辈子都忘不了,就算他有了新的爱人,也忘不了曾经的那一位……"

大家都有些惊讶,李教授和前夫离婚时可是有着壮士断腕的勇气,这会儿怎么突然说出这样的话。

"爱情本来就只是生命的一部分,它还没有重要到要赔上这一生。人有不同的生存阶段,先解决温饱,再解决情感,更没必要用过去的情感困住自己。"雨晴解释道。

"可是他们未来要面对婚姻和孩子,他们会有自己的孩子,如果他们不相爱,他们的孩子一定也会受到影响!"李教授的观点越来越偏激,越来越失去逻辑。

两人的争论逐渐白热化。周围的人都有些看不懂,李教授怎么会有这么传统的想法,这和平日里的她完全不同,像是变了一个人。

"可是如果我忘不了他,就不能开始新生活。我看任何男人都有他的影子,活着都觉得难受……"

"为什么要拿别人的错误惩罚自己呢?"雨晴提高声音反驳着。

听到这句话,李教授突然笑了,像是得到了她想要的答案。

她不急着反驳,不紧不慢地叫了两杯长岛冰茶,一杯放在自己嘴边抿了一口,另一杯放在雨晴面前。她双眼直视着雨晴,缓缓地问道:"可你不就像我刚刚说的一样吗?让现在的人承受以前的痛苦?"

雨晴不明白李教授在说什么,却听李教授面无表情地质问:"那天在教堂里的对话我都听到了。我猜你从来没有再向任何人讲过,你被交往七年的初恋抛弃的事,还有你父亲出轨的故事吧?"

雨晴终于明白,李教授为什么要将那杯长岛冰茶放在她面前。她没有接话,只是饮下了一大口酒。

李教授的话一出,全座皆惊。

宋一潇尤其觉得不可思议:"可是你明明才刚跟我说过,你和你的初恋一起去过巴黎,还一起在爱情桥上挂了锁,你们是因为异地而分开的,他和你一样痛苦……"

这一路上,雨晴虽然话不多,可是能说出来的话都不会是谎话。唯独这一次,她将谎话说得无懈可击。

"你为什么要骗我……"一潇还未说完,就看见赵程脸上露出了相同的疑惑表情,她猜到赵程也听了同一个版本的故事,于是停顿了一会儿,在"我"后加了一个"们"字。

这一句"你为什么要骗我们",让雨晴不知道该怎样回答。倒是李教授先声夺人:"这一路上我都在观察你,因为你和我年轻的时候太像了。我试图和你交谈获得一些信息,但你像是背着个包袱,即便自己撑不住,也不愿意把包袱卸下来。"

雨晴只是安静地听着,不时将桌上的酒往嘴边送。

"你说爱情本来就只是生命的一部分,它还没有重要到要赔上这一生。可是你自己做不到,做不到是因为你一直想要忘记这些事情。你知道我们心理医生最害怕什么吗?我们最害怕逃避回忆和伪装回忆的人,因为谁也救不了一个不想自救的人。

"你一直说你抗拒婚姻是因为赵程和前妻的关系。可你不肯正视的,偏偏是你自己的问题。父母离婚的时候你还小,所以你给自己建立了一个防御体系,骗自己他们还是相爱的。可那天你和神父的对话告诉我,你其实清楚地知道，是母亲的强势和父亲的软弱共同导致了这段婚姻以悲剧收场。等你长大了，遇到了初恋，你也用相同的方式骗自己，欺骗自己对方其实是爱你的，你才是主动和强势的那一方。要是你真的能欺骗自己，那倒也能相安无事。但以你的聪明程度，你根本无法欺骗自己的潜意识，这才是你痛苦的根源……"

雨晴轻轻地叹了一口气。其实从很多年前开始，她就意识到这个问题，她每撒一次谎，内心的负罪感就更强一点。

"你曾经告诉我，你父亲死了，也是假话吗？"赵程突然觉得恐慌，这个他自以为很了解的女人突然在他面前呈现出了诸多秘密，并且是在七年里他一概不知的。

面前的酒已经喝完，雨晴虚弱地点了点头，像是犯了错误被责罚的孩子："他现在在另一个城市，生活得很好，有新妻子，有新女儿。每次出差时，我都特意去他住的公寓楼下。我看见他们的公寓里点着暖黄色的灯，窗帘上映出女人的剪影，阳台上有年轻女孩的衣服，我就恨不得他真的死了。可是有一次我像之前一样到公寓楼下，正好在社区的健身器材那儿撞见他。他裸着上半身，胖出一圈肥膘，看上去和任何一个温和善良的老人家一样。他没认出我，甚至还乐呵呵地问我是不是迷了路。那时候我就想，或许他的新妻子新女儿才是对的，而我和我的母亲才是错的。我不知道这段婚姻里，是我父亲错了，还是母亲错了，还是他们全都错了……"

"一旦发现什么问题，正常人会告诉自己这是正常的，并试着去解决这个问题。而原生家庭有问题的人有着完全不一样的潜意识，她没有经历过正常的家庭，唯一信任爱情的机会就是被新的爱情治愈，可偏偏新的爱情比原生家庭更加伤人。这样的人，在每一次吵架、被隐瞒、被欺骗后，不会选择第一时间沟通，而是任由潜意识告诉自己'这些爱情都不是真的'……"

李教授还没有说完，雨晴就噌地一下从座位上站起来，她满脸通红，不知道是出于尴尬还是酒精作祟。

"我想回去静一静……"她拎包要走，没走几步就向旁边歪倒，可强大的意志力，让她努力扶着柜台站稳。

坐在内侧的赵程准备跟上,却被坐在外侧的李教授拦了下来:"你让她冷静一下,她这么聪明,给她一个晚上,我相信她会想明白的。"

赵程目送着雨晴跌跌撞撞地出门拦了车。她的每一次踉跄,都让赵程的心里咯噔一下。

"虽然都是事实,但你也不用在大庭广众之下公布出来吧!"赵程对李教授的这一举动,还是有些不满。他比别人都了解,雨晴多努力地在大家面前保持这样一个无所不能的体面形象,如今被李教授当众撕破了伪装,实在难堪。

"中医说治病要连根拔除。有些事情,她始终要自己去面对,而这是最快捷也是最好的办法。如果不解开这个结,她只会反反复复地沉浸在自己过去的经历里。你应该也不愿意看到她一辈子都恐惧婚姻吧?"

赵程还有所迟疑,李教授突然重重地拍了一下他的肩。

"其实刚才我还有一句话没有说,你是她解决问题的过程中最关键的一环。"

赵程觉得自己不太明白。

"你知道去腐生肌的道理吗?你要比别人创造出更多的安全感,接受那些旧的腐质,才有机会刨去它,让那个部位生长出新鲜的、健康的肉。"

李教授刚说完这句话,超儿的歌声重新响起:"人生这条相交线,交汇点后就是离别。但哪怕只一次,让我为你尽情唱……"

这首歌原本唱的是秀芳和老杨的边疆爱情,可此刻也无比符合赵程的心境。这么多年,和雨晴之间,他早已经习惯了这样不温不火的感情,"让我为你尽情唱",真的有可能吗?

# 第十九章 "离婚典礼"

科学证明，大量饮酒是会干扰睡眠的。

喝酒可以加快饮酒者的入睡速率，但是随着酒精在几个小时内被代谢完毕，人就会不由自主地醒来，并且在短时间内无法再入睡，即使勉强睡着也会很快醒来。

凌晨时分，雨晴口干舌燥地悠悠转醒。她第一次喝这么烈的酒，脑袋像被人打了似的昏昏沉沉。她习惯性地伸手往床头柜上摸，靠她那一侧的床沿搭着毛巾，桌上放着醒酒茶，她记得自己刚刚回来的时候吐过，满地的秽物，此刻的地板却是干干净净。

雨晴顺道喝掉醒酒茶，上个洗手间，再回到床上，却怎么也睡不着了。她用手机照了一下周围的情景，赵程在她旁边酣睡，发出低微的鼾声。

她蹑手蹑脚地下床，披着外套，独自坐在大厅里，借着微弱的灯光打开微博。在短短的几十天内，这个新开的账号微博已经突破了700条。

她看着微博下的评论，只觉得那些幸福都是假象。越是幸福，越像是假象。

这种感觉是从什么时候开始的呢？大概就是从警局的雨夜赵程没有来的那一刻开始的。

李教授说的是对的。每一次吵架、被隐瞒、被欺骗后，她都不会选择第一时间沟通，因为潜意识告诉自己"这些爱情都不是真的"——像自己这样的人，怎么配得到爱情？

雨晴自认找不到办法逃避或解决这种感受，而她所需的那种坚定的、纯粹的、孩子式的爱情，以赵程的年龄和身份，又似乎永远给不了。他们之间无论如何都隔着一个前妻和一个孩子，没办法把自己完全给予对方。

雨晴关掉了灯，在一片漆黑里借着手机的微光，直视着天花板。她从来没有像今天这样清楚地审视自己和赵程之间的关系：她不是对赵程缺乏自信，而是对自己缺乏自信。

本来走上这条路，雨晴就是想判断这个男人是否适合自己，而如今走到这一步，似乎没有再走下去的必要了。

一片静谧里，雨晴突然听到手机发出的震动——微博又有了新的评论。

这么晚谁还会发评论？她疑惑着点开微博，评论者的头像是一个年轻女孩，定位在地球的另一端。

"我是一个时差党。在看你们的视频之前，也刚刚经历了一段失败的爱情，我感觉自己不会再爱了。谢谢你们的存在，让我不再继续自我怀疑，让我知道哪怕有前妻的存在，怀抱重新开始的态度，也能拥有这么甜蜜的爱情。"

雨晴以前只觉得可笑，她自己都不清楚这段爱情到底是不是真实的存在过，居然有人将它当作爱情的范本。

她再往下拉了几条，有人注意到那天雨夜里被删的微博，在评论里询问："你昨天删掉了微博，不会是发生了什么事吧？"

下面就有一些老粉力挺着："不会的，要是真的出了什么事，前面的微博怎么都不删呢？"

闲人话多啊！雨晴自嘲。看着那700多条微博，她越看越心虚，她不想要再看到有人夸赞这份爱情，夸赞的人越多，她只会越觉得愧疚。

她一条一条翻看着微博，将自己都不相信的甜蜜片段一条一条地删掉，就这样越删越多。微博没有一键清空的功能，待到天空略微泛白的时候，700多条微博终于被悉数删除了。

微博没有回收站，删掉的东西就永久消失在这个世界上。当删到最后一条的时候，雨晴的手久久停在删除键上，但她很快就打破了自己的犹豫：大楼都已经坍塌了，留下一块砖又有什么用呢？

手指落下，这几十天的回忆全都被一股脑儿地打包扔掉。

雨晴在空空如也的微博上留下最后一条微博，只有短短的一行字："有时候看似两个人的旅行，其实只有一个人，不如就彻底分开旅行。"她在 App 上租好车，趁着马上就要消散的夜色，拖着行李箱离开。

在关门之前，她还是忍不住最后看了一眼熟睡的赵程，他结实的胸脯在微弱的光线下起伏着，空气中回荡着熟悉的、充满节奏的呼吸声。

"再见了……"雨晴小心地把门扣上，极力忍住哽咽。

第二天一早，一向晚睡晚起的超儿竟然早早醒来。出门的时候他没有如预想中那样，遇到总是早起跑步的雨晴。但这在超儿看来无关紧要，他昨晚破天荒地认真打理了假发，为的就是今天去参加 Suzy 邀约的中文比赛。

从前的他是怎么也不会做这样的事情的。他不太喜欢小孩，在他看来，那些叽叽喳喳的"人类幼崽"甚至都比不上小动物来得可爱。

而且那些"人类幼崽"总是让他想起那些抛弃他的前任，想起那一句："我倒是愿意有情饮水饱，万一我们有了孩子怎么办呢？我们现在交租押 1 付 3 都还要讲价，就连学区房的一个厕所都买不起……"

每次看到小孩，超儿都想着同一个话题：如果没有孩子，爱情会不会简单纯粹一点？可他也只敢想一想，就此打住。

可这一次有点不一样，漫漫旅途好像将那一份焦虑磨掉了大半，他愿意偶尔停下来，去做一些在从前看来毫无意义的事。

到操场上的时候，Suzy 已经带着参赛的孩子们热身了，远远看见超儿来，便拍手将孩子们召集到面前，郑重介绍："这位哥哥唱歌很好听哦，你们想让他唱点什么？"

超儿有些尴尬，要是他能够循规蹈矩地早早结婚，孩子应该都有面前的这拨小屁孩这么大了。

"还是叫叔叔吧。毕竟上了年纪，得有些自知之明。"

"那索性让他们叫你的名字吧，"Suzy 转向面前那群不同肤色的孩子，"你们可以叫他'chao'，Suzy 老师刚刚教过你们，'超人'的超。"

"哇,他和超人的名字一样啊!"有位小朋友惊叫起来,其他的小朋友也像发现了新大陆一样围了过来。

小朋友跟着 Suzy 喊着"超",热情比演出时的听众还多。虽然这个"超"字听起来像是在骂人,可奶声奶气的语调,让超儿觉得这些"人类幼崽"好像也没有想象中的那么不堪。

现场气氛之热烈让超儿有些尴尬,这么多年,他还从来没唱过儿童歌曲。面对小朋友的点歌,超儿只能向 Suzy 投去了求助的目光。Suzy 在一旁看着饱受蹂躏的超儿捂嘴偷笑,眼睛笑得弯成一条线。

以前听民谣的时候,歌里唱到"那女孩笑起来有弯弯的眉眼,酒窝里盛满昨夜未喝完的酒",超儿觉得那都是文学化的形容,直到今天,他才相信,原来歌里唱的都是真的。

最终,超儿还是拗不过这些"人类幼崽",硬着头皮上了。他让小朋友唱,自己伴奏。

"可你弹的都不是我唱的那首歌……"唱歌的男孩不满地噘嘴。

Suzy 被超儿一脸的窘迫逗乐了,忍不住上前解围。

"Suzy 老师来考考大家,之前教过你们的《茉莉花》,我看看谁还记得。"

孩子们争先恐后地举起手来,嘴里含混不清地念着"茉——莉——花——"。

超儿很熟悉这首曲调,轻松地起了个头。《茉莉花》曲调相同,却有很多不同歌词的版本,Suzy 教孩子们唱的,是很古老的一版歌词。

"好一朵茉莉花,好一朵茉莉花,满园花香香也香不过她,我有心采一朵戴呀,看花的人儿要将我骂呀……"

这歌词超儿以前在老唱片里听过,此刻在异国他乡听到,更有种别样的古老与温柔。Suzy 笼罩在柏林的晨光下,像是披着薄纱的天使,超儿手中的节奏都忍不住放慢了。

孩子们要进场参加比赛了,他们被指导老师带领着,有序进入了会场。

偌大的操场上只留下超儿和 Suzy 两个人,有风吹来,Suzy 的黑发飘在半空中。让超儿想起自己玩民谣那会儿,有一首特别流行的歌,叫《白衣飘飘的年代》。

那时候天特别蓝，人特别简单。哪怕像超儿这样的县城青年，都打心眼里相信青春无悔。后来呢？怎么就变了呢？

"你……每天都在和这些孩子打交道？"超儿本来就不是话多的人，这会儿只能没话找话。

"也不算是吧，有时候教大人，有时候教孩子，不过他们在我心中都一样，都是学生。"

"每天重复着一模一样的事情，你不觉得无聊吗？"

"你们做音乐的人是不是都喜欢热闹。或许我们这些和文字打交道的人，在你们看来都太静了，"Suzy 自嘲道，"有时候我在操场上静静地看白云飘过，一坐就能坐上大半天。你说是不是很乏味？"

"不是的，我也是很乏味的人……"超儿生怕被 Suzy 误会，却找不到合适的解释。

这番对话让两个人之间本来就不多的沟通，彻底陷入了僵局。

"我唱一首刚刚写的歌给你听……"在超儿看来，音乐是万能的，尤其是在这样无话可说的时刻。

他几乎将每一根弦都调试了一遍，然后将吉他摆正，悠悠地唱起来："操场上的一束花，让我在那一天，改变了对人类的看法……"

面对 Suzy，超儿终于可以用起自己最喜欢的民谣曲风，低沉的音调和超儿有些嘶哑的嗓音，倒是相得益彰。

两个人就这样保持着不近不远的距离，任由音乐在两人中间流淌。

但这美妙的情景没有持续多久，操场上突然刮起了风。超儿连忙用手捂住假发，吉他声戛然而止，场面有些尴尬。

Suzy 并不觉得这是什么大事，伸手帮忙将他的假发摆正："其实第一次见到你，我就想问，为什么你一直戴着假发？"

她早就看出来了？超儿有些失望，自嘲地解释着："你也看到了，年纪到了，连头顶上的几根毛都留不住。"

"中文里有个词叫'聪明绝顶'，你还不够绝，还差一点点。"超儿没想到，文静的 Suzy 居然也会开玩笑。

"你知不知道有个香港演员叫张卫健，那时候他演孙悟空出了名，有导演就嘲笑他，说观众喜欢的根本不是他的人，而是他贴了毛之后的猴样。后来他一气之下干脆剃了光头，可是实力有增无减。其实有毛没毛，只要有实力，都是一样的。你当然可以做些改变，可那些改变只能是因为你自己的认可和喜欢，如果改变的原因只是为了符合大众的审美，那就太不值得了。"

这么多年来，只要见到外人，超儿都戴着这顶假发，从来没有人对他这样说过。

超儿像是受到莫大的鼓舞，他轻声地形容着 Suzy："我觉得，你就好像那首歌里唱的茉莉花……"

比赛结束的小朋友从远处跑来，和 Suzy 击了个掌，超儿不确定 Suzy 是不是听到了这句赞美。

"孩子们该回家了。"Suzy 轻松地说着，"和他们在一起是一件很放松的事，以后你有压力的时候可以过来陪他们玩一天。"

不过她说完又觉得有些失言："我忘了你们明天就要去法国，真是有些遗憾。"

要说遗憾，此刻超儿心里的遗憾大概更多一些。这短短半日是他这么多年来最放松的时刻，他忘了那些世俗评判的繁文缛节，发现生活原来是可以自己选择的。这样的早晨，这样的气氛，这样一个人坐在身边。超儿问自己，这是不是爱情的样子，还是自己恍惚了？

一回到民宿，超儿就感受到了气场和以往有些不同。所有人聚集在民宿大厅里，气氛低沉。

"你们都在呀？"超儿刚问完，就觉得似乎哪里有些不妥——其他人都在，除了雨晴。

赵程一早就将电话打回北京，得知雨晴没有回到原单位。而雨晴做事周全，手机一早关机，信用卡解除了绑定，所有的去向都未知。赵程只能从最后一条微博上，知道雨晴决定独自旅行。

"怎么办，那我们之后的直播还做吗？"

"你们知道评论里都在说什么吗？好多人取消了对我们视频账号的关注，说我们从始至终都是在制造一个骗局。"

众人当然知道雨晴的能力，在异国他乡独自生活，对她来说不算是件难事。比起雨晴的安危，现在众人反而更担心视频账号里大量流失的粉丝。毕竟一路以来，微博是雨晴赵程秀恩爱专用，而视频账号却已经成为了众人生活的一部分。

"要不然这样，我们就解释，其实我们一开始安排的旅行就是这个样子的，就像饥饿营销一样，咱们的微博就是阅后即焚……"苏达提出建议。

"我觉得这样不妥，"大鹏提出自己的意见，"你看那些明星出了点大事都是发声明，我们也发一个声明，说那些人都是造谣。其实俩人好着呢，只不过是微博出现了 bug，错手清空了。"

赵程青筋暴起。"够了……"他突然拍案而起，"我今天就把视频账号也清空，从此之后什么都不留。"

"别啊，咱好不容易做起来的……"

"你要是删账号，把我那几首 MV 先留着……"

赵程一个人转身回了房间，只留下忧心忡忡的众人。

赵程回房后，把账号里的内容细细地看了一遍，将直播的历史视频都重新播放。

说实话，清空这一段回忆，最舍不得的就是赵程。这一路上他为了创业花费了这么多心思，可终究还是竹篮打水一场空。

"真的准备将这些回忆都删除啊？"赵程被背后的声音吓了一跳，转头一看，是李教授。

"看你的门虚掩着，我就推进来了，"李教授饶有兴致地盯着手机屏幕，"雨晴难得有手脚这么不利落的时候，这么多直播视频居然一个也没删。"

赵程给了李教授一个面无表情的惨笑："如果是你，有一天这样不声不响跑出去了，会希望我怎么做？"

李教授闻言，搬了张椅子坐到赵程对面："你不应该问一个已过不惑之年的女人，你应该问30岁的我会怎么回答这个问题。30岁的我会告诉你，我希望你像发疯了一样，踏破铁鞋、天涯海角都要找到我。"

"可是我了解雨晴，她不是这样的人。"

"经过了昨晚，你还认为自己真的了解她吗？"李教授提醒，"一直以来你了解的都是她扮演出的那个自己。或许，你以为不重要的，正是她最需要的。"

"可我……"赵程垂下了头，"可我……完全联系不到她。"

"你看不到她，但你可以让她看到你啊。她用什么样的方式和你告别，你就用什么样的方式把她找回来。"李教授颇有深意地提示赵程。

"你是说……"

"用什么方式是你来选择的，我只是给你一个建议。"李教授没有等赵程把话说完，就把椅子放回原处，准备打道回府，"林青还在房间里等我。晚安，赵程。"

李教授离开房间后，赵程一直在咀嚼着李教授的意思——"你看不到她，但你可以让她看到你啊。"突然，他感觉自己想明白了这句话。

赵程重新打开了账号，这一次他的手没有按在删除键上，而是点开了直播键。

"雨晴，现在是德国时间凌晨一点。我知道有数万网友都能看到这条直播，我抱着一种最好的期待，或许那千千万万个人，其中就有一个是你。或许你不会看，但有些事我还是想要说……我是一个不太会谈恋爱的男人，否则我的第一段婚姻就不会以离婚作为结局。可是没想到，第二次我依然没有学会……"

赵程不再垂下头，而是直视着屏幕，好像雨晴就在对面一样："我想你应该没有这么轻易原谅一个不懂恋爱的男人。我只想说，无论你在哪里，请千万注意安全，一定要等到我找到你的那一天。"

这段时间雨晴独自旅行倒也不算不快乐。

恢复了一个人的状态，她倒是乐得清闲，每天回到酒店倒头就睡。

只不过睡之前，她还是习惯性地打开微博和直播，看看赵程今天又更新了什么内容。

9月12号：我们已经从柏林出发了，不知道你现在离开柏林没有？一个人旅行，千万要注意安全，住酒店的时候，要记得把防盗扣扣上。

9月13号：我们已经靠近德法的边界，法国不像德国那样不限速，我知道你车技很好，但还是要注意交通安全，不要开快车。

9月14号：我们已经到巴黎了，大鹏开心得不得了。他说，对于恋爱中的男人来说，和爱的人在同一朵云下面都很珍贵。不知道你现在在哪里，是不是和我在同一朵云下面。

雨晴下意识地保持着和他们同样的旅行进度，有时候快一点，有时候慢一点。

手机里堆满了赵程的短信，雨晴懒得看，却在其中发现了一条来自陌生号码的信息。好奇之下，她点开了那条信息。

"吴雨晴小姐你好，我猜你不知道我是谁，那我就自我介绍一下，我是赵程的前妻……"

还没有来得及看到之后的内容，雨晴就倒吸一口凉气，将短信页面关掉。但几秒钟后，她忍不住好奇，又点开了那条短信。

"……我是赵程的前妻。因为我的前公司负责你们所用的App的运营，所以赵程创业的过程中的微博和直播，我都多少了解一些。我一路看着你们直播，从没有粉丝到有了一群固定的支持者，我想或许你们自己都没有意识到，这七年给你们带来了多少令人羡慕的默契。看到你发的最后一条微博时，我和赵程通了电话，他给了我你的号码。我想，我们中间势必有一些误会，需要一起来解开。"

在那条短信之后，还有另一条相同号码的短信，雨晴索性也一起点开。

"说来也自私，我发这条短信其实是为了我自己。我已经有了幸福的婚姻和家庭，我想如果你愿意和我聊一聊的话，我的愧疚感会小一点。如果你看到这条短信，是否能够给我打个电话，就当是帮一个素未谋面的陌生人吧！"

车驶入巴黎的那一天是阳光明媚的傍晚，整个城市透着一股暖意，树叶抖动的瞬间让人感觉似乎是走进了巴黎夕照的电影画面里。

可兄弟四人中，其中三个或是万年单身、或是准备离婚、或是女友闹失踪，对这个浪漫之城全然无感，只有大鹏格外兴奋。他做梦都想着这一天的到来，自己终于将和艾索的距离从 12000 公里变到了 0。尽管两个人还没见过面，但对爱的人来说，呼吸着同一个城市的空气都可以说是一种浪漫。

"对了，现在的直播为什么只有 Aaron 一个人了？"每天和大鹏视频聊天之余，艾索自然是要适时地八卦一下。

"哎，"大鹏摊手表示无奈，"你说他们幼不幼稚，玩什么不好，玩分开旅行。一个人每天发微博，另一个人每天看微博，看看最后能不能找到彼此。"

"这个游戏倒是蛮好玩的。"艾索若有所思，"你还记不记得金庸的小说里有一个剧情，就是说……"

"爱情要是多了这些事就没有意思了，要是你故意躲起来，我找你也没有用。何必寻寻觅觅呢？有缘的人自然会相见。"大鹏的想法挺宿命论的。

"可是无论中国还是法国，浪漫的爱情故事里都有寻找的镜头。我之前读过一篇法国的散文，它说爱情就是一种坚定的选择，重点不是在选择，而是在于坚定。"

"我跨越了大半个地球，从中国到法国来找你，应该算是坚定了吧？"

"这怎么能算呢？我就在这里，一动也不动地等你来。而你能来这里不过是靠着那些先进的交通工具，真正的坚定要靠这里……"艾索指了指自己的心。

"你这就叫'过度仪式感综合征'，"大鹏完全没将艾索的话放在心上，"就像苏达硬是要办什么'离婚典礼'一样莫名其妙。都决定好离婚了，非要搞一个仪式做什么呢？"

艾索还想要争论些什么，却被大鹏岔走了话题。

在大鹏看来，离婚再怎么说也不是件光荣的事，何必再做个离婚典礼昭告天下。不过话虽然这么说，既然苏达铁了心，他也只能尽心尽力帮着跑腿。

来到巴黎后的几日，众人根本来不及四处看风景，就迅速被苏达和宋一潇拉成两派。两个人像较劲似的，非要在离婚仪式上一决胜负，各自准备一份声情并茂的发言，让弹幕决定谁要为这段婚姻的破碎负责。

"话说，你真的要把自己的离婚典礼全都直播出去？"赵程对于苏达执意要直播典礼的事情仍不能理解。

"当然！你信不信，到时候弹幕肯定都撑我？她宋一潇有什么好的，又冲动又任性，想一出是一出……"苏达掰着指头向赵程数着宋一潇的缺点。

"再说了，直播离婚典礼对开始下一段恋情可有很多好处，说不定我下一任又温柔又可爱的老婆就在直播前，万一未来她问我前妻是什么人、长什么样，我就直接把视频甩给她看看。"苏达耳后夹着笔，盯着发言大纲发愣，"还有，未来等宋一潇找了那个男一号，我就按着脑袋让他看看这个视频。我们连离婚都是巴黎酒馆的豪华配置，他能不能比得上……"

他这一脸"我聪明吧"的得意神情，却一下被大鹏戳破："前半句是假，后半句才是真的吧？"

"喂，还是不是哥们儿！"苏达狠狠用手肘撞了一下大鹏，转而问赵程，"不过我想事先演练一下，离婚时是什么感觉？"

"你问我？"赵程听到苏达的问题有些讶异，努力回忆着，"好像没什么感觉。我就觉得离婚那天很热，我从民政局出来的时候整个背都湿了，这算不算？"

"不是这种，走心一点的？"

"谈离婚的时候，我好像还有那么一点点恨意，觉得是她背叛了这段感情。反而是离婚之后，我好像突然从个人的抱怨里跳脱出来，浮在半空中重新审视这段婚姻，就突然发现自己犯下的错似乎不比她少……"赵程回想。

那厢，宋一潇也问了李教授同样的问题。李教授顾虑地瞄了林青一眼，宋一潇马上会意地闭嘴。

林青虽背对着她们，却早已猜到发生了什么。"妈妈，其实我……"趁着时机正好，她终于说出了这句埋藏在心里许久的请求，"我一直想知道你们之间发生的事,你总安慰我,说你们分开不是因为我,可从没告诉过我真正的原因。"

"有什么好讲的,不就和所有人离婚一样……"李教授仍在回避。

"其实林青已经长大了,有些事情说出来让她自己理解或许更好。你也不希望她将来像雨晴姐一样被父母的感情困扰吧?"

宋一潇这一劝,劝到了点子上,李教授深吸了一口气,回忆起了离婚那天的细节。和赵程完全不同,离婚那天的每一个细节她都记得清清楚楚:"那天一早我到了民政局,他还没来,我就四处走走看看。可奇怪的是从离婚处出来的人都很平静。我想,这可是离婚啊,怎么大家的表情平凡得就像是来逛菜市场一样。直到自己从民政局走出来的那一刻,我才理解了这种感觉。我抬头看看外面的天,又看看钱夹里全家福上的他,竟然不觉得愤怒,只觉得疑惑,疑惑自己怎么会和这样一个男人在一起这么久。"

李教授苦笑:"可是转念想想,分开的结局其实在生活中早就有了预兆。决定离婚会让你突然看清楚很多事情,好事也有,坏事也有。

"你看林青的年纪就知道我是很晚才认识她爸爸的,那时候我三十多岁,正处在女人的年龄焦虑期,突然天降一个男人有房有车有存款有稳定的工作,怎么看都是合适的结婚对象。别人都说,你好福气啊,这么大年纪还能找到这么一个好靠山。好像我再不结婚,过了这个村就没这个店了。

"他是一个传统的人,从不犯错,也从不逾越规矩,思考问题喜欢从性价比考量,很难体会到在我看来很重要的感性瞬间。他的生活理念就是要保护家庭,所以林青出事之后,他就一直在用他的办法杜绝外界的干扰。可我觉得从感性层面上接受不了他这种'各人自扫门前雪'的自私。可是你说他保护家庭错了吗?并没有。现在想想,我们两个都是很好的人,只是不适合在一起。可惜这一点,是在我们离婚之后才看清楚的。"

听到这样的故事,宋一潇有些惆怅。但李教授却已是过来人的心态,反劝她:"人和人之间的缘分是这样的,有的时候遇见了对的人,却不在对的时间点;有的时候是在对的时间点,但却没有遇上对的人。"

离婚典礼那天，宋一潇一早就醒来了。她在行李箱里反反复复挑了几天，最后还是决定穿那套第一次遇见苏达时穿的衣服——黑白条纹的大T恤、短裤。巴黎的天气有些凉了，她想了想，又随手披了一件外套。以前总是参加别人的结婚典礼，也不知道离婚典礼到底应该穿什么，她心想，从哪里开始就在哪里结束吧，反正以苏达那么不讲究的个性也不可能西装笔挺，随意一点反倒自在。

才刚捯饬好，宋一潇就听见敲门声。一开门，林青穿着一条特别正式的礼服裙站在门口，手里端着一盘早餐解释着："苏达哥哥叫我把这些东西端进来。"她掀起盖子，里面是苏达最常做的白粥和油条，外加一盘糖醋排骨。

"真是羡慕啊！"林青突然没头没脑地感慨。

"羡慕什么？"

"要是我爸妈当时也能这样离婚就好了，"林青脸上露出了点莫名的遗憾，"你知道我妈和我爸是怎么离婚的吗？我妈带着我搬家，把离婚协议书放在抽屉里，然后留言给我爸爸签字。然后再趁我爸不在的时候回来拿，两个人甚至都没有见上一面。我想，他们应该有好多没说完的话……"

宋一潇把早餐吃完才发现碗底压着一张沾了油渍的纸条，上面写着糖醋排骨的配料做法，还有几道"苏式拿手菜"的做法。

"原来是菜谱啊！"林青凑过来看，"苏达哥哥和我说，这是为了在告别前将所有的事情交代好，免得未来找借口联络，原来是这个意思……"

宋一潇手捻着纸条，心想：好个苏达，做事这么绝！既然你这么坚决要一拍两散，那我也得把这段爱情有关的东西都还回去。她一狠心，从抽屉里拿出了那枚尤利安送的戒指。

吃过早饭，林青带着宋一潇去会场，两人沿着塞纳河畔走了好长一段，终于到达一个长条形的人工岛，四周绿树成荫，林青在河畔的一家小酒馆前停下了。"就是这儿了。"她转身对宋一潇说。

其实不用她说，宋一潇也能猜到。巴黎的早晨没有这么早开始，一路走来，沿街的小酒馆、咖啡厅都关着门，唯独这一家酒馆门口用鲜花布置了拱门，还盘了几层纱。在巴黎这个浪漫之都布置出这么"中国化"的场景，想必是苏达的杰作了。看到拱门上用花团拼成的"Yi Xiao"和"Su Da",俨然是一场小型婚礼的模样,这让她想起刚开始旅行时,苏达说过还欠她一场婚礼。她愣在了门口,像是突然意识到自己在做的是一件多么荒唐的事——自己还没来得及为结婚庆祝,却马上就要为离婚而庆祝。

门口迎接的李教授早就猜到了宋一潇的犹豫,提醒她:"如果你觉得舍不得,其实你也可以不踏入这个门的……"

但想到苏达这几天绝情的所作所为,宋一潇没有丝毫犹豫,大步踏进了小酒馆。

舞台的两侧,赵程已经架好了直播的机器。酒馆的舞台后张贴着大幅的海报,海报上是两个人一路以来的自拍合照,周围摆着两株宋一潇最喜欢的向日葵,黄澄澄的。宋一潇几乎已经不记得,苏达是什么时候知道她喜欢向日葵这件事了,大概是在旅途某一站她看见向日葵,兴高采烈地感慨了一句"好看",苏达暗暗记了下来。

舞台边是酒廊的玻璃,透过中央的窗口,可以看到刚刚路过的人工岛,上面立着一尊自由女神像。自由女神像不是在美国吗,怎么巴黎也有?宋一潇不自觉凑近了窗户。这巴黎的自由女神和美国的一样,穿着古希腊风格的服装,头戴象征世界七大洲及五大洋的头冠,左手捧着一本封面刻有"1776年7月4日"字样的法律典籍,右手高举着火炬。

"这个自由女神像是和美国那个一模一样的,不过只有原件的四分之一大,据说是为庆祝法国大革命胜利100周年而设的。"看见宋一潇好奇,李教授随口解释道。在自由女神像下重获自由,倒是苏达的独具匠心。

赵程参加过那么多仪式,这是观礼人数最多的一场——现场人数寥寥,但直播的在线观看人数却每秒钟成倍上涨。

离婚仪式的开始时间是巴黎上午十二点,却是北京时间的晚上七点。每一个观看数字背后,或许就是一个吃着晚餐外卖或是在归家地铁上疲惫的人。天天收"红色炸弹"收到麻木,爱情的圆满大家就见得多了,突然出现一个"爱情葬礼"倒还是挺吸引眼球的。

"亲爱的……各位来宾,欢迎大家来到宋一潇和苏达的婚姻告别典礼……"赵程本来就不擅长说话，主持稿又是临时用婚礼主持稿修改的，不熟悉的台词让他的开场有些磕磕巴巴，"我们现在在巴黎的塞纳河畔，正对着自由女神像。女神脚下打碎的手铐、脚镣和锁链象征着从今以后你们都从婚姻中摆脱出来，让我们一起掌声祝贺这一对新人……"

说完"新人"两个字，赵程才意识到苏达应该是在改大纲的时候忘记将这个词改掉了。他一时想不到用什么更好的词代替，索性就直接用了反义词："祝这一对……旧人恢复自由。"

新与旧，本来就是反义词，这时候似乎也没错，只是听起来有点滑稽。

"那我们就请这一对'旧人'上场。"赵程带头鼓掌。

场上响应着寥寥的掌声，来自林青、李教授、大鹏和超儿。但是评论已经刷到飞起，几秒钟都看不清一句话。

宋一潇和苏达缓缓走上了舞台。没想到一向随性的苏达为了离婚典礼愣是在法国找到了一套最小号的西装，可即便是最小号，在苏达身上也整整大出几个码数，那画面看上去滑稽又心酸。宋一潇看着眼前的这个男人，心中五味杂陈。

行进途中，苏达的发言稿从上衣衬衫口袋里飘了出来。

"瞧你那个抠搜的样子……"看着苏达屁颠屁颠地追着发言稿，再想起这段时间他的不理不睬，宋一潇赌气一般地数落着苏达。

"全世界就你长嘴了，这小嘴啪啪，都告别仪式了、最后一面了，不知道说点好听话？"苏达也不服输地呛声。

"我就离婚一次，干吗这么省着，想说什么就说，不像你把话憋在肚子里，都留着下一次离婚用……"

"对，反正这都是告别仪式了，你现在看我不顺眼一点也不奇怪。你心里只有你那个一点也不抠、说话又好听的男一号……"

眼看两人之间的战争一触即发，赵程赶紧宣布："我们现在请这一对'旧人'发言。"

讨论区里，观众们兴奋地猜想着发言的内容。

其中一条点赞率最高的评论说："我觉得给离婚办一场仪式挺好的，大家都是成年人,好聚好散不好吗?"

可是这条评论很快被大量的反对声淹没了。

"不是有句话说,合格的前任就应该像死了一样。和'死人'在一起还能聊什么?"

"好聚好散?说起来容易,在现实生活中还真没有见到。要不是撕破脸,又怎么会走到离婚这一步?"

"办什么离婚典礼,都到这个地步不如想想财产分割更实际一点……"

……

屏幕内的大战已经如火如荼,而屏幕外的大战正要开启。

苏达特别偶像包袱地向直播镜头挥了挥手,将刚才飘到地上的那个发言稿拿出来抖了抖,清了清嗓子,将脸朝向宋一潇,却不看她,照着稿子念起来。

"其实呢,就像大家知道的那样,我们第一次出现在镜头面前,就已经是夫妻了。其实不仅是你们惊讶,我也惊讶,因为我们认识之后的第一个身份不是密友,甚至都不是朋友,就直接跳到了夫妻。我不知道怎么定义我们之间的关系,可是有一件事情很肯定,在这段婚姻的开始,我是爱过你的……"

"呸!"宋一潇打断了苏达的话,"谁都会说爱过。但爱不应该是一件很持久的事情吗,怎么会有人爱着爱着就放手呢?"

"我虽然个比你矮,但我好歹是个男人吧,男人也有自尊,谁能允许自己的老婆和别人像对小夫妻似的穿睡衣做早餐、勾手搭背地看日出?"

"你哪只眼睛看到我们勾手搭背?"

离婚典礼顷刻间成为了互相数落的主战场。

就在这时,苏达看到宋一潇手上的方钻戒指,他瞬间找到了自己愤怒的理由,抬起宋一潇的手质问道:"你说你们什么事都没发生,那你还戴着前任的定情戒指做什么?"

宋一潇瞪大了眼睛,似乎完全不敢相信这话是出自苏达的口。但苏达来势汹汹:"你别仗着我喜欢你,就以为我什么都不知道。这不就是你和男一号在戏里的定情信物吗?这么多年你都带着它,不就能说明一切了?"

"原来你一直以为这戒指是前任送我的……"宋一潇只觉得好笑，她用蛮力扯下那枚戒指，直朝着苏达丢过去，"这个正好拿来还你，反正我们今天就要离婚，留着这信物也没用。什么白头偕老，全都是扯淡！你对我，根本连最基本的信任都没有！"

苏达有理更是声高，粗声反驳："这不是你和他之间的信物吗？和我有什么关系？"

场外群众大鹏终于坐不住了，三步并两步地上了舞台，靠在苏达身边轻声地说："你这误会可大了。这是尤利安临走时留下的，他说这是他学生时代送给妻子的第一份信物，想要送给一对夫妻作为白头偕老的祝福。你和一潇是我们中唯一的一对夫妻，当时你正好不在，他就把戒指送给了一潇……"

苏达还是不信，点开微博，把"男一号"的戒指头像放大到最大。头像上的戒指和宋一潇手里的戒指有挺多肉眼可见的区别，怪只怪苏达当时认定了它的来历，才被冲昏了头脑。

现在轮到苏达慌了，他这才意识到，在戒指一事上自己或许是误会一潇了。可他不甘示弱："可我让你选择硬币时，你为什么拒绝了？你知不知道我两只手都准备了硬币，只要你肯选择，我就一定让你留在我身边……"

"我就是不喜欢你这种吊儿郎当的样子！"宋一潇打断了苏达的话，这么久以来积蓄在心里的委屈喷薄而出，"我们认识是因为狼人杀，分手是因为硬币游戏，决裂是因为纸牌游戏……你总是假装自己在游戏人间，用游戏的方式和我相处，假装自己不在乎。其实你心里在乎极了，否则怎么会冒着那么大雨来警察局找我，一路上甘心睡地板睡沙发迁就我？亏你还是个东北男人！敢做不敢认！！"

"对对对，我敢做不敢认，"被宋一潇一激，苏达完全忘记了镜头的存在，一下子把这一路的埋怨和盘托出，"要不是这么多年其他女人都看不上我，你又正好腰细腿长、盘正条顺，我才不会同你这个又刁蛮、又冲动、又莽撞的泼妇结婚！"

"我泼妇？"宋一潇气到脑门冒气，"要不是我喜欢吃糖醋排骨，贪你那一口吃的，我也早就和你离婚了！"

"哼！你以为我找你是因为你聪明？错！要不是像你这种脑袋缺一根筋、整天搁那儿傻乐的单细胞生物少有，我也不至于非找你不可！"

"呦呵！你们东北男人不是个个身如猛虎、打老婆打得欢吗？你这种整天嚷嚷着'老婆我错了''老婆对不起''老婆你说的都对'的废物，就等着被送去垃圾回收场吧！"

两个人说话的口吻如出一辙的阴阳怪气，可大鹏却听得一头雾水。他捅了捅身边的李教授："你说他俩这是在吵架吗？我怎么听着是变着法儿夸对方呢？"

李教授一副一切了然于心的神情，云淡风轻地答道："看着吧！"

"你苏达就是个怂蛋！特意去桌游吧偶遇我、偷偷给我准备惊喜，还硬要装出一副'我对谁都是这样''我不是专门为你而做'的态度，哪个男人像你这样？"

"对啊，我就不是男人。那你像个女人吗？哪个女人会在婚礼上接个捧花，就随随便便在人堆里找个要长相没长相、要身高没身高的男人求婚，死乞白赖要嫁给他？"

"我告诉你，我才不是随随便便找……"宋一潇立刻反驳。

"那你倒是说啊，当初你到底为什么选择了我？为什么要和我结婚？是被家人催婚烦了单纯想找一个老实人嫁了？还是每天看帅哥看到审美疲倦非得找一个丑的镇宅？"

问出这个问题的一瞬间，苏达被自己惊到了，他没想到这个长久以来一直困扰他的问题居然就在此刻这么轻易脱口而出。

"我……"宋一潇一时语塞，她突然意识到自己的答案，其实正是刚才争吵中说的那些缺点。

宋一潇此刻的沉默也让苏达如梦初醒。他回想起这段婚姻的开始，就是眼前这个女孩当初不顾旁人的反对，在人群中选择了要长相没长相、要身高没身高、要钱没钱的自己，一意孤行地嫁过来。而他却从未仔细考虑过，这需要有多大的勇气。

宋一潇身上的那一种和其他女孩不同的清新木香向着苏达扑面而来，他感觉这种香味在他身边好像已经成为了一种习惯。

"我……"宋一潇和苏达同一时间想要和对方说点什么。

"你先说。"

"不,还是你先说吧,女士优先。"

"一路都是我优先,这次你优先一下……"

"那个……怎么现在这会儿一说,我感觉还挺对不住你的呢……"苏达像平日一样用玩笑语气掩饰,却突然想到宋一潇刚刚说的话。

都要离婚了,至少鼓起勇气就认真这一回吧!苏达攥着拳头给自己鼓劲,声音竟有了些哽咽:"我呢,觉得自己在这段婚姻里有特别多做得不够好的地方。我其实真不是抠,这一路上我总想着,我们在一起太神奇了,太不可思议了,觉得我是最幸福的人。我也常常大晚上看着天花板就想,老天爷啊,我苏达是上辈子做了什么好事,才修来这么个老婆……只是我想着生活挺不容易的,我自己省一点,或许就能把那些钱省下来让你过得更好,我给不了你全世界,只能靠抠靠省尽可能地给你更好的生活……"

说到这,苏达停了一下。这个停顿只有两秒左右的时间,但世界就像停止了一样。满屏弹幕开始飞一样地划过。

"这位大哥倒是说话啊?""完了,谁先开口谁先死!""想啥词啊想这么老半天?"……

苏达的喉头像是梗住了,然后突然开口,一个字一个字地往外慢慢蹦:"可是我发现我错了,如果我知道有一天我要跟你离婚,我就把钱都给你,然后咱俩一起花了!!一分钱都不剩!!我每天都在给别人营造仪式感,却忘记给自己的生活增加一点仪式感。我可以每天再早一点起来给你做好饭,也应该多写几条广告语换更多的券,我不该总想着未来,却把现在的每一天囫囵吞枣地过了……"

宋一潇怔怔地盯着苏达,他的表情不像以前那样带着点玩世不恭的劲儿,而是前所未有的认真。

"我觉得自己挺亏欠你的。这一路上呢,我也没好好说过一句我爱你,因为我一直觉得那不是爱,可我今天站在这,还真有点舍不得,我想跟你说一声，那个……我……"

苏达像是脑袋塞车一样嗯嗯呀呀了半天，最后牙齿一咬："我爱你……"

这突发的剧情让赵程不知道要接什么话。弹幕也一下子安静下来，和现场同步有了一段不短的空白期。

"苏达……"沉默持续了一会儿后，宋一潇缓缓地开口，"我没想过我们会走到今天，也没想过自己会在这样的一个场景里跟你说这些话。虽然要分开，我也要跟你说声对不起。看日出是我和前任在一起时的约定，他说自己当年没有做到，现在虽然分开也希望我给他机会好好地说声再见，不要留下遗憾，我这才答应下来。但不管我跟他去看日出是抱着什么样的心态，我都应该和你说声对不起。婚姻对我来说，来得太快太冲动了，以至于我还来不及适应妻子的角色，没考虑到你的感受。但是请你相信，对于他，我早放下了……"

宋一潇突然想起自己还没打开的发言稿。当她把叠得方方正正的稿纸轻轻展开时，苏达几乎都能闻到纸沾上的香味。

"回想我们这一路，稀里糊涂地走过来，其实我自己都不知道你是从什么时候开始住进我的心里的，没想到意识到时，竟已到了要分开的时刻。跟你求婚，是在我刚跟那个'他'分手的第一个月。那时候我满脑子就一件事——报复！我要把自己嫁出去，我要幸福给他看，我要让他后悔一辈子……我跟自己说，这个时候无论碰到谁，只要是个人，就嫁。然后我莫名地被捧花砸中，而眼前的人正好是你，于是我就向你求婚了。我承认自己那一刻有些冲动，但为什么我偏偏只对你有这样的冲动呢？我的生活中不是没有别的异性出现，我也不是没有更好的选择，为什么偏偏是你？我记得有人跟我说过，当你突然有一个很强烈的想法要去做什么时，那一定是上帝给你的旨意，我想那一刻，就是传说中的命中注定吧！就这样，我们结婚了。认识我们的人都觉得这更像是一场闹剧，别说他们，有时候连我自己都不敢相信，从当初信誓旦旦的要结婚、要报复，到最后，真的结婚了。说真的，我也后悔过，甚至有时候我不知道怎么面对你……"

尽管在意料之内，但知道了这次婚姻的真相，苏达还是有些失望。可这时，他却看见宋一潇从稿纸后抬起头，露出泪水盈盈的眼睛。她放下了手中的稿纸，心里清楚，有些话再不说，可能就太迟了。

"苏达，从里到外，你真的完全不在我宋一潇的审美范畴内。可我是从什么时候就爱上你了呢？我不知道，可能是因为那一碗浓香的糖醋排骨，它飘出了我想要的那份家的味道；可能是你总是默默地就记住了我不经意说出的话，就像今天来现场，我都不记得什么时候跟你说过我喜欢向日葵，但你却记住了；还可能是因为我们之间虽然在别人眼里哪儿哪儿都不登对，但相处起来却总是有属于我们的默契，就像上嘴唇碰下嘴唇一样的自然而然，你在厨房忙忙碌碌、我追着你敷面膜、你笑我傻我嫌你抠、我们一起做这做那……这些最简单的生活片段拼接起来不就是爱吗？我们虽然开始得很荒谬，但相处的过程中却让我有了歪打正着的惊喜。对不起，苏达，请原谅我的后知后觉。但是我要感谢你，感谢你让我知道自己没有选错人，虽然在这样一个场合说出来可能已经晚了，但苏达……我爱你，我真的……很爱你……"

"不晚！谁说晚了?!"苏达一刻也受不了宋一潇的泪眼了，下意识地伸手去揩。他看着眼前的宋一潇，一切又好像回到了第一次见到她时，但又好像完全不同了。苏达说不出这一刻的感受，只想紧紧地抱住眼前这个像向日葵一般明媚的女孩。

大鹏这下听明白了，向李教授确认着："我这回没听错吧？他们现在真是在夸对方了，不是反讽吧？"

"是啊，这回真的是雨过天晴了。"李教授感慨。

"妈妈，"她身旁的林青歪着脑袋，若有所思，"要是你和爸爸当初也有这样一场离婚典礼，是不是可能就不会离婚了？"

一场不离婚的"离婚典礼"，似乎已经没有直播下去的必要了。赵程及时关闭了直播，可评论区仍在发酵着，比直播时更加热闹。

一个用带着可爱贴纸的自拍照做头像的年轻用户评论道："我和前任就是冷暴力分手的，他只给我留下一条'分手吧'的微信就把我拉黑了，我至今不知道原因。要是也有这样一场告别式该多好，比起那些分手时一句话没说就消失的情侣，我更欣赏这样平心静气的告别。"

一个资料年龄 30 多岁的女性账号留下评论："目睹一次心平气和的离婚典礼太有意义了。我和男朋友在一起七年多了，他跟我谈过很多次结婚，可是都被我拒绝了。因为我害怕婚后的鸡毛蒜皮、柴米油盐冲淡了爱情原有的感觉，也害怕任何一方变心导致婚姻的破裂，可是看完今天这个离婚典礼，我好像不那么恐惧婚姻了。就算最后没有得到白头偕老的结果，或许我们也有机会从婚姻中全身而退，不至于撕破脸面，对爱情失望。"

而评论中也有男士账号留下了一条相对理性的思考："好好谈离婚对一段婚姻的意义在哪里呢？错的人可以知道错在哪里，以避免下一次犯错。而对的人经历过这一次后，会更加坚定地知道两个人因为什么而在一起。"

众人热火朝天地讨论着自己眼里的爱情与婚姻，却没注意到赵程躲到了一旁，看向窗外的自由女神。

在离婚典礼之前，他觉得自己和苏达同是天涯沦落人。如今再看，这条路上有人在经历破镜重圆，有人坚定了自己的爱情，有人重获了爱的能力，好像唯有自己，走着走着，彻底变成了一个人。

"嘿，怎么样？"赵程的这种失落感被苏达敏锐地捕捉到，趁着宋一潇看风景的空当，他默不作声地走到赵程身后。

"没有，我看见你和一潇重新和解了，挺好的，真挺好的……"除了"挺好"，赵程再也说不出什么了，他也是个撒不了谎的主儿，无法假装自己沉浸在这种欢欣喜悦之中，满脸愁云惨雾早就将他出卖了。

"喂，聊什么呢？"刚刚经历了冰释前嫌，宋一潇像只考拉一般扑到苏达身上，两只长胳膊晃荡在苏达胸前，大鹏和超儿也随即跟过来。

"你这一路张罗事儿吧，我们也没啥礼物可给你……微信上给你发了个压缩包，你自己打开看看。"苏达指了指赵程的手机。

"你快打开看一下！"其他几人显然也知情，比苏达更显得着急。

面对这群活蹦乱跳的年轻人，赵程也不愿扫兴。但打开压缩包时，他大惊——里面居然是雨晴删掉的 700 多条微博的截图。

"你们怎么会有这些……"赵程难以置信，"它们不是已经被删了吗？"

"你可别以为我们什么都没做啊,我们这几天帮你联络了微博上的粉丝……"超儿顺手揽过赵程的肩膀。

大鹏接话:"你还记不记得在阿拉木图的时候遇到的那个女粉丝?这么久了,她还在我们的粉丝群里,我们一和她说这个事,她就马上集结了粉丝会的一些活跃网友,征集这个账号既往微博的截图。集大家之力,就凑齐了这700多条被删掉的微博。"

"想想真的挺对不起你的,我们最开始决定旅行是想让你们有一个沟通的机会,没想到现在是这样一个结果……"宋一潇用略带愧疚的口吻道歉,然后又像个哥们似的拍拍赵程的肩安慰,"网友不是一直说吗,你们比我和苏达合适多了,我们都能复合,你们有七年的感情,有什么不可以。"

赵程百感交集,以前在生意场上的朋友,大家都默契地不聊自己的私生活,似乎聊起来就有失体面。而这帮一路下来结识的兄弟,对彼此的了解似乎比起二十几年职场生涯里认识的任何一个人都要深。

"我们只能帮你找回这些记忆,至于这些记忆你要怎么用,就看你了。"看见赵程眼眶微红,苏达开玩笑缓和气氛,"还不说谢谢,是不是也太不礼貌了?"

"谢谢。"赵程合掌,诚心表达了感谢。这种久违的感觉,像是回到了大学宿舍里兄弟们互相做僚机的日子。酒廊外,夜幕开始四合,夕阳正抓住最后的机会将余光铺满大地。众人就此打道回府,刚走到门口,赵程却突然停住了脚步。

他突然想到了雨晴可能出现的一个地方。

车子重回塞纳河畔,众人都看出了赵程的焦急,他走在最前,手持导航,步履不停。

"你说赵程要找的那座爱情桥真的像传说中那么灵吗?只要将刻有爱人名字的情人锁锁在那座桥上就会相爱一生?"走在队伍最后的一潇满怀憧憬。

"啥传说啊!这桥是观音是罗汉啊?你是给它敬香了还是给它送礼了,人家凭啥保佑你?"

宋一潇横眉倒竖:"苏达你是不是连个爱情锁都不想买?"

"买，当然要买。老婆开心怎么样都要买！"苏达的嘴上功夫只有遇到宋一潇才会认输。不过这回他说得对，这座爱情桥，其实本来不过是塞纳河上一座普通的桥，原名叫艺术桥。但不知从何时起，情侣开始把自己的爱情锁挂在桥上，将钥匙扔进塞纳河，以此象征矢志不渝。久而久之，这桥就成了爱情桥。

桥是普通的桥，是先有了爱情才有的爱情桥。

领路的赵程突然停住脚步："导航告诉我，爱情桥就是在现在这个位置……"

眼前确实有一座大桥，只是桥身周边光秃秃的，一个挂锁都没有。苏达找来路人一问，才知道由于爱情桥挂锁太多，桥身已经不堪重负，当地政府下令把桥上的锁全部剪掉。

"看来，我的锁注定是没有地方挂了。"赵程淡淡地苦笑着，"我们或许只有走到这个地方的缘分……"

世人真傻，希望一座桥能够永葆爱情，殊不知桥连自身都难保。

那路人见到一众人的表情，不忍他们失望而归，给了一个建议："你们如果真的想挂锁，可以到另一座桥 Pont de l'Archevêché（大主教桥），自从爱情桥的锁被拆了之后，很多人都把锁挂到了那个地方……"

雨晴正在酒店里闲坐着，其实她昨天就已经到达了巴黎，为了避免和赵程的不期而遇，在酒店里待了整整一天，没有去任何热门景点。连她都笑自己，不知道为什么，即便是分开旅行，还是莫名其妙地和赵程来到了同一个地方。

不过她清楚：自己来巴黎并不是为了赵程，而是为了祭奠那一份埋葬了七年的初恋。

她在德国警局里对宋一潇讲的假故事里，其实有一件事是真的——那就是七年前和前任分手时，她真的到过爱情桥，只不过是独自一人。

传说，两个人要一起把名字写在锁上才有用，可是她一意孤行，将自己和前任的名字写在了一起。

雨晴打算趁着清晨无人时，再去一次爱情桥，找寻自己多年以前挂的锁。就在这时，她的手机响起了通知音，居然是提醒她，她和赵程共用的微博有了新动态。

她好奇地点开，原本只剩一行字的微博上传了新的图片，图片正中央是一把红色的爱情锁，锁面上笨拙地画了一个歪歪扭扭的爱心。

赵程给它配上了一行文字："原来的爱情桥上的锁因为桥身不堪重负被拆了，那不妨换一座桥挂爱情锁，挂足一生一世。"

七年没见，旧的爱情桥都已经不再挂爱情锁了吗？雨晴有些错愕。

如今，自己的那一把锁想必已经被剪断，和一堆相同命运的锁一样沉入水底，那么还会有一座新的爱情桥承担着新的爱情吗？

清晨时分，雨晴也出现在了大主教桥上。她在桥上漫步着，很快找到了和昨天赵程照片上一模一样的角度，那个位置靠近桥的中段，她倚靠在桥上，任凭巴黎清晨的微风拂面，回忆起昨天在酒店里拨通的那个电话。

自从收到那条短信后，雨晴总是时不时打开，她实在太好奇赵程通讯录里那个叫"小宝"的女人，到底是个什么样子。

她总笑自己，都已经和赵程断绝了联络，还是忍不住关注他曾经爱过什么样的女人。禁不住几天下来的好奇心折磨，她终究还是拨通了那个电话。

"你好……"电话那头响起了一个有力的女声，声音略微有些高。雨晴一时语塞，不知道怎么开场。

"Hello，哪位？"听到对方不说话，电话那端提高了语调又问了一遍。

"你好，我是吴雨晴。"雨晴自报了家门。对方反而语气轻松，像是一早猜到了："这几年我一直在赵程那里听到你的消息，这会儿你打电话来，倒像是一个认识了很久的朋友。"

从知道"小宝"的存在开始，雨晴就没有想过有朝一日，她们会越过赵程直接沟通，更没有想到两个人会从正午聊到黄昏渐落。

尽管话题围绕着同一个男人，可是聊起来，却像是在聊两个完全不同的男人。

"小宝"口中的赵程，和雨晴认识的赵程完全不一样，他严厉、自我，永远将爱情剔除在工作之外。他将工作中所有的烦恼事都带回家里，像任何一个愤世嫉俗的小青年一样情绪化。

"赵程他真的变了好多。前几天他父亲突发了脑梗，我拨他的电话却一直在占线，要换以前，这样的事情绝对不会发生，就算是一个工作伙伴拨去电话，他也一定要及时接听。后面好不容易拨通了，我问他怎么能让电话占线这么久，他很着急地告诉我，你大晚上陪朋友出去，很久没回来。他担心你出了什么事……"

"脑梗？"雨晴突然明白那天雨夜的那一排来电到底是什么缘由。

"是啊。以前我无论去到多晚，他从来都不会关心，把我当成战友更多过于爱人。"对方感慨着。

电话那端的女人还讲了很多，包括当年她和赵程的离异——这个雨晴一直不想打开的潘多拉盒子。

"那些年他几乎是睡在单位，哪一个女人能忍受自己的男人每天不回家？我也是人，会寂寞，会空虚，会想要被自己爱的男人揽在怀里，正好这个时候有一个这样的人出现了……"

"所以，最后是你提出的离婚？"雨晴完全没有想到。

但对方比雨晴更显得错愕："我以为你都知道……"她沉默了一会儿，突然有些感慨地说道："雨晴小姐，你知道吗？说实话，我很羡慕你。这几年你所见到的赵程和我认识的完全不一样。或许你不习惯他的沉稳和小心翼翼，但如果你也经历过这样一段失败的婚姻，你或许就会明白。"

两个女人聊了很久，直到电话那头传来小孩子召唤妈妈的声音。

"我老公带着孩子回来了，我现在很幸福，赵程他……他也应该得到这种幸福，而这种幸福，只有你可以给他。"

这是"小宝"挂断电话前说的最后一句话。

回忆到这里，雨晴突然想找到赵程挂在桥上的那枚爱情锁，她迫切地想知道赵程留下了什么。很快，雨晴就对照着微博图片在锁堆里找到了那一枚画技拙劣的爱心小锁。

锁的正面写的是两个人的英文名，而背面写着一行小字。

"如果你愿意，两个有刺的人，可以彼此拥抱吗？"

# 第二十章　花田重逢

因为一个人爱上一座城。到达巴黎之后，大鹏看哪儿都是"最美的风景"：不爱吃西餐的他，开始夸法国菜好吃，还煽动苏达学点法国菜；尽管不怎么热衷艺术，还是去逛了几次蓬皮杜，管它艺术不艺术，尽情感受就对了。

大伙儿眼见他和艾索联系得越来越频繁，从一日一次，到一日三五次，疯起来根本不分白天昼夜。

之前一直不屑于仪式感的大鹏，在经历了苏达的离婚典礼后有了翻天覆地的改变。他也开始认同"一点点仪式感其实可以让生活更美好"，准备给这场跨越十几万公里的相逢筹备一次隆重的告白仪式。但大鹏有自己的主意，放着苏达这个专业婚礼策划的意见不顾，坚持要按自己的想法办告白仪式，只准众人帮手。不过大鹏提出的告白仪式，就连身经百战的苏达都觉得棘手——大鹏想办一场"绝情谷告白"。

"哈？"宋一潇一听名字就直摇头，"绝情谷这个名字太不吉利了。哪有人告白找绝情谷的，要真是'谷'，怎么也应该叫个'爱情谷'才对！"

"就是啊，中国人凡事讲究个好彩头。绝情不就是无情吗？无情还告白什么？"李教授和赵程讨论着。

"那是你们没文化了！"大鹏边说着，边在房间里翻箱倒柜，大伙儿大眼瞪小眼地干看着，猜不到他要干什么。

"就是它了！"大鹏从行李箱底层掏出一本书，拍了拍灰，小心地将书递给众人传阅，特意交代着："别弄坏了，这可是我小时候在学校门口的书摊里淘的大陆第一版金庸全集，这回我特意把它从北京带来……"

书很快传到苏达手上，他定神一看，封面上用毛笔写着"神雕侠侣"，外壳仔仔细细地包裹着塑料书皮。看上去挺糙汉的大鹏居然有这么细腻的时候，苏达内心感慨。

扉页上抄着几行小字，是元好问的《摸鱼儿》，其中两行字上加了粗，一句是"问世间情为何物，只教人生死相许"，另一句是"欢乐趣，离别苦，就中更有痴儿女"。书的内页因为翻看次数过多，显得有些卷边发黄。

还没等苏达细看，大鹏就迫不及待地把书收回来，生怕在他人手上多停留一秒，让书受了损伤。

"你们知道杨过和小龙女 16 年后重逢是在哪里发生的吗？"大鹏问众人。

《神雕侠侣》自问世以来这么多年，即便大家没有看过原著，也都看过各种改编的电视剧，有些模糊的印象，可至于 16 年后的重逢到底发生在哪里，大伙儿一时也没有确定的答案。

"是在一个什么湖底？"苏达隐约记得。

"Bingo！那湖的尽头就是绝情谷底，我念一段给你听听！"大鹏眼睛一亮，翻出其中折角的一页开始读。

"他猛地眼前一亮，心念一动，忙向光亮处游去，只觉一股急流卷着他的身子冲了过去，光亮处果然是一洞。他抛下大石，手脚齐划，那洞内却是一道斜斜向上的冰窖……过不多时，冲出了水面，只觉阳光耀眼，花香扑鼻，竟是别有天地，他爬起，游目四顾，只见繁花青草，便如同一个极大的花园，然花影不动，幽谷无人。他又惊又喜，纵身出水，见十余丈外有几间茅屋……"

看来关于初次相逢的告白仪式，在大鹏心里早就有了雏形。

"我主持了这么多年婚礼，还是第一次看到这么古怪的想法。"苏达搔搔头，觉得挺难办的。

"不'兰'怎么配得上你苏达呢？"

跟苏达、赵程这一群北方人旅行了这么久，大鹏的福建口音还是改不掉。他翻着《神雕侠侣》，眼前就好像浮现起了与艾索慢慢相识相知的过程。

"我在做武侠公众号的时候，建了一个粉丝群。有天，群里进来了个女孩，开口就说自己是法国人。刚开始我们都不信，于是她讲起自己在法国读金庸小说的缘起，用西方的价值观来解读东方的故事，居然也解读得八九不离十，让我觉得很惊喜……"

在大鹏的回忆里，艾索就是因为《神雕侠侣》和他结缘的。小时候，艾索的父亲曾给她讲过《射雕英雄传》的故事，童年的艾索像大多数读者一样迷恋《射雕英雄传》里娇俏可爱的黄蓉。她善于打破封建礼教，也曾挑战师门，对于喜欢的人更是痴心勇敢，俏皮伶俐地说着"如果靖哥哥要娶别人，那我也嫁别人。他心中只有我一个，那我心中也只有他一个"。

艾索因此沉迷于中国文化，也认识了"金庸"这个名字。为了看懂金庸的作品，下课后她缠着父亲教她汉语，到大学毕业时，她的汉语水平已经足够和中国人日常交流。

在论坛里，艾索知道了《射雕英雄传》原来还有个续集，叫《神雕侠侣》。可是等她满怀期待地开始阅读后却大为失望。她不明白为什么《射雕英雄传》里可爱的"俏黄蓉"，在《神雕侠侣》里却变作一个死板的老妇人，不允许下一代逾越礼教、师徒相恋。

"艾索发了一封很长的私信给我，问我这是为什么。我告诉她，这在我们中国人看来很正常。《红楼梦》里宝玉说过一句话，大意是女孩未出嫁是颗无价之宝珠，出了嫁就失去光彩宝色，再老就变成鱼眼睛了。好像中国传统女性到了一定年龄之后，都要走上殊途同归的路。可艾索不能理解，她觉得女人在任何年龄都应该保持天真和浪漫，这或许就是法国人的想法。"

"我读金庸小说的时候怎么没想到过这个……"宋一潇突然有了启发，大鹏提出的观念差异让她重新开始审视自己的电影理想。

"都说创作基于现实，但有时候创作也能影响现实。我们中国的影视市场上，一旦到了某一个年龄，女演员都只能陷入扮演婆婆妈妈的困境，不再拥有女主角的光环，成为没有个性的配角。而西方却有《傲骨贤妻》。其实，这也算是各种传统作品遗留下的一些民族特性。"

"但我想说的不仅仅是中华文化和西方文化之间的差别。"大鹏突然神情严肃地接着回忆。

"后来,我们一起读到黄蓉夫妇死守襄阳城。她告诉我自己突然理解了黄蓉,也理解了父亲为什么老让她'忆苦思甜',为什么看到有关中国的新闻时总是忍不住谈起这个曾经内忧外患的国家。金庸先生让黄蓉完全与少女的天真烂漫割裂,是因为她需要背负上家国责任。或许金庸的绝妙之处就在于,能将一些独属于中国的精神,通过故事让不同种族、不同国家的人理解。"

"两个人既能够相互理解,又能够不断碰撞出新火花,"李教授颇有深意地说道,"怪不得你要千里迢迢过来找她。"

大鹏被赞得有些害羞,嘿嘿地憨笑着,笑过一阵子才徐徐回话:"之后艾索遇到阅读障碍就会来问我。有时候她不明白中国的一些传统观念,搞不清楚一些武侠小说里的俗语,我就尽可能地为她解答。就像教授说的,既能互相理解,又有新的火花,就渐渐地聊到了一起……"

都说陷入爱情的女人会面泛桃花,大鹏这个陷入爱情的大男人,脸上居然也有了些欲说还休的娇羞神色。

"我和艾索是因为《神雕侠侣》相识的,所以就决定以《神雕侠侣》作为底本,按书里的16年后的重逢设计一场'绝情谷告白'。"大鹏解释。

本来大家都觉得跨国爱情,还是以网恋的形式展开,应该最没有安全感,却没想到大鹏这对最初并不被人看好的情侣竟然是一群人里最互相了解的。

"不过呢,"苏达捶了捶大鹏黝黑结实的胸肌,"你看古天乐那版的杨过多白净,你这一身腱子肉,怎么看都像是金轮法王……"

一群人里最精通化妆的宋一潇拿出一张白纸准备按古天乐版本的《神雕侠侣》草拟出一个造型图。过了一会儿,纸上跃然而出一个带着两绺白发的美侠士,只不过侠士的脸上没有五官。

宋一潇要来了一张大鹏的照片,把脸剪下来对在发型上问众人:"像吗?"

众人沉默,只有林青指着照片里大鹏那张娃娃脸,提出反对意见:"这一点都不像杨过啊!"

四周寂寂，显得此刻的林青特别像《皇帝的新衣》里勇揭真相的小孩。

扮杨过可不是套件古装就行的。怎么才能让大鹏在告白仪式上一眼就被艾索辨认出扮演的角色呢？众人都觉得为难。

"杨过最大的特征就是缺了只胳膊，把你以前在剧组的功夫拿出来，给他弄个特效？"苏达向宋一潇提议。

"我在剧组也没学过砍人胳膊的特效啊！再说了，拍戏的时候可以找角度，在现场360度无缝公开，怎么都能看到那只胳膊。"宋一潇否认了苏达的建议。

一筹莫展的时候，李教授突然若有所思地提出："杨过有雕啊，你带个大雕出场，大家不就知道你扮演的是杨过了？"

"可是谁演雕呢？"苏达这话刚刚问出口就后悔了，大家早已不约而同地将目光落在了他身上。

"让苏达扮雕挺好的，"赵程已经构想起来了，"到时候你去租一件带翅膀的衣服，剪开一个小口，让手可以伸出来拿麦克风主持不就行了？"

"好耶！"林青毕竟还是小女孩的心性，恨不得马上去看热闹，拍手叫嚷着，其余几人也觉得这个提议不错。

"可是有双雕啊，有雄雕还有雌雕……"眼见逃不掉，苏达这会儿想要把宋一潇也拉下水。

一潇倒也豪气："我就没苏达那么扭捏，咱这一路走来也算是兄弟了吧！为兄弟两肋插刀，就扮一回大雕算什么？"

一桌人一拍板，就这么把告白仪式的形式定了下来。

告白仪式的形式决定好了，之后的日子里大家各司其职。赵程负责物料和场地的准备，宋一潇和苏达两人规划告白典礼的流程，超儿、林青准备告白典礼的背景音乐。

虽然赵程在国内时看上去力可通天，可在巴黎街头人生地不熟，也只能一家一家地看场地。在法国找一片浪漫花田不算太难，但要有茅草屋，还要符合小说里描述的清静幽雅就难了。三天内，他奔波在各场地之间也没找到一个满意的。

到了第三天的下午,赵程还剩最后一家场地没去。那是一家私人农场,地处幽静的巴黎农村。不过一想到这几天走访的农场多是杂草成堆的恶劣环境,赵程根本不抱什么希望。

"就是这儿了……"

介绍人让赵程下车的时候,赵程正看着之前直播的评论,想看看有没有疑似雨晴的留言。当他打开车门,回神看向窗外时,眼前的一幕让他惊呆了——门外是一片淡白色的花田,隐约有野蜂萦绕。花田中央有一潭流水,虽是死水,却被主人家拾掇得清洁干净,一阵微风过后,涟漪轻起。池中还有一些可爱的小生物,像是不知名的小蛙,抑或是颜色各异的鱼群。清潭边伫立着一间小茅草屋,屋前是金黄色的草垛,在夕阳之下闪闪发光。

在找到这里之前,赵程从来没有将脑海里的"绝情谷"具象化过。可看到这里后,他特别确定,如果小说里的"绝情谷"真的存在,应该就是眼前的这个样子。

"这个农场和我们早上看到的那些脏乱差的农场不太一样啊!"赵程在花田里一路走着、感慨着,向介绍人提出疑问。

介绍人哈哈大笑起来,指着那一排淡白色的小花解释道:"这里本来是一片农场,也和所有农场一样牛羊成群,大多数时候由农场主的妻子管理着。后来农场主的妻子去世,为了纪念她,农场主干脆从附近的小城搬到了农场边,自己搭起了茅草屋,种了一地妻子最喜欢的小花……"

说话时,从茅草屋的方向传来一阵犬吠声,赵程还来不及反应,一只黑白相间的牧羊犬像闪电一般冲着来人飞奔过来。

赵程下意识地回避了一下,但介绍人不害怕,俯下身,抓了抓它的下巴颏。没想到面相凶狠的牧羊犬居然乖乖地仰面躺下,露出了圆滚滚的肚子,任凭介绍人抚摸。

介绍人看赵程杵在一旁心生疑惑,赶紧向他解释:"这只牧羊犬叫Théo(狄奥),是农场主的妻子养的。以前只要它表现好,女主人就会摸它下巴作为奖励。如今女主人已经走了好几年了,它已经从小狗变成老狗,却还是像从前一样保持着这个习惯。"

赵程也蹲下，学着介绍人的样子，轻轻地抚摸着狄奥的下巴颏。狄奥舒服地闭着眼睛，仿佛在享受着主人还在身边的感觉。

赵程环顾四周，远处的茅草屋旁走出一个满头银发的老人，他远远地看见赵程，点头向他微笑了一下，然后步履蹒跚地拿起门后的大扫帚开始清扫花田。他动作缓慢，扫了一会儿便停了下来休息，静静站在花田中央。

狄奥翻了个身子，从赵程怀里挣脱，向着老人奔去，同时发出了呜呜咽咽的叫声。夕阳下，年迈的人同年迈的狗安静地相守着，看上去形单影只却并不寂寞，空气中流淌的，全是他们共同的记忆。

赵程不忍心打搅这份难得的安宁，默默地走开了。目睹了刚才的那一幕，他忍不住开启了直播。

此刻，雨晴正站在酒店里摆弄着昨天在大主教桥前买下的锁。她的目光长久地落在锁上——上面写着她和赵程的名字。

她脑子里塞满了昨天的情景，一遍又一遍地重放着。

"小姐，锁上要刻什么字呢？"卖锁的小贩问她。

"Eva Wu。"雨晴报出自己的名字，小贩很快刻好了，停下手上的刻刀等待她报另外一个名字。

可雨晴犹豫了，她明明刚刚还坚定地想要写上赵程的名字，可事到临头，她也不知道自己为什么就退缩了。哪怕赵程前妻的那一番话解除了误会，可是两个心里各有隔阂的人，还能有在一起的勇气吗？

小贩见她是一个人前来，又迟疑许久，心里有了些不祥的猜想："那个人知道你爱他吗？如果他不知道你爱他，就算强行锁上也没有效果。"

这句话将雨晴瞬间拉回了数年前。她记得自己第一次独自旅行到爱情桥的时候，卖锁的小贩也是这样告诉她：你写下的那个名字，一定要是愿意和你在一起的人。

她完全不记得那一天自己是怎么走上爱情桥的。只记得自己举步维艰，每走一步，眼泪就迷了眼。周围全都是一对对爱侣，他们在挂完锁后，或是虔诚地祈祷，或是在桥头热烈地亲吻，只有她形单影只。在桥上挂锁的瞬间，她忍不住崩溃地抽泣，她心里清楚，刻在锁上的这个名字，未来将和自己再无瓜葛，也明知道自己在做一件多么无意义的事，可那一刻，她只是迫切地想证明自己"爱过"的事实。

这一刻面对着小贩，雨晴突然意识到，前一日挂锁的赵程就和当年一个人来挂锁的自己一模一样。

她不禁揣测，赵程独自挂锁时的心理活动是什么样的，想必那一刻，他和当年的自己一样，投入了最深的感情和孤注一掷的决心。

"Aaron Zhao。"雨晴轻声地将赵程的名字拼写出来。

"什么？"法国小贩不太明白中文姓氏的音调，拿了张纸让雨晴将名字写出来。随着纸上的一笔一画，雨晴心里的这个名字也越来越清晰。

旧桥塌了，自己或许真的可以在新桥上再挂一把新的锁，写上另外一个人的名字。可是，自己能做得到吗？

此刻，酒店里的雨晴从回忆里醒过神来，苦笑了一下，默默把锁收起来，她的自尊心好像已经将自己逼得没有台阶可以下了。

收好了锁，雨晴像平日一样打开了赵程的直播账号。她想看一看赵程在干什么，哪怕只能在视频里短暂地见一见也好。

可万万没想到，此刻账号显示"正在直播中……"，雨晴的手指在"进入直播间"上停留了许久，还是忍不住按了下去。

画面中的赵程正在用平衡器进行直播，他不断在花田里行进着，背后略过一片片淡白色花田。

"我今天来到了这片花田，花田原来的主人已经去世了，可你看，这一地的花就是她的丈夫为了纪念她而种下的。刚刚我在花田里看到了那位老人，他已经两鬓斑白，却仍记得妻子喜欢什么颜色的花，记得妻子用什么动作逗狗。这一刻我才明白，人不应该随着时间的推移，就放任爱情变成亲情，把枯燥、平淡作为成熟的借口……"

赵程的表情逐渐认真了起来，轻轻地唤了一声"雨晴"。直播带来的身临其境的感觉，让雨晴心下一抖，仿佛觉得他正站在对面向自己喊话。

"雨晴，大鹏马上就要和艾索见面了，你能想象吗，有一个人跨越了十几万公里，就是为了寻找自己的爱人……"赵程顿了顿，叹了一口气，"可是有人走了十几万公里却丢掉了自己爱的人……"

这句话显然在说他自己。在这片见证爱情的花田里，赵程想把这段时间深埋在心里的话，全部都说出来："雨晴，你知道吗？前几天我找回了那700多条被你删掉的微博，这几个晚上我都不停地、反反复复地看着。我们这一路上有好多再琐碎不过的小事，你却把它们当成很重要的事情记录下来。而这一切，以前的我嗤之以鼻，从没有好好关注过。那时候的我总觉得，我们都是有经历的成年人了，不必再像年轻人那样花时间去体恤彼此的心情。我总以为人到了将近40岁，就不应该再花时间去谈'爱情是什么'，那些蓬勃的、热烈的、汹涌澎湃的感觉都应该在一瞬间转化为亲情。我以为我们在一起七年，很多事情就可以理所应当被忽略，包括你的感受……而这段旅途带给我最深的感触就是，爱情本身不应该是这个样子的。

"可是我还能做什么来弥补呢？这几天我一直在思考，等离开巴黎之后，下一站我要去哪里。刚刚正在花田里，我突然很笃定，如果那时候你还没出现，我就继续找下去。就像老革命找他的爱人，像秀芳陪着老杨，就像大鹏隔着千山万水也要来找艾索，像老人为妻子种下花田……"

赵程哽咽到说不下去，评论里刷起了很多鼓励的语句，让赵程加油将话说完。

在评论的支持下，赵程平复了一下心情接着说："两只背上都有刺的刺猬走到了一起，它们只要紧挨在一起就会觉得疼，所以一直试图掩盖或者拔掉自己身上的刺，假装它们不存在。可即便这样，它们还是觉得疼。终于有一天，它们发现了一个新方法，其实想要不疼，并不需要拔掉彼此身上的刺，只要拥抱就可以……"

雨晴记得，这是赵程在爱情锁背后留下的话。

这句话一下子戳中了雨晴，她用手猛地捂住嘴，避免发出过大的抽噎声。

视频中，赵程的声音依然在继续着："……以前我们都在做笨的刺猬，现在我们能不能试一试，做一对聪明的刺猬？"

她心里的回答已经快要喷薄而出了：可以！

这时赵程晃动了一下屏幕，从那个角度，雨晴看到视频右上角的建筑，她心里一紧——那居然是自己的酒店。

关于人生中的不期而遇，书上常常用一句话来形容："命运想让你见到的人，总会在恰好的时间遇上。"可此刻的雨晴根本来不及去想这到底是缘分抑或是别的什么。她慌乱地对镜拨了一下一天未整理的散乱头发，大力喷散着发胶试图把边角压平。

打开衣柜时，雨晴头一次觉得柜子里的衣服有的旧、有的皱、有的色彩不够鲜亮，但她来不及多想，穿上一条蓝底白花的裙子便跑出门，因为在她的记忆里，赵程曾经赞她穿这条裙子好看。

雨晴觉得自己像是被一条冥冥之中的线牵着，即便只有视频直播里模糊的方位，也盲目地相信自己能凭借直觉找到赵程直播的地方。

女人的第六感有时的确是种诡异的玄学，雨晴很快就在酒店西南方向两三百米的地方找到了那片花田。她远远看见赵程站在花田里，来不及细想，径直跑向花田中央。

而这一切，仍在直播的赵程完全不知情，他直视着镜头，就好像雨晴此刻就站在眼前一般："最开始我们都不相信大鹏可以穿越十几万公里去和他爱的人会面。可事实证明只要你想见到一个人，你一定能见到她。你一个人在外好好保重，等着我……"

把藏在心里这么久的话说完，赵程松了一口气，却见镜头里有雨晴的身影。他以为自己眼花，伸手揉揉镜头，可是手一放开，镜头里，雨晴依然直挺挺地站在他的身后。

直播里突然刷起了大量的评论："她就站在你身后啊！""以后终于能看见你们继续直播了！"

赵程的惊讶全部被镜头记录下来，即时地传播出去。他迟迟不敢回头，生怕自己一回头，就发现镜头里的画面都是幻象。

"赵程……"背后传来最熟悉的声音，时隔数日，这个声音带给赵程完全不一样的感觉，才使他确信镜头里发生的一切都是真的。

他转身看见雨晴站在花田中央，扬起手臂，晃动着手心里的另一把锁，轻声对他说："我来是想告诉你，爱情桥上的锁，要两个人一起去挂才有意义。"

此时的赵程已经顾不了许多，随手将平衡器丢到一边，向雨晴的方向跑去。他们之间只隔了一小段花路，但就算这一刻的情感再浓烈，两人也不舍得抄近路破坏农场主的"真爱之花"，按铺设的小路绕了一圈才得以见面。

"就像你刚才说的那样，让我们再试一次，做聪明的刺猬……"雨晴话音未落，赵程已经不由分说地吻上她的唇，时隔多日，这一刻的花田拥吻来得格外激烈。

这样的身体接触持续了一段不短的时间。"好啦，可以了……"雨晴试图从赵程的怀抱里挣出。可他却揽得更紧，像是揽着一件迟迟不肯撒手的礼物。

在旅行之前，他看到雨晴就像左手牵着右手一样习以为常，直到这一刻，这短暂的分别才真正告诉他爱情是什么样子。

还好，这一刻来得不算太晚，还有可以改变的机会。

赵程和雨晴牵手回到了民宿，刚推开大门，却惊讶地发现所有人都围坐在茶几面前，一看就是专门在等着他们回来——很显然，大家都已经看过了刚才的那场直播。

两个人和六个人，隔着一张茶几，在两个方向互相对视，空气中流动着一种柔软安静的介质。双方就好像许久未见的朋友，在机缘巧合之下突然遇见一样。

但是有宋一潇在，这种沉默没能持续太久。

"我早就和苏达打赌说你一定会回来的！"宋一潇欢快地小跑到雨晴身边，拖着她的手，朝向苏达嚷嚷，"这回我可是赢定了，给钱！"

苏达扮出一个苦瓜脸，可掩不住一脸为兄弟开心的笑意，被宋一潇硬拽上去道喜。

李教授也搂着林青走过来。林青一脸兴奋，忙不迭地说着"你们终于又和好了"之类孩子气的话。李教授则像看自己的孩子一样，温柔地看着雨晴，待恭喜的人群稍散后，伸开手臂，给了雨晴一个久违的拥抱。

"你比我想象得还要有勇气，"拥抱时雨晴突然听到李教授贴在耳边说话，"当你真正接受了自己的一切，才算是开始了新的人生……"

其实在离开之后，雨晴不止一次暗暗埋怨李教授为什么要把那些痛苦难堪的事公之于众，可是这一刻她觉得浑身轻松，她终于能够理解李教授的用意了。

"你们不仅是破镜重圆，还顺便帮大鹏搞定了场地问题，一举两得咯……"超儿径直走到林青身边，拍拍爱徒的肩膀，"看来咱们也要快一点把歌写出来，可不能万事俱备，只欠我们这股东风……"

林青冲着超儿吐了吐小舌头，一脸精灵古怪，好像有着自己的什么小主意。

不过，超儿这么一说，反倒让苏达注意到这几天大鹏的反常。他脸上完全没有刚到巴黎时那种快要见到爱人的兴奋感，反而是阴云密布，不时盯着手机，狂按个不停。

趁着大鹏试图离开人群讲电话，苏达和宋一潇将他逮了个正着。

"喂，现在场地和策划都做好了，干吗还丧着个脸？"

大鹏本来不想回答，但他的手机却在此刻传出视频通话嘟嘟的等待音。

"哦，人家不接你电话，吵架了？"本来苏达以为只有自己发现了大鹏的不对劲，哪想到超儿也早已发现，一脸坏笑地看着大鹏。

"没有吵架，可是艾索最近都没有再联络我……"自己的小事却让其他人担心，大鹏有些不好意思。

"有可能是她的网络不太好？或者正好遇到什么事情？"不知道从哪里冒出来的李教授插话，显然她刚刚已经躲在后面听见了所有的对话。

李教授又是从什么时候发现大鹏的不对劲呢？苏达心里正有疑问，就见到林青带着赵程和雨晴走来,她一来就向超儿打出了"sorry"的手势。

"师父,不好意思,那天你说大鹏哥哥最近不太开心,我想我妈应该有办法,就告诉她了……"

超儿一时不知道说什么好,只好假意数落她:"你这个小叛徒!"

大鹏这才猛地发现,原来所有人都发现了他这段时间的不对劲。他感觉抱歉的同时,被一种集体的温暖感动着,不知该如何形容。

"有事就不用瞒着大家,我们这么多人一起解决总比你一个人埋在心里好点。"赵程劝道。看到这么多人的关心,大鹏的心里也算是好受了一点,将这几天的事细细道来。

"其实从我们策划绝情谷告白的那天起,我就再也联系不上艾索了。刚开始我一直以为是信号的问题,也很'阿Q'地告诉自己,或许她是有什么事耽误了。直到有一天,我打通了她的电话……"

几天前的一个晚上,大鹏终于拨通了艾索的视频电话。

当视频电话的另一端出现艾索的画面时,大鹏兴奋得不行,迫不及待地要把这几日的筹备告诉艾索。

可那日的艾索和往常有些不一样。平时她就像传统的法国人一样,会选择用夸张的方式回应着大鹏,对于新生事物及时表现出好奇的表情。而那一天,她却一言不发地静待大鹏将话讲完。大鹏隐约觉得,有些什么事要发生。

不知道自己是不是为了逃避那种不祥的预感,大鹏自顾自地讲了很久。讲来到法国的全过程、学做西餐的艰难、逛蓬皮杜的经历、筹备告白仪式的进度通通讲了一遍。可是艾索依然只是礼貌地回应着只言片语。

暴风雨前的平静终究会过去,在大鹏说完之后,两人之间沉默了一会儿,艾索终于发话了:"大鹏,谢谢你为我来到法国,可是有一件事情我不得不说,我爸爸知道了我们的事情,他不同意我们见面。他是一个非常传统的华人,认为你的举动太莽撞,是一种情感上的绑架……"

艾索一脸愁容,看过去完全不像是在开玩笑。

"我能理解嘛,做爸爸的总会担心女儿嘛!"大鹏觉得自己有必要向叔叔认真地解释一下来意,"叔叔可能觉得我从那么远的地方来对你来说是一种情感上的绑架。可我来法国的目的,包括这个告白仪式的目的,并不是说你日后就一定要和我在一起。我想我们就算坐在一起,像在网络上一样聊一聊武侠故事也好,如果你不愿意的话,以后的事情我们以后再说。"

"可爸爸觉得我出生在法国,而你在中国长大。我们生长的环境都不一样,一定会有跨越不了的鸿沟,我改变不了他的想法……"

"《神雕侠侣》里,黄蓉还说杨过喜欢热闹,不可能久居古墓,和小龙女成长环境不相配。可是他们最后不还是突破了各种阻力在一起吗?"大鹏搬出《神雕侠侣》据理力争。

"我不知道我能不能劝服爸爸……"艾索还未说完,大鹏就从视频里看到一位强壮的黄种人推门而入,视频那端的艾索马上背过身挡在电脑前。

"喂喂……"大鹏极力向屏幕对面打着招呼,但视频那边就像听不到似的。他试图透过间隙看清楚那个男人的模样,可视频信号却开始断断续续。

"大鹏你等着我,我一定会来的……"艾索留下了最后一句话,屏幕瞬间转黑,信号彻底中断。

"整件事就是这个样子的。"大鹏向众人叙述了事情的全过程。

谁也没想到跨越十几万公里最终竟然等来这样的结果。大家说话都小心翼翼,生怕戳痛了大鹏。

过了一会儿雨晴才试探着问:"那你的告白典礼还办吗?"

"办!她说她一定会来,我也相信她一定会想到办法。"

大鹏无比坚定,几乎没有经过任何思考。他当着众人的面,再次拨通了那个熟悉的视频电话。当然,电话依然是忙音,无人回复。

视频的另一端,混血儿相貌的女孩正半卧在床上,两脚翘在床头,时不时看着响起的视频通话邀请,通讯人一栏上显示着"my 杨过"。

一个身材壮硕的中年人将果酱和切好的吐司端到女孩面前。他瞥了一眼屏幕,看到"杨过"两个字,显得十分熟悉:"又是那个杨过,你当初告诉我他要开车来法国,我以为那毛头小子只是随口说一说,没想到他还真有这个决心，不错，一看就是咱中国的好小伙！"

女孩从床上蹦下来，将果酱挤上吐司，不满意地嚷嚷着："爸爸，你都还没见过他，怎么知道人家就是好小伙？"

"爸爸看人还会错吗？如果一个人有这样的决心，做什么都不会差的，就和你爸爸当年一样。"男人自吹自擂起来，惹得女儿咯咯乱笑。

"不过，他什么时候来找你？"

女孩撒娇似的将脑袋靠到爸爸肩上，一看关系就十分亲密："那倒要看他找不找得到我……"

"男朋友不是拿来玩的，"父亲看着这个调皮的小女儿，语重心长地告诫着，"爸爸教过你什么？适可而止啊——"

"知道了！"艾索狡黠地眨着眼，在吐司上抹了一大勺果酱，大口咬下。

# 第二十一章　杨过与小龙女

伴随着告白仪式的时间越来越近，艾索像是彻底消失一般。大鹏仍怀抱一线希望，每天持之以恒地拨打视频电话，也寄望艾索能通过其他的方式联系他。可是眼看着时间逼近，女主角却迟迟没有现身。

面对这样一场女主角失踪的告白仪式，大家越筹备越感觉疲倦。起初，大家都默契地不忍触及这个话题，只是按部就班地准备。可随着时间临近，大家都有了放弃的念头。

"筹备过程都直播出去了，要是当天连女主角都没来，咱们是不是有些太尴尬了？"趁着晚饭的功夫，赵程一边复盘着早上的直播，一边提出了自己的担忧。

苏达跟风劝说："其实呢，中国什么漂亮的女孩没有啊？按大鹏这条件上街找，咱大东北盘正条顺的女孩一抓一大把……"

"小龙女和杨过也分开了三次，最后还不是在一起了。"大鹏往嘴里大口扒菜，将大家的劝诫当成耳边风。

"人是一种群体性动物，会受群体思维的影响，而亲人正是这一群体中最亲密的部分。你觉得艾索不受到家人影响的可能性有多大呢？"就连李教授也不看好这次的告白仪式，她用心理学理论分析着，"现在信息网络这么发达，如果那个法国女孩要和你联络，怎么也会找到办法的。现在这么长时间没和你联络，大概就是不会来了。"

其实大家也是为大鹏好，都怕他现在投入得越深，到时候越难受。可大鹏一句话也不回，还没吃完盘子里的食物却已放下刀叉，要躲回屋里休息。

见大鹏要走，一直沉默的雨晴也开声劝阻："人和人之间是要讲缘分的，没有缘分就不要勉强了，或许将它当成一份美好的回忆更好……"

虽说这么长时间大家都在兢兢业业地为这告白仪式做准备，可事实摆在面前，由不得众人不面对。

大鹏沉默了一会儿，突然没头没脑地问了一句："你们看过《倚天屠龙记》吗？"

众人面面相觑，不知道问题的用意，有人点头有人摇头。大鹏自己接过话："所有人都不看好赵敏和张无忌在一起的时候，是赵敏的一句'我偏要勉强'打动了张无忌，换他一生为她画眉。艾索说她一定会来的，现在摆在我们眼前的只是一些客观阻碍，没到最后一刻，我都想勉强试一试。有时候，不是勉强没幸福，而是勉强才能得幸福。"

大鹏说完审视了一圈众人，大家依然是一副失去了信心的表情。

为了给大家下定心丸，大鹏下定了决心："总之，我就在花田这里等她。明天总会来的，明天不来，后天总会来。"

"但是，这片花田价格很高，而且后面的档期全部被人订好了……"负责落实场地的赵程终于忍不住泼了大鹏一盆冷水。

大鹏从口袋里掏出一张银行卡递给赵程，又拿了张白纸写下密码："这张卡你尽管拿去刷……"

"逞什么能啊，家里有矿啊？"苏达嘲笑了一把。

"不是啊苏达！你过来看看！"看着赵程登录的账户页面，一旁宋一潇的嘴差一点张成了"O"形。她用食指在手机银行的界面上数着："个、十、百、千、万、十万、百万……千……千万……"

"这些钱够租下一个月的花田了吧？"大鹏十分冷静，无视其他人完全炸开了锅。

超儿第一个凑过去看账户的余额，不由感慨着："活到这把年纪，我的账户里还从来没有出现过这个数位……"

所有人都凑过去看个真伪，但官方的数字不会骗人，眼前的大鹏就像泥菩萨突然坐地变成镶金大佛，让所有人难以置信。

"等等……你不是说自己是在福建农村长大的吗？"苏达觉得这太扯淡了，

在今天以前，大鹏在他心目中的形象都不过是一个在桌游吧里打杂的穷北漂。

大鹏被苏达的质问弄得有些不好意思，抖抖索索地解释："我确实就是福建农村的，只是我们那儿什么都少，就是钱多……"

这突如其来的转折让大家措手不及，谁也没有想到大鹏居然是隐形的富豪。其他人的疑问也逐渐涌上来。

"那你的护照为什么都没有出境的记录？"

"我自己恐飞嘛，平时能坐高铁就不飞，尽量减少出国的次数。这回能来巴黎还真是多谢你们……"

"那时候我们房车出境遇上问题，来解决的那人难道是你家人？"

"那倒不是。我们家有些外贸生意，正好在那里有公司，那是分公司的经理……"

轮番轰炸下，大家终于理解了那句台词——有钱还真是可以为所欲为的。苏达这会儿终于明白，为什么他总感觉大鹏脸上有一种不紧不慢的轻松感，这就是现实版的"同人不同命"啊。

"其实我不是有心要骗你们的，"大鹏生怕自己被误会，诚恳积极地解释着，"其实我们家也不是一开始就大富大贵的。早几年我们的日子其实也很不好过，我大哥出生时，我们家还住全村最差的瓦房，父母四处打拼，我哥就陪着他们天南地北地跑，这拨同学还没认识就要搬家去下一个地方。我是老幺，出生的时候家里的情况已经有些好转，但父母有时候要跟着跑船，十天半个月都回不了家，就把我丢在外公外婆那里，也算是半个留守儿童。我们福建沿海都是做对外的生意，又正赶上下海的好时候，这才赚了第一桶辛苦钱。所以我爸妈一直跟我说，财不显财，富不露富。"

"我两个大哥都比我有经商的天赋，家里的主业当然顺理成章留给他们。"大鹏回想起旧事，突然眼眶一红，"本来毕业后，我爸已经安排我跟着大哥做生意，可是我想，人生应该是自己的，既然家里的产业已经有人继承，我没必要在我不擅长的事情上度过我的一生，所以就决定来北京闯一闯。我爸对这个决定很不满，认为我忤逆了他的决定，可我妈放不下心，才给了我这一笔傍身财，我也一直放在银行卡里没用。"

众人的脸色都是一会儿青一会儿紫的，尤其是宋一潇。她一路上都尽情"使唤"着大鹏，却没想到到头来自己"使唤"的居然是个富二代。

"这世界还真是无奇不有……"宋一潇咂舌。

有了那张银行卡做支撑，大鹏终于如愿租下了一个月的花田。众人虽然继续筹备告白仪式，但心里都不看好。唯一撑大鹏的人就是超儿，他本来就自带艺术家仙气，与 Suzy 萍水相逢之后，更相信人类之间的情感能够跨越任何地域上的阻碍。

有了 Suzy 的鼓励，超儿下决心将一路写好的曲子全部推翻，以民谣风格重新谱曲。他在花田里边筹备边谱曲，而现在的林青进步神速，不仅能够识谱弹唱，还能够帮助超儿修改和弦。老话说"男女搭配，干活不累"，可超儿从没想过最适合和他搭配的竟然是一个年龄这么小的女孩。现在想来，旅途一开始苏达就说对了，林青真的是他的缪斯，总能在旅途中给他带来新灵感。

"你先修改着，我去买杯冷饮，你要喝什么？"看到林青专心致志的模样，超儿自动请缨。

"星冰乐！刚出的有樱花的那一款！"林青专心改曲，头也不抬，却迅速地报出了菜单，小姑娘觊觎已久。

超儿端着饮品回来的路上，不注意迎面撞上一个女孩。那女孩形迹匆匆，用宽檐白帽遮着脸，手上抓着一台 GoPro（数码摄像机），用法语说了一句抱歉后就匆忙跑开。可超儿总觉得她有些面熟，却不记得在哪里见过。

他边走边回忆，直至回座位后才想起来，那女孩长得有些像曾在视频里见过的艾索。只不过艾索的头发是黑色的，她的头发是海藻一般的红褐色。

"刚刚有一个女孩来过吗？"超儿问林青。可惜她正专注练习新的和弦，转身时背后已空无一人，只能摇了摇头。

自己大概是眼花了吧。要真是艾索，她怎么不来找我们呢？超儿想。

告白仪式的日子很快就到来了。一早穿上订制大雕服装的苏达和宋一潇正互相帮忙整理衣服，满屋飞满了大雕毛，搞得两人直打喷嚏。

"听说大鹏还没有联系到艾索，"宋一潇忧心忡忡，"你说她会不会来？"

"阿嚏——阿嚏——"苏达连续打了几个大喷嚏，揉揉发红的鼻头，没好气地回答着，"你担心他还不如担心担心我们，看大鹏这架势，今天要是艾索没来，接下来一个月我们都要穿这套大雕装，还不得把肺咳出来……"

就在这刹那，两人忽听门口有阵喧闹声，好事的宋一潇连忙探身出去看。这一看不得了，宋一潇兴奋地直接冲出房间。

"阿嚏——"苏达正想要问清楚，一个喷嚏袭来，等他打完喷嚏，一潇已经跑得没影了。

花田上，大鹏正穿着一套用料粗糙的武侠装，他的劣质假发上被宋一潇用白颜料抹了一撮，扮成杨过的模样。一个穿着白衣、身材娇小的女子站在对面的花田上向他招手，微风将她脸上的白纱轻轻吹开，一切就好像重返《神雕侠侣》的故事里。

大鹏握着赵程的手，激动到开启复读机模式："我就知道她会来的！我就知道！！我就知道！！"他三步并作两步向着白衣少女的方向跑去，第一次觉得这个花田这么大，像望不到边界似的。

终于，大鹏的一只手够到了少女脸上的白纱。"艾索，我就知道你会来……"他握着白纱的手缓缓用力，那白纱顺势而下。

想到终于能看见艾索，大鹏心里美滋滋的。谁曾想，白纱一落，里面居然是一张外国老太太的脸。

外国老太太笑容可掬，操着不熟练的中文向大鹏打了个招呼："尼——嚎——"随即昂起头骄傲地自我介绍："小——龙——女——"

大鹏两眼一抹黑："什么？你这是老龙女还差不多吧？！"

穿着笨重的大雕装的苏达这会儿才好不容易挤进人群里，看到这一幕，满脸疑惑地问宋一潇："不就是个老太太吗？你刚刚跑什么？"

"外国老龙女"见大鹏一脸疑惑，意识到自己的中文表达可能出了错误。于是重新调整了一下中文，提高了声调解释："找——小——龙——女——"

大鹏还来不及理解这句话是什么意思，就见到"老龙女"身后走出一群穿白衣的少女，每一个都风姿绰约，脸上掩着一片白纱。

"外国老龙女"看着大鹏慈爱地笑着，又重复了一遍仅会的几个中文字：

"找——小——龙——女——"

就在大伙儿都搞不明白艾索的葫芦里装什么药时，大鹏的手机发出了叮咚的通知声。一帮人连忙凑过去看，只见艾索发来了一个视频。

视频中的艾索染着红褐色的头发，超儿一下就认出来，这就是那天在花田里和他擦肩而过的女孩。她红光满面，一点都不像是被家人软禁在家的样子，雀跃地向镜头挥了挥手："嗨！大鹏！"

视频里的艾索笑得直不起腰，镜头外的众人却一脸懵状。

"你一定想知道，为什么我会正好在这个时候突然出现吧？"笑够了，艾索终于来解谜了，"你还记不记得，之前我们一直讨论要办一场神雕侠侣主题的告白仪式。其实《神雕侠侣》本来就是一个寻找的故事，最精彩的地方就是杨、龙二人的'三离三聚'。他们的第二次离别是在英雄会过完后，黄蓉用封建礼教阻拦两人相爱，促使小龙女离开，但杨过还是踏遍千山万水寻找她。为了试一试你是不是像杨过爱小龙女一样爱我，我就用父亲的反对作为理由小小地试了一下你，恭喜你，通过了我的第一关！"

视频里的艾索鼓起掌来，现场的人也纷纷配合。"兄弟干得漂亮啊！"鼓掌之余，苏达兴奋地推了大鹏一把，但大鹏虽然脸上带笑却不应声，好像没有想象中那么开心。

鼓完掌，艾索接着补充："如果你想要见到我，还有一关需要过。现在，你面前有十个'小龙女'，你要凭借对我的了解，把我从中找出来。你有三次选择的机会，每次有三分钟考虑时间，如果选错了，就证明你不够诚心，需要接受惩罚。第一次你只能看外貌来选择，选错了，就要'公主抱'着错误选项转上十圈。第二次你可以听每个人的声音，如果还选错，就要当众换上我准备的草裙跳舞。第三次你可以问每个人一个问题，要是还选错，就证明我们缘分未到，你还要接受下一个考验……"

公布完规则，艾索调皮地对着镜头眨了眨眼睛："我的杨过！祝你好运哦！"

视频结束，屏幕转黑。大鹏看向眼前这一排高矮胖瘦不一的"小龙女"。这考验哪里是《神雕侠侣》，分明就是《唐伯虎点秋香》。

大鹏犯了难，反而是周围的"军师团"七嘴八舌地提供思路。

"艾索有多高？"超儿问。大鹏摇摇头："我们聊天的时候，她都是坐着的，我也不知道她有多高。"

"艾索的体重大概多少？"赵程问。大鹏依然摇头："我们视频聊天时只看到她的上半身，胖瘦很难估计。"

"艾索的肤色偏黑还是偏白？"苏达问。大鹏有些不好意思地解释："我只知道她是黄皮肤，至于偏黑还是偏白……你们也知道现在的滤镜有多不真实，换了个滤镜就换了种肤色，我哪能知道……"

"都告白了还不知道高矮胖瘦，算是哪门子恋爱啊？"目睹这一问三不知的情景，李教授忍不住吐槽，"看来网恋真是不靠谱！"

大鹏打肿脸也要充胖子："我们三观相符，这些外在的因素不是问题……"

他的底气显然没有刚才那么足，话里藏着一些说不出的失望。

第一个三分钟很快就过了，"老龙女"指了指手表，示意让大鹏给出答案。

无头苍蝇般的大鹏只好根据"题不会答就选中位数"的原则，盲选了一位高矮适中、胖瘦得宜的小龙女。

在众人的期待中，女孩缓缓揭开面纱，松开假发，露出了碧蓝的眼睛和满头金发——很显然，这人不是艾索。

"第一次选择嘛！选错也无所谓！"大鹏安慰自己。愿赌服输，他只能在大家的哄笑声中接受惩罚。

金发小龙女看起来不算胖，但始终有副西方人的骨架子，抱起来还挺沉。大鹏颤颤巍巍地完成了十圈"公主抱"，累得差点瘫倒在地。可现场气氛开心得不得了，就像在看耍猴。

没等大鹏气喘匀，"老龙女"又开始了新一轮的计时。

"这回我肯定能找出艾索，我每天都在视频里听她的声音，她一说话，我就一定认得出！"大鹏胸有成竹。

只见九个小龙女自觉站成了一排，大鹏赶紧做好了洗耳恭听的姿势。却没想到第一个小龙女缓缓走出来，捏着嗓子学了一声猫叫。大鹏还没反应过来："这就完了？"

"外国老龙女"摊手，表示——完了！

接下来的八位小龙女也是各出奇招，有压低嗓门的，有学外星人说火星文的，也有高唱法国国歌的……赵程看着这群魔乱舞，低声问大鹏："你猜出来了没？"

大鹏直愣愣地站着，完全没了主意。三分钟时间又到了，大鹏犹豫了半天，掀开了其中一个小龙女的面纱。一个黑人妹子正对他露齿一笑。得了！又要受罚了！

"外国老龙女"捧上一件夏威夷风格的草裙，让大鹏穿上接受惩罚。经过刚才的公主抱，此刻的大鹏满额是汗，那一撮涂了白颜料的头发被汗水脱了色，从脑门上流出一道"白水"，看上去甚为狼狈。

精心准备的告白仪式变成这样，大鹏也只能认了，穿上草裙象征性地扭了两下。

"NO！NO！""老龙女"不买账，非要大鹏用力甩，自己还扭着老胯做起了示范。

大鹏面露难色，勉为其难地学着。围观的人欢呼着尖叫，像是早已忘了这是谁的告白仪式，将它当成了一次彻彻底底的闹剧。

三次选择机会，两次都错误，气氛有些紧张起来。"老龙女"示意大鹏，最后一轮他可以问一个问题。

"既然艾索会来，她一定不想刁难你，你好好想一想平时聊天她有没有说过什么？"李教授提示。

大鹏搔搔头："我们大部分时间都聊金庸……"

"那你就问问和金庸有关的问题，看看谁能答出来啊！"再三地犯错，让周围人也有些焦急，急着给大鹏提建议。

这三分钟，仿佛是大鹏人生里最长的三分钟，无数问题在他脑海里萦绕着。突然他灵光一闪，终于想到了一个艾索绝对知道答案的问题。

"我想问的问题是，"大鹏信心十足，"小龙女在断肠崖上刻的那行小字是什么?"

可令大鹏意想不到的事再次发生,八个小龙女同时保持了沉默。他以为小龙女们没听清,再重复一遍,现场仍是一片寂静,没有人知道答案。

"我知道了!她们中间没有一个人是艾索。"大鹏突然像通了窍般地大喊起来。他看向"老龙女",她那挤眉弄眼的表情已经说明大鹏猜对了。

可是艾索不在这里,又会在哪里呢?

李教授紧皱着的眉头突然放松,有了个大胆的猜想:"刚才艾索在视频里提到了《神雕侠侣》的'三离三聚',答案会不会和这个有关呢?这三次离别后,杨过都是怎么找到小龙女的?"

大鹏对《神雕侠侣》的熟悉程度,让他不用翻书就能马上脱口而出:"小龙女最后一次离开是在中了情花毒后,她在绝情谷旁的岩石上留下16年之约,跳下绝情谷。16年后,黄蓉和周伯通在百花谷发现了小龙女在绝情谷底养的蜜蜂,蜜蜂的翅膀上写着'我在绝情谷底',杨过就跳下谷底,顺着湖水来到了小龙女住的地方……"

"咱们来的路上好像没有蜜蜂吧?再说了,在蜜蜂翅膀上刻字都是小说杜撰的,咱们普通人谁能在蜜蜂的翅膀上刻字啊?"宋一潇觉得这个思路行不通。

"我知道了!"赵程像是突然想到了什么,向雨晴使了个眼色。雨晴也秒懂,两个人像是心有灵犀似的同声喊出:"狄奥!"

八个人匆忙寻找那只叫"狄奥"的老牧羊犬,此刻它正在花田里安安静静地舔着自己的毛,突然就被一行人提溜起来,也是吓得不轻。果然,狄奥的小夹克上写着一行小字,用法文翻译过来就是"在屋子里"。

原来艾索故意误导大鹏在那一行"假龙女"中找,自己却悄悄躲在茅草屋里,暗中观察。

众人找到农场主索要茅草屋的钥匙,那一排"假龙女"纷纷挑开面纱捂嘴笑了起来。可此刻的大鹏并没有面露喜色。经过这一番折腾,他感觉到了一种前所未有的疲倦,比他连日来的准备还要累。

钥匙吧嗒开启房门,眼前的景象真是别有洞天——茅屋内被打扮成了传统的中国式新房，床上布置着红色的床纱，床正中央坐着小龙女装扮、一脸娇笑的艾索。

"我就知道你会找到我的！"艾索欢快地奔到门口，给了大鹏一个灿烂的拥抱。虽然打扮成了传统的中国女子，但她骨子里还是巴黎人的浪漫和热情。

这场景，就连"浪漫之都"的法国人都欢欣鼓舞，"假龙女"们互相拥抱着，用法语发出起哄的尖叫声。自驾团众人里，就数林青和李教授玩得最开心，两人凑在艾索身边拉响了纸礼花……一时间，口哨声、庆祝声、拉开小礼花筒的声音不绝于耳。

"我们的巴黎之旅到这里终于可以画下一个美满的句号！"在跃动的人潮里，赵程搂住雨晴，顺势看向苏达的方向，"你说是吧！"

苏达正仔细帮宋一潇挑出头发上粘住的礼花碎片，高声回答："当然！"

可大家很快发现了大鹏的不对劲，他没有任何高兴的表现，身体僵直地任凭艾索热烈地拥抱和亲吻。

"你为什么要这样做？"礼花的声音渐渐散了，大鹏的质问声传了出来。

艾索显然还没从刚才的兴奋里回过神来，还以为这只是平常的对话，开心地反问大鹏："你不觉得很好玩吗？我们就像杨过和小龙女一样互相寻找？"

"我不觉得有什么好玩。感情可以拿来玩的吗？或许你们法国人觉得可以，但我这个中国人不行！"大鹏的头套边缘完全被汗水融化，他干脆用力一撕，将头套扯了下来，随即开始脱身上的衣服。

众人这才意识到大鹏是真的发怒了。

"这么远都来了，别……"苏达试图劝一劝，但大鹏马上怼了回去，"这么远来又怎么样呢？有人仍然觉得我不真诚、不可靠。"

艾索意识到大鹏的愤怒，轻声解释："我只是想试一试……"

"试什么？试我对你的感情？"大鹏怒不可遏地打断了她，"你知不知道，我一直害怕坐飞机，如果不是因为你，我根本不会从北京到巴黎来。为了见你，我用了最笨最傻最原始的方式，一路开车，从戈壁开到草原，从草原开到雪山，从山地开到平原。但每次一和你聊天，我就觉得再难走的路都值得。

我长这么大都没坐过飞机,可是因为你,我甚至都想好了未来每个月都飞到巴黎。你知道这对于恐飞的人来讲意味着什么吗?意味着为了见你,我已经下定决心,每个月都经历一次濒死的感觉……"

大鹏的语速奇快无比,艾索瞪大眼睛,努力理解着他的每一句话。

"这世界上什么东西都可以试,唯独感情是不可以去试的,也不经试。你这一次试的是我来找你的真心,下一次可能还会试我娶你的决心,再下一次试我和你共同生活的耐心……你设下重重关卡,无非是因为不信任我。如果你不信任我,就会发明无数种试的手段,我不想自己的感情就在这样无穷无尽的'试'中度过。"

"可是……"艾索还想再解释点什么。

"我没想到,你居然这么幼稚。幼稚得无法想象……"大鹏将头套和古装全部甩在地上,扬长而去。

巴黎的民宿里,大鹏已经开始收拾行李。

"真的要走?"赵程走进屋子里,看到刚刚散落一地的行李已经收拾得差不多了。大鹏不用言语回答,只是用鼻子哼唧了一声。

"你和她完全断绝联络了?"

"我和她没有共同的朋友圈,没有共同的生活圈,完全就是网络情缘一线牵,这条线断了,所有的一切也就断了。"

"可是……"赵程还想说点什么,可看着大鹏一副去意已决的样子,只能把话收进肚子里。

"你们都说网络上的恋爱最不靠谱,现在我算是感觉到了。原来的武侠公众号我不会再更新了,网络世界已经没有太多让我留恋的地方了……"大鹏打包好了行李,将它靠到了床边,"对了,我买的是一周后的机票,那块花田我租了一个月,那是你们重逢的地方,我不在的时候你们可以去走走,就当是我送给你和雨晴的礼物……"

话虽这样说,接下来的一周,赵程和雨晴根本就没有再去过花田,巴黎的浪漫场地数不胜数,他们和一潇、苏达组成四人团四处游荡,每天眼睛都不够用。而林青和超儿都在为旅程谱写告别曲,准备在这个浪漫城市留下最后的印迹。每个人都有着自己的"巴黎浪漫计划",只有大鹏闲来无事,总去花田逛一逛。

大鹏拒绝了艾索在公众号后台上接连不断的私信,也拒绝了她重新发来的好友邀请,可他也说不清自己每天到花田到底是在期待什么。

临走的前一天,大鹏又来最后看一眼重金租下的花田。突然,他听见一阵熟悉的犬吠声,紧接着一个黑影像闪电似的奔到他眼前。狄奥像是看到熟悉的老友,兴奋地舔着他的脚背,拽着他的裤脚就要往茅草屋里走,像是有什么急切的话要向他交代。

大鹏想着和老农场主道个别也好,便跟着狄奥进了茅草屋。

屋里灯光昏暗,老农场主正背对着大鹏,听到声响转过身来,似乎对他的到来一点也不惊讶。

"你终于来了啊……"老爷子徐徐说着。大鹏不理解这话中之意,却见老爷子翻找了一会儿,递给大鹏一架 GoPro 说道:"这是你落下的东西。"

大鹏满脸狐疑地导出了其中的文件。

GoPro 的第一个画面里,艾索站在离花田很远的地方,背后是大伙儿第一次来到花田看场地的情景。她一脸雀跃地对着镜头说道:"嗨,大鹏!虽然你现在不知情,但我正准备偷偷把你准备的过程都记录下来,在告白仪式上放映出来。感谢你从中国来到这里,为我准备这一场梦想中的告白仪式!"

接下来的每一个视频都是艾索正对着屏幕说话,而背景就是大鹏他们在筹备告白仪式的画面。

最后一个视频里,艾索已经染了红褐色的头发,显然,这就是她在花田里撞上超儿的那天录制的。她对着镜头做了个鬼脸:"大鹏,你现在一定因为找不到我而觉得着急吧。起初我以为你会放弃,没想到你却一直坚持。既然你这么容易就过了我的第一关,那我可要好好想想第二关是什么了!但无论如何,我一定会想办法让你过关的!"

大鹏这才知道,原来艾索一直在不远处看着整个告白仪式的布置,她一早就已经决定好了,无论"试一试"的结果是什么,都要跟着大鹏走——这是大鹏完全没想到的。

　　农场主微阖双目，这半个月里他目睹着重金租下花田、努力制造惊喜的小伙子，也在散步时常常偶遇偷偷看着花田的亚裔女孩。这一切的一切，似乎唤起了他许久以前的记忆。

　　"妻子还在的时候，我因为工作的原因久居在附近的小城，我俩只有周末可以在这片农场上见面。那时我觉得自己很年轻，还有很多梦想需要实现，很多地方需要冒险。我们总会有老了的一天，到时候就可以一生相伴。可是我想错了，爱情其实是一件要及时去做的事，错过就是错过了。"

　　狄奥乖巧地趴在老农场主身上，舔了舔他的脸，老农场主将脸颊埋进狄奥丰厚的毛发里。

　　"你知道'Théo（狄奥）'这个词的含义吗？它是ThéoThéodore的缩写，在希腊语中代表'上帝的馈赠'。上帝说如果有缘，人们一定会互相找寻直到遇见彼此。所以，如果有幸收到了馈赠，一定要好好珍惜……"

　　大鹏垂着头，他始终是个相信宿命论的人，这一次也一样。

　　"或许所有的错过，都是命中注定的吧！"他边说着，边将GoPro收入口袋。

　　回民宿的路上，大鹏抬头看向巴黎的天空，这夜星光无限好，可他明天就要告别几个月的旅途，重新变成那个不喜欢吃西餐、不喜欢逛艺术馆的人。但也好，变回原来的自己应该最舒服吧。

　　虽然这么想着，可是他还是下意识地摆弄着手上的GoPro。夜巴黎灯火辉煌，似乎所有的人都沉溺在纸醉金迷的快乐里，街道上满布着小酒馆、咖啡厅、艺术长廊，各色霓虹灯争奇斗艳。

　　他终于找到了一家门庭稍微冷清的中餐厅门口停下来，靠着店铺的玻璃落地窗，想把刚才GoPro上的视频重新看一遍。

　　"……但无论如何，我一定会想办法让你过关的！"他莫名地将这句话重新倒回播放了许多遍，像是为这份错过的爱情默哀。

　　此时，中餐厅的电视上播报出一则突发新闻："武侠小说泰斗金庸，原名查良镛，30日下午病逝于香港养和医院，享年94岁。金庸是我们华人非常熟悉的作家，曾著有……"

大鹏愣住了，眼前的世界就像瞬间失了焦一样模糊起来。他急切地透过玻璃落地窗向餐厅里的电视望去，那女主播身穿正装，一脸庄严肃穆，完全不像是开玩笑。

其实早在大鹏创立武侠公众号时，他就预备好了这一天的来临。就算跃于纸上的大侠也终有寿终正寝的一日，就仿佛云卷云舒，始终要有散去的一天。可当这一天真的到来时，他还是感觉到了一种不真切的悲伤。

金庸走了，把他少年时幻想过的那个世界也一并带走了。而巴黎街头的霓虹在闪动，整个城市声色犬马，完全无法同步他的悲伤。

在异国他乡的街头，大鹏突然感受到了一种难以名状的寂寞，这种寂寞啃噬着他，让他迫不及待地想找一个人诉说。可是在这条满是外国人的街道上，根本不会有人明白他此刻的内心。

突然，大鹏感觉到一个黑影也在落地窗前停下脚步，和他一起注视着悬挂于中餐厅上不停转换的电视画面。他抬眼望去，看见一张再熟悉不过的脸。

艾索正站在餐厅外隔着落地窗看新闻，她逐渐感受到身旁炽热的目光，从落地窗的反光里看见了大鹏。她惊诧地转过头，同一时间，新闻又恰到好处地重新播报了一遍："武侠小说泰斗金庸，原名查良镛，30日下午病逝于香港养和医院，享年94岁。人的一生注定是一场漫长的告别，而在终极离别到来之前，金庸先生也正用他的作品经历生离死别。飞雪连天射白鹿，笑书神侠倚碧鸳。他的一生留给我们……"

来来往往的喧嚣人群已不重要，整个城市仿佛已经宣告静止，只有落地窗前的这一片地方是流动的。

落地窗将对面的霓虹反射在两个人脸上，大鹏看到艾索脸上不断跳动的光束，还有顷刻落下来的眼泪。

巴黎好大，大到拥有无数珍藏的艺术瑰宝；可是巴黎又好小，小到只有一个人，可以读懂这一刻的眼泪。

兜兜转转，两个人又同时停在了这里。

## 第二十二章　巴黎的见证

随着大鹏和艾索的重归于好，巴黎之行也进入了尾声。众人很快就要迎接旅在巴黎的最后一天，坐上回北京的飞机——除了超儿。

超儿自诩"音乐浪子"，本该四处留情。可是这几日里，他和林青一起为回程前的最后一次直播筹备新歌曲，脑袋里却总是回响着 Suzy 的话："改变只能是因为你自己的认可和喜欢，如果改变的原因只是为了符合大众的审美，那就太不值得了……"

这种心态上的变化，第一时间投射在了超儿笔下的音乐中，马上被林青发现了，她有一次问超儿："师父，你最近写的曲子比之前多了很多变换，高潮部分比起从前有更多记忆点，你怎么做到的？"

怎么做到的？超儿觉得自己心里似乎已经有了答案。

他抽空去了一趟巴黎的理发店，要求理发师给他剃个光头。理发师乍一听，以为是超儿不熟悉外语引起表达错误，拿出一个 iPad 向超儿展示最新的发型。

"NO！NO！"超儿怕理发师不理解，用手围着头比划了一圈，"全部！全部！"

理发师反复确认了好几遍才动手。超儿对着镜子看到头发一缕一缕地剃落，最终留下一个还算饱满的光头，突然想起 Suzy 之前的笑谈："中文里有个词叫'聪明绝顶'，你还不够绝，还差一点点……"

现在终于是货真价实的"聪明绝顶"了，超儿摸了摸自己光秃秃的脑门，竟然憨笑了起来。

理发师不知道剃个秃瓢有什么值得开心的，只能目送超儿离开，感慨自己摸不透"神秘莫测的东方人"的想法。

很快就到了回北京的前一日，赵程和大鹏早已预告，会在今天傍晚进行最后一次直播。

"真快啊，桌游吧的暴雨夜就好像昨天一样……"打开账号的瞬间，大鹏感慨着。原本这只是他名不见经传的私人账号，却因为这次旅途，莫名其妙地成为了所谓"大 V"。

赵程看着用户名边上的"知名旅行博主""百强直播达人"等称号，也无限感慨地回应着："谁说不是呢？刚上路的时候，我连什么是直播都不知道。第一次在酒泉看你直播时，我对着镜头一句话也说不出，再看现在，早就应对自如了。"

两人边聊边按开了直播按钮，直播间里已经有了许多等候的观众，弹幕中不断跳转着煽情的告白，嘱托他们回北京后一定要继续发动态。如果把这一路直播比作一辆行驶的列车，每一次直播都是一站，自驾团的众人就像驾驶室里的司机们，他们无法说出每个观众在哪一个站点上的车，可是很庆幸到了终点站还有这么多人陪伴。隔着一方屏幕，他们早已成为了最熟悉的陌生人。

赵程持着平衡器在巴黎的大街小巷里穿行着，向大家公布着最后一站的行程。

"我们现在正在去往埃菲尔铁塔的路上。今天，艾索和大鹏将在铁塔上完成神雕侠侣的告白仪式。巴黎真的是一个将浪漫变成自然的城市。刚刚我在香榭丽舍到铁塔的路上，穿过许多当地人的街区。感动我的并不是铁塔的华丽，而是当地人平日里真实的生活。我看见一个女孩抱着一大包法棍从超市里走出来，也看见优雅的老太太在公寓的小阳台上浇花，每一个画面都像一帧浪漫的镜头……"

"你看那里！"一直在前面走着的雨晴突然折返，拽着赵程向前跑。顺着她的指向，赵程将镜头对准了塞纳河畔，拍婚纱照的新人们正沿着河岸摆出亲密的造型。

　　暖阳给婚纱镀上了一层金边，给人太多浪漫的幻想。镜头之后的雨晴轻轻感慨着："这婚纱很好看啊……"

　　赵程有些意外地看向雨晴，她歪着脑袋，完全沉浸在幸福之中。

　　他悄悄将镜头移向了雨晴，直播里即时跳出了一条评论："看着你们从第一次直播争吵到现在一路走来，好期待未来见证你们穿婚纱礼服的时刻。"赵程默默地给那条评论回复了一个"谢谢"。

　　这份静谧没能持续太久，队伍最后突然传来尖利的女声："喂，别走这么快呀，你知不知道这衣服很难搞！"

　　赵程连忙将镜头朝向发出声音的方向，只见宋一潇穿着大雕装，满额头都是汗，晃晃悠悠地跟在苏达背后。见到赵程的镜头，她又马上恢复了女演员本色，将汗湿的头发撩到一边，摆出了一个做作的"S"形。

　　"我说这种时候你就不要再顾着好看了嘛！咱们都是司仪，要是来不及的话多尴尬啊！再说了，等会儿我还要吊威亚呢！"苏达只顾着自己一脚深一脚浅地往前走。

　　"人家累嘛……"宋一潇彻底走不动了，干脆趁机撒起娇，"你背我……"

　　苏达见她真的停在半路不走，想不到别的招，半哄半就地蹲下来。哪想到宋一潇往后猛退了几步，一顿助跑后跃到他背上，惹得苏达大叫"腰快断了"。

　　这么一闹宋一潇反而乐得不行，像树熊一般挂在苏达身上，硬是不下来。

　　"你放不放手？"

　　"不放！"

　　"你再不放，我可把你甩下去了！"

　　"你敢！"

　　苏达整蛊一样地晃着身子，试图把宋一潇甩下来，可也没用猛力，两个人晃晃悠悠地向前走去，留给直播镜头一个背影。

　　等众人紧赶慢赶地到达巴黎铁塔下，其他人早已在等待了。

　　赵程的直播镜头一一扫过他们兴奋的脸庞：艾索特意重新邀请了上一次

的"假龙女"们,不过这回小姑娘们都没戴面纱,一簇簇、一堆堆热络地谈笑着;花田主人带着狄奥出现在了现场,老人家的身子看上去硬朗了许多,大概是因为来客的快乐冲淡了思念的苦楚;而狄奥吃饱喝足,翻着肚皮逗大家笑翻天。

"我们准备开始啦……"苏达看了看大鹏。从没化过妆的大鹏今天破例涂脂抹粉,还黏了个新的"杨过头套",不过条件有限,那一缕杨过的标志性白发依然是宋一潇用白颜料涂的。

在花田告白时,围观的多是自己人。但此刻埃菲尔铁塔下挤满了各国游客,他们对这个奇装异服的"中国武士"投去了好奇的目光,让大鹏前所未有的紧张,表情有些不受控的僵硬,搞得超儿忍不住调笑:"你看大鹏这一脸正气,不像是要告白,反而像是要英勇就义……"

"要不怎么说稳定的恋爱关系就像是围城呢!"赵程顺势接话。

但一时逗完口舌之快赵程就后悔了,身旁的雨晴哪里能放过这么好的机会,一脸假笑地逼问他:"那你被围得开心吗?"

"当然当然,"赵程挽住雨晴的手,"我恨不得被围上一辈子……"

直播平台将这次的直播作为重点,同时推给了全国各地的用户。所有下载App的用户都收到了名为"自驾到巴黎的最后一站——神雕侠侣告白"的通知,一时间,直播间里涌入了更多猎奇的观众。

赵程调适好了直播角度,等待苏达这只大雕的开场。苏达往身上系好了威亚,对拉威亚的众人摆出了"ok"的手势。还没等他收手,所有人一齐用力,苏达就呲溜一声上了天,然后真像一只大雕似的从半空中直接滑到了广场中央。

铁塔下的游客不知道发生了什么,纷纷驻足围观,给从天而降的高大上剧情贡献出了巨大的掌声。直播里的观众更是沸腾,大家就像在看一场连续剧,今天终于到了大结局。

"今天我们请现场和直播前的所有观众,一起来见证这次跨越十几万公里的相逢……"

苏达在开场语里将这一路走来的点点滴滴粗略道来,雨晴将以上的那段话用英语复述了一遍，这下现场的各国游客全都听懂了。大家被这种浪漫挟裹着、推动着，现场的气氛达到了高潮。

苏达将四肢紧张到僵硬的大鹏带到了广场中央。大鹏准备了一封英文长信，提前拜雨晴为师，反反复复地读上了许多遍，此时却舌头打结怎么都念不出来。

"快呀！你之前练习得不是挺溜的吗？"苏达急得直扇大雕翅膀，动作笨拙得像只大扑棱蛾子。

"快说啊！""说呀！"自驾团众人在一旁撺掇着。

"我……我……"没想到众人的催促反而让大鹏更紧张，他结巴到说不出一句完整的话。

突然，一道白影从人群中奔出。本来要在下个环节才出现的艾索奔向了大鹏，就像 16 年后与杨过重逢的小龙女一般热烈而激动，火速在他脸上留下了一个吻。大鹏的脸上瞬间多出了一个抹不去的鲜红唇印。

围观的人群爆发出激烈的笑声，狄奥像是通人性一般狂吠起来。

艾索扮成了小龙女的样子，比那天在视频里看到的更温柔，她搂住大鹏，用仅有他能听到的声音轻声说道："感谢你从中国来到这里，为我准备这一场梦想中的告白仪式。也谢谢我们的大媒人金庸先生，他大概不会想到，他的作品能将身处两个不同国家的我们连接在一起……"

看着自己的小龙女，大鹏终于卸下所有的心理防备，两人在层层人群的包围下拥吻起来。

身穿大雕服的宋一潇看着眼前的一幕像个小女孩般兴奋雀跃，在人群中高调地尖声喊叫着。雕毛全被扬在半空中，惹得苏达不住打喷嚏。她喊累了就大大咧咧地靠在苏达身上感慨着："你看人家连一个告白都这么有仪式感，我向你求婚岂不是亏大了……"

话还没说完，宋一潇感觉身后的苏达突然抽开身子，弄得她差点打了个趔趄，正要转过身骂街，却看到苏达穿着笨拙的大雕装，费力地单膝跪在她面前，手中举着尤利安送的那个锆石戒指。

好事儿接二连三，这可是在巴黎，什么浪漫的故事都有可能在这里发生。

被这么多人围观，苏达有些不好意思地搔搔头："第一次是你向我求婚的，我们东北大老爷们不兴吃人家的嘴短，总得要自己来求一次，这样咱也算扯平了……"

这一口大碴子味，差点把宋一潇逗笑了，这算是哪门子求婚？但她又不敢笑，因为苏达脸上露出了少有的正经严肃。

"在旅行开始之前，我们都说要先结婚后恋爱。说实话，那时候我是极度怀疑的。我主持过那么多婚礼，就两种情况，新人是相爱的或者新人是不相爱的。没有一对是抱着相爱的目的，却先进行了婚礼。你说当时将捧花递给我，是因为命中注定。现在想想，我当下答应你的求婚好像也是因为命中注定。从看见你的第一眼开始，我就觉得自己好像能预见到未来和你在一起的生活，就算我再努力往坏处想，想到的也全都是美好的画面。这一路上发生的事也证明了，爱情有时不需要想太多，跟着感觉走就够了……"

苏达这个话痨子难得沉默了，他在酝酿着一句准备了很久的话。

这句话就像常年的火山一般，积聚在他心里已久，就在此刻喷薄而出："宋一潇，今天在这座铁塔之下，我想说，我们重新开始吧！就像第一次恋爱一样！"

苏达自己说得眼角湿润，满心以为宋一潇也会热泪盈眶。

可是宋一潇哪是按常理出牌的人，女演员的爱演特质又占了上风，她华丽丽地将手伸到苏达面前："既然是第一次恋爱，那……先生你好，认识一下，我叫宋一潇。"

刚刚偶像剧的画风瞬间垮塌，转为了轻喜剧。苏达也是一路人，看到宋一潇这么爱演，竟也配合地啪啪拍了两下膝盖，半跪着伸出手："小主好，在下苏达是也——"然后顺顺溜溜地将戒指套上了宋一潇的右手无名指。

一瞬间，铁塔整点亮起了灯，灯光闪烁着。此情此景，让苏达情不自禁靠近了宋一潇的嘴唇，有了前几次的经历，他还在犹豫，但宋一潇却突然猛地靠了上来。

苏达的大脑突然像断片一样一片空白，只听见周围响起了一阵阵热烈的掌声。一潇在苏达的耳边轻轻地说道:"这辈子陪着你吧。"

在这么情绪高涨的时刻,一定还要制造点浪漫氛围。赵程按照苏达的交代,在一旁展开荧光布条。

宋一潇正感动着呢,抬头一看,布条上写着四个大字"离婚快乐"。

现场的外国人看不懂中文,还跟着连番叫好。宋一潇再也忍不住了,回身就往苏达的大腿根上一掐:"苏达,你这是玩我呢?!"

"啥?"苏达一头雾水,莫名其妙就挨了这一掐,他抬头一看才知道发生了啥事。

见到眼前黑云压城的局势,赵程也赶紧看了一下灯牌,这才发现原本贴在上面的新胶条不知道什么时候脱落了。

"不好意思,苏达交代能省则省,让我们用之前离婚典礼的物料改一改,你也知道在这异国他乡也不知道哪家店的胶条好,谁知道这个胶这么不牢,粘都粘不住……"赵程忙不迭地解释,雨晴赶紧把地上的胶条捡起来粘上,可不牢固的胶条一粘上又往下掉。

这下苏达可是彻底找补不回来了,宋一潇对着苏达又是一顿批:"都什么时候了还顾着省,你满脑子净钻钱眼里了是不是……"

这会儿,刚刚的浪漫劲头已经过去,她看着手上的锆石戒指回过神来:"别人求婚都有几克拉的戒指,苏达你是不是想用这个锆石戒指打发过去?我告诉你,不行!"

从偶像剧到轻喜剧,再到现在的武侠剧,苏达还能怎么办呢,娶了个河东狮般的老婆就只能认命,跑啊!


正在众人欢欣玩闹时,铁塔下突然响起一阵悠扬舒缓的琴声。

李教授使劲地睁大眼睛,确保眼前的一幕正在真实地发生——铁塔下的空地上正放置着一台小型钢琴,斑驳的外壳显示出它已经有些年岁,但琴声依然清亮着。林青正坐在钢琴前弹奏着,铁塔的灯光落在她跃动的指间,光线是流动的,琴声也是流动的。

这一幕曾经很熟悉,却已经太久太久没有发生过了。李教授想要用眼睛认真记取眼前这一幕，可刚一睁大眼睛，眼眶就被泪水占领——没有谁比她更知道这首曲子的意义了，它曾经是林青最喜欢弹奏的一曲四手联弹。但自从春晓走后，林青就没再弹起过。

林青忘我地弹奏着，这段旅途让她重新看待自己的生命，也让她终于能够再次演奏这熟悉的旋律。曲子马上就要步入高潮，以前，高潮部分都是由她和春晓同时演奏的，这一次却只剩下一个人。尽管已经克服了心魔，但翻页的同时，林青还是感知到了自己的紧张，甚至还能感觉到手心里沁出的汗珠。

当高潮的第一个音符响起，林青感觉冥冥之中有另外两只手温柔地包裹着她的手，使得琴声安静又平稳。穿着黑色卫衣的春晓似乎又回到了她身边，还像当年挡在她身前那样勇敢而坚定。

在曲子马上就要结束的时候，那双手突然放开了，林青有些手足无措，却听见有一个声音伏在她耳边说着："不要害怕，当你转身的时候，你就能看见我的虎牙。"

林青红着眼眶，手起，最后一个音落，演出完美落幕。

一曲弹毕，林青从椅子上站起，毕恭毕敬地向观众鞠躬，昂首接受着众人的掌声。她抬起头，远方的塔尖上渐渐浮现出一个女孩的身影，她穿着黑色卫衣，浅浅一笑，小虎牙一闪，便不见了踪影。而虎牙的闪耀，正是面前塔尖的灯光。

"再见了，春晓……"对着巴黎的天空，林青轻声说道。

现场的观众不知其中的缘由，只觉得琴声十分美妙，但自驾团的众人已经炸开了锅，每个人都将手伸到最高处，用力拍红了手掌。

等到掌声稍微停止，林青依然没有离开钢琴，她声音清脆地向大家介绍着："下面演奏的这首歌，是由我和超儿哥哥一起创作的，名叫《这一路》。我想用这首歌谢谢所有看直播的观众，也谢谢这次旅行一直陪伴我的哥哥姐姐……"

林青说着突然停了下来，眼神在观众席里打量，像是在寻找着谁。这寻找的眼神最终在李教授身上停了下来。林青接过刚才的话："……还有我的妈妈。"

此时的超儿已经抱着吉他做好了准备，赵程的直播镜头对准了他。

"只要你的音乐是好的，就不需要为别人改变自己。"Suzy 的话在超儿脑海中循环着，他心血来潮地在直播镜头前脱下了那顶伴随他一路走来的火红假发，露出刚刚剃的光头。

这瞬间，超儿终于不再害怕露出狼狈而真实的自己了。或许就像林青说的那样，有些人可能一辈子都没办法做 8 岁的莫扎特，但他一样有机会成为 42 岁的勃拉姆斯。

想到这里，超儿向林青打出了一个"ok"的手势，林青马上会意，按下了第一个音符。

眼看时机正好，苏达着急忙慌地将手从大雕装中伸出来，推着紧张到石化的大鹏："天时地利人和，赶紧念你的那封信啊……"

旁边的宋一潇也忍不住，和艾索一起哄着让大鹏读信。

大鹏这才缓过神来，像个古代书生一般从"杨过"的上衣袖口里抽出一张纸，伴随着林青和超儿的合奏，将信上的文字缓缓地读出。

"我曾经听过一句话，叫做'若不能相濡以沫，何不如相忘于江湖'。在开始旅行之前，我是很同意这句话的，觉得人和人之间的关系就是这样非黑即白。但经过这一路的旅途，我开始觉得，在相濡以沫和相忘于江湖之间，其实有一个灰色地带，可以用来形容我们大部分人之间无法割舍的关系。

或许我们和很多人从来未在江湖上相见，只是经由电波或是其他的通讯设备连接在了一起。就像在手机上看直播的你们，哪怕我们从未在现实生活中见过面，却也成了彼此生命中的过客。

再进一步说，很多时候，我们也无法在一开始就确定是否能够和谁永生永世、相濡以沫，总要经过一些猜忌、误解、互相折磨，才能确定对方谁能陪你走一段短路还是一段长路。

我们每个人都在经历着，相濡以沫和相忘于江湖之间的灰色地带。若不能相濡以沫，也请我们各自安好，用尽力气铭记……"

赵程的直播镜头最后一遍扫过自驾团众人的脸。

宋一潇刚刚从和苏达的斗嘴里缓过来，她像只高挑的鸵鸟般歪着脖子靠在苏达的肩头，两人穿着"情侣大雕装"，一起缓缓伸出手 say goodbye，镜头前飘飘洒洒地落了一屏幕羽毛。

李教授还来不及抹干刚才的泪痕，对着直播镜头深深地鞠了一躬，用来表达这一路陪伴的感谢。

大鹏发型又乱得一塌糊涂，他脸上沾着口红印子，拿着手稿读的样子仿佛认真的小学生。

林青坐在钢琴前，她褪去了上路时浓重的妆容，笑得露出弯弯的眉眼，和任何一个普普通通的大学女生一样。

而超儿呢？他从随风飘舞的火烈鸟发型变成了锃光瓦亮的光头，依旧抱着最心爱的吉他。

最后赵程将镜头反转对着自己，他对着镜头比了个"嘘"的手势，趁着雨晴不注意，轻轻凑上去给了她一个吻。

歌曲正唱到最高潮，超儿在歌词里写道："这一路，看日出日落，看平原高峰。前路漫漫，愿我们都有美好的一生……"

镜头里，每个人或笑、或泪、或怀念、或不舍。

而镜头外，大鹏哽咽地念完了信上的最后一段话："……很感谢镜头那一边的你们陪伴我们，走完了这一段路。明天我们就要踏上各自全新的生活，旅途直播将在今天停止，这个账号也会暂停使用。"弹幕上"不要""再会""祝福你们""谢谢你们的美好"……满屏的留言，已经看不清直播的画面了！

信本该到这里就停止了，但大鹏顿了顿，自己补上了一句。

"即使不能相濡以沫，我也希望我们不要相忘于江湖……"

众人一一朝着镜头挥手道别，直播镜头就此中断，时隔几个月的旅行记录终于落下了帷幕。

旅行之所以是旅行，就是因为在到达目的地之后，总有一天要回到自己原本的生活里去。在雨夜过后 21 层发生的那些疯狂事，就像美梦一样发生着，终究也要像梦一样散去。

就让这一切美好，停止在巴黎。

# 第二十三章　不一样的我们

一年后。

周末时分，一辆 SUV 正拖着一辆拖挂式房车奔驰在路上。车子被堵得一步一停，拖挂的房车看上去有点问题，不时发出噼噼啪啪的声音。

"老人家说得对，东西就不能藏着、掖着、宝贝着，该用还得用，你越宝贝它，它坏得越快……你看这个房车，自从上次旅行后我们为了纪念买下来，到现在一年再没用过，今天拖出来一看就这毛病、那毛病的一堆……"赵程像个话痨似的向身旁的雨晴抱怨着。

和一年前相比，赵程黑瘦了，话多了。于他而言，旅行带来的最大改变就是不再穿那些正黑、正蓝、正灰色的西装了。譬如今天，他穿着一件印着 logo 的快消品牌白色 T 恤，一条水洗牛仔裤，脚踩着一双平底运动鞋。这要是被一年前的他自己看到，一定会嫌衣着不够体面。

驾驶座旁的手机铃声已响了多次，雨晴刚想接起来，赵程就夺过手机，果断选择了飞行模式。

"咱们好不容易腾出一天松口气，就别记挂着工作了。再说了，今天是艾索新书出版庆功宴的大日子，咱就别总盯着手机了，平时每天盯还盯不够吗？"

雨晴可懒得听他的，伸手又把手机夺了过来："那怎么行？那可不只是你一个人的公司，是我——们——的——公——司——"

雨晴拖着长音强调着"我们"，熟练地用指纹打开了锁屏，找到最近的通话记录回拨过去。

自从一年前的旅行过后，赵程就将雨晴的指纹录入了手机。尽管当时雨晴并不完全同意，觉得这是在侵犯他人的隐私，可赵程执意要录入，说是以后自己的任何信息她都可以看，两人之间再也不要有猜疑。不过，录取指纹至今，这还是雨晴第一次用这个功能。

　　电话接通了，话筒那端响起了焦虑的声音："技术科出现了一点问题……"雨晴让对方将问题一项一项地报出来，手中的平板飞快地记录着。幸好，问题都有相应的对接人可以负责，不至于打搅两个人难得的假日。

　　挂掉电话后，雨晴脸上的神经终于放松下来。"我刚看了一下我们这个月的月报，还不错，App 用户数量上升了不少，裂变也完成得不错，终于不用再靠着当初直播带来的那些种子用户了……"雨晴看着手机上自家的直播 App 感慨着。

　　恰好遇上交通灯转红，赵程也在驾驶座上轻松地伸了伸懒腰："这样想想，一年前我辞职出来自立门户做直播 App 算是个正确的决定？"

　　车子转眼行至深巷之中。又是一年落叶时，法国梧桐的叶子落满了巷道，浪漫得就像风中舞动的黄色蝴蝶。雨晴记得自己第一次来这里时心急火燎的，根本没有注意到满街的落叶居然也有如此的诗意。

　　两人刚走到电梯前，电梯门就叮的一声响起，走出一对学生情侣。俩学生穿着蓝白相间的校服，踩着相同款式的帆布鞋，男孩单肩背着自己的书包，挎着女孩粉色的书报袋，怀里还抱着两本封面锃亮的书。

　　女孩在前面径直走着，傲娇地闹着脾气："多不容易才找到书里写的这家桌游吧，你怎么来之前不先打电话问问人家今天营不营业，害我们白跑一趟……"

　　男孩一脸无辜，跟在后面好言好语地哄着："那我们下次再来……"女孩有点生气地甩开他的手，快步向前走去。

　　"喂……"男孩慌乱中弄掉了手上的书，雨晴帮忙捡起，男孩道谢过后狼狈地接过书追了出去。这一幕忽然让赵程想起了一年前的自己，他望向雨晴："你记不记得，我们第一次来的时候也是在吵架，那时候你还丢下我的戒指。"

话音未落，电梯门已经打开。两个人牵手并行走入电梯厢，雨晴抿嘴一笑，边走近边举起相牵的手："这不是戴上了？"

雨晴的右手无名指上的戒指在电梯的轮廓光下闪闪发光，正是一年前赵程没能送出的那一枚。赵程虽然高兴却也有抱怨："可是你戴在右手的无名指上，什么时候才轮到左手……"

"你可别得意，别忘了自己还在考察期！"要说雨晴和一年前有什么地方是不变的，大概就是还像以前一样嘴上不饶人。

"那你要考察多少年才够？10年，20年，干脆考察到老算了……"赵程用身体轻轻顶了一下雨晴。这有点男孩子气的动作发生在这个年近40岁的大男人身上，倒让雨晴觉得有点可爱。

正说着，电梯门在21层打开，两人对视了一眼牵手走了出去。时隔一年，这里的故事聚了又散，对他们来说是一个老故事的结局，对刚才匆匆而过的学生情侣可能又是个新故事的开端。

电梯一开门，两人眼前就立着一幅超大的海报。海报上是他们刚刚停在楼下的 SUV 和房车，旁边是一本书的立体封面。封面上，蓝天白云之下，是成片的翠峦叠嶂。其中游蛇般穿出一条小路，两侧是他们这一路途经的地标建筑，沿路还开满了宋一潇最爱的向日葵。海报上写着介绍语"本月畅销书《若不能相濡以沫》——从北京到巴黎的自驾旅行，一次寻获自我的奇异旅程"。

"你觉不觉得这封面看起来很舒服，就好像把我们的旅途全画出来一样？"雨晴指着海报问赵程，赵程点头表示同意。

这里和一年前有了改头换面的新变化：电梯出口布置了一片小竹林，颇带点古韵。竹林当然是假，但竹林下种着一路小白花，和花田里见过的一模一样。花儿们被伺弄得挺好，长势喜人就像假的似的。赵程还是用手捻了捻，感受到花瓣湿润的生机，才确信它们是真的。

刚结束旅行那段时间，大鹏就决定将桌游吧改成"武侠主题"。最开始，大家都不看好，觉得难以实现。却没想到微信群里的朋友出谋划策，有钱出钱，有力出力，自愿给这个卸任的公众号主送上了设计图。大鹏在感动之余，终于决定重新接管武侠公众号，只不过由原来的单枪匹马变成了"夫妻店"。

"各位侠客里面请！"

电梯口的承重墙后突然窜出一个人影，紧接着传来了掷地有声的欢迎词，把赵程和雨晴吓得一哆嗦。两人回过神来，才看到眼前这个人影正是一身白衣盘着发髻"小龙女"装扮的艾索。

艾索看到两人被吓到，得意地笑起来，一点都不像小龙女的清冷自持。她的中文发音语调标准了许多，却还是不改当初爱玩爱闹的样子。

"你们可终于来了，我们的武林大会其他'棱'都到齐了，就差你们了……"艾索推着两人向前走。

"'其他棱'？一看你就是和大鹏待的时间长了，好的不学坏的学，口音也越来越像大鹏了……"赵程趁机以牙还牙，开起了艾索的玩笑。

艾索不服，和大鹏一样坚信自己说的是"标准普通话"，还执意要表演一个新学的绕口令为自己正名。

"天天聊天当然连口音都变了，现在他们两个人在一起都不用考虑共同话题，每天醒了聊金庸，睡前聊金庸，就连睡了说梦话都聊金庸……"雨晴和赵程默契地偷笑，转而问艾索，"你们不怕把金庸的所有小说聊完就没得聊了？"

艾索眨巴着大眼睛，一点儿都不觉得这是个问题："不会啊，我们把桌游吧改成了武林主题，就是为了接纳一些其他武侠小说的读者，古龙、梁羽生、黄易……他们的粉丝有时也会来坐坐，用大鹏的话说，这就叫伯什么……"

中文所限，刚到嘴边的俗语，艾索就是讲不出。

"这就叫伯闻广纳天下士……"不知道什么时候大鹏已经走到了他们身边，轻松地接过了艾索的话。知艾索者，大鹏也。

和艾索的小龙女服装相呼应，大鹏依然扮成杨过大侠的样子，只不过现在的服装要比告白仪式时精致合身许多——至少，那一缕白发不再是用白颜料涂上的。

几人在电梯口谈笑了一阵子，大鹏看时间差不多了，提示道："我们快进去吧，其他'棱'都已经在等着了。"

有人说爱人在一起久了，就连说话的方式都会越来越像。这两人一中一洋，却一样"棱"来"棱"去，还真是验证了这一点。

桌游吧的玻璃门被缓缓推开，很奇怪，赵程觉得这里和第一次来的时候截然不同。他第一次来到桌游吧时，只觉得昏暗的灯光透露着一种诡谲的气息，而此刻眼前的灯光暖黄，将小房间衬托得极其温柔明媚。

"嗨!!"说时迟那时快，赵程还没来得及看清眼前的人是谁，脸上就留下了一个鲜红的唇印。

要是换以前，面对这么奔放的贴面吻，赵程一定觉得尴尬。但这会儿他不用猜就知道，这一定是李教授，反倒热情地回给对方一个拥抱，也不"忌口"地献上了个贴面吻。

李教授的穿着依然不改从前——一件大号的民族风长袍，外加一条飘逸的阔腿长裤。因为今天是来庆祝艾索的新书发布，李教授妆容打扮比以前更加隆重。她给自己搭配了一条荧光丝的大披肩，用小指捻着，十足体面的太太模样。

和赵程打完招呼，就轮到雨晴了。李教授伸出食指摇了摇，摆出"no"的手势："我们之间要有更特别的表达才对……"说罢她伸开手，雨晴会意地笑了笑，也伸开手将李教授迎进怀抱里。

"看到你幸福，我真的很开心，就好像看到曾经的自己被治愈一样。"拥抱的同时，李教授贴在雨晴耳边轻声说道。

对于这位像母亲一样存在的人，雨晴不知道应该回答些什么，只是照旧说了声"谢谢"，其中包含的千言万语，两个人不说就已相互懂得。

"林青呢？"一进门，赵程的目光就在四处寻找着，此时终于确定李教授身边没有旁人，忍不住询问。

李教授略有些遗憾："林青今天实在是没有办法来了。她最近在筹备自己的第一次个人演奏会，和老师一起到国外参加集训去了。"

"那我们App能不能获得独家转播的权利啊？"赵程敏锐的商业嗅觉让他

迅速找到了商机。

"你呀,还像以前那样,谈什么都变成生意了!"大鹏顺嘴损他,一种熟悉的感觉在兄弟俩之间流淌着。

赵程开玩笑地捶了一下大鹏:"开个玩笑都不行啊……"

"不过呢……"李教授掏了掏随身的布袋,拿出一只被透明塑料纸包裹的俄罗斯小套娃,"不过,阿青一直交代我把这个绿套娃带来,说你们看见套娃就像是看见她一样。"

"这不巧了吗!"赵程赶紧翻起雨晴的包,拿出两枚紧紧套在一起的套娃,好不容易才将它们分开,一只是他的,另一只是雨晴的。

"我们的套娃也在呢。"艾索回应道,众人望向桌游吧的展示柜,里面除了老革命送给大鹏的那只套娃,身边还多了另外一个小套娃,大双眼皮、高鼻梁,完全是欧化的长相。

"在写《若不能相濡以沫》的时候,我给艾索讲老革命送我们俄罗斯套娃的故事。她感动得稀里哗啦,觉得这个套娃特别有意义,为了和它配一对,特意买来套娃手工画的……"大鹏解释。

雨晴注意到被灯光相隔的室内也和当初有了很大的差别,背后立着的书架上原本摆着的那些口水书已经全部撤掉,换成了艾索的新书。

趁着大家还在谈话,她随手拿起了一本翻起来。扉页上是大鹏一年前在告别时写下的一段话——"我们每个人都在经历着,相濡以沫和相忘于江湖之间的灰色地带。若不能相濡以沫,也请我们各自安好,用尽力气铭记。"

下面的署名是,"送给那些被时间洪流冲散的人们"。

"'若不能相濡以沫',真是个好名字,让我想起了我们最后一次直播的时候……"不知道什么时候,赵程已经站在了雨晴身边。

大鹏也跟着走到书柜前:"当初艾索说要把我们旅途的故事全部写下来,我也觉得很惊讶。她很喜欢我告别信里的这一段,说人与人之间的那些羁绊,如果不记录下来,就会随着时间的流逝被冲散。可我心里有个坎儿,觉得故事应该由当事人来写,她不过是个局外人。可是当她写出第一章的时候,我觉得很惊讶,原来我一直忽略了,她也是旅途的一分子,只是站在另一个角度看我们的旅行……"

艾索接过大鹏的话:"其实我刚开始写的时候,有很多汉字都不会,都是大鹏一笔一画地教给我的。我们俩一起回顾旅途上的每一站,就好像重新旅行了一次一样。他给我讲一路上你们之间的故事,而我给他讲这一路上我所看到的你们的故事。我发现,原来同一个版本的故事在不同的角度看居然是完全不一样的。"

"这就好像卞之琳在诗里写的,你站在桥上看风景,看风景的人在楼上看你。"李教授感慨着。

大鹏从书架上取下五本书,给赵程、雨晴和李教授的手里各递上了一本,剩下两本放在长桌上。

"我想这本书对我们来说都有特殊的意义,所以特别组织了这次的周年聚会,"大鹏玩笑地说道,"很多年后,当我们都变成了没牙齿的老头子和老太太在长椅上晒太阳时,我们的孙子、孙女都觉得我们是老古董,那时候我们就拿着拐杖狠狠地敲地板,把这本书摔在桌上,告诉他们,老子当年可干过这种惊世骇俗的事!书里都写着呢!"

赵程本来翻着书,听到大鹏这么一说,大笑着将书合上,小心展平地收进皮包里:"那我得好好留着,晚年生活能不能过好就看这本书了……"

"喂……你怎么还是改不了你这冒失毛病?这叫我怎么放心你一个人去德国?"厕所里突然传出人声,赵程和雨晴这才意识到原来桌游吧里还有其他客人。

门像是试探一般慢慢打开,只见宋一潇探出身子,腰上捆着一件男士衬衫。

"你说你这也……"苏达光着膀子跟着宋一潇从厕所里出来,露出一肚子的肥肉。显然,他完全没想到眼前突然站了这么多人,空气瞬间凝固,透着一份微妙的尴尬。

苏达愣了几秒之后火速躲回厕所,只留宋一潇一个人在外不好意思地道歉："大鹏，艾索，那啥，我刚才进来就把你们的果汁壶给打翻溅了一身。喏，你看……"宋一潇将衬衫揭起，白裙子上印着一块巴掌大的色渍。她赶紧又把腰上的衬衫绑上。

刚才苏达光膀子的"惊鸿一瞥"，让大家都像是重回了旅途中的雪山那一站。大鹏对着厕所打起了嘴炮："在雪山的时候早就都见过了，怕什么，出来吧……"

一提雪山，大家的记忆就好像重新苏醒。那时大家特喜欢吃老革命的菜，还一起拍了苏达的"裸身照"。大家不由得想起那个可爱的老太太，也不知道她到底有没有走完丈夫走过的路。

苏达也不知道害羞什么，一个人在厕所里扭捏着。"穿我的外套吧！"雨晴脱下身上的粉色外套，从厕所门缝里递进去。终于，苏达套着一件粉红的女式外套从厕所里缓缓出来，脸略略涨红，姿态像个刚出浴的美人。

众人憋住笑直言"挺好挺好"，只有宋一潇憋不住扑哧一声笑了出来。

"你还有脸笑！还不都是为了你?！你刚不是说下楼帮我买一件？"苏达气不打一处来。

宋一潇这下笑得更欢了："现在这件挺合适的！就这么穿着吧！"

桌上的那两本书终于找到新主人了。苏达穿着一件略短的粉外套翻书，一脸滑稽相，众人无意瞥到他都要使劲儿憋住笑意。

"你刚刚说宋一潇要去德国是怎么回事？"赵程疑惑。

"这事儿就该超儿背锅！"苏达愤愤地抱怨着，"超儿就不该给她介绍那个德国导演和编剧。现在倒好，人家还真的打算投拍女权主义的影片，点名要宋一潇过去帮忙……"

一提到超儿，众人就忍不住感到遗憾。本来这次聚会也备了超儿一份，可他在德国和 Suzy 一起支教，路途遥远，实在是没办法赶回来。

苏达完全不理会大家对超儿的议论，依然自顾自地抱怨着："你说人家一德国人，放着世界各地那么多有名的女演员不要，非要她宋一潇，也不知道是哪根筋搭错。人家偏说，这个剧本只有宋一潇最能够理解，就跟被人下蛊了似的……"

苏达虽然嘴上抱怨着，但所有人都能听得出语气里"明贬暗褒"的炫耀口吻。他这会儿就差点没有拿大喇叭循环"我老婆就要走向国际了""除了国际章就是国际宋"了！

宋一潇假装听不出言外之意，作势推了苏达一把。

"你叫大伙看看！你打小就这么欺负我，现在还是这样！"苏达嘟嘟囔囔着，却被雨晴听出了一点蹊跷："打小？"

苏达像告状似的坐到雨晴身边，一撩裤子露出腿上的伤疤。那条伤疤快有一寸长，看上去已经是脱痂的旧伤："你们是不知道，她小时候就是个霸王！揍得我差点半身不遂！"

"你就算半身不遂，下半辈子也是我照顾着，怕什么？"宋一潇立马反击。

大家越听越一头雾水："你们不是一年前才刚认识吗？"

苏达打开手机相册，挑出一张颜色饱和度不高的旧相片递给大家传阅："有照片为证，不信你们自己瞧！"

大伙儿凑近了一看，照片右下角用橙色小字写了一行拍摄日期"96 10 17"，拍摄地点似乎是在某个小区里的户外滑梯。照片正中央的滑梯底部坐着一个小男孩，眼睛挤成一条线，哭得满脸鼻涕泡。滑梯周围全是玩闹的小朋友，有个皮肤白净穿着红纱裙的小女孩正站在滑梯顶端，她看上去比男孩高了快有一个头的高度，两条细软的小辫子上扎着红头花，五官全部攒在一起，一脸恐慌的样子。

宋一潇叉着两条细长的腿大大咧咧地坐着，先声夺人地回顾起了照片的来历。

"前一段时间，我想结婚这么久了，也该去看看苏达的爸妈了。结果一到东北，他妈妈听说我来自北京，高兴得不得了，说苏达小时候也在北京住过。我原来以为苏达爱唠嗑这事是基因突变，现在看来，完全是遗传。他妈妈一开腔就停不下来，把苏达的什么童年趣事全都抖出来，什么苏达那时在幼儿园中午睡觉尿床啊、偷偷把别人的小红花撕下来给自己贴上啊……"

苏达接话："然后我妈就特愤愤不平地和她讲起我小时候被一个女孩子从

滑梯上推下来，摔得小腿骨折，在床上打着石膏躺了半个月。我爸那种东北老爷们怎么能遭这罪，刚把我住院的事料理清楚，就找来这张照片四处问女孩的学校，冲到幼儿园要找人家的家长理论，结果幼儿园老师告诉他，那小女孩转走了。宋一潇这小傻子当时还搭话呢，说'哎呀阿姨，小孩子就是这样打打闹闹的，我小时候也把人家这样过……哈哈，还把小男孩打得满脸是血'……"苏达捏尖了嗓子模仿宋一潇的声音，被她瞪了一眼后迅速收声。

"我哪能想到这么巧嘛！"宋一潇也觉得不可思议，"后来她妈妈就把这张照片拿出，指着角落里这姑娘说'就是她把我儿子给打的'，我正想嘲笑一下苏达小时候怎么这么不经摔，没想到第一眼就看到照片上小女孩扎的红头花、穿的红纱裙，那红头花还是我妈为了幼儿园的表演特意用家里的红纱缠的……推苏达下去摔伤的小女孩居然是我，原来我俩小时候就认识，哈哈哈……"

众人的嘴都惊成了"O"字形，不知道该夸这是善缘还是"孽缘"。

苏达完全预料到了众人的惊讶："我刚听宋一潇说完时也是你们现在这表情。结果她一回北京就把小时候的照片给我看。还真是一模一样的。这'命中注定'啊，还由不得你不信！"

苏达仗着人多胆也肥起来，居然拿这事儿调侃起来："不过，这么长一条疤换个老婆，还是挺值的……"话没说完，又换来宋一潇的"眼神杀"。

李教授看着照片久久不能缓过来，"你们这缘分也开始得太早了点吧……"

"苏达，你那时候长得挺可爱的，现在怎么越来越跑偏了？"大鹏抓着时机就取笑苏达。刚刚对苏达又打又掐的宋一潇，这会儿反而不满起来："怎么啦，他再怎么丑也是我的人，只有我能欺负他，其他人 no way……"

雨晴将苏达的手机拿在手上，反复看着那张照片。

"我从来都不相信宿命论的，不过听着你们的故事，加上经过这次旅行，我最大的感触就是世界上所有的遇见都像是上好发条一样，到了某时某刻，就会自动开始或者停下。如果还没有遇见，可能是上帝还没来得及拧发条。"

她感慨。

"要真是这样，我们就是同一时刻被上帝拧紧了发条，所以遇到了一起……"众人都觉得这结论挺有意思的。

艾索拎着一瓶香槟从厨房走过来："人都到齐了，我给大家开瓶酒，一起来庆祝一下旅行结束一周年！也祝我的新书《若不能相濡以沫》大卖！"

话音未落，艾索手里的开瓶器已经发出吧嗒的响声，香槟泡沫从瓶中涌出。西化的香槟和中式的环境形成了强烈的反差。大鹏接过酒瓶依次倒进店里特色的酒盏里，这下才有点像古代的侠客，大块吃肉，大口喝酒。

一杯酒下肚，有些回忆渐渐清晰起来。一年前的雨夜，他们就是这样被困在这里，在迷迷糊糊之中决定离开这个城市。

"都一年了，你酒量有点长进没有？"赵程调侃着大鹏，"这回你可别喝吐了！"

大鹏当然不甘心只被调侃，跷着二郎腿，慢慢悠悠地喝了一口酒："也不知道是谁那时候谈自己的女朋友，说她人如其名，一会儿雨一会儿晴……"

大鹏还没来得及说完，赵程冲上前去，差点没把他的嘴捂死。一旁的宋一潇热闹正看得欢，顺势补刀："我还记得那个男人还特别忧愁，担心自己刚买的钻戒送不出去……"

"没错没错！"苏达接话。他学着一年前赵程的口吻，严肃认真地托着额头说道："哎……我看到她报名了今天的狼人杀，放下工作就赶了过来。她已经不是第一次逃避结婚这个话题了，每次她逃避，我都要问自己，我到底是不是真的了解她，如果了解，为什么每一次逃避，我都找不到原因？"

这么多人助攻，雨晴带着一抹"原来如此"的暗笑看着赵程："你还说你没有事瞒我，我到现在都不知道，原来那天晚上你没回来，居然是因为我……"

这下赵程彻底藏不住了，只好"缴械投降"。这一刻的尴尬里含着多少爱意，李教授看在眼里。她像个大家长似的搂住身旁的雨晴："你看，你多幸运，这小子早在旅行之前就这么紧张你……"

大家正笑闹作一团，门外突然响起了敲门声。

"不是说好了不营业吗？怎么还有人来……"大鹏边嘟囔边起身去开门。

大伙儿继续聊着天，却突然听到门口传来了大鹏惊喜的尖叫声，大家循声望去，只见大鹏抱起一个人，兴奋地转了一圈，他那杨过的头套都差点掀起来。等来人站定了，大家看清楚究竟是谁，全都像疯了一样地堆向门口——来人竟是好久不见的超儿。

超儿不再像一年前一样戴着火红的假发，努力打扮成一个不入流的年轻人。他一身宽松的装扮，光头锃光瓦亮着，就像一个大型的电灯泡。

现在的超儿蓄起了胡子，身上背着旅行时的吉他，不像个流行歌手反而更像一个吟游诗人。

虽然距离上一次见面仅仅时隔一年，但大家都兴奋地像是几十年没见的老友，大鹏和苏达一人掐着超儿的一条胳膊："咱们这不是在做梦吧？！"

超儿被掐得差点跳起来："你掐我的胳膊，疼的是我，当然不是做梦了！"

男人们又跳又叫，差一点没把屋顶掀翻。女孩们则是围住了超儿身后的Suzy。

"你们不是在德国支教吗？"宋一潇忙问。

Suzy微微一笑，还像一年前那样透着善解人意的温柔，轻声为众人解惑："这一年超儿都和我一起在德国支教，不过自从最后一次直播让《这一路》彻底火了之后，在网络上催他写新歌的人就越来越多……"

"对，超儿在我们的App上开了账号，一直都是直播热度Top10，还有一个自己的粉丝团叫做什么'超音感'，红得不得了。"赵程插话。

"红倒也没有。"超儿自谦道。支教确实让他从忙碌的世界里暂时抽离出来，对名利的期望不再像从前那样强烈，他真正投入到音乐中去，创作自己喜欢的东西，再也不像一年前一样将自己的作品看作一坨屎，现在的每一件作品都是他独一无二的"宝物"。

"这次回来，就是因为北京的一家公司买下了我的新单曲，想要打造一张专辑，我们赶来录制小样。因为回来得比较急，我们谁也没通知，不过大概是缘分吧，我们一下飞机就看到了苏达发的朋友圈，才知道你们在国内办了这次聚会……"超儿感慨着，"时隔一年再看现在的北京，好像和我离开时的北京不再一样，它从容了许多，也变得有希望了许多……"

超儿一走进桌游吧，目光马上落在了书柜后的那一排排《若不能相濡以沫》上。

他从随行的包里掏出一本有点皱的《若不能相濡以沫》："之前我以为自己暂时不会回国，还托人从北京带了一本给我。说实话，从我来到北京开始，每天都在看别人的故事，或是衣锦还乡，或是离合聚散，却没想到有一天自己也会成为故事中的人……"

其实超儿说出了大家的心里话，在座的所有人都没有想过，自己平凡的人生会成为一个影响他人的故事。

人声鼎沸过去，夜晚的桌游吧里人手一本书，阅读着自己的故事，别有一番滋味。

反倒是 Suzy 四处摸摸看看，好像要把桌游吧里的每一个细节都和书上的对应一遍。

"这里就是你们第一次玩狼人杀的地方吗？"Suzy 好奇地问。

"对啊！就像我一路上和你说的，我们的第一局狼人杀十分钟就结束了，当时大家谁也不服谁，都觉得是别人的问题，差点互相骂成了筛子，你说我们那时候怎么就这么幼稚？因为一个游戏都能够怼起来……"超儿回忆起众人的第一次见面，差点笑出声来。

"就是，"大鹏接过超儿的话，"那晚我就在这个厕所里吐了好几十回，结果这帮兄弟不但没照顾我，还趁着我喝醉就怂恿我给艾索打视频电话……"

这时，艾索给众人添完酒，顺势挤在了大鹏的座位边，大鹏伸手将她揽到身边："……不过幸好有那个视频电话，我才能在大家的怂恿下，决心从北京开车去巴黎。"

李教授硬是拉着 Suzy 到窗边，"看到那棵树了吗？"李教授指着小区门口的方向。透过窗子，Suzy 看到小区门前种着一棵树，树干大概有手腕粗，显得并不十分结实。

"当时这窗子被震得嗡嗡响，我准备回去，但外面狂风暴雨，原本在那位置的树被吹倒。那树可比现在这树粗得多，它堵在小区门口，把我的必经之路挡住了。就因为那场暴风雨把我强行堵在这里，才有了后面的巴黎之行……"李教授回忆道。

苏达用手捻起茶几下的地毯："当时啊，我的酒就洒在这儿。那天晚上我们全醉了，不知道是谁先提起要摔杯为盟，我们就疯了一样地把杯子往地毯上摔，第二天我本来想借酒赖账，哪想到一睁眼就看到地上一摊的酒迹，既然摔杯为盟就只能出发……"

大家纷纷回忆起第一次玩狼人杀的画面，尽管每个人都回忆着不同的细节，可这些记忆最终都通向了相同的地方。

在每个人的回忆里，Suzy发现了一个共同点："这么说，最开始你们都觉得自己不可能完成这次旅行？"

刚刚还七嘴八舌的众人突然沉默了，大家一刹那间都意识到，如果他们没有遇到彼此，可能就不会有这次寻找自己的旅行。

谁也没想到，这次巧合的相遇竟然影响了自己的一生。

大鹏轻轻翻开书的扉页，看着那一长段文字，一时间心里像打翻了五味瓶："或许这就像你在书里写的，人与人的关系都是在相濡以沫和相忘于江湖之间。我们到北京后各自分开，一年都没有再见面，可是没有什么可以替代旅途中那段漫长的回忆。从北京到巴黎的每一站、暴风雨、狼人杀……这都是只属于我们的回忆。"

"是啊！谁能想到这么长的一场旅途竟然是从一场小小的狼人杀开始的……"超儿兄弟一般地拍着大鹏的肩无限感慨。

"对啊，狼人杀！"提到狼人杀，大鹏突然想起了什么，他拿了张椅子垫高，将最高处的吊柜一格一格打开，像是在寻找什么东西。终于，他在最后一格的角落里找到了一个落了灰的盒子。

"我们去年用的那副卡牌我还留着呢！"大鹏小心翼翼地吹去盒子上的灰，将身份牌取出来，"我们要不要再玩上几局？重温一下一年前的感觉？"

此时，赵程的手机不合时宜地响起，雨晴顺手接起，那个随意可开的指纹锁给了两个人最直接的信任。对方有问题要向赵程汇报，赵程便将耳朵凑过去听，两个人同挤在一部手机前，是最亲密的战友也是最了解的爱人。

苏达穿着滑稽的女款外套，帮宋一潇整理着扎在腰际的衬衫。他刷着手机里关于德国的 App，在手机上建了个视频文件夹，准备把做菜的过程都拍成视频让宋一潇带到德国去。

李教授刚刚收到了林青发来的微信，微信上说她已经在国外安顿好了，并附上了一段演奏的视频。视频里，林青的音起音落都饱含感情。一曲结束后，她在全场的掌声中缓缓鞠躬，而屏幕外的李教授像是很多年前在舞台下看着女儿表演一样露出骄傲的笑容。

超儿正拿手机给 Suzy 看，屏幕上是支教学校的中文主页。主页又上传了新照片，照片里超儿和 Suzy 站在曾经唱《茉莉花》的广场上，被一群孩子包围着，每个孩子都不吝惜地露出了最灿烂的笑容。

桌上放着九本书，书里的故事已经完结，可现实中的故事还在继续。

所有的人都在忙着续写自己的故事，听到大鹏的询问都抬起头，齐声答道："好啊！"

大鹏又坐回了熟悉的法官位置，不懂规则的艾索站在身边，他伸出手紧紧握住了她。对面的玻璃反射出两个"古装人"的身影，经历了离别和考验，跨越了时差和距离，他们都坚信自己会像小说里的神仙眷侣般神隐在这个快节奏城市的第 21 层。大家纷纷拿了牌，望着眼前的众人，大鹏缓缓地吐出了游戏的第一个指令。

"天黑请闭眼……"

一个新的故事又将重新开始。

# 彩蛋

众人刚刚闭上眼睛，门外突然传来了敲门声。

游戏里的天还没亮，大家试图沉浸在游戏里，将门外的声音置之不理。但敲门的人笃定坚持，还伴着轻声的询问："有人吗？"

法官大鹏迟迟没有发出下一个指令，闭眼的众人只听到轻轻推门的声音，却完全不知道外界发生了什么。

宋一潇这一轮抽到的是村民，全程闭眼玩家。她又是个急性子，听到外界发出的种种声音，心里像是被挠似的，恨不得马上睁开眼。

等了一阵，宋一潇才听到大鹏的引导声。

"狼人请睁眼，互相确认身份。"

她清楚感受到对面发出了骚动，像是看到了什么惊喜的情景。直到法官帝大鹏发出轻轻的嘘声，那阵骚动才逐渐平息。

"女巫请睁眼。"

大鹏话音刚落，宋一潇就听到喔的一句女声惊叹。是什么人、什么场景，让一向镇定的雨晴都惊出了声音？这下宋一潇更心痒了。

"预言家请睁眼。"

宋一潇感受到身旁的苏达明显地晃动了一下，然后轻轻触了她的肩。

宋一潇越想越觉得不对，为什么每个睁开眼的人都好像被吓了一跳，却又不做声呢？她正企图偷瞄上一眼，大鹏下了最后一个口令——"天亮了。"

宋一潇还在适应许久没见的光线，就被铺天盖地的尖叫包围。等她完全睁开眼睛，惊得发出了比所有人都高亢的"尖叫鸡"叫声——刚刚推门进来的，竟然是许久没有见面的老革命！

宋一潇情不自禁地揉起了眼睛，被苏达拦下来："别揉了！！是真的！！要不是大鹏给我比'嘘'的手势，刚刚我就已经喊出声了！"

老革命还是拖着当年那个写着"××建工集团"的行李袋，比一年前更丰腴了点。

"旅途还顺利吗？"大鹏接过老革命的行李袋，安顿在了房间的角落。

"顺利！怎么可能不顺利呢？我们中国不是在建'一带一路'吗？这一路上都是我们中国的同胞，一路上大家都和你们一样帮着我这老太太……"

老太太谈起路上的经历，可谓是满面红光。细数着这一路上走过的那些中国的基建设施，更是一脸骄傲："想想多少年前我们出国读书，别人都嘲笑我们，现在不一样了，这一路上我都是挺直腰杆走的……"

等老太太唠完一阵的嗑，赵程突然想起一个问题："您怎么一个人找来这儿了？"

"哦！是这样的，"老革命向众人回忆着，"我在书店里看到了一本书，讲的就是我们的故事，书后正好介绍了这个桌游吧。当时分别得太急，也没来得及记下你们的地址，我看网上说今天在这里开发布会，我觉得写这书的人一定认识你们，就想上门问问你们的住处，好登门感谢。没想到你们都在……"

苏达从书柜里抽出一本递给老革命："是不是这一本？"

老革命摆正老花镜，将书拿到眼前一看，点头："没错了！"

宋一潇立马将艾索推到了老革命跟前："您还记得大鹏一路上聊天的那个法国姑娘吗，这书啊，就是她写的……"

老革命冲着眼前的姑娘打量了好几眼，笑眼眯成了一条缝儿，突然没轻没重地拍了一下大鹏的胳膊。

"浑小子娶了个天仙，你是几辈子修来的福气哟！"

大伙儿见到老革命可是有问不完的问题，老太太也爱聊，拿出手机，翻开相册，干脆一张一张地给大家讲解。

分别的日子里，老太太的足迹遍布了俄罗斯的土地。她去了同丈夫共同奋斗过的学堂旧址，去了丈夫工作过的单位，也途经了丈夫的牺牲地，看望了还在那里工作的兄弟……

旧事有声慰老怀，这一路旅途总算是给这段未完待续的爱情画下了一个完美的句号。

"砰砰砰！"

众人聊得正起劲，门外又响起了敲门声。这次的敲门声不比刚才单一的敲门声那样轻柔礼貌，而是七零八落的，一听就有好几个来客。

"这回不会是林青也从国外回来了吧？"苏达打趣。今天出现了太多不可思议的事、不可思议的人，就算再出现什么人，也不会让大家觉得稀奇了。

"我去开门！"宋一潇主动请缨。可一走到门口她就愣住了——门口站着一排标准的外国佬。虽说是外国佬，但他们全在用中文对话，兴奋地叽喳个不停。

带头的男人比宋一潇还高了一个头，见她一脸茫然，用生硬的英文解释着："我——找——超儿——"

"超儿"两字的尾音还往上翘着，假装是儿化音。宋一潇得使劲憋着，才不至于被这独特的口音逗笑。

"超儿，是你的外国粉丝！"宋一潇心里一估计，不管三七二十一，扯着大嗓门朝屋里喊。

"挺能的啊！都有国外的粉丝找上门了！"

"怕不是你自己在大街上买了几个外国人，带来当粉丝吧？"

一群人嬉笑着，将超儿向大门方向推搡。反倒是超儿云里雾里：自己什么时候有了外国粉丝？

还没走到门口，那一排外国佬里冲出一个女孩，一脸激动地环抱住超儿的脖子。

"嗨！我来了！"

这一幕让众人看得瞠目结舌。尤其是老革命，她往上推了推老花镜："我就是搞不懂你们现在的年轻人，搞什么'粉丝'，好好一个闺女，怎么说抱就抱上了？"

"我们认识的……"超儿赶紧解释。他扭头看向苏达他们："这是艾美丽……你们都不记得了吗？就是在乌克兰帮我们找住处的艾美丽。"

艾美丽？一听到这个名字，大家的回忆都卷土重来。美丽的乌克兰女郎和超儿的"假艳遇"，哪能这么容易被忘掉。

拥抱过后，女孩将头从超儿的肩上移开，露出五官立体的漂亮脸蛋。虽然分隔这么久，她的活泼与艳丽镌刻在大家脑海里，仍没有散去。宋一潇瞄了一眼 Suzy，以己度人地怕她"喝干醋"，倒是 Suzy 大大方方地上去打了招呼。

"你是 Suzy 对不对？我来中国前，超儿给我发了你的照片，他说他找到了全世界最美丽的女神！"艾美丽不改热情本色，回了 Suzy 一个拥抱。

听到这话，超儿居然羞红了脸，跟个小姑娘似的向艾美丽抱怨："你来就来呗，别说这些有的没的……"

"什么叫'有的没的'？"艾美丽眨巴着疑惑的大眼睛，"那时候我说要和中文小组一起来中国玩，你就给了我这儿的地址，还告诉我，到时候我就能亲眼见到你的女神。明明就有的，为什么要说'有的没的'呢？"

艾美丽这番话逗得大伙儿哈哈大笑。

"哦——"苏达和大鹏相视一笑，阴阳怪气地拉长了声音。这下超儿更羞涩了，他一直伪装的浪子人设，顷刻间变成了"为爱走天涯"。

几个男人都忍不住要捂嘴偷笑。人都说女人恋爱后大不一样，没想到男人也能差这么多。超儿身上那种愤世嫉俗、不管不顾的忧郁感不知道什么时候完全消失了，取而代之的是这种极其违和的害羞劲儿。

艾美丽显得颇为自在，大方地带着中文小组走入大厅。她一眼就看到了柜子上的书，兴奋地抽出一本举起。

"这本书超儿寄给我了。我和中文小组的朋友轮流看完，才知道你们做了一件多么酷的事情。书里描写的旅行很好，爱情很好，友情也很好……"艾美丽的中文虽然比以前好，但比起艾索，发音还是略有些生硬。受词汇量的限制，她只能连用好几个发自内心的"好"来表达心情，恨不得把全世界的"好"字都从字典里抄出来。

艾美丽指了指背后那几个人高马大的外国朋友："中国人有一句很有道理的话，说在家里学习，不如走很多很多的路。所以我和中文小组的朋友也打算和书里的你们一样，趁着年轻去走很多很多的路。中国是我们的第一站。接下来，我们还会有第二站、第三站……"

听到旅行，宋一潇马上来了兴致："旅行？去哪里？"

最初敲门的那位男士，站在艾美丽身后插话道："我们研究过了，非洲有一趟火车叫'非洲之傲'，从好望角一直延伸到埃及，横穿非洲。我们想，既然你们都可以从北京到巴黎，我们也可以从好望角到埃及……"

中文小组里的其他人也插话补充，兴奋地描述着即将看到的绿色原野和无边星空。尽管身在狭小的桌游吧，众人眼前仿佛真的出现了牧场里漫步的牛羊、湖泊里成群结队栖息的火烈鸟、随着火车奔跑的鸵鸟与羚羊……下一秒似乎就能喝到浓醇的南非红酒，听到古老的风琴声。

苏达用余光瞄了一眼宋一潇。她听得眼睛都闪着光，就像一个小姑娘眼巴巴地看着柜台上新到货的布娃娃。宋一潇这七情六欲都上脸的"坏习惯"没丝毫改变，但在苏达心里都被无限放大。他咬了咬牙，问宋一潇："想不想一起去？"说完这话，苏达花了一秒钟心疼了下自己这一年好不容易攒下的存款。

宋一潇意识到自己被苏达"看破"，反而有些抱歉地伸出手挂住苏达的脖子："我才不稀罕什么'非洲之傲'，反正呢，和你在一起去哪儿都是旅行……"

要换在一年前，宋一潇肯定要说苏达抠门。但经过上次旅途再加上这一年来的相处，不知道从什么时候开始，她已经褪去了些任性的小女孩脾气，开始慢慢懂得如何经营一段婚姻，体谅苏达作为一家之主的感受。

倒是艾索突然激动起来："'非洲之傲'？那可是我从小向往的豪华列车！小时候，父亲曾经给我买过一幅画报，就是关于'非洲之傲'的。这个列车有一百多年的历史，车厢里的家具全部用红木制造，旅客们会在车厢里享用晚宴、共同品尝美酒，然后隔着车尾360度的栏杆一起观赏非洲大草原！"

艾索在写书时就表露出对集体旅行的神往，这一点，大鹏心里再清楚不过。不过艾索初来乍到，在中国也还来不及交到太多能交心的朋友，所以一直也找不到好的机会。这会儿机会来了，他趁机提出建议："我们和他们一起去怎么样？"大鹏的建议犹如一枚响雷投进了众人之中。

苏达半是欺负半是宠爱地弄了弄宋一潇的头发："想去就去呗。只要咱家往越来越好的方向奔，钱还能再赚不是？"

"不错的计划，可以在我们的App平台上再来一次直播！"赵程顺势搂了搂身旁的雨晴，伏在她耳边轻声问，"咱们要不要提前来一次蜜月旅行？"两人交换了眼神，不用多说就已经心领神会。

李教授像个局外人似的在旁看着，下一次的旅行好像已经呼之欲出了。她大笑着问大鹏："这回，咱们店里现在的杯子够吗？"

众人一下就明白了李教授的意思，一年前"摔杯为盟"的雨夜又在他们各自的脑海里清晰起来。

"够！怎么不够？今儿咱们就摔它个痛快！"大鹏把手伸在空中打了个响指。

"那我去拿。"艾索虽然不知其中的缘由，还是善解人意地往茶水间方向跑去。

"我也去！"

"喂……等下我！"

"别挤！"

顷刻间，十几个人都堵进了狭小的茶水间里，发出的欢乐笑声差点把桌游吧的天花板掀翻。

墙上的挂历又被风吹起，就像一年前一样，那些还未到来的日期上会写些什么，新的道路上会发生什么，谁也猜不到。

# 后记

老许让我写个后记，我迟迟没有动笔，不是不知要写些什么，而是想要说的太多。今天提笔是因自己不惑之年的生日。当真感悟了人生？我反问自己。看别的同龄者似乎都是大人，只觉得自己还没有长大，可看着镜子里银丝霜鬓的自己，又好像是有岁月自脸上滑过，有沧桑从眼中掠过，有无奈在心底涌过——这才明白我已真正走过无情的时间了。

记得2018年初春，牛牛带着老罗来上海看我，我们在拍摄现场闲聊。老罗说他有一个故事是他哥们儿几个在喝酒的时候聊出来的，便娓娓道来讲给我听。故事原本是一个说走就走挽救爱情的旅行故事，故事里的女孩向男孩求婚，两人在旅途上慢慢相识相知相恋……"不错的故事啊，是要拍成电视剧吗，大纲有吗，还是已经有剧本了？"我问。还是牛牛接话，我才知道他们来访的初衷！"这个故事有名字吗？"我又问。"若不能相濡以沫。"老罗答道。我有了一丝触动：一个看似普通，讲述携手共渡红尘的爱情故事，却颇有些武侠精神的韵味。于是我说："来吧，我们把它变成现实。"之后便有了在北京的第一次编剧会！

可那次会后，我却不知道要讲一个什么故事了。这个故事，也可以是关于思考，关于年龄，关于爱情，关于世界的自问自答吧？不惑之年……不惑也得过啊！这书算是送给自己的"任生重起"吧！

关于年龄。谈不上思考，更不算什么感悟，经历了很多事，也想通了很多事，奇怪的是想不透的事更多了，不会像年轻时那样迷茫，可又比年轻的时候有更多不解。"不惑"之年，当真不惑。本不是应该遇到事情能明辨不疑吗？书上说，"而立"是做事能循礼，但并不完全了解；"不惑"是对于仁义礼有了完全的了解，所以不惑。孔子说："智者不惑。"又说："智及之，仁不能守之，虽得之，必失之。"也就是说，"不惑"是对于仁义礼有完全的了解，从而达到了智者的地步。这样想来，我的心理年龄是不是还没有到不惑之年啊？

我总说自己命好，带着我的困惑想了几个月，在拍《青春斗》的时候因为老许我结识了一芙——一个细腻的女生，一个美女，也是一个会讲故事、比我更明白道理的朋友。就这样有了现在的小说，萍水相逢如此信任，谢谢一芙！

小说关于爱情，也有关于我的不惑。故事里写的都是戏吗？真的可以天荒地老，还是只有一厢情愿？真的有铮铮誓言，还是只有移情别恋？我们看了太多也听了太多别人的故事，我们也明白了太多的道理，可是真正能够做到互相心疼、互相鼓励，在春风得意时不骄不躁陪伴左右、在跌落谷底时温言勉励，做到"蒲苇韧如丝，磐石无转移"的又能有几人呢？留给幼稚的我，和成熟的你去评判吧！

小说算是给四十的自己一个纪念，尽管它没有解开我的不惑。小说的故事讲完了，"作业"算是交了，但我的故事还在继续……

后记就这样吧，感谢读完此书的每一位朋友！

最后，感谢你们：尉志坤、罗健玮、周宇、桑博文、黄彦卓、张维伊、林青、张琪、陈超。